論創ミステリ叢書 61

岡村雄輔探偵小説選 I

論創社

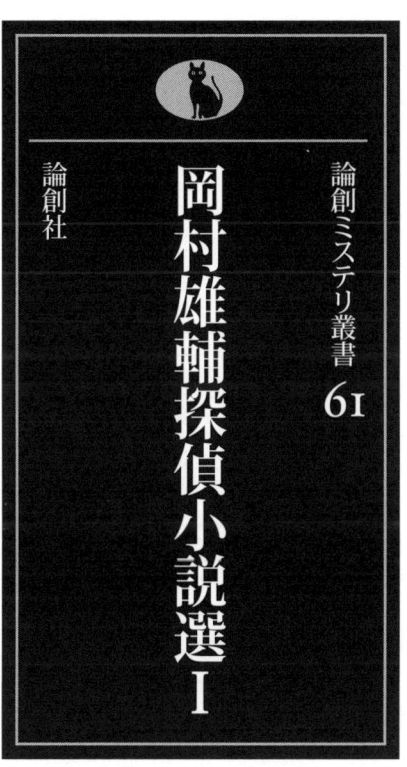

岡村雄輔探偵小説選Ⅰ

目次

凡例

一、「仮名づかい」は、「現代仮名遣い」(昭和六一年七月一日内閣告示第一号)にあらためた。
一、漢字の表記については、原則として「常用漢字表」に従って底本の表記をあらため、表外漢字は、底本の表記を尊重した。ただし人名漢字については適宜慣例に従った。
一、難読漢字については、現代仮名遣いでルビを付した。
一、極端な当て字と思われるもの及び指示語、副詞、接続詞等は適宜仮名に改めた。
一、あきらかな誤植は訂正した。
一、今日の人権意識に照らして不当・不適切と思われる語句や表現がみられる箇所もあるが、時代的背景と作品の価値に鑑み、修正・削除はおこなわなかった。
一、作品標題は、底本の仮名づかいを尊重した。漢字については、常用漢字表にある漢字は同表に従って字体をあらためたが、それ以外の漢字は底本の字体のままとした。

紅鱒館の惨劇

一　鐘ケ江鮎子が殺された

「あれが紅鱒館だ」秋水は湖に臨んで建っている古めかしい様式の煉瓦造の建物を指差して私に言った。「有名な生物学者、江藤有人博士の研究所の本屋だよ」初夏の未だ雪に覆われている北アルプスを背にして紅鱒館は煉瓦壁の赤と、蔦の緑を美しい木崎湖の水に映していた。がばっ……、清澄な朝の空気をふるわせて鱒が水面に跳上ると、真蒼な湖面に拡がる波紋が陽に輝く。昔の古い彩色写真を見るような紅鱒館の投影が鮮紅色の魚鱗のように砕けて輝く。湖底に身を翻す紅鱒の一群のようだ。

「岡村君……」長い沈黙を破って秋水が言った。「僕達の属する人間生活において、理想とか恋愛とかいう一見美しい表現に飾られ、結婚や義務、法律とかで永遠に縛りつけられた挙句、策謀だの偽瞞や嫉妬に散々いためつけられて本然の姿を失ってゆく見窄らしい人間の生活に比べると……、湖に棲んでいる鱒達の生活の何んと素晴らしいことだろうか。単純で素朴で健康で……。鱒は生殖作用を営む時、人間のように愛しているとか何んとか難しい文句を言わない。清冽な水の中で本能のおもむくままに卵を生むのだ」

六月の幾日かを私と秋水魚太郎とは久し振りで都塵を去って、北アルプスの東麓にある幽邃《ゆうすい》な木崎湖の湖畔でのんびりとキャムプ生活に親しみながら、気の向いた時にはあちこちと附近を歩き廻り写生をして過していた。偶々秋水が突飛な考えを思いついたままに何気無く私に語ったが、この日の夜、世にも奇怪で、凄惨な事件が平和そのもののような木崎湖畔の紅鱒館に発生したのだ。おそらく秋水がこうした事を私にしゃべっている間も、殺戮者の執拗な計画が幾重にもすすめられていたのだ。

その夜、寝付かれぬままに二人してキャムプを出て、附近の灌木の茂みの間を散歩していた。夕刻にちょっと一雨あったので足元の草はすっかりぬれて、頭の上の茂みから水滴が襟首に落ちてきた。その時向うの闇からがさがさ音をさせながら黒い小さな影が飛出して来てこちらへ来た。秋水はさっと身をかわしたが、その影は私にぶつかって草群の闇にどさりと倒れてしまった。よろよろと立上ったが、はあはあと激しく呼吸をしている。

「一体どうしたのだね」秋水が言った。

「人殺しです……奥様がたった今……」咽喉をぜいぜい鳴しながら黒い影は口を利いた。年をとった男らしい。秋水は男の両腕をしっかり摑んで、

「殺されたって、どこです?」

「すぐ近くです。研究所の、江藤先生の、鮎子夫人が、たった今、短剣で刺されたのです。相憎と先生はお留守ですし、電話も壊されていますので、これから駐在へ報せに行くところです」

男は秋水の手を振払い、体を前にのめらせて草の上を這うように再び闇の中に消えて行った。

「鮎子夫人⁉　あの鐘ケ江鮎子じゃないか?」

秋水と私とは暗闇の中で顔を見合せた。鐘ケ江鮎子はつい昨年まで、新進の新劇女優として輝かしい将来を期待されていたが、突然舞台を退いてしまった。それから間もなく彼女の情人が人もあろうに我国における淡水魚研究の第一人者として本邦生物学界に大きな影響を与えていた江藤有人博士である事が、新聞に発表されて世人を唖然とさせたものだった。学究と孔雀のような女性、この凡そけた違のロマンスを取上げてある新聞は(敗戦後の日本のインフレーションに際して非生産的な研究所の多額な維持費に悩む江藤博士が、巨万の両親の遺産を持て余す鐘ケ江鮎子を射落した)と言った。また某新聞は(華やかな舞台生活に飽きた鮎子が象牙の塔に籠る一学究に生涯を託した)とも報じた。またある新聞ではこれをまことしやかに推測して(四十の半を過ぎて未だ独身の博士には曾つて初恋の婦人が有った。今青春をとっくに過ぎた博士が偶々若い鐘ケ江鮎子に二十年前の初恋の婦人の面影を得たのだ)とも言った。その二人が結婚式を間もなく挙げるだろうという事を私が新聞で読んだのも、ついこの十日ほど前ではなかったろうか。この問題の婦人鐘ケ江鮎子夫人がたった今殺害されたのだ。

「よし行って見よう」秋水は身を翻すと走り出しながら私を振返って叫んだ。

二人は一旦キャムプへ引返して拳銃や懐中電燈やその他の道具をポケットに入れ、木崎湖の水を引込んだ養魚池の周辺をぐるりと廻って、殺人事件の発生した紅鱒館

へ駆け付けた。暗闇であの男から殺人のあったのを聞いてから十分とは経ていなかった。午后九時十分。本屋の正面入口の大谷石らしい軟質の石段を馳上る。入口の扉は半ば開いていた。正面廊下の暗がりに立留って家人を呼んだが誰も出て来ない。左方突当りの扉が細目に開いて隙間から室内の明りが廊下の闇に光の帯を投げていた。場合が場合なので私達はいきなり扉を押してその室内に踏込んだ。洋風の造りで居間らしかった。古風な真鍮の金具の飾りのあるシャンデリヤが低目に吊られ、黄色い光を室内に放っている。突当りには大きな壁炉があり、手前の床には敷物の上に地味な好みの数脚の応接セットが置かれてある。扉を入って二、三歩のところで一わたり部屋の中を見廻した時、私達は全身を射すくめられるような視線に釘付けにされてしまった。壁炉の右手、寝室らしい奥の部屋へつづくアーチ型に切られた入口に垂れている垂幕の前に一人の女がじっと立って、今入って来た私達を凝視していた。素人探偵として秋水はこうした場合には馴れ切っていた。二、三歩部屋の中央に歩を進めると、浴びせるように言った。

「奥さんはどこですか?」女はとっさの間に秋水が何者に属するかを察したらしい。反射的に挑戦するような身構の表情で秋水を見上ると、右の手を挙げて斜横の床上を指して、つぶやくように、

「鐘ケ江鮎子は殺されました」そう言って、秋水と私に身を避けるため、二、三歩垂幕から離れた。細い室内杖をついているのが目に入った。この時、私は始めて彼女が悲惨な跛足であるのに気が付いた。

屍体は壁炉を頭にしてそこから一米ばかり離れて仰臥していた。両手両足をゆるく左右に伸し真紅のアフターヌーンを着た顔はやや左に捩曲げ断末魔の苦悩を、ぐっと突出した頤に表出している。突出た咽喉仏の下の凹部に殆んど水平に柄に飾りの彫刻のある洋式短剣が握りの所まで突立って、屍体の頸の下の敷物に血溜りを作っている。上向きに頤を突出した顔は、口を角笛のように開けて、生前の鮎子の美しい眉は苦痛にゆがめられ眸は上瞼に半ばかくれて、見るも無惨な姿だった。

「酷い殺し方だ」秋水は一人つぶやくと、屍体の頭部から五十糎ほど離れた床の上に片膝をついて、凝と顔を覗き込んでいたが、ポケットからハンカチーフを出して右手に持ちかえると注意深く屍体の咽喉に深く突立っている短剣の柄の尻の方を押えて、ちょっと動かすように力を入れていたが、立上って私を振返ると言った。

「凡そ前例の無い惨酷な殺し方だよ。刃幅の広い極めて鋭い両刃の短剣を正面から水平の方向に、しかも刃を平にして真直ぐ咽喉部に突立てたもので、短剣の刃先は頸骨に突立って押しても引いても動かぬ。そのために被害者は気管を完全に閉塞されて窒息死だ。これほど力学的に完全な刺し方は被害者の背後からは出来ない。勿論、暗い場所では正面からも不可能だ。被害者は自分を刺した犯人の顔を目の前に見ながら、しかも気管を短剣で閉塞されたために救を求める声も出し得ないで、頸骨にまで突刺った短剣を抜く力も失い、苦悶にのたうちながら死んで行ったのだ」そう言って秋水は殺人現場に立っていた不思議な女を振返った。

「貴女は?」女は冷やかに、

「奥様の……ええ殺された鐘ケ江鮎子の秘書越智梨江です」と答えた。

さて私はこうした陰惨な雰囲気のうちにも極めて冷静に不可解な女、越智梨江を観察する事が出来た。二十七、八才にも見えるし、あるいは三十を半ば過ぎた中年の諦念をも感じさせる。異常に美しいがあまり大きくはない、すこし間隔の離れている両の眼、高いが丸い鼻、やや厚い唇、耳から頤へかけての強靱な線、黒色の質素な服地に包まれた豊な肉体、五尺二寸(一五八糎)はあろう。私はこの数秒間の観察で、目の前に立っている美しい、(しかし私はその美しさの重心となるものをとらえる事が出来なかった)女が極めて強烈な意志と情熱の持主で、一旦自分がこうと決心した事はいかなる障碍があろうとも、必ず為し遂げるであろう性格である事を知る事が出来た。

(さて秋水と私は検察当局の人々よりも先に事件の発生を知り係官の出張して来る以前に殺人現場に来て何の障碍も無く現場の調査を行う事が出来たために物質的証拠以外に、第三者によって未だ乱されていない空気——紅鱒館の秘密——に触れる事が出来たのは何よりも幸であった。

やがて当局の係官の出張となり取調が進んで、この事件が一種の密室の殺人とされ、秋水をして、「ああまたしても密室の殺人か!」と嘆かしめたが、しかし更に捜査が進んで後段になり、事件が全く型の上の真空情態とも言おうか、捜査当局が完全に犯人の陥穽におち込んでしまった時、電撃の如く行われた犯人に対する秋水の決定的挑戦の武器は実にこの時に得られたものと言って良い)

彼は優しく梨江に向って言葉をかけた。

「越智さん、もう直きに係官が出張して来るでしょう。それまで貴女はそこに腰掛けて休んでいらっしゃった方がよいでしょう」梨江が側の椅子に腰を降すと静かに言った。

「この不幸な事件について私達は貴女方のお役に立てると思います。いずれ警察の人達が色々調べると思いますが、御迷惑でも私の質問に答えて下さい」そう言って彼は梨江に自分自身と私を紹介した。彼女はじっと壁炉の方を見詰めていた。

「越智さん！　先刻僕達が湖畔で会った男の人はどなたですか？」

「この家の執事の青井さんです」彼女は秋水の質問に答えて、私達が到着するまでの情況を口数は少いが、はっきりと述べた。

「奥様は三度の御食事をいつもこの御部屋でお一人でなさいます。先生（江藤博士）が東京から御戻りの時は勿論御二人一緒にここで召上りますが、今晩は先生が御留守なので、いつものように恵美さん――ええ恵美さんは奥様が未だ劇団にいらしった時からの御弟子です――ええが御給仕をしまして、お一人でなさいました。大抵夕飯は六時半から七時までの間に御済ましになります。家内の他の者は一緒に地階の食堂で食事をすることになっております。今日も夕刻いつものように地階の食堂で夕飯を済ませました。青井さんと妾は二階のそれぞれの自室へ引取りました。七時を少し過ぎておりました。食堂の後始末は恵美さんと下男の留蔵さんがすることになっております。あの二人共、勝手の用を済せて七時半までには地階の食堂の隣の自分の御部屋に戻られたと思います。

私と執事の青井さんの御部屋はこの御部屋の丁度真上に当ります。八時の時報を聞きましてから、かれこれ三十分ほど過ぎた頃だったと思いますが妾が読書をしておりますと隣の御部屋の青井さんが、ばたばた廊下へ飛出して階段を降りて行かれる物音がしました。様子が変なので妾はすぐ後から部屋を出て階下へ降りて行き丁度階段を降りた所で右手を見ますと奥様の御部屋の扉を明けて青井さんが入って行く後姿が見えました。唯事ではないようなので思わず私はそこへ立すくんでしまいましたが、室内から何か呼んでいる青井さんの声がしますので私もこの部屋へ入って来ました。ふと見ますと、そこの壁炉の前に青井さんが膝を付いておられて妾が声を掛けますと真蒼な顔を振向けて、『奥さんが……』と仰言いました。私が見た時はもう奥さんは亡っておりました」

梨江はここで一息ついたが、私はこれほどの惨事の直後にも心の動揺を顔に表さぬ彼女に驚嘆した。秋水の質問に彼女は平然と言葉をつづけた。

「……ええ……この部屋には青井さんの他に誰も居りませんでした。そこら辺りに奥様を刺した犯人が隠れていやしないかと青井さんも方々中を探しました。ええ、奥の寝室も見ました。もしや窓からでも逃げたのではないかと、お調べになりましたが窓という窓はいずれも部屋の内側から掛金が降りていました。如何いたしましたのか、そこの（現場の一隅の小卓子の上の）電話が通じませんので青井さんは駐在所に報らせに行くと言って飛出て行かれました」

「それからずっと貴女はここに居られたのですか?」

「ええ行きがけに青井さんは『奥さんを見ていてくれ』と仰言って駈けて行かれました」

「貴女はその時、御自分の部屋にいらっしゃって、階下のこの部屋から何か物音とか、夫人の悲鳴がしたのを耳にしませんでしたか?」

「何の音もしませんでしたし、それから奥様の悲鳴らしい声も全く聞きませんでした」

「その時貴女は何をしておられましたか?」

「読書しておりました。平素就寝前に二時間ぐらい本を読みます」

「今この家には貴女達の他の家人は居られないのですか?」

「地階に居る留蔵さんは、耳が遠いから未だ知らないでしょう。恵美さんの御部屋も裏手に面しておりますから物音も聞えなくておそらく未だ何も知りませんでしょう。読書に夢中ですと少しぐらいの物音は聞えないかも知れません」彼女は左の指にはさんだ鉛筆をもて遊んで終始、秋水の質問に冷静に答えていた。秋水はふとそれに気が付くと、胸のポケットから手帳を出し、彼女に言ってその鉛筆を借りた。

「ほう、今時珍しい鉛筆をお持ちですね」

「ええ、バヴァリヤ製のザ・ムーンの二号です」

「僕も理科出身で学生時代の癖で、今でも鉛筆の選択はやかましいですよ」

「戦争で亡った私の兄の遺品です。土木の技師でした。両親が早く亡ったので妾は子供の頃から兄に連れられて転任先を歩きました」

「戦死をなさったのですか。お気の毒でした。亡った兄さんの他に御家族は……?」

「誰も居りません。妾一人っ切りです」

同情に満ちた秋水の質問に答えて梨江の態度は、殆んど非礼にさえ見える無表情であった。しばらく重い沈黙が座を覆った。

二　壁炉

秋水は黙って立上ってこつこつと部屋の中を歩き廻った。扉の把手《ノック》、衣装戸棚、キャビネット、本棚。垂幕を排して寝室へ入った。寝室にも明りが点いていた。

「密室の殺人だ」秋水の声がして垂幕の陰から彼が出て来た。屍体の足の方を廻って壁炉の前にかがんだ。燃え残りの松薪が数本突込まれたままだ。アルプスの麓の夜は冷える。最近客でもあって焚いたらしい。秋水は敷物に片膝をついて壁炉の内部の右左、上方等を見ていたが誰に言うとなく言った。

「さすがに良く出来ている。一見無細工だが、この壁炉の設計は英国人か、日本人ならばよほどしっかりしている人が設計したんだ」立上ると私を振り向いて言った。

「まあ日本人の家屋には外国まがいの壁炉を切ってある家は沢山あるが大概は吸込みの悪い装飾品だ。実用になるものは殆んど無いと言える」梨江を振向いて秋水は、

「昨夜この炉を使いましたか?」

「いいえ奥さんお一人の時には殆んど焚いた事はありません。三日ほどまえに先生がいらっしゃる晩に使ったのでしょう。留蔵さんが薪を運びました」

彼は彼女の声を背中で聞きながら壁炉の上のマントルピースの上を見ていた。支那焼らしい壺が一箇置かれてある。そのわきの漆喰壁の上の日暦《こよみ》が未だ一昨日のままだ。彼は左手を伸すと、節太で長い指を器用に使って上の二枚を上方にはね上げて、日暦の今日の日附の所を見た。六月十三日。しばらく同じ所を見詰めていた。五分位彼はそのままの姿勢でじっと立っていたが、右手を伸すとピンを外して日暦を外しそれを手にして元の席に戻って来た。手にした日暦を私に渡しながら言った。

「素晴らしくロマンティックな歌だね」

私が気を付けて日暦の三枚目、つまり今日の日附け六月十三日の所を見ると隅の余白に非常に癖のある鉛筆文字で二行の短歌が書かれてあった。

——火の山の裾の峡《はざま》でゆくりなく
　　会いし乙女と誓いけるかな——

「越智さん、この歌はどなたが日暦に書込んだのです。鮎子夫人ですか?」秋水の目は梨江の表情の動きの片影でもとらえようとするかのように彼女の唇のあたりをさまよった。

「妾が書き込んだのですわ」事もなげに言った。

「稚拙ですが感じの出ている佳い歌ですね」

壁炉のあたりを見詰めていた梨江の眸に、一瞬何かを求めて追うような光がちらと輝いた。これが今までのスフィンクスのような越智梨江であろうか。大きく見開かれた双の眸はみるみる潤いを帯びて温く光り特長のある唇は感動に満ちてひくひく動いた。

「この歌はどなたの作ですか。僕は技術家でどうもこういう方面はさっぱり判りませんが」

「私も女学生の頃にこの歌を何かの本で読んで好きだった歌ですが、これが誰の作だか忘れてしまいました」

「越智さん、失礼ですがいつこの日暦にお書きになりましたか?」

「まあ……まるで妾が犯人のようですね」

彼女の顔は再び元のスフィンクスのような無表情に戻った。私には彼女が一体何を考えているのか総てが謎であった。しかし秋水は何故かそれきり質問を打切ってしまった。

その時廊下に足音がして入口の扉が開かれた。先刻湖畔の暗闇で私達が会った例の青井執事の案内でO署の熊座司法主任以下の制服私服の刑事連が入って来た。時に午后十時丁度。如月地方検事、検屍医の来着もそれから間もなくであった。

秋水は名刺を出して自己紹介をし、私を紹介してくれた。係官達は私の親友秋水の名前を知っていたしまた第三者として最初の事件発見者なので終始相談にもあずかってこの事件の解決に協力する事になった。被害者鐘ケ江鮎子の死因は検屍医の報告によって秋水の推定通り咽喉部刺創、気管閉塞による窒息死と判明した。執事の青井の言によれば兇器の洋式短剣は被害者が最近ペーパーナイフに用いていたもので、後刻になって判明した事だが江藤有人博士所有品であった。絶命推定時刻は午后の八時三十分前後。梨江の供述並に後に係官の訊問に答えた執事青井立夫の言葉によって彼等二人が相前後して駈付けた時間と一致した。即ち犯人は廊下にあるただ一つの扉から侵入し、物音で青井が駈け付けた時には姿を消していたのだ。透明な人間でない限りは扉から入れ違いに青井にも発見されないで室外に逃げる事は不可能だ。勿論、居間の窓、寝室の窓からは逃出した形跡がない。更に如月検事の訊問に答えた青井の言葉によると、室外の廊下はいつもと同じようにこの時間には電燈が消えていて暗かったが細目に開かれた扉の中は燈が点いていた。犯人からは廊下にいる人物は良く見えないが、廊下の闇からは室内は良く見えたはずだ。かなり神経の鈍い者でも部屋の片隅から片隅に横切る鼠一匹の影でも目の隅に映る訳だ。これは青井の言葉を信じても良い。

来着早々、熊座司法主任の部下達は正面玄関、裏手入口、現場入口扉等に配置に付き他の二名はそれぞれ、未だ事件を知らないらしい地階の自室にいた被害者の弟子園田恵美と下男の水戸留蔵の監視に当った。

検屍が終って鮎子夫人の屍体は別室に運ばれた。屍体のあった位置と血痕の形は、白墨で敷物にその輪劃が描かれた。

青井と梨江に対する如月検事の訊問には秋水の口添えで私も立会う事が出来た。部屋はそのままここの殺人現場の居間が使われた。

正面に如月地方検事、その左に熊座司法主任、右に秋水魚太郎、その隣に私、検事の前に執事の青井立夫と秘書の越智梨江がやや離れて並んで腰掛けた。訊問はまず最初に屍体を発見した青井執事から始められた。以下は青井の陳述。

「――私はここにいらっしゃる秘書の越智さん、それから地階にいる園田恵美さん、下男の水戸留蔵の四人でいつもの通り階下の食堂で夕飯を済ませました。奥様の分は私共がいただく前に恵美さんがお運び申上ました。……はい。向うの実験室にはふだん先生の助手が二人寝泊りをしておりますが、今日は先生もお留守なので午后三時頃から外出して未だ戻りません。出掛ける時、明朝帰って来ると申しておりました。あの二人は向うの実験室の一隅の部屋で自炊生活をしています。……私達四人は一緒に夕飯を済ませましてから、地階の二人を後に残して私と越智さんだけ前後しまして二階の自室に引取りました」

青井は膝の上で固く握りしめていた拳を挙げて額の脂汗を拭った。この時入口の扉が開いて若い私服が顔を出して熊座に向って復命した。

「東京の江藤博士の動勢調査について本庁から連絡がありました。今日大学では、午后四時半まで部長会議があって博士は終りまで臨席していたそうです。追って詳細の連絡があると思います」

さて訊問の最中に鑑識係の調査の結果が報告されたがそれによると、兇器の短剣の柄頭の所に被害者、鮎子の右手小指の指紋が発見されただけであった。その他犯人を決定するに足るだけの証跡はなく、被害者が平素貴重品を入れておくのに用いていた化粧鏡の抽斗等にも被害者以外の指紋は残っていなかった。熊座の部下が室外に消える後姿を見送ると、この小柄で痩せた気の弱そうな中老の男は、また縷々として陳述をつづけた。

「はいいつも食事の後始末は留蔵と園田さんがやってくれる事になっております。それでもあの二人がめいめいの部屋に引取ったのは特別の用のない限りは、いつも七時半前でしょう。私は二階の自分の部屋で、読みかけの本を読んでおりました。一時間も経った頃でしょう。おやっどこか遠い所で細く長い女の悲鳴が聞えました。おやっと思って耳をすますとまた微に悲鳴が聞えたようでした。悲鳴は家の内部からです。確に……。しかしその時には私はまさか奥様がこんな事におなりになるとは、ゆめ考えも及びませんでしたが、何だかこう不安に思いまして急いで自室を出て階下へ降りて参りました。……はい、二階の私の部屋は扉を開けますと、階段の下が見通しでございます。下の廊下は電燈が消えておりましたが二階廊下の燈が階下突当りの壁まで届いておりまして、私が階段を降り切るまでに、奥様のお居間を出て来る者は私の眼に触れなければならない訳です。……（ええ勿論、近頃は物騒で御座いますので夕飯の後には玄関と地階裏口の扉は鍵をかける事にしております。裏口の鍵は留蔵が平素持っておりますし、玄関の鍵は私が保管しておりまして、その鍵は玄関わきの私の事務室は平素扉に鍵を降しませんので、そこの扉の内側のノッブに掛けておきます。そこに下げておく事は家人の誰もが知っております）……」

青井はここで、ごくりと咽喉を鳴らして唾を飲み込むと、

「急いで階段を降りまして、ふと右手（玄関から入ると左手）突当りの（廊下行留り）お居間の方を見ますと、扉が二十糎ほど、細目に開いて、その隙間から明るい光線が廊下の暗闇に流れておりました。……はい勿論、扉の前に来るまで、誰にも会いません。

二階を降り切った突当りの私の事務所は鍵こそ掛けてありませんが、その部屋に誰かが逃込んだりしますれば、

降りて来る私の目に入る訳です。……そこで、私は扉の隙間から『奥様……』と声をおかけしましたが、室内からは御返事がありません。すこし御様子が変なので扉を引いて中へ入りますと、壁炉の前に……」

気の弱そうなこの中老の男は、深く呼吸を吐くと、脂で汚れて光っているネクタイをゆるめながら、

「……私の足元の敷物の上に奥様が……こう……血に染って倒れておりました。私が耳元で大きな声で『奥様！』と二、三度お呼びしますと奥様は首をのけ反らして口を大きく開いて何か言おうとなさりましたが声が出ませんでした。そしてじきに動かなくおなりになりました」やっとこれだけ言い終ると額に脂汗を浮べて吐息を付いた。

「足が震えて体が動きません。ふと扉の方を振返ると、ここに居る秘書越智さんが後から入って参りました。落付いた越智さんの態度に、これではいかんと思いまして、そこらに犯人が居りはせんかと見廻しましたが猫の子一匹居りません。……ええ見廻したのです。寝室のベッドの下も洋服戸棚の中も。窓にも掛金が下りていました」

青井は、自分の言葉に、落付を取戻してきた。部屋の一隅の電話器を指差すと、

「そこの電話を取上げまして駐在所に報らせようと思ったのですが故障らしくさっぱり通じません。隣の私の事務室の電話も切れております。それから後をここに居る越智さんに頼んで駐在へ行くために外へ飛出したのです」

「この向うの実験室にも電話があるんだろう。何故それを使わなかったのかね？」如月検事の一言に青井は降していた腰を浮かせてまるで自分が犯人だと指摘されでもしたように顔の表情を硬ばらせながら、

「す、すっかり気が顛倒しておりまして、わわ忘れておりました」そう言い終って青井はふわふわと溜息をついた。

次いで秘書の越智梨江の訊問に移ったが、先刻秋水と私に答えた通りであり青井の供述と一致していた。階下の物音とか悲鳴も、聞えなかったと言った。あるいは体に少し熱もあり体がだるいので、ふだん着のままソファに横になって本を読んでいた故かもしれないと言訳をした。

三　悲鳴の謎

老練な如月検事の訊問は梨江に対すると、前の青井の場合とはうって変っていた。

「越智梨江さんだね。越智さん……貴女は部屋にいて奥さんの叫び声が聞えなかったのですね。つまり貴女は隣の部屋にいた青井さんが扉の外へ飛出して行った物音で階下に降りて来たという訳ですね」

梨江は黙ってうなずいた。

「越智さん。この事件は相当ややっこしい。一度念のために奥さんの部屋で何か盗られた物があるか調べて下さい」

彼女は立って垂れ幕を排して寝室へ姿を消したが間もなく戻って来ると、（鮎子の貴重品を別けて入れてある寝室の化粧鏡の抽斗の中と、ベッドの隠し抽斗の中とサイドテーブルの抽斗の中にはかき廻した形跡も無くなった物もない）と告げた。

一応部下の刑事をつけて二人をそれぞれ自室に引とらせると如月検事はぽつりと言った。

「犯人は内部の者か、この家の事情に明るい者だと思う。金品も今のところ何も盗られていない。結局殺害の動機は痴情か怨恨、あるいは鮎子の死によって利益を得る者のわく内に限定しても良い。……ただ不思議な事が一つある……。

それは被害者の悲鳴が同じ二階にいた青井には二度も断続して聞えたが越智梨江には聞えなかった事。そしてまた、地階にいる耳の遠いという下男の留蔵は別としてもだ、鮎子の弟子、園田恵美にも聞えなかったという事実がある」

短兵急な熊座主任は検事の言葉を終りまで聞いてはいない。

「如月さん。あの白ばっくれて妙に芝居がかっておどおどしている青井というじじいが怪しい。も一度呼んで締上げてみましょう。……おい君！」

扉口に立っている部下の刑事に手を挙げて何か言付けるのを、如月検事はちょっと片手を挙げて制しかけたが、止めて降してしまった。そして秋水に向うと、自己の考をまとめるように一句一句区切りながら、

「秋水さん。僕はこう思うんだ。さっきの検屍医の報告によると、鮎子は咽喉に水平に刺し通された短剣で気

管を閉塞されて不可解な窒息死を遂げている。すると青井が聞いたと言う悲鳴は未だ短剣で咽喉を刺されない以前に被害者が発した声だ。気管を塞がれていては悲鳴は出ないはずだ。結局あの悲鳴は被害者が犯人を見て犯人の殺意を感じて叫んだ声だ」秋水は素直にうなずいていたが、如月検事の言葉をさえ切るように熊座主任が、

「それじゃ如月さん。あの刺創はどうなります。猫や兎じゃあるまいし、悲鳴を挙げて逃げ廻る人間様一人を摑えて、ああも上手に一刺しで頸骨まで突刺せるもんじゃありませんよ」猪突居士の熊座主任はもう八つ当りだ。意気込んで巨きな腕を挙げて何か言おうとした時に扉の向うから若い私服が青井を連れて室内に入って来た。うながして側の椅子に座らせると右手にぶら下げた異様な物体を一同の眼の前に吊り下げてぐるりと廻した。天頂に縄の付いた人間の頭の五倍もある怪物だ。緑と黄に彩色されて大きな両眼をかっと見開き、三角の尖った鼻を付け真紅な口をけらと開け長い耳を両側に、にょっきりと聳《そばだ》てたグロテスクな仮面。カーニバルのあれだ。今まで皆の言う事を黙って聞いていた秋水はにたにた悪戯っぽそうに笑いながら、熊座の方を向いて言った。

「警部さん。僕の考えもやはりあなたと同じです。およそ悲鳴を挙げて逃げ廻っている人間をああも巧に、しかもたった一突きで咽喉を刺し通せるものじゃありませんね。ただしですね……」

と言って若い私服が未だぶらぶらさせている、おどけたカーニバルの仮面を指差しながら言葉をつづけた。

「犯人が相手に未だ殺意を感じさせないうちに、つまり被害者が安心し切っているうちに悲鳴を挙げさせる方法がありますよ。例えばですね」私の方を振向いて例の悪戯っぽい笑顔を見せ、如月検事と熊座主任の方を向いて言葉をつづけた。

「犯人が鮎子のいる部屋の窓硝子の外側に、二階の窓外か庭からこのおばけのお面を吊り下げる。ことんことんと硝子にぶつけて音をさせる。窓硝子の音に被害者が、そちらを見てこのとんでもないお化けの顔を見る。きゃあーっと叫ぶ。急いでお化けを上へ引揚げてこの鮎子の部屋に入って行く。真蒼になって震えている彼女は顔見知りの犯人に抱き付いて、窓外の怪物の出現を告げる。そこを見澄して犯人は隠し持った短剣を片手に握って、被害者の後頭部をもう一方の手で押えて一突きにぷすーりと……」

熊座は刑事に向って聞いた。

「どうしたんだい。その化物は？」

「此奴の部屋の押入の中にありました」

「この前のカーニバルに使ったらしいが、まさか……」

と言って緊直な如月検事は秋水に向って微笑した。彼はすっかり固くなっている青井に向って、前とは打って変った態度で言った。

「青井さん。僕達は決して罪人を作るのが仕事じゃない。罪の無い人々を白日の下に出してやるのが職務です。この事件は今までの我々の調べた結果、物盗りじゃない。何か被害者に怨恨があるとか、被害者の死亡によって利益にあずかる何者かの仕業と睨んでいる。ところが今までの情況では悲鳴を聞いたのもこの家の中では君一人、しかも最初の屍体発見者でもあるという、あんたにとっては不利な情況ばかり出揃ってしまったのだ」

飛んでもないと言うように今にも泣かんばかりの顔付きで何か言おうとする青井を押え付けるように如月検事は言葉をつづけた。

「殺された鮎子夫人は昨年まで舞台生活をしていたというしまた巨万の私産がある。私はこの事件の背後には相当複雑した事情がひそんでいると思っている。君ばかりじゃない。ある意味においては江藤博士にも一応犯人と考えられる条件がある。しかし僕はまさか君が夫人を殺害したとは思ってはいないが、君の妻君は一人の息子と長野に別居しているというしその息子も長野中学へ行ってると言ってたね。物価高で博士からの給料だけではやって行けないのは僕は良く知っている。また夫人の家計で預った金を大分に費い込んだのも判ったが……」

可哀そうに如月検事の言葉に引っかかってしまって青井老人、身も世もあらず、しょげこんでしまった。膝の間に突込みそうにした顔を上げられない。

「だから君の冤罪を晴すつもりで、これから私の言う事に知っている事は残らず言ってくれなければ困るよ」

さてここで青井執事が如月検事の訊問にくどくどと答えた内容の要点を述べて、紅鱒館に住む人々の生活を読者に説明しよう。

まず殺された鐘ケ江鮎子（二十六才）の今までの生活だが、昨年まで彼女が属していた新劇コスモス座は劇団の性格上、大衆的ではなかった。従って経営上は非常に苦しかったが一座の新進女優鮎子の人気と更にそれよりも偉大な力のある彼女の一座への経済的援助があったため、一座の存在は今日まで持ちこたえて来た。しかし彼女が江藤博士と結婚するために舞台から引退したとなると劇団は分解の止むなき運命にあった。従って彼女が一座を去ったという事は新劇コスモス座の全員から失望されあるいは恨まれていたという事である。さてそうした理由の外に彼女の死の解決についてもう一つの手掛りは今春来、東京の自邸を仕末し、巨万の財を抱いて紅鱒館の江藤有人博士と同棲するようになってからも、江藤博士には秘めて彼女には媾曳を重ねていた恋人があった。劇団コスモス座の若い指導者、宇部輝（三十才）がそれだ。彼は少くとも月に一度や二度は博士のいない日に紅鱒館をこっそり訪ねて媾曳を重ねてきた。しかしそれを博士は全然知らないらしい。二人の仲をうすうす知っている青井には鮎子から預った金の費い込みという弱味があるが、彼女にも青井に対しては痛い尻があった訳だ。ただ青井の証言の矛盾は、宇部という恋人のある鮎子が何故に江藤博士と結婚するのかという重大なポイントだ。それも江藤博士に莫大な資産でもあるならいざ知らず、博士は学界においてこそ第一人者ではあろうが、しかし経営の苦しいここの生物学研究所の主人公であるという事実がどうしても割り切れぬ疑点であった。ここらあたりにこの殺人事件のキーポイントがあるのではなかろうか。

次に本人の青井だが、彼は元々博士の教鞭を執っているT大学の図書室の職員だったものを七、八年前に学校を退職してここの執事になった人物で一見して沈香も焚かず屁も垂れずといった感じの人物だ。彼の供述によると鮎子から預った金を七万円ばかり費い込んでいた。七万円も執事に使い込まれている鮎子としてはこの青井の不仕末を黙認してやることで江藤博士に対する口留の代償のつもりかも知れなかった。

次に下男の留蔵だがこの男は博士が学生時代、この紅鱒館に未だ生物研究所が建たない時分から博士の両親に仕えてきた至極忠実な男である。耳が遠いので彼と話をするにはよほど大きな声を出さなくては、こちらの声は留蔵には通じないが日常繰り返される家内の用は大きな声を出さないでも不自由はしない。それはその時の、周囲の情況で彼は不自由な耳を感で補うらしかった。

ここで青井は如月検事から、良いと言われて紙巻を旨そうに吸って供述をつづけた。

「先ほどここに居りました秘書の越智梨江さんですが、あの婦人は昨年の秋口に奥様が連れていらっしゃったのです。この家では奥様の秘書をやっておりますが何分足が不自由なので奥様が東京へ御出掛けの時には大概園田恵美さんの方を連れて行かれます。家内の用……家政婦みたいな事をやっております。奥様の従姉だそうですが戦争で兄さんを亡してほんの一人ぼっちになられた気の毒な方です。しかし……」と彼は言い難そうに口籠ったが思切ったように言った。

「亡った奥様も気のむらな方ですが、越智さん、ええ私共は奥様からは何とも言われませんが、あの方が、そう人に言われる方を好みますので梨江さんとは呼ばずに越智さんと呼んでおります。——越智さんも頑な方で一頃この三、四月頃ですか全然奥様と口を利かなかった事が御座いました。……はあこの頃は至極仲がおよろしいようでございましたが」

ここで彼は旨そうに煙草を吸うと後をつづけた。

「それから、階下の園田恵美さんでございます。今年二十三になりますが、若い時分から苦労したらしく年齢の割に良く気の練れた娘さんで、奥さんが舞台にいらっしゃった時分からのお弟子です。奥様が舞台から身をお退きになると、何んでもと言って一緒にここまでついて来ました。小説家になるんだとか、家内の用事が終ると毎晩遅くまで書き物をしております」そう言ってほっと一息つくと青井は沁々と述懐した。

「子供のように我儘でも良く気の付く優しい奥様でした。誰からも恨れようもない……」

左手に例のカーニバルのお化けをぶら下げた若い私服が青井を引立てて扉の外へ消えたが間もなく廊下の外で何かばたばた足音が入乱れて人の叫声が聞えた。青井のせき込んだ声がした。

「あなたは……うべさん……」

「何……うべ……宇部……」熊座主任が顔をしかめて身体を捩曲げた。先刻ここへ来た時に、熊座に命じられて裏手へ廻っていた別の私服が得意そうな顔を輝かせて扉から半身のり出した。左手に何か紙片を持っていた。右手を後に廻すと一人の背広服の若い男を部屋の中へ押し飛ばした。

四　情人

上品な白皙の額に垂れた長髪をはね上ると悪びれもしないで一同の方に向って立ちはだかった。秋水も背は高いがこの青年も高い。五尺七寸（一七三糎）はあろう。眉をしかめると静にネクタイを直した。

「主任殿、……この建物の外に妙な足跡が発見されたのです。夕方一雨あった後で非常に鮮明に残っておりますのでスケッチしておりますと、向うの実験室の蔭に此奴がうろうろしていたんです。誰何しますと逃ましたのでひっつかまえて来ました」と言って手にした一葉の紙片を熊座に渡した。後の扉の間から先刻の若い私服が顔を覗かせて、

「主任……どうしますか？　このおやじを」

「まあ良い。上の部屋に連れて行って厳重に見張っとれ」熊座は椅子を指差して青年を座らせると私服から受取った紙片を卓上に展げて拳で皺を伸した。件の青年は悪びれている様子が見えなかった。ケースから紙巻を出して吸っていた。熊座主任は部下の持ってきた足跡の見取図の書いてある紙片を検事に手渡した。検事はしばらくそれを見ていたがやがて隣の秋水に渡した。私は先刻から何かと思っていたが、秋水の側からそれを覗き込むと、この紅鱒館の見取図が鉛筆で描かれそこに足跡の見取図と、簡単な註釈が附してあった。足跡は二種類である。

その一つは軍鋲を打った十一文位の革靴の跡で往路は一町ほど東南方の歩道から点々と真直ぐ寝室の外のテラスの石段の下まで続いている。復路は真直ぐ南方の実験室の方へつづいていた。復路は二個所ほど踏み荒されていて足跡の主が後を振返って躊躇した形跡がある。

もう一つの足跡は十二文位もあるゴム長靴の跡で、建物の裏手扉を出て建物沿いに、ぐるりと廻って寝室の真下まで来て（テラスの石段から二米離れている）そこから後歩きに（踵を先に爪先を後に背面を進行方向に向けて歩く）建物を段々離れて八米ほど歩きそこでやや躊躇したらしく足跡が地面を踏み荒している。そしてその足跡は今度は建物の角（南西角）へ向って一直線に正常歩行をして建物に近寄り、再び軒下に沿って裏手扉口へと続いていた。この足跡の説明には（この約十二文もあろうと思われるゴム長靴の足跡は踵を引きずったものの如く、踵の部分が斜に深く三角底を為して地面に食い込み、全長の約三分の一爪先の部分は著しく跳ね上って消えかかっている。これは靴の大きさに比して甚だ小さい足で体重の軽い者が、これを穿いて歩行したものと思われる）と書き込まれてあった。熊座は目顔でよしと言うと私服は鼻の孔をふくらませて得意そうに元の配置に戻って行った。熊座は部下に言って第一の足跡と今連れて来られた青年の靴の型を調べるように命じてから彼に向き

直って、いきなりぶっきら棒に言った。

「宇部輝君だね。鮎子夫人は死んじまったよ。一切をここで自供し給え！」

青年は驚きを顔に表した。大きく見開かれた両眼はすわって何か言おうと口を開けたが言葉にならなかった。改めて一座の人々を見廻すと、靴を片方脱がされた足を持上げてまたそっと敷物の上に降してゆっくり言った。

「奥さんが……殺された……誰に……？」

「君が良く知っているんだろう。これから君に詳しく聞こうと思っているんだ」

青年は消えてしまった紙巻を卓上の灰皿に捨てると椅子の背に深く体を落して両眼を閉じてしまった。扉が開いて私服が片方の靴を持って戻って来た。

「靴型は合います。ぴったりです」

「そうだろう」熊座は部下を去らせると、隣の如月検事の顔を見た。如月検事は青年に向って静に言った。

「宇部輝君と言いましたね。今までの君の行動をここで説明してくれ給え。……足跡に残っている妙な君の行動は自身のために是非説明しなければならん」

青年は両眼を開くと、思切ったように言った。

「説明しましょう。僕は御承知の通り新劇コスモス座の宇部輝です。劇団の用で鮎子夫人に用が有って、今朝六時新宿発の列車で松本に午后三時五十分に着きました。汽車は故障で十分ほど遅れたと聞きました。駅前で遅い昼飯を済ませてハイヤーを雇ってここへ八時少し前に着きました」

「劇団の用だなんて、良い加減の事を言ってもちっと良い用だろう」情況の不利な容疑者は一応犯人と決めてしまうのが熊座主任の信条らしい。如月検事は未だ何か言おうとする熊座主任を手で制して、

「まあいい、後をつづけ給え」と言った。

「奥さんに御迷惑を掛ける用なので実は馴れている庭からテラスを通り寝室の仏蘭西窓から入りました」白皙の青年の耳朶は赤く染った。

「その時、仏蘭西窓は閉っていたかね？」

「ええ閉って鍵がかかっておりました。五分ばかり窓の外に立っておりました。カーテンは開かれておって中は良く見えました。間もなく奥さんが居間の幕を開けて寝室の中へ入って来ました。ノックをしたので私と直ぐ判りました。明けてくれたので直ぐ中へ入りました。博士が今晩か明日帰館するのでゆっくりしておられません。用を済ませて――ええ凡そ十五分位です――直ぐ帰ろう

としますとも少し居てくれと言いましたが明日の朝五時何分かの列車があるのです。車は街道に待たせてありましたが、帰してくれません。それから十五分も居たでしょう。……ええ寝室のベッドの縁へ腰を降して話をしておりました。その時、居間の扉を誰かがノックしましたので奥さんは私を再び元の仏蘭西窓から送り出してくれました」

熊座主任はにやりと皮肉な笑を口辺に浮べて、

「未だ君はやった事があるんだろう。ええ……人には言えない隠している事が……？」

青年は顔を真赤に染めて言った。

「別れる時……仏蘭西窓の所で……奥さんは僕を抱いてくれました」なあんだと熊座主任は中っ腹で椅子の腕木を大きな手でたたいたが、両肘を左右の膝で支えて肩を前につき出し、宇部を差した右手首を振りながら言った。

「おいおい……君、夫人はその時分に殺されたんだぜ」

青年は熊座主任の言う意味がようやく判ったというようにうなずきながら、刑事の持ってきた片方の靴を足に引掛けて言った。

「ああそうですか、判りました。僕が今日奥さんに会った用というのは劇団の資金です。奥さんは（これからは今までのようには出来なくなるだろう）と言いながらもこの通り小切手を書いてくれました」宇部はそう言いながら上着の内ポケットから紙入を出して、一葉の小切手を出して、熊座主任に示した。三和銀行の自由預金小切手で、六月十三日付の鐘ケ江鮎子の名前で、二十万円の金額が記入されてあった。

熊座主任は疲れたというように太い首すじをごつんごつんと敲いた。如月検事は先刻の足跡をスケッチした紙片をひらひらさせながらゆっくりと宇部に言った。

「判りました宇部君、しかし君はどうしてあれから二時間もこの辺をうろうろしていたんだね？」

「はあ……仏蘭西窓のところで奥さんと別れる時、何か気の故か……奥さんの顔が青白くて淋しそうだったのです。それに……もっと居てくれと言われた言葉が耳の奥底に残っていて……一度街道へ出ましたが車を帰してからまた戻って来たのです。仏蘭西窓の見える実験室の側の大きな木の切株に腰を降して、しばらく寝室の燈を眺めておりました。その時に刑事の方が来たのです」側から熊座が口を出して、

「どうしてその時に逃げ出したんだ」

「逃げやしません。飛掛ってきましたから駈けたのです。しかし直ぐ立止りました」

「まあ良い熊座君……」如月検事は宇部に向き直ると、「宇部君、その時に寝室の燈の下に誰か居たかね？……窓の中に誰かの姿が見えなかったかね？」

「誰の姿も見えませんでしたが、しばらくして奥さんらしい赤い服を着た婦人がじっとこちらの闇を見ておりました。ええたしかに夫人です。私も木の株に腰を降して、くらがりからいつまでも奥さんの姿を見ておりましたが間もなく姿が隠れました……永遠に私の目の前から姿を消してしまったのでした」

私は終始この青年の傍に居て彼を観察していたが、直情な芸術家らしい決して嘘を言う男ではないと信ずる事が出来た。彼は心の底から鮎子夫人を愛しているに違いないと思った。

「宇部君……」如月検事は件の紙片を青年の方へ押しやりながら言った。

「君がそこの木の切株の上に腰を降して、夕闇の頃から二時間も経った今まで、ここを見ていたそうだが、もしそうだとすると、この紙にスケッチしてある通り君の前を、つまり寝室の窓の下をゴム長靴を穿いた一人の人物が奇怪な行動を行った訳だが、あそこからは何の障碍物も無く見透せたはずだ」青年はきっと顔を振向けると言った。

「誓って言いましょう。猫一匹横切りません」

「それじゃ、女の悲鳴は聞えなかったのかね？」

如月検事の訊問は核心に触れたらしい。秋水は長い脚を組み直し広い肩を椅子の背にどっかと押し付けた。

「寝室から誰の悲鳴も聞えませんでした」

「戸外にも？」

「勿論戸外にも聞えません」

熊座主任はたまり兼ねて椅子の腕木を摑んで叫んだ。

「如月さん。もう犯人はあの老人に決りました。最初の屍体発見者、しかも未だ呼吸のあるうちに被害者を発見したという点、それから被害者の悲鳴を聞いたのはこの建物の中であのおやじ一人……まだありますよ。被害者の金を七万円も費い込んでいるじゃありませんか。拘引状を出して下さい」

「まあ熊座君そう急がなくても良いじゃないか。拘引するのはいつでも出来る。その前にもう一刻《いっとき》この第二の人物、不思議な長靴の足跡の主を調べようじゃないか。雨が止んだのは七時ちょっと過ぎだ。未だ戸外は明るいがあんな時間に用もない訳だ。しかも行動が不可解だ」

宇部輝を一応別室に連れて行かせると検事は紙片を熊座に戻しながら言った。

「熊座君、地階の下男留蔵という男をここへ呼んで下さい」

監視の刑事に連れられて下男の留蔵が入ってきた。六十前後の六尺（一八二糎）近い大男だ。扉口を入ると胡散臭いという態度で見廻して立ちはだかった。裏皮のジャムパーに木綿の袖を縫い付け兵隊の作業ズボンを据短く穿いている。腰の手拭を取ると酒気の残っている赭顔をぺろりと拭って大声で言った。

「何だね」

検事は刑事の探し出して来た大きな古いゴム長靴を指差して言った。

「これは君のだね」耳の遠い老人に大声を出した。

「そうだよ。わしのだ。それがどうしたと言うんだね」

「奥さんが殺されたのだよ。この長靴はいつもどこへ置いとくんだね?」

「何……奥さんが殺されたって……!?」老人の鰐のような赭顔には明らかに驚愕の色が浮んだ。

「おお奥さんが殺されたって!?」部屋の中をきょろきょろ見廻した。検事はおっかぶせるように、

「その長靴はいつもどこへ蔵っとくんだね」

「裏口の下駄箱じゃ!」未だ何か言おうとする留蔵を目顔で刑事に連れて行かせると、

「あれじゃ人も殺せまい」と言って苦笑した。

「熊座君、君行って後の三人の内、誰があのゴム長靴を穿いて戸外に出たか、穿いて出た者をここへ呼んで来てくれ給え」

熊座主任は自身で飛出して行ったが、ものの五分とは経たない内に駈戻って来た。彼が座ると後からことりことりと杖の音をさせて越智梨江が入って来た。すすめられた前の椅子に座ると、静かに正面の如月検事の顔を見た。

「越智さん、貴女はどうしてあのゴム長靴を穿いて戸外へ出たのですか?」

「二階の妾の部屋の窓に干したハンカチが落ちたので庭に拾いに行きました」

「幾時頃ですか?」

「七時ちょっと廻ったかも知れません。雨の上ったあとです」

「ハンカチを拾って戻るのに随分廻り道をしましたね。

その訳を説明して下さい」

「奥様は今日昼間から御気分が悪いと仰言っていましたので、如何なさったかと思って、ハンカチを拾ってから、悪いと思いましたが少し建物を離れて寝室の中を仰いで覗きました。電気が点いていますので、未だお寝みにならないな――と思ってそのまま裏手の扉へ戻りました」

「その時附近で誰かを見ましたか?」

「……誰かを……」

「例えば寝室の中に夫人の姿を見たとか」

「見ましたわ……」

「確に夫人の姿ですか?」

「ええ奥様の後姿です。明るい電燈の光の中に真赤な服地の色をはっきりと見ました。この家で赤い服を着ているのは奥様だけですから確に奥様に間違いありません。亡った時着ていらっしゃったあの服でしょう」彼女の答は非常にはっきりとしていた。

「その他に誰かを見ましたか?」

「お庭には誰も居ませんでした」

「寝室の中には?」

「……居りました……」そう言って彼女は考えに沈みながら極めてゆっくりと後をつづけた。

「……女の方です……」

「う……う……」と唸って如月検事は椅子の肘掛を摑んだ。熊座主任は飛上らんばかりに身を乗り出した。私は彼の両眼が火花となって飛散ったかと思ったがそれに反して当の越智梨江は異常な美しさに澄む顔の筋肉一つ動かさないで如月検事の顔を見ていた。私はふと彼女の両手を見たが膝の側に横たえた室内杖を静かに抱いている両手は少しも動いたり力を入れたりはしていなかった。驚くべき彼女の自制力、また無意識とすれば驚嘆すべき無感動さだ。長い間如月検事や熊座主任の為す事を一言も口出しをしないで聞いている秋水はと思って、ふと隣を見ると梨江を眺めている鷲のような彼の眼や唇には優しい微笑さえ浮んでいた。彼女のこの重大な証言に如月検事は紙巻を灰皿にこすり付けると言った。

「何故今まで言わなかったのです。二度も三度もここへ呼ばれていながら」

「何でもお答えしたつもりです。皆様が御問いになった事には妾の知っております限りは皆御返事いたしました」そう言って美しい眸を検事から秋水に移した。真摯な素直な光があった。検事は一度険しくなった顔色をやわらげると後をつづけた。

「誰でした。その婦人は?」

「顔ははっきり判りません。グリーンの……薄緑色の服を着ておりました」

「何をしていましたか?」

「判りません。寝室の窓に奥様らしい後姿がしばらく背を見せておりましたが、すうっと奥様の姿が窓から離れると入れ違いにそのグリーンの服を着た女の人の姿が硝子窓を横切って見えなくなりました」

「年齢は判りませんか、大凡の」

「はっきり見えませんでしたが服地の色から言って若い人でしょう」彼女が私服に連れられて扉口を出ようとした時に今まで長い間沈黙を守っていた秋水が手を挙げて、

「ああちょっと……」そう言って隣の如月検事に目で会釈してから、

「梨江さん……失礼ですが私の質問に答えて下さい……。裏口から長靴を穿いて庭を出た理由は雨あがりで土が柔かいため、室内穿の靴を脱いでわざわざ留蔵さんのゴム長靴に替えて出た……という事は良く判ります。……しかしながら御見受けしたところ足がお悪い貴女がどうして杖も付かないで庭へ出たのですか?」彼女の冷い表情が一瞬くずれて淋しい微笑が浮んだ。

「妾の悪い方の足は歩くのに、大して不自由ではないのです。……しかし悲しい跛足です。人に見苦しい歩く姿を見られたくありませんのでこうして人前に出る時や外出する時は杖をつくのですわ。……夕刻お庭に出た時には外は薄暗いし人目もありません。それにあの時裏手の扉口には戸外で曳く杖がありませんでした」

刑事に監視されて扉の向うの暗闇に消えて行った彼女の眸にきらりと光った泪を私は見逃さなかった。

彼女を目で追って席に直った熊座主任は検事に、

「如月さん、越智梨江が戸外から目撃したグリーンの服装の女、例え緑が白であっても若い女は他に居ません。地階の園田恵美を呼びましょう」そう言って腕時計を見て言った。

「ああもう十二時を廻りました。一応恵美の調べが終ったらあの青井というじじいをしょっぴいて署へ戻りましょう。ああそれからあの宇部輝という色男も、今晩留めておきましょう」扉口に待期していた部下が熊座の命令で階段を降りて恵美の部屋へ行く足音がしたが五分も経たないうちにばたばた廊下を踏む足音がして、もう一人の刑事と一緒に扉を開けて飛込んで来た。

五　園田恵美の死

二人共真蒼な顔をして入口に直立不動の姿勢をとった。

「しゅしゅ、主任殿……園田恵美が自殺しました。充分に監視しておりましたが……どど毒物を飲んだようです。も……申訳ありません」

地階で恵美の監視をしていた方の若い刑事が言った。彼の目には自分の不注意で一人の女を自殺させてしまったという事に対する自責の色が打震えている。熊座主任の雷のような叱責も怖いのだった。

「何っ!」と言って立上った熊座主任を先頭に一同は地階のボイラールーム(今は使われていないので物置兼用となっていた)の隣の恵美の部屋に飛込んだ。四坪(約一三・一平方米)ばかりの洋室で、突当りのベッドは空になっている。枕元のスタンドの燈は消えていたが天井の六〇ワットの電燈が明るく室内を照し一隅の袖机の上に純白の服を着た彼女が椅子にかけた姿勢で突伏していた。頭の辺には書き掛けの原稿用紙や書物が数冊積まれてある。恵美が突伏した机の上、左の肘の前の電気スタンドには燈が点けたままになっていてその燈の下をばたばたと蛾が羽搏きしながら歩いていた。

如月検事は突伏して動かぬ恵美の屍体に近付くと、じっとその横顔を覗いていたが、つと手を伸すと恵美の頭すれすれに置いてある盆の上のウイスキー・グラスを取り上げて静に匂を嗅いだ。盆の上には未だ半分ほど残っているコニャックの瓶がありその側に自殺した恵美の物らしいたっぷり水を含んだタオルが丸めて置かれてある。瓶の下底に近い部分と検事が取上げたウイスキー・グラスの側面は水気のために白く曇っていた。そのグラスを鼻から放すと再び盆の上に戻した検事は私達を省みて言った。

「青化物らしい」刑事を振返ると、グラス及瓶に残ったコニャックの一部を念のために鑑識係に分析させるよう命じた。

部屋中をせかせか歩き廻って壁際の本棚やキャビネットの中を探していた熊座主任はキャビネットの肘棚の上の写真入りの小型の額を取り上げた。

「ほほ、この娘の写真だな。惜しいことをした。仲々の別嬪だて」そう言って写真額の裏を反して、

「おや、これは一体誰だい。この娘の情人《いろ》にしてはちと年をとり過ぎとるが」と言ってその写真額を如月検事の前に持って来た。それは硝子板二枚をぴったり貼り合せて下部に脚を付けた額で、写真を二枚、背合せにはさんで入れるようになっている。つまり裏を返すと別の写真が出るようになっている。秋水は写真入りの額を如月検事から受取ると裏を返して男の写真を凝と見ていたが、検事を振向くと、

「如月さん、これはここの主人江藤博士の写真ですよ。僕は学生時代に博士を見て知っています。博士が未だ助教授時代でしたが、間違なく江藤有人博士です」

如月検事は屍体の横向けに伏せた顔の下の原稿をのぞき見ていたが、熊座を振向いて言った。

「熊座君、何かの原稿のつづきを書きかけてある。遺書はあるまい。追詰められての自殺だろう」

「そうですな。江藤博士と殺された夫人の間にはさまった三角関係の清算というところですな」

如月検事は黙ってうなずいて刑事達に言った。

「検屍は明日やってもらおう。念のため夫人の屍体と共に剖検の結果は見ておく必要がある」そして屍体を別室に運んでも良いと言って扉の外へ出て行った。

熊座は二人の部下を念のために館へ残して検事と一緒に引揚げると言ったが、丸められた濡タオルを凝視している秋水に向って、

「秋水さん。貴男方は今晩どちらですか?」

「近所にキャムプがあります」と言って、なお一時間ばかりここへいても良いかと許可を求めて、私を誘ってがらんとして未だ煙草の煙が層を為して漂っている殺人現場であった居間に戻った。

北アルプス山麓の夜の冷気はしんしんと身にしみた。二人の美しい女性の屍を抱いた紅鱒館は惨事の緊張の後のけだるい疲労に押包まれ今や脂汗を浮べて仮睡状態に陥入ろうとしていた。秋水と私とは煙草に火を点けるとソファから立上って居間の窓を明けた。室内に漂っていた煙草の煙は一たん外へ流れかけたが開かれた窓枠をかすかに鳴らして夜霧が流れ込んで来た。秋水は両手を伸すと大きく深呼吸をした。木崎湖は霧につつまれて見えなかったが、渚に打寄せる波の音がひたひたと耳朶を打った。

「岡村君、如月さん達はこの事件は解決したと言っていたが僕には未だ割切れない何ものかがある。この物凄い夜霧のように紅鱒館を覆い隠しているものがあるよう

なんだ。……例えばだね……」と秋水が言い掛けた時に入口の扉が音も無く開かれて執事の青井老人の小柄な姿が蹌踉と入って来た。長時間に及んだ心労にすっかり打のめされて、焦躁と疲労にぶよぶよにゆがんでしまった顔を挙げて、私達の前に来た。

死者に供えたらしい線香の匂が廊下の闇から漂って来て鼻に沁みた。

「御苦労様でございました。何かお食事でも持って参りましょうか」

「いや有難う。二人も一度に亡られてお忙しいでしょうから構いませんよ。私達はこれからキャムプに戻って食べます。青井さん、御迷惑でしょうが僕達これからちょっと試験したい事があって薬品が入用なのです。後始末をして鍵をかけておきますから実験室の鍵を貸して下さい。明日の朝お返ししますよ」青井の姿が扉の向うに消えると私達は元の席に戻った。秋水は腰を降し旨そうに一服吸い込んでから煙と共にゆっくり語りはじめた。

「岡村君、僕にはこの家に起った殺人事件、それに相次いで発生した一女性の自殺、この人間生活の流れの中に私達がもっと耳を澄ませて聴かなければならないせせらぎの音が聴えるのだ。岸を洗い水際の芦の根元をくぐって立てる水の音に混ってもっともっと微妙な水底の響が風に運ばれて僕の鼓膜を打つ。……瀬の音だ……水底の起伏があるのだ。一事件の解決には少しの未解決な些細のものをも残してはいけない。一夜の内に二人の美しい女性の死という凄惨な事件が発生して嵐がそれ等のものを巻込んで永遠の彼方へ運んで行ってしまったが……未だ僕の耳朶に小さな気流を巻いて微な響を鼓膜に伝えている何かがあるのだ。これは科学者としての僕の欠点かも知れない。あるいは後天的に習性となったものかも知れない。一般の社会人に混って生活していて、いつの時代にも他の人より一足遅れて社会的には一見無駄と思われる足踏をし時間を失ってしまう科学者の宿命かも知れない。目の前の事象の本筋だけを大摑みに把握して他のあらゆる解決、未解決の幾多の問題を皆のみ込んで前進して行くのが社会における賢明な人間生活の本道とも言えるであろうが僕には……ああ岡村君、僕にはそれが出来ないのだよ。水底の起伏をつき止めなければいられない。明日また熊座さんが来ると言っていたがそれまでに充分この事件の底流の響の原因をつきとめておこう」

夕刻から数時間、秋水は殆んど如月検事や熊座主任の仕事を傍観してきただけだった。稀に室内を歩いてみたり、係刑事について館内を歩いたりする程度で、あとは彼等の意見に黙ってうなずいたり、微笑したりしていたようであったが、今見る彼の顔は、けわしい額や小鼻の辺りが蒼白んで、この間における彼がいかに精神的の戦をしてきたかが私には良く判った。

「秋水君、君の今言った事は良く判る。僕は君の考えに賛成だ。一体……貴君の今言う事件の底流というのは何だね。流れの底の瀬とは何を指しているのか、僕に聞かせてくれ給え」

「君も僕と一緒に一日中いて、ある点は気が付いたと思うが、まず順序を追って未解決の疑点を一つずつ提示しよう。第一にまずあの不思議な女性、越智梨江が事件発生直後の現場にある壁炉の上の日暦に何故あの二行の恋歌を書き込んだか？　最初僕達が入って行った直前に書いたものだ。君も知っているだろう、黄色い六角の鉛筆を持っていたね。僕はバヴァリヤのシュタェツラー製のザ・ムーンもモンゴールもその硬度の特性と紙の表面に乗る粒子の特質も良く知っている。日暦に書き込まれた字の鉛筆の質は確にあの時、彼女が持っていた鉛筆と同じものだ。――僕はそれを借りて調べた――あの鉛筆で書かれたものに間違ない。青井が駐在所に走り出した時刻から僕達が扉から飛込むまでの時間に書いたものだ。……あの凄惨極まる屍体の側で、事もあろうに女学生時代に愛唱した歌をだぜ。しかも日暦に書き込むのにわざわざ手数をかけて上の二枚を指で押し上げて今日（もう昨日だが）の日附十三日の余白に書いた。

更に注目すべきは、この不可解な、何とも説明しようもない自己の行動を僕達の前に隠そうともしない点だ。

次に順序が狂ったが第二の疑点だ。それは鮎子の悲鳴をあの建物の中で聞いているのが執事の青井立夫たった一人である事だ。仮に青井がその時、自分の部屋の硝子窓近くにいて、彼が耳にした悲鳴が戸外の悲鳴であったとする。それならその時刻には寝室の真向うにある実験室の側の樹木の切株には被害者の情人、宇部輝が腰を降していた訳だ。その宇部が全然聞いていないのだ。さて僕は執事、青井の訊問を長い間、側で聞いていたが、あの中老の男は苦労人だが、悪い意味で苦労した人だ。長い間の苦労があの男を極端に卑屈な自己主義者にしてしまった。だから彼は自己の利益に係る事なら嘘を吐くが、自分の利益とは何の関係もない他人の事になると決して相手に義理を立てたり、あるいはかばったりはしない男だが、仮に彼が耳にした悲鳴は間違なく聞えたものとして考えると、結局、断続して二度も青井が聞いた悲鳴が第一見逃す事の出来ない疑点となる。

　それから第三の疑点は被害者が発したであろう――あるいは青井が聞いた――悲鳴と被害者の咽喉に頸骨まで平らに突立った短剣の疑問だ。これは熊座さんも指摘したように短剣が突立ってからは絶対に悲鳴は発しられない。何故ならば鮎子は平らに突通された短剣で気管を完全に閉塞されて窒息しつつあった。しからば未だ短剣を咽喉に刺されない以前に発した救いを求める悲鳴か？……この場合には逃げ廻っている成年の婦人を一突きで、ああも力学的に完全無欠には刺せるものではない。被害者が顔を良く知っている犯人が、鮎子に近付き隠して持った兇器でいきなり刺したものだ。悲鳴と刺創とは別ものだとも考えられる。顔見知りの犯人、三角関係、という明白な事実、そして自殺となって結局、鮎子の弟子の園田恵美が真犯人と決定した。このために悲鳴の疑問が全く覆い隠されてしまった。これは爾後何とでも解釈は付く。偶然に旨く短剣が咽喉を刺貫く。そして犯人はキャビネットの蔭へ身をひそめる。青井が飛込んで来る。つづいて梨江が入って来る。びっくりして被害者に気を取られている二人の後からすうっと扉を出て地階の自室に戻る。これで恵美を犯人とする論理は成り立つ。……しかし岡村君我々は飽くまで疑問は疑問、不合理は不合理としなければならないと思う。これが科学者の宿命、いや使命だと思う。

　さて第四の疑問だ。一度犯人容疑者とされた、鮎子の情人、宇部輝だ。情婦の主人の目を忍んで媾曳を重ねている男としては我々の前に居て少しの悪びれた態度がない。卑屈な風が見えなかった。そして知名な江藤博士の許婚者となり同棲までしている女に対して絶対的に自信を示し、夫人の背信（博士との婚約）を少しも恨んでもいない。如月さんや熊座さんの微に入り細を穿った質問に対しても素直に答えてあの白皙の顔を赤く染めさえしたではないか。これが僕達がこれから究明してはっきりさせなければならない重大な疑点だ。

　次に第五の不可解な点だ。それは自殺した恵美の屍体の頭部に近く置いてあった品だ。……濡れタオル……これだ。僕は盆の上のウイスキー・グラスを如月さんが取上げた時、グラスの下側部が湿気で白く曇っているのを見たし、側にあったコニャックの瓶の下側部も同様に湿気で白く曇っていた。僕はあの時にすぐ側に丸めて置いてあったタオルがたっぷり水を含んでいるのに気が付いた。一家の三度の炊事を忠実《まめ》にする若い娘が何に使うのか自分のタオルを濡らして丸めたままにしておく理由が判らない。あのキャビネットの硝子戸の中に未だ他のコニャックの瓶が有ったのを見て僕は、あの娘は若いくせに飲酒癖があると睨んだが、しかし部屋の中や、棚の上はきちんとしていた。身じまいの良い娘である。その娘が何故無精ったらしく自分のタオルをだぶだぶに水を含ませたまま盆の上にグラスと並べて置いたか?

これが第五の疑点だ。

まだ大事な問題がある。次の第六の疑問は何故江藤有人博士が五十才に近い今まで妻帯をしなかったかだ。象牙の塔に籠る学者としては珍しく交友の範囲の広いしかも学部長として学校行政を長い間やっていて人々の出入や何かの多い、しかも研究所の維持こそ苦しかろうが土地の名門として多少の私財を持って生活も安定している博士が未だに独身とは、何か隠れた秘密があった訳だ。更に自殺した園田恵美が自分の写真と貼り合せにして持っていた博士の写真の物語る謎である。この疑問の内、五十才に近い現在まで妻帯しなかったという問題について、もしも博士に生理的欠陥があったとすると今までの女性との交情及現在の博士を頂点とする鮎子、恵美との三角関係と鮎子を頂点とする博士、宇部輝との三角関係との相互関係及二つの三角型の重り合った交点の関係に大きな補正を加えなければならない。そうなると鮎子夫人と宇部輝との交情が我々の眼の前にぐっと浮き上って来る。これは前の第四の疑点として提示した」ここまで秋水は自己の論理を新米の助教授の講義めいた口調で説明してきたが、言葉を切ると上着ポケットから、一冊の小型の書物を取り出して、ぽんと私の前の卓上に投出した。新しい紙巻に火を点けると言った。

「この書物が今、僕がしゃべった第一の疑点の解明にある暗示を与える」

六　歌集『氷炎』

私はそれを手に採り上げて見た。三五版（約十糎×十七糎角）の厚み約二十粍ほどのかなり手ずれたフランス趣味に装幀された本で白いビロードの装幀に朱文字で「氷炎」としてあり著者は江藤有三、裏の扉を返すと昭和五年発行とある。

私は何気なくぱらぱらと頁をめくると巻頭から約三分

の一ほどの所が折り返してある。折目を展べると見出しに、

R嬢に捧ぐ――とあり一聯の短歌の冒頭の二行に朱筆で傍線が引いてある。そして、

――火の山の裾の峡でゆくりなく
　会いし乙女と誓いけるかな――

「ああ……あの謎の歌じゃないか、梨江が日暦に書き込んだ。断末魔の苦悩にのた打ち廻る鮎子夫人の側で、あの不可解な女が顔色も変えずに書いた……!?」私は思わず叫んだ。

「紅鱒館の秘密の一端が判ってきたろう」

先刻、秋水が投げかけた疑問の濃霧の端が切れて、紺青の空が、一瞬間、ちらりと見えたような気がした。

「江藤有三って……博士が若い時代のペンネームじゃないか!?」

秋水は黙ってうなずいた。そして、

「先刻の訊問中に便所へ立った暇にちょっと二階のスフィンクス女史の本棚から借りてきたのだ。

未だあるその帰り途に隣の青井老人の部屋を覗いて重大な発見をしたんだ。これが解決すれば先刻君に投げた第二と第三及第五の疑問が氷解する。つまり第二の疑点、何故青井だけが悲鳴を聞いたか？　しかも断続して二度までも悲鳴が彼にだけ聞えて他の梨江や恵美そして戸外の宇部には聞えなかったか？　それから第三の疑点、すなわち貫通した短剣で気管を閉塞された被害者が如何にして悲鳴を相当長く出す事が出来たか。これに附随して密室殺人の矛盾。さて第五の疑点、何故濡れタオルが自殺した恵美の屍体の頭部に近く、ウイスキー・グラスとコニャックの瓶の間にあったか？……以上の三項目の不合理が整然と証明されるのだ。勿論、朝になれば博士も東京から帰って来るから自然と第四、第六の問題がはっきりする」そう言って秋水は立上って歌集「氷炎」をポケットに辷り込ませると私を振返って、

「さあこれから大芝居だ！」私の胸を指差して、

「君に主役を演じてもらわなくてはならない。重大な責任があるぜ。この芝居が僕の見込み通り成功すれば今言った第二、三、五の問題が自然と解ける。さて……ちょっと演出の打合せをしよう。なに生命に別状はないさ」私は甚だ彼に忿懣を感じた。今までの彼と行動を共にした冒険に、いつだって躊躇した事なぞなかった。スリルに満ちた楽しいゲームであると思っている。それなのに、……彼は私の心底を察したらしく大きな掌で私の

胸を押えるようにして声を低めて言った。

「さあここにマグネシウムとカメラがある。ちょっとポケットへ入れ給え。さて後刻僕が君の背中をそっと叩いてある部屋の扉を指差すから君はその扉の中へ直ちにそっと忍び込むのだ。そしてその部屋にあるベッドの下へもぐり込んで一夜を明すのだ。ベッドの主人に気付かれぬようにしてその部屋で何が起きるか注意をしていてくれ給え。そしてその部屋にも壁炉があるが今夜の内に誰かが壁炉に近付いて中に手を入れて何かするつもりだ。君の使命の目的はその怪人物が壁炉に手を入れて何かしている姿をこのカメラに納めることだ」そう言って秋水は扉を排して廊下の暗闇に出た。その後へつづきながら私の全身は武者振いが止らなかった。彼は二階への階段を上って行った。青井や梨江達は未だ起きているのであろう廊下に明りが点いていた。とっつきの扉に手製の廻転板があり上の矢印の所に青井と印してあり、内側の廻転板には周辺に(食堂)とか(事務所)とか(長野)とか自身の行先が書いてある。青井の小心で几帳面な性格を物語っていた。秋水はちらりとそれを見てその前を通り過ぎて先の扉をノックした。扉はすぐ開かれて中から梨江が顔を出した。先刻の服装のままだ。まだ起きていたらしかった……もっとも今夜は交替で鮎子と恵美の通夜であるからだろう。秋水はちょっと驚いて、

「ああ失礼しました。実は重大な話があって青井さんのお部屋かと思いました」

「まあ……青井さんはお隣り……手前のお部屋ですわ」

微笑して顔を引込めた。

秋水は戻って青井の部屋の扉をノックした。青井はすぐ顔を出した。

「さあどうぞ」と言って中へ招じ入れようとするのを手で制して扉の外に立ったまま秋水は、

「もうこれで用も済みましたのでこれからキャムプへ戻ります。その前に先ほど御諒解願いましたが向うの実験室へ寄って薬品を少し貰って行きます。……青井さん今夜はほんとにお疲れでしたね。一度は貴男が犯人と思われたりして、何しろあの連中ときたら被害者以外の者は一応犯人と決めてかかるのだから敵いませんよ。もっとも鮎子夫人の悲鳴を聞いたのは貴男一人だったから情況が悪かったのです。犯人と被害者の二人が階下の部屋にいて扉を閉めた場合、そこで発せられた叫声を貴男だけが聞くためには、貴男の部屋の壁炉の中の通風孔の調節煉瓦が開いていて、隣室の梨江さんの部屋の炉の通風

孔の調節煉瓦が穴を塞いでおらなければなりません。何故ならば夫人の部屋は壁炉の煙道で二階のここのお二人の部屋と通じているのです。しかしもう貴男には幸にもそうした理屈は用がありません。ではお寝みなさい。明朝またお邪魔をします」秋水は一礼すると素早く先隣の梨江の部屋を二、三度ノックして把手を廻して扉を開いた。扉のすぐ内側には梨江が凝然として立ちすくんでいた。

「ごめんなさい越智さん、実は急に必要が出来て階下の居間にある書類でも手紙の中からでも良いですから博士の直筆の数枚と奥さんのをやはり多少お借りしたいのです。調査の参考にしたいのです」梨江の眉はふと曇ったが、何か言いかけた唇をつぐんで部屋を出て後手で扉を閉めた。

「岡村君、僕はこれから実験室の薬を少し借りてちょっと実験をして後からキャムプへ帰る。君は一足先に戻ってコーヒーでも沸かしといてくれ給え。それからリュックサックの中のセーターに包んでウイスキーがあるよ。……じゃ頼むぜ……」と言った時、彼の手が私の背中をずしんと叩いた。驚いて顔を見ると、後向きに彼の指が梨江の扉を指差していた。

私の背筋を電撃のような緊張が走った。少し遅れる風をして扉から中へすべり込んで直ちに彼女のベッドの下にもぐり込んだ。ベッドの下の時間は私に実に長かった。腕時計の音が心臓の鼓動と響き合った。やがて隣の青井の出て行く足音がした。館の戸閉りを見に行くかあるいは階下の悲惨な死を遂げた、だが今は安らかに眠る二女性の通夜に(留蔵と交替に?)行くのか、仲々彼は階下から上っては来なかった。梨江の上って来たのはそれから三十分ぐらい経ってからだった。問題の壁炉は斜横五米ほどの所に見える。彼女はしばらくその前に立っていた。まさか彼女が秋水の言う怪人物ではあるまい。やがて彼女は扉にがちゃりと鍵をかけると踵を返して私の視野から消えた。電燈が消えるとスタンドの明りだけとなった。服を脱いでいるらしい。しゅっしゅっという音がしたと思ったら、ずしんと私の頭の上に乗っかった。若くてしかも美しい婦人のベッドの下に身をひそめる、今までの経験で私はこの時位、当惑したことはなかった。(私には課せられた重大な使命がある。この部屋の壁炉の中へ手を入れて仕事をする謎の人物の動勢をカメラに納めなければならない)秋水の言った、壁炉の中に手を入れて何事かをする怪人物とは一体誰だろうか。梨江は扉に錠を下してしまった。一体どこから入って来るのだろうか？

　頭の上ではぎしぎしスプリングが鳴って梨江が寝返りを打つ。壁掛時計がきりりと鳴った。腕時計を覗くと午前三時だ。彼女は仲々寝付かれないらしい。スタンドの燈を消してからも何度も寝返りを打った。深い溜息さえ吐いた。私はふと一尺（三十糎）上の彼女の豊なしかし不具の梨江の肉体を想像した時に横面にずしんと衝撃をうけて目が眩んだ。彼女がベッドを降り立ったのだ。スタンドの電燈が点く。壁炉に彼女が近寄った。身をかがめて片手を壁炉の内側上右横に突込んで何かまさぐっている。一瞬、――パーン――。目も眩む閃光と女の悲鳴。

　酸化マグネシウムの粉を頭から浴びて私はベッドの下から飛出して仁王立ちとなった。部屋の電燈が点けられた。梨江は真直ぐ立って私を振向くと静に言った。

「貴男でしたね！」黙って扉の錠前に鍵を差込むとかちゃりと音を立てて扉を開けた。片手で外の暗闇を指差した。私は黙って一礼すると扉外に出た。

　疲れきってキャムプへ帰って来ると秋水はもう先に帰って私を待っていた。

「どうしたい岡村君、スフィンクス女史の一喝を喰ったろ」彼は今夜私が遭遇した事件はちゃんと知っていた。

「僕はあれから実験室へ行って瓶に残っていたコニャックを分析した。朝になれば熊座さんが分析結果を知らせてはくれるが僕の方も今晩中に分析して自分の考えを是非ともまとめておく必要があった。……岡村君あの残りのコニャックには青化物の反応は出てこなかったよ」

「それじゃ毒物はウイスキー・グラスにだけ入っていた訳だね」

「そうだ」

「そうすると結局、園田恵美は自殺だね。もしも彼女の飲酒癖を知っている誰かが恵美を毒物で殺すとしたら、手の付いているコニャックの瓶に毒物を投入する訳だ。毒物がウイスキー・グラスにだけしか残っていないということは恵美の自殺を証明する」

「陥穽だ！　陰険な犯人の仕掛けた陥穽だ。如月さんも熊座さんも見事それに落込んだのだ」秋水は微笑を浮べると、

「それでは濡れタオルの疑問はどうする。あの水を念のために絞って分析したが、ただの水だった。身じまいの良い彼女が自分のタオルを水にひたして丸めておく訳はない。誰かがあれを持って来て置いたのだ。書き物に

夢中だった彼女はそれに気が付かなかったのだ。それじゃ誰が何のために濡れタオルをそこに置いたか？　僕は恵美の屍体を見た瞬間に、ふとそんな疑念が湧いたのだが、もしも誰かが恵美を毒殺して自殺を粧わせる場合、是非とも毒物の痕跡をウイスキー・グラスにだけ残しておく心要がある。しかしいつ彼女がコニャックを飲むか判らぬ。しかし飲酒癖のある恵美は寝る前に必ず一度はグラスを傾ける事は間違いない。犯人は恵美の飲酒癖を知っていて計画的に彼女の毒殺を行ったのだ。しかし空のグラスに青化物の白い結晶を入れておくと直ぐに恵美に気付かれる。だから犯人は青化物の濃厚な液を作って上向きに置いたグラスの底部にその液の薄いフィルムを作らねばならない。しかし濃溶液の薄いフィルムは時間の経過と共に水分が蒸発して溶質の結晶が白い粉となって析出する。これじゃ直ぐに恵美に気付かれる。だが青化物の濃厚液でグラスの底部にフィルムを作っておいて、しかも長時間放置しても乾燥しない方法があるんだ。それはフィルムの上にグリセリンを一滴たらしてその附近の水蒸気の圧力を常に高く保っておく事でそれにはグラスの極く近くに水を置いておく。これで始めて濡れタオルを置く必要が生じる。グリセリンには吸湿性があり濡れタオルから蒸発した水分をどんどん吸収する。いつまで経ってもグラスの底は干上《ひあが》らない。勿論結晶は白く析出しない。ここに恵美が気が付かずにその中にコニャックを注いで飲む可能性がある。一人だけの部屋では二時間や三時間は上向きのグラスの底に埃は積るまい。仮に彼女が潔癖で、上向に置いてあったグラスを水で洗いたく思って、炊事場へグラスを持って立って行くには扉口には余り気分のよろしくない刑事がいる。これで恵美の屍体の頭部に近く置いてあった濡れタオルの疑問が解決した」秋水は一息にそこまで言切ると、にやりと笑ってウイスキーをぐっと呷った。私がつい先刻の梨江のベッドの下の苦闘を逐一報告するのを黙って聞いていたが、壁炉の中に手を入れた謎の人物が誰あろう越智梨江と聞いても別段驚きはしなかった。予期していたらしかった。私の話が終ると毛布の上に仰向きに引っくり返って、

「美人と寝台を距てて一夜を過したのも悪くはなかったろう。明日の朝、君の顔を見ると早速ベッドの下の居心地は如何に？　――と訊かれるよ。……おやおや君の頭の毛はフラッシュの粉を浴びて真白だぜ」と言って笑ったが気の故か彼の声はかすれていた。静かな口調に改ると彼は、

「あの越智梨江という女はね……こんな事では決して驚かないと思う。事件発生以来、彼女は自分の身を隠そうとはしていないのだ。いやむしろ自己を暴露している。最初から強烈な捨身の体当りだ。僕は……あの女の心を支えている目に見えぬ大きな何ものかがあると思う」

そう言うと彼は急に黙り込んでしまったがやがて静かな鼾が聞えはじめた。

翌朝と言っても、ようやく三時間ばかり眠っただけであった。食事を済ませると私達は湖に沿って紅鱒館へ向って歩いていた。朝霧が睫を濡らした。軽やかな雲は山裾のなだりに沿って嶺へと後から後から湧き上ってゆく。樹々の梢は、すくすくと頭を上げて、逆流して昇ってゆく雲の流れを切って、それが茸のように美しく光っている。湖岸から紅鱒館へ岐れる所で一人の婦人が佇んでじっと湖心を見ていた。秋水はつかつかと近寄って挨拶をした。

「越智さん。昨夜は不躾な事をして申訳ありませんでした。ああしなければならなかったのですよ」と言うとポケットから江藤有三の歌集「氷炎」を取出し梨江に渡しながら言った。

「有難うございました。必要があって無断で本棚からお借りして来ました」秋水は湖に向って梨江と並んで立った。あちこちで鱒が水面より躍る。波紋が水面を拡がり、陽に輝いた。梨江は放心したように湖心を凝視していたが、やがて沈黙を破った。

「雪をかむった壮麗な山々や美しい樹々や、湖を眺めていますと、偉大な交響曲を全身で聴いているような気がしますわ」彼女はいつまでも動かなかった。

「越智さん、この江藤有三の歌集『氷炎』の中に出ているRという女性は貴女ではありませんか?」秋水の不意の質問に彼女の頬は微に震えた。

「何故⁉」

「梨江さん、貴女と博士の過去を僕にお話し願えませんか?」

「どうしてそんな事をお聞きになるの?」彼女の眉は醜くゆがめられたがそれは秋水に対する敵意ではなく当惑であった。秋水は追求をそれでふっつり止めてしまったが、内ポケットから何か書類を出して、彼女に渡して言った。

「昨夜、帰りがけに貴女からお借りした博士の書いた文書と鮎子夫人の筆蹟です。それからこれは、貴女の筆蹟——あの日暦の短歌です——とを比較し研究して、重大な暗示を得たのです。博士の筆蹟と貴女の字体との酷似です。それである物語を思い出しました。ゲーテの小説、親和力です。物語はやはりこの湖のような美しい湖畔の貴族の領地に発生するのですが、ある中年の貴族夫妻に養われている若い娘がありました。他の娘に比べると、どちらかと言いますと理智の発達は遅れておりますが内潜的な情熱と人間性の成育しつつある時期に居ります。ここに一人の理性ある男が出現し、男爵夫人と彼とは愛を感じ合います。一方親和力によって中年の男爵はこの娘を愛するようになりますが、またこの娘も自分の理性では認識しないがいつしか彼女の胸中には男爵への愛情が日に日に育くんで行ったのです。ある日男爵はこの娘の書いた物を見て驚愕するのです。それは彼女の筆蹟が自分の筆跡に殆んどそっくり似ているのです。娘自身無意識の裡の男爵に合一しようとする希求がいつか字体まで似させてきたのです」

　そう言終ると秋水は私を促して紅鱒館へと急いだ。

七　江藤博士帰る

熊座等は間もなく元気な顔をしてやって来た。江藤有人博士が東京から帰って来たのが午前九時三十分。博士を中心に熊座、秋水と私は昨夜の惨劇の現場である居間に集った。

　年齢に比して白髪の多い頭髪を後へ撫で付けた面長の立派な顔も、一家に発生した悲惨事に胸奥の苦悶がありありと刻まれ、しばしは言葉も無く椅子の背に体を深く沈めて両眼を閉じ、低い呻吟の声さえ洩らしていた。ややあって博士の口から出た言葉は、私や熊座主任の考えも及ばぬ意外な事実であった。

「宇部輝という青年はこの事件には係りはありません。死んだ鮎子と宇部との関係を何んでこの私が知らずにいたでしょうか。若い鮎子に対して私は満足を与えられませんでした。今後も彼女を充してやる事は出来なかったでしょう。しかし誓って言いましょう。私が彼女を愛していると同じように彼女もまた心から私を愛しておりました。宇部に抱かれる時にも彼女は私の面影を抱いていたのです。御想像もつかないでしょう。彼女は私の全霊を愛していたのです。恐らく貴男達もまた世間の人々も私の倫理を一笑に付するでしょう。そしてこの異常な三角関係も……一人の女がAという男と肉体的に抱擁する時、彼女自身は他のBという男を精神的に抱いているという事は嘲って認めようとはしないでしょう。しかし偽りない真実なのです」秋水は静に両眼を閉じて聞いていたが博士の言葉が終ると胸のポケットから細く折りたたんだ紙片を出して差出した。

「鮎子夫人が殺された直後、梨江さんがこの部屋の日暦、丁度屍体の頭の近くの壁炉の上の日暦に書いた歌です。お心当りがあるでしょう」

昨夜彼がはがして持っていたものらしかった。彼から受取ってそれに目を移した博士の身体は、電撃にでも打たれたように震え戦いた。小鬢の毛はそうけ立ち見開かれた両眼は怒りと悔恨と自責に満ちて壁炉の辺りを見まもった。

「梨江……梨江が……」

秋水は立上ると博士の側へ寄って何かささやいた。深く皺の刻まれた頰に顔を近付けるとまた何か言った。博士は苦しそうにうなずいた。そして顔を胸に垂れてしまった。

秋水はつと立上ると庭へ出た。私もつづいて彼の後を追った。執事の青井が裏手から庭を歩いて来るのに出会った。

「梨江さんはどこにいますか?」

「湖の方へ行って未だ帰って来ません」

越智梨江は先刻私達と出会った場所に前の姿勢で立って凝っと湖心を見詰めていた。秋水は私を振返ると会心の微笑を浮べて、

「岡村君。この殺人事件は犯人の冷静な頭脳によって周到に計画された恐るべき惨忍な事件だ。犯人は殺人が目的ではなく、殺人によってある目的を達しようとしていたのだ。……昨夜の事件発生以来、終始犯人は我々の目の前に悠々と姿を現したまま我々を冷笑していた。しかし我々に隙を見せなかった。我々は犯人を目の前にしながらどうする事も出来なかったが、昨夜の君の奮闘でようやく我々が先手となった。しかしあれでは死命を制したとは言えないのだ。宣戦の布告だった。これから我々は犯人に致命的の一撃を与えなければならない。そして犯人の動きを見よう。この事件は犯人に解決させるのだ。しかし君はちょっとここで、待って見ていてくれ

た方が良い。その方が効果があろう」

　彼は私を後に残して、梨江に近付いて行った。私の方から二人の横顔が良く見えた。しかし声は聞えなかった。彼は微笑しながら二言、三言何かを言ったようだ。突然彼女に驚くべき変化が起きた。真直ぐ立って真正面から秋水を見ていた姿がぐらりとよろめいた。辛うじて立直ったようだったが、ふらふらと倒れかかった。秋水は慇懃に一礼すると私のいる方へ戻って来た。

「これで良い」

　私は何度か彼に事件解決の成行を聞こうと思っていたが、いつもの例で彼から言い出すまで黙って放っておいた方が良いと思って、何も私からは言葉は掛けなかった。

　私達のキャムプに昼過ぎて紅鱒館の執事青井立夫が一通の書状を持ってやって来た。裏を返して見た。梨江からの手紙だ。彼は早速それを読んでいたが読み終ると黙って私に渡した。

八　完全犯罪の論理

秋水魚太郎様
　賢明にして理解深き秋水様、この手紙をもちまして哀れな殺戮者のお別れの言葉といたします。そして紅鱒館の惨劇の幕はこれで降しましょう。賢明な貴男様がお推察の通り紅鱒館の鐘ケ江鮎子殺し及園田恵美の毒殺犯人はこの妾である事を告白します。実に貴男がこの湖畔へお出にならなければ紅鱒館の惨劇は闇から闇へ葬られ、そして妾は永久に江藤有人の面前で我れと我が身を責め虐みながら江藤に復讐をしつづけられたのです。江藤は妾があの二人を殺したのを知っていても、どうにもならなかったのです。それが妾の真の目的だったのです。と言うと未だ貴男にははっきりとお解りにならないのかも知れませんが妾が未だ若い、このみじめな足も未だ丈夫でありました女学生の頃の事でした。夢多い少女の妾は学校を出て間もない江藤有人と浅間山の麓で初めて会ったのです。精神的な美しい愛でした。彼は妾に誓いました。

――火の山の裾の峡でゆくりなく
　会いし乙女と誓いけるかな――

この妾の胸を歓喜でおどらした誓が後に妾を苦悩の底へ突落した呪詛になろうとは神ならぬ身の妾には想像もつきませんでした。

理解ある秋水様、女というものは愚なものです。男のつれづれの言葉を飽くまでも信じ一生を捧げてしまうものです。二人の間は真実精神的《プラトニック》なものでしたが、あの時の江藤のつれづれの誓が妾の一生の方向を決め運命を支配してしまったのです。妾は支配される事に依って幸福に浸ろうとしました。間もなく江藤は去りましたが、妾はいつまでも彼を信じて疑いませんでした。研究室に籠って仕事に生命を打込む彼の面影を、妾は遠く離れてひとり胸に抱くことで生甲斐を感じてきました。想えば淋しいけれど楽しかった二十年でした。やがて運命の年です。昨年彼は妾の従妹の鐘ケ江鮎子を知りました。やがて婚約をしました。失望のどん底に落ちた私の悲歎の心は彼に対する復讐に変りました。ただ有人の胸中から妾を追出してしまった鮎子を殺すことだけでは妾の目的は達せられません。法的に犯罪の手掛りを少しも残さず、しかも有人の眼前に、復讐する妾の姿を現したまま鮎子を（ああ哀れな復讐者の餌食――）を斃す。そして愛する有人を苦しめ、妾は彼が苦悩にのたうち廻りながら生きてゆくのを見守り続ける。……ああこれこそ自虐の極み、我と我が身を苦しめる陶酔の極致ではないでしょうか。そして秋水様、妾の広言をおゆるし下さい……これこそ犯罪史上空前の完全犯罪ではないでしょうか。世に言う完全犯罪、それは犯罪の証跡を残さない、犯罪の動機の倫理上の正当、行為の水も洩らさぬ合法性。しかしこれでは犯罪が成り立ちません。完全犯罪とは言えません。真の完全犯罪とは……行為を相手にはっきりと認めさせ、しかも法律などという人間の作った愚かな規則の外に立って冷笑する。そして被害者の（おお愛する有人）の永遠の苦悩と、犯人の満足、無限の恍惚境、何と素晴らしい犯罪の効果ではありませんか。これこそ真の完全犯罪と言えます。そしてこれこそ素晴らしい人生芸術ではありませんか。さて昨夜、妾は妾の生涯を賭けた芸術へ手を染めました。鮎子の机の上にあった短剣を予め手に入れました。階段わきの電話線は念のため切断しました。次に殺人と有人の帰宅時間とのマッチ――（最上の効果）――家人の情況の満足すべき状態。妾はその時間に鮎子の咽喉に短剣を突立てました。彼女は声さえも立て得ないで床上に苦しんでいました。妾は壁炉に顔をのぞかせて通風孔から悲鳴を送りました。その壁炉の煙道は青井の部屋と妾の部屋につづいております。居間の扉は閉っております。妾の送った悲鳴を聞くのは青井だけです。煙道から屋上へ抜けてゆく悲鳴は昨年以来、溜っている煤の粒子が吸収してくれます。悲鳴を送った妾は早速と居間の外へ出て扉の外の隅に立ちました。階上から青井が降りて来ましたが半ば開かれた扉から流れ出る明るい光線が彼の目を眩惑させました。彼は室内に飛込んで行きました。妾は悠々と彼の後から室内に入りました。しかし妾は貴男達の前で彼の後姿を目撃した事を敢えて証言して彼の現場不在証明を成立させました。彼にのみ悲鳴を送って情況の不利を与え直ちに不在証明を与えて彼を救う。当局の混惑、予定通りです。さて青井が駐在所に駈け付けた留守に妾は壁炉の上の日暦にあの歌を書き込みました。江藤が東京から帰る予定の日附の上に。お芝居がかりとお笑いになるかも知れませんが、しかし足下に血を流して倒れている餌食の側で、轟く胸を押えて書く歓喜の歌、何と地上の楽園ではありませんか。素晴しい血潮と詩の芸術ではないでしょうか。さてそれから地階の第二の餌食、哀れな園田恵美（――私の芸術作品を形作る粘土の一塊に過ぎません――）ですが彼女への送り物は夕食後、彼女が食器片付けをしている留守の間に準備して置いたのです。あの盆に載っていたウイスキー・グラスに青化物の濃厚溶液とグリセリンの一滴、そして濡れタオル。就寝前の飲酒癖が彼女の運命でした。キャビネットの彼女の写真の裏には私が今まで抱いていた有人の写真を納めました。これで恵美は名誉ある三角関係の一頂点となりました。これで私の素晴しい芸術の準備が終りました。後は効果を誘導し、成果を楽しみに待つばかりです。……そこへ貴男達がお出になったのです。庭土に印された妾の足跡ですか？……あれは夕刻の雨の後でわざと遺したものです。殊更に大きな長靴を穿き杖を持たないで、当局の方達が一応推理上の廻り道をして妾の足跡と判るようにして一度妾へのある疑惑を向けるようにしました。やがて妾の思う壺に如月さんやあの勇しい司法主任さんが陥込みました。妾への訊問、ここには妾の仕掛けた陥穽の暗示がありました。妾の証言した緑衣の女……恵美は緑の服は持ってはおりません。それなら何故妾が緑衣の女と証言したのでしょう。赤い服を着た鮎子夫人と入違に今度は緑衣の女を窓外から妾が見た。物理学の一年生です。明るい光線の下で赤い色彩を見てから直ちに白い物体を見ると赤の補色の緑に見える。色感原則の初歩です。これによって白い服を着た、あるいは若い女への暗示があったのです。これも予定通り如月さん達は恵美へ目を向けました。そして彼女の自殺、三角関係。いかがですか……。

宇部という可愛いい青年と夫人との関係、これは妾の決心を鈍らす何物にも価しません。もっとも彼の来た事だけは妾も知りませんでしたが。さて妾は有人の帰館を待つだけでした。芸術の完成、効果を初めて見極める時間を待つまでの待遠しい何時間……

秋水さん。あのお友達の不躾な悪戯、あのフラッシュには吃驚しました。しかしそれも聡明な貴男の探偵小説好みな遊戯と思って、ちっとも恐れませんでした。しかし私の部屋の壁炉の中の通風孔に蓋をする。これは妾があまり用心し過ぎたためでカメラに撮られましたが妾に致命的な一撃を与える事は出来ません。あの位の事で妾の体の端にでも手を触れる事は出来ないでしょう。

……しかし本当の事を言うと貴男があそこまで切込んで来なさったのには些か感歎しました。秋水さん、妾は貴男の面前でも完全犯罪を遂行しました。完全に妾の勝利でした。

しかし貴男は犯罪捜査という事以外に妾に瀕死の重傷を負わせました。妾の生命をこれまで支えて来ました心の支柱、江藤有人の幻像《イメージ》を貴男は微塵に粉砕してしまいました。ああ何と忌わしい呪いの言葉でしょう……湖畔で貴男から聞いたあの不能者《インポテント》という有人の告白。

有人の妾への愛も鮎子への愛の見せかけも不能者の虚栄であるとは……。

今となっては妾の身は魂の抜けた残骸に過ぎません。妾の命を支えてきた幻像は砕けて散ってしまったのです。

この手紙を貴男がお読みになっている頃、妾は湖の底に美しい鱒の游泳する水藻の蔭に身を横たえて永遠の眠りに就きましょう。

左様なら。

××年六月十四日

越　智　梨　江

盲目が来りて笛を吹く

Ⅰ　深夜の訪客

　足音の主は、しばらく扉の外で、把手《ノッブ》に触れることを躊躇しているようであった。アパートの同じ階の、どこかの部屋の壁掛時計が、物憂げに十一時を打つと、今まで聞えていた不規則な足音は、秋水の部屋の外で、はた、と止った。こつこつ、と正確なノックの音がして、それに応える秋水の声と、殆んど同時に、扉が開いて、一人の青年が立っていた。

「秋水魚太郎先生ですか？　夜分、遅くなって、申訳ありません……実は……」

　秋水は扉口を振返ると、素速く不意の訪客を一瞥した。

「私が秋水です。時刻の遅いのは、心配しなくても構いません。何か御用ですか？」

　青年は、すすめられた椅子に腰を降すと、四辺を見廻して、ほっと呼吸をついたが、いきなり顔を挙げて、身体を前に乗り出すと、

「……先生、僕を助けて下さい。……ああ、このまま、じっとしていると、気が狂ってしまいます。……先生、お願いです……、僕の恋人、千夜さんが、殺人罪に問われているのです。……それも、たった今なのです。あのひとに限って、そんな事はありません。あのひとは僕の生命です、希望です。千夜さんを僕の手から失ってしまったら、僕は破滅です。生きては居られません……秋水先生……お願いです、あのひとを救って下さい、そして、この僕を破滅から救って下さい！」

　次第に興奮してくる青年の顔を、秋水は凝と観た。紺サーヂの学生服に身を包んだ、二十二三歳、大柄で色白の美青年であった。

「まあ、そう興奮なさらないで、詳しい事情を、私に話して下さい……失礼ながら、君は理学生ですね」

　秋水は、シガレットケースの紙巻を青年に、奨めながら、薬品で褐色に焦けた、彼の手の指を、ちら、と眺めて、彼の顔を観た。青年の煙草にライターで、火を点け

てやると、卓上の、電気スタンドの燈を、青年の顔に向けた。青年は眩し気に、燈から顔をそ向けると、苦悩をつとめて自制するようにして、

「ああ……気が狂いそうです……」

打震える細い指に、はさんだ紙巻の火が消えてしまったのも、気が付かないらしく、心中に何かを思い定めたように、静に青年は秋水の方を見た。

「申遅れました、僕は糸崎哲二と申しまして、T大学の理学生です。この先のアパート、青雲館に居ります――あのニコライ堂の坂下にある古い建物です」

冷静な、秋水の応待に、ようやく、心の落付きを取戻した彼は、秋水の発する質問に導びかれて、この日の夕刻、彼の恋人、千夜を渦中に巻き込んだ、世にも怪奇な、殺人事件を物語った。

「秋水先生、こんな不思議な犯罪が、果して有り得るでしょうか、きっと、先生は僕の言葉を信じて下さらないでしょう……ええ、これが、たった数時間前に行われた奇怪な事件なのです……

気狂い染みた、悪夢のような、恐しい事件なのです。とても信じ得べからざる、まるで覗き絡繰《からくり》のような極彩色の舞台で、千絵さんが殺されたのです」

「……千絵さんって一体、誰ですか？　君の何に当るのですか」

「僕の……？　いえ……千夜さんの従姉です。そして、たった数時間前に、通り魔のような殺人鬼に、胸を刺されて、殺されたのです」

秋水のアパートの自室で、糸崎哲二青年が語った事件の外貌は、後で、秋水が親友、熊座警部から聞いた内容と一致しているから、ここに述べよう。

ニコライ堂の、あの異国的なドームが聳える、高台の麓一帯に拡がる、S町は、過ぐる一九四五年の歴史的な大空襲の惨禍から、奇しくも取残された、昔ながらの面影を、いまも遺している古い町だが、その町の坂の、とっつきにある、硝子器具問屋、曳舟玻璃店。そこの総領娘で、当時二十六歳になる千絵という小町娘が自分の部屋で、雪白の胸を刺されて殺されていた。南向き、だらだら坂の甃路に面して、一隅に倉のある庭をかこんだ、日本風の四間々口、昔を偲ばせる、木口の良い檜造り、瓦屋根の二階建で、曳舟玻璃店の文字の金箔も、すっかり剥落ちてしまった、欅の看板が載っている軒屋根の下に、張出した、間口の広いショウウインドの中や、店の

中には、色々な形をしたフラスコや、シリンダアや、ビユウレットだの硝子細工や、ピカピカ光る、色んな形をした医療器具が、ぎっしり並べてある店内。被害者の千絵は二階奥の八畳の自室で、医者が使う鋭いメスで、胸を刺されて、殺されていたのだが、屍体発見当時の状況は、商用で新潟へ出張していた父親の銀造氏が、偶然、予定より約半日早く帰京して、自宅の半町ほど手前まで、歩いて来た時である。店の硝子扉が、開かれたように見えたが、ゆっくりした動作で一人の男が扉の間から出て来た。銀造氏は途中で、その男と、すれ違った。平素、家に居る時に、時折見たことのある、竪笛《フリュート》吹きの盲目の老人だと、判った。陽が昏れた間際ではあったが、附近の商家の燈火で、間違いなく、盲目の老人だったと、後に証言した。銀造氏は、家の扉に手を触れた時、虫が知らせると言うか、今の老人の事が、妙に気になって、もう一度、後を振返ったが、その時には老人の姿は見えなかった。湧然と胸底に、せせらぎ始めた不安に、店内を見廻した。奥の廊下から射込む明りに人っ子一人見えなかった。

「いま帰ったよ。……重吉は居るかね」

先代から曳舟家に仕えている、家僕を呼んだ。……返事が無い。

「千絵や……千絵も居ないのかい。……銀治ッ……銀治……」

家を空ける日の多い、父親の声を耳にするといつも飛出して来る、息子の銀治の姿も無い。店内を通り抜けて、奥廊下に足を入れて左手、六畳に起居している、姪の千夜の姿を求めたが、部屋は暗くて、空っぽであった。銀造氏は胸騒ぎを押えながら、階段を登って、表に面した自分の部屋に入ると、電燈を点けて鞄を投出し、上衣を脱ぐと、廊下を距てた千絵の部屋の障子を明けた。流れ込む光線の帯が、畳の上に、じかに横たわっている、白い人間の体の腹の上を流れた。微かに鼻孔の粘膜を刺す、線香花火の硝煙の匂い……

「千絵ッ……」

返事は無かった。異様な恐怖と不幸の予感が、銀造氏の胸に襲った。

手を伸して電燈を点けると、部屋の真中を見下した銀造氏は、へなへなと、その場に坐り込んでしまった。滝縞のセルに濃い臙脂の帯を締めた、千絵の屍体は、ほぼ部屋の中央に、東を頭にして、仰向けに倒れていた。左の胸の丘陵と帯との谷に、黒い小指ほどの物体が突立っていた。殆んど握りの元まで刺通し、ぐいと、一刳《えぐ》りされたメスで、背中の下は血溜りとなっていた。娘の屍体の前に、へたばり込んで、一分経ったか、十分経ったか、気が付いて、廊下の方を振向くと、外出から、戻って来たらしい、家僕の重吉老人と息子の銀治少年が、大きな眼を見開き、口をぽかんと明けて、突立っていた。ようやく我に返った銀造氏が、階下に駈降りて、電話で、附近の医師、回春堂の芹田先生を呼んでいる所へ静に、姪の千夜が外出から帰って来た。地元N署からの連絡で捜査課の熊座警部や鑑識課員が到着したのは、それから三十分ほど経て八時を十五分廻っていた。

被害現場である、千絵の居間は、西側に押入、北側が腰高の窓で、その外が物干台となっていて、この日、高窓には鍵が捻込んであった。

東側障子の外が廊下を距てて硝子窓、手摺の向うが、高台の丘陵の裾を引いて、一帯の商家や、しもたやの瓦屋根が重なって見え遠くに省線の架橋が望まれた。手摺の下は数奇を凝した中庭に臨んだ庇で、後に当局の係官も認めたように、犯人は、屋根や樋を伝って侵入したものでなく、明らかに曳舟家の表口、あるいは、裏口の戸を明けて、入って来て、千絵を殺して、悠々と階段を降りて、逃れ出た情況下にあった。居間の中には、艶かしい朱塗の本箱や、机、彼女の母であったひとの形身らしい定紋の金具を打った総桐の時代物の箪笥が置かれ、その他、机の前の花模様の座蒲団も、そのままで、室内は、踏み荒されたり、引っ掻き廻されたりした形跡は無く、彼女の屍体にも、抵抗をした痕跡は留まってはいなかった。ちょっと鑑識課員の眼を光らせたのは兇器のメスであったが、これは、父親銀造氏の居間——この部屋で銀治少年は父親と枕を並べて、夜は眠るのであったが——の壁に掛けてあった、銀治少年の昆虫採集器具箱に平素入れてあった物で、一面に銀治の指紋が付いていただけで、犯人のらしい指紋は残っていなかった。結局、犯人は現場に足跡一つ残してゆかなかったのだ。兇器である、メスの持主——まさか犯人ではあるまいが——の銀治少年は、この日、日曜日で、午後から遊びに行って、父より、ちょっと遅れて、重吉老人と、相前後して帰宅したところであると、それぞれ、警部の訊問に答えた。

警察医は、千絵の屍体に一礼すると、被害者の頤を、ちょっと動かして、警部を見上げて言った。

「推定絶命時刻は約一時間から一時間半前、午後七時前後です」

係官にとっては、美しい、千絵の屍体も、今は生命無き一個の有機体に過ぎなかった。帯が解かれる。無言で調べている医師の鋭い眼が、きらりと光った。

「妊娠三ケ月か四ケ月です」

この時、廊下の外から、この家の主人、銀造氏が恐るおそる顔を出した。

「……いま階下へ行きまして、金庫の中や、用箪笥の中等を調べて参りましたが、何も盗られた品物はございません」

と言って、銀造氏は、しばらく言い淀んでいたが、実は……と言って先刻、旅行から戻って帰宅する途中、すれ違った、盲目の老人の不審な行動を陳述した。最前から、千絵の本箱の前に膝を付いて、何か中の物を調べていた、若い刑事が顔を挙げた。

「あの盲目の笛吹きは、この辺を歩いている爺さんですが……まさか、盲目に人は殺せないでしょう。それに……殺人の動機ですよ。まさか、あの笛吹の盲目と、この家の娘と、痴情関係でもありますまい。……警部殿……それよりもここに面白い物が出て来ました。被害者の日記ですが、これによると、被害者は生前、糸崎哲二という青年と深い仲だったようです。青雲館というアパートに居る学生です。青雲館なら、じき近くですから、引張って来ましょう」

警部が黙って、うなずくと、若い刑事は出て行った。

「曳舟さん、この家にどこか、出入りの良い部屋がありますか？　ちょっと、そこを借りて取調室に当てたいのですが」

「階下に応接室があります。ご案内いたしましょう」

階下の店から、扉でつづいている、庭に面した洋風の一室が臨時取調室に当てられた。

熊座警部は一人の私服を呼んで、最前、銀造氏が証言した、盲目の老人を連れて来る事を命ずると、静かに銀造氏と対座した。大兵肥満の警部の前に座った銀造氏は、六十にはちょっと間のあろう、色の浅黒い小柄な老人で、産を成した旧家の二代目によくある、受身だが、隙の無い、生じっかの教養の入り込む余地が針の穴ほども無い皮膚に沈痛の色を、たたえて、警部の質問に答えた。

「……糸崎哲二と千絵との交情は、父親の私といたしまして、良く知っておりました。しかし、哲二君は学生でございますし、千絵よりも年が若うございます。それに千絵は、もう婚期を遅らしてしまった娘で、あの通り、店の方も私に代って切廻しておりました、勝気な、確り者でございました。いままででも格構な縁談が幾つか有りましたが、本人が相手にしませんでした。それに一人娘でもございますし、縁談の方は、まあそのうち、良い縁が、ありますまでは……それにこういった、敗戦後、未だ間もない落付かない世間でもありますので、本人の気の向くまでと思って待っておりました訳でございます。そんな訳で、哲二君との交際も、よもや間違いは、あるまいと、娘を信じておったのでございます。……はあ、哲二君でございますか、あの青年は、私共の主筋で室町の、同業、糸崎の次男で、つい、この先の青雲館に住んでおりますが、理学生で、真面目な青年です」

さて、二人の交情についていては、平素、自分が出歩いてばかりいるので、最近の詳しい事は知らないと、銀造氏は答えた。また。警部が手にしている、彼女の日記にも、最近一週間は空白のままであった。

Ⅱ　盲目の老人の奇異な物語

扉が開いて、一人の私服が顔を出した。

「……やっと家を見付けて、連れて来ました。いや、ずいぶん探しました。……警部殿、盲目の笛吹き爺さんです……」

後を振返って、

「……おっと危いよ……おお案外、感が良いんだな」

私服に案内された椅子に、盲目の老人は腰を降した。

警部は黙って、前の椅子に坐っている老人を観察していた。重苦しい沈黙が十分近くも、つづいた。瘦せた細長い体を包んだ黒の背広服は肩から襟へかけて、脂で光っていた。洗い晒した、色物のシャツの頸を締めた、焦茶のネタタイも、よれよれであった。瘦せた肩から突出た、首に載っている顔は、醜い両眼を隠して黒眼鏡をかけていたが半ば白くなった長髪の下の顔は、陽にこそ焦けていたが、面長の顔には、深い思索と教養を思わせる皺が刻まれていた。が、両頰に切れ込んだ、立皺は、よく盲人に見る、人生への執着と一徹な情ではなく、淡々とした諦念と、微かな自嘲であった。これが警部をして十分間に近い沈黙の時間を、執らせたのだ。警部はやがて、銀造氏の方を向いて、

「……（この男ですね）……間違ありませんか?」

銀造氏は黙って、うなずいたが、この時、突然に盲目の老人は、椅子の肘掛を摑んで叫んだ。

「……何か、この家の娘さんに、間違でも、起きたのですか？」

警部の、陽に焦けた頬のあたりを、一瞬、素早い影が過ぎた。

「どうして、君はこの家の娘さんの身に、変った事が起きたことを、知っているのかね、君には未だ何も知らせてなかったはずだが」

「……では娘さんの身に、何か怖ろしい出来事でも起きたのでしょうか？」

「いや、聞きたいのは、儂なんだ。どうして君はそんな事を聞くのだ。特に、娘さんの身の上を心配する訳を、ここで話してくれ給え」

もうこれ以上は、駄目だと、諦めたのか、彼は椅子の背に身体を、深く沈めて、両手で顔を覆ってしまった。指は細長く形が良かった。

「……申上げましょう、何もかも申上げましょう。今日の夕刻に私の経験しました不思議な物語なのです……その前に煙草を一服、喫わせて下さい」

ゆるされて、紙巻を吸い付けると、不幸への予感に、戦きながら、盲目の老人は語り出した。

「警部さん、私がこれから申上げる奇怪な話を信じて下さいますか？……いや、お信じになろうが、なるまいが、お話をしなければ、なりますまい。……実は今日の夕方、七時頃でございましょう、毎日の通り、この曳舟さんの前に立って、私はいつも致すように竪笛《フリュート》を吹きました。今日は日曜日で、御当家は休業でしたろう。大きな、ショウウインドにも、入口の硝子扉にも、内側からカーテンが下っているのを、私は良く知っておりました。そして、御当家の娘さんが、帳場の奥に居らっしゃる時は、その硝子扉が少し開いております。勿論、今日も、硝子扉が、半分、開いていて、カーテンが風にゆれていました。娘さんは、お店の奥に居らっしゃったのです。さて、そこで私は、商売道具の竪笛を取って歌口を唇に当てました。そして、『天然の美』を吹き鳴らしたのです。娘さんは、いつもきまって一度は、『天然の美』を御所望になりました」

この日の夕刻、いつものように、この老人は、門口に立って、竪笛を吹き鳴らしていると、カーテンの蔭から、肉付きの良い柔かな手が出て、いきなり彼の左の手は外側から握られた。はっ、として竪笛の歌口を唇から放した。カーテンの蔭から、爽やかな、若い女の肌の匂が漂って来た。いつも、不幸な自分の住んでいる暗黒の世界へ通う、あの悩ましい匂いだ。握られた手に、ぐっと力が入って中へ引かれた。後で扉が閉ったようだった。彼は静かに中へ導かれてゆく。娘は口を利かなかった、かろく渦巻く女の爽やかな残香の中を、手を引かれながら、奥の方へ歩んだ。奥の上り框を静かに上った。廊下を右へ曲って突当りの階段を登った。階段の中途にある踊り場で、持ち揚げた左脚を踏み損ねて、握られた手が放れたが、暗闇の世界で、まさぐる手に、今度は別の細い手が触れて、危うく握った。細い柔い指先を！　娘の他に、もう一人誰かが居るのだ。階段を登り切って、廊下を少し進むと、左手の障子が、すうっと微な音を立てて、開いたようだった。畳を一二歩進むと、手が引かれて放れた。相手は口を利かない、鼻孔の粘膜を、くすぐる部屋に籠った、若い女の匂と、それに混って、室内の調度や衣類から泌み出る、微な防虫剤の香、そして、たった今しがた、この部屋で線香花火を焚いたらしい硝煙の匂が残っていた。と、暗中に差延べたままの、左手に、紙幣が二枚握らされた。一二分間の沈黙がつづいたが、彼は、はっ、と我に還って、今まで忘れていた右手の竪笛《フリュート》を取上げて、唇に当てた。いつもの、『天然の美』を吹き鳴らした。一曲終ったが、娘はまだ黙っていた。彼はまた、竪笛を唇に当てて、昔流行《はや》った『とんぼ返り』の曲を吹き鳴らした。それが終ると、前のように導かれて、曳舟家を、扉の外へ出たのであった。

盲目の老人の陳述が終った。それは警部達を、翻弄しているような、まるでお伽噺のような物語りでもあり、もし事実としたならば到底、信ずる事の出来ない、奇怪な、夢幻劇の一幕であった。警部は、しばらくの間、黙って、老人の黒眼鏡の奥の、うつろのような盲いた眼を凝と覗込んでいたが、やがて心から当惑したように、深く呼吸を洩らすと、指の間の煙草を、灰皿の中に、落し、大きな握り拳で、太い首筋をたたいた。

やがて、苦笑とも冷笑ともつかぬ、微な笑を口辺に漂わせて言った。

「……どうも奇怪な、黙劇だ。おそらく、君の言葉を、そのまま信ずるような、お目出度い御仁は一人も居るまい。だが、一応、その話は、受取っておこう。さて君に訊くが」

熊座警部は、巨体をぐっと乗出して、盲人の顔に、自分の顔を近寄せて言った。

「君は、殆んど毎日、欠かすこと無く、この家の軒先に立つとはいえ、この家の人達には縁の無い、通りがかりの、竪笛を吹いてその日を過す芸人に過ぎない。……娘さんだかにいきなり手を取られて家の中に引込まれ、そのままこの家の二階まで、連れて来られた時、何の不審も抱かなかったのかね、常識で考えても、君の行動は、そのままに納得し得ないものを含んでいる。この君の行動に、はっきり筋道を立てて説明出来なければ、君の立場は不利になる」

盲目の老人は、警部の言葉を遮るように、両の手を挙げ、不安と焦躁と絶望に似た念を押え切れぬように言った。

「……お、お願です。その訳は、もうこれ以上お訊きにならないで下さい。しかし一体どんな、忌わしい事が起きたのです。どうして私にこれ以上、弁明しろと仰言るのです」

「娘さんが殺されたのだ。君の手を持って、二階まで、連れて行って、笛を吹かせたという娘の千絵さんが、殺されたのだ。しかも、その時刻にだぜ」

警部は冷然と言放った。老人は、いきなり椅子を立上ると、ふらふらと前に、よろめいて卓の上に手を付いて、引き絞られるような声で低くうめいた。

「ええっ……千絵さんが、こ、殺されたっ?」

そして、くたくたと、椅子の背に、崩れ折れてしまった。

Ⅲ　少年と蝶々

部屋の外で何やら声がしたが、仕切の扉が明くと、学生服を着た、長身の美青年が、私服に導かれて入って来た。私服は扉の外へ振返って、声を掛けると、もう一人、中年の婦人が入って来た。

「唯今、糸崎哲二君と賀川夫人を、お連れして来ました」私服は、警部に復命すると言った。

「糸崎君は風邪気味で終日――私の呼びに行くまで――アパートの自室に居ったそうです。こちら、賀川夫人は糸崎君の前の部屋に住んでおられる方です」

警部は二人に、椅子をすすめると、

「糸崎君ですね」

そう言って、煙草を点けて、二三服する間凝と彼を観察した。悪びれない、人好きのする青年だった。

「当家の、千絵さんが、先刻殺されたのです。そして犯人が判りません。千絵さんと、一番関係の深かった、貴君の説明をしてもらわなければなりません」

青年の顔には、一瞬、明らかな驚愕の表情が現れた。

「ええっ……千絵さんが、どうかしたのですか?」

「殺されたのです」

「殺された、……本当ですか?」

警部は黙ってうなずいた。青年は打震える両手を前に出して、何か言おうとしたが、言葉にならなかった。

「千絵さんの、不幸をどう解釈したら、よろしいか、糸崎君、説明して下さい」

青年は眼前にかかった霧を打払うように、顔を警部に向けた。

「警部さん、千絵さんは、僕が不幸にしたのです。僕さえ居らなかったなら、あるいは千絵さんは、殺されなかったかも知れません。お願です。どうか、千絵さんを殺した憎むべき犯人を一刻も早く捕えて下さい。千絵さんを不幸に陥し入れた僕の、せめてもの償いです。どんなお手伝でも致します。……ああ、僕さえ居なかったら、千絵さんも殺されなかったかも知れません。……ああ可哀そうな千絵さん……」

彼は、きっと警部の眼を見詰めて言った。

「……僕は千絵さんを、一度愛して、捨てたのです。……いや僕には、もう千絵さんは、要らなくなったのです。要らなくなったのです。しかし僕は、自分を偽る事は出来ませんでした。あれほど、僕を愛していてくれた、千絵さんに、つい最近、別れの言葉を与えたのです」

青年は、少しも悪びれなかった。そして言葉をつづけた。

「僕はT大学の理学生です。そしてこの先のアパート青雲館の煉瓦の中に住んでいます。無機物相手の研究生活、たまの日曜日に室町の自分の家へ帰れば、無味乾燥な利殖の道に生きる、親父や兄弟達です。僕は夢を追いました。家を飛出しました。研究室の蛍光燈の下で詩を書きました。校庭の公孫樹の下に、書架を据えました。……そして女を求めたのです。女としての女を欲したのです……やがて、ここの千絵さんを知りました。千絵さんは自分より年の若い僕を愛してくれました、僕の何もかも、総てを愛したのです。……僕の夢までも、両方の腕に抱こうとしました。ようやく僕は息苦しくなりました。しかし間もなく千絵さんとの事は、僕の人生の一こまにしか過ぎないのを知ったのです。詩人が彼の作った、昨日の詩に慚愧をおぼえ、明日の詩に、憧れる気持が判りました。僕は無限を愛しました、そして人から愛される事によって、自分の夢をも奪われることを怖れたのです。そこへ、彼女の従妹、千夜さんが、僕の眼の前に現れたのです。ハルピンから引揚げて来ました……勿論、千絵さんの妊娠は、彼女自身から聞かされていましたが……千夜さんのことはどうにもなりませんでした……」

苦しそうに彼は両手で顔を覆った。糸崎哲二と、千絵との過去における交情と、千絵の殺害事件は、世間の通例よりすれば、一応は哲二青年に嫌疑がかかるが、彼のアパートの前の部屋に住んでいる、賀川夫人の証言でこう説明された。夫人は子供が無く、元小学校の教員をしていたと言った。好人物らしく、品の良い小柄の婦人で、男物を直したらしい霜降りの、ツーピースの膝に、きちんと両手を重ねて、哲二の現場不在を証言した。

「糸崎さんは、ほんとに良い方です。親御さんは、相当裕福にお暮しをなさっていらっしゃるそうですが、何だか、平素、考え勝ちの学生さんと、失礼でしたが、そう推察致しておりました」

ちらり、と遠慮勝に、哲二の方を盗み見て言葉をつづけた。

「妾の主人は軍属で、未だ復員いたして参りません。主人の留守を、アパートの一人暮しで、昼間は、ミシンの内職をやって、どうにか食いつないでおりますが、これも自分の趣味でもあり、また、いくらか、生活の足しにもなりますので、駅前の横丁で毎晩、手相見を致しております。お昼頃から毎晩妾が出掛ます、七時半までの間でしたならば、糸崎さんはちゃんと、アパートの御自分の部屋にいらっしゃった事は、妾が保証いたします」

賀川夫人の証言によると、千絵が殺された時刻、六時半から七時までの間も、糸崎哲二はベッドに臥って、読書していたこと、それから、彼女が出掛けるために靴を履いている時には、歌謡のレコードを掛けていた事を認めたと陳述した。警部が、この世話好きの婦人に対して、

「どうして、貴女は糸崎君が自室で本を読んでいる事を証明出来ますか?」

と一矢、報いた時、彼女は頬を染めて、可愛いい眼を丸くしながら言った。

「七時半頃、夕食を済ませましてから、出掛けに、糸崎さんに留守を頼もうとお部屋の扉に手を掛けましたが、鍵がかかっておりましたので、悪いと思いましたが、扉の鍵穴から中をちょっと覗きましたの。お寝りになってスタンドの燈で一生懸命本を読んでいらっしゃいました。

手前の卓の上で、コーヒーを沸かしておりますのも、ちゃんと見えました」

賀川夫人の証言で、自身へ降りかかった、嫌疑が晴れた時も、哲二は両手で顔を覆ったまま、心の苦悩と戦っているようであった。この時、奥の方の部屋で、子供の泣き叫ぶ声に混って、何やら大声で、わめく男の声がした。警部は今まで、忘れていた、銀造氏に対して言った。

「あれは、息子さんじゃありませんか」

銀造氏は、ふと眉を曇らせると、

「……銀治です。千絵を生んだ千代——あの娘の母親ですが——を不意に失いまして、しばらくしてから、ある女との間に出来た子供です。今年十三歳になります。銀治の母は素性の良くない女でしたので、勿論、子供の銀治だけを引取りまして育てて来ました。千絵が可哀そうなので、ずっと私は、再婚はいたしませんでした」

警部は扉口に立っている私服に言いつけて少年を呼入れた。少年の背後からは、寄添うようにして、体の頑丈な、頑固らしい老人が入って来た。彼は、ひどく酒に酔っていた。

部屋に入って来た少年を見ているとその部屋の人々の心は暗澹とした気持ちになるのだった。紅い棒縞の袖無しシャツに、フラノのショートパンツをはいた、色白の十四五歳には見える大人びた少年だった。細い頸に乗った並外れて小さい尖った頭の赤っちゃけた毛はお河童に切って、その下の、少し離れて並んでいる、小さい眼は、不安気に良く動いた。上眼使いに、一座の人々の顔を見廻すと、父親の隣の椅子に腰を降した。小わきに大事そうに抱えていた、平べったい小箱を卓の上に置くと、両肘を突いて、掌の上に、細く尖った頤を載せた。

この時、ピューッと音がした。人々が見ると、少年は、右手の母指と食指を、輪にして口中に入れて、口笛を吹いたのだ。青く静脈の浮き出した、顔を挙げて、白い眼の隅から警部の顔を見て言った。

「小父さん、僕に何か用なの？」

そして、また、指を口に入れて、ピューッと鳴らした。

警部は紙巻を一本抜いて、新しく火を点けて、旨そうに吸いながら、苦笑いを浮べて、銀治少年の顔を見ていた。

「……坊や……いま誰と喧嘩したんだい」

「だって、爺やが悪いんだもの……」

部屋の扉に近く、未だ立ったままの老人を眺めながら言った。

「……何を言いなさる……お前さまが、悪いのじゃ、爺に叱られるような、わるさをなさるからじゃ」

「銀治君、爺やに、何んの悪戯をしたのだい」

この警部の言葉を遮切るように、老爺は、声を挙げた。

「子供の癖に、お酒を飲もうと、しましたのじゃ、何と言って止めても、聴分けがない。この通り儂の手に喰い付きました」

と言って、血の浸み出た、手の甲を、手拭で押えた。

「子供がお酒を飲んで、何が悪い。爺やだって、旨いから、飲むんだろ」

「旨くも何ともない」

興奮のようやく鎮まりかけたらしい少年は老人の顔を、凝と見詰めていたが、

「爺や……お酒を飲むと、気持が良いかい?」

「年をとると、お前さま方に判らぬ、苦労がある。爺は、それを忘れようとして、お酒を飲むのじゃ」

「……爺や……」少年は、白く光る眼を、老人の顔に、じっと据えて聞いた。

「……お酒を飲んで、酔っぱらうと、何かいいいかい? 面白い、色んな事が見えるんだろ……。僕も、爺のように酔っぱらおうとして、飲もうとしたのだ」

一座の人々は凝然として思わず声を飲んだ。


「……まあ……」

隅の方で、賀川夫人が身を震わせた。

警部は少年の眼の前の卓上に置かれた、平べったい箱に眼を留めて、少年の方に身を乗り出した。

「坊や、その箱の中に、何があるの?」

「……蝶だよ……見せてあげようか」

少年は得意そうに、箱に手を伸して、蓋を明けた。キルクの薄板で内張した、昆虫の標本箱であった。が、妙な事に、一同の視線の集った、箱の中は、普通のように、一匹一匹の美しい蝶を生きたままの姿で、ピンで留めて、幾列にも、並べた、あの標本箱の中とは異っていた。鋏で根元から切り放した、蝶の翅が、紋白蝶、薄紫の蜆蝶、揚羽、と、きちんと、区別して、それぞれ一組になって――丁度、扇を拡げて、要と要を、くっつけたような形に揃えて――キルク板の上にピンで留めてあった。

警部は箱の中を覗き込みながら、感心したように、

「ふーむ、実に綺麗な標本だね。だが坊や、この蝶々は、翅ばかりじゃないか、胴体は、どうしたの?」

「蝶の翅は、綺麗だけれど、胸や、腹部は、汚いから、取ってしまった……だけど、ちゃんと、別々にして、ここにあるよ」

と言って、箱の一隅を指差した。人々は，今まで気が付かなかった隅の方を見ると、そこには、真黒な芋虫の行列みたいに、細いのや太い、蝶の腹部が、並んで、虫ピンで留められてあった。少年は自分の頸に掛けていた、細紐の先の物体を、手に取った。拡大鏡《ルーペ》であった。それを眼に当てると、標本に顔を近付けた。

「……うわあーっ、気持が悪い、胸にも、お腹にも、こんなに毛が生えているよ」

警部は、短くなった煙草を、灰皿の上で、もみ消すと、少年の顔を、じっと見た。が、やがて、

「銀治君……これ誰のだか、知ってるかい？」

少年の眼の前、卓上に兇器の、メスが、静に置かれた。鉛色に刃の色が光った。

「……」

ごくりと唾を飲込んで、警部の顔を見た。少年の眼は、忽ち、恐怖の光が満ち輝き、真赤な、薄い唇は、震えた。

「……ええ、坊や、君のだろう？」

「……」

黙って、うなずいた、少年の顔には、血の気が無かった。

もう彼には、卓の上の、その怖しい、姉の生命を奪い去った、メスの刃の光を再び見る気力さえ無かった。

やがて、警部は言葉の調子を替えると、優しく訊いた。

「銀治君、姉さんが死んで、悲しいだろう」

瞬間、今までの恐怖に満ちた、少年の顔にふと、ある感情の影が過ぎた。蒼白い尖った顔の、下端にある、肉の薄い真赤な唇を、きゅっと噛むと、言った。

「……悲しかあない……僕はちっとも悲しくないよ。あんな意地悪は殺された方が良いと僕は、いつも、そう思っていたよ」

「どうしてだい？」

この瞬間、蒼白い少年の顔に、小さい尖った耳に、さっ、と血の気が流れた。赤い唇は烈しく、ピリピリ、震えた。

「……どうして、姉さんが死んでも、悲しくないんだい？」

「……ち、ち、千夜姉さんが居る、千夜姉さんが居るもの……千夜姉さんは、僕を可愛がってくれる、……だけど千絵姉さんは、僕をちっとも、可愛がって、くれなかったもの。だから姉さんが殺されたって、ちっとも悲しかあないんだ……」

少年は、とうとう泣き出してしまった。なだめ、すか

している警部の足元に、涙を拭こうとする、少年のハンカチから小さな紙片が落ちた。山手館のこの日附の入場券である。素早く目を通した警部は、

「銀治君は、今日、どうして、映画を観に行かなかったのだい?」

「行きたくなかったのだもの?」

「どうして……?」

「……」

警部の眼は、冷く光った。

「じゃあ、この切符、誰に貰ったの?」

「……姉さん……」

「どっちの姉さんに」

涙にうるんだ瞳を輝かして、銀治は、

「千夜姉さん……」

警部の眼が、きらりと光る。

「いつ貰ったの?」

「昨日、貰ったの、だけど、僕一人じゃ、つまらないから、観に行くの止しちゃった」

警部は煙草を、ゆっくり、ふかしながら、さり気なく少年に訊いた。

「銀治君、姉さんは誰に殺されたか知らないかい?」

少年は首を振った。

「それじゃ、夕方まで、坊やは、どこへ行って遊んでいたの?」

これに対しては、少年は頑として、口を割らなかった。あるいは、友達のA君の家へ行っていたと答えた。警部が、それではA君に聞いてみるけれども良いかい? と言うと、今度は首を振って、前言を否定した。何回も尋ねられたが、この日の夕刻までの行動は不明であった。頑として、唖者のように、口を割らなかった。

しかしこのことに対しては、後に、熊座警部は確信を帯びた口調で、親友の秋水に語った。

「あの子供は、犯罪には関係があるかも知れない。がしかし、決して真犯人じゃない。あの子は、自分の胸の中に、人には言えない何かの秘密を抱いている」

訊問の終りに、警部は銀造氏に対って、

「銀治君を生んだ、母親になる婦人は、いまどこに居られますか」

「五、六年ほど前に、新潟で芸者をしていた、という事を、人から聞きました」

昔の傷に触れたくはないのであろう、銀造氏は、これ以上、答えなかった。

しかし銀治少年に対する情況は悪かった。平素、姉を憎んでいた事、兇器に使われた、メスの握りに遺っていた指紋、事件当時の行動の不明確。結局、保護の形で留置される事になった。

Ⅳ　千夜

最後に刑事に導かれて、入って来たのは被害者の従妹、曳舟千夜であった。殺された千絵と、哲二青年を争って、彼の心を捷ち得た、恋の勝利者である彼女は、黒味の勝った和服に、地味な帯を胸高に締め、静かに与えられた椅子に坐った。鼻梁の通った、美しい爪実型の顔、脂肪の引緊った頬の辺りの、ちょっと削げた肥肉の蔭には、深い教養の影とハルピンで過した歳月の間の、様々な苦労の跡を美事に研ぎ澄した光を潜ませていた。彼女は警部の質問に、はっきりした口調で答えた。

「今日、妾は、ある人と、夕方の六時から、七時までの間、銀座の資生堂で、待合せる約束でした。しかし、今日、出掛まして、五時半頃に一度、資生堂の前まで行ったのですが、急に気が変って、資生堂には入らず、その足で銀座を散歩しまして、約束の時間の七時を少し過ぎましてから、資生堂に入りまして、軽い夕食を済ませて、八時少し廻っておりましたでしょう、帰宅したのでございます」

「その時間に、貴女は途中で誰か他の御友人と会うとか、あるいはまた、資生堂で、最前の御約束の御友人にお眼にかかった、といった理由で、その時間における貴女の行動を証明出来ますか？」

「いいえ、証明は出来ません。途中で、誰にも会いませんでしたし、約束の人も、妾の行った時には、もう帰った後でした。資生堂は時々、行きますので、給仕の方も、顔見知りの人が居りますが、何分、あの時刻は店の中も混んでおりましたし、妾も、ほんの十五分間とは、坐っておりませんので、はっきりと妾の行動は証明出来ないと思います」

「この証明が出来なければ、貴女は、甚だ不利な立場に追込まれますが、御承知ですか」

「……仕方がございません」

千夜は美しい顔を少しも変えず、悪びれた態度は見せなかった。この時、思出したように警部が言った。

「貴女が約束をなさった、その友人の名前を言えますか」

「……」

彼女は、ちょっと口籠った。

「……それは……あの……」

突然、糸崎青年が立上った。両眼は、きらきら輝き、咳込みながら叫んだ。

「僕が、千夜さんと約束をしたのです。しかし、昨夜から熱が有って、一日ベッドに居りまして、千夜さんとの約束を破ってしまったのです。僕が行きさえしたら、千夜さんとも、会えて、恐しい嫌疑から、千夜さんを救う証言も出来たはずです。……しかし警部さん、千夜さんは、今まで、約束を破った事はありません。断じて、千夜さんに限って、決してあんな恐しい事はしません。……僕は誓います。……ああ恐しい事です、あんな熱ぐらい押切って、僕が約束を守ってさえいたら、千夜さんを、守る事が出来たのです」

人々は、そして娘を妊娠させて、捨てられた、銀造氏さえもが、愛憎の念を忘れて、この異常な情熱家、糸崎哲二を見守った。

警部は、この事件をめぐる、幾つかの形の異る情熱の渦巻に巻き込まれた。そしてそれから抜け出ようと苦慮した。発端の、盲目の老人の出場からして、幻怪な夢幻劇めいていた。出て来る人物が、いずれも、烈しい情熱と、異常な倫理——それは、警部の若い頃にも、彼を悩ました、追憶が有った——の持主であった。一応、保護の形で、盲目の老人、葛西草吉や、銀治少年と共に留置される千夜は警部の質問に答えて言った。しかも自分の恋の競争者《ライバル》、千絵の屍体の未だ冷え切らぬ、棟の下で、こう言ったのだ。

「妾は二ケ月ほど前、ハルピンから引揚げて来ました。親兄弟もありませんところから、伯父さんの、この家に引取られまして、千絵さんと一緒に暮しておりました。先月の事です。哲二さんの学校の演劇会の時に、千絵さんの紹介で、哲二さんを知りました。妾が哲二さんを、愛し始めたことを、千絵さんは間もなく知りました。少女の時代から、仲の良かった、従姉妹同志でしたが、哲二さんだけは、奪われたくありませんでした。妾には、着ている物の他、何も財産はありません。千絵さんは……金の有るひととして、出来得る限りの事は、何でもして、哲二さんを、守ろうと致しました。事実、妾は、千絵さんが、死んでくれたら、と思った事も、有ったのです。しかし警部さん、妾は断じて、犯人ではありません、誓って申します」

「千絵さんの妊娠は知っておりましたか？」

警部のこの質問に、彼女は黙ってうなずいて答えた。

最後に、警部は、銀治少年の持っていた、山手館の入場券を示した。

「これは、貴女が、銀治君に上げたのですね？」

千夜は切符を手に取って、眺めていたが、

「左様です。作日、銀治さんに妾が上げたものです」

「銀治君は、今日、映画を観に行きませんでしたよ」

千夜は、ちらりと銀治の顔を見た。そしてもう一度、凝と少年の顔を見た。

少年の顔には、血の気が走り、肉の薄い、赤い唇は微に震えていた。

×　　×　　×

秋水のアパートを夜、遅く訪問した青年、糸崎哲二の不思議な話は終った。

「……秋水先生、お願です。千夜さんに、かかった恐ろしい、従姉殺しの嫌疑を、どうか晴して下さい」

「御安心なさい。さいわいに、熊座警部は、僕の親友です、明朝、早速、警部を訪ねる予定です。そして、きっと、千夜さんの嫌疑を晴して上げましょう」

扉口まで、青年を送ってきた秋水は、そう言って、哲二を慰めた。

V　幻燈のあやかし

翌朝、熊座警部が登庁すると、彼の一室に親友、秋水魚太郎が、微笑を湛えて、警部を待っていた。久し振りで会った二人の挨拶が済むと、秋水は早速、昨夜、哲二青年から聞いた事件の話を持出した。警部はこれから、N署と曳舟家へ行くところだと言って、二人は連立って外へ出た。歩く道々、警部は、曳舟家に発生した、不思議な事件について、秋水に説明したが、これは冒頭、述べたように昨夜、彼が哲二青年から聞いた内容と一致していた。

「秋水君、そういう訳で……」

警部は、頭の中の錯然とした考を、打払うようにして言った。

「僕は、あまり物事をひねくって考え過ぎた。昨夜、留置した、あの三人のうち、一番に厄介な道化師、盲目の老人の言葉だが、この老人と、銀治という異常児は、今日、一応医者に精神鑑定をしてもらう予定だけれど、僕の考では二人とも狂人じゃない。まずあの笛吹の老人の言葉はそのまま信じても良い。第一に、あの老人にとっては、娘が死んでも、何の利益もない。そして、あの水際立った、見事な殺人は、盲人には到底出来ない事だ。兇器に使ったメスにも、盲人の指紋は無かった。素直に、犯人の圏外へ除けても良いと思う」

秋水は、にこりと微笑して、うなずいた。

「次に、あの千夜という、凄く美しい娘だが昨日の行動に、ちょっと不明瞭な点がある。昨日、体の工合が悪かったという、哲二青年と会えなかったという、偶然の一事を除いては、最もこれが、重大な点だ。しかし、彼女を犯人と指摘する物的証拠が全然無い。だから犯人は一応、銀治少年なりとする、考え方が、一番に妥当だ。第一が兇器の指紋、事件の有った時間の所在や行動の不透明、それから、犯行への蓋然性を証明する、あの子の、変態的な、美への感念、倫理感、それから当然、導かれる、ある種の行動……」

ちょっと、言葉を切って、語調を変えた警部は、言葉をつづけた。

「だが、しかし、そこで僕は、あの殺人事件を、銀治少年一人の計画、犯行とすると、素直には首肯し得ない、条件がある。あの異常児に、あれほど、巧緻な犯罪を計画し、遂行する智脳があるだろうか。なるほどあの子は、ある種の感覚に鋭いところが有る。特殊の知識には、一般の子供に較べて、比較にならぬほど優れているところが有る。しかし、可哀そうに、あの子には、色々な認識や、知慧を綜合する能力が、殆んど無い。ひと一倍、並外れて発達しているのは、ある種の感覚の認識より他の別種のそれへ飛躍して働く、聯想観念だ。例えば蝶の標本に、あの子が示した、美しい翅と、醜い、胸腹部との、分離保存。昨夜の訊問中にあの子が示した、被害者、姉千絵に対する烈しい憎悪。係官の我々に示した敵意、それから、従姉、千夜に対して示した素直な慕情と、彼女の事を、話す時の熾烈な羞恥の色。

あの子の頭脳の中は、覗き眼鏡のように、断えず、多彩な形と色が、分裂したり、集ったりしているだけだ。……とすると、昨夜の犯罪を計画して遂行するには、……銀治少年プラス……」

「……千夜か」

「そうだ」

警部は、微笑して答え、更に言葉を、つづけた。

「銀造氏の姪で、被害者の千絵には、従妹に当る娘だ。終戦後、ハルピンから引揚げて、伯父の曳舟家に、引取られて暮しているが、仲々、凄い娘だ。感情を顔に現さない、研ぎ澄したような、物凄い美人だ。一本気で情熱家の理学生、哲二青年の心を、見事に千絵から奪ってしまったのも、容易いものだったろう。昨夜、君のアパートを訪ねて、恋人の千夜の冤罪を晴らしてくれと、気狂のようになって、君に頼んでいる学生の顔が、目に見えるようだ。あの純情青年は、千夜のために魂を吸取られてしまった、生ける屍だろう。……可哀そうに、未だに千夜を信じて狂っているのだ」

「そうすると、盲目の笛吹きの老人の手を引いて、二階まで連れて行った、不可解な行動の説明はどうする」

警部は秋水の顔を見て、得意気に微笑すると、言った。

「狡猾な犯人の、巧妙な心理的トリックだ。まず、ある犯罪が起きて、犯人は誰だ？　とするのは、あまりに単純で危険だ。犯人は誰だ？　という事になると、その『誰』の中の一人に、真犯人が含まれて、犯人自身にとっては、危険だ。だから狡猾極りない犯人は、自分以外に二人の容疑者を設定する。そうすると、情況は一変してしまう。つまり犯人は、真犯人以外のAとBの、どちらか？　という事になる。完全に真犯人は、圏外に脱け出す。捜査当局は懸命になって、AかBの鑑定をする。仮りにBは、被害者にとっては、単なる、通りがかりの他人で、何等、被害者の死亡によって、利益を享受する者でない場合、当然、Aが真犯人なり、と指摘される。しかも、Aは平素、被害者を憎んでいる事も解るし、兇器の柄に、指紋という、動かぬ、証跡を残しているのだ」

「未だそれだけでは、千夜を犯人と指摘するには不充分だぜ」

秋水の鋭い一言に、警部は昂然と答えた。

「しかし、いかなる時でも、天は悪人に味方をしない。犯人は盲人の感覚を、欺く事は出来なかった。盲目の老人が、手を引かれて、ゆく時、彼がいつもの硝子問屋の娘、千絵かと思った、あの悩ましい女の匂いは、真犯人千夜の放つ、それだったのだ」

「被害者自身の体臭かも知れないぜ」

「いや、単に笛の音を聴くだけだったら、わざわざ二階まで上げやしない……」

ちょっと言葉を切ると警部は語調を改めてゆっくり言

った。

「しかし、秋水君、僕、盲人の手を引いたのは、二人じゃないかとも、思う……」

「うまい……良く気が付いた。さすがは捜査課切っての俊敏、熊座警部……だが、ちょっとその訳を聞こう」

秋水は路上に立留って、骨太の大きな拳で掌を打った。

警部はゆっくりと言った。

「……まず、昨夜の盲人の陳述だが、入口の扉の所から、階段の途中まで、彼の左手を、外から握って引いて行った、肉付の良い柔い手は、明らかに女の手だ。それから、階段の途中、足を踏み損って、一旦、手が放れ、二度目に老人が握った、細い指先は明らかに少年の指先だ。犯人は盲人の触覚も欺き得なかったのだ」

秋水は、警部の顔を正面から見守って、讃嘆の言葉を放った。

「その通りだ……だが、今までのデータではぎりぎりの所、それまでだ……しかし……」

出鼻を打たれて、顔を見る警部に秋水は言った。

「幻燈が、銀幕の上に織り出す、光彩のあやかしは、我々の背後の暗闇にひそむ、幻燈器械の中に挿まれた原板の中に秘められているが、しかし原板上のゼラチンに染色した犯人の巧緻極まりない技術と、知慧は、眼で見る事は出来ない。しかし、色彩のあやかしを知ろうとして、背後の暗闇の中に、瞳をこらすのは犯人の術中に陥入ることだ。ただ我々は素直に、銀幕に織りなされる幻影を見れば良い。澄んだ瞳と、科学的な眼で観察すれば良い。そして犯人の知慧と幻想を感得しなければならない」

二人は駅通りの雑踏から、焼け残りのS町の甃路へと曲った。凸凹の多い坂路にかかると、両側に、軒を並べている商家のつづきに古い板塀が見え、その端に、太い蔀《しとみ》と、曳舟玻璃店の看板が見えた。

Ⅵ　BUTAの子

秋水は、警部の説明で、曳舟家を一通り見た。殺された千絵の通夜が、今晩あるので、幕を降した店内に入ると、未だ昨夜の今朝、の事なので人の出入も少く、ひっそりしていた。右手奥の応接室をちょっと覗き、主人、銀造氏の案内で奥へ通った。警部の部下の刑事が出迎えた。千絵の遺骸は階下の客間に移されていた。客間にちょっと入り、二人は、被害者の霊に線香を上げて黙禱した。客間を出ると、廊下突当りの磨かれて光った階段を登って行った。途中、曲り角の踊り場で、秋水は立留って、何か考えていた。二階へ上る。表側の八畳、銀造氏の居間を、ちょっと覗いた。壁に若い婦人の油絵が掛けてある。印象派風の、十号位の作品で、珍しい構図であった。画面の上部両側に、真紅の大輪のダリヤが咲いている。その下に、髪を束髪にした若い婦人が、ややうつ向き加減に胸から上が描かれてある。その前方が、ダリヤの葉の茂みで、覆われているが、見ていた秋水は、どうしたのか、ふらふらと、よろめいて、踏み止まると、銀造氏を顧みた。

「珍しい画風ですね」

「亡った千絵をモデルにして描いた絵ですが昔、亡った、あの娘の母の千代に似ていますので、私の部屋に掛けております。亡妻の千代、優しい女でした。そして千絵も亡ったいまは、哲二君が描いてくれたこの画が、あの娘《こ》の思い出ともなってしまいました」

「奥さんは、いつ亡ったのですか?」

「千絵が生れて間もなくです」

「その当時の事を、お話し願えますか」

「もう遠い昔の事で、忘れてしまいました」

秋水はそれ以上、聞こうとしなかった。そして銀造氏の顔を、凝と見た。銀造氏は放心したように、その画を見ていた。一同は境の廊下をまたいで、現場であった、亡き千絵の居間に入った。昨夜の状況を説明する警部に秋水は聞いた。

「昨夜のままですね」

朱塗りの化粧鏡の前には、千絵が生前使った、クリームの容器や、香水瓶《スプレー》が、そのままに置かれてあった。秋水は一つ一つ、手に取って、見ていた。

「これも昨夜のまま?」

「誰の指紋も、とれなかった」

部屋の一隅に、父親の日常使っている品らしい、灰皿があり、その中に、線香花火の燃え殻が、二、三本入っていた。銀造を振返って聞いた。

「この灰皿は昨夜のままですか?」

はっと我に返って、銀造氏は答えた。

「……そうです……」

「熊座君、犯人は証跡は、ちっとも残して行かなかった。しかし、自分の足跡を消した跡を、残して行ったよ」

熊座を先に、一同は再び廊下へ戻った。客間と廊下をはさんでいる主無き千夜の居間に秋水は一人で入って行ったが、直ぐ出て来た。表の応接間へ案内しようとする、銀造氏を押えて、警部を振返った秋水は言った。

「熊座君、今晩中に犯人を指摘する。僕はこれから出掛けて用を済ませなければならないので、これで、ちょっと失敬する。夕方までにはここへ戻って来るが、それまで、N署に留置してある、盲目の老人と、銀治君、それから千夜さんを、帰して上げてくれ給え。勿論監視を付けるのは、君の勝手だけれどもね」

「それは不可ん。大切な容疑者だ」

「力の弱い、子供と盲目と、若い婦人じゃないか、取り逃しっこはない。充分な監視をつければ良いだろう」

「それじゃ、先刻の僕の推理は違うというのかね」

「正しい。君の推理に基いて、真の犯人を指摘するに先だちある実験をしたいのだ」

熊座警部は、自分の推理を全く、否定された訳ではなし、また日頃、敬愛している友の頼みなので、太い頤で、うなずいて、承認の意を表した。

秋水は銀造氏を振返って聞いた。

「銀治君の学校はどこですか?」

「R町の文化中学です」

秋水は、曳舟家を飛出すと、だらだら坂を駅に向って急いだ。

文化中学は、すぐ近くであった。休みの鐘が鳴って、運動服の元気の良い青年が、秋水の待っている教員室に入って来た。秋水は立上って、

「曳舟銀治君の受持の草間先生ですか?」

「そうです。僕が草間ですが……今日、銀治君は学校を休んでおります。どうしたのかと心配しております」

「実は、その銀治君の問題ですが……」

秋水は、昨夜、曳舟家に起きた、悲劇のあらましをした。

「兇器の柄に、銀治君の指紋も付いておりますし、話を聞きますと、あの子は、病的な、異常児のようですが、先生の御意見を聞かせて下さい。銀治君の情況が、不利なのです。冤罪ならば、一刻も早く、晴して上げたいと思っております」

「そうですか。それは恐しい事です。僕は、あの銀治君に限って、そんな恐しい、殺人を犯すような少年では、決して無いと信じます。銀治君を受持って一年になりま

す。他の子供に比べますと、神経の鋭い、憂鬱な子ですが、仲々、頭の良い、そして、心持の優しい少年です。そんな恐しい事をする子ではありません。人一倍、気立ての優しい生徒です……ああそうです。ここに、銀治少年の優しい気性を証明する、良い材料があります。御覧に入れましょう」

草間先生は、卓の片隅に立ててある、書類の間から、厚く綴られた紙束を抜き出して、一番上の一枚を指で差示して言った。

「僕はこの前、校外教授に、生徒を連れて、村山貯水池へ出掛けた事がありました。僕は生徒達に、眼で見た風景を画材として、短歌を作るよう、言い付けました。夕方までに、生徒達は、めいめい個性の良く現れた、作品を僕の手許まで、持って参りました。下手くそなのも、面白いのも、色々ありましたが、曳舟銀治君のは、まことに優れた作品でした。少年の純情と、心情の優しさが、遺憾なく、にじみ出ております」

秋水は、草間先生から、渡された、紙綴を手に取って、眼を通した。非常に癖のある、鉛筆で、藁半紙に二行の短歌が、書かれてあった。一学年、曳舟銀治として、その左の方に少し離れて、

BUTAの子は心淋しか柵の外に
鼻つき出して我を見ている

「いかがでしょうか、秋水さん、僕は今までに、こんな優れた少年の作品を読んだことは、ありません」

秋水は黙って、読返していた。草間先生は身体を乗り出すと、若い教育家らしい感動的な態度で言った。

この年若いが、子弟に対する愛の熾烈で、深い理解を持つ教育家は、更に言葉をすすめた。

「しかし秋水さん、僕は銀治少年のこの優れた作品を読んだ後で、ふと思い当った事がありました……銀治君の心は淋しいのじゃないかと、……例えますと、あの子の心は荒野で仲間の群から離れてしまって、拠りどころの無い寂寥の涯を、当ても無く彷徨する野犬のそれのようじゃないのかと思いました」

「よく気が付きました……草間先生」

若い教員の顔を正視した、秋水の瞳には、喜びの光が輝いた。

「その通りです、草間先生。僕はもっと具体的に説明しましょう。あの少年は、無意識のうちに、自分の拠り

どころ無い、自分の孤独の気持を歌っているのです。さて、わざわざこの横書きに書いたBUTAというローマ字ですが、先刻、熊座警部から、昨夜、銀治少年との対談の模様を詳しく聞きましたが、その内容から判断した、少年の性情から考えますと、あの子は、美醜に対する観念が、異常なまでに極端に潔癖です。醜悪な豚を忌み厭う感情が、無意識下に、それを象徴する、豚という漢字を避け、知らずこのビスケットのように美しい形をしている、ローマ字のBUTAという符号を書かせたのではないでしょうか」

草間先生は、感動に息をのみ込んでうなずいた。紙巻を一本吸付けると、何か思い出したように、咳込んで、片手を挙げた。

「そういえば、昨年、こういう事が有りました。生徒を連れて、色彩漫画のガリバー旅行記を観に行った事がありましたが、後日、その感想を、一人一人の生徒から聞いたのです。その折、銀治君の言った一言が、いままでも僕の頭の奥に、滓のように残っています。……こう言いました。あの子は……『——漫画はとても面白かった。しかしガリバーの胸や肩の上まで、多勢の小人が、ぞろぞろ登ってゆくのを見た時には、何だか気味が悪かった』——どうですか、秋水さん」

秋水は草間先生に礼を言って、教員室を出た。別れ際に言った。

「御安心下さい、銀治君は、必ず無罪です。今夜は千絵さんのお通夜ですが、その席上で僕は真犯人を指摘してお眼にかけましょう」

「そうですか、僕も、お線香を上げに行きます。勿論、銀治君とも会えましょうね……秋水さん……殺された姉さんの千絵さんと、僕とは、小学校時代の同級生でした。美しいひとでした……」

秋水は文化中学の校門を出ると、お茶の水から、高台の崖下を通り、青雲館アパートの糸崎哲二青年の部屋を訪ねた。ノックしようとすると、扉が開いて恋人の身に振りかかった、恐ろしい冤罪を思って焦躁していたのであろう、寝不足で赤くなった、眼をした、哲二青年が飛出して来た。

「秋水先生、千夜さんは、どうなったでしょう未だ留置されているのでしょうか？」

「御安心なさい。もう、帰宅している時分です。哲二さん、千夜さんの無罪は確実です」

哲二の顔には、ほっとした感情が浮んだ。

「いろいろ御骨折を有難うございました。実は昨夜、先生のところから、おいとまして部屋へ戻ってから、とうとう今朝まで一睡も出来ませんでした。たった今、窓の外を、ぼんやり眺めておりますと、崖の下を歩いて行かれる、先生のお顔が見えたのです。先生は、必ず吉報を持って来て下さったな、と思っていますと、廊下に足音がしたのです」

「そうです、吉報を持って来ました。一刻も早く、千夜さんの無罪をお報らせして、貴君を喜ばせて上げようと思って、急いで歩いて来ました」

「そこは入口です。どうぞお入り下さい」

秋水は哲二の部屋に通った。部屋は学生らしく、乱雑であった。突当りにベッドがある。その手前の机の上には読みかけの、原書が二三冊投出され、とっつきの卓子の上には変性アルコールの半分ほど残っている瓶がありその側には、アルコールが燃え尽きてしまって木綿のしんの頭が黒く焦げているランプが置かれてあった。しかし書架には、理学生哲二の精神生活の豊さを物語る原書が、ぎっしりと並び、寺田寅彦全集やゲーテの全巻、それから木下杢太郎の特集等、の文学書もあった。

「コーヒーを入れましょう」

彼はガス台の方へ行って、焜炉に火を付けた。タイルの上には紙の燃え残りだの、麻布の黒い灰があった。秋水は物珍しそうに部屋を見廻して言った。

「こういう部屋は懐しい。学生時代を思い出します」

哲二と向合って椅子に坐った秋水は、肩の後の、キャビネットを振向いて、

「素晴しいラヂオですね、電蓄兼用だ」

蓋の上に有った、細いコードの束を、側へ除けて蓋を明けて中を覗いた。

「珍しいレコードが有りますね。昔の物だ、氏原義哉の『とんぼ返り』……偶然じゃありませんか。昨日、盲目の老人が、殺された千絵さんの部屋で竪笛を吹いた曲は、この歌ですよ。ひとつ掛けてみましょう」

塵埃と書物の匂いのこもった、理学生の部屋に、二十年前、流行した、氏原義哉の憂鬱《メランコリック》な歌声が流れた。

まひる野に　陽はまひる
影踏みて　ただひとり
あわれ黒ん坊　とび跳る
おもしろか　とんぼ返りは

…………　…………

…………　…………

秋水は低い声で言った。

「……じっと聴いていると気の狂い出しそうな……人を殺したくなるような歌ですね、昨日の夕方、あの頃、この曲を、千絵さんの屍体の枕元で、不思議な、盲目の老人が、竪笛で吹鳴したのです……おや、もう遅くなる。……ではこれで、失敬します」

扉のところで、秋水は青年の手を、ぎゅっと握った。一瞬、哲二の顔には、異常な感動が走って過ぎた。

「ご安心なさい、糸崎君。今夜、僕は犯人を指摘します……左様なら」

Ⅶ　とんぼ返り

昨日、不可怪な死を遂げた、千絵の通夜の日の黄昏ちかく、ひっそりとした、旧家、曳舟家の内部は、ぼつぼつ、早出の人々が、しめやかに詰めかけている。読経は未だ始らないが、香煙が家内を流れていた。漂よう香煙の匂いさえ、殺された、千絵を偲ばせる、一種の、なまめかしさを含んでいるようであった。応接間の正面には緊張して、熊座警部がしきりに紫煙の輪を吹き上げていた。今夜、秋水が、ある実験を行って、千絵殺しの真犯人を、指摘すると言うのだ。主人の銀造氏は弔問に来る、親類や知己への応待で忙しく、姿を見せなかった。秋水が真犯人を指摘する……警部は自己の説を確信すること、固かったが、しかし、今朝会った秋水の、別れ際の言葉尻が、ちょっと気にかかっていた。何か胸の底に引っかかる、割り切れないものがあった。……いや、しかし、秋水が、ああ言ったから、半日待ってやっただけではないか。科学者というものは、理屈が多過ぎる、一息に渡り切るべき石橋を、わざわざたたいて渡る……それが科学者の科学者たるところだ。しかし我々は道を急ぐ代償として、多少の苦労と、冒険と、決断の勇猛心を仕払えば良いのだ。彼のやり方は等符号の左の式を分解して右に移す。儂は、いきなり答のXを投じるのだ。彼のは、実験、研究する学者のそれであり、儂は直ちに武器として取上る技師だ……しかし、それだから儂は日頃、秋水魚太郎を敬愛しているのじゃないか。いずれにしても犯人は我が網の中にありだ。

「秋水君は、未だ来ないかね」

かたわらの私服に聞いたとき、扉が開いて秋水が飛込んで来た。黒い準式服に喪章を付けていた。警部は秋水を見ると、ちょっと自分の胸を見てから、

「随分待った。監視はつけてある」

「千夜さんは?」

「銀造氏と奥だ」

と警部が答えた時、扉が開いて、香煙が流れ入って、その蔭からげっそり痩せて幽霊のような、黒眼鏡をかけた老人が、ふらふらと室内に入って来た。最初からこの事件に幻怪な影を投げかけている、あの盲目の笛吹きである。

「おかけなさい」

秋水は手を取って、盲目の老人を、自分の側に坐らせた。杖を側へ置き、左手に持っていた風呂敷包を持ち替えると膝に載せて、

「御主人は、おいでですか、千絵さんの霊前に、粗末な物ですが、お供物を持って参りました」

銀造氏が入って来ても、彼は沈痛なようすで弔辞を述べてから、供物を渡して後、一言も口を利かなかった。不思議な心の苦悩が、彼の沈黙と入交っている。単なる通りがかりの人として、偶々殺人事件に巻き込まれ、重要な容疑者となった男の心の傷手が、これほどまでに彼の胸を、痛ましめているのであろうか?

「お線香を上げさせて下さい」

間もなく彼が、面倒臭そうな私服に手を引かれて、焼香から戻って来ると、やがて、被害者、千絵の情人、そし千夜の恋人、糸崎哲二青年が、蒼白な顔付きで入って来た。銀造氏の顔を見て、苦し気に眼を伏せたが、秋水の居るのを発見すると、ほっと安心の色を浮べて、懐し気に微笑した。熱情的な理想家である、彼も、昨夜からの、傷心と、焦躁で痛々しいほどやつれていた。

「千夜さんは?」

銀造氏に聞いた。

「奥です」

警部は、いかつい肩を、ぐいと反らせると秋水の顔を見た。彼の眼は、明らかにこう言っていた。

「ねえ……良い気なもんじゃないか、自分が孕ませた情婦《イロ》が殺されたというのに、もう別の女の尻を追い廻している。これが当世とでも申すのかね……」

秋水は警部の眼顔には応えず、静に煙草の香を楽しんでいた。広い肩の前で、左手は紙巻を持った右腕の上に

組み、室内に漂よう紫煙の中に眼をやって、さながら放心しているようであった。これからある実験をする、千絵を殺した、真犯人を指摘すべく、それに先立ってある実験をする。一体どんな試みをしようというのであろうか……？

扉が開いた。熱情家の青年、草間教員が姿を見せた。質素な背広服の腕に白い花束を抱いている。彼は教え子、銀治少年の無罪を飽くまでも信じているのだ。しかし……あるいは彼も曾っては亡き千絵を恋した若者の一人ではなかったろうか。腕時計を、ちら、と見ると秋水の長身が、椅子から立上った。

いいか――と警部の顔を見るとゆっくり言った。

「皆さん、もうそろそろ、昨日の夕方、千絵さんが、殺された時刻です。六時半を少し過ぎました。未だ、お通夜の方々も、あまり、お見えになりませんので、これから、ある実験を致したいと思います。以前はある事件がありますと、その犯人を逮捕いたしますのに若干の物的証拠も有りましたが、ある程度捜査係官の第六感とか、あるいは犯人と目される人の平素の言動や、その他の情況を参考に、極めて、大摑みな捜査方針が、採用されて参りました。そのために、犯人の自白を急ぐため、容疑者の心や、身体を苦しめる方法も、取られて来ました。ところが、新しい時代には、法律で、犯人の自白が、仮令、ありましても、確かな、物的証拠が無ければ、彼を逮捕することが、出来なくなりました。そのために、良い事もありますが、また、悪い条件も出て参ります。狡猾な真犯人は、自分の物的証拠を全く残さず、その代り、罪の無い人の、のっぴきならぬ、証拠を拵えて、その人を罪に落すようになりました。今、僕は、真犯人が、湮滅してしまった物的証拠を再生すべく、僕の実験室で、助手をして、その再生をやらせております。数時間の後には、ここへ持って来ると思います。しかし、また一方、例え、裁判上、到底、有力な証拠とはなり得ない、些細な、情況の証拠でも、決しておろそかには、出来ないのです。ある一人が、殺人容疑から法律上免れても、証拠不充分という名目ではいけません。青天白日の下に、犯罪には全く関係が無い、という所まで、究明して上げるのが、僕の仕事です。お経の上りますまで、未だ時間も有りますので、ちょっと、ある些細な実験を行って、僕の疑念を一掃しておきたいと思います。しかし皆さん、これが物的証拠を、証拠として、一層確固としたものにするのです。御覧になりたい方は見ておいて下さい」

では、と言って、警部の部下の一人に言って、盲目の老人の竪笛を持って来させて、それを元の持主である、老人に渡して、

「葛西さんと、言いましたね。これを貴男にお返し致しましょう。……さて、こちらへ僕と一緒に来て下さい。僕の肘につかまって」

と言って、店の入口、扉を入った所に立たせた。

「昨日、貴男が、やったように、そこで、竪笛《フリュート》を吹いて下さい」

老人の吹鳴らす、『天然の美』の流暢な中にも、哀愁を帯びた、メロディーが、室内を流れた。人々は、応接間の扉を出た所で、この異様な出来事を眺めていた。この時奥廊下に静かな、足音がして、冴えかえるように美しい、千夜の姿が現れた。一同の方を、ちらと、見たが、眉ひとつ動かさずに、上り框に膝を突いて、秋水と、盲目の老人の方を眺めた。メロディーが終る、少し前に、秋水は、つと右手を伸すと、老人の笛を持つ、左手の掌を、外側から握って引いた。はっと、笛を唇から離した老人。秋水は黙って、彼の手を引いて歩きながら、後方へ下り始めた。千夜が道を明けると、そのままの恰好で後向きに、上り框を上り、廊下を右へ階段の方に歩いて行った。呆気にとられた熊座警部と、心配そうな、他の人々は、後につづいた。二人は階段を上って行った。日の昏れ際の廊下は暗かったが、階段の上から、流れて来る、微な光で、老人の顔は、幽霊のようであった。秋水の長身は、前の方へ、かがんで、ほの白く闇に浮んだ彼の手が伸びて、老人の掌を握っていた。

「あっ……」

老人の低い叫びが聞えて、二人の手が離れた。秋水は、伸した手を、そのまま差伸している。薄暗がりを、まさぐる老人の左の手が差伸した秋水の指先を捉えた。この瞬間、老人は、はっ、としたが、物問いたげに、見えぬ眼を、秋水の方へ振仰いだ。秋水の静かな声がした。

「昨日、貴男は、警部に、手を引いた人は、二人だと仰言いましたね」

老人、しばらく黙っていたが、

「……警部さんには、昨日、二人らしいと、申上ましたが、……一人かも知れません……いや、確かに一人です。間違ありません」

秋水は、それには答えず、静かに老人の手を引いて、二階へ上って行った。異常な感動に捉われたらしい警部は、唇を固く結んで、その後につづいた。銀治氏はじめ、

草間先生、糸崎青年、一番後から、無表情な千夜が、登り口から上半身を見せた。今は亡き千絵の部屋で握らされた、二枚の十円紙幣を、ポケットに納めると、老人は、右の手に持っていた竪笛を取上げて、唇に当てた。

妖しくも、憂鬱《メランコリック》な、あの『とんぼ返り』の曲が、黄昏の、ほとんど人々の顔の輪画だけしか、判らない、薄暗い、部屋の中に流れた。昨日の今頃、美しい千絵は、胸から血を流して、老人の足元に倒れていた。彼の吹き鳴す、気の狂いそうな、メロディーは、この部屋に流れたのだ。そして、いま……

野の涯に　　　くるめきて
血をしたたらす　落日に
おもしろや　　とんぼ返り
とんぼ返りは　おもしろや
…………　　　…………
…………　　　…………

警部は、自身でも名状し難い焦躁に襲われた。秋水の静かな声が、暗くなった部屋に響く。

「昨日、この部屋に人が何人居りましたか？」

……しばらくは沈黙が、四辺をこめたが、

「……一人でした、ただの一人です」

盲人の、しわがれた空洞のような声……。驚嘆すべき、常軌を逸した、秋水の訊問……そして盲人の異常な、感覚の世界。

捜査課切っての辣腕、熊座警部は、思わずうめいて、よろめいた。

Ⅷ　少年の秘密

「これで、僕の実験は終りました。葛西さん……、それから皆さん、御苦労様でした」

静かに低い秋水の声にほっとして一同が、入口の方を振返ると、障子の向うの、夕明りに、銀治少年の血の気の無い、ゆがんだ顔がこちらを覗いていた。見付けると、秋水は、つかつかと近寄って、彼の痩せた、細い肩に両手を載せた。

「銀治君、君は昨日の夕方まで、どこへ行ってたの？」

わっと言って少年は泣出した。秋水が、何と言って、なだめても、頑に口を緘して語らなかった。この少年の胸の秘密は、一体何であろうか……?

午後八時、千絵の遺骸の安置された、階下の客間では、僧侶の読経が始って、三十人近くの通夜の人々が、しめやかに珠数を爪繰っていた。九時頃、ひとまず読経が終って、近くの人々から、順に焼香が始った。先刻から、寝不足で、寒気がすると言っていた、哲二に向って、千夜は言った。

「二階の部屋に、銀治さんの床が、とって有りますから、そこで、お寝りになっては」

哲二が二階に上って行ってから、三十分ほどして、銀治が、眠い、と言い出した。

「銀治さん、二階で、おやすみなさい、あなたの蒲団に、哲二さんも、寝ていらっしゃるわ、一緒におやすみなさいな」

こっくり、うなずくと、銀治少年は、部屋を出て行ったが、ものの一分と経たないうちに、二階の方で、鋭い少年の叫びと、ずしんずしんと畳を踏む音がした。

「しまった……」

秋水は素速く、人々の膝の間を縫って、部屋の外へ飛出して、二階への階段を登って行った。つづいて、熊座、部下の私服。しかし人々は何の事だか判らないらしく、呆然として、見送っている。その中を、さっと顔色を変えて、千夜が立上った。

熊座警部が飛込んだ時は、その部屋には異様な光景が展開していた。入口に近く、秋水が棒立ちになっていた。彼の手には、血のしたたる、メスが握られていて、その左手、部屋に入って、直ぐ手前の左側には、床をのべて、その上には、哲二青年が、洋服を脱いだワイシャツ姿で、起上って座っていたが、白いシャツの左肩から胸にかけて、一面の血、左の頰から、頤へかけても、真赤だ。はね除けた掛蒲団の上に左手で上体を支え、右手で傷付いた左の肩を押えて、苦し気に呻いている。その指の間からは、たらたら血が垂れて膝の上や、真白なシーツの上を、ぽたぽたと染めている。その向う、本箱と机の前に仁王立になって、銀治少年が、はあはあ、息を切らしていた。彼の顔からは、血の気が引いて引きゆがみ、明らかに泣いていた。気が付いて哲二を抱き起した秋水は、私服を振向いて、

「良い、あんばいに、傷は大した事はない。君、医者だ」

少年に飛付いて、細っこい両腕をねじ上げた警部は、

「お前だ、犯人は……」

「ち、ち、ちがうの、お化けが出たの、お化けが……」

「何を言うか、この小僧……」

秋水は手を挙げて、警部を制した。

「熊座君、もう大丈夫だ。兇器は取上げたしもう暴れまい」

この時、千夜が飛込んで来た。つづいて銀造氏、重吉老人、それから、後れ馳せに、通夜の人々……。千夜は哲二の背に手を廻して銀治少年を見上げた。

「あなた……一体どうしたって、いうの……」

「姉さん……違うんだよ、僕、僕はお化けを見たの……」

警部は苦笑すると、銀治少年を、畳の上に突放した。近所の医師が呼ばれ、通夜に集った客達は、階下へ追返されて、秋水等の他、部屋には、銀造氏、千夜、草間教員達が残った。

秋水は、銀治に近寄って、手にした、血に染った兇器のメスを見せた。

「これ、どうしたんだい?」

「僕、寝ようと思って、この部屋に入って来たら、畳の上に、落ちていたのだよ、それを拾うと、急に電気が消えて、お化けが出たの」

「……何……お化け……?」

「いいえ……」

千夜は遮って、

「この子は、神経質な子でして、何かに、おびえているんです……つい十日ほど前も、一度そんな事が、ございました。おびえて、気が狂ったようになりまして、丁度、伯父さまはいらっしゃらないし、折良く哲二さんが、居合せて下さったので、押え付けて戴いたのです」

「何……前にも一度……」

秋水は千夜に訊いた。

「それは、この部屋ですか?」

「ええ……この部屋です」

秋水は、床の上に半身を起して、医者の手当を受けている、哲二の丁度真正面にある、亡き千絵を描いた油絵の顔を見ていた眼を、移すと、哲二の枕元の黄灰色のシエードを掛けた、電気スタンドを見たが、畳の上に片膝を立てると、片手の掌を拡げて、哲二青年の方に、差出した。

「糸崎君、貴男の足の上の、その掛蒲団の中か、枕の下に有る品物を、僕に見せて下さい」

熊座は枕元に脱捨てられた、哲二の上衣の中から、何かを引張り出して、秋水に示した。

「何んだい、これより他に何も無い、懐中電燈じゃないか」

秋水は受取って、ちょっと見たが、にっこり笑った。そして、哀れにも、畳の上に両手を突いて、死灰のような顔の、薄い唇を蒼白にして、喘いでいる、銀治少年に近寄った。

「ね……銀治君……ほんとうの事を言うんだよ……いいかい……

君は昨日の夕方、どこに居たの……？」

秋水の言葉に、生色を失った顔を持上げた彼は、秋水の表情の中から、死物狂いで、何かを、求めようと、小さな両眼を見据え、薄い唇を、震わせていたが、ようやくの事で、

「……昨日、昨日、僕は千夜姉さんと……」

千夜は秋水の顔を見ると、冷い顔の表情を少しも動かさずに、ゆっくりと頭を左右に振った。

「僕は、あれから、ずうっと、千夜姉さんのうしろから、ちっとも離れなかった。銀座を歩いている時も。それから姉さんが、資生堂の中に居る間も、僕は表の硝子から、姉さんを見ていた。だって……千夜姉さんが呉れた切符でも、僕ひとりじゃ、映画を観になんか行きたくなかった、……千夜姉さんは……千夜姉さんは……僕は……千夜姉さんが、好きなのだよ……」

人々の肺腑を刳る、少年の絶叫、そしていま始めて堰を切った慟哭、泪……。

秋水は振向くと真正面から哲二の顔を見、

「……哲二君、御安心なさい、これで千夜さんが、この事件には、何の関係も無い事が判りました。……千夜さんは……それからこの銀治君も、殺人事件には、何のかかり合いもありません。僕は貴君との約束を、これで果しました」

この時、廊下から、若い私服が顔を出して警部に何かを囁いた。

「秋水君、いま君の研究助手が来た」

「……それで……？」

「……」

警部は、瞳を輝かせて、うなずくと、

「……旨く行ったらしい、今、ここへ上って来る……」

「……警部……それでは、これから約束通り真犯人を指摘する」

と言って秋水は哲二の顔を、きっと見ると、

「曳舟千絵殺しの真犯人、そして天才的な夢幻劇の演出家、糸崎哲二君……」

畳の上に突いた左の足の膝頭に片肘を載せると、ゆっくり言葉をつづけた。

「哲二君、……もうこんな芝居は、要らなかったのですよ。君の巧緻な不在証明《アリバイ》も、完全に破れた。あの、素晴しいとんぼ返りの夢幻的な詩劇もこれで幕を降したらどうです。……君は被害者の千絵さんを一度は愛した。しかし彼女に飽きた時、つまり君に言わせると、明日の詩を憧れたその瞬間、千絵さんはもう要らなくなった。そこへハルピンから千夜さんが眼の前に現れた。特に最近、千絵さんから妊娠したと聞かされたときには、君自身は所謂、昨日の詩に慚愧を感じ、同時に昨日の詩を抹殺しようとした。そして君の人生芸術完成のためにも千絵さんの殺害を必要としたのです。

君は自分の不在証明を作るためには、自分の部屋を毎日覗き、世話好きで、君にある種の好意を抱いている独り暮しの賀川夫人を見事に利用した。あの賀川夫人が君に対して抱いている関心と彼女の秘密の習慣を君は良く知っていた。千絵さんを殺しに行くために、アパートの自室を空けている間、自己の偽装の在室を夫人に証明してもらうために、油絵具で、自分の画像をキャンバスに描いて、ベッドに立て掛けた。

用が済んだ後で、君はこれを焼いてしまったが、あの瓦斯台の隅の麻布を焼いた灰は、溶剤《ソルベント》で溶した合成樹脂《レヂン》を噴霧器《スプレー》で吹付ければかなりな程度、復原出来る。これは、間もなく僕の助手が、ここへ持って来るでしょう。それから、あの部屋で鳴っていた、レコード、憂鬱《メランコリック》な『とんぼ返り』の歌、――盲目の老人が、殺された千絵さんの枕元で吹鳴したのは、偶然の一致だろうが――あれは、電蓄兼用のラヂオの、自動時限スイッチを仕掛けたものでしょう。キャビネットの上に、君が使った、コードが残っていたし、器械内部の、時限スイッチの所の接続部分にも、昨日君が手を触れた跡が、埃の上に残っているはずだ。

それから、貴君の芝居を、いかにも、もっともらしくした、小道具の一つ、あのアルコール・ランプだが、今朝、僕が見た時に、ランプの傍の瓶の中には、未だ燃料アルコールが半分、残っていた。しかし、それなのに、ランプの中のアルコールは、完全に無くなりランプの糸しんは真黒に燃え尽きていた。僕も理学の方をやっていて、良く知っているが理学生の君が、まさかランプの中のアルコールを空にして、糸しんまでも真黒く、燃え尽きさせるはずはない。錠を降した後の鍵を抜去って、廊下から室内を見えるようにしておかなければ、ベッドに寝ている――偽装の――君の姿も、賀川夫人に見せる事は出来なかったろうが、しかし一般に、室内から錠を降した時は、鍵を突込んだままにしておくのが普通だ。平凡なことだけれども、君の不在証明に初めて僕が疑念を抱いたのは、この極めて平凡な事実と、そして君らしからぬ無精なランプの取扱いからだ」

一息にここまで言切ると、秋水は部屋の入口に顔を出した、助手を招いた。

「キャンバスの灰の復原の結果は？」

学生服の上から白い実験着を着たままの助手は誇らかに言った。

「先生の仰言ったように、ＰＶ・レヂンを使いました。溶剤は殆んど乾燥して、布面に描かれた人物の頭部の絵具の灰は剝離しましたが、全体の六十パーセントは復原しました。とりあえず経過だけを、御報せしようと、急いで駈けて来ました」

熊座警部が言葉を挿んだ。

「秋水君、だがどうしてこの子がこんな騒ぎをやらかしたのだい」

「ああ……お化けか……いま出現させる」

秋水はゆっくり立上ると、電燈のスイッチを消した。長身をかがめると、先刻警部が点けた、スタンドの燈も消した。真暗になった室内、入口の畳の上、僅に廊下からの外光が微かに流入った。警部は、ごくりと唾をのんだ。

「……そら……出るぞお化け……」

秋水の声につづいて、おびえた、銀治少年の鋭い叫声。一瞬、真暗な壁間に、巨大な髑髏、青白く燐光を放つ、軽石のような顔に、ぽっくり陥ち込んだ、真暗な眼窩、むき出た歯が、かたかた鳴った。驚愕の叫びが、人々の口から洩れた。と再び室内は元の明るい光に満たされた。人々が気が付くと、秋水は窓を背にして、書机の上に腰を降して、足を組み、微笑をしていた。彼の右手には、先刻の懐中電燈が握られている。彼と対い合って、亡き千絵の油絵のある壁の下には傷の手当を終えた哲二が、蒲団の上に半身を起していた。彼の顔からは、いつもの美しい淡紅の色も引いてしまって、蒼白な皮膚は醜く引っつり両眼は自嘲にぎらぎら輝いていた。秋水は、ケースから紙巻を一本取って、火を点けたが哲二にも一本与えてやった。青年は素直に火を点けてもらって喫った。

「警部、それから哲二君、この事件を始めから順を追って説明しよう。僕は昨夜、哲二君から事件のあらましを聞き、今朝、更に警部から詳しい話を聴いて、犯人の推定に二つの推理方法を執った。その第一は、容疑者が、いずれも、はっきりした不在証明を持たないのに、哲二君だけが、それを持っている。だから、犯人を哲二君とする逆説。この推理を進めるために僕は、昨夜と、今朝、哲二君に会って、話をして安心させ、証拠湮滅をなるべく遅らせるようにした。幸にも今朝、哲二君をアパートに訪ねた時、先刻僕の言った、色々な物を発見した。これは今日君の留守に助手に言付けて、集めて調べさせた。次に盲目の老人の手を引いた若い女と、少年らしい細い指の持主。まず盲人の感覚を偽った、若い女の偽装だが、これは毎日この時刻における老人の習慣的な足取りを知っている犯人は、銀治君の持っているメスの柄をハンカチで握って、まず千絵さんを殺し、次に彼女の平素使っている香水瓶《スプレー》から自分の口腔や体に香水を噴付けることで、盲人の嗅覚を偽いた。

さて、それに加えて、心理的の偽装の線香花火の匂いだ。次に犯人の手や指は、体の割合に、しなやかであるから盲人の触覚を偽くには訳はない。僕が少年の（細い指の）存在を偽装と見破ったのは、次の考えからだ。およそ人を殺すのに、二人や三人でやるほど、危険な方法はない。一人で行って誰にも知れないようにするのが一番、見破られる危険率は少い。だから僕は、少年の存在を偽装と仮定した。これは、先刻行った実験で証明されたが、狡猾な犯人は、盲人の触感の錯覚を利したのだ。試みに、自分の掌の外側から誰かの手で、少し力を入れて握ってもらい給え。外から握られた場合、その握った手は必ず（特別に頑丈な体格の人を除いて）大きく感じるから……しかも握った手は、しなやかで肉付きが良い。嗅ぎ馴れた千絵の爽やかな匂がする。盲人が、千絵に手を握られたと思うのは無理が無い。さて、次の少年のらしい細い指だが、試みに、その外から握られた手の指先を、自分の方から逆に握り返してみ給え。自分の掌中に握った人の指は細く感じるから。但し、これは、平素、触れ合っている自分の左右の手では駄目だ。必ず他人の手に限る。

それを、一度握られ、次にこっちから指先を握り返してみ給え。錯覚は必ず起る。美しい千絵さんという先入感と、体臭。盲人は見ん事、犯人の仕掛けた罠に引っかかって、一人を二人と証言したのだ。これは先刻の僕の行った実験で証明された。はじめ僕は別の考え方から犯人は千夜さんかとも思った。彼女の不在証明も無かったからだが。しかし僕は千夜さんの部屋に入って、彼女が日常香水や匂いの強い化粧品を使っていないのに気が付き、そして、妊娠中の婦人である、被害者が生理的に、芳香の強い香水を使用しているのを考えると、千夜さんへの推定は全然、くつがえされた。そして更に、被害者が日常使っていた、化粧水の容器や、香水瓶は、わざわざ布で拭って、指紋が消してある。どこに自分の化粧水等の瓶を使った後で一々、指紋を消している者があろうか。これが、僕の警部に――犯人は証跡を残さなかったが、自分の足跡を消した跡を遺した――と言った訳だ。

さて僕は学校を訪ねて、銀治君の性情を調べて、この子の胸奥に何か、秘密があるな、と思った。思春期の少年の悲しい思慕だ。だがこの子は自分の情況が最悪になっても――恐らくそこまでは考えなかったろうが――自分の秘密、つまり、自分が慕っている千夜さんを、一日中、つけ廻していた事実を、我々には言えなかった。それはこの子にとっては恥死にも思えたのだ。しかしこの哀れな少年の心の秘密は、千夜さんの彼に対する、冷い無関心な態度――先刻、千夜さんが、銀治君に示した――に関する、自棄的な反撥となって我々の前の明るみに投出された。これで、千夜さんと銀治君の昨日の行動が判った。銀治君の、ひたむきな性情と行動からして、二人のあの時間における不在証明、これは、そのまま信じても良い」

秋水はここで言葉を、ちょっと切って、哲二青年の顔を、痛まし気に眺めて、言葉をつづけた。

「哲二君、君は、千夜さんの出現で、もう、いらなくなった千絵さんを殺し、その罪を、異常な性格の銀治君に塗り付けようと計画したのですね。卑怯な考え方だ。少年の事だから死刑にはなるまい、それによって君の心の荷も、いくらか軽くなろうが、純な銀治君の心に刻み込まれた傷は、生涯、消えなかったでしょう。君は、銀治君の不在証明を亡くすために、山手館の入場券を千夜さんの手から、銀治君に渡して、この子を、誰の証明も得られない、映画館の混雑の中に、放ちやろうとした。

しかし、君の奸計も、この子の千夜さんを慕う行動で、くつがえされてしまった。それにも飽き足らず、君は念を入れて、今夜、この銀治君の手に、店から持って来た、別のメスを握らせて、自分自身を傷つけさせて捜査の眼を一層、銀治君に向けさせようとした。しかも、十日も前に一度、幽霊を出現させて、伏線を敷いておいたのだ。……しかし千夜さん……」

秋水は側の千夜をかえり見た。

「貴女は、どうして哲二君と約束した場所へ真直ぐに行かないで、どうして、あんな、躊躇した行動を取ったりして、哲二君を避けたのですか？」

「妾は一昨日の夜、始めて、千絵さんから、妊娠している事を聞いたのです。……そして妾は哲二さんから離れようと思ったのです」

彼女の冷い顔に、はじめて人情の影がゆるやかに動いた。警部は、秋水に向って、

「秋水君、だが未だ判らん事がある、先刻、あの壁の油絵の所に現れた、妙な髑髏の正体だが？……別に夜光塗料でも無さそうだが？」

「良く見給え、あの絵を。画面の上方、左右に二輪ある、真紅のダリヤ、それから肖像の婦人の臙脂の帯。これが、お化けの正体だ。ここに今持っている懐中電燈のレンズに濃紺の塗料が塗ってあるが、この部屋の明りを消しといて、懐中電燈の青い光を、その画面に当てると、婦人の顔や、着物がつぶれて白く見え、ダリヤの花と帯だけが、洞窟のように真黒に光を吸収する。つまり二輪の花が髑髏の眼窩、帯が、むき出た歯となる。僕はここへ最前、飛込んで来た時、始めは、油絵か壁の面に夜行塗料が塗ってあるのかと思った。それがそうじゃないらしい。そのうち、千夜さんが言ったが――前にも一度こんな事があった。その時も、丁度哲二さんが居て、気狂いのようになって暴れている銀治さんを、押え付けてもらった――という事だが、その時も今夜も、哲二君が居る。これは決して偶然じゃないな、と睨んだ。そしてこの絵だ」

秋水は哀れむよう哲二青年の顔を見ると、

「哲二さん、僕が最初この部屋に飛込んで来て、変に思ったのは、読書人である君が――僕は君の部屋を訪ねて良く知っていますが――わざわざ、本箱と机の方へ足を向けて寝ていたことでした。書棚と机に足をむけて寝る、よほどの事情でも無い限り、読書人が無意識にやる事じゃない。僕は、てっきり君の作意と睨んだ。銀治君と、新しい兇器のメスとの関係ですが、誰でも薄暗い廊下から、明るいこの部屋に踏込めば、足元に、キラリと光っている刃物は無意識に取上るのが当り前だ。そこで、いきなり電燈が消える。壁に髑髏の影が浮ぶ。銀治君は、

君の与えた暗示に引っかかって、メスを振って髑髏に切付けたのだ。君は銀治君のメスを握る拳を上から摑んで、自分の体に、ちょっと傷を付けた。そして電燈を点けて、大声を出して、人を呼ぶ。どうですか哲二君」

青年はややこわばった微笑を浮べると、右の手を秋水に差出した。握手を求めるためだ。しかしもう彼の眼は、愛する千夜を再び見ようとはしなかった。

Ⅸ 盲目の老人の秘密

熊座を先に、秋水等が階下へ降りて客間を覗くと、千絵の霊前に誰かが、顔を打伏せて慟哭していた。この事件を通じて、奇怪な影を揺曳していた、不思議な盲目の老人、葛西草吉である。秋水は、そっと熊座に耳うちして、二人の前に老人を呼んだ。

「葛西さん、貴男は昨日、警部に訊かれても語らなかった秘密がありましたね。しかし、今は千絵さんを殺した犯人は逮捕されました。貴男の前には、僕と警部の二人しか居りません。我々にすっかりお話し願えませんか」

盲目の老人は、警部と秋水に述懐した。彼の顔には、あの不安と焦躁と悲痛は消えて、温い湯のように溶けた諦念が、たたえられていた。

「もう、何もかも、すっかり申上ましょう。私が照る日も、曇った日も、この竪笛《フリュート》を吹いて街を歩き、その帰り、夕方には必ず一度、この家の前に立ちましたのは、次のような、奇しき思い出があるのです……もう大分昔の事です。私のこの両眼は未だ、生き生きと輝きこの胸には、若々しい希望が燃えておりました頃の事です。私は、親からの仕送りで、楽しい学問と人生の哀歓にその日を夢のように過しておりました理学生だったのです。その頃はこの家の一人娘、千代さん――ええ、殺されました千絵さんの母親になる人です――は美しいひとでした。明るい木々の葉蔭を涼しい風が吹く時分、千代さんは、よくここの店先に立っていました。……あの素肌よりも悩ましい、セルを着まして、私達理学生を夢中にさせました。その若者達の一人に私が居ったのです。曳舟玻璃店、あの欅の看板の金文字も、未だ新しく、きらきら光っておりました。店の中には、色々な硝子器具、かの硝子職人が面白可笑しく吹いた、硝子玉や、噴水のサイフォン。軒先には、風鈴が、微な音を立ててゆれておりました。その時分、ここの曳舟さんでは、大学の研究に使います、器具類を、ぽつぽつ、店の隅に並べて売り始めた頃でした。私達若者は、要りもしない、ゴム管や、一番値の安い、ピッチコックを買いに通いました。優しい千代さんの声が聞きたかったのです。……ええ勿論、この私も恋の騎士の一人でした。しかし、幸運にも私は彼女の心を射たのです。他の仲間を見事、だし抜いて、千代さんの恋を得たのです。しかし好事魔多しとか申します。私は、あの呪わしい関東の大震災で、仕送りをしてくれた両親を失ってしまいました。……ああ……そしてこの両眼までも失してしまったのです。

絶望した私は幾度か死のうと決心しました。しかし、この世の中への、残りの執着が死のうとする私を引留めたのです。やがて私が再びこの曳舟さんの家の前に立った時は、今はもう、すっかり落ちぶれ、右の手に竪笛を持った、街の人々の情にすがる、笛吹きに過ぎませんでした。あの希望に燃え、人生の詩《リリック》を胸に奏でた若者の面影はどこにあったでしょう。……私は、あらゆる恥辱、絶望を忍んで、千代さんの前に立ったのです。しかし千代さんはもう千代さんではなくなりました。変り果て、見る影も無く、落ぶれた私にお金を握らせて、笛を吹かせたのです。私はあの『とんぼ返り』の曲を吹きました。今はもう何も見えなくなってしまった私の両眼からは、泪がとめどもなく流れ落ちました。帰る途々、私はもう二度ともう彼女の前には姿を現すまいと決心しました。しかし次の日の夕方、私は、知らず、しらず、この家へ向って歩いている自分に気が付きました。惨めな恋のやっこの私の姿……。

さて私は再び千代さんの居る門口に立って竪笛を吹きました。その時、笛を持つ私の手が誰かに握られたのです。……ああ千代さんだ、やっぱり私を忘れてはいなかったのだ。私はその手に導かれて店の中に入って行きました。頭の上辺りでは、あの忘れもしない、細いガラスのサイフォンでしょう。さやさや、と鳴っています。私はもう有頂天になり、喜びで顔が、がんがん鳴りました。次の瞬間、私の片方の手に、お金が握らされたのです。夢はさめました。私の立っている足の下の土は、崩れてゆくのではないかと思いました。……しかも間もなく何とも言えない湯のように爽やかな微笑が私の頬に浮びました。……うぬぼれちゃいけない。俺は芸人じゃないか……。私が再び竪笛を唇に当てようと致しますと、彼女は私の額に前髪が触れるようにして言いました。

……『……貴男、千代さんはもうあんたの笛は聞いてくれないのよ……ね千代さんは昨日、亡ってしまったのよ……』……ああ私が千代さんと思ったのは、千代さんではなかったのです。泪でぬれて温くなった私の鼻の孔に、線香花火を燃やす硝煙の匂いが、泌みて来ました。私は握らされた、五十銭札を握って、ふらふらと、去って行きました」

熊座警部は鼻の孔をふくらませて首を左右に振った。老人は、言葉をつづけた。

「千代さんには、結婚後一人の娘が生れたと聞いておりました。彼女が死んでかえって、私の心は軽くなりました。曾つて愛した千代さん、その忘れ形身、千絵さん、きっと、千代さん生写しだったでしょう。それからの私は生き永らえて、こうして、毎日、この家の店先に立ったのです」

S町の旧家、曳舟玻璃店の小町娘、千絵殺しの犯人逮捕が発表され、糸崎哲二青年が起訴された翌日、熊座警部は、ウイスキーの角瓶を携えて、秋水魚太郎を訪問した。

彼は、白衣を脱ぎ、ネクタイをゆるめながら警部に対して、静かな声で言った。

「面白い事件だった。昔からあった、数多くの殺人事件で、大概の犯人は、不在証明を作ることによって容疑者の圏内から、犯人自身の引き算をやった。しかし今度の曳舟家の殺人事件では、犯人は、引き算の他に、幻影の犯人、X及Yの二体を加える事によって、架空の、極めて幻想的な容疑者を踊らせた。犯人の素晴しい頭脳と詩じゃないか」警部は秋水の顔を見て、また始った、と微笑した。

「……熊座君……」

秋水は言葉を変えて言った。

「……あの盲目の老人はねえ……殺された千絵の本当の父親だぜ」

警部は、うなずきながら、秋水の机の上を見た。一冊の書類が置かれてある。

「……何だい……それは……?」

長く鋭い眼と、頰の深い皺のあたりに微笑を湛えて秋水は書類を警部に示した。

「曳舟家殺人事件の覚え書だ」

標題には、次のように書かれてあった。

『杢詩幻想殺人事件』

うるつぷ草の秘密

I　秋水、山に来る

私が日頃、敬愛する友、秋水魚太郎の、科学者としての生活は、終日を自分のささやかな研究室にとじこもり、試験管を握って我を忘れている一介の趣味家《ディレッタント》に過ぎない。したがって実際社会から影響されることも少い代りに、直接社会を益することも殆んど無いと云ってよい。しかし、ひとたび彼が起って、警視庁捜査課の熊座警部を援け犯罪捜査に活躍するときは、尽ることなき無類の精力に加うるに、卓抜な科学的知識と、殆んど他の何人と謂えども追従する事を許さぬ天才的頭脳に依って、あらゆる難事件を片端から片付けてゆく。秋水の社会に貢献するところ実に大であると云わなければならない。彼の悪に対する攻撃は実に凄じい。思考と精力の総てを傾けて、彼の六尺の体はぶつかって行く。しかし悪を憎む反面、彼の優しい心は、世の中の人々から悪人と云われなければならなかった犯罪者の傷付いたこころをいたわり、涙をさえ注ぐのであった。彼の解決した難事件の数は多いが、平素口数の少い秋水は自ら進んで語った事はない。私も曾つて彼を援けて活躍したことのある、あの印象的な「紅鱒館の惨劇」に次いで彼自ら解決した幻怪複雑を極めた難事件で「杢詩幻想殺人事件」と言われている「曳舟千絵殺し」における彼の功績も、偶々、私が発表する事が出来たのは、事件の顚末を秋水自らが誇って私に語ったのではなく、実は、あの犯人の異常な情熱と、生々しい倫理感を、道徳以前の場に投出して示したという、秋水の痛烈極まる批判に他ならなかったのだ。だからこの物語も、恐らく秋水の口からは生涯、聞く事は出来なかったであろう事件である。後日筆を改めて発表するが、「ユダの娘事件」のヒロイン、真木のり子から私が聞いた彼女自身の第二回目の冒険談である。

信州、安曇野《あずみの》の北隅、細野部落の出はずれ、旅館とは名ばかりの朽ち傾いた白馬館。軒下の椽台には登山客らしい一組の男女、薄暗い土間に置かれた壊れかかった腰掛には三人の野良着の男が、紫蘇の葉を巻いた梅干を舐め渋茶をすすっている。いずれも中年の土地の者らしい。けだもののような音をさせ、熱い茶を咽喉に流し込むと、またひとしきり饒舌がつづく。近所の嫁の噂、小麦の出来、政府というむずかしい物に対する呪詛、夏蚕の価格の下落……彼等にはナイロンとかギャロンとかいう、文明の怪物の吐き出す白い粘液の恐しい魔力も判ってはいないだろう。この煤けて朽ち傾いた家に老いた父と母を遺して、白馬館の息子も、あの歴史的な原子《アトム》の祭典に霧散してしまったのではないか。「あの伜が生きていた頃には、壁の棚の上にはエメリーとか、リビーとかいった、コンビーフの綺麗な缶がぎっしりと並んでいたが、今じゃ埃だらけの草鞋に並んで干魚が」「この家の看板にはの……御旅人宿、代馬《しろうま》屋で良いのじゃ、春になるお山の雪が解ける、お山の地肌に黒く代馬の姿が出ると、皆は代掻きに野良に出るのじゃ。……それで良い、代馬屋で良いのじゃ、お前の祖父も代馬屋の木看板をさげて楽しんで生きてきたのじゃ……」

十何年か前に、こう言った祖父も、息子の言葉には折れて夫婦は顔を見合せ、口をつぐんでしまった。若者は古い木看板を割って、新しく白い板の上に白馬館と書き、土間の壁の狭い棚の椽には白いペイントを塗って、戦地へ行ってしまった。若者は還って来なかった。白いペイントも今は煤け、剥落ちたが……。

愚痴と不平と追憶と、正直だが野卑な噂の饒舌の群から離れた、土間の片隅の壊れかかった床几に腰を降して、先刻から濁酒を飲んでいた男があった。逞しい背は鉄の板のように、村の人々の饒舌に無関心であったが、終りの一杯を立ち上って傾けると、黙って外へ出た。軒下で振仰いだ。白馬岳、杓子、鑓の峻峯、不帰嶮から唐松へつづく長大な尾根が胸を圧して聳え、夏の朝の光に山襞はコバルトと淡紅色の光芒の綾を虹のように放っている。男は二三歩、歩きかけたが、ふと立留ると太い眉の蔭の禿鷲のように鋭い眼を、じっと白馬岳の雪渓のなだりのあたりに据えた。が思い切ったように四つ谷の方角に向って歩き出し、白馬館の軒を二、三歩離れると家の裏手から若い女の声で、

「あなた……ちょっと待って……」

男は振向きもしないで言った。

「……何んだ、未だ用が有るのか……」

押殺すような女の声がした。

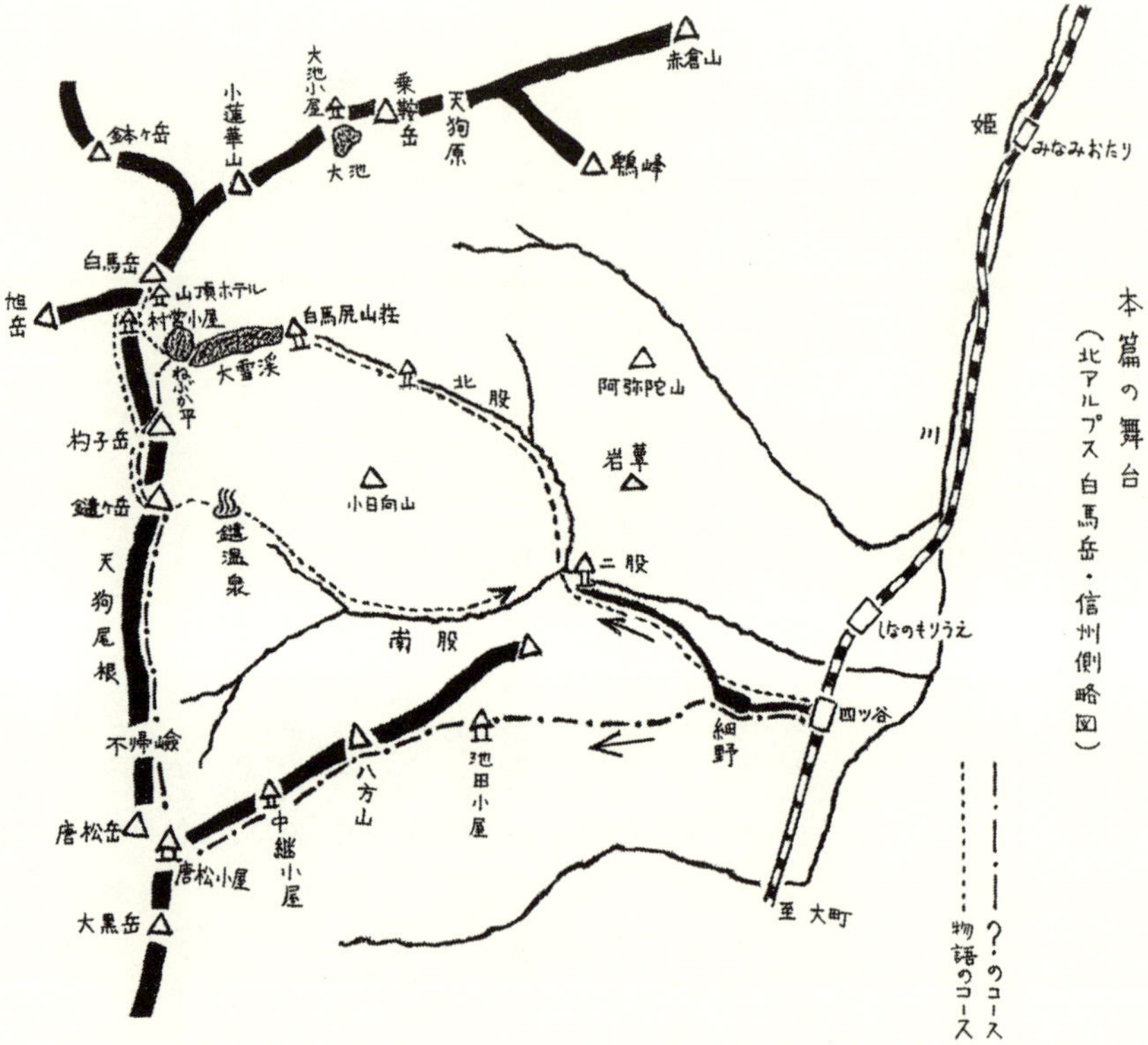

「妾……妾、怖い……」

「……何っ、怖い？　……」男は始めて振返った。三十を二、三は過ぎているだろう、若々しい雪焼した赤銅色の皮膚に刻まれた深い皺は、山懐のこの古い部落に生れて、やがてはここで死ぬであろう人間の宿命と、彼等の生活をひしひしと取囲んでいる雪の山々への目に見えない畏怖を物語っている。……男の顔が醜くゆがむ。

「怖いって……嘘を言うな……」

素朴で熾烈だが、宿命的な男の目に、さっと蛇のような影がよぎった。

「未だに、あいつの事が忘られぬか？」

「……お願です……もう何も仰言らないで下さいまし」

「忘れるように……俺はお前の心の中から、忌しいあいつの影を奪い取ってやる」二、三歩行きかけると、ゆっくり言った。

「いいか……解ったな、時刻を忘れるなよ」

感情の総てを振り切るように男は歩き出した。山案内人の肩巾の広い後姿が、路端に飛沫をあげる流れに沿った麻の茂みの向うに消えると、白馬館の後の庭に生い茂った葵の花蔭から女の白い顔が現れて、じっと向うを見送っていた。しばらくして、女が男とは反対の二股の方へ去ってしまうと、土間の奥で最前から、折れた斧の柄を直していた親父は、上り框の近くでほごし物をしている老いた妻に向って、

「仁科の伜、重治も変ったの……女房を持ってから……」

「他国者じゃと言うが、おとなしいし……良い器量だの……」うつむいたまま、膝の上の仕事から顔を上げない。

「重治も心配じゃろう」

「しょっちゅう、いらいらしとる。女房の器量が良いのも良し悪しじゃ」

うす暗がりで交される、白馬館の老夫婦の世間話に、いきなり口を挿んだのは、入口に近い椽台を借りて食事をしていた二人連れの旅行者の男の方だ。

「爺さん、仲々綺麗なひとだね。先にそこで酒を飲んでいた男の連れあいかね？」

「……へえ……左様で……」老爺はこの客が女連れで、遠慮しなければならない社会に属する者でないのを観察し終ると、話好らしい態度に戻った。

「へえ……あの重治は、つい今しがた出て行った男は仁科の伜でございますが、家業の機場（はたば）は嫌、野良もまっぴらで、二、三年このかた、すっかり愚連てしまいまして、てんで親の家になぞには寄っ付きません。ここのはずれに小屋掛けしまして、他所者の女房——へえ、今むこうへ行ったのがそうですが——と暮しておりますが、ああして日がな一日酒浸りでございます」

「……何しているんだね？」

「若い時分から、この土地に遊びに来た都会の人の所へ出入りしておりましたので、生はんかの知識がございますで、ああして商法はいや、野良も馬鹿ばかしいと、山案内人の仲間に入っております」

今日も、何とかいう東京の学者が当地に来て、なにやら研究なさりに山へ入ると言うので、いまも迎えに行きました、という老爺の噂話に、くだんの男の客はきらりと鋭い目を光らせて、朝映えの長大な尾根を眺めた。登山服のポケットから小さな紙片を取出すと、一字一字を入念に読み下して行った。簡単な文面の電報で、

——アキミズ　ウオタロウ様——

チヨウサウチアワセノケン』スグテハイシタ』ハンメ

イシダイ　キチニレンラクス』クマザ

電報の主は司法警察の熊座警部、男の登山客は警部の親友、秋水魚太郎だ。連れの若い娘は彼の助手、真木のり子、出発の前に警部は秋水に対って、

「何分、この事件は一度我々が採上げて、犯罪としては真相を捉える事が出来ない。なるほど、君の言うように山で遭難した青木博士夫人が死の直前に妹に当てて書いた葉書の文面には犯罪の影が濃い。しかし僕としては、もうこれで、充分に手を尽し切ってしまったのだ。我々捜査当局としてはあの走り書の死の予告を書いた夫人の当時の精神状態を神経衰弱と断定するより他にないのだ」

Ⅱ　北アルプスの悲劇

昨年の夏、夫君の青木恭一博士と共に北アルプスを旅行していた朝子夫人の妹、百合子に左のような夫妻寄せ書の白馬岳の絵葉書が送られて来た。

うるっぷ草の花が咲いていています

（ペン字で朝子の筆跡）

僕達は幸福です、恭一

（ペン字で博士の筆跡）

彩色された美しい杓子、鑓岳の絵葉書で、下部の斜に白く抜けた雲渓の部分に、鉛筆の走り書で、

妾はこの山で殺されるかも知れません、お母さんの形身の首飾は貴女に上げます。あなたの朝子。

夫人遭難の三日後、妹の百合子は取調の係官に、確に姉の字です、終りの鉛筆文字も、間違いなく姉の書いた字でございます。とはっきり断言した。「姉は最近元気がありませんでしたが、誰からも決して恨まれているような事はございませんでした」

詰めかけた新聞記者に対って、青木博士は言った。

「私達はお互に愛し合って結婚したのです。朝子があのような死を遂げたなんて、まるで夢のようです。誰からも恨まれたり殺されたりする女ではありません……しかし……」

白皙の端麗な顔にかけた度の強い近眼鏡の奥の目をしばたたかせ、沈痛に硬ばった頬を震わせて博士は言葉をつづけた。

「結婚前は快活な妻でした……結婚のしばらく後までも。しかし私達が結婚して三月ほど経ちますと、朝子は

憂鬱な女になって行きました。絶えず何者かにおびえているようでした。……いやしかしそれは私の思い過しかも知れません。家内は結婚という、あまりの幸福に酔って神経衰弱になっていたのかも知れません。どうか、一ときも早く万年雪の中に横わっている妻の亡骸を探し出して下さい。せめてもう一度、この腕の中に掻き抱いて愛撫してやりたいのです」象牙の塔に籠って、高山植物の研究に生命を傾け尽す、T大学の新進学徒、青木博士としては、その掌中の花、清楚なうるっぷ草にも似た朝子を一瞬にして失ってしまったのであるから、その悲嘆は無理なかろう。

　一九四八年七月十日、青木博士は朝子夫人同伴で、高山植物研究のため、白馬連峰信州側を踏破すべく自邸を出発した。電軌鉄道で信濃四つ谷まで行き、そこから徒歩で、山懐の美しい細野部落を経て、唐松岳、不帰嶮、天狗尾根を過ぎ、鑓岳、杓子岳の逆コースを通り、連峰の絶巓、白馬岳より乗鞍岳を極め沢に降って、軌道の信濃森上駅に出る、相当難コースであった。出発の前々日、別棟に寄寓している妹百合子に対って、朝子は、この予定コースを語り、笑いながら、「未だ妾、少女時代と変りないわ。この位の山は平気よ。このコースは、骨が折れるけれども、珍しい高山植物が多いって、主人が言っていたわ」

　ところが二人が東京を発って五日目の夜、博士から百合子にあてて、朝子遭難の電報が来た。出張した地元警察の係官や救援に向った人々に語った博士の談によれば、朝子夫人遭難前後の情況は次のように悲惨なものであった。出発当夜、汽車の中で夫人が腹痛を訴え始めたので、懐中薬を含ませ、山小屋で夫人が使用するために携帯してきた白金懐炉に燃料を入れて、どうやら苦痛もしのげたので、そのまま夫妻は松本駅へ着いた。十一日の朝であった。予定では大町線の軌道を利用してその日は四つ谷へ向うはずであったが、夫人の希望で、その日は駅前の松本ホテルに一泊をしてしまった。しかし翌十二日も夫人は気分が悪いと言ったので、博士は諦めて笑った。

「結婚して未だ一年にもならんのに、君を僕の助手にして山なぞへ、それも、唐松岳、天狗尾根コースへ引張り出すものだから、神様が僕をお叱りになったのだね。あの唐松から鑓へ行く途中には有名な不帰の嶮がある」

「でも妾、もう一日ゆっくりしていれば、良くなるわ、それも、永の患いという訳ではなし、ちょっとした下痢ぐらい。……ね、お願いしますわ、せっかくここまで来て、このまま妾だけ帰るなんて、百合子に恥しいわ」

　大分、経過の良い夫人の希望もあり、博士自身としても、学問への熱情と、一年振りで再会する、高山植物へのあくがれに、それでは、と言って、一番に楽なコースで、しかも、高山植物の多くの種類が一番に分布している、――北股・白馬尻・白馬頂上・杓子・鑓・鑓温泉・南股・四つ谷――コースを採る事にした。

「『コースの終り、海抜二千米余の鑓温泉、妾達の体を洗ったお湯が、岩間を流れて、目の前の雪渓に流れ込むなんて、ほんとに素晴しいわ』……とこう言って妻は喜んでいたのでしたが、その翌々日、大雪渓の裂れ目は妻の体を飲み込み、白魔は永久に朝子の姿を隠してしまったのです」こう言って博士は両掌を拡げ、顔を覆ってしまった。さて、この夫人遭難当時の目撃者は自分の他には一人も無かったと、博士自身で証明した。

「白馬尻の山荘へ、十三日の夜は一泊しました。大雪渓を登って、途中ねぶか平のお花畑で植物を採集する予定でした。こうして山頂ホテルで一泊するつもりなら、途中で三時間以上も暇をつぶしても午後三時か四時には楽にホテルまで行けるはずでした。しかしこうするためには白馬尻山荘を早暁に出発しなければなりません。あ……これがいけなかったのです」

　博士はここで、ちょっと言葉を区切って、一語一語、ゆっくりとつづけた。

「あの日、私達の採ったコースは一番に楽なコースです。そのため一般に、早朝松本へ着いた登山者達はその日のうちに頂上小屋へ着く人が殆んど全部と言って良いでしょう。この人々が雪渓にかかるのは、かれこれ正午近くですが私達二人が雪渓にかかったのは、それよりも昼間の時間で半日も早かったのです。早朝、白馬尻山荘から出発したからです。雪渓の上にも、私達の後にも、人っ子一人見えません。未だ薄明の荘厳な大雪渓、私達は大自然へのあくがれと、畏怖におののきながら登って行きました。断えず雪渓へ降り落ちる、落石の、地獄のような響。耳朶を打つ風の音に混って微かな妻の叫鳴を聞きました。振返った時には、もうそこには妻の姿は無かったのです。身の毛もよだつような氷の割目に、朝子は呑み込まれてしまったのです。後には、彼女の帽子、ステッキ、それから紐の切れたライカ、これだけでした。呼んでも叫んでも誰も来ません。私の叫声は落石の音に消されてしまいました」

　当時、夫人の遭難直後、現場へ来合せた、細野部落に住んでいる、山案内人、仁科重治は、引返して変事を急報して後、日没に近く係官も引揚げてしまって、ひっそりした白馬尻山荘に再び姿を見せて、山荘の主人に語った、「あの先生は昨年、大学の人達と大勢でここに見えた方だ。その時一緒にいらしった若い娘さんがきっと、氷の底に落ちた奥さんになったひとだろ」この山案内人、重治が、翌々日、東京から駈付けて来た、夫人の妹、百合子に語った。

「人が山で死んだ時、山に住んでいる人間ほど、心配する者は無えです。俺達山男は山の懐で、おふくろの乳を吸うようにして生きているんだ。俺達にとって、山の懐が一番に恐い、そして一番に懐しい、暖くて広い、……おふくろの腕のようにな……」そして、ぽつりと誰に言うともなく言った。

「だが……ああした場合、一番薄情なのは、東京の人間だ……通りがかりのな……」

白馬尻山荘のランプには、未だ燈が入らない。煖炉の薪だけが悲し気に声を挙げて燃え上り、赤々と天井を照した。たった一人の血を分けた姉を白魔に奪い去られた、百合子の悲痛、悲しみの極みとは涙が出ないものであろうか。彼女は重治の方を見た。燃え上る薪の炎に照らされて、彼の横顔は金串に突刺されて焼かれる獣の肉のように輝いて、咽喉仏が音をたてて上へ動いた。

ところが百合子がこの夜を過した白馬尻山荘の宿帳の彼女が開いた前の頁に、中綱豊夫という名前があった。前夜の宿泊、頂上近くの村営小屋、行先、帰京。住所は東京都赤坂丹後町。三十一歳、無職。丁度、朝子が遭難した朝、村営小屋を降りて雪渓を下り、博士達の採ったコースとはすれ違いに白馬尻山荘に一夜を明した事になる。頂上から山荘までは半日の行程、その間、たっぷり二十四時間、一体、彼は何をしていた事になるか？

この中綱豊夫が後に一応調べられたのは、朝子が博士と結婚する前まで、彼女につきまとっていた男である事が博士の口から洩れたからである。しかし博士は朝子夫人の死とは無関係である事を、はっきり打消して言った。

「結婚前は相当うるさく朝子をつけ廻したことは、朝子もはっきりと私に申しておりました。しかし私と結婚しましてからは、妻は中綱と一度も会っておりません。手紙の類も一回も送っては来ません。……勿論中綱とは肉体関係は絶対ありません。そうした事を考えるだけで妻の清純さに対する冒瀆だと私は思っております」

さて、中綱豊夫の不審な行動、夫人遭難の日、つまり村営小屋から白馬尻山荘までの、ゆっくり歩いても四、五時間の行程を、足の達者な青年が、しかも雪渓の降りを、たっぷり十数時間、一体何をしていたか？　という係官の質問に対して、中綱は、はっきりと証明した。

「僕はなるほど、昔、朝子さんを追駈まわしましたよ。しかしそれが、あの人の死と一体どんな関係があると言うんです。はっきり言っときますが、僕は一旦、他人の女房となった女を追い廻すほど、女に困っちゃおりませんよ」

問題となった、博士夫妻が寄せ書して、東京の百合子に送った謎の絵葉書は、夫妻が白馬尻山荘を発つ朝書いて、麓へ下る炭焼に託したもので、彼はその他の郵便物と一緒に持って、山を下ったと博士は証言した。葉書の消印も、翌日の四つ谷郵便局の消印があった。中綱は少しの悪びれた態度も無く、自分の立場を不利にするであろう、村営小屋から、白馬尻山荘までの不利な行動を説明した。

「僕は、どこへ勤めても、一週間と続きません。ご承知の通り、すぐ借金をこしらえてしまいます。しかし学生時代の道楽だった写真が役に立って、風俗写真や、山の写真を撮って、友達がやっている出版社を持ち廻っては小使にしております。これでも相当な腕前ですよ」と言って微笑すると、

「あの日も、雪渓尻までたっぷり一日、キャメラに堪能しましたよ。そうそう、良い作品がありますよ、ほれアニー・パイルの蓼科奈々子を昨年材木屋で撮ったのがあったんです。バックレスの凄い水着でね。この女の片ももを挙げてるやつを、雪渓の真白な雪に焼込みましたよ。よくお調べんなって下さい」中綱は厚い胸の前で腕を組んで、首の焦げたダンヒルのパイプを咥えて警部の顔を真正面から見た。小柄だが浅黒い美男子、一重瞼の長い目の切れが腫れぼったい。太い鼻梁、強靱な頤。警部はこういうタイプの男が好きであった。

Ⅲ　二度目の男

青木博士夫人遭難にからまる、不可解な朝子夫人自筆の死の予告、妾はこの山で誰かに殺されるかも知れません、お母さんの形身の首飾は貴女に上げます。あなたの朝子。しかし事件も公務に多忙な熊座警部の脳裡から、いつしか忘れられてしまった。清純なうるっぷ草のよう

な夫人の亡骸を抱いて、アルプスの雪渓は、再び雪に埋もれてしまったであろう。山小屋の人々も里へ降りて来る。部落の人々は再び雪に埋もれて、昨年とそして一昨年とも同じように、炉を囲んで老いて行くのだ。そして再び山の肌の雪が解けて、代馬の姿が現れるのを待つのだ。春となり山の雪が解るまでには、幾人かがこの山懐で死んでゆき、新しい生命が、自らは知らず、選ばれてこの部落の人として生れて来るのだ。

秋水がこの極めて不可解で不幸な事件を知ったのは、年も明けて、再び夏となった七月初めのある日、ある座談会で熊座警部と顔を合せたときだった。そして驚嘆すべき断定を下した。

「朝子夫人の遭難は恐るべき計画的殺人だ」

濛々と上る紫煙の中から熊座警部は身体を乗り出して、うめき声を挙げた。

「何っ……殺人！　殺人だって？」

秋水は短くなった煙草を灰皿に落すと、

「明白なる殺人だ、少くとも、青木博士、中綱某、それから死んだ朝子夫人の妹、百合子の証言が正しければ、立派な計画的殺人だ。しかも証拠歴然たる犯罪だよ」

「暴言も甚しい、どういう論拠があって、君はそういう事を言うのだ。これが友達の君でなかったら、君の首筋は折れている」

「その前に君の頤が砕けているよ」ぽつりと言って秋水は微笑を投げると、新しい煙草に火を点けた。

「こういう事件を一年も放っておくなんて、警部……君もまことに神経が太いね」

警部は、吸いかけの煙草を灰皿へ投げ込むと、がんと卓をたたいて、

「犯人は誰だね？」

秋水はそれには答えないで、上衣のポケットから小さく畳んだ朝日新聞を出した。ちょっと目を通すと、胸のかくしから赤鉛筆を出して、ある個所に傍線を引いて、新聞紙を警部に手渡した。文化欄の消息記事に青木博士の写真が掲っていてその側の記事に、

――T大学植物学界の権威、青木恭一教授思い出の白馬岳へ。博士が最愛の夫人を白馬の大雪渓で失ったのは昨年の事であったが、胸奥の傷痕未だ癒えざる今夏、図鑑作製のため明十二日、再び同地に向う予定――

警部は新聞を秋水の手へ戻すと言った。

「この記事がどうだと言うんだい」

「その前に、ちょっと聞きたい事がある。先刻の話だ

が、その百合子と中綱がやっぱり明日白馬岳へ発つそうだが、どうして二人が一緒になったか、そして何故、君達がこの二人に注意しているか、聞かせてくれ給え」

警部は、ちょっと顔をしかめたが、敬愛している友、秋水のいつもの癖なので、ぽつぽつ説明して聞かせた。

先月の末のある日、夕暮近くに、銀座の玉宮宝石店に新聞記者風の三十二、三の青年が現れた。扉を排して店内に入ると、真直ぐに支配人の某を呼び出した。夕刊新聞にでも載せる、所謂「宝石商の内幕話」の記事でも取りに来たのかと思って、ちょっと無精らしく回転椅子を廻したが、着ていた洋服も質が良い、目付きのきつい、利かなそうな、態度の伸々した青年で、奨められた椅子に腰を降すと、いきなり、ズボンのポケットから無造作にハンカチに包んだ物を摑み出した。支配人の方へ押しやりながら、これで二百万円呉れ、と言った。手に取って拡げて見ると、素晴しい三聯の真珠の首飾であった。一応品物を調べたが、先方の言値では掘出物ではあるし、これを主人にいくらか高く買わせて、自分は十万は儲けになると思ったのが、何分始めての客なので取敢えず、手金として二十万円渡し、品物の預り証を書いて、取引は明日と言って帰した。青年が帰った後に、他の捜査関係の用事でやって来た警部の部下がこれを聞いて熊座に報告した。調べてみると、京橋のアパートに住んでいる、中綱豊夫という男で、これが警部にピンと来た。昨年の青木博士夫人の遭難当時、現場附近に居て、不透明な行動（今は証明されてはいるが）を取った、中綱自身である事が判った。更に彼の注意を惹いたのは、中綱と、アパートに同棲している、新橋のキャバレー・ファンタヂアのナンバー・ワン木崎百合子が、遭難した朝子夫人の妹、百合子である事が判った。さり気なく調べる老練な刑事に百合子は快活に答えた。

「中綱とは、姉の葬儀の日に始めて会いました。ええほんとうに始めてですの。ファンタヂアには、姉さんが亡って、一月ほど経ってから出るようになりました。妾、それまでは、姉さんの家――青木の家です――に居りましたが、面白くありませんので、青木の家を出たのです」

「面白くないと、仰言ると？」

「姉さんが亡れば……義兄さんだって、いつまでも一人じゃ居られないでしょう」

「お姉さんが亡ってから、義兄さんとは時々会いますか？」

「ええ……そりゃ義兄妹ですもの」

「博士のお宅へいらっしゃってですか?」

「いいえ、義兄さん、ちょいちょいファンタヂアへいらっしゃいますわ」

「今でも?」

「ええ」と言って、この利口な女は、自分の答えたくない質問は巧に外し、刑事の未だ聞きたいであろう事を、自分から言った。

「あの首飾は亡った姉さんの形身ですの。そして、亡った妾達姉妹のお母さんの大切な形身でもありました。でも最近、中綱が――ええ妾達正式に結婚しておりますお友達の創立する拳闘クラブの出資者になるので、お金が要ると言っておりますから、昨日、中綱に渡して上げたのです」

老刑事は、ごっくり唾を飲み込むと、大きくうなずいて、美しく、利口そうな、木崎百合子の顔をゆっくり見守った。熊座はここまで説明して、秋水の顔を見直すと、大きな握り拳で頑丈な肩を、どすんどすんとたたいた。

「しかし秋水君、中綱と木崎百合子の二人が博士と前後して、松本へ発つ。しかしこの事は博士夫人の遭難や、あの妙な夫人自筆の死の予告とは何の関係もないぜ」

「どうして?」

「先刻も、ちょっと話したが数日前に銀座裏で発生した傷害事件がある。重傷を負って虫の息だった被害者も相当な強か者で、犯人の名前を、どうしても言わん。傷害当時の目撃者は一人も居らん。ところが現場の二階の玉突に中綱が居たんだ。しかも被害者の某はクラブ経営の事で、中綱に不義理な事をした。中綱が彼を刺す動機は充分ある。しかし刺された某と、二人っ切りで、部屋の中で、ウイスキーを飲んで、口論となり相手を刺した訳だが、グラスの縁には某の指紋だけしか残っていない。犯人の持ったグラスの指紋は消されてあった」ここでちょっと言葉を切ると、警部は得意そうに先をつづけた。

「情況は中綱に不利だったが、彼を犯人と推定する証拠が無い。ここ二、三日中綱を見張らしておいている矢先に、あいつは女とアルプスへ逃出しだ。ところが秋水君……中綱は人を刺しておいて、指紋を消すような、小刀細工をする男じゃない。あの男は、学生拳闘の選手時代から世話を焼かせて良く知っているが、つい一、二年前まで、中綱駿という名でフェザー級の選手だった。常にフェヤ・プレーを行う男だった。正々堂々と事を行った。隠密裡に人を殺せる男じゃない。独りこっそり喧嘩仕度をしたり、持駒の配置を替える男じゃ決してなかった。リンクキャリヤは上手だった。フットワークも素晴しかったが、ある人種のやるように、クリンチに逃げたりはしなかった」

「いや、判ったよ」秋水は手を挙げて、

「……中網豊夫と木崎百合子の逃避行は一体何んだと言うんだ」

「秋水君……あの男は時々あんな事をして我々を、からかう癖がある」

「じゃ、わざわざ夜行で何しに山へなぞ行くんだ」

「ううん……そりゃまた芸術写真とやらを撮りに行くんじゃろ」ううんと両手を伸すと、警部は改まって、

「時に秋水君、君の先刻、断言した、青木博士夫人の計画的殺人犯人は誰だい」

「今が今でも、はっきり指摘しよう。だが、僕は知らないが、側面に隠れている何か他の重大な事実があるようだ。僕は今、無聊で困っている。紅鱒館以来の幽邃な仁科三湖のキャムプもしてみたくなった。だが熊座君、地元の警察に連絡しておいてくれ給え、それから後で詳細を紙に書くから、今夜にでも打電して、現地を調べてもらいたい事があるんだ。何、電話で用の足りる事だよ」

秋水はこの晩、遅くなって、アパートへ帰って来たが、むっつり黙り込んで、多くを私に語らなかった。

「秋水君、何かまた、面白い事件でも発生したのかい?」

「なあに、昨年の夏、山へ登った美しい博士夫人が、妾はこの山で殺されるかも知れない、という手紙を妹に送って、その日に氷の裂目に消えてしまったのさ」

「僕も行けるだろうね、久しく冒険をしないので頭が腐りそうだ」

「今度の事件は、相手に警戒されるといけない。かえって女連れの方が敵は油断をするからね」

結局、秋水の今度の活躍には、つい先頃、「ユダの娘事件」という怪奇な事件において、始めて我々の前に現れた娘の、真木のり子が探偵助手として、彼を助けて活躍することになった。ところがこの時すでに、慧眼無比の秋水は真犯人を観破し、更に驚くべきことには、一年前に、被害者や犯人達が、夫々歩いた、白馬連峰の道筋までも知っていた。

だがしかし秋水も神様ではなかった。犯罪者の恐るべき罪悪は見破っていたが、劇的《ドラマチック》な神の行いは知る事が

出来なかったのだ。

Ⅳ　奇怪な登山者達

白馬館の店先、秋水は熊座警部から受取った電報を読み終ると、紙片を黙って、のり子に示した。

「地元警察に問合せた、熊座君の電報に対する返事は、今夜白馬尻山荘で受取れるかも知れない。僕の推理は信じて疑わないが、それを裏書き証明する調査書類が我々の手に入らぬ限りは、博士夫人を計画的に殺した、真犯人に挑戦して、敵を仕留るに足りる武器とはならない」

秋水は仕払を済ませると、のり子を促して白馬館の軒下を出た。二人が細野部落を過ぎ、不帰嶮から東に八方尾根が延び、山懐の赤倉沢が南股の渓流と一つになるあたりまで来た時に、ようやく中綱豊夫と木崎百合子の二人に追付いた。男は手織の派手なパンツに白いセーター、大きなリュックサックを背負っている。白い登山服に紺のパンツという姿は百合子に間違なかった。二人共、濃緑色の陽除眼鏡を掛け明らかに人目を避けている。乗合バスにも乗らず、村道を徒歩で西に向った。途中で幾度か休みながら、赤倉沢の鬱蒼とした密林にかかったのが正午に近かった。女はつとめて人目を惹かぬ地味な服装をしているが、ゆっくり歩く後姿の量感がどうしても彼女の職場ファンタヂアにおける、彼女自身の椅子の背のナムバアを隠し切れない。秋水は、振返って、のり子に言った。

「君は、あの二人について、何か気が付かないか?」

「……何を、先生? ……」

「中綱と百合子は極めて隠密裡に誰かを尾行している」

「もう少し近寄ってみましょうか」

「そうしよう……。やはり僕が考えた通り、何かがある。僕の推理にして間違なければ、中綱と百合子の前方には、青木博士が居る訳だ。とにかく、あの二人と、その前を歩いて行く誰かとの間には何かがある。僕達の尾行は充分に注意を払って、彼等二人の気が付かないようにして、二人の一挙一動を細大洩らさず観察して、それから何ものかを導き出さなければならない。ここで注意すべき事は、前方を行く青木博士の方では、中綱や百合子の行動は知らないらしい、ということだ。僕達が二人を尾行しているっていう事を気が付かれないようにすることも大切だが、それよりも中綱達の博士に対する尾行を、青木博士自身をして、さとらしめないっていう事が、更にそれよりも大事だ。青木博士がこの事に気が付いて用心をし始めたら、これから起きるかも知れない、ある予測し得ざる事件も、ついに起きないで終ってしまう。僕達のここまで来たせっかくの骨折も徒労に帰してしまう」

湿った山路を埋める、ごろごろした石や路の両側につもって未だ人に踏まれない暗灰色の砕石、路の巾、一杯に張出した樹の根、鬱蒼とした樹林、冷々とする山の空気、高い湿度、睫毛に露がたまる。遠くに流れの音が聞えて来ると、やがて陰湿な山路に覆いかぶさる樹林のトンネルの天井が次第に明るくなり、やがて陰鬱な山路のトンネルの天井が、ところどころ切れて、青空が覗きはじめた。

淙々と霧を含んだ空気を切る流れの音、冷い気流が、烈しく頬を打つ。白馬尻の大雪渓の裾に出たのだ。秋水達の眼下、一丁ほど先、渓流にかかった、丸木橋の上を中綱が先に渡って後を振返って右手を差伸した。つづいて木崎百合子。緑色のシェードと陽除眼鏡にかくれて彼女の顔は見えない。

左方の道を眺めた秋水が低い声で言った。

「居たっ……あそこの棚を行く三人連の一番先に歩いて行くのが、青木博士だろう、……もう一人の連れと、後から行くのが案内者だろう」中綱達の二、三丁先を歩いて行く、三人連の登山者達の姿は、間もなく、樹の蔭に隠れて見えなくなった。

「先生方、雪渓が見えました。この辺で一服して休みましょう。白馬尻山荘はあの右の樹の蔭です」

山案内人、仁科重治が指差す逞しい肩の向うに、巾、数百米の大雪渓が胸をついて急坂を為し、真黒な断崖絶壁が巨人の足のように踏出した所で二曲り三曲り、断崖の蔭に雪渓は消えている。それから数キロメートル、大雪渓の急坂は山頂までつづいているのだ。午後の五時を過ぎている。昼間、この山巓を囲繞し、飛散して、碧空に銀粉を撒きちらしていた水蒸気は、凝縮して雲となり、再び今、この山に降り、雪渓を流れて、下へ下へと、凄じい気流を巻き起して流れて来る。

青木博士の同伴者、松本画伯、彼は博士の同郷の友、植物図鑑作製に一役買って出たのだが、いま肥軀をゆすぶり、顔を洗いに渓流の岸まで駈け降りて行った。山案内人の重治は手頃の岩蔭に負荷を降すと、側の平たい岩を探して腰を降した。きらりと彼の眼が不思議に光ったが、ゆっくりと博士の方を振向いた。博士は離れた岩に腰を降して、外した眼鏡の玉を拭いている、何時までも……丁寧に。明日の朝から取りかかる高山植物の研究の事を考えているのだろうか、あるいは昨年、あの雪渓で失った朝子夫人の悲しい追憶にふけっているのであろうか。博士の額は時折、悲しく曇りそしてまた元の静かな表情がよみがえる。様々な感情が交々に、博士の胸を去来するのであろうか、そうだ、明日こそは、亡き妻の姿をあのお花畑のうるっぷ草に見出そうとしているのであろうか？

博士は磨き終った眼鏡を、きちんとかけると、案内人の方を振向いた。

「仁科君、君の持っている猟銃は大分に時代物らしいね」この時、松本画伯が、さっぱりした顔をして、タオルで口の周りを拭きながら、渓流の方から上って来た。

「どうせ山荘へ行ったって湯もあるまい。水で体を拭いてきたが、やあ冷いの何んのって、山荘にビールはあるかな、仁科君、あそこの主人の自家用位あるじゃろう」

「山じゃ、酒は出さない事にしていますが、話してみましょう」

画伯は、重治の猟銃を見ると、

「仁科君、ここじゃ兎が出るそうじゃが」

「兎も出ますが、この鉄砲で明日か明後日の晩は犬でも撃つかも知れませんよ」

「何んでも良い、仁科君、今晩は山荘の親父からでも、ビールをせしめてくれよ」思い出したように画伯は、

「青木君、気持が良い、君も体を拭いて来ないかい」

博士につづいて渓流に降って行った案内人は博士からずっと離れた下流で、手拭を絞っていたが、低くうめいて、こちらを振向いた。手に黒い何かを持っている。

「先生、こんな物が、水に浸っていましたぜ」博士の方へ歩きながら、黒い品物の水を切って差出した。

「何、手帳らしいね」案内人の手から受取って、ちょっと見た博士の眉が上った。

「登山客が落した日記らしい」

元の岩に腰を降して言った。少し離れて、重治はじっとこちらを見る。良質の皮で装幀された大型の手帳で、裏表紙から舌が出て、それが表へ折返しになり留金がしっかり付いている。長い間水浸しになっていたらしく、膨潤して、表の皮が隅が所々はじけていた。博士はナイ

フを出すと、銹付いた留金を外した。ばさばさ音をさせて手帳を開いた博士の眉がふと曇る。咥えていた煙草が唇を放れて地に落ちた。

「何んだい、青木君?」画伯の吐き出す煙草の紫煙が呼吸と混って直ぐ消える。

「大分、長い間を水に浸っていたらしい手帳ですな。いずれ登山者の日記帳かも知れん。他人の心の記録、人の秘密を覗くことは紳士の為すべきことじゃない……あいにくと水浸しでは燃えませんな。どこかそこらへ埋めておいてやりましょう」

博士の一行の側を中綱と百合子が追抜いて行った。百合子が低い声で言う、

「水が飲みたい、冷くて、おいしそうな水」

「もう直きだ、我慢しろよ」二人が通り過ぎた。

「松本君、……心の記録、誰にも覗かせなかった心の秘密が、永久にアルプスに埋もれる……」

画伯、何と古風なロマンスじゃないか。はっはっはっは……」快活に笑って博士は立上った。左手に拾い上げた手帳を持って。校舎の薄暗い廊下を、黒いガウンを着て、片手に講義のノートを抱えて歩く時そのままの態度で青木博士は元来た路を半丁ほど引返した。樹の蔭の柔い土を見付けると、身をかがめて、手にしたステッキの先で深く土を掘った。手に持っていた手帳を凝と見たが、やがて穴の中に入れて、上から土を覆い、足で踏固めて、元来た路をゆっくり引返して来た。

「さあ行こう、松本君」三人が白馬尻山荘の方へ向って姿を消すと、山毛欅の密林から飛出して来た、二人の人影がある。秋水とのり子だ。彼はステッキを空中で二三回、くるくると回転させて叫んだ。

「胡麻よ開け!」ステッキが土の上に振降された。真木のり子が土の上に膝を突いて、鼬のように覆われた土を除く、謎の手帳が現れた。ぽんぽんと土を払って秋水に渡した。秋水は側の木の根に腰を降すと言った。

「バグダッドの盗賊共は、今夜を白馬尻山荘で明かすらしい、のり子、ゆっくりとこの手帳の秘密を解いて行こう」

地中から掘出した手帳を丹念に読んでいた秋水は顔を挙げて言った。

「面白い事になったぞ、うるっぷ草の花だ。やっぱり僕の推理は正しかった。一年間にわたって、雪渓の謎を秘めていた氷の扉を開く鍵が見付かった。白魔の扉を開く呪文、うるっぷ草の花……」水浸しになった手帳の開

かれた頁と頁の間に、雲母の薄片のように貼付いた、一茎のうるっぷ草。長い間を、氷結した雪渓の底を流れる冷い水に浸り、転々と石と石の間を流され、皮表紙の四隅は、すり減って縁が無くなっていたが、幸にも舌の留金でしっかり留められてあった故か、中の紙質も痛んでいない。摂氏零度に近い水温の清冽な水による実際上の無菌状態に保たれ、うるっぷ草も、紙も繊維と直角の方向から、きっちりと圧力で押えられていたために、少しの化学変化もなかった。挿まれたうるっぷ草の丸形の葉も菫色の花房も、紙と紙との間に、ぴったりと雁皮紙のようになっていた。

「良い事に、良質の鉛筆で書かれてあるから字もはっきりとしている」

　秋水は、のり子の顔を省みて言った。

「遭難した、朝子夫人の日記帳だ。しかも、日記の最初の書出しの日附が、昨年の一月になっている。つまり遭難した年の記録だ。それに挿花とされていた、うるっぷ草。朝子夫人は殺されたのだよ、犯人は決定的だ」

　歩き出しながら、のり子は聞いた。

「先生、犯人は誰ですの？　そしてどんな方法で夫人は殺されたのですか」

「今、それを指摘すると、大切な点が摑めなくなる。方程式を解く事を知っているだろう。君達が学校で書いた答案でも、等符号の右側に答えを書いて、たとえその答えが正しくても、点数は半分しか貰えないだろう、途中の因数に分解する過程も書かなければ駄目じゃないか」のり子は見事に秋水から肩透しを喰ったが、賢明な彼女は、これ以上、質問しない事が、自分のこれからの旅行の時間をより楽しくする事であり、自分が秋水の側で、事件の成行を推理、観察することが、自分自身にも役に立つことであると思った。

　しかし、先刻、秋水が、白魔の扉を開く鍵、うるっぷ草が見付かった、と言って喜んだが、明察、神の如き秋水魚太郎も、この時には未だ、悪魔の手と、犯人の足跡は知っていたが、神の眼には気が付かなかった。謎の手帳をポケットに辷り込ませると、彼はパイプに葉を詰めて、火を点け、白馬尻山荘へと歩いた。渓流のずっと上の夕闇の中に、山荘の燈がにじんでいるのが、のり子の目に映った。

Ⅴ　山荘の客

白馬尻山荘の裏手、厨房の軒が張出して低く伸びている軒廂の隙間からは、暖そうな湯気と煙が流れている。なかば開かれた杉皮張の木戸に、焚火の炎がゆらゆら黄色く輝いている。秋水達は山荘の玄関につづく石くれの小路を足元に気を付けながら歩いて行った。玄関横のホールからは、ハーモニカの音が流れて来た。しっかりした軽やかなテムポ、郭公ワルツ、幸福な若者が楽し気に吹いているのだろう、少年の明るい笑声が、それに混って聞えてくる。だが、山荘には電燈が引かれてない。静かな山懐のこの小屋に似つかわしいランプが二つ、ホールの天井から垂れ、ここの床だけは板張りの大きな卓子が一脚、それを囲って、背の固い粗末な椅子が一ダースばかり置かれてある、突当りのカウンターには腫れぼったい目をした中老の主人が、とっておきの濁酒の茶椀を傾けている。彼は雪の山のように、総ての人間生活に無関心のようだ、しかしそれは彼自身の人生を愛するのと同じように、他の人々、都会から来た人々が自らの生活を愛すべきを他の誰よりも一番良く知っているからであろう。彼の肩を照すランプの光の及ばない窓の近くには、少年期からようやく青年に成ろうとする男の子と、彼の弟らしい少年が二人木の椅子に腰かけている。少年の一人はハーモニカを吹いている。年長の男の子は黙って窓外の空を見ている。彼等の父親らしい五十恰好のプチブルが、ホールの隅の椅子に腰を掛けてパイプをふかし、子供達を見ている。ホールのカウンターの後が広い土間になった、杉皮屋根の厨房、真中に土の出た廊下を挟んで二室。山毛欅の丸太を組んだ大きな――それは楽に五人は寝られるであろう――寝台が四基ずつ向合って置かれてある寝室だ。ほほえましき日本式の、土間の真中の天井からは、ランプが一個吊られてある。しんが絞られてある。中綱と百合子はホールへは出なかった。手足を洗い体を拭くと、ホールへは顔を出さなかった。固いベッドの向うと、こっちに腰を下して、パンにバターを塗って嚙った。

「暗いわ……」百合子が呟やいて、厨房へ湯を取りに行こうとするのを、中綱が押えて、

「俺が行くよ、百合子の顔は、阿奴が知っているから、止めた方が良い」

奥の方の寝室から青木博士と松本画伯が出て来て、食事をしにホールへ入った。秋水は土間にリュックサックを投出すと、横の扉を押して、帳場兼厨房の部屋に入って、宿帳を手に取った。秋水の手元を覗き込んだ山荘の主人は、ぽつりと言った。

「秋水様、電報が届いております」

白い小さな紙片を手に取って読み下す秋水の眉が、微に動いた。

「御主人、昨年の宿泊人名簿を、ちょっと借りたいのです」主人から借受けた宿帳、七月十三日、つまり、朝子夫人が遭難した前夜の宿泊人名簿の一番終りに、

　T大学教授　青木恭一　三十八歳
　同妻　　　　朝子　二十三歳
前夜の泊り　松本ホテル

頁を返すと、翌十四日の宿泊者名の一番始めに、

　写真記者　中綱豊夫　三十二歳

朝子夫人遭難当時、夫人が百合子に送った葉書の文面によって、疑惑の眼を光らせた、当局が、青木博士及中綱青年について取調に当った時、両者が説明した事実の正しい事を証明していた。秋水は受取った電報をポケットに入れると、中綱と百合子の居る部屋の前を通って、奥の寝室の扉を押した。扉の内側に青木博士一行の荷物が投出されてある。彼は後手に扉を閉ると、ぼんやり腰を降しているのり子にぶっつりと言った。

「青木博士が昨年、事件当時証言したのは、出たらめだよ。松本ホテルへは一泊もしていない。この白馬尻山荘に泊ったのが十三日の夜、一晩だった。ここへ来るまで、まる二日間、博士夫妻は一体、どこで何をしていたかと言うんだ」

「先生、それは色々な説明が付きますわ、松本ホテルでなく、どこか他のホテルでも、もしかしたら変名して泊ったという事も考えられますわ」

「博士の社会的地位、年齢、それから旅行の目的から言っても、よほどの酔狂人でなければ変名して、松本ホテルへ泊る事はまずないだろう。だいいち、この山荘の名簿にも、ちゃんと、両人の本名を使ってある」

「でも、それでは、松本ホテルに似た他の名前のホテルへ泊って、博士がうっかり、間違って、松本ホテルと証言したのじゃないでしょうか？」

「冷静な学究だ、間違えて似寄った名前の松本ホテルと証言したのじゃないとするのが妥当だ。もしそうだとすれば間違って証言したのではなく、承知して、わざと

違ったホテルの名を言ったのだ。事件当時の博士の行動といい、中綱の行動といい、割り切れないものがある」

「先生の仰言るのは絶対的のものじゃありませんわ。冷静な博士が、万の一、間違ったとも言えるでしょう」

秋水は微笑を湛えて、首を左右に振った。ポケットから最前、山荘の主人から受取った、電報紙をのり子に渡して、

「その電報にある通り、博士は、十四日の夜までは松本ホテルにも、白馬尻山荘にも、一泊もしていない。本当はあの事件前夜の博士は、白馬岳の山頂ホテルに、朝子夫人と泊っている。博士の証言によると、夫人は夜行列車中で体を悪くしたので、十一、二日と松本ホテルに泊ったことになっているが、そんな事は、うそっぱちさ。夫人は病気になんかなりやしない。出発の前に百合子に言っていたように、予定の変更は少しもしないで、唐松岳コースを採った。あの日は細野部落を過ぎて、池田小屋に一泊し、十二日の夜は、唐松小屋、それから、翌朝、不帰嶮、天狗尾根を強行して、鑓、杓子岳と歩き遅くも十三日の夕方までには、白馬山頂のホテルまで、たどり着いている。ところがだよ、唐松小屋、池田小屋、山頂ホテルの宿帳には、変名を使っている。変名には一貫して、会社員、黒部恭一と妻、夕子となっている。これは僕の依頼で、東京から熊座君が、ここの地元警察に照会したのだ。筆跡鑑定は権威のある専門家が当った。これは、我々として、総てを信じて良い」

「ああ先生、当時、博士夫妻は案内者無しで、登山をしたのですね……勿論?」

「山案内人は必要なかったのかも知れないし、あるいは居ては邪魔だったのかも知れないよ」

「それでは、先生」のり子は眼を輝かして言った。

「それじゃ博士夫人が遭難した日の前夜は、偶然かどうか、博士夫妻と、中綱は、白馬岳の頂上に居たのですね。つまり頂上にある山頂ホテルには博士夫妻、それから、すぐ斜面の下の、村営小屋には中綱豊夫が」

秋水はむっつりと立上ると、パイプに火を点けて、

「のり子、ホールへ出掛けて食事をしよう。博士の一行も来ているだろう」と言って、扉を押して廊下に出た秋水の体をぶつかるようにして誰か男の姿が追越してホールの中に入った。後から秋水が部屋に入ると、男は松本画伯に対って、

「さっきから案内人の仁科が見えない。君、知りませんか?」青木博士だった。

「僕は知らん。先刻、僕が無心したビールを届けるとどこかへ行ってしまったが」と言って画伯は手の甲で髭に付いたビールの泡を拭くと、チーズを噛った。中綱と百合子の姿は見えない。ホールの食卓に対ったのは、一番にこの山荘に着いた、例のプチブルの親子四人、青木博士と松本画伯、それから秋水とのり子の八人、カレーをかけたライスを頬張っている。画伯一人だけは、茶椀に傾けて、ビールをあおっている。博士はいらいらしている。

「松本君、案内人の仁科が見えない。一体どこへ行ったのだ、明日の朝の打合せもある」

プチブルの父親は秋水を省みて言った。

「この子達三人が私の倅達の全部です。上の二人は戦争で死にました。これ達がやがて父親になって、この私のように息子達をこの山に連れて来るのは、あと半世紀も先の事でしょう」

父親というものは、子供が殖えればふえるほど、そして彼等が生長すれば、するほど、不幸になるらしい。恐らく彼の老妻は、都会の屋根の下で、今夜は広い寝台の上で、たった一人、両手を伸して安らかに睡ることであろう。

「この山荘も、こんなに泊り客の少いのは、ウイーク・デーのせいでしょう。昼間辛い勤めを持ったりしては、とてもこの私達のように、ここにこうして、一夜を明かす事は出来ないでしょう」プチブルの父親はキッチリ畳んだハンカチで髭を拭うと言葉をつづけた。

「大抵の登山者は夜行で来て、バスを利用し途中休みもしないで一息に頂上まで行ってしまうのですよ。休みがつづいた日でもそうです。そうして慌しく彼等は都会に帰って行くのです。苦しい都会の生活を去って、山へ登り、またその自分の固い藁蒲団を忘れなくて、山から飛ぶように都会へ帰って行くのですよ」食事が済むと彼の息子達は、昨日の朝駅まで送って来てくれた母親に送るため、ほの暗い光をたよりに絵葉書にペンを走らせ始めた。

食事を終った博士は紙巻に火を点けたが、何故かいらいらし始めた。足元を見詰めて、コツコツと床を歩く、近寄って窓から暗い外を眺める。四人の父子達は、中綱達の居る室へ、秋水とのり子は奥の方の青木博士のベッドのある部屋に引取った。午後十一時、博士は寝つかれないらしい。寝返りを打つ。隣りのベッドでは画伯が深い寝息をたてている。そっと起上って外套を肩に掛け、もうすっかり冷たくなってしまった登山靴を穿いて廊下に出た。明日も晴れだろう、四十五度の空に緑玉のような月が在る、なかば開いて、微に動いていた裏の扉の向うに見える。樹葉の重なりが月の光を浴びてゆれる、爬虫類が水底で動くように。吹込んで来る空気が頬を切るように冷い。

「……あああっ……朝子……」

月光に浮んだ女の姿は消えた。博士の肩から外套が辷り落ちる。足が硬直して、舌の根が咽喉の奥に引っかかって呼吸が止った。重い手が彼の肩を後から押えた。

「先生、お風邪を引きますよ」重治だ。

「あああ、仁科君、い、いままでどこに行ってたんだ」

「山荘の親父の部屋で酒を飲んでいました」

「誰か起きて今しがた出て行ったのかね?」

「……いや誰も、儂だけですよ。誰かの姿を見たのですか?」

「いいや、気の故かも知れん」

山案内人の頬が、僅にゆがんで、暗闇の中に左の眼が、キラリと光った。

VI　山荘の夜

「睡れませんか?」

奥歯を鳴らせて戻って来た博士に、毛布の蔭から秋水が声をかけた。パイプの火が、ぼーっと赤くなる。博士は画伯の寝息をうかがって、ベッドの端に腰を降した。秋水は手を伸すとウイスキーの瓶を博士に渡して、

「これが一番の薬です。どうぞ上って下さい。……青木さん……貴男としては、睡れないのも、当然でしょう」

「えっ……。何か仰言いましたか?」

「昨年のいま頃、奥さんがここで……」

「どうして、ご存じなのですか?」

「山荘の主人から聞きました。……博士、予定コースは?」

「えっ、あの時のですか? ……いや失礼しました。今度の私共の予定ですか?」暗闇の中に秋水の目が大きく見開かれる。

「そうです」

「山歩きのコースとしては物足りませんが、西側の斜面に未だ珍しい種類が残っておりますので、杓子から鑓へ出るつもりです」

秋水はベッドの中に肩を起して、両肘で体を支えて、ほの暗いランプの下の博士の顔を振仰いだ。

「青木さん、天狗屋根から鑓、杓子の山の背には、珍しいうるっぷ草がありますな。あの花は、その他のどこにも無い」

博士は、いらいらと、しきりに外套のポケットの中の煙草の箱を探している。秋水は、火の消えたパイプを投出して、ごろりと上を向くとぽつりと言った。

「もう寝みましょう。おやすみなさい」

のり子は向うの隅のベッドの中で、寝息を立て、片目をつぶっていた。

翌朝、未だ扉外は暗い。山荘の客の、焦燥と不安、猜疑と警戒の感情を、ぴっしり押包んで一面の霧。早くも炊事の始まった厨房の窓硝子は、ぬれて滴が流れている。山荘の主人はランプのしんを長く出して歩く。ホールの中では早くも、都会から来た昨夜の父と子供達が熱い渋茶を飲んで談笑している。一番上の息子は、馴れぬ手付でパイプに煙草を詰めている。青年達は妥協を知らない。饒舌って、自己の主観を守るのに、余りにも純潔だ。父親は黙って彼等を見守り、パイプを吸っている。中綱がそっと出て来て二人分の食事を持って部屋に入った。昨夜の八人は、一昨夜偶然に決った、同じ椅子に今朝も腰を掛けて食事をする。ホールの中は、食器が鳴り汁の湯気がこもり、あまりにも強すぎる味噌と沢庵の匂……。

廊下では、山案内人の仁科重治が、いらいらして、行ったり来たりしている。昨日の朝は何かを期待しているような落付きと、この年の男に有り勝ちの、つとめて、取り繕われたある種の嘲笑と諦念とが不釣合に混っていたが、この朝の変りようは、どうであろうか。一夜のうちに彼の眼は充血し、焦立たしさは彼の体を中風病みのように、ぎごちなくしてしまった。

「出掛けよう、松本君」一番早く立上った博士がこれはまたどうしたと言うのであろう。毛をむしられた鶏のように、不安と焦燥が博士を、一夜のうちに、これほど変らせてしまったのだ。青木博士と画伯の一行が、案内人を従えて、雪渓へつづく朝霧の中を降って行った。間もなくいつの間に仕度をしたのか、中綱豊夫と木崎百合子の姿も白馬尻山荘を出て行った。プチブルの息子、一番上の子は、馴れないパイプに溜る唾液を気にしながら、キャメラのフイルムの巻換に忙しい。次の二人の息子は、ボイルド・エッグをポケットに押込んでいる。父親は……中綱達が行ってしまった空のベッドの上に着換を出して、靴下を取換えている。幸福な一群を後に残して、秋水達は山荘を出た。急坂の所で、のり子は、朝霧に包まれた白馬尻山荘を、も一度振返った。

「先生、ゆうべは、どうして、あんな事を仰言って、青木博士を驚かしたのですか?」

秋水はのり子を振返って、カチリとパイプを咥え直した。

「あれで良いのさ、さっき出て行った二組の連中の間に起るであろう何かの出来事を、一層、確実に生起させるためには心要なのだ。勿論、青木博士が僕に対して抱く関心によって、中綱と木崎百合子の存在が一層、博士の注意力の盲点に隠れることになるんだよ」

夜が明けた。大雪渓がくっきりと白く視野に浮上って来る。雪渓の上の固い所へ降りてアイゼンを付ける、吹上げて来る風が猛烈に横顔をたたく。向うの方で、秋水の長身が一瞬よろめくのが見えた。背後に見えるはずの、戸隠山連峰は未だ雲で見えない。夜をこの巨大な山塊の裾に寝た、何万トンという量の水蒸気は、いま霧となり、雲となって、猛烈な勢で岩壁を、雪渓を疾風のように上ってゆく。

雪霧は真直ぐに四十度の傾斜で二百米ほど上方の所で、真黒な岩壁に、阻まれて、急角度に大きく、ぐうっと左に折れる。岩壁の曲り角と、曲り角に挟まれた三百米ほどの雪渓は、ちょっと、ゆるやかになって二十度位の傾斜だ。カラカラカラ……カラカラ……落石のうつろな響が奈落の底に。碧空が(未だ菫色だ)ちらりと覗く。冴する。あの山襞の向うには博士一行が歩いているだろう。博士は、昨年の今頃、この谷間で亡った、美しくも優しかった、最愛の妻のことを考えているのじゃないか。そして松本画伯は今夜の食卓の素晴しいALCOHOLIC DRINKのことを。その後をつけて、陽除眼鏡に不敵な顔を隠した中綱と、百合子が。一夜をひとつ山荘の屋根の下に過した、それぞれ別々の事を考え、アイゼンを踏みしめてゆく。今頃山荘では、あの幸福そうな父と子供達が、最後のコーヒーをすすっているであろう。

秋水の咥えたパイプから出る紫煙は斜に、矢のような速さで雪渓を吹上げられて消えてゆく。午前八時半、大きな曲り角を折れる。太陽の光は、まともに雪渓を輝かす。傾面に沿って吹き上げられてゆく霧は山巓までゆくと、忽ち消えてしまう。雪渓の向うの空には一団の白雲がゆっくり動いてゆく。山巓に影をかすめて、直径は幾キロメートルあろうか？……危い……大きな亀裂が巨大な口を開けている。

　十一時すこし前、秋水達は、ねぶか平のお花畑へ出た。ゆるやかな勾配に目路の限り、展げられた、花の莚。不可思議な形の葉や、茎の上に、昆虫のように奇妙な形をした高山の花。それは、金属の結晶のスペクトルのように澄んで冷たい、この世ならぬ色彩をつけている。山路を少し入った所に三人が憩いをとっている。中綱達の姿は見えない。秋水は声を掛けた。

「ここにキャムプですか？」

「水は近所の岩の割れ目にありますが、燃料がありません。じきこの上が山頂ホテルです」

　青木博士はちょっと頭を下げて答えた。

「今夜は山頂ホテル泊りですか？」

「そうです。貴男達は？」秋水は、右手を、ちょっと挙げ会釈して通過ぎた。村営小屋の下を通る時、秋水は反対側の岩の上に立った一人の男が、双眼鏡を顔に当て、じっと、傾斜の裾の方を見ている。その足元にしゃがんで、陽除眼鏡を外した木崎百合子が、古いタンゴの曲を口笛で吹いている。上衣を脱いだシュミーズの左の肩が外れていた。

　山頂ホテルの各部屋を覗きホールへ行ったが、戻って来て秋水は言った。

「百合子達は、今夜、この下の村営小屋らしい。あそこで青木博士をやり過して、後をつけるつもりらしい」

　この夜、遅くなって博士は、窓硝子の外に立って、こちらを覗く、影のように稀薄な女の姿を再び見た。翌朝、秋水達はホールへ入って行って、ハム・エッグを頬張る肥った画伯と並んで、スープをすする博士を見た。搔きむしられた頭髪の蔭の充血した眼のまわりは、どすぐろく、隈取られていた。昨夜も寝られなかったのだ。博士は秋水を見ると、おっくうそうに会釈をした。秋水はのり子の耳にそっとささやいた。

「いよいよ序幕だぞ」

Ⅶ　霧の尾根

ホテルの山案内人のたまりに三、四人の男が集っている。重治は仲間から離れて土間の中を、いらいら行ったり来たりしている。昨日よりも更に変りかたは、ひどかった。断えず足を踏む、指を鳴らす、あらゆる自由を奪われても、総ての自由を忘れられない檻の中の獣のように。仲間の一人が振返った。

「重治、どうしたというんだ」

ぎくり、として重治は立留って体を固くすると慌てて、壁際の負荷に立ててある自分の猟銃を見、それからおずおずと仲間の顔を一人一人眺めた。むっつり口をつぐんで煙草に火を付けると腕組して、しばらく窓外の景色から目を離さない。

やがて、ぷっつり誰にともなく言った。

「神様はな……」涸いた唇をぬらして、「俺達に、いっ、いっときだけの、ほんとに見せかけにしか過ぎない喜しか与えない。俺達がな、餓鬼のように、楽しんだり、喜んだりした後にはきっと苦しまなければならない、いつまでも胸の中に残るような滓を、その中に隠して、投げて寄こすんだ。例えばな……ほれそこにある、酒のようにな」彼の眼は、泣き、怒っているのだ、そして重治の口だけは笑っている。

「しかし、俺達は、後になって苦しまなきゃならないと知っていても、無惨な神様の贈物を忘れる事が出来やしないのだ」

案内人の一人が側の仲間の肩をたたいて、舌を鳴らした。

「ちょっ……」隅の方で誰かが、

「重治の奴、近頃どうかしとる」

博士の一行がホテルを出発したのは、他の人々よりも遅く、八時を廻っていた。秋水達が、彼等より一足遅れて。

博士の行手、霧に包まれた杓子、鑓の尾根には、三度目の、不吉な姿が曳影して彼を待っていた。

一行の進む礫石の路の右手、旭岳へつづく尾根の蔭は、不思議に、静かなスロープの草原。やがて過ぎると絶えず、ずり落ちて来る左手の礫石の傾斜に、辛くも取付いて根を張る偃松、石くれの蔭に、点々と咲いている深山小田巻や、深山たんぽぽ、黄花石楠花、はくさんいちげ、深山きんぽうげ等の、鉱物的なクロムエロウやリトマスのブルー。それ等の草に混って、うるっぷ草。

こうした場合、友の心情には構わずいつも博士の追想を破るのは肥軀に呼吸を切らす松本画伯の饒舌だ。

「青木君……」先を歩く彼をわざわざ止めて言葉をつづける。

「高嶺の花とはね――僕は貴君のようなロマンチストとは異るが――手を伸して触れちゃ不可い花の事なのだ。何故ならだね、彼女等は、誰もが一様に、短軀、倭小、やはり野に置け蓮華草……はあっっ……はっくしょん……空気が冷えて来た。ややっ……物凄いガスだ。日本海から、まともに、たたき付けて来る」

一行は岩蔭に身を避けた。むこうの岩蔭に座った重治の姿はガスに包まれて見えない。ささっ……ささっ……砂礫に足音をさせて、数羽の雷鳥が姿を見せ、濃霧の中へ、素早く没し去る。ガスの切れ目から見えた、向うの偃松の蔭に、若い女がしゃがんで、白い顔をじっとこちらに向けていた。

「あああッ……朝子……」

女の白い影は忽然と消えた。倒れて博士は喘いだ、岩角で切った唇が、惨めに血の糸を引いた。

「どうしたんだい、青木君」後から肩を、抱いて助け起してくれた画伯に、

「い、いま、その向うに、亡った妻の朝子がこっちを見ていたんだ」向うの霧が、ぼーっと赤くにじんで、煙草を咥えた山案内人の眼が、光った。

「困った御仁だ、ハムレットならぬ、この学者先生、霧の中に雷鳥を妻君の亡霊と見誤った訳だな。ちょっと君、仁科君、手を貸してくれ給え」

大きな岩の蔭に根を張った偃松の下に博士を寝かせた。こんな事で時間がかかって、三人が鐺温泉への降りには、ランタンを出した。ずうっと下の温泉小屋あたりに燈火が一つ見えて、それが輪を描いた。

「おい、百合、あの下に動く燈が鐺温泉だ。意気地の無い先生が、途中でのびたりしちまったので、すっかり遅くなってしまった」

博士の一行から、ずっと遅れた二人連の旅行者の男の方が、ぽつりと言った。手が腰へ廻る。よろける。

「よしてよっ……」

ぴしりっ……と音がした。「海抜二千米では、な……」中綱が言う。二人の足音が遠くなる。

「今夜が、いよいよ大詰となるかも知れないよ」と秋

水は少し遅れた、のり子に声を掛けた。

「主役は誰なのですか？」

「あのインディヤンのような顔をした山案内者だ」

「どんな舞台の幕が上るのですか？　そして相手役は一体あの五人のうちの誰なの？」

「相手役は若い女の幽霊さ……しかし、どんな一幕が演じられるか、僕は演出家でないから台本に何が書かれてあるかは判らない」

秋水達はしばらく黙々として路を下って行った。温泉小屋の燈はもうすぐそこだ。右手の向側の山は真黒な姿で、雪渓にのしかかって来ている。月は未だだが東の空が明るい。眼下には白い帯のように雪渓が浮き上り、路はちょっと登りになって、海抜二千米の鑓温泉の真上に出た。湯壺から溢れ出る湯が雪渓に流れ込む音が、周囲の山に、しいんと響く。

「先生、朝子夫人を殺したのは、あの中綱でしょう？」のり子は足を止めて秋水に言った。秋水は振返ると皮肉な微笑を浮べて、

「どうして、どんな方法で夫人を殺したんだい。言ってみ給え」

「まず動機ですが、朝子夫人は青木博士と結婚する前に中綱豊夫と恋愛関係があった。概して、ああいったタイプの女性の心の中は、静に澄んだ水が湛えられていますが、水底には、激しい流れがあります。朝子夫人は、中綱というひとの強烈な性格に惹きつけられていたんです。よしんば肉体関係は無くとも、そういうことは考えられますわ」

秋水は、どっかり叢に腰を降すと、パイプに火を点けた。

「よし、その先をつづけてご覧」

「ところが、偶然かまたは、打合せてか、あの二人、つまり朝子夫人と昔の恋人は、山頂ホテルあたりで顔を合せたのです」のり子は、秋水に並んで腰を降すと言った。

「あるいは、打合せをして、山頂ホテルと村営小屋の中間で落合ったことにしても、良いですわ。さて中綱は朝子夫人の恋心を責める。夫人の心は動かない、それならばせめて、もう一度と言って、大雪渓の下りで待ってる事を約束して二人は別れます。さて次の朝、夫人は雪渓の曲り角で博士をやり過して岩蔭に居た中綱の所へ来る。ああそう……この僅の間の二人の会ったという事は、夫人が結婚前、中綱に出した手紙を返したとすることの

方が説明が付き易いわ。……さて、中綱は夫人が岩蔭に近付くと、いきなり夫人を捕えて、写真機や、ステッキを奪って、雪渓の真中にある氷の割れ目に投げ出す。そして首を締めて附近の裂け目の中に投込む……という訳ですが」

「それじゃ、池田小屋、唐松小屋、山頂ホテルの夫妻の宿帳に書いた、偽名の問題は、どう解釈する?」

「新婚間もない、夫妻のロマンティックな悪戯ですわ」

「では、八方尾根、唐松コースを通った夫妻が、どうして、反対の北股、白馬尻、コースを通ったように、博士自ら、松本ホテル宿泊の偽証をし、それに、も一つ余分に白馬尻山荘の宿帳に、十三日一泊だなんて、不可解な行為をしたのだい」

「そこが重大な点です」のり子は自信に満ちた口調で言葉をつづける。

「学究肌で、潔癖な博士は、夫人の娘時代のスキャンダルを人に知られるのが、嫌だったのですわ。夫人の死の前夜、あのひとの前の情人が、山頂ホテルの附近に居たなんていうことは、きっと、新聞の記事に採上げられる事です。博士は、中綱が村営小屋に居た事を知っていたのです。夫人の遭難騒ぎで、ごった返していた、白馬尻山荘に飛込んで宿帳に書込むなんて容易な事ですわ。また、一般の宿屋と異って、山小屋は、宿帳の扱い方(特に旅行者側の)がルーズですわ。よしんば翌日山荘の主人が、前日の頁を見ても、事件のあった、翌日、つい他の事に気を取られて、余分な宿泊人の名前なぞは見落すかも知れないわ」

「その点は正しい、君の名察だが、他の推理は違うよ、さて、松本ホテルの一件は?」

「博士は白馬尻の宿帳に記入の後、当局の係官に調べられるまでの時間に、指折り数えて、松本ホテルの偽証を考えたのですわ。これも……あの博士の潔癖からきているのではないでしょうか」

「違うよ」ぶっきら棒に言った。

「それじゃ、先生」のり子は秋水の方に向き直って言った。

「朝子夫人を殺したのは、博士自身だと仰言います の?」

「断じて違う。……もう遅くなるから、早く温泉小屋に行こう。お湯に浸って、ゆっくり夕飯を食べてから、大詰の幕の上るのを待とう。そろそろ上る頃かも知れない」

秋水は立上って路を降りて行った。

Ⅷ　女の幻

雪渓に向って、温泉小屋へ下る斜面に、筧が長く突出し、流れ出る水を四斗樽が受けている。その向うの勝手の廂の蔭に黒い人の影がかがんでいた。何か言っている。押殺すように低い、しゃがれた声だ。秋水達の足音ではっと立上って、こちらを向く。もう一人の白い影は物置の蔭に消えた。男の眼が闇の中に、ぎらぎら光った。

「お着きで……」山案内人の仁科重治だ。

秋水達が小屋に入って行くと、莚を敷いた広間で誰かを相手に碁を打っている。湯壺から上って来たばかりらしい。

「……やはり野に置け蓮華草……はあっっ……はっくしょっ……」

秋水は振向いて、右手を、ひらひら振った。彼の側にはウイスキーの瓶とグラス。

「ずいぶん、ごゆっくりですな」画伯の相手は、例のプチブルの三人の息子の父親だ。秋水に会釈をすると、「いつ、貴男方を抜いたのでしょうな。もっとも、こちらの先生方は、途中で御研究をなさりながら、いらっしゃったので、御無理もありませんが、私共がここへ着きましたのは、お昼頃です。倅共も途中で、芸術写真とやらに夢中で、かなり道草を食いましたが」

その息子達は、ランプの下で、トランプを遊んでいる。

「秋水さん、あれ達はもう都会の屋根を恋しがっているのです。リュックサックを背負ったままの姿で丸善へ寄って、新刊書を手に取り上げたがっているのですよ。新刊書の紙の手触り、印刷インクの匂、パリパリと離れる頁の音、若者は幸福ですな」

「はい、いかがです」パチリと石を置いて、画伯はグラスを傾ける。

「おい、青木君、ここへ来て一杯やり給え、明日はもう楽だ、少し位飲んだって、道中差閊えなし」

温泉小屋の主人が藁蒲団と毛布を配り始める。中綱と百合子の姿は見えない。向うの部屋か？　隅の方で仰向きに横になっていた男は起き上った。伸びた髭、二晩を睡られなかったらしい、目の隅の影。絶えず彼をつきまとわった不吉な女の影、山荘の夜、尾根を押し包んだ陰惨な濃霧のどこかに潜んで自分の横顔をじっと見詰めていた見えざる敵の眼。不安と焦燥と、疑惑との闘いに、博士の端正な顔も、すっかり血の気を失い、ゆがんでしまった。コップにウイスキーを注いで、ぐうっと、あおった。博士の目の光は悲し気にこう訴えているんじゃないか、

「何もかも忘れてしまいたい。どうしてこの俺は愉快になれないのだろうか」

秋水ものり子も湯壺から上って来た。ランプのしんが細く絞られる。旅行者達は毛布にくるまって藁蒲団の上に横になった。山案内人の重治は、どうしているのか。彼は山小屋の主人の部屋にでも行っているのだ。

秋水は朝子夫人を雪渓の裂け目に投込んだ犯人を指摘すると言ったが、そしてまた犯人と被害者の、当時の足取りも明示すると言ったが。さてこの小屋に来る途中で秋水がのり子にいよいよ今夜、大芝居の幕が上るとはっきり言ったが、一体、いつ、その大詰の舞台に主人公達が登場して来るのであろうか？　小屋の窓からは明るい凍った月の光が流込んでいる。のり子は腕時計を見た。十二時きっかり。

青木博士は睡れない、何度か寝返りを打った。肩が冷い、セーターを取って、肩へ掛けた時、裏手の方で、何かの声がしたようだった。「ヒッヒッヒッヒ……」奥歯の間から洩れるように嫌な声。

「フッフフフフ……」不気味な含み笑い。博士は履物を穿いて裏口を出た。筧の所に女の白い顔が浮んでいる、長い衣の裾を引いて……博士を手招きしているのだ。彼はふらふらと前に引寄せられた。女の影は白い手を招きながら、次第に後下りしてゆく。湯壺の上の大きな棚まで降りた。手、足は、しびれて自分の思う通りに動かない。彼は女に吸寄せられた。女の手は氷のように冷い。湯壺に乗り出した巨きな黒い岩の側まで来た時、女の影はひらり離れると、岩の蔭に消えた。

どぶーん……飛沫が上って黒い影は湯壺の中に姿を没したが、すっくと立上る。ひらひら白い手が、手招きをする。

「誰だ……き、君は？　……」舌が硬ばって声がかすれる。

「……朝子よ……」

月が山の背を放れた。広い湯壺は、さーっと銀に輝いて砕けて散った。女はすっくと湯の中に立上った。

「な、なに、朝子、あれは白馬の大雪渓で氷の割れ目に呑まれてしまったはずだ」ごくりと咽喉が鳴った。

月光を背にうけて、女の身体の輪画がぼーっと、コロナのように明るみ、湯の面に砕ける銀波の反射でぬれた顔が、ほのかに浮き上る。湯気は、濛々と上って吹流され、湯壺を溢れて一杯に盛り上り雪渓へ落ちてゆく。湧き出る湯に押上られたように立上った女の裸身、豊な肩、腕、ぶるぶる、ゆれて滴を振り落す乳房、量感ある腰。博士は思わず息を飲んだ。おお、これは雪渓の夜を戯れる魔性の女……。

熱い唾液が頬の内側に湧き、硬ばった舌の根が解けた。

「だ、誰だ、君は？」

「あ、さ、こ、貴男が突落した朝子」

瞬間、博士の瞳に野獣の光が燃え、頬の筋肉が、ぴりりと痙攣した。ふらふらと前に足を泳がすと、低くうめいた。

「おお……百合子じゃないか、ずいぶん酷い悪戯をする。だが昨年ここで朝子を殺したのは僕じゃない。だけど、どうして、こんな山奥へ来たの？　いままでどこに居たのだ」博士は、ぱっ、と服を脱ぐと、どぼりと湯壺に飛込んだ。

「駄目っ」百合子は身を翻返すと岩蔭の深みに身を沈めた。顔を上げて滴を振切ると、両手を前に伸して、大きく湯を掻いた。湯気が流れる。

「百合子、どうして僕から逃げた。あれほどに僕が愛していたのが解らなかったの？」

「駄目よっ……」女の手が払った。飛沫が上る。「姉さんを氷の裂け目に突落して」

「違うっ、誤って一人で落ちたのだ」

「義兄さん、未だ嘘を言う、この場になって」

「僕はほんとうに百合子を愛している」

「女を口説くのにも嘘を言うの？」

「嘘じゃない、ほんとに君を愛している」

「義兄さん、話を外らしては卑怯だわ、妾の聞いているのは、姉さんのことよ」百合子は泳ぐように両手を拡げて後へ下った。胸の前の湯が割れて白くゆれる乳房の前に波打つ。

「義兄さん、妾ね、実は昨年、貴男達、お二人が発つ日の前々夜、姉さんから聞いたの、『百合子、妾はいつか青木に殺されるかも知れない』って。姉さんは貴男の心が自分から離れて行くのを知っていたわ。しかし、それを、どうする事も出来ない人だったの、それほど、姉さんは、義兄さんを愛してたのよ。そして、義兄さん、姉さんはね、妾の心をちゃんと見抜いていたのよ。あの当時、妾は中綱を知らなかったの。そして心の中で恐れながらも、ひそかに義兄さんを愛していたの。だけど、妾は義兄さんを愛していればいるだけ姉さんが亡ってから、貴男の側に居られなくなったのよ。お判りになるでしょう、……そして妾は間もなく中綱を知ったの」

「百合子、それじゃ君は……一体……なにをしにこの山の中まで来たのだ」

青木博士の半身が起き上って前に動く、波紋が散って砕ける。百合子は身を引いた。

「借りを……借りを返しに来たのよ」

百合子の背が岩角にあたる。博士の眼が、ぎらぎら光る。

「妾、……妾やっぱり、貴男が忘れられないの……」

「それじゃあ……百合……」

「ちょっと待って……その前に……」

「……何……？」博士の肩が息付く。

「誓って頂戴……義兄さん……貴男は姉さんを……」

「百合……僕は朝子を殺した」

「ええっ……も一ぺん言って」

「愛する百合子のために雪渓の裂目に、突落してしまったのだ」

百合子の裸身は湯壺の外に跳ね出て、岩蔭に消える。

「百合子……どこへ……」

笹の茂みから真黒な獣のような影が飛出した。しわがれた声で、

「待ちな、先生……」山案内人の重治だ。頑丈な腰の前に横たえた猟銃。湯壺の外に立はだかった。

Ⅸ　宿命

立上って歩き出す、中綱の左の靴の甲が、上から、ぐっと押え付けられた。物凄い圧力だ。湯壺への降り路に釘付けにされた中綱の足元に大きな黒い影。

「誰だ。貴様は？」

彼の足は地上に釘付けられて、押せども、引けども動かぬ。足元の真黒な影は起上って六尺の体を彼に押付ける。耳元で、

「出そこなったな、中綱君……」

「誰だ、貴様は……」出鼻のきっかけを、見ん事、押えられた彼の疳癪は爆発した。

「中綱君、慌てるなよ」物凄い圧倒的な重量感。

「誰だよ、貴様はっ……阿奴、危いぞ、鉄砲を持ってる」耳すれすれの柔い低音《バス》が、「大丈夫です、弾丸は、さっき僕が抜いておきました」秋水魚太郎だ。中綱の足の甲を踏み付けていた、彼の靴の圧力が無くなる。

「黙って成り行きを見ていましょう。とんだ、飛入りで、面白い一幕です」

がちゃり、と重治は猟銃を博士の胸板に向け直した。博士の身体は、すうっと湯壺の隅に引下る。猟銃がキラリと光る。

「紳士は、ばたばたするもんじゃない」

「に、仁科君、き、君はっ……」

「よせよ、先生」重治は猟銃を構えて一歩進んだ。

「後を向きなさい、先生」湯が動いて、博士の身体は後を向いた。

「逃げると、背中は蜂の巣だよ、先生」

月光に輝されて、重治の頰に快心の冷笑が浮んだ。

「そのまま湯から上って、地面へお座りなさい。寒くなったら、また湯に浸けてやる」

博士の体は土の上に座って向うをむいて座った。重治は猟銃を執り直すと、斜面の蔭を振向いた。

「おい、朝子、……何してる、朝子、ここへ出て来い」

草の葉が微に動いた。

「朝子、見たくないのか、よおし、出て来たくなかったら、そこで見ていろ」

朝子……朝子、朝子、朝子、まさかお前は生きて……

博士の全身は、がたがた揺れた。

「おい朝子、……開いとけよ、お前が忘れようとしても、未だに忘れられない、青木というのは、こんな卑怯な男だぞ。これでは、お前も、いい加減に愛憎が尽きたろう」

「ええ先生、お前さんが去年、お前さんが、去年、ねぶか平《かい》の下の雪渓の裂け目に突落した女房は、あの夜、この俺が、助けたのだよ。いまそこの岩蔭に居る俺の女房がそうだよ。可哀そうに、てめえが首ったけ惚れ抜いている亭主に、生きてるまんま、氷の裂け目に突落されて、まるまる半日、雪渓の底で凍って死んでたよ。俺は、報せに行って、あの夜、また引返して来たんだ。目印を付けておいた氷の裂れ目に、丸太に結んだロープを五十米も降して、それいっぱいに、雪渓の底を這い廻ったのだ。俺自身、身体は凍ってしまい何べんか、睡たくなった。睡っちゃいけない死んじまう。俺は何べんも気を取直して三時間も、裂け目の底を這って歩いた。手に持った、ランプの光の輪の中に、凍った朝子の顔が見えた時には、それが例え、死んでいようとも、どんなに嬉しかったか、お前さん達には、解りやしまい。そうだよ、お前さん達には、死んだって解る事ではないのだ。俺の膝の皿は砕けた。手や足の爪は割れた。流れ出た血さえ凍ってしまったんだ。この気持は、俺達、山で生れて山で死んでゆく人間でなくちゃ解らないことだ。俺の腰や、手足は凍って、洗濯板のように硬くなってしまった。ランプも消えてしまった。死んだようになって一旦、裂れ目の外へ這出して、ロープの先に縛り付けた朝子の死んだ身を引揚げた。俺は凍った朝子の身体を暁方まで、この胸に抱いて暖めた。胸と胸、腹と腹をくっつけて暖めつづけた。気を失ってしまった俺が、息を吹き返した時、朝の陽の中で、俺の身体の下の朝子は薄目をあけていた。硝子玉のように、な」

「おい先生、あの朝子はな、これほどまで酷い目に会わされた亭主のお前を忘れられないのだ。可哀そうじゃねえか、俺に引揚げられた時も、あの手帳を胸に抱いていましたよ。ここへ来るまで、俺は、何べんも朝子をお前さんの目の前に突き付けようとしたんだが、朝子にゃあ、それが出来なかった、惚れてるお前さんが怖かったのだよ。忘れられねえから、お前さんの顔を見るのが恐ろしかったんだ」

山藤を眺めて言った。

「そこにおいでになる、妹さん、お前さんは朝子より、しっかりしていなさるようじゃ、……朝子は生きていますぜ」

岩の蔭の闇で、朝子の嗚咽がつづいている。それは、喜びでも、悲しみでも、そして絶望でもなかった。宿命の嵐に吹きまくられる女の魂の、虚しい嗚咽の声であった。

秋水は暗闇から一切を見ていたが、腕組を解くと、湯壺へ降りる路を下って行った。自分の打った芝居、それさえ、横合から飛出した重治に、淡って行かれてしまった中綱は、不敵な顔に苦笑を浮べて、パイプを咥えていた。秋水は彼の側を通り過ぎる時、大きな手で、彼の肩をたたいた。中綱は驚いて振向くと、秋水は暗闇に微笑した。

「惜しいところで、追い抜かれましたね、降りて行ってやりましょう」

X　秋水の解説

「犯罪の動機、つまり、何故、青木博士は、朝子夫人を雪渓の裂け目に突き落して殺そうとしたか」後日、熊座警部は秋水に聞いた。

「あの水に浸っていた、夫人の日記に書いてあった。つまり、夫人は、ひたすら夫君の恭一博士を愛した。夫の理想も、学問も、我儘さえも、ただ黙って笑って母親のように眺めていた。夫の総てに対して寛容であった。母親が自分の子供に対するように、総てを与えた。一見理想的な妻とも見える、夫人のこの母親のように、無抵抗で寛容で、慈悲深い愛が、博士を苦しめる結果となった。彼は夫として妻に対して、束縛したかった、何か与えたかった、手を取って導きたかった。これに対して朝子夫人は偉大な母のようだった。博士は、ますます苦しんだ、反抗したかった。ありとあらゆる事について反抗したかった。それすらも自分には出来ない。あまりにも自分は無力であった。それが、あの十三日に爆発したのだ」

「それでは、山案内人の仁科重治は、あのように不可解な行動を執ったか？　まず、夫人の日記帳を何故わざわざ渓流に浸けて、博士に拾わせたか？」

「博士に対する挑戦の切札だが……あの中に入っていた、うるっぷ草が、博士に対して致命傷を与える武器となった。思わぬ拾い物だった。あの花は神が我々に与えた白魔の扉を明ける鍵だったが、この訳は後で説明する」

「白馬尻山荘、山頂ホテル、で博士が見た、女の幽霊の疑問。何故あの賢い朝子夫人が、伝説や物語にあるように怪奇な行動を執る必要があったか？」

「仁科重治という、あの素朴な山案内者は、殆んど盲目的に朝子夫人を愛していた。ほんとに、氷の底から生命がけで自分が拾い上げた生命だったからね——しかし彼は神秘な山が、自分に与えてくれた最愛の妻の胸中にある、目に見えぬ一つの魂に苦しんだ。来る日も来る日も、死ぬほど苦しんだ。あの一年は彼の心も顔も一変させてしまった。餓えた野獣のように歩いた。旅人の寝顔を覗く狼のように、妻の寝息をうかがった。そうして、一年目、ようやく彼は青木博士と再会の機会を摑んだ。博士と夫人を対決させて、夫人の心から、完全に博士の面影を奪い取ってしまおうとした。しかし夫人としては、曾つて一度は愛した事のある博士、今は異った意味で忘れ兼ねている夫、どうしてそんな事が出来よう。しかし会う事はどうしても出来ない、幾度か足が渋った。しかし彼女は去り兼ねたのだ。それが、博士の見た扉外や窓の向うの暗闇に立っていた若い女の幽霊や、霧の尾根で見た女の幻影だったのだ。このため、重治は博士と一緒に山を歩いて、一刻一刻と、狂躁に追込まれて行ったのだ」

熊座警部は、旨そうに紫煙をふかして言った。

「雪の山には昔から色々な物の怪や雪女郎の伝説がある。しかし秋水君、君はよほど、妖異に好かれているとみえて、君の行く所、必ず彼等がつき纏うね」

秋水は笑った。

「さて次の質問だが秋水君、中綱豊夫と、木崎百合子とは、どうして、博士の一行を尾行して、一芝居打つ気になったんだい?」

「木崎百合子自身も言ったように、彼女は、薄々、姉の朝子に対する博士の反逆を知っていた。そして、あの寄せ書の絵葉書の事が、頭に残っていた。敵打をしないまでも、何とかして、博士自身の口から告白させたかったのだ。また中綱自身としても、百合子が夫人の妹である関係上、博士をとっちめてやりたかった。朝子だって、曾つて自分が愛した事のあった女じゃないか。博士の尻尾を摑えて、絞ってやろうと思ったのだ。そこであの信州の山の中までの尾行となったのだ。それが死んでいるはずの朝子の亡霊ならぬ亡霊の出現となって、彼等の芝居を一層効果的としたのだ。所が大詰で、向う見ずな重治の出現で、中綱は自分の出場を失なってしまったが、まあ、結果からみて、あの方が良かった訳になる」

「それじゃあ秋水君」

秋水はちょっと手を挙げると、「ちょっと待って、煙草をやらして一息つかしてくれよ」彼はパイプに煙草を詰めた。紫煙が上る。

「秋水君、君はこの事件の調査に出掛る前に座談会で、僕から話を聞いただけで、しかも博士や夫人とも会った事は無く、何の調査もしないうちから、この事件は、計画殺人だ、と明言したし、内心、犯人を推定していたようだったが、どうして知っていたのだ。説明してくれ給え」

「それはね、あの謎の絵葉書、あの書き方を見ると、終りの死を予告する文面は、博士が見ていないことが考えられた。夫人としてはあの文面を博士に隠して、急いで書いて、麓に降る男に渡した事に推定される。これが博士を容疑者とする第一の推定理由であり、更に、（コースは証言とは違っていたが）あの問題のうるっぷ草だ。あの花は、ねぶか平には絶滅している。杓子、鑓の西面にだけ僅に残っている花だ。ところが夫人の病気を理由としたコース変更の博士の証言と考え合せて、二人の寄せ書を見ると二人の歩いたコースはねぶか平の手前までしか行っていない。途中の雪渓附近にもあのお花畑にも、この花は無いんだ。僕は計画された何かがあるなと直感した。さて現地へ行って、博士が埋めた手帳を掘出して中を見た時、ほん物のうるっぷ草が押花となっているじゃないか。夫人は遭難前に確に、杓子、鑓の西面を歩いている。あそこで始めて僕は自分の推理の正しかった事を確信した」と傍ののり子を省みて言った。

「あの時、僕が飛上って喜んだろ、白魔の扉を開く鍵、うるっぷ草、と叫んだのを記憶しているだろう？」

「秋水君、池田小屋、唐松小屋で二人が宿帳に偽名で記入したというのは、ロマンティックな戯れではなくて、計画的な、博士の足跡隠滅手段だったのだね」

「そうだ」

「それじゃ、もう一つ。これは、直接の決定的証拠とはならないが、ちょっと割り切れない点があるんだ……それはね、夫人を雪渓の裂け目に突落してから、何故、博士は白馬尻山荘の宿帳に、前夜泊ったように偽の宿泊署名をしたのだろうか？　また、松本ホテルに二泊もしたなんて、偽の宿泊の証言をしたのだろうか？　何も自ら進んで、捜査官から突込まれる証言をしたり、署名に手間を掛ける心要はないだろう。はっきりと言っちまった方が良いじゃないか。後で調べられたら、唐松小屋から、杓子、鑓のコースを取って、雪渓を下るとき、氷の割れ目に落ちてしまいました、とそのまま言ってしまった方が、さっぱりしていて、良かろう」

「いやそこがねある種犯人の興味ある点さ」

秋水は、微笑しながら言葉をつづけた。

「犯人は、この種類の犯人特有の極めて弱い性格を持っているだろう。最初恐らく、唐松小屋から不帰嶮の岩場で、夫人を突落してしまおうとした。どん、と背後から突く、もんどり打って、一度、岩にぶつかり、下方の虚空を落ちて行く。女、曾ては愛したことのある女、それが、血を撒きながら落ちて行く。途中の岩の鼻に、打砕かれた死体が引っかかる。今、突落そう、今、決行しよう、と幾度か、ためらいながら、絶壁の上を歩いて行く。ここは犯人にとって、一番いやな思出の場所だったのだ。犯人は、殺した死体を地中に埋めることによって、罪の追想から逃れようとする。そうだ、雪渓の裂け目が良い。一瞬、心を決めて、夫人を突落す。死体は、永久に陽の目に触れない。犯人は事を決行して、後に証言した時に、幾度か決行しようとして決行し得なかったあのいやな、いやな追想の場所を忘れてしまいたかったのだ。一瞬、彼は、唐松小屋から不帰嶮コースを、通らなかったように証言する事に決心をした。ここにあの卑怯で、心の弱い犯人の心の時間的経過がうかがわれる」

ミデアンの井戸の七人の娘

I、金曜日の奇妙な贈物

夜遅くアパートへ帰って来て、真暗な自分の部屋に入り、燈を点けようとして、スイッチに手を触れて何気なく、窓外の闇に眼をやったとき、妙な物体が真木のり子の眼に触れた。張出しになっている煉瓦の窓枠の上に、ぼーっと薄青く光っている小さな物体。

急いで室内の電燈を点け、窓を押開いて張出しの上の品物を見ると、黒い筐が、こちら向きに蓋を明けて、その中には指環が光っていた。妙な事があるものだと手に取ってよく視ると、天鵞絨張りの小箱に納められた、金台に青灰色の底光を湛える六尖星形の見事な石。これが最初の金曜日。

管理人のR夫人に話そうかと思っていたが、何だか薄気味悪いような気もするし、また都会に住むこの年頃の娘が誰でも持っている、神秘《ミステリー》への、ひそかな憧れとでも言うか、指環はそっとベッドの下に押込んで、誰にも打明けないうちに、第二回目の金曜日の夜が来た。この日の夜は全く期待していなかっただけに、後で日暦を見、指を折数えて、ぞっとした。早目に帰って来て、三時間ばかり本を読み、パジャマに着換えて、さて寝ようとした時、ベッドの頭の上に妙な黄褐色の麻布がある。おや、と思って取上げて見ると、それは炊事に使う前掛のような物で、中央部に不思議な形をした刺繍が黒糸でしてある。コムパスらしい形と三角定規が、腹と腹を向け合った形で、互に組合せになっていた。これは大した品物ではないが、それとなく、R夫人に訊いてみると、知らないと言うし、誰も訪ねて来た人も無かったようだった。

次の金曜日には、机の上に投出しっぱなしにしておいた「ミデアンの井戸の七人の娘」の楽譜の上に、細い金鎖でつないだ美しい白金のロケット。このロケットがまた妙な形をしていた。母指大の昆虫の姿に刻まれている。良く見ると、蝗《いなご》が、繊い触手を、ぴんと伸し、とげとげの後肢を突張り、小さな赤い目を光らせていた。のり子は思わず息を呑んで立すくんだ。

次の金曜日にはいよいよ気味が悪くなったので、会社を早く退いて、昼過ぎ頃から部屋に独りで頑張っていた。夜ベッドに入るまで期待に反して誰も怪しい人物は姿を見せなかった。のり子は考えた。だいいち、こんな高価な、そして奇妙な贈物を彼女に届けるような心当りも無い。不安な底気味悪い、そして何か待遠しいような一夜。

朝起きると、びっくりした。化粧鏡の前に何か、ひらべったい物体が載っている。手に取って見ると精密に何か古代の殿堂が彫刻されている銀製のコンパクトで留金を押してみると、内側は凹面鏡になっていて、中心、六尖星の部分が鏡になっていて、暗がりに覗いているのり子の上半身が映った。

暁暗の部屋で、彼女は思わず、ぞっとして立すくんだ。

（ああ……やっぱり誰かが、この妾を絶えず監視している。妾の心の底を視つめている。妾の寝ているときも、電車に乗っているときも、何かしら得体の知れない、不思議な視線が、妾の横顔を、それから何も知らない妾の襟首を、じっと凍るように視つめているんだわ……）

（……だけど、なんだか、その視線は妾に危害を加えようとするような眼じゃないことだけは、はっきり感じるわ）

（でも、それだけに、尚更のことあの視線は、怖ろしいような気がする。可弱い私の首筋を、ぐっと摑んで、真暗などこかへ持って行ってしまうような気がする。妾の運命を百八〇度、転換させてしまうような、黒い運命の手が、妾の背後に差伸されているのじゃないかしら……）

次の金曜日の夜遅く帰って来て彼女は、アパートの扉に手を触れた。真木のり子は自分ひとりだけの胃袋を満すには、とても足りない会社からの手当を、夕方からのホール勤めで補っているのだ。パッと室内を照した明るい電燈の光、作り付けのベッド、本棚、カーテンを垂らした衣裳戸棚、三坪ほどの洋間床板に敷き詰められた粗末な棕櫚編の敷物、樹脂のぷんぷん匂う机、寄せ集めの籐椅子三脚。自分の帰りを待っていた、自分だけの生活の温い光が眼ににじんだ。まず瓦斯ストーヴに火を点けるとオーヴァを脱いで椅子に身体を投出した。後から入って来た管理人のR夫人が、

「のり子さん、素敵でしょう。コーヒーを入れたからご馳走するわ、モカよ、ああそれから朝、出掛けに、貴女から頼まれた為替は早速送っといたわ、これが受取り

よ」

「ああどうもお世話様でした」

R夫人はコーヒーのカップを机の上に載せて戻りながら言った。

「のり子さん、貴女ほんとに感心だわ。そうして毎月、御両親に仕送りをなさって……」

夫人の姿が扉の外に消えると、彼女はコーヒーを一息に半分ほど飲んで、旨そうに野良猫のような咽喉を鳴らした。千枚通しを取り、靴の破れを直す、鼻声で低く歌う『ミデアンの井戸の七人の娘』

ふと彼女の歌が止んだ。思い出したのだ、あの不可解な「見えざる眼」、いつも妾につき纏う誰かの視線、――だけど妾には――彼女は考えた。不気味な視線だけれども、あれは妾に危害を加えようとしている眼じゃない、しかしその黒い手はこの妾の運命をしっかり摑んで、どこかへ持って行ってしまうような気がする。

「いまもこの妾の横顔を、どっかで凝っと視つめているのじゃないかしら？……」

窓硝子の外の煉瓦の張出しが月に白く光っている。この時、すうっ、と冷い風が彼女の襟元に吹き込んだ、扉口を振返った彼女の眼に……！


妖婆……。扉を後手に閉めると片手を挙げて、彼女を押え付けるようにした。枯木のように折れ曲った体から床に曳いた黒い着物、嘴のように突き出て曲った鼻の上すれすれまで覆いかぶさった真黒な三角頭巾、痩せ細った右手の銀の杖を、ことこと鳴らし、針えにしだのような手を、ひらひらさせながら彼女に近付いた。

「クックックッククククク……」

空洞の中に通う風のような声を出すと、立上って窓枠に身体を貼付けてしまったのり子を招いた。

「可愛い娘、ま、お坐り。何も怖れることはないよ」

妖婆の魔法にかかったようにのり子の身体は籐椅子をきしませて、お尻を落した。妖婆は電気スタンドのシェードを傾けて光をのり子の顔に当てる。ごくりと音がして彼女の咽喉仏が上へ上った。

「お前さんは、幸福になりたいかい？」

光の蔭になった妖婆の片目が、ちかりと光る。彼女の向いに腰を掛けた妖婆は細い手で、膝の間の杖をぐるぐる廻す。スタンドの光に銀の棒が段々伸びて行くように見える。妖婆は、杖の握りに重ねた両手の甲に顋を載せる。針えにしだのような指に、六尖星の青い石が光った。

無気味な声で老婆は再び笑った。

「クックックックク……。ほんとによい娘だ。房々した柔い亜麻色の髪、栗の実のように綺麗な瞳、細くてつまんでみたいような鼻、秋の果物をレースでくるんだような胸、鹿のように素ばしこそうな身体……。お前さんは妾の探していた娘に違いないよ……どうだい、のり子、お前さんは幸福になりたくはないかい？」

「ええ……」彼女の白い頤がうなずく。

「そりゃ幸福になりたいわ、毎日、妾それればかり考えているの」

「誰のために幸福になりたいのかい？　親のためにかい、故郷の兄弟のためにかい？　それとも、世の中の人達のためにかね？　……」

「いいえ、妾のために、幸福になりたいの」

「どうして？　……」

「だって、妾の心や身体を一ばん愛してるのは妾なのですもの」

妖婆は燈の蔭で、けらけらと笑って、

「親や兄弟達は？　……」

「みんな妾を心配したり、可愛いがったり、しょっちゅう考えたりしていてくれますの」

「それなのに？　……」

「それだから、なおさらのこと、妾は自分を可愛がらなければいけないと、思っていますわ」

「おお……ユダの娘よ、妾に従いてお出で、馬車が待っているよ」

妖婆は朽木のような体を起すと、コトリコトリと杖の音をさせて扉口から出た。のり子の足はまるでしびれてしまったように感覚を失って、妖婆の魔術に引かれて後に従いて扉の外へ出た。ふるえる手で鍵を掛けた。

もう燈が消えて、真暗な石段を降りて、アパートの外の煉瓦の車寄せに立つと、妖婆は曲った腰を伸し、右手の杖を上げて、ヒューと振った。向い側の建物の蔭に燈がゆれると、カツカツ鳴る蹄の音、轍の響が近付いて、幕を降した馬車の真黒な影が近寄って来た。馬車は二人の前にピタリと止ると、ゆらゆら揺れる六角燈の蔭の扉が、ギーッと開いた。ぽかっと開いた暗い口を妖婆は杖を挙げて指すと言った。

「さあ、お乗り、なにも怖ることなんかないよ。お前は、一番誠実で、正直な娘なんだろ」

のり子は一寸ためらって妖婆の顔を見た。

「では、お行き。お前の運命が待っている」

ステップに片足を載せて振返ると、もうそこには黒い妖婆の影は消えていた。

後で、ばたんと扉の閉る音がすると、御者の鞭が屋根の上で鳴った。皮張りのクッションに身を沈めると、湿っぽい、甘やかな香がのり子の鼻を包んだ。彼女は薄れて行く感覚のうちに馬蹄の響と轍の音を聞いた。

Ⅱ、東方の星会館《イースタン・スター・ロッヂ》

ガタン……馬車が激しく揺れて、のり子は昏睡から醒まされた。扉が開いて甃が月に濡れて光っている。――ここは一体、どこなのかしら、先刻の不思議なお婆さんは、どうしたのだろう？　のり子が馬車を降りて、あたりを見廻した、頭のしんがずきずき痛む、彼女は静に頭を振って振返ると、燈を消した馬車は木立の茂みに消えて行った。微に轍の響だけが遠くなって行く。どこかの邸の門の中だ。月の光に、石を敷き詰めた路が、植込みの向うまでつづいて、五十米ほど、突当りに、異様な形をした石造の建物が聳え、青灰色の壁面が、ぼーっと浮んでいた。頂がドームになっている細長い石造の建物が、茸のようにのっぺら立って、蔦も何もからんでいない壁面には数層の竪に細長い窓が暗い口を開け、両翼の建物は、ぐっと低く左右に伸び、右側に柱列が見える。――どこかで、何かの写真で一度、見た事がある――ああそうだわ、カトリックの「東の星教会」だわ。

と、のり子が気が付いた時、突当りの建物、正面の重そうな扉が音も無く動いて、真暗な口が、ぽっかり開いた。その真黒な口から何やら飛出して、ひょっくり、ひょっくり、石段を降りて来る。人影は何か叫んで手を挙げたようだが……。のり子は思わず、そっちの方へ向って歩いて行ったが、両者の間が十米ほどに近寄った時、彼女の足は石のように凍り付いてしまった。異様な恰好で近付く、Mの字型の人影……ああ世にも怪異なその姿、ひょっくり、ひょっくり近付いて、四本の手が挙がり、二つののっぺりした顔が笑っているのが、月の光に見える。ああっ……シャム兄弟。

のり子の全身を氷のような戦慄が走った時「ようこそ、貴女は真木のり子さんでしょう」二つの声が揃って言った。シャム兄弟……数世紀か以前に、シャムで発見されたという、生れながらの奇形児、お互いの骨盤と骨盤が接って、この世に生れ出て来た運命の人間、腹を中心として対称的にくっついた体には、ぴったりとした黒っぽい背広を着ている。細長い体にのった卵型の白い顔。青年の子供のように可愛いらしい唇が一緒に笑う。

「のり子さん、さっきから父が待っています。今夜から僕達の兄弟です。さあ早く父の所へ行きましょう」

　奇妙な姿をした、二人で一人の人間、シャム兄弟は先に立つと、ひょっくりひょっくり歩き出す。Mの字型の人影が月光に白く浮き上った路に踊るようにして動いた。建物の左手玄関に廻って扉を押し広間《ホール》へ入った。電燈が点き、一隅の大きな椅子にのり子は坐らされた。

「いま父に言って来ます。きっと喜ぶでしょう。何しろ、一年間も首を長くして、貴女を待っていたんですよ」

　つい先刻から急速度に回転し始めた彼女の運命、まるで白夜の夢のような出来事……。

　鎧扉の隙間から庭を覗くと、建物のドームが影を長く地上に曳いて、頂上の十字架の形がくっきり見える。

「おやっ……」

　目のせいかしら？　その十字架が微かに動いた。さっきからの不思議な出来事に、気が顛倒しているので、そう見えたのかしら？

「いや、そうじゃないわ、確に動く……」

　地上にくっきりと印されたドームの十字架の黒い影が、次第に傾いて四十五度、Xの形になった。

「……おお、あれを見給え、ユダの十字。十字架《クルス》への反逆だ。血の儀式の予告だ」

　この深更に、ここ「東の星教会」のホールの窓からのり子が奇怪な傾いた十字架の影を見たが、その黒い影を投掛ける建物の円頂《ドーム》の上の、ユダの十字を、のり子の他にも目撃した者があった。信州木崎湖畔の「紅鱒館の惨劇」に痛烈な詩を追求して、見事それを解決した名探偵、秋水魚太郎だ。

　この日、秋水と私とは、銀座で一杯やって、酔歩蹣跚として、二人のアパートまで帰って来る途中であった。中野の雑沓を通り抜け、所々、松林のある元練兵場跡の深更を歩いている時、

「君、地図に無い街を知っているかね」

　秋水の太い低声《バス》が私の耳朶を打った。

「ええっ……地図に無い街だって」

　私は少し度胆を抜かれた顔をして彼を見た。

「そうだよ、地図に無い街。君は未だ知らないのかね。東京地図を拡げて見給え、S区とY区の堺目の広大な面

積が空白になっているから。そこは東京都に存在していて、存在してない場所なのだ。勿論S区でもY区でも無い。明日になったら地図のそこの空白を見給え。はっきりと太い青線でX印が印されてある。X印、倒れた十字架《クルス》……何だか知ってるかい？　これは君、東京では勿論、日本ではただ一つの自由石工組合《フリー・マソン》の存在する位置を示している」

私達は真黒な森の向うに、夜目にもくっきりと奇妙な形をした建物の円頂《ドーム》が見える所まで来た。秋水は路端の平たい石に長身を休めると、パイプに火を点けた。マッチの炎が鷲のような彼の横顔を照した。

「この森の向うに見える建物、あれがそうさ。表面上はカトリックの『東の星教会』となっているが、実は上海にある自由石工組合《フリー・マソン》の支部で、（東方の星会館《イースタン・スター・ロッヂ》）というのが本当の名称だ」

秋水は声を改めると私の顔を覗込んで言った。

「それじゃあ一昨日のデーリー・アサヒに出ていたが、C国の経済代表団の中に顧問として、王黄龍《ワン・ホワンルン》氏の名が出ていたが、これは君も知ってるはずだよ」

秋水は笑って、

「そんな名士の名前なんか知らないね」

「仕様のない御仁だな。ほら数年前に君と始めて会った（宋公館の幽霊事件）の肥った紳士、王中霈先生の異母兄だよ」

「ああ思出した。しかし会った事はない。黄龍氏は当時、天津に居ると言ってたが」

「そうだよ、その王黄龍氏が本名をイズレエル・フォン・アイヘンドルフという、自由石工組合《フリー・マソン》の上海亜細亜《シャンハイ・アジア・》会館《ロッヂ》の第三十三階級に属する騎士団長なのだ」

ますます私は判らなくなってしまった。

「ところが平和再開と相俟って、日本にアイヘンドルフが来る。しかも刺客、董永録《トン・ユイルオ》――君も知ってるだろう（宋公館の幽霊事件）の主人公だった曾つての過激学生――を連れてね。未だそれだけなら良いんだが、この二人と、最近経済判事から証拠無しと断定された、化学工業界の大立者、火之原蓮蔵の三人が、今夜、深更にあそこの東方の星会館《イースタン・スター・ロッヂ》で会談するはずなのだ」

秋水は声を落すと、

「しかも、火之原蓮蔵氏から、身辺保護の依頼を、僕が受けているんだ」

「あれだけの火之原氏が、何故、身辺保護を直接に熊座警部の方に頼まないで、秘密探偵の君に頼むんだ？」

「秘密の私事に関する事で、事を公にしたくないと述懐していた。剛愎な人物だよ、身辺保護に要する費用は一切、秘書から受取ってくれと言って、それ以上は、この僕にも言わないんだ。も少し向うへ行ってみよう」

私達は森を抜けて、生垣を乗越えて、会館《ロッヂ》の正面に出た。彼は腕時計を覗いて、

「いま、恰度十二時、未だ火之原氏の自動車が見えない。もう来る時刻だな」

少し待ってみよう、と私達は植込の下の石の上に並んで腰を降した。ふと見ると彼は、ポケットから拳銃を出して弾倉を調べている、二挺だ、これは今夜容易な事件じゃないぞ。私は思わず固唾を飲み込んだ。

この時、秋水は前方の月光に青灰色に浮き出た東方の《イースタン・》星会館《スター・ロッヂ》の円頂に傾きかけるユダの十字架《クルス》を見たのだ。

「あれは、ユデアの子供達による。基督への反逆の相図だ、宣戦の布告だ。傾く十字架《クルス》、基督の抹殺……だがもう少しここで待っていよう」

電撃のような緊張が、私の腰から背筋を走り、嚙み締めた歯の根を鳴らした。謎の人物、上海亜細亜会館《シャンハイ・アジア・ロッヂ》の騎士団長、イズレエル・フォン・アイヘンドルフ、青年刺客、董永録、そして日本化学工業界の大立物、火之原蓮蔵。この青灰色の無気味な形をした建物、東方の星会館《イースタン・スター・ロッヂ》で今夜、いかなる事件が起きようとしているのだろうか？

暗い植込の蔭で、何時間が経ったのだろうか？　目の前の塔の中央部に、ぽっと燈が着いた。つづいて左右の両翼の窓にも燈火が輝やいた。他の窓は真暗だ。恰度、三つの燈は、暗中に三角形の三つの頂点を作って光を放っている。側で秋水が微かにうなった。

「妙だぞ……あっ、いけないっ……」

秋水の叫び、突当りの建物の真正面、つまり三つの窓の光の中央部に、もう一つ強烈な燈が点いて、これがパッパッパッ、としきりに瞬く、瞬く……。

秋水は拳銃をポケット辷り込ませて飛上った。

「ああ……ユダの三角形《デルタ》、ユダの眼が瞬いている！ユダの眼が救いを求めているんだ」

秋水は建物へ向って走出した。私も遅れずにつづいて駈けた。

さて筆者は筆を前に戻して、先刻、妖婆に馬車でこの建物まで連れ出され、奇形なシャム兄弟に迎え入れられて、扉の内部に消えた娘、真木のり子の事を述べなけれ

ばならない。

広間《ホール》の扉を押し、向うの垂幕の蔭に消えたシャム兄弟は間もなく戻って来た。のり子が坐っている椅子の前まで、ひょっくりひょっくり奇妙な歩を近付けると笑った。

「僕、つまり君の方から見て右側が圭介、左側が王吉、僕は圭介よりも後に母親《おふくろ》の股から生れたから兄貴なんだよ。そうして今夜から君は僕達の妹になるのさ、いま向うで親父やなんかが待ってるから行きましょう」

シャム兄弟の後から、暗い廊下を距てた次の部屋に入ったのり子は思わず、あっ、と叫んだ。十二、三坪ばかりの部屋の一隅には高温炉が築かれ、室内中央には今まで見た事のない、様々な形をしたガラス製のフラスコ、ビュレット、ニッケル鍍金をしてピカピカ光っている実験器具が、低目の机の上に並び、一隅の広く空いた床には灰色の絨緞が敷かれ、どっしりとした豪華な応接セットが置かれてあったが、そこには誰も居ない。窓には黒い幕が降りている。左手の扉を開け、重そうな垂幕を排す、シャム兄弟の後からつづいて次の部屋に導びかれた。突当りが一面の青灰色の縫取りのしてある垂幕で仕切られた部屋で、出入口は今しがた入って来た扉が一つあるきり、三方の壁も青灰色のパネルで右手だけに細長い窓が並んでいる。垂幕には縫取りで、モーセに率いられて埃及を脱出するイスラエルの民のさまざまな姿態が描かれている。先頭に立つモーセは灰色の寛衣を翻えし、今まで彼が着ていた埃及人の服装は引裂かれて彼の足元に乱れ散っている。彼がイスラエルの民の男女を振返り、何か高く叫んで上方を指差す左手の指の上方にはイスラエルの六尖星の縫取りが銀青色に光り、その下方には赤褐色の紅海がうねって、人物群像の背景を為していた。その垂幕の前方、部屋の中央にはただ一つの乳灰色のシェードのしてあるスタンドが机上に置かれ、それを中心にして左右に椅子が並んで、数人の人々が居流れている。東方の星会館《イースタン・スター・ロッヂ》の人々、燧山《ひうちやま》一族だ。

Ⅲ、燧山家の人々

「おお……のり子、待っていた。こちらへおいで」

正面の手押車の上の年老いた人物が、車の上に上半身を浮かせて片手を挙げ、彼女を招いた。のり子が静に近付くと、懐し気に左の手で彼女の肩を抱き寄せ、右の手を取って、手押車の上の膝の上に載せた。不自由な体だが、骨組の立派な長身のひとだと彼女は思った。

「のり子、お前は今夜から、ほんとうに儂の娘じゃ」

老人は彼女の顔を差覗いた。のり子は始めて老人の顔を見た。広い骨ばった肩に載った上品な顔は、陽に焦けて浅黒く、真白い髪を、ふさふさと後に撫で付け、少し張り出た額、面長の顔に、落窪んで深い感情を湛えた両眼は、優しく彼女を視つめた。一体、この老人は何者だろうか、老人の深い眼差に湛えられた温い光が、不思議と彼女の心を先刻から押包んでいた恐怖と懐疑の念を溶かしてしまった。

「さあ、みんなに紹介をしよう。ああそうそう、その前にな、この儂をまず……儂はな、お前のお父さん、燧山礦造じゃ……」

（ええっ……妾には田舎に本当のお父さんもお母さんも、それから三人の弟妹もある。お父さんだって、この妾が本当の娘じゃないなんて言った事も無かったが）

……しかし老人の眼差は優しく彼女を押え付けた。

「本当だとも、いまお前をこうして抱いているのが、のり子のお父さん、燧山礦造、この館の主《あるじ》じゃ。理論化学の研究ではちょっと人には知られている男じゃ、はっはっは……今はもう年をとって大分頭もぼけたがの……」

一同の方へのり子の体を向けると、頰を寄せて言葉をつづけた。

「この娘が、いつもお前達に話をしていた、真木のり子じゃ、十八歳になる。恥を言うようだが、儂が昔、事情が有って処々を放浪している時、ハルピンである女の友達との間に生れた子なのだ。儂は最近、若い時分の放蕩が祟って体も悪くなった。先も長くない。そこへこの娘が、大陸から引揚げたと風のたよりで聞いた、方々を探してようやく最近探し当てたのじゃ。どうか王吉も圭介も仲良くするのじゃぞ」

老人はのり子の指をもてあそんでいた右手を離して前に伸すと、一座の一番端に坐っていた中年の婦人を招いた。肘掛椅子の深い背に身を沈めて、まじろぎもしないで先刻から、のり子の顔を視つめていた女。一座でたった一人、黄灰色の和服姿。黒みがかった臙脂の帯を異人のように突き出た胸に締め、クッションの上の膝が盛り上っている。束髪に結った卵型の中高な美しい顔付、それよりも良く見ると、のっぺりと魚の肌のような感じの顔に比較的大きい唇が、ぎゅっと頰から耳へかけて影を曳いて、度の強い縁無し眼鏡の奥に、深い黒い眼が凝っと動かない。

「王吉も圭介も、驚かないでくれ、今までこの儂の身辺を世話してくれていた女の友達、いまそこに坐っている、魚谷珠子が本当にのり子の母親なのだ」

一瞬、一座にどよめきが起きた。魚谷珠子は立ち上って、もう一度のり子を見たが肘掛椅子に崩れてしまう。

「ああ……」

礦造氏の側から、女の乾いた歎息が洩れた。

「のり子、これが燧山燦子、儂の妻。王吉と圭介の本当の母になり、お前には継母になるひとじゃ」

黒い服に身を包んだ、四十を幾つか過ぎた厳しい感じの美しい婦人。微笑を夫に投げると、ちらりと、のり子の顔を見た。のり子は声を呑んだ。燧山燦子、幾度か雑誌の口絵などでも見たことのある、あの明星派の女流歌人、雲母崎燦子《きららざきさんこ》……。

「それから、あそこの長椅子に並んでいる青年が、さっきお前を案内してくれた兄弟、王吉に圭介じゃ」最後に席の一番外れに目を移すと、礦造氏の頰には謎めいた冷笑が浮ぶ。

「あれが、この館の客、燧山珪作、儂の従弟じゃ」

小柄で痩せた男は放心したように虚空を視つめている。五十を少し過ぎた、額に網の目のような皺が数本重なり、半白の長髪、絶えず瞬く落ち窪んだ眼、細い頤。

「さあ、のり子、お前が儂達の家族の一員となった約束、マソンの儀式じゃ。二階には、我々会館の指導者で、上海会館の騎士団長、イズレエル・フォン・アイヘンドルフも来ておられる。王吉、圭介、血の儀式の仕度をしなさい」

いつの間にか、燦子夫人も従弟という燧山珪作の影のような姿も、魚谷珠子のぬめぬめした身体も見えなくなった。シャム兄弟の王吉、圭介も扉の外に奇妙な姿を消した。のり子はふと礦造氏の横顔を盗見た。手押車の両肘を、しっかり握り頰の深い皺が、ぎゅっと引締っていた。と、室内の燈が消え、扉が開いてことりことり誰かが近付いて来た。感じで、シャム兄弟である事が判った。彼女の手に冷い布が渡された。兄弟の足音は再び扉の外に消えた。闇の中に礦造氏の声が響く。

「それで眼隠しをしなさい……ああ良し、そうしたら右の手で儂の車の肘掛を、しっかり握って……」

静かに車が動き出す。足探りにのり子も前に進んだ。垂幕の端らしい物が彼女の肩に触れる。二十歩ほど歩いた所で止った。異様な、鼻粘膜に沁みる甘い香の匂、耳の側で皮の摺れ合うような音、やがて眼隠された眼の網膜に、ぼーっと黄色い燈の光がうつった。ジリジリリリリリ……燭台の蠟燭の鳴く音、鼻に沁みる蠟の燃える匂、それに混って再び先刻の、妙に鼻粘膜にねばり付く甘やかな異臭……。暗闇に低く礦造氏の声が響く。

「儂の後をつけて言うのじゃ……いいか……『我の外、何者も神とすべからず』……」

のり子の咽喉は乾き、舌はもつれた。

「……我の外、何者も神とすべからず……」

有名なモーセの十戒が唱えられつづけた。彼女の身体は鉛のように重くなった、時々膝頭が、がくんと折れる。彼女は必死になって、身体を支えようとした。手押車の肘掛に摑った右の掌が、じっとり汗ばんだ。モーセの神、嫉みの神、ヤーウェに対する約束の誓言が闇の中につづいた。やがて長い沈黙がつづく。何十分経ったのだろう。汗ばんで、ねっとりした彼女の右手の掌に、冷い何かが握らされた。冷くて非常に重い物体だ、左手で探る、あっ、短剣だ……。

Ⅳ、血の儀式

のり子の肩は重い手で抱きかかえられ、静かに歩いた。幾度も曲る。顔や、肩に、重い垂幕のような物が触れる。彼女の肩を抱いた重い手は放れた。左の耳の後の方から、別の鈍い金属性の男の声がした。

「ヤーウェとの契約者よ、唯一神への反逆者、汝の敵を刺せ。神への冒瀆者、シオンの丘に背を向けたる者、汝の前に立てり。刺せ……刺せ……刺せ。刺してヤーウェへの誓いとせよ……」押付けるような低声が、のり子の首筋を襲った。一瞬、しびれたように彼女の指は短剣を握り締め、電撃のように肘関節が痙攣して短剣を握った右手は前方に、はね出た。

ずぶーっ、鈍重な手応えがあって、一瞬、短剣を握った拳が前に引寄せられて、彼女の手首、肘、肩、へかけて、ぶるぶるぶるん……ぶるぶるぶるん……ぶるるん……物凄い衝撃が彼女を襲った。短剣を握った手を引かれまいとして、両脚を踏張り、思わず力を入れた。ぶるぶるぶる……次第に弱くなる手応え、両刃をぎゅうっと押えて引っぱるような力が、だるくなった彼女の肩にかかる。

「唯一神、ヤーウェとの契約者よ、犠牲の式は終った」

一瞬、彼女の鼻粘膜を打つ、生き物の血の匂……しかしこの興奮の中にも、彼女は後々まではっきりと、この匂を記憶していた——後刻、秋水魚太郎の峻烈極まる訊問に見事、答えた——嘔吐を催させるような、血の匂いは、ますます強くなった。

「剣を納めよ……血の契約は終った」

短剣の柄を握った両の拳に力を入れて、ぐうっと短剣を抜いた。くたくたと崩れかかる彼女の肩を誰かが押え、固い物体が彼女の腰に当った。手押車に身を托す燧山礦造氏だ。礦造氏の重い手が彼女の肩を抱いた。

「しっかりおし、ユダの娘よ……」

柔い礦造氏の低声《バス》が闇の中にひびく。

「さあ、左の手を伸して前方を探りなさい。沈黙の像の手にある、アカシヤの枝を探し求めるのじゃ……」

闇の中をまさぐる彼女の左手に、冷い石像の台座が触れた。そっと上方へ撫で上げて行くと、柔い木の枝の感触があった。アカシヤの小枝、彼女は像の胸から、それを抜取ると、左手に握りしめた。やがて礦造氏を載せた、手押車は、するすると敷物の上を動いて行った。のり子は肘木に短剣の柄を握ったままの右手を載せて摺り足に闇を進んだ。車が止った。

「もう良い。お前の前に卓子がある。その上に復讐の剣と、アカシヤの小枝を置きなさい」

カチリと短剣を置く。

「眼隠しをお取り」

顔を覆っていた布を取去ると、彼女の頭の血が、一ぺんに下り、手足はなえて、眩暈に彼女は、よろよろと倒れかかる。礦造氏の腕が彼女の腰を抱いた。

彼女は、はじめて四辺を見廻した。真鍮色の金具で出来た、細長い燭台が蠍《さそり》のような七本の肢を上に伸し、その上に黄色い蠟燭が、燃え、黒い煙が流れている、ジジジ……と、不気味な音を立てる。正面の壇の上には、大きなシオンの六尖星が銀灰色に光り、青灰色の四囲の壁は高さ三十米の余もあろう。真暗い天井は、なかば以上、闇の中に見えない。僅に、円頂の切窓と、その下にある、ステンド・グラスから射込む月光が周囲の情景を、ほの白く水底のように浮上らせている。右手の壁間の壁掛には泥盤に刻まれた、モーセの十戒の古文書が縫取られ、左手の壁には、自由石工《マソン》と彼等に従う群衆が、基督を鞭打っている、仏人画家ベラントの絵の複製が描かれている。

「唯一神への誠実なる契約者よ……」

おお……、上海会館《シャンハイ・ロッヂ》の第三十三階級の騎士団長、イズレエル・フォン・アイヘンドルフ……今、彼は正面壇上の暗い蔭に立っている。引揚げられた幕の下に、真黒な服に身を包んだ、アイヘンドルフの巨軀が石像のように立って片眼鏡《モノクル》が、キラリと光る。彼の右手が静に上って額の上に斜に掲げられる。無意識の裡に、のり子の右手が掲げられた。アイヘンドルフの左手が挙り、ぴたりと額の前にX字型に交って止る。続いて、彼女の左の手……。掌は正面に向けた、ユダの十字《クルス》……。

「汝の神は?」アイヘンドルフの、しわがれた声……礦造氏の声が彼女の耳端で囁やく、死んだようになって彼女はそれを真似た。

「そは、ヤーウェ、ただ一つなり」

「汝の兄弟は……?」

「七及びそれ以上……」

「その七とは、何者なりや? ……」

「高き地位の職長、二人の観察者、二人の職工、……そして二人の徒弟なり」

「何に依りて結ばれるか? ……」

「血に依りて……」

「いつ、血に依りて結ばれるか? ……」

「たった今なり……」

「汝の会館はいかなる形を有するや? ……」

「楕円、そして四角形なり……」

「汝はいかなる長さを有するや? ……」

「朝から夜まで……」

「汝はいかなる幅を有するや? ……」

「正午から夜半まで……」

「汝はいかなる高さでありや? ……」

「地表から天までの高さなり……」

「汝は何故、かく答うるや? ……」

「かくて、地上に散れる自由石工《フリー・マソン》は、互に一つの単一の会館《ロッヂ》を形成している事を、示すためなり……」

「汝は、自由石工《フリー・マソン》と呼ばるるに至れば、いかなる服装をなさねばならぬか? ……」

「余は裸身たるを得ざるなり。しかし裸身の全てを覆うなり。しかして金属的の何物をも身に帯ることあるべからざるなり……」

「汝はいかにして入室を許されたるや? ……」

「三度叩いて許されたり……」

「それは、そも何を意味しおるや？　……」

「聖書の言葉、神の約束を意味す。すなわち、即ち探せよ、しからば見出さん。求めよ、しからば与えられん。叩けよ、しからば開かれんを意味す……」

「しかれば更に、神は？　……」

「ヤーウェこそ唯一の神なり……」

「そうして、神との契約は？　……」

「血に依りて……」

暗い幕の蔭の、イズレエル・フォン・アイヘンドルフの片眼鏡《モノクル》が、きら、と光り彼の額の前に組まれた、ユダの十字《クルス》が解けた。のり子は、ほっとして額のユダの十字《クルス》を解いた。

彼女は礦造氏に肩を抱かれて、アイヘンドルフの立っている壇の下まで進んだ。壇の下には一脚の机が置かれ、皮張の上には一個の磁製のカップと、二本の倒立六角錐の瑠璃瓶が置かれてある。一方の瓶には黒色の粉末が半分ほど入っている。もう一方の方は暗赤色の、どろりとした液体が充たしてあり、その側に薄刃の小剣が、白く光っている。アイヘンドルフは巨軀をかがめて瓶を手に採上げ、蓋を去って、骨製の匙で、黒粉を一すくい取って、磁製のカップに落した。異臭が彼女の鼻を刺す。アイヘンドルフは金色の毛が密生した指で机上の剣を指差し、ゆっくり言った。

「右手の母指を切りなさい。そして血潮の七滴をこの瓶の中に、したたらせるのじゃ。この中には、昔、フランス大革命を準備した、イリュミナート騎士団長の血も、乾かされて納めてある。お前は我々同胞の血を葡萄酒に混じて飲み、その代り、自分の血をここに納めなければならない」

彼女の小剣を持つ手は震えた。右手の母指の腹に、スーッと赤い糸が流れ、血潮が垂れた。一滴、二滴、三滴、ヤーウェとの契約者、ユダの子等の黒く乾いた血粉が、彼女の血を吸った。側から礦造氏が傷付いた指をガーゼで巻いてくれる。磁製カップの底の血粉の上に、別の瓶から葡萄酒の赤黒い液が注がれた。眼をとじて静に飲んだ。ねっとりと血のように、渋い液体、異様な匂い、カップを置いて前を見ると、もはやそこに、アイヘンドルフの姿は見えなかった。今まで、彼の居た、壇の蔭や、垂幕の側には、儀式の用具、槌、金属製の様々な形の昆虫、ユダヤの短剣、数多くの頭蓋骨が、キャビネットの上に並べられ、数体の白骨が、金属の吊金に下って揺れている。左手、職長の椅子の前には六個の棺が置かれ、黒い布で覆った頭部には、一個ずつの頭蓋骨が置かれ、棺の脚部には、脛の骨が十字を組んで載っていた。

「お前の儀式用の前掛だ。自由石工《フリー・マソン》の表徴、高貴な品物だ。これをお前が胸の前に下げた時、ヤーウェへの畏怖はますます強くなり、契約の心を呼起し、同胞への愛は、いよいよ強くなるのじゃ」

礦造氏は言って、皮製の黒い前掛、自由石工《フリー・マソン》の前掛けを彼女の胸に着けた。突然胃の腑を突上げるように猛烈な眩暈がきて、のり子は倒れてしまった。

V、木馬の背に嗤う屍体

イスラエルの危機を告げる燈火信号「ユダの三角形《デルタ》」の眼の瞬きを、植込の暗闇で望見し、秋水魚太郎と私が東方の星会館《イースタン・スター・ロッヂ》に飛込んで来たのはこの時であった。正面玄関の鉄扉は押しても引いても開かない。前庭の茂みの樹葉の反射が明滅して救を求める「ユダの三角形《デルタ》」の眼だ。横玄関へ廻って柱列の真暗な側廊へ走った。廊下の中ほど左手に樫の扉がある。私は、どんと体当りをしたが、忽ち、はね返されてしまった。

「よし僕がやろう。百七十ポンドだ、ううう……ん」

めりめりと樫の扉のパネルは裂けて飛び、秋水の身体は室内に飛込む。つづいて私。闇を照す蠟燭の光を横顔に受けて秋水が仁王立になっていた。その五米ほど前に手押車に不自由な身体をのせた白髪の老人、その足元にぐったり横わっている若い女。

「儂はこの館の主人、燧山礦造です。何んで狼藉なさる、貴男は一体、どなたです？」

（ああ、この老人が有名な、燧山教授なのか……）

秋水はそれに答えないで柔く、かぶせるように言う。

「そこに倒れておられる婦人は？」

「儂の娘、真木のり子、気を失ったのです」

七本の蠋の足に突刺した蠟燭の炎がゆれて、じじじ……と音を立てる。老人の巨大な黒い影が壁間に動く、燧山礦造博士の青銅の面のような顔は少しも動かない。

「僕は秋水と申します、秋水魚太郎……」

老人の顔に微かな驚愕の影が浮ぶ。

「司法警察に多少はお手伝い致している者です……燧山教授、いま僕達が闖入して来た、あの樫の扉と垂幕の間にあった死体、あれは一体どうしたのですか？」

「ええっ……死体ッ……」

教授の骨ばった手が手押車の肘木を摑んで戦いた。声がかすれる。秋水は、うなずいて、

「そうです……しかも人間の死体です」

「ええっ……人が死んどる⁉」

教授の驚愕は絶頂に達し、手押車の中に悶絶してしまった。秋水は私を振向くと、

「君、後の黒い垂幕を引いて見給え」

私は垂幕を引いて、下端を紐で止めた。ほの暗い燭台の光の輪の中、そこには異様な光景が展開していた。壊された樫の扉から少し離れた壁際、恰度黒い垂幕の蔭に、胸の高さほどの木馬の背に一人の男が俯伏せになって乗っている。両手、両足は長く床に伸して垂れ、木馬の背骨の凸起部を外して、こちら側に斜横に向けた蒼白な顔は眼を半ば開き、きれいに髭を剃った口は、半欠椀型に開けて嗤っている。鼻孔からは血泡を吹き出し、唇の端から黒い血が、糸のように未だ垂れていた。

左腋下から溢出した、どす黒い血は背までまくれ上った上衣の下のチョッキ、ワイシャツを染めて、木馬の鞍を流れ、床のモザイックの上に溜りを作っている。秋水は私を見て、

「君、熊座君に電話だ」

「そ、そこの絨緞の蔭にあります」

手押車の上に息を吹きかえした教授が指差した重い壁掛を引き揚げるとその後の壁に一尺四方ほどの穴があって電話器が光って見えた。

「もしもし、熊座さんですか……」

壁掛時計が、オルゴールのような音で、午前一時を報じた。

コツコツコツ……拝壇の方から、ゆっくりした重っくるしい足音が近付き、燭台の燈の輪光の中に、巨大な人物の影が浮き出た。

「当教会の主教、イズレエル・フォン・アイヘンドルフです。何か間違でも起りましたかな？」

秋水は屍体の側から身体を起すと微笑して、ずばりと言った。

「秋水魚太郎です。ここカソリック東の星教会の主教、実は東方の星会館《イースタン・スター・ロッヂ》の最高会議名誉議長で、上海亜細亜《シャンハイ・アジア・》会館《ロッヂ》の第三十三階級の騎士団長、イズレエル・フォン・アイヘンドルフさん。実はこの通り甚だ怪奇な殺人なのでちょっとお智慧を拝借したいのです。どうかそこへお坐り下さい。……それはそうと、この会館《ロッヂ》、東方の星《イースタン・スター》の

自由石工《マソン》の職長、火之原蓮蔵氏は未だ見えませんか?」

高さ二米もある、真鍮色の巨大な蠍型の燭台は、金串のように鋭い一本の剣と六本の肢を、上方に伸している。その上に突き刺された七本の蠟燭は幅広い帯のような油煙を曳いて、ゆらめく。燭台を中心に、秋水と向き合った、アイヘンドルフ、その側に手押車に乗っている燧山礦造教授、彼の膝には、私の注射で元気になった娘、真木のり子が睫毛の長い顔を伏せている。儀式に焚いたらしい、甘酸っぱい、粘り付くような香の匂が息苦しいまでに、あたりに漂よう。胸を張って頤を心持ち突出している、巨大なイズレエル・フォン・アイヘンドルフの容貌怪異な姿、ほとんど抜け上って薄くなった頭髪を一分刈に刈込み、絶壁のような額に深い竪皺が二本、深く落ち窪んだ右の眼に、きっちり篏込んだ、片眼鏡《モノクル》がチカリと光る。鈎鼻に引緊った無髭の唇、桃の実のように、くっきり切れ込んだ見事な頤。

切り込んできた秋水の質問に彼の顔色、塵一本の影も動かない。秋水との間に、無言の視線の火花がつづいたが、

「聖なる唯一神、ヤーウェを裏切った、第十七階級の職長、火之原蓮蔵にも、聖なる契約者の義の手が加えられる。復讐の剣が振降されねばならん」

静かだが、豪快な微笑がアイヘンドルフの頰に浮んだ。この時、建物の外に自動車の警笛の音がして、意外に早く熊座警部が垂幕の蔭から飛込んで来た。秋水の顔を見ると警部は、

「実は本庁からの無電を自動車の中で受けたんだよ、如月検事は少し遅れる」

と言って闘争的な眼を、燧山教授から、アイヘンドルフに注いだ。

「あれを見給え、物凄い殺人だ、蠟人形館以上の絶景じゃないか」

ようやく、燭台の光の及ぶ壁際の木馬の上に乗った屍体の前に立った警部は思わず息を呑んだ。隣りの部屋から、微かに、重い機械の響が聞えてくる。無気味な音だ。

「あれは何んです」

何気なく言った秋水の言葉を引取って博士は、

「超高温圧下における物質の結晶を研究しています。よろしかったら、後で実験装置を御覧に入れましょう」

後刻、秋水と私とは、博士の案内で、驚嘆すべき実験装置と、研究成果を目のあたり観る事が出来たが、このように理論化学方面に業績のある燧山博士も、素人の私

にとっては、むしろ哲学者として敬慕していた。この哲学的熾烈な博士の性格が、当時、全世界を驚倒せしめた「東方の星会館《イースタン・スター・ロッヂ》」における半ダースにも及ぶ殺人事件に、世にも怪奇、凄絶な印象を与えたのであった。

　さて、やや遅れて来着した部下の面々に警部がそれぞれ、配置、調査の指令を与え終ると、秋水は、怪奇劇の終幕めいた――実はこれが序幕であったのだが――木馬の上に笑う屍体の、検証に立合うことになった。

「当館の副牧師、赤岩研三（五十一歳）です。屍体の顔の表情は、殆んど変貌しておりますが、間違いありません。この着衣、頬の傷痕、左手指の指環。赤岩は独身です」

　博士の証言、そして指示によって、隠されたスイッチが押され、殺人現場、東方の星会館《イースタン・スター・ロッヂ》のヤーウェの礼拝堂が間接照明の下に暁の海底のように浮びあがった。

　木馬の背に俯伏せになった赤岩副牧師の屍体は、あらゆる角度から写真が撮られ、各部の指紋も形式通り集められた。やがて赤岩の屍体は床の上に横たえられた。

「死因は左腋下から、刺通された片刃の短剣で、ぐいと刳られたことに依ります。恐らく左肺を貫いた切尖は心臓の上葉部をも掻き廻しておりますよ……実に酷い殺し方です」

　鑑識課員が、ぶっきら棒に言った。この時、死面のような、のり子の顔が起ち上った。

「妾が、妾が刺したのです……」

「君は一体、どなたです？」

　熊座警部の質問を引取って燧山教授が、

「真木のり子、儂の娘です」

　低くうめいてのり子は再び教授の膝に崩れてしまった。

　教授は言った。

「仕方がありません、在りのまま申しましょう」

「私達の信ずる唯一の神ヤーウェ、宇宙の造物主、支配者、彼と私達人間の間には、契約によって義が結ばれるのです。この宇宙にはヤーウェの他に神はありません。契約の祭壇に捧げられる物、それは個人の名誉の否定であり、物質の放棄であります、それは唯物神《マンモン》への挑戦であります。我々シオンの丘に祈りを捧げる者が世に往々にして誤解され、唯物神《マンモン》の使者のように言われるのは、救世主《メシア》の出現に到るまでの我々に対するヤーウェの義だと思います。やがて、シオンの星の下に救世主の来るまで、ただ我々の行うのは、あらゆる華やかな社会の名誉の否定、そして、黄金への背反なのです。警部さん、秋水さん、実に我々の神霊は、虚にして無なのです。虚にして無、何んと素晴しい神への誓いではないでしょうか、美しい人生観ではありませんか？……我々同胞は血の儀式によって結ばれます。しかしながら、一度、同胞を裏切った者には復讐の鉄槌が振降されます。ヤーウェの義の短剣が裏切者の心臓を貫いて、黒い血を流すのです」

教授は手押車に上半身を起すと、床上の屍体を指差した。

「そこに居るのが、裏切者、赤岩研三です。いまこの私の腕の中にいる私の娘、のり子、この娘は最近、外地から帰って参りました。今夜この娘をイスラエルの民として、神への契約、血の儀式を行いました、……そして祭壇に捧げる犠牲には、その獣、赤岩研三を供えたのです。のり子は眼隠しをされ、獣はその垂幕の向うの木馬の上に縛られておりました。のり子は何も知りません。もし唯一神、ヤーウェが、この私を赤岩研三牧師殺害の犯人として、聖なる殉教者の義をお与えになるならば、喜んで縛られましょう」

教授の広い額には脂汗がじっとり浮び、美しい銀髪は乱れて垂れた。

「ヤーウェへの反逆者よ、陰府《ソエル》へ行け……」

低く叫んで教授は手押車の背に倒れた。

「赤岩研三牧師殺害犯人、燧山礦造教授、御同行を願いましょう」

気の早い警部は煙草を灰皿に投込んで立上ったが、がんと小卓の端を叩いて、秋水が口を切った。

「未だ早い、熊座君、同行願うのは、いつでも出来る。その前に真木のり子さん……」

声を低めてゆっくり秋水が言う。

「貴女は短剣で垂幕の蔭を刺したとき、あの蔭には誰が居たか判りませんでしたか？」

「その時、妾は黒くて厚い布で眼隠しをされていました」

「そうすると、いまここに赤岩牧師の屍体があるから、自分が刺したのはやはり、赤岩牧師だったと仰言るのですね？」

「ええ……まあ」

「垂幕を短剣で刺したとき、何か変ったことがありませんでしたか？　これは、もっとも無理かも知れませんが、あの時、貴女が外部に向って開いていた感覚は、触感、聴覚、味覚……」

秋水は、じっとのり子の顔を視つめながら、

「それから……嗅……覚……」

のり子の脳裡に、一時間前の奇異な経験が渦を巻いた。あの真暗な世界、眼の見えない……じりじりと微かな音がして匂う蠟燭の匂……甘酸っぱい香の異臭、そして血の匂い、血の……未だあの衝激で肩がしびれている。闇に揺れる空気の中に、垂幕が放った血の匂い……

「血の匂いが烈しくしました」

「血の匂い……？　どんな……何か血の匂い、記憶がありませんか？　……不躾ながら、何んの血の匂い……？」

瞬間、真木のり子の頭の血が逆流し、頬が熱くなった。ある記憶が蘇った。

「あの……女の血、若い女の血、思い出しました。若い女の血の匂いでした」

「……満月のときのね？」

「ええ……」

「それでよろしい。ときに熊座君」

熊座を振向いて、秋水は、

「警部、さあ解ったぞ、探し物だ」

「兇器か、それなら、あの祭壇の前の短剣だろう、柄に指紋もあり、刃の両面にねっとりと脂肪が付着している」

「違うっ……兇器じゃない、羊だ、羊を探すんだ」

VI、毛を剃られた羊

余りにも常軌を逸した秋水の言葉に熊座警部は唖然とした。

「なにっ……羊？」

秋水は笑ってうなずいた。

「そうだ、毛を剃った羊が、どこかに寝てるはずだ。及川刑事達、二三人で良い。手分けしてこの館の中を探させてくれ給え」

警部には、さっぱり何が何だか判らない。しかし相手が一代の天才児、日頃敬愛し傾倒する秋水魚太郎だ。この伝で「曳舟家殺人事件」でも素晴らしい論理に敬服させられたのだ。早速、壊れた扉の所に立っていた刑事が呼ばれ、飛出して行ったが、帰ってくるのに、ものの十分とはかからなかった。同僚に手伝わせて、何か重そうに提げて戻って来た。

「居ましたよ羊が、秋水先生。しかし死んでいましたが、この通り、くりくりに毛が剃られて、丸坊主です」

二人して死んでいる丸坊主の羊を差上げて、重そうにどっしりと床の上に降した。

「どこに有りました、殺された赤岩副牧師の部屋ではありませんか?」

「図星です赤岩の部屋の、しかもベッドの上に横にこう四脚を投出して、舌を出して死んでおりました」

二人の刑事が扉外の持場に戻ると、呆然としている警部に向って秋水は言った。

「ユデアの民がヤーウェと契約する血の儀式に捧げる犠牲の羊。熊座君、こういう詩を知ってるかい?

〝満月の夜の女は血をしたたらし
羊の匂いを放ちて苦しみ、
老いたるは安らかに睡れり
乾草の匂いに似たる吐息洩らして〟

月経時の女は若い羊の体臭を放ち、年寄りの体臭は月夜の乾草小屋の匂いがするんだ」

と言って秋水は立上ると、羊の脚を持って、床の上に転して裏返しにして見ていたが、やがて壁に近く横っている、赤岩研三の屍体の上に長身を折って、かがみ込んだ。しばらくすると彼は真直ぐに立って、くるりと後を振向いた。

「燧山教授、貴男は何故、嘘言を言うのです。のり子さんが刺したのは赤岩じゃない。羊ですよ。博士、貴男は誰かをかばっておられますな?」

博士の顔を一瞬、動揺の影が過ぎたが、

「いや、そんな事はありません。この儂は誰もかばってはおりません」

「それでは致し方ありません。論証しましょう。まず貴方はこの生きている儀式用の羊の口を縛り、あの木馬の上にくくり付けた。そして貴男はアイヘンドルフさんと血の犠牲の儀式をのり子さんに行いました。一種の暗示にかかった彼女は手に握らされた短剣を突出して、垂幕の蔭の羊を突く。さて、これまでは本当に事実なのです。ところがこの後に赤岩副牧師を刺した真犯人は、赤岩の屍体と、羊の屍体を、そっとすり替えておいたのです。貴男の知らないうちに……ね」

「それは秋水さん、貴方のお考え違いです。私は確に赤岩の口にハンカチを突込んでその上に猿ぐつわを嚙ませ、あの木馬の上に縛り付けておいて、こののり子に刺させたのです。殺人については、のり子には罪はありません。秋水さん、私は決して人をかばい立ては致しません」

それでは、と言って秋水は赤岩副牧師の屍体の上着とワイシャツを上方にまくり上げた。屍体の壁のように黄ばんで白く、妙に皺の寄っている腹部をまくり上げ、伸された屍体の左手を、ぐうっと頭部近く引揚げて、胸を出した。

「熊座君、これを見給え」

秋水は屍体の脱脂綿で拭かれて、真白な肌に、ぱっくり口を明けた傷口を指差した。

「身体の垂直の方向に突刺された片刃の短剣で、ぐいと、右廻りの方向に刳られた。一般に刃物は刃尖の方向に柄が平べったい。この傷は、生前立っている位置または、椅子に腰をかけている姿勢で右利きの犯人の手によって刺され、右廻りに刳られて絶命している、何故なら、人間の手に握られた場合——握った者が直ちにこの刃物を使用しようとしたときに限って——刃の方向は、刃物を握った人間の身体の方向にも垂直だ」

「ところがね……」

秋水は身体をひねって、羊の屍体を指差すと言葉をつづけた。

「この羊、つまり、のり子さんが、先刻の血の儀式で刺した羊だが、この傷口を見ると、……よく見給え、毛を剃られている。この羊は両刃の剣で刺され、傷口は羊の背中の線に直角に長く、少しも刳られた痕が無い……よいですか、大事なところですよ、良く聞いて下さい」

と燧山教授の顔を鋭く一瞥すると、秋水の論証は、なおもつづく。

「先刻、ヤーウェへの血の儀式において、博士や、アイヘンドルフさんから、強烈な暗示を受けて催眠状態にいたのり子さんは、反逆者を刺せ、という暗示に依って、肘関節筋肉の反射運動で真正面の垂幕の蔭に縛られていた、この羊の肋骨の間に短剣を刺通したのです。この場合、反射運動には意志の作用は加わりません。したがって、のり子さんが刺したのは明らかにこの羊で、創痕には刳った痕が無い。殺意は認められない。これに反して、あの赤岩副牧師の左脇腹の創痕、明らかにこれには刳った痕があり、悽惨な犯人の殺意が認められます。いかがですか……教授、これでも、貴方は誰かをかばって、光栄ある、ヤーウェへの義の殉教者たらんと欲しておられますかな」

傾倒して止まざる、畏友秋水の論証、いよいよ冴えてその絶頂に達したときの癖、警部は嬉しそうに、左右の掌を摺り合わせる。

ところが、警部のこの潔癖な蝿に似た癖の運動のピッチがだんだんに緩慢になってきたと思うと、太い歎息が洩れた。

「秋水君、それじゃ、赤岩牧師を殺して、この木馬の上に載せたのは誰なのだい。僕達は君のように暇人じゃない。犯人じゃない者を探しては一々保証してる訳にはゆかん。千の内の一つを探せばよいんだよ」

警部のこの悲痛な歎きの声に、秋水は爆笑した。

「その通り、我々は、これから真犯人を探し出さなければならん。それではフォン・アイヘンドルフさん……」

青銅の像のように沈黙を守って瞑想していた、自由《フリー・》石工《マソン》の最高秘密会議名誉議長に向き直った。

「血の儀式中の博士、のり子さん、それから貴男の行動は、これで大体判りましたが、儀式が終って、あの拝壇の蔭から消えてからの貴男の行動を証明して戴きたいのです。何故なら、死んだ羊と、赤岩副牧師の屍体の、すり替えが行われたのは、それ以後であり、屍体のすり替えを行った者が、真の殺人犯人でもあるからです」

フォン・アイヘンドルフの片眼鏡《モノクル》が、きらりと光る。

「日本の名探偵《ホームズ》、秋水さん、仲々鋭い。それでは、貴男の名声を更により高くするため、証言しましょう。儂は儀式を終えましてから、礼拝堂の背後の隠し階段を登り、二階の自分の部屋に戻りました。扉でつづいた隣りの部屋には秘書の董永録《トン・ユイルオ》が居ります。前の部屋は、あの奇態な若者、王吉、圭介の部屋で、その時、扉が開いておりましたが、母御さんの燦子夫人と何やら談笑していました。秋水さん貴男が、そこの扉を破って、招かれざる客として、お出でになるまで、儂は自室で董永録と談話をしておりました……」

「王吉、圭介の兄弟や、燦子夫人に訊ねますが、よろしいですな?」

「唯一神、ヤーウェの義にかけて、我々イスラエルの同胞はヤーウェを裏切りません」

「もう少しここで御辛棒して下さい。ここで他の家族の訊問がありますから」

秋水の言葉に、アイヘンドルフは、おっ……、と低い声を挙げて肩をすぼめる。チカリと光った、片眼鏡の蔭の不可解な微笑。それは極めて沈潜洗練された含み笑いで、嘲笑とも苦笑ともつかぬ、これは幻想めいた野獣の媚笑を思わせた。

扉口に静かな衣摺れの音がして、黒い和服に着換えた初老の婦人が入って来た、燦子夫人。あらゆる情緒と知性が凝縮し秘められた端正の容貌。その後に影のように、くっついた小柄で痩せた五十を少し過ぎた鼬《いたち》のような薄い髭の男。より添うように並んで長椅子に座る。

「私は燧山礦造の従弟、珪作です。一ケ月ほど前から礦造に用がありまして、この館に滞在いたしております が、今夜ちょっと調べ物が有りまして、図書室に入り、午後八時から、今お呼出しを受けますまで、調べ物を致しておりました。もっともその間、この初対面の姪、真木のり子に紹介されるため、礦造から呼ばれて、この礼拝堂に二三十分ほど居りました。午後十時から十時半頃までの間です。図書室を出て、ここまで来る途中、どうしても、王吉、圭介兄弟の部屋と、アイヘンドルフさんの部屋の前を通らなければなりません。煖房装置が利き過ぎて蒸し暑いために、もしそれ等の部屋の扉が開かれておりましたならば、私の出入りは見た人があると思いますが……」

滑らかだが、光沢の無い額に浅く印された網目のような皺をハンカチで押えた。

「失礼ながら、当館滞留のお目的を話して下さいませんか、もっとも、お差閊えが有ればよろしいのです」

「いや、それは……実はここに居る礦造の遺言書作製の件でございまして……」

右の掌に握り締めたハンカチを振って声を挙げた。

「ここにおります私の従兄礦造、この男の財産、これは元々私達祖父の遺産でございまして、管理人からこの私と、燦子夫人に別け与えられるべき性質の物だったのです。ところが最近この礦造は私には一文も与えようとはせず、これを四分致しまして、一部は燦子夫人、一部は、王吉、圭介の兄弟、他の一部は当時帰国しておりませんでしたが、他所の女との間に出来た真木のり子に、まだそれも我慢は致しましょうが、残りの一部を人もあろうに昔の女友達、今は礦造の身の廻りの世話を致しております魚谷珠子に与えようと言うのです」

「いや、それで結構です。さて貴男は先刻、図書室で何をしておられましたか？」

珪作氏の額に複雑な影が動いた。

「私が怪しいとでも仰言るのですか？　とんでもない。財産は盗られる、殺人犯人にはされる。それじゃ踏んだり蹴ったりです……言えません。大きなお世話ですよ。

犯人で無いのが判ればよいんでしょう。よしんば私が図書室の窓からでも降りて庭を廻ってこの礼拝堂へ入って来るにしても、窓の外の壁には、手掛りになる突起も足掛りもありません。それに、あの赤岩副牧師の屍体を背負って窓からはとても……」

金属的の低い声で、アイヘンドルフが声をはさんだ。

「赤岩は何も二階で殺さなくとも、階下で殺せる。血痕を探せば良いでしょう。赤岩の部屋は、図書室の正反対の突当りで、階下へは、誰の扉の前を通らなくても行けるじゃろう」

訊問を聞いていないように見えたが瞑目しながらちゃんと聞いていて、それを他人事のように言った。この時、部下の刑事が興奮して入って来た。

「警部殿、二階のあの董永録《トン・ユイルオ》という青年、いや凄い奴でしてね、用があるならここまで来い、と言って威張ってて手が付けられません。蒼白い顔の頰の削げた凄い男っ振りですよ。それでもまあ、アイヘンドルフさん達と同じ情況なので、見張だけ付けて一応お報せしに来ましたが」

次の瞬間、室内は異形な登場人物に依って舞台の情景は一変した。漆黒のタキシードをきっちり身に着けた、王吉青年と圭介のシャム兄弟、ひょっくりひょっくりと異様な行進。それにつづいて、豊な髪を、アップに捲上げ、濃緑色の着物に黒い帯、髪には真白な大輪の薔薇をつけている、魚谷珠子の官能的《ダイナミック》な姿。

Ⅶ、シャム兄弟

「ああっ……」

窓際から少し離れて横たわっている赤岩副牧師の屍体を一瞥して、倒れかかる珠子の身体を、シャム兄弟の四本の手が、シバの魔王のように入乱れて支えると、側の長椅子に凭せかけた。

「獣が死んでいますね、いまとなれば哀れな犠牲の羊……」

屍体の顔を覗き込んでシャム兄弟が言う。

「死んでからもこの男は冷笑を忘れませんね。陰府《ソエル》へ行けば、ヤーウェは居りません。居るのは蛆《うじ》や螻蛄《けら》の類、この男には、ふさわしいじゃありませんか」

秋水に言われて何かを調べていた鑑識課員が言った。

「刺通された垂幕に付着している血と、拝壇の前に置いてあった短剣の血は獣血です。木馬の背と床に垂れ落ちている血は、獣血と人血の両方ですが、人血の方は凝固の工合から観まして屍体の傷口から流れ出たものです。O型でして、被害者の血液型と一致します。つまり被害者は屍体となってから木馬に載せられたのです」

点頭いて何か言おうとする秋水の口を引取るようにして、シャム兄弟が、

「そうでしょう。屍体の足首には縛った痕はありませんが、この口の左右両端から耳へかけての溝、犯人はこの男を刺す前に、声を立てられては面倒と猿轡を噛ませ、その上から、ハンカチか何かで縛ったと思われますね。その猿轡の悪戯が、つまり死の嘲笑を表出したのでしょう……ねえ秋水先生」

髭の無いのっぺりした、あどけない顔に、薄笑を浮べて言う、シャム兄弟の言葉に、満面朱をそそいだ熊座警部、がんと卓を叩いた。それを合図のように扉口から裁判所の如月検事の一行が来着した。謹厳無比、小柄の検事の前に、警部の巨軀は、ゼスチュアを混えて報告に及ぶ。

さて、ようやく恐怖から落付いた魚谷珠子の陳述も、彼女が無関係である事を証明したに過ぎなかった。彼女は二階の部屋に居たと証言した。警部から報告を聞き終った検事は、

「この他の家人、つまり執事や召使達はどうですか……警部?」

「夕食後、執事も召使達も、ずっと地階の自分達の部屋に引込んだ切りです。いま地階の食堂に集めまして、一人監視を付けてありますが」

言終ると警部は大きな掌で仏蘭西型の美髭を撫でた。秋水は椅子から立上ると、パイプに火を点けて、コツコツと敷物の上を歩いていたが、くるりと一同の方を振向いた。

「地階の使用人達と、未だ二階に居られる董永録《トン・ユイルオ》氏の他は、これで皆さんが、お揃いになった訳ですね……それでは、ちょっと皆さんにお訊きしたい事があるんです。これは極めて重大な事で、殺人とは直接に関係ありませんが、極めて重大なことは、僕よりも皆さんの方が、良く御存じのはずです」

秋水の鋭い視線は一座の人々を見渡す。

「午前一時、殺人が有った当時、礼拝堂の背後の配電室に居られた方は何方ですか? 皆さんの中に居るはずですが」

沈鬱な空気が一座を覆った。誰も一言も洩らさない。アイヘンドルフは片眼鏡を磨いて、きっちり右の眼窩に嵌込む。

「未だお判りになりませんか、配電室のスイッチを開閉して、外部に向って危険信号を送った方がおられるはずです。あの自由石工《フリー・マソン》の三角形《デルタ》の瞬きを」

アイヘンドルフの片眼鏡が、はたり、と落ちたが、ぐいと胸を反らせる。魚谷珠子は白い腕を見せて、髪に手をやった。シャム兄弟は二人とも煙草を吸って、正面のベラントの絵の壁掛絨緞を見ている。燧山博士夫妻も眉一つ動かさない。のり子は博士の手押車の下に寄添うようにして絨緞に座っている。

「あああっ……」軽やかな溜息。

魚谷珠子の不躾なこの歎声が一座の陰鬱な空気に爽やかな風を送った。ちょっと前、自動車のタイヤがきしむ音が聞えたような気がしたと思ったが、一人の刑事が顔を出した。

「警部殿、火之原蓮蔵氏の秘書と、商工会議所会頭の森久永氏、それから参議員、清風会の竪石氏が見えましたが、いかがいたしましょうか?」

警部はちょっと腕時計を見て、

「冗談じゃない、もうじき三時じゃないか。どうします検事さん」

「何んの用事なのかな、こんな時刻に?」

「何か重大な秘密の用があって、この館に御滞在の使節団顧問、王黄龍《ワン・ホワンルン》閣下に御面会を求めておられますが」

秋水は微笑を洩して、アイヘンドルフに目礼を送ると、検事等に言った。

「こちらの、イズレエル・フォン・アイヘンドルフ氏の表向きのお名前はC国経済使節団顧問、王黄龍閣下です」

と言って更に、

「ホールにお待ち願いましょうか」

「実験室の方に大きな応接セットがありますよ。刑事さん、そのほうが良くはありませんか?」

シャム兄弟は刑事が熊座の眼に承認の色を観て取って引返して行くのを見送って低い声で、しかし聞えよがしに言った。

「豚共にはね……」

この兄弟の放った一言に如月検事は謹直な眉に、ちょっと、不愉快そうな表情を浮べたが、

「儀式殺人の真犯人、……秋水さん、これは一体どう

なるんです?」

「方程式は解けそうだ、しかしその答えは未だ、プラス符号が付くか、マイナス符号が付くかによって……」

秋水のパイプの火は、消えてしまって、それよりも彼のけわしい額にねっとり浮上った一面の脂汗……。

「あああ……妾、気が狂いそうだわ」

魚谷珠子の妖艶な姿が椅子の上で大きく動いた。次の瞬間、アイヘンドルフが立上って、

「一曲、弾きましょう……」

立上って壁炉棚の上から、ケースを取上げて、提琴を出し、弓をくるりと廻すと、悽惨な血の儀式の殺人現場に集る人々の間の陰鬱な空気を顫わせて流れ出した妖しき旋律《メロディ》……それは、あの〝ミデアンの井戸の七人の娘〟

〝我等は待てり
イスラエル、レビの男を、
ミデアンの井戸のほとり
ケニの乙女。
………

「ね……踊りましょう……」

王吉、圭介のシャム兄弟を誘って立上った魚谷珠子は、のり子の腕を持って真中に連れ出した……妖しき旋律に乗った奇妙な四聯舞踊《カドリル》……

〝………………
はるかなり、シナイの曠野、
柔草《にこぐさ》の、下生《ばえ》ぬらし
乳流るてふ
カナンへの宿。
かりそめの、しとねのべつつ
今宵もぬらす
七つの枕を〟
（モーセ讃歌）

息もつまるように、妖しくも狂おしい旋律。それにつれて踊る奇形なシャム兄弟と、美しい二人の女……M字形とW字形の四聯舞踊《カドリル》、シャム兄弟の四本の手が行き交うと、W字形は二つに割れて、二つの美しいV字形は旋回する。

謹厳な如月検事は眉を曇らす。濛々と立ち込める紫煙の中には、葉巻を咥えて、巨軀の胸の前に腕を組んでい

る熊座警部の真赤に意気込んだ悲壮痛烈な顔。半眼に見開いた脂肪の厚い眼は虚空を睨み、鼻息は鞴のようだ。

秋水は……けわしい額に浮んでいた脂汗も、いまは消えかかり、パイプの煙に、鷲のような眼は細ばめられている。あれほど彼を押包んでいた重苦しい重圧感は跡形も無く消えて、あるいは、やがて発生するであろう幻妖、悽惨な事件を心持ちに待っている恍惚境《エクスタシー》に逍遥しているのではなかろうか。事実、半時間も経たないうちに、今まで元気で踊っていたばかりのシャム兄弟をも含めて、半ダース近い人間が一瞬にして、ユデアの十字《クルス》の下に、ばたばたと倒れて行ったのだ。そして運命の乙女真木のり子をぐいぐいと恐怖の渦中に巻込んで行ったのであった。

「アイヘンドルフさん、隣りの部屋の豚共を追返しましょうか?」

四聯舞踊《カドリル》の組んだ腕を解くと、シャム兄弟が言った。

アイヘンドルフの片眼鏡《モノクル》が光り、片手を挙げた。

「お待ちなさい。儂は明後日上海へ行かなければなりません。その前にぜひ、火之原蓮蔵に用があります」

「それでは、ちょっと隣りを覗いて、彼奴達が、わざわざ出向いて来た用件だけを一応聞いて来ましょう」

隣室へ入って行った兄弟はまた、戻って来ると、

「あの連中が、燧山珪作氏と、ちょっと話があるそうですが……」

——どうしましょう——と警部の眼を見る。熊座は黙って点頭いた。

「いや、儂も行こう」と、アイヘンドルフは立上る。

扉の外の闇へ。それにつづく珪作氏の影のような姿が消え、続いて、シャム兄弟。すぐに引返した珪作氏が一同の揃っている扉口へ顔を出して、のり子に言った。

「のり子、むこうの皆さんが、儂の新しい姪の顔を見たいそうだ。紹介するから、おいでなさい」

珪作氏の後から隣の部屋に足を踏入れた、のり子の眼に入った三人の奇妙な姿。

実験装置が並べられている部屋の一隅を、ひろく明けて敷かれた絨緞の上に配置された、どっしりとした応接セットを中に挟んで、向側に凍りついたように立っている三人の男。

一人は猪のように首の太い赫ら顔の肥大漢、それに並んで、ひょろ長い蟷螂のような眼鏡の老人、少し離れて胡桃のような顔の小柄の老人。両掌を畳の目のように組んで内側を外側に向け前額部に翳《かざ》して、自由石工《フリー・マソン》、職長

階級の敬礼、額に翳した手の蔭の眼は一様に飛出して、鼠のようにおどおどしている。アイヘンドルフは一歩中央へ巨軀を運ばせると、右手の肘を水平に横に張って、掌を、ぴたりと心臓の上に当てる。

「火之原蓮蔵は如何しました?」

アイヘンドルフの金属的な低声《バス》に、胡桃のような顔をした老人の体が飛上った。

「明朝、一人で参ると申しておりました」

「そうでしょう反逆者は、ヤーウェの御前に出るのが、怖ろしいのじゃ。しかし火之原も貴男方も断じて赦されん」

一様に固く引結ばれた三人の男の唇は、微に顫えている。

「お帰りなさい。そして神の義を待つのじゃ。ヤーウェとの契約を裏切った者のみが知る怖るべき義の報いを待ちなさい」

ゆっくり言って、アイヘンドルフは後も見ないでもと来た方へ引返した。この瞬間、凍ったように額に翳していた三人の自由石工《マソン》職長階級の儀礼の手が解けて、吐息が洩れ、六本の視線は救いを求めるように、珪作氏に集る。

一同が椅子に凭れて、ほっと一息つくと、

「副牧師赤岩研三氏は、つい先刻殺されました。いま礼拝堂に捜査当局の方々も来ておられますが、実に妙な殺され方をしたのです」

と言う珪作氏の言葉を引取るように、シャム兄弟が言った。

「唯一神、ヤーウェの反逆者、我々同胞を裏切った者に、義の契約の剣が振降されたのです」

「ええっ……」

一瞬、一座をゆすぶる恐愕にひきつづく重苦しい沈黙が四辺を閉す。どこかの一隅で、微かに動いている何かの実験装置が、低い唸りを上げている一座の妙に沈んだ空気を柔らげるように、珪作氏が、のり子の肩に手を触れて口を切った。

「皆さん、これが私の姪、礦造の娘、のり子です」

シャム兄弟は珪作氏の言葉を遮るように、

「のり子さん、もう行きなさい。貴女のように純潔な神への契約者は、この人達のように不潔な連中の前に居てはいけません」

素直に扉の外へ出ようとする、のり子の後耳に、怒りを帯びたシャム兄弟の声が聞えた。

「死者《レパイム》よ！」

つづいてがんと、卓を拳で叩く音がした。扉を後手に閉じる、のり子の耳に、なおも聞えた。

「死者《レパイム》よ！　陰府《ソエル》へ去れ！」

これが、次々に発生した恐るべき殺人事件解決の鍵となる重大な言葉になろうとは知らなかったが、のり子は後々まで、この怖ろしい妙に暗示的な言葉を、しっかり憶えていて、後刻行われた秋水魚太郎の、峻烈極りない、そして、飛躍的な訊問に答え得て、神秘的な東方の星会館《イースタン・スター・ロッヂ》における殺人事件に、ほのかなる光明を投じたのであった。

のり子は、元居た礼拝堂に戻った。いらいらして熊座警部は、敷物の上を猟犬のように行ったり来たりしている。如月検事は膝の上の調査書類を読んでいる。秋水は立上って向うの壁掛の刺繍を見ていた。礦造夫妻は待構えていたように戻って来た、のり子の顔を見た。アイヘンドルフと魚谷珠子は？……何か囁いている珠子の顔に、大様な微笑で、アイヘンドルフがうなずきながら答えていた。入って来たのり子の足音に、振返った彼の片眼鏡《モノクル》が落ちた。

アパートの自分の部屋から、奇怪な老婆に誘い出され、一夜にして、怪奇悽惨を極めた殺人事件の渦中の真唯中に巻き込まれてしまったのり子、彼女の瞳が取りすがるべき人は、燧山礦造一人しか無かった。彼女は礦造氏の不自由な身体を載せた、手押車の車輪の側の敷物に身を投げて、氏の膝の上に肩を載せて、振仰いだ。氏の深い優しい視線が、彼女を見下して微笑していた。のり子は微笑を返すと、ふと横を視た。魚谷珠子の粘りつくような視線が、凝っと彼女を視ていた。

彼女が戻ってきてものの十数分間に過ぎなかったが、この時、向うの部屋では、第二の犠牲者が次々に倒れ、絨緞の上で、断末魔の苦しみにのたうっていたのだ。

「妙だな、誰かの呻き声がするが？……」

扉口に近付いた熊座警部が低く叫んだ。

「次の部屋だ。あの三人の居る部屋らしいぞ」

と、叫んで廊下の暗闇に飛出した警部の胸に、誰かが突当って、倒れた。

Ⅷ、死者《レパイム》よ、陰府《ソエル》へ去れ！

警部の胸に突当って一度倒れた人影はふらふらと起上って、警部の前に立った。

「ああ、貴男は燧山珪作氏……」

後から駈け付けた秋水が叫んで、向うの扉の把手《ノッブ》に手を掛けようとした警部の頤に物凄い一撃……倒れかかる熊座に、

「警部、危い、青化瓦斯《ツイアン》だ！」

後手に今出て来た扉を締めると、ハンカチで鼻孔を覆って次の部屋に飛込んだ。突当りの三つの窓を明放って駈戻る。扉が明いて、手押車の車輪が見えた。

「博士、あの部屋の臭気抜室の換気モーターのスイッチはどこですか？」

「右手、突当りの配電盤A・Cの三号です。単相スイッチです。入れて下さい！」

秋水はハンカチで鼻孔を覆って再び飛込み、換気モーターが廻り始めた。

「熊座君、未だ誰か動いている！　手を貸してくれ……」

血を吐くような秋水の絶叫……。

救け出されたのは、シャム兄弟だ。悲惨眼を覆わしめる同体双生児の身体が礼拝堂の敷物に横たえられた。頭上に長く伸ばされた四本の手が虚空を掻きむしる。鋭い警部の声がひびく。

「犯人は？　……」

「……？　……」

「何か言って下さい！　何か！　何か言うんだ……！」

「死者《レパイム》！　死者《レパイム》よ、咀われよ……」

「何……？」

「死者《レパイム》よ、陰府《ソエル》へ去れ！　……」

昏々として落ち入るシャム兄弟の細い肩口を、側から二本の手が出て、しっかり摑んだ。

「しっかりするんだ。王吉！　圭介！　犯人は？　……おおい……誰にやられた……？」

長身痩軀、削られたような頰、切り立った額、暗闇にぴかっ、と光る切れ長の眼、シャム兄弟の四つの眼が、かっと見開かれ、四本の手が差伸された。

「おお……董永録《トン・ユイルオ》……」

「しっかりするんだ！　……」

二本の手と四本の手が、がっきり結ばれる。

「犯人は……?」

「……」

「おい、どうした。しっかりしろ……」

「死者《レバイム》、死者《レバイム》よ、陰府《ソエル》へ去れ」

「何っ……死者《レバイム》?」

「死者《レバイム》!」

ワイシャツの胸を、秋水が切開いて人口呼吸しようとする手元へ、崩れるように、兄弟の母、雲母《きらら》崎《ざき》燦《さん》子《こ》夫人……。

「ああ……王吉、圭介、……これは悲劇、嗤うべき悲劇……王吉、圭介、生きておくれ……」

手押車を辷り降りた博士が、じっと二人の手を取る。ぱらりと乱れた白髪が博士の憔悴した額にふりかかる。

「し、しっかりするんだ。王吉、圭介、お前達の父、礦造だ……」

秋水に援けられて手押車に戻りながら、博士は呟やいた。

「ああ……喜劇だ、怖ろしい喜劇……」

昏々として落ち入る兄弟を囲んだ人達の後から魚谷珠子の蒼白い顔が覗いている。椅子には、ただ一人、片眼鏡《モノクル》を磨きながら、イズレエル・フォン・アイヘンドルフ。

必死になって兄弟に行われた人工呼吸、静脈注射。商工会議所会頭森久永氏と参議員議員竪石氏、及び火之原氏の秘書、氷川某の三人は絶命していた。

鑑識課員によって、死因は青化瓦斯《ツィアン》と認定された。シャム兄弟の瀕死の身体は、長椅子の畳み込み脚が伸されて出来た臨時のベッドの上に横たえられる。

「青化瓦斯《ツィアン》の発生には……」

鑑識課の若い技師が言った。

「一般に青化瓦斯《ツィアン》と呼ばれる窒化炭素を発生させるには、水銀、銀、金等の青化物《ツィアニット》を熱するか、あるいはその他の方法として、高温度における炭素及窒素の混合物加熱が考えられます。ところが見渡しました所、この部屋にはそれ等の発生装置がありません。それならばこの毒性瓦斯を他の部屋で発生させて、パイプを通じてこの部屋に居る被害者まで送り届ける。この方法は、ずっと昔、探偵小説家の小栗虫太郎によって取上げられました。彼は、マーラーの曲を奏する、オルガンに依って、この瓦斯をスチームパイプを通じて送り、被害者の居る部屋に達したこの妖精は更に石鹸の泡に包まれて、被害者の死の晩餐の卓上に運ばれ、犠牲者の鼻孔から吸入されたのですが、あれは飽くまで空想に過ぎません。屈曲の多い鉄管の抵抗は、とても、妖精をして、マーラーの幼児の死の歌を奏せしめる事は出来ないのです」

講義《レクチュア》めいた自分の言葉に、ちょっと照れながら若い技師は、なおも言葉をつづける。

「よしんば、それが可能といたしましても、ご覧の通り、この部屋の煖房装置にはあの通り、かなり圧力の高いスチームが通っております。勿論、ここには手焚きのストーブはありません。とてもこの密室には妖精の通う路が無いのです。ところがここにたった一つ、妖精を、予めこの部屋にひそませておく方法が、たった一つあります。ご承知かも知れませんが、この悪戯者、ヂ・ツイアン瓦斯は摂氏二十度で容易に液体になります。犯人は前以てこの瓦斯を製造して、それを冷却して液化し、瓶に入れてこの部屋に持ち込みます。そして被害者の顔を見てから瓶を室温中に出して温め、ここで初めて悪戯者の妖精が空気に混って飛廻り、被害者の鼻孔へ飛込む訳なのですが、さて私がこの部屋を見廻しましたところ、犯人が使ったらしい瓶がありません。ところが、たった一つだけ、可能性があります。それはあの電気冷蔵庫です」

「素晴らしい着想だ！」

側で秋水が叫んだ。やんちゃな弟の奇抜な悪戯を見ているように優しい眼だ。若者は秋水をちょっと見て、恥しそうに微笑しながら言葉をつづけた。

「ところが、あの電気冷蔵庫は、先刻ちょっと見ましたところ、特殊実験用の物らしく、温度計は零下二十度を示しております。零下二十度では青化瓦斯《ツィアン》の飛出すには、ちょっと寒過ぎ相当に時間がかかります。彼女は身をまるめて、ちぢんでいるより他に仕方ないでしょう。それに、これは極めて重大なことですが、私が今まで申し述べました方法では、時間的に計画通り妖精は出て来てくれません。短時間に衆人の注意の隙をねらって、電撃的に、しかも何の装置も無く、青化瓦斯《ツィアン》を発生させて、相手を斃す。そして痕跡をのこさない……こんな素晴しい殺人方法が有り得るでしょうか？」

「あるでしょう。妖精の本能を利用するんですよ」

後輩を説く助教授のように、秋水は真剣に言った。

「つまり、冷却下、液化した毒性瓦斯《ツィアン》を硝子管に封じるのです。良質の硝子ならば五百封度の圧力に耐えます。予め犯人あるいは犯人以外の者の体温で気化温度以上になっている瓦斯は、いつでも、硝子管さえ破れば飛出します」

三個の屍体の上に、かがみ込んでいた如月検事は警部を振返って言った。

「夜が明けたら、あの木馬の上の屍体と一緒に大学に運ばせて、解剖しよう」

一同は元居た部屋に引返すと、ようやく元気になったシャム兄弟の訊問が始った。如月検事は噛んで含めるように陰府《ソエル》よりの帰還者に言った。

「貴男達は幸いに、青化瓦斯《ツイアン》の発生個所から放れていたし、窓に近かった故もあって、窓の隙間から流れ込む、気流の中に居たのかも知れません。助かって何よりでした……」

兄弟は頭を起すと叫んだ。

「ヤーウェの義です」

検事はちょっと眉をひそめたが、

「隠さないで言って下さい。犯人は誰ですか?」

この時、博士の耳元で魚谷珠子が何か囁いていたが、頷いた博士が手を挙げた。

「ああ、ちょっと検事さん……」

「……一体、何が何だか判らん。それに、居る奴は皆気狂のような奴ばかりだ。まるで俺達は化物屋敷に来ているんだ!」

警部は胸の前で両腕を振廻して叫んだ。

「そうです。化物屋敷かも知れません。しかし、後でお判りになることと思いますが……」

警部の訊問に答えてなおも博士は言葉をつづけたが、この時、実に驚嘆すべき破天荒の事実が展開しつつあったのだ。殺人、い、い、いよりも更に、怖ろ、し、い、怪異幻妖な事件が……。

一隅で秋水の推理を聞いていた、鑑識課の若い技師が、ぱしっと、拳で掌を叩いて叫んだ。

「それでは秋水さん。妖精の潜んでいた胡桃の殻が、殺人現場に落ちている訳ですね。もし落ちていなくても、ここに居る連中の中に硝子管の破片を身に付けている者が居る訳だ。検事さん……」

如月検事を見て若々しい眸を輝かして叫んだ。

「犯人を指摘しましょう」

と言うなり扉を出て、張番をしている刑事を突飛し、重い垂幕を排して隣室へ飛込んで行ったが、数秒の後、彼の物悽い魂消るような絶叫……。

「ぎゃあっ……、うううん……」

「ど、どうしたっ……」

慌てた刑事、つづいて熊座警部の巨軀が、疾風のように飛込む。何やら物悽い警部の怒号……やがて境の扉も破れんばかりに排して戻って来た警部の悲壮な姿、後生大事に撫で付けてあった頭髪は冬の薄のように散って、脂肪の環で囲まれた両眼は飛出して火を飛ばしている。漆黒のフランス型の美髭に囲まれた口をぱくぱくさせて、ネクタイを掻きむしる。

「検事、僕は今限り本職を辞める！」

と叫んで、シャツの襟と一緒にネクタイを、むしり取ってしまうと、両頰に垂れた耳と、フランス型の美髭を両手で掻きむしりながら、

「秋、秋水君、儂の頭は変だ。力一杯、殴ってみてくれっ！」

「どうしたって言うんだ。熊座君？」

「ま、ま見てくれ、あの部屋の屍体が無くなっているんだ！」

豪勇無双、本庁切っての猛警部と謳われる熊座退介、とうとう自慢の髭を掻きむしり地団太を踏みながら、万雷のような声を挙げて泣き出してしまった。

Ⅸ、陰府《ソエル》は何処にありや

秋水魚太郎、如月検事を先頭に人々は現場に雪崩れこんだ。

「おお……無い。確に屍体が消えた。しかも三個の屍体……」

秋水は呻いた。今のいままで三個の屍体が横っていた殺人現場には、少しも乱された所は無かった。絨緞の上にも屍体を引摺ったような跡も残っていない。並べられた実験机の上の装置類も少しも倒れたりはしていない。一隅の炉の中の火は弱まって、巨大な黒鉛坩堝が、陰府の火のように赤黒く、余炎がとろとろと立昇って煙突の暗い穴に吸込まれている。

「突当りの正面扉は昨夜から鍵がかけられてあります。人が通れるのは、いま私達が入って来た扉だけです。窓はあの通り鍵が掛ったままですが窓枠にも死体を下した跡はありません」

とうてい信じ得ざる事件を眼のあたり目撃して、蒼白な顔をした鑑識課の若い技師は言った。

検事は黙って点頭いた。夜明けは近いらしい。壁炉の火は消えかかっている、空気が次第に冷えてきた。のり子はちらりと側の秋水の顔を見た。けわしい額には、じっとり脂汗が浮き出て、鋭い眼や、深い頰の皺のあたりには苦悩の影が濃い。喰いしばった彼の唇は蒼白だ。

彼女の頭の中には昨夜以来の怖ろしい事件の幾つかの場面が、ぐるぐると廻った。自分の父だ、と名乗った奇怪な燧山博士の行動。恐ろしかった昨夜の血の儀式、暗闇の中で握らされた冷い、ユダの復讐の短剣、七本の肢に突刺ってゆらゆら黒煙の帯を昇らせる蠍の燭台、ジジジ……蠟のはねる不気味な音、いやな屍臭のような蠟の燃える匂、襟首をぐさりと刺すような、アイヘンドルフの怖ろしい声。……刺せ、神への反逆者を刺せ……垂幕の蔭の物凄い手応え、ぶるぶる身を震わせて息絶えて行った生きもの。血の匂……ああ、あれは……妾の刺したのは、羊ではなくてやはりあの赤岩副牧師じゃなかったかしら？……暗闇の木馬の上で、薄目を開け、血を垂らしながら嗤っていたあの半欠椀形の口……

「あああっ……」

のり子は気を失って博士の腕の中に倒れてしまった。

「……のり子、しっかりおし。お父さんが居るんだ。お前の肩をこうして、しっかり抱いている」

彼女は自分の額に、博士の髪の感触を感じた。薄目を開けて見ると、優しい博士の眼が、じっと彼女の眼をのぞき込んでいる。

——お父さん……（今はお父さんだわ、貴方しか頼る人が居ないんですもの）どうして貴男は妾をこんなに怖ろしい目に会わせるの——

——ああ、妾の生みのお母さんだという魚谷珠子、美しい、深海の底にいる魚のように、ぬらぬら粘りつくような姿態、しょっちゅう妾を視つめている燐のように冷く燃える眼差し——

——それから、さっき初めて姿を現わした、長身痩軀、ぞっとするような董永録《トン・ユイルオ》……おやいつの間にか姿が見えなくなっている——

左の頰に焦き付くように感じる視線に、ふと見ると、不気味なイズレエル・フォン・アイヘンドルフがのり子を見て微笑していた。

「ああ……三人の屍体は一体どこへ消えたのだろう」

と熊座警部の声……。

検察官に対する恐るべき殺人犯人の、あらゆる嘲笑、侮辱、それに対して、噴出した、しかし、やるかたなき熱湯のような怒り。それも先刻まで気も狂わんばかりに地団駄を踏んで自慢の髭を掻きむしりつつ号泣した後の爽やかな顔をして、入って来た鬼警部、熊座退介。

「秋水君、僕はいま、すっかりこの建物を調べてきた。あの屍体を持ち出すには、出口は絶対に無い。現場の床の敷物を持ち上げたけれども隠し穴は一つも無い。落し穴も無い。壁際のキャビネットも明けて見たが屍体は出て来ない。それから、あの向うの坩堝だがあの中で仮に屍体を焼いたとしても、白骨が残るはずだが、一片の白骨も見付からない。結局三個の屍体はこの部屋から確に消えたのだ」

「如月さん……」

警部は検事に向ってゆっくり言葉をつづける。

「そこで僕は、屍体のあったこの部屋の床が、エレベーターのように階下へ下って、屍体を降すと、またせり上って来たのかと思って、いま階下へとこの真上の部屋に行って調べてきたのだけれども、絶対そんな仕掛は無い。この真上はやはり、同じような実験室になっているし、真下は使用人達の食堂になっている」

「熊座君、君は……」

如月検事が両眼に皮肉な光を光らせて声を挙げた。

「いつから神秘家になったのだい？」

「だって、そうじゃありませんか。屍体を持出す出入口も、落し穴だって無い。窓外にも持出した形跡がありません。それから室内の隠し場所も無いときているんですからね。そして確かに、死体があったこの部屋から、一度引揚げて二度目にここへ来るまで、家族は全部、我々の目の前に居たんですよ、アイヘンドルフ氏も董永録氏も。……この他に犯人が考えられますか？」

壁掛時計がオルゴールのような音をして、午前五時を報せた。すると艶めかしい声で、

「ああ……疲れたわ。もう夜明けよ、警部さんや、名探偵さん達の犯人探しのお交際ばかりしていられないわ」

魚谷珠子が、むっちりした白い腕で丸い肩を叩きながら、聞えよがしに言った。

「のり子さん、貴女も一緒に、お湯に入らない？」

検事は当惑した顔で警部をかえり見ながら深い溜息を吐いた。

「皆さん、お疲れさまです。御めいめい一人の刑事をつけますが、一時お居間へお引取りになって下さい。あ

とでまたお呼び致すまで、どうかおやすみになって下さい」

それぞれ自室へ引取る後から、母親の燦子夫人に介抱されながら、ようやく元気になった、シャム兄弟も、ひょっくりひょっくり扉の蔭に消えて行った。

「陰府《ソエル》は何処？　三個の屍体、今は何処に眠れるや？」

蒼白な顔をして秋水は自嘲的に言った。

遅かれ早かれ起きる運命にあったが、これから一時間ほど経た薄明の東方の星会館《イースタン・スター・ロッヂ》に、絢爛華麗、目を欺くばかりの殺人アラベスクが、夜明の霧を透す、フィラメントの放つ柔い光芒の中に繰り展べられたのだ。

X、殺人風俗画《アラベスク》

湯気に混って、甘い匂が流れて来る。地階の浴場へ降りる石段の上に私服が、いらいらして行ったり来たりしている。真木のり子は部屋着の胸を押えて浴場の扉を開けた。妙な脱衣室、天上が円頂《ドーム》になっていて、周囲の壁は、十二辺の全部鏡張り、のり子はすらりと部屋着を脱いで立った。周囲の鏡に映り映り合う無数の裸女群像。

タオルで胸を覆って、突当りの鏡を押した。湯壺は低い、滑らかな石段を踏んで数段降りた。室内一ぱい、濛々と、こもる湯気。

間接照明に、ぼんやり霞む天井の円頂《ドーム》。数多くの稜を持つ乳白色の周囲の壁、むせるばかりの甘い匂……。

「のり子さん……ここよ……」

ぱしゃりと湯をはねる音がして、含み声の、ぬめぬめした声の主、魚谷珠子。

「ああッ！……」

異様な動悸が、タオルの蔭の掌に感じる。湯気に浮んで見える乳白色の床に切られた湯壺。三つの隅を丸みをとった三角形の湯壺の向う隅には、両手を拡げて縁に載せ、湯の中から胸を出した、魚谷珠子が笑っていた。

「貴女もよい身体ねえ……」

妙に気押されて、湯壺に入った、のり子の両足は、とたんに何かに掬われて、どっぷり頭から湯に沈んだ。

「ああ……ううう……あうっ……ぷ……」

「ほっほっほっ……はっはっはっ」

かん高い珠子の笑声が、耳の側の湯の音に混って聞えた。

「ううっ……ああっぷ、げえっ……」

ようやく顔を上げた。のり子の腋下に珠子の量感のある柔い両足が入って、ぐいと搦って引寄せられた。

「ああっっ……げえっ……ぷうっ……」

やっと底に、両膝と両手を付いて顔を出すと、魚谷珠子の白い咽喉が目の前にちらついた。

「あの妾、あのタオルをどこかへ落してしまったわ」

「まあ、貴女、まるで、海豹《あざらし》そっくりよ。タオルなんかいいでしょ。妾が洗って上げるわ……まあ頭の髪も前に垂れて、それに、はななんか出して、ちょっとこっちへ、いらっしゃい。拭いて上げるから」

がっきと珠子の両足が、彼女のくびれた胴を挟んだ。両手が伸びて、のり子の首に廻る。

「妾、のり子のお母さんよ。ええ、ほんとなのよ」

低められた含み声が、のり子の耳朶をくすぐる。

「のり子、貴女、あの人の秘密を知ってる？　博士のよ」

「？……」彼女は首を振る。

「それから、燦子夫人の秘密もよ……」

魚谷珠子の妖異な囁やきが彼女の耳の側で、囁やかれる。――妾ね。のり子、良く聞いてて頂戴ね。いま言う事、皆んな本当よ。ええそれから、あの可愛らしい、王吉、圭介のシャム兄弟の秘密もね――

――のり子さん、こんな嫌な人殺しが有った夜も未だ明けないのに、妾、気が狂いそうで、有りったけの事みんな饒舌らなければいられないの。でも、のり子、こんな事を妾が言ったからって、妾から離れないで下さいね。妾から逃げたら……のり子さん、貴女を殺すわよ――

彼女はのり子を挟んで締めつけた足を離して彼女の肩を抱き寄せた。謎の女、魚谷珠子の唇から、この燧山家の人々の愛慾の葛藤が語り続けられる。

――燧山礦造教授、あの方は自由石工《フリー・マソン》の理想主義者で（ああ妾達お互に女だから、こんな難しい話は止めましょうね、妾達女に必要なのは愛の事だけね）そして素晴らしい愛の理想主義者なの……そうね、あの妙な兄弟が燦子夫人のお腹に入った時分、もう二十五年になるわ。あの頃、夫人は心の中で従兄の珪作氏を愛していたの、ところが当時、未だ若かった熱情的な博士は、ある夜、燦子夫人を逞しい腕に抱いてしまったの、ほんとうに火のような熱情に馳られて、思わぬ人の博士の腕に抱きすくめられながら、夫人は心の中で必死に愛人の珪作氏を思いつづけたの――

珠子の口から語られる、二十五年前のあの運命的な夜の若い男と女の異常な情熱。

——そして、身籠ったのがあの宿命的な畸形児、王吉、圭介のシャム兄弟なの。自分の身重になったのを知って、燦子夫人は礦造博士の求婚を受入れたの、復讐的にね。結婚して間もなく、あのシャム兄弟が生れたわ。不思議じゃないの、あの子達の顔がそっくり、珪作氏に似ていたのよ。夫に対する復讐のため、夫人は結婚前の純潔を博士に誓ったのよ。そして博士はそれを信じたの。信じたからこそ夫人への愛は呪いとなったの。珪作氏の名前を真二つにして、王吉、圭介と兄弟に付けたの。それから今まで二十何年の間、あのお二人は御一緒にならなかったのよ。間もなく大陸へ放浪しても、博士の心はある時は夫人を思い、ある時は夫人を呪ったの。その頃に、ハルピンで妾と会ったの。妾の身体を抱きながら「燦子、燦子」と言ってたわ。そして間もなく妾と共にこの館へ帰った時から、あの人はもう妾を抱かなくなったの。あもうあれから十年以上になるわ。博士はいつも妾の手を冷い手で握りながら、夫人の顔を見詰めていたわ。今でもよ……これで、あの方が燦子夫人に表面、冷い理由がお判りでしょう。あの人は、今でも燦子夫人を火のように愛しながら、呪いつづけていらっしゃるのよ——


「お判りになって……でものり子さん。妾、あの人の焦きつくような眼を見て、貴女を見ると……」

と言って、魚谷珠子は、右手の掌で、満月の夜の丘のような腹部を撫でて、火のような息を吐いた。

「……のり子さん、貴女を見ると、あんたはこの妾のお腹から生れてきたような気がするわ」

湯の飛沫を上げて、珠子の逞しい腕が伸び、のり子の首に巻付く。湯の中で、からみ合った二個の女体が、ぐるりぐるり廻転して、珠子の力のある股が、彼女のくびれた胴を締め付ける。

「のり子、妾のお乳を吸って……」

鍾乳洞のような隆起の中に顔を突込んだ、のり子の口に甘い粘液が流れ込む……

「もっと吸ってごらん……もっと……」

浴室にこもる湯気の中に、薄明の外光と、ぼんやりした乳白色の電燈の光が、溶け合って、澱んでいる浴壺の中に、からみ合い、もつれ合って繰り展げられる息詰る、二個の女体の風俗画《アラベスク》。

「ああぁっ……おおおっ……ううっ……」

異様な叫びと同時に、彼女の首や胴を締めつけていた、珠子の手足の力が抜けた。珠子の胸から顔を離した、のり子の眼前一尺に展開した悽惨な光景……湯壺の隅に背を押付けた魚谷珠子の美しい眉は引絞られ、燃えるような眸は瞼の下に隠れ、白い歯は、かっきり食いしばられ、きりきりきしむ。両の手は、左右に伸びて、浴壺の縁を、しっかり摑んで、引絞るような呻き声と共に、腕の筋肉、肩、乳房がぶるぶる浪うって、やがて白い咽喉をむき出し、頭を上に伸すと、一瞬、烈しく、身体を痙攣させると、ぐたりと力が抜け、珠子の身体はすぽりと湯の中に落ち込んだ。仰向きに一たん沈んで、のり子の体にぶつかり、だんだん浮き上ってくる。浴槽にひたひた、溢れている湯は、見るみる赤くなってゆき、血の湯の中に立ち上ったのり子は両手で顔を覆うと、

「ああああっ……」

絶叫して、そのまま湯に浮んだ魚谷珠子の屍体の上にどぶん、と、折重って、倒れてしまった。昏々と、うずくような脳髄の中に、彼女は、倒れる寸前、窓硝子に顔を押付けて浴場の中を覗いていた影のような一人の男の姿を憶えていた。

XI、浴槽の論理

「何っ……、殺人！　湯の中だって」

珠子とのり子を監視していた刑事の報告で二百五十封度の巨体を椅子から飛上らした熊座警部、疾風のように二人の女の体が浮んでいる血の浴場まで駈け付けた。つづいて如月検事、鑑識課員、一番後から秋水魚太郎の長身。

「おお……殺人風俗画《アラベスク》だっ……」

素速く一瞥して秋水が呻いた。しかし不思議にもつい先刻まで、三個の屍体消失に憔悴し充血していた彼の眼は、水のように澄んでいた。

乳白色にぬれて、ほのかに光る、多面形の周壁、濛々とけぶる円頂の天井、くっきり、ユダの三角形に切られた湯壺の真紅の湯に相抱いて浮んでいる、豊かな二個の女体。湯壺の外のタイルは一面に真紅の血と、ぎらぎら輝やく、女の脂肪。女の血を溶かして真赤になった湯は減って、湯面すれすれの沸き口は、微かに、ごぼっ、ごぼっと音をさせている。

引揚げられた、のり子の身体は仰向きに、タイルに横たえられて、下半身はタオルで覆われる。

「生きている。娘の、のり子の方だ。この女は気を失っているだけらしいぞ」

警部が呻いた。

湯に浮んだ魚谷珠子の屍体は、そのまま、ぐるっ、と下に向けられる。赤い血の湯の中に白い身体が、揺れてすうっと沈んで、また浮き上る。背中、心臓の後に母指ほどの傷口が割れて、厚い脂肪が、むっくり、まくれ上っている。

「両刃の短剣で一刺し、兇器の切尖きは、心臓に達しています」

と鑑識課員が検事の顔を見た。息を吹き返したのり子は、静かに入って来た、燦子夫人に介抱される。相次ぐ殺人、そしてこの真紅に引裂かれた殺人風俗画《アラベスク》に顔色一つ変えない夫人。

「浴場の入口には私服が一人。他に出入口はありませんか。あの窓には鍵が、かかっています。完全な密室の殺人です。そして兇器は……？」

警部は、なおも言葉をつづける。

「一般的な観察では、珠子殺害の犯人は、そこにいる娘、のり子さんより他には考えられませんが」

「妾ではありません……」

彼女は、たった今の怖るべき瞬間までの、あの異常な、息詰まるまでに甘やかな風俗画《アラベスク》は……、死よりも高貴な秘密……言うまい……。

「妾……知りません……」

再びうつむきかけた蒼白い顔を、きっと持ち上げると鋭く叫んだ。

「あの……、珠子さんが刺された時、妾、窓の外に人の影を見ました」

「何っ、人の影っ！」

身体を乗出した熊座の眼に喜色が輝やいた。

「そうです。浴室の中は、湯気が一杯ですし、外は未だ薄暗うございましたが、濡れた硝子に顔を寄せた人の姿が見えました」

「男……？　それとも女でしたか？」

「それは暗くて判りませんが、たしかに一人の影です」

「どんな様子をしておりましたか。気が付いただけ言って下さい」

「細い、薄い影でした」

熊座は如月検事と顔を見合す。秋水は……彼は、じっと湯壺のあたりを視つめて動かなかった。

自分に対する訊問が終ると、のり子は再び、夫人の胸に、顔を埋めてしまう。その長い睫毛のあたりを、凝っと夫人は視つめていた。

「それよりもまず兇器だよ」

と言う如月検事の言葉に、あちこち探し廻っていた警部は、

「ありません。沸き口の中も、配管の中は、ぐっと深く突当りまで、探りましたし、溝の中にも、絶対にありません……まさか、この一人と、もう一人の方の身体の中に隠されては……」

沈痛な顔に唇を、ぎゅっと引締めて、警部はしきりに、鼻下の漆黒の髭と、倒立ピラミッド型の頤の美髯を撫でながら、苦し気に、

「……絶対に無いと思います」

「儂も、そう断定します」

謹厳無比の如月検事は、警部の断定を諒とした。

「おお、そうだ……」

深く息を吐いて警部は、生々した眼で検事の顔を見た。

「こういう事が考えられます。この湯壺の三角形の一頂点、つまり、沸き口の所に、被害者が背を寄せた時、浴室の外に居た犯人は、短剣の柄に棒を付けて、それを沸き口の鉄管を通じて、被害者の背に刺通します。被害者の絶命を待って、犯人は兇器を元送った鉄管を通じて手許へ手繰り寄せる、という事も考えられますな」警部は厚い胸を反らした。

「いや警部、鉄管の出口はどこでも、深い溝の中だ。屈曲しない棒では、鉄管の口に閊えてしまって先端に縛り付けた短剣は、ものの三寸と先へは動きますまい」

窓を開けて戸外に居た刑事が顔を出した。

「主任殿、ここの柔い土の上に足跡がありましたので、いま鑑識に頼んで、靴型をとってもらっていますが、私の見たところでは、足跡の主は一人で身長五尺四、五寸、十四、五貫の男のようです」

警部を先頭に、検事は、窓枠をまたいで、戸外へ降り立った。つづいて秋水。ようやく夜が明けた。振仰ぐと、東方の星会館《イースタン・スター・ロッヂ》の円頂《ドーム》は朝の陽に赤く染っている。

「如月さん、貴男の言った事は正しい」

秋水は身をかがめて、溝の中の鉄管の端の蓋を、備付けのスパナーで外して管の内壁を指差し、言葉をつづけた。

「もし熊座君の言う事が正しいとすると、鉄管の縁の

上部内側と、こちら側の煉瓦壁の上端に、棒でこすった痕が残っているはずだ。またその速製手槍の柄に、可撓性の竹の棒や、鋼線を代用した場合でも、やはり、棒のときと同じ瑕が残る。ところがここには、微塵の瑕の痕も無いじゃないか」

「ああっ、畜生っ、実に狡猾極まる犯人だ。仮にあの娘が犯人としても、どこかへ兇器を隠す訳だが、仮に沸き口からこの鉄管の中へ押込んだとしても、その兇器は出て来なかった。犯人外部説も、この通り駄目だ」

と一人言を言いながら考えを纏めようとしている熊座の言葉を引取るように秋水が、

「犯人は、見えざる手で短剣を握って、魚谷珠子を刺したんだよ」

「ええっ……見えざる手……？　いつもの逆説は、この場合もう止めてくれ給え。つい先刻、屍体が三つも消えちゃって、そして今、この惨憺たる我々の敗戦じゃないか」

「逆説でも洒落でも無い。見えざる手に、いま短剣を握らせて、殺人の復習をやらせてみるから見てい給え」

凛然たる秋水の一言、警部も検事も、思わず息を呑んで、彼の顔を見た。

「殺人の復習⁉」

「そうだ……」

秋水は刑事に言って、手頃の丸い木の棒と、目の細い布裂れを持って来させた。棒の一端、剣の柄と見立てた所へ、きっちり布裂れを巻いて、切尖を先に向けて（湯壺の方へ）すうっと鉄管の端の孔から中に入れて、鉄管の端の蓋を締めた。

「熊座君、君もちょっと前に見ていて、知っているだろうけれど、僕が、スパナーで蓋を開けた時、ねじが苦もなく緩んだろう……あれはやはり犯人がここから兇器を送り込んだ、歴然たる証拠だ。一般に、水や湯の通る鉄の継手は銹付いているのが通例なのだが、このねじはすっかり銹が落ちていて、易々と片手で、緩んだ」

刑事を呼んで、雨樋の落ち口にあった大きな石を、湯壺の沸き口近くにどっぷり漬けて立てさせると熊座等をかえり見て言った。

「あの湯の中に片寄せてある石を仮りに殺された珠子の身体だとする。そうして僕が犯人さ。まずその硝子の隙間から、餌食の白い背中の位置を確認する……さてこれから、見えざる手に短剣を握って、護謨鞠のような珠子の身体を刺す……いいかい、良く見ていなさい」

すぐ眼の前のスイッチボックスの戸を開けて、把手を上げる。どこかで微かな音がする。……一秒……二秒……三秒……浴槽の中に異様な事が起った。浴壺に片寄せて、立てかけてあった大きな切石が、だんだん傾いてゆく、遂に、珠子の流した血と脂肪を溶かしてぎらぎら光っている湯の、赤い飛沫を上げて、どぶんと石は中に没した。秋水は、ちょっとスイッチを切って、外壁の配管にある弁《バルブ》を切換えたが、再びスイッチを入れた。二、三秒経つと、足元の鉄管の蓋のところで、ことり、と微かな音がした。スイッチを切ると、

「さあこれで良い。蓋を明けて見給え」

刑事が蓋を取去ると、布裂れを巻いた柄が見えた。

「熊座君、僕の言う見えざる手とは、水圧ポムプの水の力だったのだ。さて、これから犯人だ。足跡の見取図はありますか?」

部下の手にした紙片を引たくるようにして視ていた警部が言った。

「これは、靴型と推定体重から言って、明らかに男の足跡だ。比較的に軽いから、あの、妙に神秘めいたアイヘンドルフで無い事は確かだ。礦造氏は足が不自由ではあるし、珠子は博士の情人じゃないか……そうすると残りの容疑者は、あの幽霊のような、博士の従弟、珪作氏、と董永録《トン・ユイルオ》。それから、男の靴を履けば燦子夫人もその中の一人に入る」

「それから、あの妙なシャム兄弟」

口を挿んだ検事に熊座は烈しく言った。

「シャム兄弟は二人ですぜ」

「いや、こういう事も考えられる。一人が地上に両脚で立って、片方の同体の兄弟を腕で抱えている」

「それでも、硝子に映ったのは一人の男の影だけですよ」

「横向きに立てば、浴場内から見て、一人の姿に見える」

にやにや笑いながら秋水が言った。

「駄目ですぜ、一人十五貫としても、シャム兄弟は合計三十貫。十文半の靴に三十貫なら靴型が、ぐうっと深いでしょう」

警部は大きな手を振廻して叫んだ。

「皆が犯人ですよ。大体この家は妙な人物ばかりです。各自の部屋には一人ずつの刑事が、扉の外に立っていても、相鍵でバルコニーへ出て、こっそり誰の眼にも触れずに、この浴場の外へ出られますよ。先刻の屍体消失だ

ってそうだ。十五、六貫もある男の屍体、しかもそれを三個、あっと言う間に隠してしまった。あの芸当なんか、とても一人で出来る仕事じゃありませんね。昨夜から、妙ちきりんな事件の連続じゃありませんか。羊の屍体とすり替って、牧師が木馬の上で嗤って、死んでいる。あっと言う間に三人殺されて、もう一度、あっ、と言ったら三人の屍体が消えてしまう。その揚句にこの奇怪な風呂場の殺人、我々三人の頭が変でなけりゃ、彼奴等の頭が変なのに違いありません」

「ときに熊座警部」秋水が言った。

「いま君が言った、屍体消失だが、あの変事があった瞬間、僕はぞっとした。殺人よりも恐ろしい。この犯人は、捨身で我々に挑戦してきている。物凄い犯人の心情だ。……僕は思う、犯人は未だまだ人を殺すと思っている。そして仕事が終ると、きっと犯人は死ぬぜ。自決する。僕は今まで、ずい分、多くの殺人事件に手を染めたが、ここ、東方の星会館《イースタン・スター・ロッヂ》の殺人における犯人ほど、恐ろしい性格を持った犯人は知らない。この犯人は、捨身で、我々に挑戦をしてきている」

と言って言葉を切ると、鑑識課の技師を呼んだ。

「僕の指紋を採ってくれ給え」

「ええっ……？」

「急ぐんだ。僕の指紋が必要なのだ」

「どうして？……秋水君、どうして自分の指紋を採るんだ。その訳をちょっと聞かせてくれ給え」

「僕の指紋、僕の指紋を急いで採って下さい」

警部はあきれて検事の眼の中を、しばらく凝っと視つめていたが、秋水に聞いた。

「自分の指紋なんか採って、なんに使うんだい？」

秋水はパイプに火を点けると深く煙を味っているようだったが、

「僕の指紋を陰府《ソエル》へ置いて来たようだ、何んでも良い、指紋を採ってくれ給え」

ああ……遂に秋水は気が狂ったのか？

XII、秋水、陰府《ソエル》に弾奏す

指紋紙の上から、長い五本の指を放すと、秋水は如月検事を、かえり見た。

「さあ、これから三つの屍体が居る陰府《ソエル》へ行くのです。それから生き残りの家人全部。アイヘンドルフと、董永録。ああ未だ居りましたね。影のような燧山珪作氏も、一緒に礼拝堂へ集めて下さい」

壁掛時計からオルゴールのような響が流れて、午前八時を報じた。しかし、ここ、ヤーウェの礼拝堂は、四囲に垂幕を降して、僅に天井のステインドグラスから射込む光線だけが、室内を、夜明けの海底のように、ほのかに浮上らせる。

突然に薄暗い礼拝堂の静けさを、顫わせて、妖しい空気の振動……壁炉棚に片肘を載せた秋水が、提琴を抱いての指弾《ピチカート》……。

秋水の低声《バス》が流れる……。

——陰府《ソエル》の歌——

恐ろしきはヤーウェの終末《すえ》の日
陰府《ソエル》は汝《ヤーウエ》に感謝せず
地下へ下る者は
汝《ヤーウエ》の誠実を望まざるなり。
ヤーウェは与え
ヤーウェは奪い給う
こは、汝《ヤーウエ》と我の義、
されば……
ああ……ヤーウェの御名は讃むべきかな
陰府にヤーウェは在らず
淋しきかな同胞《はらから》すらも無し、
血膿《ちうみ》したたらす
蛆、螻蛄《けら》どちの懐しきのみ。

垂幕の蔭の扉を押し開けて入って来た、東方の星会館《イースタン・スター・ロッヂ》の人々。アイヘンドルフの片眼鏡《モノクル》が、薄闇の中に、きら、と光った。彼の銹びた声がひびいた。

「日本の名探偵《ホームズ》、秋水さん……陰府《ソエル》の在り処《ど》はお判りになりましたかな?」

秋水は提琴を、ことりと壁炉棚に置くと、

「陰府《ソエル》は空中にあり……。ヤーウェも無し、同胞《はらから》も居らず、嘆きを語る、蛆、螻蛄すら無き、空中の微塵に、死者《レパイム》は浮んでおります」

かすれた秋水の声が響いた。

「ああ……秋水は狂ったか……」

薄暗がりに、ぎらぎら光る秋水の眼……。親しき友、秋水を失った熊座は頤鬚を掻きむしり、巨きな両掌で顔を覆ってしまった。

ばさっ……、隣室へつづく扉の真上の垂幕が半ば、はずれて、ぶら下った。秋水はとれかかった垂幕から手を放すと、上方を指差した。

「死者《レパイム》は空中の微塵に漂よう……。うはっはっはっはっはっはは……」

哄笑して指差す秋水の頭の上、とれかかった垂幕から、くっきり白く覗いた、壁間を飾る蛇腹《モルディング》の上に腰を降した三人の男……薄目を開けて虚空を睨んで嗤っている。肩を、つんと尖らせて、真直ぐ両手を垂らしている。

「おお……秋水っ、三人の屍体！……」

飛上って熊座が叫んだ。どさり……どさり……壁間の蛇《モルディング》腹に腰を降していた屍体が、次々に床の上に落ちた。両膝と肩を床につけて首をねじ曲げて顔を床にくっつけた、二個の屍体。残った、もう一つの屍体は未だ壁から肩を離して斜に倒れかかって死の嗤いをつづけている。落ちた屍体に近付いた、シャム兄弟が静かに言った。

「森久永、竪石氏等の屍体ですね」

つづいて鑑識課員が走り寄る。さあ躍り上って喜んだのは、熊座警部、いつもの潔癖な縄のような癖、掌を摺り合せる速度は、筬《おさ》のように眼にも止まらない。

「おいっ……秋水君、屍体消失の機械的《メカニズム》説明を早くしてくれっ。そして犯人だ……」

秋水はパイプに火を点けると、にやりと笑った。

「今、私服を向うにやってある」

家族達をかえり見て言った。

「いま、僕は、重大なある事実を皆さんに、説明しなければならなくなりました。これはある婦人の愛の表現です。充たされざる愛の、ある人に捧げられるべき情熱の、やる方なき、行く方なのです。ではこれからある実験をしてその説明をいたしましょう。どうか皆さん、そこへおかけになって下さい」

ああそれから熊座君、と言って、

「そこにある二つの屍体を隣りへ運ばしておいてくれ給え」

熊座は何を思ったか、ぎくんと飛上った。

「とんでもない。もう一度この屍体を失くしたら、また探し出すのに骨が折れる」

と、言って、警部が一度しっかり手にした獲物の屍体を愛惜するの余り容易に手放そうとしないのを、ようやく秋水は説得して、二個の屍体を隣室へ運ばせた。一座は無気味なある期待に、静りかえっている。

如月検事を中心に、東方の星会館《イースタン・スター・ロッヂ》の人々は、めいめい椅子に腰を降した。壁に近寄ると秋水は右手を差上げた。

ダーン……彼の拳銃が虚空を撃ち、びりびりりりり……、と空気が震動して、どさっっ……壁間に、一つ残っていた屍体が落ちた。腰を高く上げ、両膝と肩を床の上に突き、敷物の上に捩じ曲げた蒼白い顔は、こちらを向いて、無気味に笑った。死後硬直の顔面に及ぼす表出は、笑いの表情に更に無邪気な仏相と道化染みた、あわれを与えている。

とたんに異様な変化が室内に起った。今まで、この礼拝堂内に低く棚引いていた紫煙が、部屋のほぼ中央の辺りから気流を起して上へ上へと立昇り始めたと、同時に、壁際に沿って、気流が下降し、床面に沿って部屋の中央まで、這い寄って来る。そして再び、ゆらゆらと天井の円頂《ドーム》の方へ立昇ってゆくではないか……？　堂内と魑魅《すだま》が、しゅっ、しゅっと飛交っているのではないか、あるいはヤーウェが跳ね廻っているのであろうか。

ごくり……大きな咽喉の音をさせて、熊座は唾を飲んだ。その時、彼をはじめ一座の人々の耳の鼓膜の奥を、きりきりと、もみ込まれるような空気の圧迫感……。

「さあ、良し。熊座君、隣へ行って、道化た仏様を運んで来てくれ給え」

秋水の声に部下の刑事を連れて、隣の部屋に飛込んだ警部。

「おおっ……屍体が無くなった！　屍体が……ああっ……ううっ……ううむ……判ったっ！」

馳せ戻って来た警部と、如月検事に向って秋水の言葉、屍体消失の解説。

「屍体が無くなった隣りの部屋は、エレベーター仕掛じゃない。実は、今、我々の居るこの部屋が一種の昇降機なんだが、これが実に巧妙に出来ている。これは、博士の超高圧理論化学実験用の加圧用に用いる、水圧圧縮機のピストンの外部上面なのだ。君……」

刑事を呼んで言った。

「今また消えた二つの屍体は隣りの部屋の真下の実験室にある」

出て行った刑事を見送って、秋水は言葉をつづけた。

「昨夜、僕達が始めて、飛込んで来た時には、今我々が居るこのフロアは、この位置に有ったが、一晩のうちに、上り下りをしたのだ。何故それを僕が確認したかと言うと、先刻自分の指紋を採ってもらったね、あの指紋と同じものを、僕は陰府《ソエル》、つまり三人が殺された部屋に置いてきたのを知っているからだ。ほら昨夜、青化瓦斯《ツイアン》が充満している部屋に僕が飛込んで、臭気抜室《ドラフト》の排気モーターを廻したね。A・C・三号のスイッチだ。あの忘れ物の行方を、先刻君の部下に探してもらったのだ」

ここまで一息に言い切ると、秋水は更に言葉をつづけた。

「さっき僕が言った、あるひとに対するある婦人の充たされざる愛の行く方、と言ったが、それは、この婦人が三人を殺した犯人をかばったのだ。犯罪を他に転荷させようとは、あの婦人の性質上、出来ない事だったが、少くとも、捜査当局の活動を攪乱しようとして、三人の屍体を隠したのだ。つまり一番最初に、あの三人が来た時、案内された部屋は下の方の実験室だった。ところが、仲間同士密談をするため、真上の実験室に移った。これを犯人が知った。三人を一挙に毒殺しようとしていた犯人は、我々が赤岩副牧師殺人の訊問をしている間に、この礼拝堂の床を我々もろともに上昇させた。そうして、あの事件が、起きた。一応、屍体の検証を終えて我々が現場を引揚げて、ここへ戻って来ている間に犯人は、この礼拝堂の床を再び元通りに下降させた。森氏等三人を毒殺した犯人は我々捜査係官を混乱させようとして、この奇術を行ったのだが、犯人の犯行を知っているこのある婦人は、犯人をかばおうとして、更に捜査当局の方針を攪乱するために、僅の時間にこっそり屍体の横たわっている上の部屋に忍び込んで屍体を隠した。婦人のことだ、いくら良い身体を持っているとは言っても、大の男の動かなくなって重くなった屍体を背負って運び出せやしない。彼女は、短い時間に、必死になって屍体を引摺って、この礼拝堂との境の扉の外、つまり、今、我々が居るこの礼拝堂の中の壁掛の蔭の蛇腹《モルディング》の上に腰を掛けさせたのだ。その時には、未だこの床と蛇腹《モルディング》はすれすれだ、大して骨も折れやしなかったろうが、しかし、何んと悲痛なその婦人の愛じゃないか。悽愴眼を覆わしめる情熱だ。ほれ見給え、先刻、高い所に見えていた蛇腹は、その足元の垂幕の蔭に見える」

と言って垂幕の蔭を指差したが、くるりと一座の人々を振返ると、秋水は静かに言った。

「その哀れな婦人……それは一時間前に浴槽の中で殺された、魚谷珠子さんだったのです、僕は、あのひとの屍体の両手の指の指紋を、屍体のベルトの金具の上に発見したのです」

ああっ……、という声がした。博士の胸に、のり子が顔を押付けた。激しくすすり泣く声が洩れた。博士は瞑目して、彼女の栗色の髪に顔を埋めた。それを凝っと視つめている燦子夫人、黙って顔を見合せる、シャム兄弟と、長髪瘦削の壮漢、董永録《トン・ユイルオ》。博士の従弟、珪作氏はしきりに、咳込んだ。

「して、昨夜以来の相次いで起った殺人事件の真犯人は、一体誰だと仰言るのですか、名探偵《ホームズ》、秋水魚太郎さん」

片眼鏡《モノクル》を取出して、きっちりと右の眼窩にはめ込んで、イズレエル・フォン・アイヘンドルフが聞いた。

秋水は、パイプを口から離すと、右の拳で、がん、と卓を叩いた。

「貴男を含めて、一座の皆さんが真犯人です」

あああっ、深い嘆息が、博士の口から洩れて、静かな言葉が流れる。

「ヤーウェの、おん前で、何故このように同胞が相喰み合わなければならないのでしょう」

片眼鏡が光って、

「裏切り者、神への誓い、弱き者、彼等はヤーウェの義の前に血を流さねばならん」

博士の顔を正面から睨んで、アイヘンドルフが叫んだ。

XIII、シオンの丘への道

博士は骨ばった左腕を手押車の肘木に支えて半身を乗り出した。眼鏡の奥の深い眼は、熱ばんで輝き、深い思索を秘め湛えた両の頬は引き吊って烈しく痙攣した。のり子は始めて博士の怖ろしくも美しい顔を見た。

自由石工《フリー・マソン》・上海亜細亜会館《シャンハイ・アジア・ロッヂ》、第三十三階級の最高騎士団長、イズレエル・フォン・アイヘンドルフと、日本、東方の星会館《イースタン・スター・ロッヂ》の最高秘密会議長、理学博士、燧山礦造教授の血の論争がつづいた。……

博士は前方に差出した右の手を、ぎゅっと握り締ると、アイヘンドルフの複雑、狷介な片眼鏡《モノクル》を正面から視つめた。

「……イズレエル・フォン・アイヘンドルフ、貴男の考えは、今日限り訂正されなければなりません。光栄に満ちた、一九四八年のパレスチナ独立、エルサレムの空に六尖星が輝やいて以来、我々同胞の胸は平和への希求、理想への憧れへ向って、新しく開かれなければならないのです。そして一九四八年の祭典をして、我々同胞の前に出現する救世主《メシア》への祝福としなければなりません。貴男の主張する、全人類のエルサレムへの犠牲の義——聖なるシオンへではありませんぞ——は神、ヤーウェの否定であり、理想の化石化です……」

　ちょっと言葉を切って、のり子に煙草をとらせ、火を点けると、溶けるような微笑を、アイヘンドルフに注ぎながら、

「貴男の考えは憐むべき、最右翼、もうそれは思想ではありません。死灰化した観念の惰性であり、恐るべき崩壊への道です……さっき秋水さんが仰言いましたな、ほれ……

　　そは、思想の陰府《ソエル》
　　されど、ヤーウェは讃むべきかな

……

はっはっはっは……」

　父を睨んだシャム兄弟の四つの拳は固く握られ打震えた。火を吐く董永録の鋭い眼、アイヘンドルフの眼窩から片眼鏡《モノクル》がはたりと落ち、もつれ合う二匹の蛇のような血管が、額に浮き上った。

「燧山教授、おお怯懦なる神への契約者、……呪われよ！　第二世紀の初葉、我々同胞が、シオンの丘を失った悲しい日を思い出しなさい。シオンの星を仰いで、我々同胞が血にまみれた戦い、博士、貴男は九世紀の波斯の同胞、アブ・イサの神への忠誠を忘れなさったか。十三世紀中葉の蒙古人による同胞の虐殺を、そして十五世紀末葉の西班牙人の迫害をお忘れになったか……？」

「お待ちなさい、フォン・アイヘンドルフ」

　博士が、アイヘンドルフの言葉を押えた。

「貴男は、ヘーゲル派の哲学者、モーゼス・ヘス（1812～1875）の言葉『周囲に順応し、同化することは、イスラエル精神の放棄、ヤーウェの否定』と言うのでしょう？

　しかし、ヘスの言葉には秘密がある。良く考えて下さい。賢明にして、忠誠なる騎士団長、イズレエル・フォン・アイヘンドルフ……彼の秘密、言いましょうか、『世界解放のための第一歩としてのイスラエルの解放独立』お判りですか？　一九四八年、パレスチナの独立以来、それは伝説として大切に、但し書棚を飾っておけば良いのです。十六世紀、半月下の君府《コンスタンチノープル》に、十八のタルムード学校が創立され、二十に余る会館が出来ても、ナクソス公、ヨゼッフ・ナシ（1515～1579）の功績は今はもはや華やかな絵画に過ぎません。今日、ヨゼ

ッフ・ナシの思想を生かすには、彼より勇敢なる一歩前進が必要です。先刻、貴男は、シオンの理想主義を怯懦なりと仰言った。しかしこれは決死の苦闘です。しかも大手術による、生理的の苦痛がともないます。

フォン・アイヘンドルフさん、それから、董永録、王吉、圭介、良くお聴なさい。貴男達の思想はこのまま行けば、世界の同胞への怖ろしい挑戦になります。貴男達が、将来、犯すであろう罪よりも、未だまだ、十六世紀のユダヤの道化師、ダビテ・ルーベニやサロモの方が、愛すべきです。サロモは偽救世主《プソイド・メシヤ》として一世を騒がせたが、羅馬法皇に向って、一五三〇年の羅馬の大洪水を予言し、翌年一月のリスボンの大地震を報らせた。いまとなっては、罪は消え、道化師のあわれにも劇的な印象のみが我々に残されているだけです」

「秋水さん……」

彼の顔を正視した博士の顔には悲痛な色が浮んでいた。

「人世において、理知あるもののみが、真のユダヤです。故国無きイスラエルの民なのです。彼等こそは右にもくみせず、左にも立てず、真の『形無き国民』あるいは『影の民族』とも言えます。我々、イスラエルの同胞は、永遠のシオンの丘の星を仰いで苦難の道を歩まねばなりません。地上到る所に、『郷土《ハイムシュテット》』を拓かなければなりません。近世の偉大なシオニスト、オデッサの医師、レオン・ピンスケル（1821～1891）が言った『イスラエルの郷土《ハイムシュテット》をパレスチナに限らず、更にヨルダン河の流域かしからずんば亜米利加か！』を更に発展させて、我々、人類《イスラエル》の郷土を全世界にまで押しひろめなければなりません。それには、純潔、謙譲、犠牲、この三つあるのみです。私は生れながらの科学者です。しかし言語と異って、科学には国境がありません……秋水さん、お判りになりましたでしょうか、純潔、謙譲、犠牲、この三つの持つ意味を……」

秋水は椅子に深く背を凭せて瞑想している。彼のパイプの火は消えてしまっていた。

昨夜以来、相次いで発生した、赤岩副牧師殺人、森久永氏等三人の毒殺、シャム兄弟の毒殺未遂、それから最後の浴槽中における魚谷珠子殺人。真の犯人については、如月等の意見も秋水の意見も、現在、東方の星会館《イースタン・スター・ロッヂ》に居る人々の中の誰かが犯人だという当然な考えに意見は一致したが、各部屋に一人ずつ、私服を配置に付けて、ひとまず引揚げることになった。

大学法医学教室から向けられた、屍体運搬車に五人の亡骸が運び込まれたが、最後の魚谷珠子の棺が車の扉の蔭に消えた時、見送っていた、真木のり子は思わず、あっ、と言ってよろめいた。扉の後の暗い中から、真白い珠子の笑顔が覗き、ひらひら手招きして、

「のり子さん、貴女も早くいらっしゃい」

あの懐しい低めの含み声が聞えたようだった。

後刻、秋水等が再び、この東方の星会館《イースタン・スター・ロッヂ》に姿を現したときには、この相次いで起った、絢爛無比の血の祭典の終幕を飾るにふさわしい、悽惨極り無い、しかも幻妖怪奇な殺人劇がまたも展開されていた。しかも、これで四度、イスラエルの乙女、真木のり子の眼前に凄じく繰り展げられたのだ。

XIV、ヤーウェが犯人

この日、日が昏れて間もなく、秋水と私とはアパートで食事をしていた。私が台所から出て、白い前掛を投出すまでに、秋水はいつもの通り三杯目のコニャックを傾けていた。彼は徹宵の活躍の後の故か、食慾がすすまないらしく、冷肉とボイルド・エッグは、鼻をちょいと、くっつけただけだった。昼間の調査の結果（燧山博士や、アイヘンドルフの身辺調査）を検討していると、アパートの外に自動車が止って、ただならぬ警笛の音がした。

「しまった、またやったらしいぞ……」

果してそうだった。車中の人となって、東方の星会館《イースタン・スター・ロッヂ》へ行く途中、咳込んで熊座警部は、秋水に聞かせた。

「あれから、昼過ぎて、火之原蓮蔵氏が東方の星命館《イースタン・スター・ロッヂ》を訪問したのだが、しばらくアイヘンドルフや博士と会談を行い、何か他に用があって夜になった。たった今、張込みの刑事から連絡があったのだが、あの不思議な亜麻色の髪をした、のり子っていう娘の眼の前で、またも火之原が刺殺され、あっと言う間に犯人は消えてしまったらしい。現場は例の礼拝堂だが、人の出入り出来る入口は、あの扉一つだけ、隠し階段の上の扉の外には、一人居りました」

「それじゃあ、一種の密室、つまり、ただ一つの出入口に、あののり子という娘が立っている。その中で犯人は火之原を刺して、天に昇ったか、地に潜ったかして消えてしまったという訳なんだね？」

「そうなんだ」

熊座は呻いた。

「昨夜以来、僕達は神秘《ミステリー》の霧の中を、怒ったり、叫んだりして、五里霧中で駈け廻されているんだ。こんな妙な事件は僕の長い奉職期間中、見た事も、いや聞いた事も無い。恐らくこれは、世界犯罪史上、類例の無い事件だ。……何んだか僕はこの東方の星会館《イースタン・スター・ロッヂ》事件は永遠に神秘の霧に鎖されてしまうような気がするんだ」

秋水は爆笑して熊座の顔を見た。

「何んだ、それじゃ本庁切っての鬼警部、熊座退介も遂に神秘主義者になったのかい」

「そうじゃない。僕は飽くまで、科学を信ずる。科学を信ずるからして、この妙な事件でも飽くまで、科学のスケールで測って行こうと言うんだ」

「そして測り切れない物を、神秘の彼方へ置いて、諦めようと言うんだね」

「そ、そうじゃない」

「それじゃ、ああ熊座退介も焼きが廻ったか」

つづけて何か言って秋水に食って掛ろうとする熊座警部を引取って如月検事が言った。

「秋水君、何か判りましたかな?」

「東方の星会館《イースタン・スター・ロッヂ》の全貌は判りませんが、今日半日の調査で、東方の星会館《イースタン・スター・ロッヂ》を押し包む深い霧の切れ目を通して、向うの秘密が、ちらちら見えるようになりましたよ」

「ええっ……東方の星会館《イースタン・スター・ロッヂ》の秘密……?」

「そうです。神秘の霧に包まれた秘密です」

「秋、秋水君、何んだい、その秘密っていうのは……?」

警部が身を乗り出したとき、自動車は、ずん……、と揺れて、東方の星会館《イースタン・スター・ロッヂ》の車寄せに止った。扉を引いて緊張した顔の私服が出迎えた。

「燧山の一族と、アイヘンドルフ達はどこに集めてありますか?」

と言う検事に答えて、ほとほと当惑し切ったような疲れた顔の私服が言った。

「殺人現場の礼拝堂の隣りの部屋に一同を集めてあります」

車を降り立った秋水は、会館の高塔を見上げた。月の出は近いらしい。ぼうっと明るんだ夜空に聳える高い円頂《ドーム》、塔を妙な形に右廻りに巻いて頂上へつづく鉄梯子が、鰻の背骨のように黒く無気味に見える。

ほの暗い礼拝堂の中央、拝壇の真前に、被害者の屍体は俯伏せに倒れていた。日本化学工業界の大立物、前N県知事、火之原蓮蔵氏。

「礼拝の儀式が終って間もなくの事です」

私服の一人が囁いた。拝堂内には、拝壇の前に一基、手前出入口の扉から放れて左右に、各一基ずつ、蠍形の燭台が立って、真中の一本の剣と左右六本の肢が鋭く上方に伸び、燃え残りの蠟燭が、長い帯のような油煙を立昇らせている。拝壇背後の壁掛には、モーセの十戒を書いた泥文書が荘重に刺繡され、その上方に、自由石工《フリー・マソン》の青灰色の六尖星、右手の大壁掛には、埃及を脱出して、カナンへ還る、イスラエルの男女の群像、先頭に立ち、六尖星を指差して同胞を力付ける指導者、モーセ。背景をなす紅海のうねりが、どす黒く血のように、にじんで見える。左手には、基督を鞭うつ自由石工《フリー・マソン》の高位者。群集の先頭に立って胸には六尖星の描かれた皮製の前掛けをつけ、右手の鞭が、頭の上で、蛇のように、うねっている。その前、画面中央には、光背をつけた基督が微笑を湛えながら、前方に体をのめらしている。彼の両手は背後で縛られ、背負った、十字架は前方に倒れかかって、X形を為している。いずれも有名なベラントの拡大複製だ。

拝壇の前には左右八の字形に皮製の椅子が並べられ、凭れに描かれたシオンの六尖星が、青白く光っている。その横に数体置かれた人体の白骨の右手が伸びて、ヤーウェの六人目の血の犠牲者、火之原蓮蔵氏の屍体の頭部を指差している。屍体は前のめり、俯伏せ、両足を八の字に突張って、両腕は両肩の前で敷物に突いて、必死になって起上ろうとした姿勢を、とどめていた。左にねじ曲げた顔の両眼の眸は、上瞼に半ば隠れ、半白の口髭の蔭の口は大きく円筒型に開かれている。そのままの姿勢で何枚か写真が撮られると、屍体は仰向きにされた。咽喉は刳られて大きく口を開け、左頤から横に耳の後まで、第二撃の傷痕、鑑識の報告によれば、第三撃の心臓に加えられた刺創が致命傷となっていた。これは前方から両刃の短剣が殆んど柄元まで突立っていた。右廻りに刳られた所で、兇器は屍体に残り留っていた。

それよりも酷いのは屍体の下の敷物に残された格闘の跡だ。大きな重い絨緞だが、所々引っつれて点々として被害者の血が飛散り、屍体の胸の下は一面の血溜り、これが流れて俯伏せの顔の右頰を、道化師の化粧のように彩どっていた。

敷物の上、屍体の足元に立って凝っと見下している、秋水、如月、警部等三人の右と左から兇行直後、ほとんど三分以内の屍体発見者（第三者としてだが）である二人の見張りの刑事が情況を報告した。

第一の刑事の目撃談、

「私はこの会館《ロッヂ》の入口に立っておりましたが、七時頃でしょう、奥の方で婦人の鋭い叫び声がしましたので、急いで広間《ホール》を通り隣りの部屋を抜けて、この礼拝堂に飛込みました。その途には誰も居りませんでしたし、また、誰とも出会いません。さて婦人の悲鳴が聞えたらしい（たしかにこの部屋です）この扉を押して飛込みますと、扉から三米ぐらいの所、つまりあの屍体から十米ほど離れた手前にこの娘さんが立っておりました。勿論、私が飛込んだ後から、私の側をすり抜けて絶対に扉の外へ出た者の影はありません。猫の子一匹、私の眼は見逃しません」

確信に満ちて彼は証言した。次に第二の刑事の証言。

「私はあの拝壇の蔭にある隠し階段の扉の外に立っておりました。中からあの婦人の悲鳴を聞く二、三分ほど前に階段の扉が開いて中からアイヘンドルフ氏が出て来ました。非常に興奮していたようです。それから間もなくです、あの婦人の悲鳴が聞えましたのは。それで私は急いで、扉から中へ飛込んだのです」

後の情況は第一の刑事の言と一致していた。

次に、真木のり子の目撃した恐怖に満ちた数分間の光景。

「妾は、この向うの父の部屋で行われました、火之原さん、アイヘンドルフさん、それから父博士の会談に、午後からずっと一緒に居りました。六時半頃でした。突然に火之原さんが、立上られて、帰ると仰言ったのです。何か非常に興奮しておられました。アイヘンドルフさんも一緒に立上って、御一緒に、この礼拝堂までお出でになりました。妾は父の眼顔でお二人のすぐ後について、礼拝堂の中まで参りました。お二人は妾からずっと離れた拝壇の前で低い声で、しきりに何か言争っておられましたが、非常に興奮なさったアイヘンドルフさんは大きな声で『裏切り者、ヤーウェの義の刃に伏さねばならぬぞ！』と仰言ると、拝壇の蔭の階段を上って姿が見えなくなりました。あの階段を上り切りますと扉から廊下へ出られます。……それで妾が後を振返りますと、火之原さんが妾を見て、笑っていらっしゃいました。

『あいつ等、毛唐に儂達日本人の気持は判るまい……そうそう貴女のような綺麗な娘さんには、こんな話よりも、もっと楽しい話の方がよいね』

殆んど何も無かったように、妾の肩に重い両手を載せて、もう一度お笑いになって、

『お父さんに、よろしく言って下さいね』

と仰言いましたので、妾は、火之原さんのお帰りになることを、父に報せようと、一足さきに礼拝堂を出ました。礼拝堂を出まして、一、二歩しますと、この時でした。あの低いけれど怖ろしい火之原さんの叫び声が聞えましたのは」

東方の星会館《イースタン・スター・ロッヂ》の人々が集っている席へ来ると、のり子は熊座警部にすすめられた側の椅子に腰を降し、当時の怖ろしい情景を思い浮べながら、その先をつづけた。殆んど二十時間にも満たない間に、彼女の面前で六人もの人が次々に殺された四つの情景——最初の一つは、眼隠しをされ短剣を握らされた、悽惨極りない、暗黒と匂いの世界、つづいて毒瓦斯による三人の男の屠殺、そして更にそれよりも怖ろしく、悩ましいあの魚谷珠子に抱擁され、しかも彼女の血と脂肪の溶けた湯の中に自分の体を浮ばせた浴場の情景……。

いままた、彼女は目撃した第四の殺人儀式の情景を物語るのであった。

「はっ、として二三歩行きかけました妾が戻ったときでした。拝壇の真前、ちょうど、燭台と燭台の中間の敷物の上でした。床に倒れて首の所で、お互に両腕を廻ししっかり抱き合った二人の男の人が、首を中心に、コンパスのように、怖ろしい勢で、ずしんずしん転がり廻っておりました。余りの怖ろしさに妾はその場に立ちすくんでしまいました。息もつまって声は出ません。両足はしびれてしまって動きません。何分経ったか憶えておりませんが、やがて格闘している二人の男の人の間から、ぞっとするような獣のような叫び声が挙って、二人の人は動かなくなりました。妾はその場を離れようとしましたが、足がすくんで動きません。夢中で誰かを呼んだようでした。廊下の向うに誰かの足音がしましたので、妾はそちらの方へ行きかけました時、刑事さんが駈け込んでいらっしゃったのです」

うち顫える細い指に握ったハンカチで蒼白い額を拭うと、そのまま博士の膝の上に顔を伏せてしまった。

「組み合って争っていた二人の男の間から、何か叫んだのを聞きましたか?」

静に口を入れた如月検事に、彼女は顔を伏せたまま答えた。

「いいえ、烈しい嵐のように喘ぐ二人の息の他には何にも聞えませんでした」

「火之原さんの相手の男、犯人ですね、そいつの顔は誰だか判りましたか」

単刀直入に熊座が訊いた。

「いいえ、燭台の光だけで、誰の顔だか判りませんでした」

「火之原さんの顔は？」

大切な所だ。警部が突込む。

「いいえ」

彼女は顔を挙げない。博士の痩せた手が、のり子の栗色の髪の毛を撫でている。諦めた警部が部下に聞いた。

「当時の家人の情況は？」

「私は博士の部屋の扉の外に居りましたが、被害者とアイヘンドルフさんが連れ立って礼拝堂に行くのを見送ってから、玄関ホール側の電話室へ行きました。本庁へ連絡をとるためでした」

「まあ良い、言い訳は。その間、博士は一人で居た訳だね」

「そうです。あの二人が出る、つづいて娘さんが出て来る、そのとき扉の間から、ちょっと覗きましたら、博士は、椅子に坐って何か考えているようでした。それを一応確めて、私は電話室へ行ったのです。私が騒ぎを聞いたのは、電話室を出ようとしたときでした」

夫人の情況は、博士の部屋と、扉でつづく寝室を一つ距てた自室に居て、扉の外には、見張りは付いていなかった。夫人の部屋も博士の部屋も廊下に並んでいて、広間《ホール》の反対側の実験室を通って、礼拝堂に行ける訳だが、そうするには途中で、のり子の眼には必ず触れる訳だし、玄関に居た刑事からは広間《ホール》をとおして、ちらりと横姿を見られる訳だが、刑事は絶対に見ないと証言した。

それから二階の自室に居たシャム兄弟は、入口の扉の外に居た刑事の証言では、彼が騒ぎを聞きつけて、持場を離れるまで、ずっと、室内から兄弟の談笑が聞えていたと保証した。

次に博士の従弟、燧山珪作氏だが、やはり図書室に入った切り、騒ぎまで出て来なかったと、見張の刑事が証言した。

怪青年、董永録は、午前十一時頃に二階の自室へ食事を運ばせて、それを済ませると、殺人事件が起きるまで、長椅子の上で寝ていたと証言した。

「騒ぎが起るまで部屋から姿を現しません」

と監視の刑事が証言したが、

「ずい分長い昼寝ですね。お国の方はみんな、そうですか」

喰ってかかったら一発やってやろうと、熊座が、油断無く言うと、

「……これですよ……」

切れ長の鋭い眼を細めて、痩せた右腕を前に差伸し、指先で嫌らしい恰好をして見せた。薄気味悪い微笑が熊座の背骨まで射抜いた。思わず身振いをして、呻いた、畜生！……

「……Opium（阿片）……」

熊座は検事の眼に点頭いた。

「アイヘンドルフさん。失礼ながら貴男は、火之原さんが殺される直前、拝壇の前で、小声で被害者と何を争ったのですか？」

アイヘンドルフは椅子の凭れに身を反らせて、片眼鏡《モノクル》を外した。窪んだ青い眼をすがめにすると、頤を前に出した。

「燧山教授、貴男が良く知っていらっしゃる。どうぞ当局の方々に説明して下さい」

彼の無気味な微笑が、博士の全身を襲った。身を震わせて博士は手押車の肘掛を摑んだ。

「……お父さん……」

焦きつくようなシャム兄弟の視線が博士の言葉を押えた。兄弟の眼は殆んど飛出るように輝き、少女のように赤い二対の唇は烈しく震えた。……息詰る沈黙……。一番隅に坐っていた従弟の珪作氏の両眼は、おどおどと落付きの無い光を放ち、しきりに咳込んだ。

「あああっ……」

呻き声を洩して、シャム兄弟の王吉（兄）の方が、がんと側卓子の上を叩いた。

「……言い、言いましょう。つらいけれど……」

兄弟は凝っと顔を見合せたが、きっと首を持上げて秋水達を見た。

XV、秘密

「父の長い間の研究、高圧理論化学の大設計は、これは父としましては、アイヘンドルフさんを通じて、国際

的大資本に売ってその資金で、更に新しい研究を行い、若い研究者を生み出すために、一大研究所を創立しようとしておったのです。ところが先刻、ヤーウェに陰府へ堕されました火之原蓮蔵ですが、憎むべきシオンへの反逆者はこの権利を父から安く買い取って、この利権を種に、銀行団体から大融資を受けて、現在の傘下工場を改修しようと言うのです。ところがこれは彼一流の欺瞞なのです。増設買収には彼の指一本動かすだけで、工場施設へ投込まれる金が途中で真二つに割れて、半分は彼の私財に納まってしまうのです。火之原は父を動かそうとする一方、珪作叔父を使って秘密を盗もうとしていたのです。昨日の夜、赤岩牧師が殺された時、叔父は図書室に居りました。あの時は秘密戸棚の研究書類を盗もうとしていたのです。何故なら、今そこに居る影のような叔父は、父の遺産の分配にあずからないので……」

「まあ……王吉、圭介、お前は何んて、怖ろしいことを仰言る……」

憎悪に満ちた眼を珪作に注ぐ兄弟の言葉を押えて、身体を乗り出した、燦子夫人が声を絞って言った。

「火之原様も日本人でした。そして叔父様も」

「そうでしょう、火之原はいつも言っておりましたね……『俺が銀行の金を何千万円食い込もうと、借りた金で新しい機械を買わなくとも、うちの職工、一万人には、賃金仕払を延した事は一度も無い。賞与金を出すのは俺の会社だけだ』とね……それから未だ言っておりましたね……『俺が会社を止めて困るのは、この俺自身じゃなくて、従業員だ』ってね」

ちらりと皮肉な微笑を珪作氏に投げると、再びつづけた。

「叔父さんも、よほどの理由が無い限り名誉ある日本人として、研究の秘密は外国人には渡したくないでしょう……

お母さん、僕達だって、日本人、火之原を知っておりますよ。天下の火之原は人を使って研究の秘密を盗むような男でないことも勿論です。しかし火之原一派は神との契約に逆いたのです。我々を裏切った。血の儀式に供えられるのは、当然です」

「いや良く判りました」

咳込んでつづけて何か言おうとする熊座を遮切って、秋水が不意に妙な事を言った。

「どうやら不可解なある事が判るような気がします。東方の星会館《イースタン・スター・ロッヂ》の霧……王吉さん、圭介さん……、貴男達お二人に是非お訊ねしたい事があります。お二人が昨夜、青化瓦斯《ツィアン》の襲撃を受ける直前に叫ばれたある言葉『死者よ《レバイム》』これは、はっきりと、のり子さんが後耳に入ったと、僕に証言しましたが、どうやらこの死者と、いま貴男達のお話の内容から、ヤーウェの代りの手の持主——真犯人——への暗示が得られそうです……ではお訊きしますが良く考えてはっきり返事をして下さい。貴男達お二人の証言の真偽いかんでは、迷惑を受ける人が有りますから」

秋水は一体何を摑もうとしているのであろうか、熊座警部は消えた煙草を灰皿に投込んで、ぐっと身体を乗出した。

秋水は、凝っとシャム兄弟の顔を正視しながらパイプに葉を詰め、火を点けた。

「青化瓦斯《ツィアン》の襲撃を受ける直前、部屋には、殺された、森氏等三人とアイヘンドルフさんそれから珪作氏、この五人の方と貴男達お二人の間で、どんな話が有ったのですか？」

「この事件には用の無い事ですよ」

「それならそれで良いのですが、それでは話の内容は、お差閊えがあるようですから、ここでは触れるのは止めましょう。それでは貴男達御兄弟は叔父さんと、あの時か、あのちょっと前に何か争いをしましたか？」

「しませんね」

「誰かに証言して戴けますか？」

兄弟は、にっこり笑って点頭いた。

「儂が証言しましょう」

片眼鏡《モノクル》をきっちり眼窩に篏直して、アイヘンドルフが側から言った。

「証言のその具体的な根拠は？」

「叔父、甥が相争う理由が無いでしょう。だいいち、あの時には我々は未だ珪作氏が図書室の秘密棚から研究書類を盗ったのも未だ知らなかったのですからね」

「そうです。書類を珪作叔父が盗ったのを知ったのは、今日、火之原氏が来て始めて聞いたのですよ」

秋水の鋭い眼は輝きを増して行った。

「それでは王吉さん圭介さん、貴男達お二人は、あの瓦斯に倒れた生死の境で何故に、我々の眼をくらまそうとなさった！」

「ええっ……」

「よろしい、言いましょう。貴男達が叫んだ言葉『死者よ《レバイム》』これは今まで、叔父さんの珪作氏に向って叫ばれた言葉かと思っておりました。何故ならこの死者《レパイム》(rephaim)という言葉は陰府に在る者、つまり亡霊、陰霊、亡せし者、を指しておりますが、創世紀のある個所によれば、昔、カナンに住んでいた巨人を意味する意味でもあったのです。彼等はこの地方における残存民族であり、イスラエル民族から見ると、已に過去の民として影のような、力弱き者をも差していたのです。僕はおこの叫んだこの死者《レパイム》を聞いて、実は、甚だ失礼ながら、生活力の弱い叔父さんの珪作氏を罵っておられたのかと思っておりましたが、今、お二人と、アイヘンドルフさんの証言によりますと、未だあの時には、叔父さんを罵しる理由が無かった。……僕が聞きたいのは、死者《レパイム》なんていう神秘的な言葉を何故使って我々捜査当局の考えを錯倒させたか、その理由です。一体、誰をかばったのですか?」

「詭弁だ！　人を罠に落し込んで恫喝訊問だっ……秋水さん、貴男ほどの人が……それは卑劣だ……」

「詭弁や卑劣は貴男達です。僕は時に詩を諷しますが、いつでも、正攻法《オーソドックス》です」

秋水は手を挙げて扉口に立っている刑事を呼んで、何事か言い付けて去らせた。

「フォン・アイヘンドルフさん……」

彼の片眼鏡が光って膝に落ちた。

「貴男は、拝壇の前で火之原氏と争って、背後の隠し階段から消えましたが、あの扉を出てから、どこに居られましたか」

彼は片眼を細めると、下唇を突出して言った。

「犯人は、おお怖ろしき我等の神、ヤーウェ」

熊座が呻いて足を踏み鳴した。

「畜、畜生……犯人はヤーウェ……」

秋水は博士の顔を真正面から見て言った。

「失礼ながら、貴男の新しい遺言書に正式に記される予定の五人の遺産相続人、燦子夫人、王吉、圭介の御兄弟、真木のり子さん、それから、亡った魚谷珠子さん、この方々には、それぞれ等分して財産をお別けになるのは、至極当然ですが、御めいめいの相続額に比べて、甚だ少からざる金額が、二十数年来、毎年櫛村猶太という人物に支払われておりますが、この理由を聞かせて下さいませんか?」

この瞬間、急激な変化が博士に起きた。手押車の凭れに背を落し込み、血の気が引いて蒼黒くなった顔は虚空を振仰いで、筋ばった咽喉は激しく喘いだ……

「槲村は、儂のベルリン留学中に知り合った親しい友人です。一時、ある思想のとりことなって死のうとした、儂の生命の恩人です。今日、儂がこうして恥かしくない研究をやっていられるのも、あの男のお蔭です……」

博士の額には、じっとり脂汗が浮んで、美しい荘重な顔は醜く歪み、悔恨に似た苦悩の影が覆った。

「その御友人は今どこに居られますか?」

「……」

「僕が一つの仮定を申しましょう。C国経済使節団顧問、王黄龍《ワン・ホワンルン》閣下、実は、自由石工上海亜細亜会館《フリー・マソン・シャンハイ・アジア・ロッヂ》の第三十三階級の最高騎士団長イズレエル・フォン・アイヘンドルフさん……そして本当は日本人、医学博士槲村猶太氏」

突然立上った、フォン・アイヘンドルフ、前の卓を、がんと叩いた。金色の毛が密生した巨大な拳が烈しく打震えた。

「無礼極りない男じゃ。昨夜以来、妖言奇語を弄し、ヤーウェの殿堂を、ほしいままに踏み荒し、それにも飽き足らず、このアイヘンドルフを翻弄しなさる。左様な事は、今まで起った犯罪事件となんの関係がありますか?」

「槲村猶太博士、二十五年前の事をお話し下さい」

「未だそんな事を言いなさるか」

「槲村博士、言いましょうか、Israel《イスラエル》(猶太)von Eichen《アイヘン》(槲)Dorff《ドルフ》(村)……どうですかこれでも。フォン・アイヘンドルフさん」

「秋水さん……」

興奮が去って、冷い汗の浮んだ蒼白な顔をした博士が、手押車の上に身をのり出した。

「槲村、いや、アイヘンドルフとは二十数年来の親友です。彼は私の生来の恩人で、純潔なシオニストの家に生れた、熾烈なヤーウェへの忠誠者です」

「それである重大な事が判りました、燧山博士。貴男が、自由石工《フリー・マソン》のシオニストに成られたのは十五年前でしたね。最近、僕が買い求めました、貴男の著書『数個の強力な民族の圧力下における少数民族の生成形態』の中に貴男がこの運動に身を投じられた年月が書いてあるのを読みました。十五年より以前の思想的空白は十年間、何故貴男は、自由石工《フリー・マソン》のアイヘンドルフさんに多額の金銭を提供しておられたのですか?」

秋水のこの言葉に博士に対するいかなる武器が秘めら

れていたのであろうか、博士は低く呻くと敷物の上に昏倒してしまった。

「気の毒だが大事なところだ」

頬を引吊らせた秋水はそう言って、のり子に手伝わせて、博士を介抱し、椅子の背に凭せかけた。二の腕には注射がうたれた。

シャム兄弟と青年董永録《トン・ユイルオ》は比較的無表情に、この情景を見守っていた。アイヘンドルフは、しきりにいらいらし出して、椅子の肘掛の上を叩いたり、片眼鏡《モノクル》を弄した。

さらに驚くべき情景は燦子夫人であった。顔色も変えないで——いや、少し頬に血の気が射したようだった——無表情に、のり子に介抱されている夫博士を見守っていた。影のような燧山珪作氏は……彼は椅子の背に身体を凭せて瞑目している。不思議な落付きが彼を覆っていた。

XVI、ヤーウェの終末《すえ》の日

垂れ籠めた東方の星会館《イースタン・スター・ロッヂ》の秘密を覆うヴェールの一端が、ばさりと落ちて垂れ下った。奇怪な人物、フォン・アイヘンドルフと稀世の学究燧山博士との間における二十数年間にわたる秘密……それに追い迫る秋水の追撃はいよいよ最高潮に達した。

と……、秋水は卓の上の調査書類の一葉を手にとると妙な事を始めた。真中で二つに折る。更に細長く重ねて二つに折る……それをまた二つに折る……。紙は麦稈《ストロー》のように細長く折られた。長い指を器用に使って、その細棒の中心からぽきっと、二つに折ると、卓の上に置いた。逆V字形……胸のポケットから先の尖った鉛筆を取出すと、それを左手に持って、今折られた逆V字形の折紙を、鉛筆の先端に引掛ける。日本の昔の玩具、弥次郎兵衛のように紙の棒は左右に揺れ始めた。

一座の人々の中に異常な変化が起きた。左右の肘掛を摑んで、見開いた両眼で虚空を視詰めて喘ぐ燧山博士、彼の額には、びっしり脂汗が浮んだ。秋水の手元に四つの視線を注いで蒼白な顔を固くした、シャム兄弟。

鋭い視線で一座の人々の顔をゆっくり見廻した秋水は、静かに微笑した。微かな呻きが、董永録の咽喉から洩れる。

かたりと鉛筆と紙の棒を卓上に置くと、秋水は折り畳みのナイフを取出して、折られた紙棒の真中から、真二

つに切離した。二つになった紙棒は彼の膝の上に落ちた。秋水はアイヘンドルフの顔を真正面から見据えて、

「いかがです……？　アイヘンドルフさん、いや、榍村博士！」

がたっ、と音をさせて立上った、アイヘンドルフは秋水の前に仁王立ちになって両手を左右に拡げ、ぎゅっと握り拳を作った。巨大な二個の拳は烈しく顫えた。

片眼鏡《モノクル》は胸間にぶら下って光った。一座から悲痛な呻き声……

「あああっ、ヤーウェの終末《すえ》の日……」

硝子玉のように放心した眼を虚空に放ってシャム兄弟が呟いた。

「はっはっはっははは……」室内に秋水の哄笑が流れる。しかしそれはいつもの愉快なそれではない。悲痛な感情の放出であった。

「何か判ったぞ」

フランス形の美しい髭を撫でていた熊座は手を休めて秋水の顔を見た。

「秋水君、犯人は判ったかい？」

「よし、これで良い……」

判った、じゃない。しかしこれで良い。


警部の嬉しいときにする、潔癖な蝿のような癖、両掌を摺り合せる筬《おさ》のような運動が、緩慢に始まった。

「秋水君、犯人は？」と如月検事。

「シャム兄弟」

「ええっ……二人だぜ」

「いや一人だ」

「なに一人……？」

「ああいけないっ……」

兄弟の四本の手が動いた。毒物を口に入れたのだ。医師や鑑識の連中が手当をする間、秋水の解説がつづく。

彼に言付けられて姿を消していた私服が何か重い物を提げ、緊張した顔で戻って来た。

「有りましたか？」

「ええ、この通り」

「それじゃ、殺された火之原氏と兄弟の血液型を、そのロープに付着している血液型と比べて下さい。それから二人の部屋を探して兄弟の衣服に付着しているはずの生の羊の毛を」

床の上に、手にしたロープを投出すと、私服は鑑識課員と共に扉を出て行った。

「しかしシャム兄弟は二人だぜ」

始め掛けたいつもの癖を中途で止めてしまった警部は怪訝そうな顔をして聞いた。

「二人だから出来るんだよ、少しも怪しまれないで、魚谷珠子の殺人も、火之原氏殺しと犯人消失も」

「どうして……?」

「その秘密はここにおいでになるアイヘンドルフさんや博士が良く知っている。……あるいは……燦子夫人も知っておられる。二人は二人で一人じゃない」

博士は顔を覆ってしまった。アイヘンドルフは、化粧を落した舞台の悪役のように、あらゆる演技の武器を失ってしまって、死灰のような顔をして椅子に倒れている。

「それじゃ、僕が解説しよう。間違ったり、不足している点は、博士、貴男が補って下さい」

秋水の解説がつづく……

——六人を殺した真犯人は、王吉、圭介の兄弟だ。しかし兇器の短剣は一本、兄弟の手は四本、これはいま説明して、四本の腕の一本は後で指摘しよう。

——博士、貴男はいまから二十五年前、兄弟の双生児が生れた時にある事情で……——

博士が顔を挙げた。

「……私が自ら申しましょう……私と燦子が結婚したときにこの悲劇は胚胎したのです。いや、兄弟が燦子の身体に身籠った時からです。燦子は私の腕に抱かれながら、従弟、珪作の名を呼びつづけ、必死に彼を想いつづけたのです。そして結婚後生れたのが、この兄弟でした。運命の悪戯じゃありませんか、二人の兄弟の顔は珪作に生き写しだったのです。こんな怖ろしい奇蹟が有り得るでしょうか、人間の魂の受胎……。私は呪いました。私は決して珪作も燦子をも呪ったのではありません。運命を呪ったのです。生れ出て来た兄弟に、王吉、圭介の名を付けてやりました。忌しい男の名、珪作の名を真二つにしてです。あらゆる憎悪をこめて、珪作の名を真二つにしたのです。それでもなお私の憎悪は消えません。当時医学生だった、このアイヘンドルフに、嬰児の身体を腰の所で縫い合させたのです。これが私の秘密ですが、しかし私はここ、東方の星会館《イースタン・スター・ロッヂ》の殺人については何も知りません。二十五年以来のアイヘンドルフに対する出資、このうち最近の十五年の出資については、聖なるシオンの丘への忠誠でしたが、その以前、十年間の出資は、当時、何かの運動資金が要るという彼に対して、黙って出していた訳です。これは先刻秋水さんが仰言った通りです」

「秋水君、腰の所で縫い合された、シャム兄弟が、浴槽の魚谷珠子や、拝堂の火之原氏を殺すには腰の縫合せ目を切り離さなければ、出来ない仕事じゃないか」

と言う熊座に、秋水は、

「それなんだ、僕は、自分達の肉体の秘密に気が付いた兄弟が、生命がけで切離したものか――本当のシャム兄弟は、切離すと死ぬのが当然なのだ――あるいは誰かが、兄弟の秘密を知って、切離したものか……僕は……?」

「妾です……」

床に寝かされて喘いでいる兄弟に取りすがっていた夫人が恐しい顔をして立上った。

「この子供達が哀れな人間の形で大きく成った頃、燧山は一人で外国に行きました、その時、妾の眼の前に現れましたのが珪作でした。妾が慕っていた若い時分の面影は、彼には失われておりました。生ける残骸でした。妾はこの子供達の本当の父親、燧山珪作を愛しつづけて生きて来ましたのですが、いま目の前に姿を現した生ける屍に等しい珪作の姿を見て、永い間、妾の生命を支えて来ました、心の支柱を失いました。……妾は死のうとしたのです。何も知らないこの子供達を殺してから自分も死のうとしました」燦子夫人の頰からは涙はすっかり涸き切っていた。

「ある夜、この子達に麻酔をかけました。せめて、まともな姿にして妾と並んで死なせたいと思ったからです……ああその時、この子達は死ななかったのです。妾の手にした、メスで腰の所から切り離されても、不思議と呼吸をしつづけていたのです。妾は自らの生命を絶つのを思い止まりました。ところが、この子達は、生れながらの共生生活で、精神的に不具でした。この子供達の目から見ると、一人一人切離された人間の生活こそ不具に思われたのです。切離された傷が元のようになっても、二人は離れようとはしませんでした。腰を革のベルトで縛って、いつも肩を組んで歩きました。食事をしました、並んで仲良くベッドにも寝ました」堰を切ったような泪が夫人の両眼から、溢れて落ちた。

「そして、今日まで二人は生きて来たのです」

夫人の腕に支えられた、宿命の子、シャム兄弟は身体を起しかけた。

蒼白な二つの顔には死の影が濃かった。何か言おうとする口が微かに動いたが言葉にならない。弱まってゆく視線が母親の顔を振仰ぐと、その視線を移して、のり子を見た。

微かな笑が二つの口辺に浮んだ。必死で視張った四つの眼に、懐し気な光が浮んだ。

秋水は、先刻、卓の下に落した二つに切られた紙の弥次郎兵衛を取上げると、如月検事と熊座に示した。

「この道化者が屍体消失の演出家で、燧山家の秘密の鍵だったのだ。礼拝堂における、火之原氏刺殺犯人の消失だが、あの時兄弟は腰の革ベルトを解いて、一人一人になり、自分達の部屋から、裏の扉を押して露台《バルコン》へ出、その側の螺旋階段を伝って、礼拝堂の頂上、ステインドグラスの回転窓の外に出た。そこから滑車で支えられた太い綱を降して、兄弟の一人が礼拝堂内の垂幕の隅へ降り立ったのだ。彼は、そこでいつも行われる、火之原氏とアイヘンドルフの会談を知っていた、火之原氏が一人になるのを待って、襲いかかった。被害者を仕上めた犯人は、扉口に現れた、のり子を認めたが、被害者の胸に顔を隠して、彼女が誰かを呼びに飛び出した隙にロープを引いた。円頂《ドーム》の外には、もう一人の兄弟が待っている。合図で綱を引いた。油をたっぷり引いた滑車、双方の体重は殆んど同重量だ。螺旋階段の出っ張りに、足を挿んで綱を引けば、犯人を引揚げられる。自己の体重プラス、僅か数キロの力で、犯人消失の秘密の鍵だったのだ。これが礼拝堂の密室における犯人消失の秘密の鍵だったのだ。兄弟達の扉の外に立っていた刑事に対する、兄弟の在室証明（アリバイ）は、僅か数分の間を除いては、部屋に残った兄弟の一人の方が、一人二役で、談笑、哄笑……。双生児の声や顔は類似しているのが通例だ。これで扉外に立っていた刑事が見事に欺かれてしまった」

鑑識課員の一人が戻って来た。

「あのロープには、被害者の血液と混って、兄弟の摺れた掌から附着した血液型が検出されました。それから兄弟の衣服……」

「羊の毛は……？」

パイプを口から離して秋水が聞いた。

「二人の部屋に有った兄弟達の部屋着の袖に附着しておりました」

秋水は莞爾として言った。

「これで、毛を剃った羊の屍体と、赤岩副牧師のすり換え犯人、すなわち、赤岩殺しの真犯人も判った」

「しかし赤岩副牧師殺人と火之原蓮蔵氏を刺した犯人

だからと言って、シャム兄弟を、魚谷珠子及、森氏等三人を殺した真犯人と断定するのは早計じゃないかな、それに起訴する物的証拠が無い」

謹厳な如月検事が言葉を挿んだ。

「だれか鑑識課の方で、魚谷珠子さんが殺された現場の外の足跡の写真を持っておりましたね……」

秋水は技師から引伸された陽画を受取って、凝視していたが、顔を挙げると、

「ああこれは、兄弟のうちの、王吉君だ」

ことも無げに言い放った。殆んど神にも等しい言葉。

「ど、どうしてそんなにはっきり判る?」

快刀乱麻を絶つ秋水の言に警部が切込む。

「こんなにはっきりしている足跡はない……あの珠子さんが殺された時刻は、ちょうど、晩方の薄明の頃だったが、あの時間の足元の暗い時、足音を立てないように、摺足で足探りに柔い土の上を歩く場合、足跡の主の体格の特長が一番はっきり地上に印せられる。シャム兄弟は、二十数年の間、不自由な、つまり二人三脚の形で地上を歩いていた。だから腰がくっついた側の方の足は、常に重い物を曳いて歩いていた訳だが、二人の身体を切り離して、足元に気を取られながら暗闇を歩く場合、二人の内側に有った足の方は、急に軽くなって、どうしても浮足になる。地上には、その足の方が摺れて跡が残る。いまこの写真を見ると、左足の方の、踵と爪先が前後五糎も、ずれて写っている。これは明らかに、シャム兄弟の右側の者、つまり兄の王吉さんの方の足跡だ」

明快な秋水の解説、警部は嬉しそうに両掌を摺り合せ始めた。

「つまり王吉さんが浴場の窓から中を覗いて、珠子さんを狙って、水圧仕掛の短剣を送ったのです」

「しかし秋水君……」

検事が考え深そうに口を入れた。

「他の五人の男を殺した動機は、明らかに、兄弟達の社会、経済等に対する思想上の怒りが被害者に向けられたと認められるが、魚谷珠子の場合には甚だその点、不鮮明だが……やはりこの場合は、遺言書をめぐって、赤の他人の珠子には、博士の資産を分配させたくないとでも思ったのだろうな」

「いや、それよりも、兄弟としては、例え夫妻の仲が通常じゃない場合でも、実の母には父の財産を少しでも余計相続させたい。一般に息子は父の情人を憎む場合が多いですな」

熊座は万事を飲み込んだような顔で、鷹揚に一人言を言って点頭いた。

その時、横わって喘いでいた兄弟が、苦しそうな声を出して呻き出した。死灰色の顔を、しきりに左右に振っている。悲痛な訴えの色が眼に光っている。

「そうじゃありません……」

博士が身体を起した。

「二人は別の考えから珠子を恨んだのです。兄弟達は自由石工《フリー・マソン》の思想を、右翼的（今では）形式的な立場から、アイヘンドルフや、董永録と同じように、この私の理想主義的シオニズムを攻撃しておったのです。決して、物慾的な考えから、魚谷珠子を刺したのではありません。つまり私の主義への情熱が珠子へ奪われたと誤解しておったのです」

と言って悲し気に二人の不幸な息子を見やった。兄弟は眼色を柔げて身体を横えた。

「それから……」秋水が説明をつづけた。

「浴槽の短剣を仕掛けたのも、王吉さんです。何故なら、あの短剣を仕掛けた鉄管の端の蓋と切換バルブを開いた、スパナーの使い方ですが、あの溝は左側だけに、ゆとりが有って壁に身体の左側を押し付けて、どっちかの片手を使って引くか押すかして開けるのですが、あの場合、引いて開けてあります。一般日本人の利腕は右腕を引いて力を入れます。ですから、これもやはり王吉さんの仕事である事は歴然としております」

「それから、森氏等三人の毒殺ですが、青化瓦斯を発生させる、水銀の青化物《ツイアニット》がやはり発生装置と共に兄弟の部屋から出て来ました」

「その点が疑問がある。三人が斃された時、兄弟もやはり瀕死の状態だったじゃないか」

と言う熊座の言葉に秋水は、すぱりと、

「毒瓦斯を発生させてから、兄弟は自分の口にゴム管を咥えて倒れた。ゴム管の先端は、壁の隅の排水管の側の隙間から、窓外に出した。あの外の雨樋の継手が、少しずれて、一吋ばかり口を開けていたが、雨樋の内部下底に、先端に軽い錘を付けた二本のゴム管が落ちていたのを発見した。このゴム管の一端の検出で唾液から兄弟の血液型が判別された。二人は窓際を選んで俯伏せに倒れ、我々が飛込むのを見計って、口からゴム管を放したのだよ」

「ああそうか、そうして、兄弟は我々の捜査方針を攪乱するつもりで、死者《レバイム》とか陰府《ソエル》とか奇怪な言葉を吐いたのだね」

「そうだ、恐ろしい妖精《ツイアン》を隠した胡桃の殻は炉の中を探した時、溶けた硝子の小塊を発見したが、おそらくこれが、液化瓦斯を入れた硝子管の残骸だろう。しかし、液化青化瓦斯《リクイッド・ツイアン》を使ったかあるいはそのまま水銀青化物《マーキュリ・ツイアニット》を炉に投入れたかは後で良く調べてみる必要がある」

「ああそうだっ……?」

熊座が思い出したように秋水に言った。

「君、先刻、赤岩副牧師と、火之原を刺した短剣を握った手を指摘すると言ったね、兄弟の四本の腕の中の一本を……?」

「そうだ、熊座君、兄弟達が我々の眼の前で動き廻る時、二人の動作が、想像以上に異様に見えたろう。大きな海蟹が鋏を振廻すようにね……あれは、右側の王吉さんが右利き、左側の圭介さんが左利きなためだったのだ。二人が同時に動く場合、双方共、右利きあるいは左利きだと、時とすれば、シャム兄弟が、別々の体に見える。しかし、双方の利腕が異う場合は、腰部を中心にして、左右が対称的《シンメトリック》に見えて、手の上げ下げと同時に、くっついたシャム兄弟の身体が、ときに巨大、ときに矮小に見える……これで説明充分じゃないか、赤岩副牧師の刺創も、火之原氏の胸の傷も、一刳り右廻り……明らかにこれも右利きの王吉さんの仕業だ」

秋水の明晰な頭脳、懸河のような熱弁、複雑怪奇を極めた、六人殺害の謎を説き来り解き去って、余すところが無い。

「あっ……いけないっ……」

眼窩の囲りと、両鼻端に死の隈を現したシャム兄弟は、死の仮面のような顔を、かくっと挙げた。夫人の嗚咽がつづく。兄弟の両手を執った博士が、苦悩に満ちて、かすれた声を絞った。

「お前達はこのお父さんがお前達の身体にした無慙な所業をさぞ憎んでいるだろうね?」

兄弟は頬を動かして微かな笑を浮べると僅に首を振った——そうじゃない。シャム兄弟は唯一の神、ヤーウェに選ばれて義に殉じた、忠誠なる殉教者なのだ。憎むべき神の裏切り者を次々と斃した勇敢なイスラエルの民じゃないか——

——ああされど、兄弟を待つ神の在らぬ、真暗な陰府《ソエル》、語るべき同胞も居ない、蛆や螻蛄のうごめく陰府《ソエル》よ——

「秋水さん……」

悲痛な顔を挙げて、博士は言った。

「旧約的な観念では、陰府《ソエル》とは死者が永遠に眠る暗い空洞、神の無い墓穴と言っておりますが……しかし、僅かながら、こういう光明が見出されます。それは（解釈上の問題ですが）死者の復活です。真暗な否定の壁に認める僅な、悲しい我々人間の希望の光明ですが、これは、イザヤ書のある個所（二六章一六―一九）にも有りますし、ダニエル書（一二章一―一三）にもこういう解釈が与えられる個所があります……『汝の死ねる者は生き、我が民の屍は起きん。塵に伏す者よ醒めて歌うべし』これは死者が陰府《ソエル》より引揚げられて、感謝の歌をうたう事の約束です」熾烈な願望と苦悩が、博士のうちで闘っていた。

「ああ……」

シャム兄弟の死……朽ちた木のように二つの首ががっくり折れた。夫人の慟哭がつづく。

秋水達は椅子に戻った。

博士は椅子の背に身体を凭せると、両膝の間にのり子を抱えた。骨張った手が彼女の肩を押えて、ぎらぎらした博士の眼が彼女の顔を凝っと覗き込んだ。

「のり子……儂が昨日の夜お前をこの会館《ロッヂ》に呼んだ事の意味が判ったかね。儂は自分が愛する、自分の血を分けた、より以上に愛する娘が欲しかったのだ。そして儂を愛してくれる者が欲しかった……しかし予期しなかったこの結末は、……この儂を怖ろしい人間だと思うだろうね」

「……」

彼女は、激しく首を振って博士の胸を抱いた。止めどもなく溢れる涙に曇った彼女の目に、博士の左手の無名指に光るあの指環の六尖星の青白い石が光っていた。

廻廊を歩く女

宋公館、北京の北新橋《ペイシンジョウ》のはずれ、狭い、所々にぽっかりと寂しい空地のある胡同《ヨコチョウ》の一隅にある古めかしい建物で、なかば崩れかかった土塀の中には槐樹《アカシヤ》が鬱蒼と生い茂っている。昔は相当豪華をほこったらしいこの建物も廻廊や柱の丹塗も大分に剝げ落ちて、僅に屋根の瓦や柱や梁の銹びた金物が僅に昔時を偲ばしている。この建物――世間の人々が宋公館と言って、いつの頃か昔の主の名を冠せて呼んでいる――に世にも怪奇で悲惨な殺人事件が起きた当時、偶々私はこの建物の当主、汪中儒先生の世話になって、邸内の一室を借りて住んでいたのであった。それは槐樹の蒼白い花が草の生えた屋根瓦の上にも内庭の石だたみの上にも一面に黴が生えたように散り敷いた季節であった。北京のような故都、長い年月の興亡盛衰を経ていつか知らず朽ち崩れてゆく都は、その時代々々の文化の名残や、人々の思いが幾重にも層を為して堆積している。私はこういう都の一つの北京を化石となりつつある都だと思う。部屋に一日中籠って読書に疲れた一とき等、私は思わず、慄然とする事がある。それは恰度、故郷の土蔵の埃の中から昔の内裏雛を出して、ぼんやり見詰めている内に、じっと動かぬ眼の奥に妖しい光を見た瞬間のそれだ。そして静かな街の遠音や土の崩れる音や、家のきしみを聞いていると、それらが遠い昔のもの音のような気がする。やがて私は頭の奥がしびれるような陶酔の世界に運ばれてしまう。この宏大な宋公館に住んでいる者と言えば私の他は、主人の汪先生（夫人は十年ほど前に亡った）の他に五十を少し出た劉嫣《リューマ》と、耳の遠い家僕の欒《シュエ》老人だけであった。私がこの邸内に住むようになって二ケ月ほど経た頃、ある友人が私に言った。

「宋公館に住んでいるそうだが、あの家は昔から幽霊が出るという話だ。何代も前の頃から、あの家に纏る怪奇な物語があるという噂を耳にしたぜ。何でも月の無い夜なぞ、宋公館の暗い廻廊を歩く女の姿を見た人が何人もあるらしいが……李君、君は見たかね？」その時は何の気もなく聞き流してきたが、私は未だ一度も幽霊の姿を見た事はなかった。が、時日の経るほど、私はその事が気になり出した。噂に聞く宋公館の幽霊、見なければ見ないだけ気になった。鬱蒼とした槐樹に覆われた門扉をくぐると目隠の土塀がありそれを廻ると真直ぐに邸内の奥へ通じる、石畳を敷き詰めた廻廊がある。虫に喰われた古い星宿の図を見るように、廻廊はあちこちの棟を結び付けていた。入口に近い左右の部屋は閉められたままだった。いつの事だったか私はそっと左手の部屋を覗いたが、部屋の隅々は背の高い屏風を立てて区切られ、紫檀の家具調度類が厚い挨をかむって昔のままの位置であろう場所に置かれてあり、天井からは大きなシャンデリヤが吊下っていて八角の切子硝子の蓋の一枚が破損して床の上に落ちて砕け散ったままになっていた。幾多の貴顕淑女がここに集り、陰険な策謀が行われた客庁であろう。二番目の院子を囲む棟の左手の明るい部屋が汪先生の部屋になっていた。汪先生の居室の反対側の棟も空部屋になっていて、私の住んでいたのは、先生の居室の裏手の部屋だった。部屋の背面は土塀にくっついて後も左右も明り取りはなく、入口の扉の左右だけに、真中に硝子を入れた細い桟を切組んで作った窓があった。室内は六坪位で、一隅には時代物の豪華な紫檀作りの化粧鏡があった。その側つまり扉口より入って右手の隅が古めかしい大きな寝台、扉を入って左手の一隅には私がここへ来てから借り入れた応接セット、左手の壁際が書棚になっていて、その間に黒ずんで昔の匂のする飾棚があって、真上に古い壺だの玉髄で出来た置物が置かれてあった。昔、いつの頃かこの部屋には主の寵愛を集めた夫人が住んでいて、一日中じっと一人だけの考事をしたりあるいは化粧鏡の前に坐って、緑石のように透きとおる肌をいつまでも見詰めていたのであろう、黴の匂に混ってある妖しさが漂っていた。さて私は友人から、この邸のどこかに棲んでいるであろう幽霊についての噂を聞いて、しばらく経ったある日の事、汪先生と劉媽にそれとなく訊ねてみたが、彼等はいずれも申合せたように、その噂について、はっきりした回答を与えて私を満足させてはくれなかった。

この家に住むようになってから一年この方、私は一度だって、噂に聞く女の幽霊の姿を見たことはなかったが、しかし事実この邸は陰気な影に覆われていた。私は一日に一度や二度は必ず宋公館の重くるしさから逃れ出て、新鮮な空気を吸いに、街中へ散歩に出掛ける事を習慣としていた。宋公館の槐樹の花が降り積む甍の下に世にも怪奇で悲惨な殺人事件が起きたのは、私にこうした日々の続いた昭和十七年の春であった。

いつもの例で夜遅く散歩から帰った私は仲々寝付かれなかった。転々とベッドの中で寝返りを打っていた。——春燈や老いたる婀媽の耳飾り——昨夜、考えて、まとまらなかった俳句が出来上った。キリリリ……壁掛の鳩時計が微な音をきしませたと思うと一時を報じた。氷のように冷い風が私の頬を撫でたと思うと部屋の入口の扉が音もなく、すうっと開いた。……婀媽かな？……スタンドの燈を消した室内に、ふわふわと人の影が入って来た。稀薄な人の影は立止って私の方をうかがった。月光がカーテンから洩れて、人の姿の頭髪を銀のように光らせる。ふわふわと敷物の上を過ぎて、ストーブの前に行ったかと思うと腰を曲げて消えかかった火をかきたてた。燃え上った炎が顔を真赤に照らした。麻のように乱れて額に垂れた髪、喰いしばった歯、細い咽喉首がひくひく動いて消え入るような呻き声が洩れる。泣いているのだ。「婀媽だな……」そう思った時、人影は腰を伸ばして私の方に向き直って、ベッドに二三歩近付いた。欄間から流入る青白い月光が顔を照らした。頭から顔、咽喉へかけて一面に、どす黒い血がベットリ付いている。……幽霊……私は思わず、ぞっとした。呼吸は咽喉の奥に引かかって声も出ぬ。体は硬って動かない。人影はなお一二歩私の寝ている方に近付くと、片手を招くように挙げる。呻くような声で何か言ったと思うと、こちらに向って叩頭した。再び挙げた血まみれの顔が、ゆがんだかと見ると、後ずさりに扉口へ消えて行った。体はがくがく絞り上げられるように固くなってどうにもならぬ。ようやく、ごくりと固い唾を飲み込んで、頭から毛布を引かぶってしまった。宋公館の幽霊だ……。体中びっしょりと冷汗が流れるのを感じたとたんに、脳髄から全身をものすごい疲労が襲って来て、そのまま私は寝入ってしまった。

眼が醒めた。何時間眠ったのであろうか。枕元に汪先生が居た。汪先生に呼び起されたのだった。「李さん……た、大変だ。起きて下さい」短軀肥満の汪先生の体は電気にかかったようにぶるぶる震えて、脂肪の厚い瞼の下の丸い両眼は今にも飛出さんばかりだ。

「李さん……婀媽が……劉媽が殺された、劉媽が……」

午前八時。

汪先生は気も狂わんばかりに私の手を引張って邸内の東北隅にある劉媽の部屋へ駈け出した。後から最初の発見者である、家僕兼門番の櫟老人がつづいた。櫟老人はすっかり気が転倒していて、

「李先生、私はいつもより遅く眼を醒しまして劉媽の部屋へ湯を取りに来ますと、椅子が倒れて、これこの通り土間は血溜り……。ひょいと向うを見ますと突当りの劉媽の寝床の垂幕から片足がニューッと……」後はいくら訊いても耳の遠い老人、何が何だか判らなかった。汪先生は、

「李さん……つい数分ほど前に櫟に呼起されて、劉媽の屍体を発見しました。何しろこの北京にも、どこにも身寄りがないので知らせるにも……」

さて劉媽の惨殺された現場と前後の情況を述べよう。劉媽の殺された部屋はこの宋公館の東北隅にある厨房の右隣にあって、三米に奥行四米位の小部屋、出入口は南側に一つ、扉口を入るとすぐ土間で、突当りが垂幕が降りるようになっていて、その蔭が彼女の寝床。その下は両開の押入になっている。窓は南入口扉の右手に一つと入って右手に一個ある。天井から吊り下っている十燭の電球が、ぼんやり点いている。昨夜のままらしかった。

土間の右手前隅に小卓が一個、椅子が二脚あり、そのうちの一脚は片脚が折れて倒れている。土間の中央が血溜となって、大部分、地中に浸み込んでいるのが時間の経過を物語っている。私は突当りの垂幕の蔭を覗いて見た。東枕に、仰臥していて、頭の生際から少し上った所を鈍器ようのもので一撃されたとみえて頭骸骨が砕けている。顔面は眉の辺から左眼にかけてと左頬と、これもやはり鈍器でやられたとみえて相貌がすっかり目茶目茶になっていて、被害者が身につけているのは彼女が平常着ていた紺の綿服で頸の釦が外れていた。毛布は屍体の頤から下を全身覆っていたが、やや拡げた両脚の形を見せている。左手は、だらりとベッドより垂れ下って、指頭が土の上と、すれすれだ。耳飾りをした跡らしい小孔のある耳だけが、血にも染らず灰白色に無気味だった。両眼は微に開いて、雨洩りの汚染のある天井の一角を睨んでいた。早速かけた私の電話で、北京警察で猪武者をもって聞えた金警部が二名の部下刑事を連れてやって来たのが、それから約三十分後の午前八時三十分かっきり。

私と汪先生は金警部の一行が来たので、部屋の一隅に

身を寄せて黙って立っていたが、その時室外の廊下で、家僕兼門番の糵老人を摑えて何やら大声でやっていた人物が室内に入って来たのを見た。日本人だ。老けているが三十三四歳だろう、六尺近い頑強な長身を地味だが質の良い背広服に包み、短く刈上げた頭髪に手織の鳥打帽子をかむり、丈夫そうなバーバリーコートを羽織っている。陽に焦けた顔の、太い皺の蔭の鷲のように鋭い眼が、ぐるりと室内を一巡した。垂幕の蔭の屍体をちらと眺めてから、隅に立っていた私に声をかけた。昨夜からの出来事を一通り私より訊き取ったが、幽霊の話になると、頬の肉がピリリと動いて、私に二度も繰り返させて訊き取った。金警部は簡単にこの異常な人物を我々に紹介した。

「僕の親友、秋水魚太郎君です。科学者です」

「御主人の汪先生ですね……」どぎまぎしている汪先生に秋水が奇抜な質問を発した。

「いま李君から聞いたのですが、この家には幽霊が出るそうですが、貴方は見た事がありますか?」秋水は汪先生の頰から眼を放さなかった。

「そういう噂を……世間の人がしているそうですが……」私はこの時、ちらりと汪先生の横顔を見たが、一瞬、かすめた暗い影があった。

「冗談じゃないよ秋水君、幽霊の話など、科学者にも似合わん」金警部は大声で叫ぶと、手掛りの捜査にかかった。少し遅れてやって来た検屍医の仕事が終ると、二百封度もある金警部の巨軀が、こまねずみのように動く。

「死因は前額部の一撃ですな。重量のある鈍器です。眉から眼へかけて砕いた傷と頰と顋を砕いた傷も同様の鈍器ですが直接の死因となったのはこの頭の傷ですな。……しかし、あとの傷も被害者が未だ生きている内につけられたものです……」屍体の足を握って左右に振ってみて、

「死後三、四時間、暁方の五時頃の犯行でしょうな」腕時計を覗いて、そう言うと検屍医は引揚げて行った。

汪先生は金警部の訊問に答えて言った。

「そうです……劉媽は私がこの家を手に入れてここへ住むようになってから雇った女です。もう五年になりましょう。平素人から恨まれるような女ではありません。私の旧友の縁者でそれはもう義理固い女でした。身寄は誰も居りません。天津の中学校を出た息子が一人居るのですが、これはもう数年前に八路軍に入ったとか言っておりました」

金警部の敏腕は忽ちの内に犯人の外貌を摑む手掛りを発見した。土間の隅に丸めて投げ出されてあった汚れた血に染んだ襯衣、それから殺された劉媽の金品の入っていたという空《から》になった漆塗りの小さな手箱。金警部は胸に組んでいる腕をほぐすと、背後に組んで物々しく秋水の方へ向いて言った。

「秋水君……物盗りの殺った仕事だよ。塀の外の槐樹を伝って入って来た。扉を明けてこの部屋へ入る。厨房の火を入れにか、それでなかったら用を足しに起きた婀媽と偶然ぶつかる。驚いて側にあった椅子で一撃して、死んだのを見てびっくりして、倒れた婀媽を抱えて寝床に突込んで毛布で覆ってそこいらを探して、手箱の中をさらったのだ。土間に落ちていた襯衣は血に染んだ手を洗った時に脱ぎ捨てて行ったものさ」今まで黙って室内をあちこち歩いていた秋水は突然口を開いた。

「金を盗るのに、何もこんな婀媽を殺らないで、ここに居る汪先生の……」これを聞くと今まで一体どうなるのかと隅の方でおどおどしていた汪先生は吃驚して飛上り、咽喉の奥から妙な声を出した。秋水は黙って金警部の探し出した襯衣を手に取って丹念に調べている。それを嘲笑するように金警部は「だからさ……この家の事情を知らない通りがかりの犯行さ。計画も何もない、明日の麵麭や一斤の胡麻油を買うだけの金が欲しかったのだ。こんな犯罪は秋水君……君の国とは違ってこの北京では朝晩くり返されているのだ。犯人の捕るのも千に一つだ」

秋水は金警部の言葉を聞いていたのか、聞いていなかったのか、警部の方には目もくれず。

「汪先生……」にこにこ笑いながら紙巻に火を点けて聞いた。

「この邸に出るという幽霊の話について詳しい話をして下さいませんか?」秋水の優しい態度に汪先生は段々落付きを取戻してきたようだ。

「……さあ……この家に住んで五年になりましょうか、私は一度も見た事はありませんでした。が殺された劉媽も家僕の欒も見た事があると言ってはおりましたが。何でも中年の女の幽霊だという話です」警部は大きな両手を振廻してあきらめたというように「またまた幽霊の話か。もっとも北京の街には幽霊は万と居るさ。哀帝や、香妃のようなスターも居るよ」

「実は……」汪先生は何か言い澱んで、両手を拡げて秋水と警部の方に差出した。その顔には憂悶の影が濃かった。

「……世間の人が宋公館と呼んでいるこの家の何代か前の主に宋某という人がありましたが、その人の愛妾がこの邸内で殺害され、どこかに埋められたというのですよ」

私はその時ふと汪先生の横顔を覗いたが、その顔は蒼ざめて、気の故か唇も微に震えていた。

「今でも毎月その日の夜になると、殺された愛妾の亡霊がこの邸内をさまよい歩くというのです……」秋水は汪先生の言葉を引取って、

「それで、つまり殺された愛妾の屍体が埋められたというのが、李君、君の部屋の床下だと言うのだ、な……」秋水は悪戯っぽそうに笑って私を見たが、私は冗談どころの騒ぎではなかった。そう言えば私の部屋は、たしかに陰気な部屋だ。床下に埋められた屍体はもう白骨と化してしまっているだろう。いや……殊によると、殺されて壁に塗り込められたのかも知れない。そう言えば、ベッドの横の壁にある汚染は人型をしていた。長い間に屍体からしみ出た人間の脂肪だ。早速汪先生に話をして床をはがし、壁を壊してみよう。

金警部は遂々しびれを切らしてしまった。部下の刑事に、例の土間にあった、血痕の付いた襯衣を証拠品として持たせると扉口へ歩きながら言った。

「秋水君、幽霊の話はもういいかげんにしないか。この辺をうろうろしている浮浪者を洗えば犯人は挙る」部下の刑事を一人残して、物凄い鼻息で戦車のように引揚げて行った。後に残った秋水は右手の壁に貼り付けてあった壁暦のピンを二本外して、屍体の前に垂れ下っている幕を持ち上げて左右の柱に止めて、屍体が見易いようにした。注意して二尺ばかり手前の所から屍体の顔をじっと覗き込んで、それから毛布を除けて胸、両手、両足と調べていた。やがてベッドから垂れ下っている左手を取って、じっと指先を見詰めたが、また元のように手を下した。それから屍体の胴の向側を覗いて私達の居る方へ戻って来て一人言を言った。「……屍体の右手が服のポケットに入っている……」私達の居る卓の方へ戻って、卓上の灰皿を調べていた。灰皿には四五本の吸殻が残っていた。汪先生の方を向くと秋水は言った。「汪先生、殺された劉嫣は不断、どんな煙草を吸っておりますか？」

「……さあ何て言いますか、赤い箱の……そうそう小核児牌です」

秋水は卓上の空箱を見て、「時に汪先生、貴方は？……」

「わしは、ルビークィンです」

「そうでしょう。……失礼ながら阿片の入ったね！」

電撃のような秋水の言葉が一瞬、汪先生の顔をうつ。汪先生は飛上って、大袈裟に両手を拡げて眼をくるくるさせながら「と、とんでもない」先生の顔をじっと覗込むように見詰めていた秋水は、ちらりと汪先生に微笑を投げて、灰皿に残っていた七分ばかり残っている煙草の吸殻を取り上げると、注意深く自分の唇にはさみ、それに火を移すと一服深く吸込んで、静に煙を吐きながら、またその吸殻をもみ消した。ポケットから紙片を出して丁寧に件の吸殻をそれに包んでポケットに納めた。「汪先生、この家の者や、出入りする者に阿片入りの煙草をやる人は居ますか？……李君、貴男は……」勿論この秋水の質問を誰も満足させる事が出来なかった。先刻からの秋水の落付いた態度が汪先生をすっかり打解けさせた。「秋水先生……この女は可哀そうな女でした。零落はしていましたが教養のある女でした。たった一人の息子……永録と言いました、四五年前に、未だ学生時代です、一度母親を訪ねてこの家に来ました。一月ほども居たでしょう。親思いの子でした。居所が判れば引取って学費を出してやりたいと思っております」しみじみと述懐して汪先生は、屍体に近付いて枕元の壁に貼ってある写真を指して言った。「ああこの子が永録です」秋水はその写真を取外すと、先刻の煙草の吸殻と一緒に再び胸のポケットに納めた。

さて先刻から私の胸の中にもやもや、こもってどうしても判らない事実がある。私が見た婀媽の幽霊と、劉媽の死との関係である。幽霊を見たのは午前一時の時計が鳴って間もなくだった。検屍医の調べによると、劉媽の絶命時刻が午前五時。午前一時と言えば劉媽が未だピンピンして生きていた時間だ。平素、私に対してあれほど、尊敬してよく仕えてくれていた婀媽だ。いくら戯れにでも自分の顔に血を塗って、私の部屋にやって来る訳はない。もっとも劉媽は自分の寝る前に必ず一度は私の部屋のストーブの火を見にやっては来たが。私はこの世の中で、人間の霊魂とか亡霊とかは決して否定はしない。あると思っている。ただ我々の居る三次元の世界に対して能動的にどうする、とまでは思わぬが、しかし今まで、友人間で議論になっても、霊の存在は認めて来ていた。しかし現実に幽霊をこの眼で見たとなると、ちょっと考える。昨夜の女の姿は、夢じゃなかったかな……いや夢じゃない。秋水の言葉に私の想念が破られた。

「汪先生、くどいようですが、死んだ劉嫣の縁者が北京にありませんか?」

「ありません。絶対にありません。密雲に実家が有りましたが、十年も前に死に絶えております。哀れな女でした。たった一人の息子も共産主義運動に走ってしまって」私は調査が終った秋水を誘って汪先生と連立って外へ昼飯を喰いに出ようと思ったが、汪先生は頭痛がすると言って自室に引籠ってしまったので、私は秋水だけを誘った。

「あ、そうだ李君、おわりに幽霊が出た貴君の部屋の模様を見ようかな」私の部屋の扉の把手を調べたり床に敷いてある棕櫚の織物の上を注意深く見ていた秋水は言った。

「宋公館の幽霊か。……古めかしい、怪奇な……」外へ出て東四牌楼近くの菜館で餃子《ジャオズ》を、ほおばりながら秋水は「李君、宋公館には何十年の埃に埋もれて秘密があるんだよ」

「すると秋水君、昨夜僕が見たのは、ほんとうに幽霊だと言うんだね。僕はあの家に住んで一年になる。その間一度だって幽霊なんて見た事はなかった……。だがしかし、あの部屋は何となく陰鬱だ」

「李君、正しく君の言う通り幽霊だよ。女の亡霊が宋公館に住んでいるんだ。夜になると、あの廻廊をさまよい歩いていたのだ。門を出る時つんぼの檗老人に訊ねたが、あの爺さんもまた、月に一度や二度は、夜中に厠へ立った時や、厨房の曲り角の闇に、髪を振り乱した女の姿を見たと言っていた」私は初対面以来、この秋水魚太郎という得体の知れない人物が気に入ってしまった。大体、中国人も日本人も、初めて人に会うと、まず先方が名乗るのを待つ。相手よりも早く名乗るのは自分の威厳に係ると思っている。お互に相手の腹の探り合いをやる。相手の禄高は何石、官等級は何々、ぼつぼつ話を遠廻しにやっている内にそろそろ相手を見くびって傲慢になったり、あるいはまた恐れ入って妙に卑屈になったりする。ところが秋水魚太郎は全く異る。彼の一挙手一投足、スポーツマンシップに満ち溢れている。全く生地のままだった。この事件以来、私と彼とは形影の相伴うが如く、生活を共にする親友となってしまったのだ。

私は秋水にすっかり打込んだ。

「秋水君……」先刻より心の奥でもやもやしていた霞

のような疑念を払いのけるように言った。

「僕はね……今ふと考え付いたのだが、昨夜僕が見た女の幽霊はやはり殺された劉媽だと思うんだよ。あの僕のベッドにふらふら近付いて来た時の足付きが、どうも……」

「よたよたしていた。纏足《テンソク》だったと言うんだろう」秋水はにやにや笑いながら私の考えていた先を言った。

「そうなんだよ。……しかしもしも、そうだとすると、頭を割られ顔をつぶされた劉媽が、血まみれの姿でわざわざ僕の部屋へやって来て、それから自分のベッドに入って四時間後に息を引取るというのも、腑に落ちない。それにあの傷じゃあ、ここまで歩いても来られまい」

秋水は食事を済ませて煙草に火を点けて一息吸込んで、静かに煙を吐きながら、

「李君……君は生霊の話を知っているかね。死んでゆく人間が、今にも息を引取る数時間も前に、平素恩になっていた人の所へ、いまわの際のお礼に出て来たとか、あるいは、はるかに遠い故郷の家にいる妻や子の枕辺に、生霊が後事を頼みに来たという話が日本にも沢山ある。僕はこう思うんだ。いいかね……李君、午前一時頃に瀕死の傷を負った劉媽の生霊が君の枕辺に今生のお別れにやって来たんだよ」私の襟元から背筋へかけて氷のような戦慄が走った。秋水は立上ると言った。

「今夜、調べが済んだら来るよ。今日はこれから、いそがしくなる。一日中駈け廻らなければならない」

そこで秋水と私は別れた。その日の内に劉媽の亡骸は汪先生の思いやりで、棺に納められて、彼女の居た部屋に納められたが、身寄りもない事故誰も訪ねて来る者も居なかった。

その夜は私の心からの期待にもかかわらず秋水は遂々やって来なかった。翌日も一日中、待っていたが来ない。私は汪先生に招かれて先生の居間で新しく雇われた婀媽の運ぶ夕食を摂っていると、秋水がやって来た。彼に手を引張られて猪武者の金警部が、ふうふう息を切らせながら、扉の蔭から顔を出した。秋水は私達を見ると「やあ今晩は、これから御両人に幽霊を見せに案内しますよ……噂に聞いた宋公館の幽霊にね」後につづく金警部は、何が何だか訳が判らんというように首を振って、大きな手を左右に拡げた。私はこの時以来、金警部が好きになった。入って来た二人を見ると汪先生は立上って、丁寧に挨拶して、側のソファをすすめた。

「秋水先生、私共を幽霊に会わせると仰言って、まさ

か……」

汪先生は座につくと、何か期待に満ちた顔付きで言った。

「正に宋公館の幽霊です。こうして、金警部も無理矢理に連れ出したのですよ。先生すっかり怒ってしまって、もし幽霊が出なかったら、僕の頤に一発、挨拶すると言ってるんですよ」

「秋水君……僕をかつぐんじゃないかね……一体幽霊と会いにどこへ引張り出そうって言うんだ」

「警部もくどいな。まあよいから出掛けよう。さて……」と私達の方に向き直ると言った。

「今夜の行動は総て僕の指揮下に置かれる事。僕のよいと言うまでは一切口を利かぬ事だ」警部の方を振り返ると、

「警部、それが嫌なら、北京中の浮浪者を虱つぶしに一人一人調べるんだね。埃を立てて」金警部は苦笑しながら大きく両手を振ってそれに応じた。

それから約一時間の後、秋水、金警部、汪先生、それに私の四人は西直門近くの狭い茶館の一隅の卓を囲んで、龍井茶《ルンヂン》の香を楽しんでいた。長い間の無言の行だ。秋水は我々三人を引っぱり出して、何をしようというのだろうか。宋公館の亡霊に会わせると言ってはいたが。秋水の座っている席の位置が、店の中を一目に見渡せる位置である事を考えると、誰かを待ち構えているのは事実だ。

午後十一時、突当りの時計が低い音で刻を報せた。入口の扉が開いて一人の青年が入って来た。青い木綿の服を着て陽に焦けて、やつれた顔に鋭い両眼がギロギロ光る。と……、秋水の右手が伸びて卓上の汪先生の肘を押え、卓の蔭の彼の重い靴が私の足の甲をぐいと踏み付けた。彼は頤をしゃくって、金警部に今入って来た青年を指した。私は事の意外に吃驚した。その青年は殺された劉媽の一人息子、永録じゃないか。いつか劉媽は私の部屋にやって来て写真を見せた。

「李先生、これが妾の子供の永録です。八路《パール》の使が手紙と一緒に届けてくれました」と。

警部の眼には驚異の色が輝いて秋水にうなずいた。永録は私達に気が付かずに、前を通り過ぎて、私達とは恰度、対角の位置の席に向って歩き出した。彼が目指した席に居た学生らしい青年は永録が近付くのを気が付かぬように、ポケットから貨幣を取り出して卓に置いて出入口の扉の方に向って歩いて来た。二人がすれ違う。手と

手が触れ合って白い紙片がちらと見えた。永録は学生の今まで居た席に腰を降すと、香片茶を注文して、紙を取出して読んでいたが、くわえた紙巻に火を点けると、その火で紙片を燃やしてしまった。いきり立つ金警部の腕を秋水が押付けていた。……三十分が過ぎた。永録は立上る。勘定を済せて扉口から外の闇に消えた。「尾行だ」立上ると秋水は言った。

　青白い月光に光って、どんより澱んだ海底のような街を一人の青年が、わき目も振らず歩いてゆく。すこし間隔を置いて、屋並の下を四人の男が跡をつけて、奇妙な散歩が始った。一体どのくらいの時間歩いたのであろうか。永録は振返りもしないで歩く。北池子から王府井大街へ出た。四辻の人気のない、無気味に光るアスファルトに永録の黒い影が黒い短い影になって見える。永録は金魚胡同の入口で、ちょっと立留ったが暗い胡同に消えた。先を歩く秋水の片手が挙った。警部と私達二人はそっと彼の側に近寄った。二十米ほど先に立っていた永録は闇に向って何か言った。ひっそりした胡同に彼の声がひびく。「媽《マー》……媽……」再び、ぞっと腹にしみるような押殺すような声だ。東安市場とは反対側にある菜館の塀の蔭の煤球児の燃殻の山の向うで、細い人の影が動いたと思うと、

「永録かい……ここだよ……」しわがれた、弱々しい、地の底から洩れるような声だ。がくがくと腰が砕けて、よろめく汪先生を私は支えた。

「ああ……」呻くと永録はその方へ駈け寄った。二人の人影は抱き合った。私達は二人の方へ歩一歩、忍びやかに近寄って行った。土塀の蔭に坐った老いた女の膝に永録は顔を埋めていた。月光が老婦人の痩せた顔に落ちて、頭骸骨のように白く見える。

　劉媽だ……。一昨夜、惨らしく殺されたはずの劉媽だ。永録の慟哭はしばらく続いた。私はその後、色々な事件に会ったがこの時の悲惨な印象ほど、私の心に深く刻み込まれた情景は一度もなかったと思っている。

「媽……俺はこうしていつまでも、お母さんに苦労はかけられない……。明日にでも自首して出る」

「永録や……未だお判りでないのかえ。妾は今まで一人で苦労してきたのは、お前がどこかで生きていると信じていたからだよ」劉媽の絶え絶えの物悲しい声がつづく。

「こうして、人様の家の軒下で眠るのも、とんでもない事をしてしまったお前を何とかして助けてやりたいと

思えばこそだよ。お前が八路軍から帰って来てやれ嬉しやと思ったのもつかの間、そうして、やれ共産主義だ抗戦だと言って妾を悲しませる。お前さえ心を入換えて亡ったお父さんのような商人になってくれさえすれば妾はいつでも、お前の罪を背負って、お裁きを受けて、亡ったお父さんの側へ行きたい」

母親の膝に顔を埋めていつまでも永録の慟哭がつづいた。……秋水は今までいた物蔭から身を起すと、汪先生を促した。先生はよろよろと母子の方へ近寄って行った。

事件解決の後に汪先生は秋水と私に述懐した。「そうでしたか、殺されたのは素雲《スーユン》でしたか、あれは劉媽の従妹でした。十年ほど前に亡った私の妻が体が弱かったので、素雲を入れたのです。もう二十年も前になりましょう。放縦な悪性女でした。あれを入れた私が悪かったのかも知れません。素雲は天津の生活中に阿片を知りました。一日も阿片無しでは生きて行けない女になりました。総ての事に眼をつむって見て見ぬ振りをしてやった私を裏切って、不埒な事を致しました。私はあの女の言う通りに金をやって縁を切りました」

深く溜息をつくと汪先生は秋水の顔をじっと見詰めたが悲しげに首を振って、

「秋水さん。日本人の貴男を信じて申上げましょう。何もかもみんな」彼は思い切った表情で言葉をつづけた。「実は私には人に言えない、これは私の名誉に係る秘密があるのです。それを嗅ぎつけたのが素雲でした。恩を仇に私を強請っては多額の金を持って行きました。私はその後も、ずっと今まで、婀媽として雇った素雲の従姉に当る劉媽ですね――素雲を殺した永録の母です――その劉媽を通じて素雲に金を呉れておりました。素雲は賭博と阿片にすっかり身を持ち崩しておりました。北京の街の中を転々と乞食のように野宿して歩いて、私から取った金は全部賭博と阿片です。乞食同然でした。憎んでも足りない女でした。私は幾度か殺してしまおうと思ったでしょう。しかし秋水さん曾て一度愛した女です」

いつも暢やかな汪先生の顔は鉛色の額に汗が浮いて心の苦悶が閉していた。

その後で秋水は私に言った。

「さて李君、君の見た幽霊の解釈だが、八路軍を抜け出た、永録は偶然にあの晩、母親を訪ねた。日本軍に追われていて見付かれば直ぐ殺されるかも知れない、共産軍の一兵士だ。恐らく、門番の檗老人にも知られないで、こっそりと母親の部屋を訪ねたのだ。外から内の様子をうかがう。阿片常習者で性悪女と聞いていた素雲に母親が金の包を渡している。扉外からそれを覗いた永録は、てっきり母親が強請られていると思った。カーッとなって飛込んで、側にあった椅子で一撃やってしまった。それを見た劉媽は永録に金目の物を与えて逃がしたのだ。やはり女親だ。垢だらけの襯衣を脱がせた。劉媽は自分の服を脱ぐと倒れている素雲に着せ、素雲の服を自分の身に付けた。素雲の顔を傷付けて、自分のベッドに運んだ。この瞬間から劉媽と殺された素雲が入換ったのだ。自分が被害者になる。最も安全な身の隠し方だ。そして自分の体は素雲になって浮浪人となれば一生、息子とも会える……

さて検屍の結果によると絶命時刻は暁の五時。あの血みどろの幽霊の出現は、それより四時間も前の午前一時。この問題は容易に解ける。永録の兇行は午前一時だ。顔を傷付けた素雲の屍体をベッドに運んだ後で彼女は君の部屋にやって来たのだ。平素の恩を謝しに来たのだ。別れに来たのだ。幽霊の顔の血は素雲の体の始末をした時に付いたものさ。さて永録と劉媽が逃げた後で、ベッドの上の素雲は一時、蘇生したのだ。混濁した意識の内に、煙草を吸おうと右手で自分のポケットを探ったのだ。これが一度ベッドに運ばれた屍体が、わざわざ右手をポケットに入れていた理由さ。しかし出血のために彼女は五時に完全に絶命したのだ」

秋水は笑いながら言って金警部をかえり見た。

「つまりこれが李君の見た幽霊の正体さ。君の部屋の敷物の上を四つん這になって歩いた時、僕は幽霊の歩いた辺の敷物と、ストーブの火掻棒に少量の血の痕を発見した。僕は生きた幽霊だと直ぐに思った」

「秋水君、どうして、あんなに早く永録と劉媽の所在を見付けた」

「僕は初めのうち永録の存在には気が付かなかった。あの椅子ぐらい振廻すのは、必死になれば女でも出来る。しかし金警部の探し出して来た、垢だらけの襯衣を見て男の、しかも下着のあの襯衣の左の腕に腕時計をした痕を見付けた。汗で浸み出たニッケルの淡緑の銹が付いていた。あれだけ垢と汗に汚れている襯衣を着てしかも腕時計をしている男。普通の浮浪者じゃない。僕は兵隊に投じているという永録を思浮べた。永録が北京に来ておりやしないかと。……さて共産軍に居たインテリの青年が北京に潜入したとするとどこに顔を出すか、判っているじゃないか、西直門のあの茶館は、血気のある青年の集会場所だ。憲兵隊のブラックリストにも載っている。運よく半日で写真に撮ってあった永録を発見して、あの夜早速跡をつけた。その翌晩、君達三人を再び幽霊の所へ案内が出来た訳だよ。

もっとも屍体の皮膚や表情の弛緩で阿片吸引者の特徴を発見して、あるいは別人じゃないかとも思ったし、また、阿片入りのルビークィンの吸殻で第三者——実は被害者——の存在には気が付いたがね」

さて汪先生が居ない時、秋水は私に言った。「君も気が付いたろうが宋公館の幽霊だ。あの晩に君が見た血だらけの物凄いのじゃないよ。檗老人が時々見たという女の正体だが、あれは金をせびりに来た被害者素雲の姿だったのだ。李君……恐らく汪先生は屍体を見た時、この屍体は劉嫣のじゃない。もしや、あの素雲ではないかと思った。いや恐らく屍体発見直後、汪先生は気が付いていたのだ。賢明な汪先生は、あの家に纏わる怪談を持ち出して、逃げていたのさ。僕達には用のない、先生の言う、先生の個人的のある秘密とか弱点が、素雲の出現によって人に知られるのを避けたのだ。……勿論、汪先生のある秘密を劉嫣は知っていたろう。しかし義理固い女だよ。一言も言わないで、宋公館の幽霊を信じている風をしていたのだ」

夜毎に父と逢ふ女

Ⅰ　その夜の人々

東京の中心から少し西によったM区のG坂。そこを北へ折れたところに、周辺のごみごみした民家の人々の善良な感情には、ちょっと取っつき難い街がある。ある限界で制限された石材や木材を周到に用いた設計に依って積み上げられた建物はいずれも同時代の色調を帯びて、雅趣とでも言われる一種の気品をさり気なく包み、互に無関心のように集り合っている。そこに住んでいる主人公達や彼等の家族は、ひとくちに、いわゆる高級な人種という言葉で形容しては、あまり失礼に当る、それぞれの社会における名流に属する人々達である。

都心を貫いた道路が、この街の近くへ来ると、いつの間にか光沢を帯びたアスファルトになる。その路面を新しいタイヤがピッ……と鳴って、蔦のからんだ石塀のむこうに消えてゆく。この道路と同じように電線も電話線、それから眼に見えないあらゆる人々の意志や感情も、この街へかよっている。

しかし我々は、この街の美しいアスファルト路が、坂のむこうの民家の家並の中へ通じている事を忘れてはならない。

この街の芦潟邸に発生した惨劇について、秋水魚太郎は、純情で勇猛無比の盟友、熊座退介警部を援け、事件及事件周辺の事象の観察に素晴しい洞察を示した。

しかし彼のこの聡明さが災いして、たった一つの過失を犯した。

この事は彼の名誉を傷付けるものにはならなかったが、少くとも貴重な一人の生命を失わしめる結果になった。

道路を左折し南に展けた高台の一角。芦潟邸の令嬢冬子は先刻から一時間余りも自室の敷物の上を不安気に行ったり来たりしていた。父の部屋へ行った恋人、杉原泰一の戻って来るのを待っているのだ。その父、浩介氏の居間、豪奢な調度に囲まれ、剛愎そうな老人が椅子に深々と凭れている。彼の前の椅子には、冬子の恋人杉原青年が坐っている。

「それでは伯父さん、冬子さんとの結婚は許さないと、おっしゃるのですか?」

蒼白い悲痛を湛えた青年の額を、絶望の影が、ありありと覆った。

「そうじゃない。もう少し時期を待てと、云ってるんだ。君は若い、あまりにも焦り過ぎている。泰一君、君ばかりではない、あの冬子も、この儂の眼から見てまことに申分のない若者達と信じている。信じておればこそ、こうして言うんだ。君も冬子も、未だお互に真から理解し合い、相手の良いところは認め、また欠点は良く見極めて、それを寛大にうけ入れる、というところまでは行っていない。君達二人はいま、我々人間が生涯に一度はかからなければならぬ熱病にとりつかれているんだ。自分勝手な心の幻像《イメージ》を相手の上に描いて、感情的に烈しく惹き合っているだけだ。いまに判るよ。これでは本当に愛し合っているとは言えない。儂は君達二人の現在の考え方や、行動を悪いとは決して言っていない。誰でもが一度はそういう時代を通らなければならないからだ。この儂にも、そういう頃が有ったものだ。泰一君……こうした時期に夢中で結婚するということは、二人にとって不幸な事だ。あとで悔ゆる時期が必ず来る……」

「それじゃあ、やはり伯父さんは、僕達の結婚を許しては下さらないと言ってるんだ」

「……僕達っ……?」

そう言いかけて芦潟浩介氏は、ぐっと頤を引いたが、寛大な微笑を、甥の杉原泰一に注いだ。青年は椅子の肘掛を掴んで、荒々しく立上った。興奮で熱ばんで、ぼやけた彼の視線に、恋人冬子の父親、芦潟氏の椅子に凭れた紺青の居間着姿が歪んで映った。

鼓膜のうち側に、ふくれあがった血管、何かの遠鳴が、わあーんとひびく、微にだが正確な壁時計の秒刻の音が聞えてくる。

呪わしくも、無理解な伯父。その彼を城砦のようにとり囲んでいる、どっしりした部屋の調度、天井まで壁を埋め尽す書籍。部屋中にこもる葉巻の匂に混って漂うオードコロンの香、ああ……それよりも若者にはとうてい抗い得ぬ芦潟浩介という著名な人物の体臭……。ティク……タック……ティク……タック……壁時計の秒刻の音が急に大きく聞えてくる。泰一は、ごくっと固唾を呑んだ。

ノックの音がした。

「……お入り……ああ中館君か、なにか用かね？」

芦潟氏は、青年の背後の扉の方を、ちらっと見て、再び彼の顔に視線を戻すと、剛愎らしい頬に微笑を浮べた。

「判ったね、泰一君。もう部屋に帰ってお寝みなさい。冬子も自分の部屋で、君のたよりを待っていることだろう。ちょっと声をかけて行っておやりなさい。そうして冬子には、亡ったお母さんの写真に、おやすみなさいを言って寝るようにな」

扉を荒々しく明けて出て行く甥の後姿を見送って芦潟氏は、さも楽しくってたまらないというような笑顔で、新しい葉巻の口を切った。

私設秘書の中館愛作が一礼して近寄ると、珍しく椅子をすすめた。

「若者は良いなあ……あの二人は夢を見ているんだ、羽の生えた素晴しい夢をな……。しかし、この儂だって、未だまだ夢は忘れんぞ。いまは追放に引っかかって手も足も出ぬが、世間の人々は、この儂を必要としているんだ。儂の人生は、これから始るのだ……ときに中館君、君は今年いくつになる？」

グラスに半分ほど残っている液体を呑み干すと秘書の顔を見た。中館愛作の脳裡を一瞬ではあったが、美しい冬子の顔が浮んで消えた。彼はそれを打消すように苦笑して、

「はあ……四十二になります」

「どうだね、良い婦人でも心当りが有るかね。君のお父さんは、ああいう死に方をなさったし、あれから君を預ってもう二十年になる。君の身の上については、儂も是非とも、骨を折りたいと思っている。意中の婦人でもあれば、遠慮なく儂に言ってくれ給え」

しばらく、めい目していたが、ぽつりと言った。

「君のお父さん、英輔氏とは好敵手同士だった」

中館は居ずまいを正すと、きっと芦潟氏の顔を見た。

「閣下……」

氏が追放前の頃の癖が、いまだに抜けないのだ。

「先刻、紫光クラブの松原さんから電話がありまして、今夜九時頃にお訪ねするが、と仰言っておられましたが」

ちょっと壁時計を眺めた氏の眼が、その下の日暦の上に留った。

「ちょうど七時半だね。今夜は誰にも会いたくないから、お断りしてくれ給え」

と言って新しく、グラスにウィスキーを注ぐ手付きは微に震えていた。中館が戻りしなに、扉のところで、再びちらりと見たときの芦潟氏は、じっとグラスの底を見つめていた、その瞳は燃えているようであった。

側卓子の灰皿に置かれた葉巻の火は消えていた。これが生きていた時の芦潟氏の最後の姿であった。

九時の時報を聞いて冬子は長椅子から離れた。二人の結婚を父に許してもらおうと言って、泰一が行ってから二時間経つ。

「あまり時間が、かかり過ぎる」

怖ろしい予感が、ぴしっぴしっと背筋を刺しとおす。

「お父さんはきっと、お許しにならないのだわ。もし、二人の結婚を許すと、おっしゃれば、泰一さんのことだから、妾のところへ報せに飛んで来るはず。あの激し易い泰一さん……まさか、お二人の間に争いでも起きたのじゃないかしら……？」

冬子は父の部屋の扉の前に、そっと立ってみた。中からは人の声も、何の物音も聞えてこなかったが、扉の上の廻転窓は明るかった。引返すと、そっと二階へ上って行った。泰一の部屋の扉は明放たれている。入口に立って室内を見ると、彼は長椅子に上半身を起して横たわっていた。空になって敷物の上に転がっているウィスキーの瓶、窓は明放しになっていて、冷い風が彼女の頰を打った、暖房装置のスチームも止めてある。

「泰一さん……」

長椅子から起上った彼の胸から膝の上に、煙草の灰が落ちた。乱れた髪の下の眼は酔って、どろんと、充血していた。

「駄目だ。やっぱり伯父さんは理解してくれない。僕達の気持が判らないんだ」

「妾、決心していますわ。妾を連れて一緒に逃げて下さらない。貴男と一緒に、どこまでも行きます。世界の涯までも、お願い……泰一さん、一緒に連れて逃げて下さい」

彼女は側に坐ると、男の両手を執って顔を見上げた。酔って蒼白となった額に乱れて散った髪、ぎらぎら光る眼。烈しく彼女の手を振放すと、コップの液体を、ぐうっと呷った。

「駄目……そんな事をしちゃ……お酒の力で気分をまぎらわすなんて卑怯よっ……」

「なにっ……卑怯っ？　貴女を連れて逃げることの方

が、どんなに卑怯だか知れない。僕は伯父さんから、貴女を盗むような事はしたくない。冬子さん……僕は卑劣な男になりたくないんだ」

「……どうなさるの？」

「どうするって……」

ぎらぎら光る彼の眼、彼女は、はっと身を引くと立上った。

「泰一さん、貴男は今夜お酒をあまり召上り過ぎたりして興奮なさっていらっしゃるわ。お願い……もう今夜はこれっ切りで、お寝みになって下さい」

彼は、どすんと長椅子に体を倒すと眼を閉じてしまった。冬子が静に扉を閉じて出て行くと、彼は、ぱっちり眼を明けて思い出したように上体を起した。

上衣とチョッキを投出し、ワイシャツの首をゆるめると、激しく首を振った。卓子のコップにウィスキーを空け、ぐいっと呷る、天井を向いた彼の眼に壁時計が見えた。

チッ……チッ……チッ……頭のしんを刺すような振子の音。すっくと立上ると、彼は椅子を壁際に引摺って行って、その上に載った。ふらふらする身体を壁に支えると、時計の蓋を明けた。彼の右手指は振子の調節螺子を探っている……。

椅子から降りて、長椅子の上に戻った彼は、この時、細目に明けた扉の隙間から、自分の行動を見つめていた女の姿には気が付かなかった。首筋から後頭部へかけて、血管の中を、ずん……ずん……と血液が脈打っている。大きくなった壁時計の秒刻の音が、彼の鼓膜をうった。ティク……タック……ティク……タック……ティク……タック……。

うつろのような声を出して彼は笑った。

「はっはっはっ……これで良いんだ、これで……」

手を伸して頭の上のスタンドの灯を消した。彼の硝子玉のような両眼が闇の隅にいつまでも光っていた。

II　英雄的な

昨夜の雨で黒くぬれたアスファルトの上に芦潟邸の公孫樹の落葉が散り敷いて、金色に光っている。十一月の空は土耳古玉のように澄んで、地面を立昇る水蒸気に、縞目の陽の光を降り注ぐ。

ぬれた芦潟邸の庭の玉砂利を鳴らして一台の自動車が

留った。ばたん、と扉の音と共に、黒いオーヴァに身体を包んだ小柄な初老の紳士が飛出した。迎えに出た秘書の中館に、胡桃の実のような顔に載っている眼鏡を光らせると、

「まだ芦潟先生はおやすみかな」

と言って腕時計を、ちらりと覗いた。

「いま、ちょうど七時半。十時から会員が集るんじゃが、その前にちょっと先生に打合せをしとかなけりゃならん。先生の追放も解除になる噂だし、今日は是非とも、クラブへ引張り出して、一席ぶってもらって雀共の鳴りを鎮めてもらわにゃ……あのてんやわんやでは、業界も立遅れですぞ」

と言って、手にしたステッキを顔の前で振廻した。勝手知った芦潟邸、早くも松原氏は中館の先に立って、正面廊下に足を運んだ。後から追付いた中館が、芦潟氏の居間の扉をノックした。

「まだお寝りのようですが」

「いつも、まめな先生に似合わん……」

中館に代って、扉をノックしたり把手を廻したりしていた松原氏は眉をひそめて秘書の顔を見た。

「どうも少し様子が変じゃないか……?」

二三度、身体をぶつけているうちに、扉の内側に、カチリと音がして、鍵穴に差込まれてあった鍵が床に落ちたらしい。鍵穴から、室内を覗いていた松原氏は顔を上げると、眼を見はり、ぽかんと口を明けて中館の顔を見た。ステッキを放した手は扉を指している。

「君……いかん、芦潟氏が……」

部屋の仏蘭西窓に垂れたカーテンが少しずれて、初冬の朝の光が斜に室内に流込んでいる。窓に頭を向け、手前入口の方に両足を伸して俯伏して倒れている人間の姿。前腕は頭の両側に伸して、カーテンの裾を摑んでいる。ほの暗い室内ではあるが、人々には明らかに、この邸の主人、芦潟浩介氏の唯事でないようすが判った。

「扉には手を触れないで、このままそっと警察へ報せなさい」

ようやく落付きを取戻した松原氏は、中館をかえり見た。

「中館君、お嬢さんは、冬子さんはどうなさった?なるべく驚かせんように報せてあげるんですな。なにせ父親一人、娘一人じゃから……」

彼はやや蒼白んだ顔で、うなずくと隣室の扉を押したが、冬子は自室に居なかった。そのまま引返して玄関の

方を向くと、車寄せの飾壁に腰を下して考えにふけっている彼女の姿が眼に留った。

「冬子さん、お父さまの御様子が変なのです。……お居間で……。お気をしっかりお持ち下さい」

「ええっ……お父さまが、どうなさったの?」

端正な顔の眼鏡に指を触れて直すと、彼は冬子の腕首をしっかり握ってやった。

「ええ、良くは判りません。しかし御不幸のような予感がいたします」

冬子は彼の手を振りもぎって父の居間へ駈け出した。父の居間の扉を白い拳で打叩き、松原氏に肘を押えられ、彼女は男達の腕の中に失神してしまった。

中館は逞しい腕に冬子を抱くと、彼女の部屋の長椅子に寝かせた。閉じられた眼の長い睫毛の影を見つめていたが、立上るとコニヤックを取って来て口を割って流し込んだ。

「冬子さん……お気が付きになりましたか、中館です、お判りになりますか? 私に出来ることなら何でもしましょう。言い付けて下さい」

「中館さん、お父さまは、どうなさったの?」

「そのうちに警察の方も来ます。亡られたお父さまの姿が、鍵穴から良く見えました」

「中館さん、あの部屋の扉を明けてちょうだい、妾のお父さまが亡られたのに、どうしてこの妾が、お父さまの側へ行ってはいけないの?」

「ただの亡なられようではありません」

「強盗……?」

彼は哀れむように冬子の眸を覗き込んだ。

「判りません……いまは……」

彼女はいきなり長椅子から上半身を起すと叫んだ。

「お父さまは、お父さまは誰からも恨まれたりなさる方じゃないわ……中館さん、貴男もきっと妾と同じように、お父さまを、お信じになっていらっしゃるでしょう」

「……私の気持もやはりお嬢さんと同じように、先生は人から恨まれたりする方ではないと信じております」

彼は立上って冬子の側から離れると、窓に向ってゆっくり言った。

「冬子さん、昨夜、泰一さんは先生のお居間から戻って、貴女にお会いになりましたか?」

「ええ、あの方のお部屋で……」

「どんな、ごようすでした?」

「どうしてそんな事をお聞きになるの……」

みるみる冬子の顔色が変った。

「先生とだいぶ争われたのです」

「中館さん、貴男はまさか、泰一さんが……」

「冬子さん、軽はずみな事をなさってはいけませんよ。私がいつでもお側におりますから」

彼は扉のところで一度振返ると言った。

「泰一さんは、二階のお部屋ですか?」

中館の姿が扉のむこうに消えると、彼女は後を追いすがるように立上った。何か言おうとして手を挙げたが、その手は力なく下り美しい顔を覆い、白い歯は指を嚙んだ。驚愕と悲痛の極み、冬子は泪さえも渇れてしまったのだ。


本庁捜査課の熊座警部が部下を引き連れて芦濕邸へ来着したのが八時半。例によって彼の親友、秋水魚太郎が運転台の扉を排して、長身を現した。

警部の指揮によって、廊下に面した扉のパネルが丁寧に切抜かれた。眼の前に落ちている鍵を、ハンケチで素速く拾って鑑識課の技師に渡すと、警部は真先に室内に飛込んだ。


「芦濕浩介氏、絶命されている。昨夜だな」

後から現場に入った秋水の眼に、俯伏している屍体の部屋着の背を染めて、胸の下の敷物に黒く溜りを作っている、おびただしい量の血が、何か言い知れぬ異様な印象と、不気味な予感を与えた。秋水の意見で現場には一応昨夜のままに電燈が点けられ、細心な調査の後に、ようやく窓のカーテンが引かれて、朝の光が流れ込んだ。

鑑識課員の報告によって、屍体検証の結果が報告された。死因は背後から一突きに刺通された両刃の短剣で、切尖は心臓を貫いていた。推定絶命時刻は昨夜の十一時から午前一時までの間、即死と断定され、被害者は少しの抵抗もしていなかった。強いて言えば、被害者の死面に残る僅かな驚愕の表情。

さて兇器が現場のどこにもない。後で判った事だが、芦濕邸内にはなかった。

「仏蘭西窓も鍵がかかっている。完全な密室の殺人だ」

と言った警部の言葉を引取って鑑識課の技師が横合から口を入れた。

「あの窓の扉の鍵は外からも掛けられる特殊の出来です。被害者の衣服か、現場のどこかに、もしも鍵が発見されなかった場合には、犯人が密室を作って仏蘭西窓から遁れ出たという事が言えます」

警部は黙ってうなずくと、

「そうだ、第一の発見者松原氏がこの部屋の扉を叩くまでは、入口の扉の鍵穴には鍵が差込まれてあったのだからな」


指紋採取に使われるアルミニウムの銀色の粉が射込む朝の光に輝き、屍体があらゆる角度から撮影される。鑑識課の仕事のこちらでは、熊座警部によって証人に対する鋭い訊問が行われた。まず最初の発見者で、朝から被害者を訪問した紫光クラブの松原貞三氏。

「松原さん、先刻、鍵穴から覗かれた時、貴男はどうして芦潟氏が死んでいる事がお判りになったのですか」

警部の型通りだが、甚だ油断ならぬ質問に松原氏は両手を拡げると、身体を椅子から浮かせた。右の掌を拡げて眼鏡を押上ると、せき込んで上体を乗り出した。

「な、なにを言われます? 儂に対する貴男の最初の質問ですか、それが……。それじゃ、まるでこの儂が犯人か、それでなければ犯人の片割れとでも思っておられるお言葉じゃゃないいか」

苦笑を浮べて警部は片手を挙げた。

「まあ……そう先廻りされては困ります。私達は物の順序としてお訊ねしているんです」

「そうかも知れませんが、先廻りもせにゃ儂達の事業は出来ませんぞ。償却期限の短い工場設備や、多くの特殊技術者をかかえ、不安定でしかもコスト高の原料を手配せにゃならん我々の事業としては当りまえの事です。それじゃから昨夜も芦潟氏に会見を申込んだのです。それが昨夜は氏の都合が悪い。それじゃあというので、こうして朝っぱらから出掛けて来とるのですぞ。いま頃、何も事情を知らぬ仲間の連中はクラブに集って、ぎゃあぎゃあ言って儂等の来るのを待っておりますわい」

両手を振廻しながら、次から次へと、まくし立てる松原氏に押され気味の警部は、当惑気な顔で、漆黒の仏蘭西型の美髯を撫でている。

「しかるにです……」

松原氏は卓をぐわんと叩いて言葉をつづける。

「貴男方の甚だ非礼な言葉の裏には、いかなる情況にも自在に利用し得られる、まことに陰険極まりない罠《トラップ》が匿されとる」

これまで二人のやりとりを黙って聞いていた秋水は、

何かを思い出したらしく、にやっ、と笑うと口からパイプを離した。

「松原さん、貴男の会社の有名なＰ・Ｖレヂンの事を聞いて良く知っておりますが、あれは一般生活必需品の製作に用いるのも結構ですが、犯罪化学方面の利用も面白かろうと思っております。私の研究所でも、いまそれについて研究しております」

「おお、貴男はもしや……？」秋水の言葉に、松原氏は一瞬、紳士の外観を取戻して、

「……秋水さんではありませんか。いや、すっかりお見それしました。それでは早速明日にでも会社の研究所を御覧になってもらわにゃなりません」

秋水はこの隙を見のがさない。すかさず切込んだ。

「松原さん、亡られた芦潟氏は、人から恨みを買われているようなことが有りましたか？ ……例えば事業上の事ででも」

「いや、絶対にありませんな」

「しかし、今でこそ追放の境涯ですが、あれだけの事業をなさった方、ずい分敵も有ったでしょうな」

「いや有りません絶対に……よしんば敵が居たと仮定しましょう。しかし今どきの混乱しとる事業界の建直しには、少くとも向う五年間、芦潟氏のような人物には生きていてもらわにゃならなかったのです。いいですか、秋水さん、業界のたとえ仇敵でさえも、氏を必要としたのです。それほどまでに、芦潟氏は偉大な指導性と、業界にはまことに珍しい徳が有った方でした」

「それでは……」ちょっと扉口を見やり、秋水は言った。

「氏の私行上の問題、たとえば婦人関係などでお気付きの点がありますまいか？」

「我々のサロンでは左様な問題、つまり個人の私行については、耳を聳てません……いや、むしろ興味を持ちませんな」

証言を終えて、捜査上のある部門についてのみ警部から固く口留を約束されて、あたふた芦潟邸を引揚げて行く松原氏の後姿を見送ってから、熊座に対って秋水は、ぽつりと口を切った。

「いずれこれから、昨夜の家人の情況調査が行われるだろう。けれどもそれは芦潟氏の死を他殺と仮定しての事だが……」

けげんそうな警部の視線にかまわず、秋水は言葉をつづけた。

「……しかし芦渇氏の死を自殺と考えられない事もない。方法なんて、どんなやり方でも良い。例えば椅子の背や、書架のある場所に短刀を固定しておいて、自分みずからそれに背部を押し付ける」

「だが、兇器がない。だいいち自殺の理由がないじゃないか」

「いや、可能性はある。家族の誰かが、芦渇氏の自殺死を発見して兇器を持去る。それには、そうする事によって、保険の問題もあるし、対社会的にも、氏の死を密室による殺人として葬り去った方が有利な場合が考えられる。ほら先刻ちょっと顔を見せたろう、秘書の中館という男、しっかりしているらしい」

「そうだ、それに……」

咳込む熊座を押えて秋水、すこしも慌てない。

「僕は、ここへ来る途中の自動車の中で考えたのだが、芦渇氏の現在までの生活だ。私財も相当ある。社会的勢力も申分ない。いまも松原氏の話じゃないが、業界から再出馬を要請されている。ちょっとこれだけ考えると、自殺説の根拠となる何物もないが、ここに犯罪捜査上の死角がある。つまり人は氏ぐらいの年齢と環境に立つと、自分自身を他の誰よりも良く知っている。また、誰よりも知ろうとして省察する。殊にストイックな氏においては特にそうだ。氏自身の弱点や長所は芦渇氏自身が一番に良く知っていたはずだ。とすると、氏が業界の第一線に乗り出し、大成された後、終戦後の追放に引かかるまで、日本の国はある意味で隆盛期にあった。言い換えると絶対的な立場に有った。十数年間の芦渇氏の足跡がそれだ。しかし我々が忘れてはならないのは氏の言論や思想の根拠となったものは『否定』という簡単な、この一言だった事だ。従来の一切のものに対する否定。これが外棉依存の綿紡の否定となり、輸入原油の精製工業否定という、氏の晩年の業界指導原則となり、世界的な人造繊維工業や合成樹脂工業の全盛期を築き上げたのだ。ところがこれからはどうか？　日本の再興にはある限られた一定の流れがある。いまさら氏自身の出馬が是が非でも必要だという情勢じゃない。賢明な氏の事だ。この事を誰よりも一番に良く知っておられたろう」

「それは判った。しかしその事と自殺と、どういう関係がある？」

「自殺の動機は専制者《タイラント》の最後の虚栄とも言って言えない事はない。しかし、そう断定するには氏自身にとって、余りにも切実な問題だ。熊座君……完全犯罪があれば、完全自殺も有り得る。英雄的なね……」

熊座警部は口髭の端を嚙んで、秋水の言葉を黙って聴いていた。この時には秋水も未だ芦潟氏殺害犯人の片鱗さえも摑んではいなかったが、後段における推理の大転換、意外な真犯人の指摘へ向っては、巨歩を静かに進めていたのだ。

Ⅲ　老人の儀式

熊座等にとって捜査進行上、はなはだ幸運であったと言えるのは、屍体となった芦潟氏とは社会的に密接な交渉を持ち、かつすこぶる多弁な紫光クラブの松原氏が、最初の屍体発見者であり、しかも一番先に証人として訊問の席に現れた事であった。もう一つは、秘書の中館愛作が過去二十年にわたって故人の身辺の世話をしていたという点である。

「中館さん、取調室にあてたいのですが、出入りが良くて外部に電話の通じる部屋が有りますか？」

「はい、この隣りの部屋が私の部屋です。電話も通じますし、亡られた先生の部屋も、すぐ隣ですから、よろしかったらどうぞ」

一同が隣の部屋に移ると間もなく、地階の使用人達を調べに行っていた刑事の一人が報告に戻って来た。

「課長、いま地階の連中の調べで、昨夜のあの時刻前後だろうと思われますが、面白い証言がありました」

芦潟邸の使用人、中館は別として、地階に二組の夫婦者が起居している。一組は子供もない中年だが比較的、怠け者の料理人夫婦。昨夜は二人して七時半頃、厨房の仕事を終って中野に居る伯父を訪ねて、遅くなったので一泊して、今朝始発の省線で帰邸した。もう一組の夫婦は、園部という庭番の老夫婦で、やはり子供がない。この老人が邸の内外の鍵を預っているのだが、昨夜も毎晩の例で、日没後たった一個所、鍵を締め残してある側門のくぐりに鍵を掛け、邸内を一巡したが異常がなかった。この時刻が十一時。それから一時間ほど経て、妙に気になるので、出入口の扉に鍵を掛けた邸内をくまなく一巡して、異常ない事を確めてから、主人芦潟氏の居間の廊下に面した扉の前に立った。電燈を消した廊下は暗かった。扉の上の回転窓の中もこの時はすでに真暗で、ひっそり物音ひとつ聞えなかった。が、さて園部老人は主人の扉の前に立って妙な事をした。襟を直して、丁寧におじぎをしたのだ。ここで意地悪く突込む若い刑事に対って老人は言訳した。「わ、わしが夜の夜中の真暗闇の中で、御主人様のお部屋の前でおじぎをして何が不可ねえのですか？　先代様が未だ官員さんでいらっしゃられた頃から、この儂はお世話になっております」

　若い刑事は苦笑して先を促した。さて実直な庭師老人の秘密の妙な儀式が終って暗闇に頭を挙げた時、芦潟氏の居間の中から壁掛時計が夜中の十二時を報じた。踵を浮せて地階の自分の部屋に戻りかけた老人の耳に、もう一つ余計な音がした。十三回目の、こん度は時計の音ではない。遠くの方で静かだが重い、バターン……という扉の音らしい。妙なのでちょっと足を留めて考えたが、あとは何の物音も聞えなかったので、律気な園部老人は首を振りふり地階の寝床へ帰って、そのまま寝てしまったという訳であった。

「芦潟氏刺殺の犯人、あるいは屍体の背中から兇器を抜去った怪人物が、居間を脱け出した時刻は一応十二時きっちり、つまり園部老人の深夜の儀式最中という事が考えられるね」

　警部の言葉に秋水は黙ってうなずいた。次いで故人の秘書、中館愛作の訊問が行われた。

「中館さん、一番大切な事柄ですから、昨夜の情況を在りのまま話して下さい」

　端正な顔にかけた近眼鏡の奥に小さく見える眼を瞬きながら中館は自分が見た昨夜の情況を物語った。戦争前まで実業界に君臨した剛愎無類な専制者芦潟氏の日常を仕え、満足させた秘書としての細心な注意と明晳な頭脳は簡明な証言で警部を満足させた。

「さて中館さん、あの居間の仏蘭西窓の鍵は、いつ、誰が掛けるのですか？」

「亡られた先生御自身です。暑いうちは、おやすみになられるまで、庭のテラスに向って明放ってありますが、近頃の寒い陽気では、夕刻食事にお立ちになる前に必ず御自身でお閉めになります」

「芦潟氏はお部屋の鍵をいつもどうなされていますか？」

「廊下の扉のと、窓の鍵は別々の紐に通して、それぞれ鍵穴の上の把手にかけておかれるのが常ですが、また机の上に置いたり、居間着のポケットに入れておかれることもあります」

「芦潟氏が自殺されたと仮定した場合、その証拠になる事がありますか？」

意外だというように中館の眼鏡の奥の眼は見開かれた。

「自ら生命を断たれる理由は考えられません。また、先生の日記でもお調べになればお判りになると思います」

「他殺の場合、なにかお気付きの隠れた事情でもあればお話し下さい」

「盗まれた品物は何もないようですから、勿論強盗でない事は確です。しかし先生は社会的に日常、誰からも恨まれてはおられません。これは関係方面をお調べになればお判りになりましょう」

「婦人問題では……？」

一瞬、中館の面を厳粛な影が過ぎ、唇をぎゅっと嚙んだ。

「有りません。絶対に……」

やがて中年の私服刑事に導かれて、令嬢の冬子が部屋に入って来た。たった一人の父親を一夜にして失ってしまった悲しみに打砕かれた彼女は、中館に援けられて椅子に坐った。

「冬子さん、貴女は夕食後お父さんとお会いになりましたか？」

彼女は泪に腫れた眼を挙げた。

「いいえ……七時頃、一緒に食堂で夕食を済ませましてから今朝まで一度も父の顔は見ませんでした」

「食堂では誰と御一緒に召上られますか？」

「いつもの通り、昨夜も父と妾の他に、中館さんと、従兄の泰一さんの四人だけでした」

泰一の名を言葉にした時、彼女の血の気のない形の良い唇は微にふるえた。

「泰一さんの昨夜のごようすに、いつもと変ったところが有りましたか？」

「いいえ、お酒をたくさん召上りましたが、いつもとお変りありませんでした」

中館の色の白い骨太の手が冬子の小さい手をしっかり包んだ。彼女は泪にぬれた顔をその拳の上に伏せてしまった。秋水は痛まし気に凝っと見ていた。

刑事に導れて室内に姿を現した泰一青年は、昨夜以来の深酒で蒼白な顔をしていた。神経質らしい鼻筋から、こめかみへかけては、憔悴の影が濃く隈取り、良質の背広服の下には、チョッキもネクタイも着けていない。指差された椅子にふらふらと倒れかかった。

「泰一さん、貴男の伯父さんの芦潟氏が亡られたことをいつお知りになりました」

「先刻、私が報せました」

横から放った中館の言葉を、警部はピシリと決めつけた。

「係官の質問までは、言葉をおつつしみ下さい。……泰一さん、貴男は昨日の夕食後から今期、私達がここへ来た時刻までの御自身の情況を説明しなければなりません」

青年は蒼白な唇を嚙んでいたが、きっと顔を挙げた。

「伯父さんと言い争った……この事は僕の立場を悪くする条件となりますが、仕方ありません。言いましょう。ここに居られる中館君もよく知っていますが、僕と冬子さんは愛し合っているのです。すべてをゆるし合って、……しかし伯父は僕達の事に少しの理解も与えませんでした。冬子さんは自分を連れて一緒に逃げてくれとも言っておりました。しかし僕はひとの娘を盗むような卑怯な行為は出来ませんでした。僕の名誉がゆるしません。昨夜も例のように伯父と冬子さんの事で口論しましてから、二階の自室に戻って酒を飲んだのです。かなり酔いました。今朝もまだこの通りです」

「どなたかに証明して戴けますか?」

「ええ、あれから二階の自分の部屋に戻りまして、何時頃でしたか、冬子さんが僕の部屋に見えました。泥のように酔っていたことと思います」

訴えるように愛人の顔を見た。警部は冬子に対って言った。

「冬子さん、貴女が階上の泰一さんの部屋へおいでになった時は何時頃でしたか?」

「九時の時報を聞いてからすぐです」

「その時、貴女がごらんになった泰一さんのごようすはいかがでした?」

「いま仰言ったとおりです。まるでお魚のように、がぶがぶお酒を召上っていらっしゃいました。よもや……」

と口籠る。

「昨夜の酔態では、とうてい階段を正確に降りて、あも鮮かにお父さんを刺した後、密室を作って引返せまい、とおっしゃるのですね?」

冬子は黙ってうなずいた。警部は青年の方へ向き直ると、

「その後の事を記憶していらっしゃいますか?」

「はあ、酒は相当量を飲みましたが、長椅子の上で正体なく寝込むまでのことは、かなりはっきりと憶えております……ああそれから、幾時頃でしたか二階突当りの洗面所で頭を冷していて、ふらふらと倒れてしまったのも憶えております。その時も誰かに……いや確に男でしたが、僕を抱き起して、部屋の長椅子まで連れて来られたのも、はっきりと記憶しております」

「誰だか記憶がありませんか?」

「二階の廊下も洗面所も電燈が消えておりまして真暗だったので、誰に抱き起されたか顔が判りませんでした」

泰一の疲労と憔悴は警部の鋭い訊問には耐えられぬようだった。

「警部さん、発言しても良いのでしょう」

皮肉な微笑を浮べて中館が言った。

「その暗闇の人物は私です。私が倒れている泰一さんを抱き起して、お部屋までお連れして介抱して上げたのです」

「中館さん、貴男の部屋は階下ですね……うむ、今我々が居るこの部屋じゃが、恐らく、昨夜のその時刻、かなり遅い時刻でしょうね、一体貴男は二階まで何の用で上って行かれたのですか?」

鋭い……。手ごわいとまで言えるかも知れぬ、しっかりした証人に対して、警部の訊問は烈しい攻撃の気配をピリリ……と示した。

秋水は微笑してパイプの香を楽しんでいる。

「昨夜かなり遅くまで読書しておりましたが、何時頃だったでしょうか……廊下の壁から二階の洗面所へ敷かれてある水道管が、カタカタ鳴り出しました。相当長い時間です。洗面所で誰かが何かしているな、と思いましたが、私はすぐ気が付いたのです……また泰一さんだな、いつものようにお酒を飲んで、洗面所へ水を流しているのだろう。とこう思いながら二階へ上って行きました。案のじょう泰一さんがタイルの上に倒れておりました」

秋水の頬がピリリ……と動いた。

「お部屋へお連れして上衣を脱がせる。靴を脱る、枕元へ水差を置いて上げる。かなり骨が折れました」

「その時、幾時頃だかお気が付きませんでしたか?」

警部の質問、鋭く切込む。

「お部屋を出る時、ちょうど十二時を打ちました」

「階下で園部老人と会いましたか?」

「いいえ会いません」

これで一応家族の訊問は打切られた。一方邸内外では兇器の探査が行われていたが、芦潟邸附近の聞込みに行っていた刑事が額を輝やかせて戻って来た。扉の入口で、ちょっと立停って一座の人々の顔を見て、口籠った。警部は人々に言った。

「ご苦労さまでした皆さん。また後刻お訊ねいたすこともございますが、それまで御めいめいのお部屋にお引取り下さい」

泰一青年と冬子は一緒に冬子の部屋へ、中館は図書室へ入った。待ち兼ねたように警部は、

「どうした、何か聞込みでも?」

「ええ、昨夜十二時近くに、人っ子ひとり通らない前の坂道に若い女が独りで立っていたと言うんです」

芦潟邸と対き合っている山本邸の運転手某は昨夜、ちょうど主人の山本氏が出版関係の用で関西方面旅行中なので、これさいわいと駅前のカフェで好物のキャビアで長い時間をかけて適量のジンを味わい、良い気持になって、ふらりふらり戻って来た。ちょうど自分がふだん出入りする山本邸の側門、つまり芦潟邸の本館が落葉した木の間隠れに見透せる坂の中途まで来かかった時、じっと立って動かぬ若い女とすれ違った。アルコールの効き目で、闇に光る燈火も、わけて若い婦人には心惹かれた。一二歩行き過ぎて振向いて見たが、その女は黒いふっくらした羽毛襟巻《ボア》に頬を埋めて、顔ははっきり見えなかった。雨が止んだ後で、断雲の縁は明るく光っていた。酒気を帯びた男に、その女は真暗な坂の闇に白い顔をそむけてしまった。

刑事の報告を聞いている熊座の側に居た秋水の姿はいつの間にか見えなくなっていた。泰一青年は階下の愛人、冬子の部屋に居る。誰も居ないはずの、二階の泰一の部屋で、コトッ……と微な音がした。音も無く扉が明けられると入口に秋水の長身が腕を厚い胸の前に組んで立っている。怪人物は、さっと身を翻すと両手を拡げて、背中を壁に貼付けた。彼の頭の上で壁時計が微な秒刻の音を立てている。ティク……タック……ティク……タック……。

異常な驚愕に満ちた両眼を、見開いて扉口を凝視した男、先刻、図書室へ行ったはずの故人の秘書、中館愛作だ。

「ああ……」ほっと吐息が洩れて、

「秋水さんですか、びっくりしました。亡られた先生は几帳面な方で、毎朝邸内の壁時計を標準時に合せるよう、私にお命じになっておりました。毎日の私の余分な仕事です」

秋水は聞いていないようだった。パイプを口から放すと、微笑しながら、

「中館さん、貴男は隠しておられましたな。昨夜、芦潟氏は死の直前に若い婦人と逢っておられたのですぞ！」

中館は壁際から身を引くと、静かに一歩、秋水に近付いた。

「何をおっしゃる。秋水さんらしくも有りませんな、かまを掛けたりして。フェヤプレーで行きましょう」

「芦潟氏は生前、婦人関係はないと、未だおっしゃるのですか！」

「はっはっは……秋水さん、神かけて。お若い時にはともかく、先生には婦人関係はありません。もっとも熊座さんに言わせれば、犯罪の蔭には女あり、でしょうが」

「未だそんな事を、おっしゃる……中館さん、芦潟氏は死の直前に若い婦人と接吻をなさっておられる」

中館は一瞬ぐっと口を引き結ぶと、形の良い顋をぐっと前に突出すようにして唾を飲込んだ。

秋水は先に立って廊下へ出ると、降り階段に足をかけた。中館も黙って後からつづいた。

「中館さん、貴男の御家族は？」

「はっはっは……天涯の孤児です。父親とも頼っていました先生に亡られて、これからどうして生きて行こうかと思います」

「いやあ……貴男も未だお若い。実業界の名士とも御交際がある。芦潟氏の御不幸な死を転機となさって、腕を振われるのもこれからではないでしょうか」

「いや、長い間、二十年近くも専制者《タイラント》であられた先生にお仕えしてきますと、よんどころない方向へ私の個性が馴らされております。貴重な知識や経験を得ましたが、考えようによりますと、これが私の不幸……いや宿命かも知れません」

秋水の背後で中館は眼をしばたいて、ぽつりと淋しそうな声で言った。

「不肖な子です。私の亡った父は早く死にましたが孤立独行、偉い人でした。昔、日本が不況な時分、アマゾニヤ州に渡って、鉱山開発をやりました。素晴しい礦石

でしたよ、方鉛鉱の。強いて言えば、結晶を形造る化合物の硫黄だけが不純物というやつです。……馬鹿ですな自殺するなんて親父のやつ……」

投棄るように終りの言葉を言うと、冬子の部屋の把手に手をかけた。

「冬子さんを力付けて上げなければなりません」

Ⅳ　死の接吻

秋水が戻って来ると、熊座は得意そうだった。

「犯罪の蔭に女あり、と言うが、秋水君その女が現れたよ」

「うん、いまも秘書の中館さんが、そう言っていたよ」

事もなげな秋水の言葉に熊座は椅子の腕木を摑んだ。

「なにっ、あの男が？　……僕達に隠してたのだなっ……」

「そうじゃないよ。彼はただ、犯罪の蔭に女ありと言っただけだよ」

ほっとして、たったいま、刑事から受けた報告を語る熊座の言葉が終ると秋水は、

「熊座君、亡った芦潟氏は死の直前、若い婦人と接吻しているんだぜ」

「ええっ……」顔色を失った警部が、

「ど、どうしてそんな事が判るんだ？」

「熊座君、貴君や鑑識の連中は、あまり見事な刺創や、生前における故人の高邁な性格に大切な点を見逃していた。これから早速、鑑識の連中に屍体の顔、とくに唇の辺の接写をやらせてくれ給え。レンズをぐうっと近付けてね」

「どうするんだ……一体……」

「故人の口髭の蔭、血の色がなくなった唇の上に、ちょっと気が付くまいが、口紅《ルージュ》の痕が残っているんだ」

「ええっ……」

「唇の接写が済んだら、丁寧に溶剤《ソルベント》でもって、口紅《ルージュ》を回収して、光学試験と、化学試験もやらせておき給え。ああそれから、不可能かも知れないが、接吻した謎の婦人の血液型もとれたら採っておいてくれ給え」

秋水の意外な一言によって、局面はガラリと一変した。満洲事変から世界大戦へかけて、日本の化学工業界に君臨した剛愎無類の芦潟浩介氏の不可解な死に妖しくも美

しい影を投げかける謎の女。雨上りの深夜、月光に隈取られて光る断雲の覆う坂の闇にたたずんで、木立の間から芦濕邸の窓の灯を見つめていた若い女。ふっくらした黒い羽毛襟巻《ボア》に白い頬を埋めて、彼女はどこへ去ったのであろうか?

昨夜――雨もあがった夜遅く、ぬれたアスファルトには、タイヤを鳴らして通る自動車も絶えていた。

木立のむこうの芦濕邸の一室では、美しい冬子が、ゆるされぬ恋に泣いていた。二階の部屋では彼女の愛人泰一が、悶々の思いを、ひとり酒に遁れようとして悩み苦しんでいたのだ。彼等にとっては他人にしか過ぎぬ秘書の中館も、あるいは幼い彼を孤児としてあとに遺し、自ら生命を断って死んで行った、優しい父親英輔の面影を追っていたかも知れない。

そして、あの律気者の園部老人は、ひとり扉の外の廊下の暗闇で、秘密の、ほほえましい儀式を、おごそかに行っていたのだ。

謎の黒い羽毛襟巻《ボア》の女、彼女はその時刻に燈の消えた部屋の中で、芦濕氏と掻き抱き、死の接吻を残して闇の中に消えて行ったのだ。

おそらく、芦濕浩介氏の不可解な死を知る者、彼女より他に有るまい。よもや彼女自らが、その白い指に冷い短剣を握って、芦濕氏の背中を刺したのではなかろう?

熊座警部の脳裡には屍体となった芦濕氏の、横にねじまげた顔面に残る、微な驚愕を浮べた表情が、いつまでも、ちらついていた。警部は長い間、椅子に背を凭せて、煙草を吸っていた。やがて吸殻を灰皿に投込むと、秋水の顔を見た。

「秋水君、いまの邸外の暗闇に立っていた、という謎の女だが、概して男の子は、ずぼらだが、女の子というものは、他所の女の事には敏いという。殊に早く母親を失った娘が、たった一人の父親に示す関心は、娘として以上の心情を持っている。……あの冬子嬢を、もう一度調べたら、父親の秘密を知っているかも知れん」

警部に呼ばれた冬子は中館に介抱されながら部屋に入って来た。気の毒だが、いきなり本筋に入った方が良いと彼は思った。

「冬子さん、貴女の御悲しみに対して、僕達は何と申してお慰めして良いやら判りません。そうして、これからまた、貴女をびっくりさせるような事実を言わなければならないのです」

「いったい、何のことでしょうか」

教養のある良家の娘、さすがに、しっかりした気持を取戻していた。

「実は亡られました、お父様は、昨夜ある婦人とお逢いになっておられるのです」

「……まあ……!?」

「不躾ですが、接吻なさっておられます」

「……」

「お父様には秘密の婦人問題が有ったようです。何かお気付きの事がありましたら、お隠しにならないでお打明け下さい。私達は貴女方の御迷惑になるような事は、絶対に他言いたしません」

「お父様には、女の方との御交渉は決して有りませんでした。誓って申上ます。父には婦人問題はありませんでした」

「いや、過去の事でもよいのです。亡られたお父様の死を解決するただ一つの手懸りなのです」

彼女は白い胸に光る小型のロケットを指先で弄びながら何か考えているようだった。きっと、ロケットの金具の中に秘められた、亡き母の事を考えていたのかも知れない。

「妾を生んでくれました母は、妾がまだ幼い頃に亡りました。しかし妾が幼稚園へ通っておりました頃です……」

やがて、彼女は遠い記憶を追うように、かすれた、低い声で物語った。

「まだ幼い妾を膝に載せて、前髪を撫でて下さった美しい女の方のことを微に憶えておりますが……」

「その美しい婦人が、どなただか、また亡られたお父様とどういう関係にあったたか、そうして今その婦人にどこにどうしておられるのでしょうか? ごぞんじありませんか?」

「いいえ……」

彼女は静に頭を振った。

「そうですか、よく判りました……それでは中館さん、貴男にお心当りがありますか?」

「……ええ……」

ちらりと冬子の方を見て、言いにくそうであったが、思い切ったように、

「もう二十年も昔の事ですが、奥様が亡られて間もない頃、先生はRという美しい未亡人と懇意になられた事がありました。しかしその方のことはここでこれ以上、私が申上げなければならぬ、という理由もありますまい。

なぜなら、その婦人は、それから間もなく、急に亡ってしまわれたのです。いま、冬子さんがおっしゃった、膝の上へ抱き上げて可愛がってくれた美しい婦人というのは、おそらく、その方のことでしょう」

これで芦潟氏の不可解な死に対する謎の女への手懸りが、ふっつりと切れてしまった。

「まさか、ふた昔まえの女の亡霊が現れることもあるまい」

車上の人となってから、秋水のこんな冗談めいた言葉を耳にしながらも、熊座警部の胸底を去来するものは、妙にねばりつくような芦潟氏事件に対する郷愁に似た感であった。

過去に解決した幾多の事件の中には幾つかの印象に残った事件もあった。あるときは、犯人に対する激怒、あるいは哀憐の情、ある時は被害者に対する同情。しかしこれ等のものは、一時的に退介個人――現職警部としてではなく――の心底をゆり動かした感動に過ぎなかったのだ。

しかし、いま自分が直面した芦潟氏事件、これに関する限り、喜怒哀楽という平俗な言葉では、とうてい名状し得ぬ。……払おうとしても、どうしようもない、ねっとりしたような、これは郷愁とでも言おうか。

感懐にふけっていた熊座の耳に、いらいらするような秋水の声が聞えた。

「黒い羽毛襟巻《ボア》の謎の女……」

V　十一月の朝のあいびき

不可解な死をとげた芦潟氏の葬儀は、それからなか一日おいた、十一月の美しい朝、青松寺で、しめやかに行われた。終戦後追放となった後の四年という空白な歳月、その間の直接実業界との交渉がなかったということ。それから剛愎で聞えた芦潟浩介氏の性格上、多くの有為な人々を養ったというのではなく、それぞれの分野で有力な人達を強引に集めた、あるいは彼等が、ひきつけられた、という氏の性格を省察する人なら、誰でも、この葬儀の寂しいという事実を容易に首肯し得るであろう。故芦潟氏の生前の性格は、亡った後のここ青松寺で営まれつつある葬儀そのものなのだ。

本堂の階の前に並べられた、数々の大きな花輪の印象は空のように白くむなしい。花輪に付けられた贈主の名の中に、人々は――戦後の人々には――見なれぬ名前を発見するだろう。それ等の人々は、戦前まで陸海軍の将星と膝を交えた、いまは過去の時代に追いやられた人々の中の、しかも極めて寛大な人々に過ぎない。故人の兄にあたる年期を入れた官吏らしい老人が、施主の席に威儀を正して坐り、彼の側には、しなびた、しかし気品のある老婦人が並んでいる。喪主の席には、黒い礼装もいたいたしい令嬢の冬子。彼女の隣に悲痛な面を伏せているのは彼女の愛人で、故人の甥にあたる杉原泰一青年。受付と遺族の間を行ったり、来たりしている中館愛作。

午前十時、本堂に安置された柩の前で、読経が始まった。一時間ほど経つと、寂しいとはいえ、ぼつぼつ会葬の人々が混んで来た。

遺族の人々からずっと離れた後の、緑の色も濃い松の蔭に、会葬の人をよそおった、熊座警部と秋水魚太郎が、式服に喪章を巻いて立っている。

「……あれが、故人の恩師、大弓館博士……」

熊座の耳元で秋水が囁く。祭壇の前に、補聴器を頭に付けた鶴のような老人が進んだ。

「あれが、元陸軍の整備局長、遠藤中将……」

やがて、ずうっと手前の広場に自動車が停ると扉が明いた。雌鹿のように美しい娘が降り立って、車内へ手を差伸した。彼女の細い腕に支えられて、一人の老紳士が降りたった。雪のような長髪を、後に撫でつけた、長身の気品のある紳士。「ああ……熊座君、久し振りだな。東方の星会館《イースタン・スター・ロッヂ》の燧山教授だ。亡った芦潟浩介氏の級友《クラスメート》だ……」

祭壇の方へ、不自由な歩を、介添の美しい娘に支えられて進めて行く、燧山教授の後影に、熊座等はこのとき一抹の不吉な予感を覚えたが、果せるかな数旬の後に世人を瞠目せしめた『自殺倶楽部事件』の渦中の人となった。筆者はいずれ筆を改めて、この奇異な劇《ドラマ》の真相を発表したいと思う。

祭壇の方へ気をとられている熊座の肩口を秋水は、ぐっと押えた。

「……うむ……何っ……」

「……」

秋水は無言で山門の入口の方を頤で指し示した。美しく晴れた十一月の陽の光が、松の緑を透して、赤褐色の幹を輝かせ、湿って柔かそうな土のうえに鮮やかな斑をつくっている。その蔭に、じっと立って遠くの祭壇の方を見つめている美しい女。

「白秋の桐の花に、こんな歌があったね。
　ふくらなる羽毛襟巻《ボア》のにほひを新しむ
　　十一月の朝のあひびき」

熊座の全身を異常な緊張が走った。

「ううむ……謎の女……」

女は松の幹に片手を支え、黒い襟巻に白い頬をなかば埋めている。ハンカチを握った指は時折、顔を覆った。華奢な指はこころもちふるえているようだった。

「あの女は死の逢曳、亡った芦潟氏とさいごの逢曳をしているのかも知れない」

秋水の声が耳の近くで囁かれた。女の姿はじっと動かなかった。

いつの間にか、遺族席の後に秋水が来ていた。

「冬子さん。あの婦人に見憶がありますか？」

彼の言葉に、遠く離れて立っている女の姿を見つめていた彼女は、さっと泰一の顔を見た。泰一も女の方を見たが、二人は顔を見合せると、しばらくお互の心の中を探り求め合っているようであったが、冬子は静にかぶりを振った。

「存じません……」

泰一もかぶりを振った。秋水は熊座の居る所へ戻って来た。

「冬子さんも、あの青年も知らないらしい……が……あっ、あの女、逃げるようだ」

女は身をひるがえすと山門の蔭に消えた。女は通りへ出ると、自動車を拾って乗込んだ。やや遅れて秋水等が車上の人となった時、女の車と、彼等の車の間に、もう一台の自動車が走っていて、女の車を追っているのに気が付いた。

車は濠端を走り、やがて外苑代々木の紅葉した森に囲まれた丘陵を縫って窪地へさしかかった。はるか前方の木立の間に女の自動車が止るのが見えた。秋水は腕時計を覗いて呟いた。

「ちょうど十分……」

二人は手前で自動車を乗り捨てると、急ぎ足に、女の消えた家に近付いた。大谷石の低い石塀の上が土壇になって、葉を落したつゝじが並んでいる。石の門柱にはめ込まれた、大理石の標札には、雅趣ある書体で、薄田。門はぴったり閉されていて、謎の女も、それから彼女を尾行して来たもう一台の自動車の主も、やはり一瞬前に門内に消えたらしかった。

玄関扉の前に立った熊座警部は、ちらりと呼鈴に眼をやったが、唇をぎゅっと噛むと、いきなり把手に手をかけて扉を明けた。女の靴はない。熊座の身構えをいち早く見てとった秋水は、玄関を警部に委せておいて踵を返すと棕櫚の植込みをくぐって裏口へ廻った。南側の池の端に突き出た洋間の張出窓の蔭に、ちらりと見えた人影を彼は見逃さなかった。裏手の扉に一たん身を寄せた彼は、羽目板に添って身体をずらした。屋内を覗っているのではない。張出窓の植込の蔭の人物の行動に全神経を集めていた。

屋外の怪人物は二人らしかった。若い男の押殺すような声が聞えた。

「お帰りなさい……みんなが探している！」

「でも……」女の声だ。

「泰一さん、貴男は何故、妾に隠すの……!?」

女の声は冬子。

「隠してやしない。早く帰りなさい、大切なきょうの日、亡った伯父さんを一人で置きっぱなしにして。は、はやく……判らないのっ！」

「でも、泰一さん、貴男は卑怯よ、妾に隠して……」

「何をっ……？」

「お父さまが亡った、一昨日の夜、御自分のお部屋で貴男は椅子の上へあがって、時計の蓋を明けてなにをなさったのっ？」

「ええっ……」

「なにをなさったの……まさか貴男は……？」

ちょっと、沈黙がつづいた。

「ぼ、僕は気が弱い、気が小さい。お酒に酔うと、君との事が余計に僕の胸を苦しめるのだ。お酒に酔って、お酒に酔って、苦しい思いを忘れようとしたんだ。あの晩も……」

「ええっ……どうなさったの……」

「いやな時間が、苦しい時間が早く過ぎ去ってしまうように、時計の振子の調節螺子を上の方に、思い切って上げたんだ！」

「嘘よ、貴男はっ……」

「冬子さん、誓う。この通り誓う、判ってくれ給え、僕は、ほんとうに気が弱いのだ……」

低い調子の違った声で冬子が、

「泰一さん、きょうここへ何しに来たの？」

「いまに判る、いまに……早くお寺へ戻りなさい！」

「貴男は、さっきの女の方を知ってるんでしょう」

「……知らないっ！」

「いいえ、妾に隠して、あのひと、知っているんだわ」

「ほんとうに知らない。知らないから跡を尾けて来たんだ」

「いいえっ……嘘っ……」

秋水が二人の前に姿を現した。愕然として立ちすくむ二人に対って、命令的に言った。

「お帰りなさい、冬子さん。泰一さんはちょっと残っていて下さい。この家の用が済んでから、僕と一緒に火葬場の方へ行くかも知れませんが……いいですか冬子さん、何もなかったような顔をしてお寺へ戻るんですよ」

蒼白な顔をして、重い足取りで冬子が植込みを外の方へ姿を消すと、秋水は、

「泰一さん、貴男はご迷惑でも、僕と一緒に用があります」

高圧的にこう言って、先に立ち玄関へ廻った。扉を明けると、警部はいま奥から出て来たところらしい若い男と睨合っていた。

「薄田さん、出し抜けで失礼ですが、奥さんはどうなさいましたか……？」

秋水はいきなり浴せかけた。男は三十二三、大島紬を着流した上品な美男子。とっさに相手が何者かを知ったらしい。

「いや、私はここ数日というものは、頼まれました仕事を急がれておりまして、家内はあの通り、うるさい女、今朝も食事を一緒に済ませましてから、ずっと今まで離れで書き物をしておったところです。家内は今朝はやくからの友人の電話で出掛けているようですが……」

いぶかし気な視線を返しながら、

「家内に何か御用ですか？」

「実は奥さんが……」という警部の言葉に男の顔色が、さっと蒼くなった。

「家内が、家内がどうかしたのでしょうか……？」

「たった今、お宅へ戻られましたが……」

警部の言葉を終りまでは聞いていなかった。男は物も言わずに、秋水達に背を向けると、ちょっと奥の間をのぞいたが、引返して来ると横手の洋間の扉を明けて、中を覗き込んだ。

「あっ、あああっ……百合子……」

絶叫と共に男が飛込む。つづいて秋水と熊座。洋間の卓から敷物を真赤に染めて、くり拡げられた凄惨な光景。両刃の短剣は黒っぽい訪問着の心臓部へ柄元まで刺さ

れ、しっかり柄を握りしめた右の拳は、血糊にぬらぬら光っている。椅子の背にのけぞった上体、白い顔は仰向けに右方へねじまげられて醜く引き吊られている。

血の流れはまだ肘を伝って椅子の腕木から、敷物の上に垂れていた。屍体はまだ温い。

「ちくしょう、一足ちがいで死なれてしまった……」

足を踏み鳴して警部は口惜しがったが、所轄署と本庁への連絡を秋水に頼むと、未だ呆然と立ちすくんでいる、この家の主人、薄田氏の顔を鋭く見た。

「薄田さん、貴男は朝食後、いままでの奥さんの行動を知らないのですか?」

「ええ……家内は教養もありますし、まめな女ですが、狷介と申しましょうか、気性が烈しい女で、女中も置きません。家へかかって来る電話には必ず自分が先に出ます。今朝かかって来ました電話にも自分で出ましたし、行先も、ただ友達のところへ行くと言っただけです。面目ありませんが、先刻帰って来ましたのも知りませんし、家内の行った先も知りません」

「それでは、薄田さん、貴男の御想像なり、推察なりを言って下さい」

「家内は華美な性格ですが、経済上は極端に地味です。あれの交友関係は、日記は書いておりませんが、電話帳でもごらんになればお判りになる事と存じます。私自身としましては、無責任のようですが、家内の社交上の友人等には、まったく無関心でした」

この時、扉口のところに呆然として、杉原泰一の姿が現れた。電話を掛け終った秋水が、小声で熊座に説明した。泰一の顔を眺めながら、うむ、うむ、と聞いていた警部は思い出したように薄田氏に、聞いた。

「一昨夜の奥さんの御行動をご存じですか?」

一瞬、薄田氏の顔色が、さっと変った。――ううむ、知らないなんて、何か有るぞ――

警部は椅子に坐ると、これは長くなるなと考えた。

「一昨夜は宵のうちに雨がありました。私は仕事の考えをまとめようと、銀座へ出まして、遅く一時近くに帰って参りましたが、家内は先にベッドに入っておりました。それでもまだ睡らずに床の中で雑誌を読んでおりました」

大事な点へきて、これ以上すすまなかった。思い出したように、夫人の死顔と、借りたアルバムの写真を泰一に見せたが、青年は何の反響も示さなかった。

間もなく、所轄署からも、本庁からも捜査係官が来着し、鑑識係の仕事も一通り終った。血糊の付着した兇器の短剣が卓上に、コトッと音を立てて置かれた。

「薄田さん、この短剣に見覚がありますか?」

主人の顔を見まもりながら警部が聞いた。

「はあ、これは私の品です。亡りました父親は、二昔も前に、シェークスピア役者で名声がありました。あの薄田克己です。父は芸にも凝った人でしたが、自分の衣装や道具にもやかましい趣味があった人で、この短剣は、友人のある英国人から贈られた物です。私も戦争まえまで、父の跡を継ごうと思って、一時、新劇の舞台に立った事も有りましたが、父を離れて、母や従姉達ばかりの中で育てられましたためでしょうか、生来、身に染み込んだある種の妙な感覚《センス》が邪魔をしまして、ものになりませんでした。この短剣はいまは私の机上に日常置きまして、ペーパーナイフに用いておりました」

「最近、なくなったことがありますか?」

彼はぐっと口をつぐんだ。

「書架の棚にのせておきましたが、この数日、気が付きません。使おうとしなかった故もありますが」

熊座は咥えた煙草に火を点けながら、じっと指の間から薄田を見た。

「奥さんの自殺について、ご不審に思われる点がありますか? たとえば、自殺に見せかけて、僅な時間に誰かに殺されたとか……」

重苦しい沈黙のあとで、彼は顔を挙げた。

「……判りません……」

充血した、弱々しい視線で壁間の額を見た。外光派風の油絵で、十五号の画布に、描かれてある、妙に淫靡な筆致のキリスト受刑の姿。

Ⅵ 町の印象

一昨夜の不可解な芦潟氏の怪死事件以来、重苦しい情感の渦の中に巻き込まれていた熊座警部は、それの解決とも考えられる、この白昼の夢魔のような、美しい薄田夫人の変死を眼のあたり目撃して、なんともやりきれない焦躁のとりことなってしまった。

長い間、独身生活を送ってきた芦潟浩介氏と、美しい薄田夫人との間には、人に秘めた二人だけの秘密があったかも知れない。愛情の交渉があったのかも知れぬ。しかし何かの問題で薄田夫人が白い腕を振って芦潟氏を刺殺した。彼女は氏の肉体が土に還る今朝、青松寺における、印象深い死の逢曳の後、夫人は自らの生命を断った。この二つの相次いで起きた悲劇が、二人の秘密の解決ではなかろうか。

秋水と肩を並べて自動車上の人となった熊座警部の胸中には苦悩と焦躁がのたうっていた。白昼の夢魔の羽搏きが散らした花粉が、彼の脳髄に苔のように、こびり付いて、苦しめるのだ。刻一刻鋭い神経を麻痺させてゆくのであった。

秋水だって同じ事だ。蒼白んだけわしい額の蔭の鋭い眼は固くとじられていた。

「ああ……」

めまいにおそわれたように秋水は窓枠につかまった。

「熊座君、車を廻して、G坂の芦潟邸のまわりをゆっくり走らせてみてくれ給え」

警部はなぜかほっとした。彼自身だってそれより他にしようがなかった。途中の駐車場で杉原泰一を降すと、やがて車はG坂下の民家が軒を並べた賑やかな道路へ入った。

木材や金属の触れ合ったりする音に混って町の人々の際限ないおしゃべりの声、叫び声、家畜の鳴声が、風と一緒に窓から流れ込む。赤や黄や緑の看板が窓外を流れてゆく。撞球場、洋裁店、果物屋、キャフエ、煙草屋、魚屋、小さい交番にお巡りさん……

「……町の人達は良いな、秋水君。毎日、笑ったり、怒ったり、泣いたりしていりゃ良いんだ。僕の仲間も一人、つい先日だったが職を止めて、善良な町の人になったよ」

「ああっ……あぶないっ……」

街の女らしいカナリヤのようなハーフコートを着た、唇の真赤な女が前方に乗り出したが口を明けて道路の端へ避けた。真白い顔と鋭い叫声が窓硝子をかすめた。

「そうか……うむ、やってみよう……」

ぽつりと、秋水が言った。

道路はアスファルトになり、前方に芦潟邸の杜が見えた。

「……何か言ったかい、秋水君」

夢からさめたような顔で、熊座は言った。

「ああ……、忘れていた大事なことがあった」

「ちょっと君、この邸のまわりを二三回ゆっくりやってくれ給え」

と運転手に言うと、秋水は前方を見つめながら言葉をつづけた。

「芦潟氏怪死事件は、きょうの薄田夫人の自殺で一応論理的には解釈が付く。つまり現在の法律上では、ひねくれて考えても完全殺人に完全自殺だ。だけども熊座君……」

と警部の顔を見た秋水の眼は、きらきら輝いていた。

「何か解ったのかい。意外な事実でも……」

「いや解らない、解らないから今夜、ある実験をしたいのだ」

　熊座には何がなんだか、さっぱり判らなかったが、きょうの秋水ほど力強く思われたことはなかった。いつもの彼の天才的な推理に対する信頼感ではない。今日の秋水は、自分と一緒に考え、自分と一緒に苦しんでいてくれるように思われたからだ。自動車は芦潟邸の裏手を抜けて再び表のアスファルト道路へ出た。坂となった道路と碧空の境目に、下町のごたごたした屋根が重って見える。秋水は前方の窓外を指差して言った。

「あれを見給え、色々な人情のいっぱいにどよめいている下町を。僕達は、あれを忘れていた。死んだ芦潟氏の住んでいたこの街や、豪壮な建物や、美しいアスファルト道路、それから氏の社会的な在り方にすっかり眼や心を奪われて、もう一つ大事なものを忘れていた。つまりあの妖しい死の接吻の問題だ。我々の手でこの悲劇に幕を降す前に、ある一つの実験を行って、忘れられていた、もひとつの謎を明らかにしておきたい」

　ぽつり、と言葉を切って秋水は一緒に警視庁まで行くと言い出した。警部を彼の部屋に送り込むと秋水は、その足で鑑識課の研究室へ入って行った。

「やあ……」

　顔見識りの、緒方技師、熱心な犯罪化学の学究は秋水の顔を見ると、右手にピペットを持ち上げて微笑を送った。秋水は片手を挙げて親し気に会釈をすると、側の机の前で顕微鏡を覗いている青年の肩に大きな手を載せた。

「ああ……秋水先生……」

　青年はあどけない顔をほころばせると、いつも尊敬している人物の顔を振仰いだ。

「何か面白い研究テーマでも見つけたかい?」

「いいえ、いま大した事ありません。衣服に附着した鉱油のスペクトル分析です。これによって、原油の性質つまり、ナフテン基か、パラフィン基を判別して、輸入系路を明らかにし精油工場を突止めます。それから、不飽和物、芳香族、その他の含有で、試料の精製度を検定し、その次に混入している金属粉の光学的鑑定です」

「面白い、それは……」

「それよりも先生、僕は課長に内緒で姓名と犯罪を研究しているんです。姓名学じゃありませんよ。姓名学の比較統計です。この間の上山総裁の悲劇だって、夫婦名の同格、同陰陽に因る、避け得ざる宿命……いや統計結果です」

「統計か！　そりゃ良い。ときに君」

彼は愛する若者の顔を覗き込んだ。

「昨日、君の方へ廻した、ルージュはどうなった？」

青年は真剣な光を、若い瞳に輝かせて秋水の顔を正視した。

「先生、試料からは血液型を得ることは出来ませんでしたが、あの試料の組成と、他の方の試料とは同じスペクトルが出ました。一般に市販している品物と品質は同じで、特性の検出は出来ませんでした」

秋水の額には失望が、ありありと覆った。

「どれ……？　試料はこれだね」

ウールグラスで蓋されている硝子板の試料を顕微鏡の下に置いて、レンズに眼をあてていた秋水は微にうめいた。

彼の瞳を射た細い光があった。

「君、あとから兇器の短剣が来る。握りのところの彫刻の凹みに付着している物質の光学試験だ。急いで頼むよ」

秋水は研究室を出た。

受話器を耳に当てている秋水の側に、いつの間にか熊座警部が立っている。彼はしっかりした口調で相手に念を押した。

「秋水です、秋水魚太郎です。御信じになってよろしい。なお貴男にとっては生涯の大事でしょう。御心配になるのは当り前かも知れません……それではこうしましょう。私の名刺の裏に用件を書いて密封した物を助手に持たせてやりましょう。もし貴男が御心配なら、名刺を握りつぶして知らん顔をなさっていらっしゃっても良いのですよ。それでは詳細はその時に……左様なら」

ガチャン、と受話器を置くと、秋水は熊座警部の顔を振り向いて、微笑した。

「何か解ったのかい……」

「いや、どうしても判らない事があるんだ。固く秘められた私人の秘密かも知れん」

「また何か悪戯をしようというのだろう」

熊座は、顔を輝やかせて、大きな掌を合せると、摺り合せ始めた。

「何んでも良いさ。しかし僕にはどうしても解らない事がある。だから今夜、ある実験をしようというんだ。内臓の疾患に腑分けをしては患者を殺してしまう。僕は近代の医者のように聴診器を耳に当てて、打診をしたい」

パイプを咥えると彼は紫煙をしきりに吹き上げた。

——旨そうに二日振りじゃないか——熊座は秋水の横顔を見た。

——いつもの人の悪い彼の悪戯が始まるぞ、何をする、といちいち聞いたって本音を吐く彼じゃない。彼の思考は、いま我々の居る三次元の世界を離れて、どこかを遊んでいるのだ。楽しそうだ、黙って放っておくより他に仕様があるまい。そして俺は側役に廻っていよう——熊座はあきらめて自席へ戻ろうとした。

「熊座君、今夜はいよいよ大詰だぞ」

彼はびくっとして飛上った。

「それじゃ、やはり薄田夫人は自殺でないのか?」

「いや、少くとも芦潟氏に関する限り、巧緻な完全殺人だ」

「薄田夫人の場合は？　……芦潟氏殺害後の自殺だろう……まさか他殺じゃああるまい」

「今夜のドラマはその問題の決定だ。腕揃いのキャメラマン総動員だ。アイモもレフも」

秋水の頬が紅潮する。警部の全身を血潮が脈うって流れ始めた。

「そうして今夜、謎の羽毛襟巻《ボア》の女の幽霊が出現する段どりだ」

警部は疑わしそうに秋水の顔を見た。

「なに、女の幽霊？　僕は真面目に聞いているんだ」

「警部、僕だって真面目だ、必死だよ。今夜僕がやりたいというのは、芦潟邸の故人の居間に出現する、謎の女の心理写真を撮影して芦潟氏殺害事件を一挙に解決しようというのだ」

Ⅶ　謎の女

その夜、芦潟家の人々は、夕食後自邸の応接間に集められた。熊座警部の自動車からは秋水魚太郎につづいて物々しい道具を携帯した人々が、どやどやと降りた。キャメラを持っている。閃光電球を幾つも大切に抱えている男もある。一番後からピカピカ光る反射板を持った男が降りた。

秋水は故人の部屋に入って、白い布で包まれた芦潟氏の遺骨の前に立って、香を焚き、しばらく黙禱していたが、やがて人々の集っている応接間へ姿を見せると、警部の隣の椅子に坐った。

「冬子さん、それから皆さん。この度はさぞお力落しでございましょう。実は……服喪中の皆さんに対って、これ以上悲しい言葉を言わなければならぬ私としては、この上なく心苦しいのですが、いずれは申上げなければならない事ですから申上ます。実は……芦潟氏の不意の逝去は遺憾ながら他殺と推定されるのです。そうして、故人の死に関係がある、ある婦人の不可解な死が、今朝、御葬儀の時刻にあったのです。これから私は故人の遺骨の前で犯人の名前を指摘しましょう。そうして、それにからまる、ある婦人の死の謎も究明したいと思います」

一座の人々の間に、どよめきが起きた。黒い喪服に面を伏せた美しい冬子、熱病のように眼をぎらぎら光らせる彼女の愛人、杉原泰一。彼から少し離れて故人の秘書の中館愛作、彼もあるいは秘そかに冬子を恋しているかも知れない。両眼をとじているが心中の動揺は覆いかくせない。泰一と冬子をはさんで、故人の実兄に当る漂々とした芦潟照介氏夫妻。

「さて、そのためにこれからある実験を致したいと思います。実験は隣の部屋、つまり兇行の現場であった故人の御居間で行わなければなりません。実験を行うに先立ちまして、皆さんに固くお約束しておかなければならない事は、私から何か質問されるまでは、決して一言も口を利いてはいけません。お隣り同士口を利く事も許されませんし、また、どんなことが起きても、声を出したり、私達に質問いたすこともいけません。これは御無理なお願いですが咳をなさる事も出来ません」

とたんに芦潟照介氏が、しきりに咳を始めた。夫人が氏の上衣の袖を引く。

「いやあ、いまのうちに、たんと咳をしとくんじゃ」

一座の人々の間に思わぬ微笑が交された。人間も照介氏ぐらいの年配になり、幾十年の悲しみや、苦しさに満ちた歳月を重ね、多くの子や孫を育てて来ると、自分のほんとうの弟が不慮の死を遂げても、痛烈な悲しみというものを表現する方法を忘れてしまったのかも知れない。

新しい傷も、重なり合う年輪の皺の下に埋れてしまうのだ。

　秋水は、ほっとして一座のどよめきが静かになると言葉をつづけた。

「もしも、いまのお約束をお忘れになりますと、故人の死の解明も出来なくなります。私は故人の生命を奪った憎むべき犯人を捕えて氏の冥福をいのりたいと思います」

「そうじゃ、何分よろしくお願い致します。のう中館さん」

　中館は、はっと面を挙げて苦笑した。老人はしきりに咳込んで一座の人々を笑わせた。冬子は悲しみの眼に泪を浮べて微笑していた。


　壁時計が、異常に緊張した部屋の空気を震わせて、午後十一時を報じた。居間に安置された遺骨は冬子の胸に抱かれて、別室に移された。冬子と中館の指図で、居間の家具、調度類が、事件当夜のままの配置に直された。家族の人達は例の仏蘭西窓と向い合った壁際に椅子を置いて坐らせられた。

　秋水は熊座と共にカメラや反射板を持った人々を廊下へ呼び出して、そっと囁いた。

「もうじきに、燈を消した部屋の中で、僕が合図をすると、外の暗闇から謎の女がこの部屋に入って来ます。いまは月の位置も適当ですから、その女の顔も、ぼんやり判ると思いますが、仏蘭西窓を明けて入って来た女が、一応部屋の内部を見廻してから、意識して、屍体を見たら、その瞬間の表情を出来るだけ鮮明に撮影して下さい」

　熊座はびっくりして顔を挙げた。

「なに……屍体……？」

　秋水はにやりと笑って、

「そうだ、屍体だ。すこし大きいけれども、君が芦潟氏の屍体となって、現場写真とそっくり同じ位置に、被害者と同じ姿体で横たわっていてくれ給え」

「ふううううむ、うううむ」

　豪勇無双の警部の顔には、疑惑と困惑に混って、憤懣の色が浮んだ。

「ええい、仕方がない。何でもやるよっ。ようし、その代り、俺に襲いかかったら、ひっ摑えて天井に叩き付けてやる」

「ああ、良い、謎の美人は君にやるよ。煮ても、焼いても、そのかわり、いざという時驚くなよ」

「いざというとき？」

「そうだ、いざというときにね」

と秋水は言葉を改めると、

「熊座君、それから、場所はいま言うけれども、これから君の部下を二人で良い。ある家へやって、今夜の十二時までにその人物が家を出なかったら、引っ捕えさせてくれ給え。自殺でもやりそうだったら腕でも一発やって、ぶらぶらにさせてくれ給え。そうでなかったら刑事一人でもたやすく手籠だ」

秋水は警部と打合せを済すと、ふたたび写真班に向って言った。

「貴男方は、もう一つ大切な注意が要るんです。もしも謎の女が、屍体の方に注意を向けなかったならば、僕がもうよいと言うまで、暗闇に身をひそめていて下さい。断っておきますが、決してフラッシュを燃したり、物音を立てないで下さい」


心霊研究会めいた秋水の演出指導が終ると、一同は元の部屋に戻った。キャメラ班も配置に着いた。秋水に促されて、中っ腹の熊座は不承不承に屍体の位置に横たわった。秋水は内部から廊下の扉に鍵を掛けると、電燈のスイッチに手を触れた。

「皆さん、ではよろしいですか？」

照介老人が猛烈に咳込んで言った。

「もうこれで、ぜったい咳はしませんぞ」

パチッ、と電燈が消えた。異常な期待に満ちた室内の雰囲気、一座の人々は、思わず固唾を飲んだ。

カチリ、と音をさせて、咥えた紙巻に秋水が火を点けた。

「秋水君、俺にも一本吸わせてくれ」

情ない声で警部が言う。

「駄目だよ」

「ああ……ちくしょう」

緊迫した空気が一座をとざした。聞えるのは壁時計の秒刻だけだ。ティク……タック……ティク……タック……。ジジジ……、間もなく十一時半が鳴った。

秋水はつと窓際に近付くと、カーテンを押しのけて闇に向って煙草の火で輪を描いた。一回、二回、……三回。

「ううむ……」

警部は暗闇に片眼を光らせて、思わず呻いた。

二三分経つと音もなく仏蘭西窓が開いた。半身を現した女。黒い羽毛襟巻《ボア》に頬を埋めた謎の女。斜に浴びた月の光で蒼白い顔が浮んでいる。美しい鼻、匂やかな唇……。

女は後手に窓をしめると、一二歩、部屋の中央に進んで、じっと立った。突当りの扉の方を静に見廻した。

「ああっ……」

微な声が、女の咽喉を洩れた。扉の左右に並んで坐っている、家族の人々の姿を、月の光に認めたらしいが、さっ、と身体をねじると、熊座の横たわっている屍体の位置に視線を移した。

一瞬、フラッシュの閃光、間一髪を入れずさらに一閃、つづいて一閃、無音の電撃だ。白熱の閃光を浴びて、女の姿が前方によろめいた。

「ようし……」

秋水が叫んで、バッと室内は明るくなった。警部は飛上った。

部屋の中央に立すくんだ、謎の女。個性的な厚化粧にぞっとするほど美しい顔を苦し気にゆがめ、美しい唇をぎゅっと嚙んだ。

「秋水さん、貴男は……」

意外、男の声だ。警部の巨体は床を蹴って女に飛びかかり、きゃしゃな身体の両肘を、外側から、ぐうっと押えて、

「君は一体、何者です。妙な姿をなさって」

「薄田です。薄田賤夫、けさお眼にかかりました、代々木の……」

警部は異形の人物を両手ではさんで、途方にくれてしまった。

「秋、秋水君、どうすりゃ良いんだ?」

薄田は光から面をそむけて、かすれた細い声で言った。

「警部さん、秋水さん。死んだ妻の百合子は芦潟さんを殺したのです、一時の激情に理性を失い易い女でした。そして自分の犯した怖ろしい罪を悔いて、今朝、自らの生命を断ったのです。もうこうなりました以上は、一切を申上げましょう。実は昔、亡りました私の父、薄田克己は、この不肖な息子の私が顔向け出来ないような、立派な舞台人でした。優れた新劇俳優でした。私の妻の刃に亡られた芦潟先生とは、若い時分からの交友がありました。間もなく父の死で孤児となりました私を、芦潟先生は面倒を見て下さいました。ところが……」

と彼は言い淀んでいたが、思い切ったように美しく粧

われた顔を挙げた。

「ところが……芦潟先生は一時、外地に居られた事がありまして、しばらくの間お会い出来なかったことがありました。しかしその間も、多額の金銭上の面倒は見て下さったのです。そしてやがて御帰国。お報せを受けて、面会いたすために御指定の場所へ行く私に、ある御注文があったのです。それは……それは私に女の姿をして来い、という御申付なのです。私はお慕い申上げております芦潟先生の熱心な御申付けなので、こうした姿をしてお眼にかかりました。ある場所でした。お酒を召し上っては熱っぽい眼で私をいつまでも見つめておられました。それ以来、場所は時々変りましたが、やはり私は、このような姿をしてお眼にかかったのです。芦潟先生はいつも燃えるような眼で私を見つめては、黙ってお酒を召上りました。この家にも時々参りました。時間は電話で御指定になりました。このお邸へ上るときは裏木戸の低い垣を越えて、その仏蘭西窓から入れ、という御指図なのです。ところが口やかましい妻の百合子、いまとなりましては哀れな女ですが、邪推深い、やりきれない妻でした。そして生活力のない私……芦潟先生との秘め事がどんなに甘美なものか、御想像下さい。しかし狷介な妻は、いつか私の秘密を知ってしまったのです。嫉妬しました。そして先生をお恨みしたのです」

謎の女、薄田賤夫はそう言って、苦し気に咽喉を白い指で掻きむしるようにした。彼の美しい額には脂汗が浮き出ていた。

意外な人物による意外な告白。そして剛直無類の警部にとっては、あまりにも忌しい、むせぶようなソドミーの匂……。

彼は苦しい夢の中を転々としているようであった。かすれた声だった。冬子が何か言った。

「ああ、……それじゃ泰一さん、やっぱり貴男は、間違いはなかったのね……」

冬子は愛人の胸を抱いて、広い胸の中に、深い息を吐いた。彼女の胸の中に、秘めて、昨日以来ひとり苦しみ悩んできた、激情的な泰一がもしや犯したかも知れないあの怖ろしい行動に対する疑惑が氷解したのだ。

「冬子さん、けさお寺であの婦人を見た時、僕がもっと早く判断をして、もっと早く警部さんに報せれば、伯父さんを刺した犯人を死なせはしなかったかも知れません。しかし、今更そんな事言って後悔しても仕方がありません。僕達は幸福になって、伯父さんを安心させましょう」

泰一は激して冬子の肩を抱いた。この時、秋水が、つかつかと前に進んだ。

「薄田さん、芦潟氏の居間の中へ入らなかったはずの奥さんに、どうして芦潟氏が刺せますか?」

奇異な薄田賤夫の告白をくつがえす、秋水の意外な一言。

「ええええっ……妻が……?」

「そうです、奥さんは芦潟氏殺害の犯人じゃありません」

と言って、秋水はくるっと一座の人々の方に向きなおった。

「皆さん、それではこれからいま行いました不思議な実験のほんとうの目的をお話しいたしましょう。そして今の実験で得られた結果も報告いたします。この報告はもうひとつの説明にもなります。それは、ここにいらっしゃる薄田さんの奥さんが、芦潟氏を殺害した犯人でない事の説明にもなります」

愕然として立ちすくむ薄田に微笑を浴せて秋水はずばりと言った。

「薄田さん、奥さんの無罪を証明して上げる代りに交換条件があります。……奥さんの胸に突刺さっていた短剣は、貴男が芦潟氏に贈った物でしょう」

「ええ……そうです。間違いありません」

ごくっ、と唾を飲んだ。

「そうして、貴男自身がこの部屋に入った」

薄田の両眼が驚異に見ひらかれる。

警部は飛上って叫んだ。

「判った、それじゃあ、やっぱり芦潟氏を殺害したのも薄田君、君だ、そうして嫉妬のあまり自分の妻を刺して自殺と見せかけたのもやはり君。いまのもっともらしい話を作り上げて自分の罪悪を妻になすり付ける、卑劣極りない御仁じゃ」

熊座はそう言って、きびしい顔を秋水に向けると、自慢の美髯を前に突出した。

「秋水君、芦潟氏殺害並に妻殺しの真犯人容疑者として、この薄田君を拘留する。逮捕状は明朝、早速と如月検事に書いてもらう」

と言う警部の腕を振りほどいて、薄田賤夫は、よろめいた。警部の腕から逃げようとしたのではない。彼等に立ちむかうためだった。

「秋水さん、妻は芦潟先生を刺したのではないのですか？　ほ、ほんとうに妻は無実ですか？　……」

「そうです。奥さんは断じて犯人ではありません。そして、お気の毒にも奥さんは誰かに殺されたのです」

「えええっ、百合子が……百合子は殺されたのですか？」

「まことにお気の毒です。奥さんは殺されました。しかも芦潟氏殺害の犯人のために……」

「秋水君、真犯人は誰だ？」

と言う熊座の声に、秋水は家族達の方を指差して冷やかに言った。

「あそこに居られる、秘書の中館愛作さんが芦潟浩介氏及薄田夫人殺害の真犯人です」

Ⅷ　接吻の論理

秋水の一言に、気の早い警部は、つかつかと中館の前に歩み寄ったが二三歩のところで立留った。中館と秋水を結ぶ線上に両足を拡げて突っ立ち、油断なく中館を眺めてから秋水の顔を見た。

「まず芦潟氏殺害犯人を中館さんと指摘した根拠は後まわしにしまして、今夜の実験の目的と結果について説明しましょう。それがこの事件を解く鍵ともなるのですから」

「憎むべき芦潟氏殺害犯人の優れた頭脳は、極めて心理的で巧緻な証跡を現場に残して、架空の完全犯罪を作りました。そうして真犯人の自分の姿は完全犯罪の水平線から全く姿を没し去ったのです。それは死の接吻の痕です」

「芦潟氏殺害犯人の捜査に当って、氏と秘密に交渉のあった薄田氏の姿が、かりに捜査線上に浮び上って来なかった場合でも、氏の死と接吻の痕、これに依って謎めいた若い女の姿がうき上ります。検証の医師の眼に口紅の痕が留らなくとも、家族の手によって納棺のときに行われる、末期の水を含ませる時に発見されます。血の色を失って白くなった故人の唇の上に。さて、もしも容疑者として、薄田氏があげられた場合彼は裁判官に対って、自分が犯人じゃないと絶叫しましょうし、彼の弁護人は謎の唇の主を指摘して、彼を弁護しましょう」

「しかし、ここに問題になるのは、接吻という男女間の愛の表現です。難しい愛の技術はブラントームや、サド侯爵におまかせしまして、ここでは結論を急ぎましょう」

「さてその前に、殺されていた芦潟氏を発見した薄田さんが、被害者の背に突立っている兇器の短剣を発見して、それが元自分が氏に贈った品物であることを発見して、抜き去ったのです。何故なら、故人と彼との秘密の関係は故人から固く口留されていたからです。自分と芦潟氏の間の秘め事を公にされたくないからです」

「しかしここで、検事は被疑者の薄田さんに向って、接吻の論理で挑戦します。絶対に彼が犯人であると。何故ならば、接吻とは愛の相手の現在を認容した行為です。二人は接吻した、そしてその後に犯行が行われたと断定を下します。また、大事なことですが芦潟氏の屍体の唇に、薄田さんが接吻した、という仮定をおけば、どうしても芦潟氏の死を彼が認めた、という事になります。すくなくとも薄田さんが氏の変死の運命を認容しているか、刺した犯人を認容するか、それでなかったら、彼自身が真犯人であるか、このいずれかです。すくなくとも、接吻の痕によって、薄田さんは、知らないとは言えないのです。法廷で彼と彼の弁護人が真情を尽しても得られるものは無罪ではなく、完全犯罪です」

　ここでちょっと言葉を切ると、秋水は煙草に火を点けて、ちらりと写真班の人々を見た。

「次に現場附近に姿を現した謎の婦人です。今朝、自宅で殺されました薄田夫人も、いまここにいらっしゃる薄田さんのような姿をして殺されておりました。一昨日も今朝も、アリバイは不明でしたが、昼間の調査によりますと、芦潟氏が殺されました夜の十二時ちょっと前に、郵便局の電報配達夫が、代々木の薄田家へ電報を届けました時に、扉の隙間から女のひとの顔を見た、という事が判りました。しかしその婦人が果して、薄田氏自身であるか、殺された百合子夫人であるかは判らなかったそうです。御夫婦のどちらかが、現場に姿を現して、芦潟氏を刺したか、短剣を持ち去ったかです。これの決定が、ただ今の心理写真撮影であります」

「私からの秘密の連絡で、ここへやって来た薄田さんは、いくら心の準備が出来ておりましても、意外にも、薄暗い月光に、家族の方々が並んでいるのを発見して、一瞬、心の均衡を失いました。とたんに前夜の怖ろしい場所へ無意識に視線を移したのです。これがいまの心理写真で、氏の驚愕に満ちた眼が屍体の在った位置を見つめております。これでは芦潟氏の屍体を知らないとは言えません。あの時刻に家に居て電報を受取ったのは、殺された百合子夫人である事が判りました。もしも芦潟氏の屍体を見た者が百合子夫人であるならば、薄田氏は、屍体の横たわっていた怖ろしい位置は知らなかった訳です。が同時に百合子夫人殺しの嫌疑は濃厚となります。今夜の実験は、ちょっとお驚きになられたでしょうが、薄田氏御自身を救ったことになります。薄田さん、貴男は当夜御自分より先に外出なさった奥さんの態度を思い返して、あるいは奥さんが、芦潟氏を刺した犯人じゃないか、とお考えになって、奥さんは自殺したと、お思いになったのでしょう。また私のうがち過ぎた考えですが、短剣を持ち去ったのも奥さんを、かばった仕事でしょう」

薄田は力なく椅子の中に崩れて面を覆ってしまった。

秋水は足を組み直すと、きっ、と中館の顔を見た。

「中館さん、私は昨日、貴男のお部屋の机の抽出の中から、ハンカチに包んだ、お父さん英輔氏の遺書と一緒に、二十年前、英輔氏が開発事業の熱情に胸を高鳴らせた、南米鉱山の試掘試料を発見しております。ほれ、あの拳大の素晴しい方鉛鉱の塊です。それから、芦潟氏の屍体の唇に印された接吻の口紅の微量を顕微鏡で覗きましたとき、微に白い光を放つ方鉛鉱の微粒を発見しました。あの方鉛鉱は銀の含有の殆んどない、世界的に珍しい鉱石です。そうして方鉛鉱という石は非常にもろい。粉に成り易い。同じように芦潟氏を刺し、薄田夫人の生命を奪った短剣の握りの彫刻の凹みにも、顕微鏡下に光を放つ微粒を発見しました。青松寺の葬儀の混雑にまぎれて、自動車を利用して代々木の薄田家を往復し、百合子夫人を刺した。これも青松寺に駐車していた自動車を調べて、すぐに判りました。貴男は芦潟氏と薄田さんとの秘密の交渉を良く知っておられたのです。それから、薄田さんと百合子夫人との間も。中館さん、貴男は芦潟氏を刺しただけではなく冬子さんに、それとなく暗示を与えて、泰一さんに疑惑の眼を向けさせ、故人の遺産と共に美しい冬子さんをも得ようとなさったのです。冬子さんの胸に疑惑が湧けば、人間的に言っても、貴男の方が役者は上手でしょう。あの前夜、貴男は、芦潟氏を恨んで自殺なさった、お父さんの遺書と一緒に短剣も口紅も、それから、お父さんの夢の残る方鉛鉱の一塊も、呪いをこめてハンカチに包んでおいたのです」

ちょっと言葉を切ると、秋水は真摯な眼差を中館に注いだ。

「中館さん、僕が、お父さんの思出の方鉛鉱と芦潟氏との関係から、貴男の犯罪意識を見破ったのは決して偶然じゃありませんよ。理科出身の貴男が、あの美事な結晶をしている大きな方鉛鉱、しかも不幸な死をお遂げになった、お父さんの思出の鉱石を、わざわざハンカチに包んで、机の抽出に納めておいたという事です。決してお父さんの遺書からではありません。貴男の書架、調度、出身学部、これほどの情緒をお持ちの方は必ず、あの美しい鉱石はキャビネットに飾っておかれる訳です。しかし貴男はこの鉱石を人々に（芦潟氏にも）見られたくなかったのです。しかし自殺なさったとはいえ、英輔氏は、息子の陰謀を見つめる神秘な眼、あの光る鉱石を遺して逝かれたのです」

加里岬の踊子

1　奇怪な電話

――午後七時――

オーケストラの演奏が物憂く流れる。女は形の良い足を組んで、だるそうに卓上の一輪挿しの紅い花を見ている。花弁の厚みも、光沢も無いバラだ。

「どうだい、近頃、野尻さん来てくれるかい？　……」

女は一輪挿しの花から眼を離さない。

「意気地が無えや、まったく……」

「知らないわ、そんな事。あんたのお世話にはならないわ……」

「怒るなよ、鱒江……」

女は、きびしく眉をしかめると、客の言葉にはこたえないで、ベトベト指の跡が着いた、樹脂製のハンドバッグを取上げると留金を外して、顔の前にかざした。

ルムバを奏するバンドの、サキソフォンとドラムの、いらいらした音が、ようやく独り始めた広間《ホール》の空気をかき乱し、仕切りの羽目板を、ビリビリ共鳴させる。傲然と顫をつき出し、唇を描き直している女の、真白い腕のつけ根の、ゆたかな肉が、ピクピク動く。

皮肉な微笑を、相棒の三宅に投げると、エヤハンマーの鉄は、つぶれた耳のあたりを太い指でそろりと撫ぜた。

「そうかも知れねえ……野尻の旦那は、いま海猫館のマダムに夢中なんだ。あの奥様に、ね……」

鏡の中の、女の眼がキラリと光る。女の汗ばんだドレスの、腹のあたりを眺めながら、三宅は唇をゆがめると、

「服ぐれえ買わせろよ。まったく、からっきし意気地が無えな」

女はうるさそうに、唇をすぼめると、煙草の煙をふうっと吐いた。

「洗濯屋泣かせだわ。着た切り雀じゃ……」

「汗臭くてね……」

と、鉄は真面目くさって鼻をひょこつかせる。

「そうじゃ無いわよ。ちょっと揉むと、じっきに裂け

てしまうのよ……」

二人の男は、いやな顔をして顔を見合せる。もう一度、鏡を覗いて、ハンドバッグを卓へ置いた女の顔は、泣いているようだ。

グラスの液体を一息に呷る。

「鱒江さん、お前え、気が弱いんだ。もちっと、しっかりしなけりゃいけねえ」

「今更、そんな事を言ったって……」

「だから、お前え、だらしが無えと言ってるんだ」

「もう、なんにも言わないでよ」

「構わねえ……誓書を書かせるんだ」

バンドの音が、急に大きくなって、仕切りの扉が明いた。ボーイの蒼白い顔が、ひょいと覗いた。

「鱒江さん、電話ですよ」

「誰から？」

「野尻さんからです……」

「それ来たっ。ギョッギョギョでございますだね……」

しきりに冷かして、騒ぎ立てる、鉄と三宅に応えないで、

「有難う……あんた」

優しい微笑を少年に投げると、女は立上って腰を振りながら出て行った。

カウンターの隅に外して置かれた電話器のそばには、バーテンの別所が、両肘をついてニヤニヤ笑をうかべている。ホールはまだ客の姿も少い。バンドはいま、サキソフォンの独奏《ソロ》になって、他の楽師達は、楽器を下に置いて、こちらを見ている。

「そばで聞かれちゃ悪いかい？」

と、バーテンは片眼をつぶって、女の乳のあたりを眺めた。

「いいわ別に……」

鱒江は笑いながら、受話器を取上げて耳に当てた。別所はそばに居て、受話器から洩れてくる、めいりょうな男の声を、すっかり聞いていた。

このことが、後刻、発生した、加里岬の怪奇な殺人事件の謎を解く、重大な鍵ともなり、ヒロイン青木鱒江の事件当時における情況を、明確に決定した。

「鱒江でございますが、どなた様でいらっしゃいますか？」

受話器を耳にあてると、彼女は、悲しく反抗的に眼を

とじた。

（俺だよ。鱒江……）

「判りませんわ……」

（怒っているんだね。急がしかったんだ……鱒江ゆるしておくれ）

「野尻さん……」

やっぱり駄目だ。女の眼に涙が溢れる。

（鱒江、こんばん忙しいかい？）

「ええ……いいえ、珠子さんが、東京から帰って来たので、妾の番は掛け持ってくれるわ」

（そりゃあ、都合が良い。こんばん、実はちょっと顔を借りたいんだ）

「ええ……？　顔を借して？　……」

（いいや……ううん、逢いたいんだ。急にお前と逢いたくなったんだ）

「ええ、いいわ。どこで？　……」

女は、ぐっと唾をのみ込んだ。白い咽喉が微に震える。

（いいかい、良く聞いて、憶えとくんだよ……今晩、十時キッチリ、岬の望楼へ来るんだ。望楼……知っているね？　岬の鼻にある、海軍が戦争中、機関砲を据えていた所で、お前とも、幾度か、あそこで逢った事がある。アパートから、お前の足で、三十分だ。十時キッチリ……判ったね。俺もその時分に行く。だが鱒江……俺の姿を見ても、俺がお前に合図をするまでは、たとえ、どんな事があっても、出て来ちゃいけないぞ。良いか、判ったか？　……）

「ええ、判ったわ……でも、貴男、どうして、そんな妙な事をなさるの？」

（何でも良いから来るんだ。判ったか？）

……。

男の声は、しばらく、と絶えた。

「ええ……判ったわ……」

かすれた声で、女は答えた。

（いいか、……じゃあ、今晩、十時。忘れるなよ……）

ガチャリ……電話が切れて、唇を、ポッカリ明いた女は、そばのバーテンの顔を見た。

「鱒江さん……今晩、野尻の旦那は、お前さんを、思いっ切り可愛がってくれるよ。死ぬほどにね……」

別所は、真白い歯を見せると、紙巻を咥えた。鱒江にも一本……火を移してやる。

バンドの音が、急に大きくなった。キャリオカのメロディーが、ホールの空気を、気が狂ったように掻き乱す。入口の扉が、ギイギイ音を立てて、客が入って来る。女達が、かん高い声をあげる。船員、職工、仲仕……後から入って来た、会社の事務員らしい、中年者が片手を上げて、バーテンに挨拶を送る。

「いま、ちょうど、八時五分。もし、道中御心配なら、一緒に連れてってやろうか？　……鱒江さん……」

バーテンは、ニヤニヤ笑う。

「おおきなお世話よ……」

女の顔は、暗い。

「うふっ……ちげえ無え……」

胸をひらいて、両手を髪にあてると、断髪《ボッブ》をゆすって、女は客の卓へ大股で近寄って行った。

コントラバスの青年、蓼科修吉が、ショボリと肩を落して、こちらを見ている。海猫館の下宿人。岸壁から、黒鯛《カイズ》の顔をまだ一度も拝んだ事の無い……心の友は、ドストエフスキーのラスコルニコフ……もっとも、この愛情に満ちた言葉は、いつか、鱒江が言ったのだが……。

バーテンの鋭いウインクに、蓼科は慌てて楽器を持ち直した。

加里岬の町も外れに近い、酒場・赤い燕《バー・レッド・スウォロウ》。真蒼な岬の海を背に、でこぼこの甃路に向って、それでも六吋角の、しっかりした米栂《ヘムロック》の柱に、半吋厚の羽目板をぶっつけ、沁み込ませた、まっくろい防腐剤《クレオソート》がプンプン匂う二階建に、小粋な桃色のセメント瓦。正面両開きの扉と、左右の窓枠は、白ペイントで縁取った赤。夜ともなれば、ぶきっちょな、RED・SWALLOW のネオンサインの蔭の扉が、ひっきり無しにきしんで、加里岬の町の善良で愛すべき第三階級の男達が訪れるのだ。

酒場の二階は、横手、海岸寄りの狭くて急な階段を昇ると、階上、四十坪ばかりのフロアを中廊下で半分に仕切って、左右に同じような扉が並んでいる。加里岬港を訪れる、船乗りや、職人達に提供される、ベッドと、造り付けの衣装戸棚のカーテンが引かれてある、幾つかの部屋だ。

十五号室。表通からは、いちばん奥になるが、北と東に窓を開く一室に、数日前から妙な客が泊っていた。痩せて背の高い体を、ぼろぼろの、外国出来らしいオーヴァに包んで、彼は昼間でも着ていたのだが、乱れた髪の蔭の鋭い両眼だけは異常な情熱に火照っていたが、その他の、例えば、額や、首筋のあたりには、一世紀もの疲労が黄色く浮き出ていた。彼は、いまも椅子から立上ると、北向きの窓硝子に近付いた。手にした黒くて重い物体を顔にあてると、いら立たしく動かす指が、神経的にピリピリ震えた。双眼鏡のレンズには、二百米ほど先の、海猫館の窓の燈が映った。けさからこれで二十幾度目だろう。

扉が明いて、ボーイが入って来た。無表情な態度で、書付けを卓の上に置くと、

「御宿泊料が四日、御昼食が二回滞っております。のちほど、支配人がうかがいますが」

男は双眼鏡から顔を放さない。

「いくらになる？……」

「二千三百円になります。旦那さま」

「まとめて仕払うと言ってるのが判らないか。マネージャーには、いま俺は居ないと言っとけ」

左手を顔から放すと、オーヴァのポケットに突込んで、皺くちゃの百円紙幣を、ベッドのシーツの上に投出した。ボーイの眼が素早く動いた。

「はい、でも……」

双眼鏡を顔から放し、男は、くるりと後を向くと、哀れむような微笑を投げた。

「ねえ、良いだろ……」

黙って頤で扉を指した。ボーイが出て行ってしまうと、思い出したように、ポケットから皺くちゃの紙幣を掴み出して、一枚いちまい皺を伸して重ねて勘定をはじめた。

「あと……千八百円……」

苦笑を浮べて、双眼鏡を取上ると、ふたたび彼は窓に対った。

男の双眼鏡の視野の蔭を、大きな黒い男の影が赤い燕《レッド・スウォロウ》の扉へ向って近付いて来た。

「よおおっ……」太いバスだ。

「いらっしゃい。おじさん……」

酒場の扉口に立っていた娘達を二人、束にして抱えると、ホールの真中まで来て、そっと降した。赭ら顔の瞼の垂れた大きな老人だ。カウンターの前に、止り木のように並んだ腰掛けを、真向からまたいで座ると、両手をオーヴァのポケットに突込んで貧乏ゆるぎをした。茶色の無性髭をバリバリ撫ると、

「なんだ、田沢爺い……。もう来とったのか？」

さいぜんから、バーテンと無駄話をしていた、枯木の

ように痩せた老人は、新来の客の顔を見るや、親し気に手を差出した。

「どうだ、大町爺い。孫の容態は？……」

一瞬、老人の垂れた瞼の蔭を、寂し気な影が過ぎた。頬の深い皺をほころばせると大きな手をポケットから抜出して振った。

「よせよ、田沢爺い……。そんなことを聞きに、お前えの顔見に来たんじゃ無えよ。孫の事あ、どうでも良いわ……、明日の日の俺の酒と同じように、いまさらくよくよ考えたって、しようがあんめえ。それよりも……おい大将っ」と、バーテンに片眼をつむって、

「グロッグをくんな」

痩せた老人は、間の腰掛を、ひとつまたいで友達に近付くと、煙草の袋をすすめながら、

「混合酒《グロッグ》か……いまさら改めて注文せんでも判っとるわ。鏡で良く見な……お前えは顔の真中に真赤な柘榴鼻《ダロッグ》をぶら下げとるわ」

「なにをっ……このガリガリ頭《クロップ》め」

「ときに、大町爺よ、倅の消息はまだ判らんかの？」

「ううむ……判らん。嫁の民子も諦めとるらしい、可愛そうに、あの女も……。道男が戦争にとられてから七年になる。その年に生まれた末の公子も、今年は七つになるわい」

「三十になるか、ならんかの後家じゃあ、可哀そうだの……。実家《さと》へ帰したらどうじゃ？」

「そうもいかんよ」

「どうしてじゃ？」

「孫を連れて行かれちゃ、とても寂しゅうていかん」

「うはっはっは……その可愛いい孫が、熱を出して寝とるというに、家を外に酒をくらって酔っぱらっておる。まことにしようの無え爺さまじゃの」

「まったく、お前えの言う通り、しようの無え爺さまかも知らねえの……

じゃが、嫁の民子が可哀そうで、見ちゃおられん。じゃからこうして、爺は家を逃げ出して来とるんじゃ」

「倅は、ほんとに戦地で死んだのかな？」

「生きとったって、七年も他所に居りゃ、女の一人や二人は出来るさ、男のことだ、子供でも出来りゃ、しぜん情も出る。なあに道男だって、一度忘れた親や子供……倅がどっかに生きてて、のんきにやっててくれりゃ、結構さ。それに嫁の民子だって、仲々、しっかりもんで、利口な女だ。親孝行じゃ。戦争で死んだかどうだか判ら

ぬ元亭主のことは、もう、とうに諦めとる。この夏はお前え、うちの前に建増をして、なんか店をやって、金を儲けるって言っとったぞ。それそれ……何とか言ったっけ……テレース・海猫とか言っての。なんでもこの土地にゃ、そのうちに、ゴルフリンクも出来る、別荘も出来る。相当、有望じゃと言っとったぞ」

「大町爺よ、そうするってえと、お前は、その、テレース・海猫てえ店の親父か?」

「わっはっは……馬鹿奴……。そこじゃよ、いくら発明じゃ、利口じゃと言っても、女は儂等より、頭の毛が三本足りないんじゃ。女という奴は、いくら年を食っても、いくら利口でも、どっかしら餓鬼みたいに、つまりこのお……発育の不足なところがあるわ。やはり、女は女じゃよ」

「どうしてじゃ?」

「田沢爺……考えてもみねえ、お袋の股から生れて、一度も他人に、頭を下げた事の無え儂が、いくら金儲けだからと言って、いまさらこの年になって、人に頭が下げられるかい。そうだろう……ああ、いけねえいけねえ。お前えが、くだらん事を言うもんだから、つい酒がまずくなった」


煙草袋から引き出した、パイプの頭からコップの中へ、パラパラ葉が落ちた。パイプに火を点け終ると、大町老人は、酒の入ったコップを手にとって、じっと見つめた。

「孫の容態は、どうじゃな?」

「うん、昼間、お医者が来たそうだが、中耳炎らしいと言うてな……しかし……まあ良いわ。この儂は腐るまで、酒瓶の口から放れることの出来ん、キルク栓じゃて……」

きびしく眉を寄せるとぐうっと、コップの液体を飲み干した。ようやく、客足が混雑して来た。ホールの濁った空気を、バンドの音がしきりに掻き乱す。大町老人はしきりにパイプの煙を吹上げている。

「どうじゃな、大町爺よ、近頃、金放れの良い下宿人でもあるかな?」

「ううん、そんな奴は居りやせん。みんな金廻りの悪い若僧ばかりで。ほれ、あのバンドの隅にいる、蓬々髪を伸した性垂れもそうじゃ」

と、コントラバスの男、蓼科修吉を顎でしゃくった。彼は楽器をパネルに凭せて、ボックスの蔭へ降りようとしているところだった。老人は、思出したように、睡たげに垂れた瞼を上げると、口からパイプを放した。

「そうじゃ、先月から、会社の野尻さんがうちに泊っておるわ」

「ほう……そうかい。そりゃ良い。あの人は、金放れも良いじゃろう。何んしろお前え、あの方は、工場長で……話に聞くと、なんでも、会社では剃刀と言われて、みんなから怖がられておる腕利きじゃそうな」

「ふん……そうかも知れん……」

しきりに瞬きながら、パイプの煙を吹上げた。

「まあ良いわ……家の商売は、年寄りの儂の知ったことじゃない。あれは嫁がやりゃあ良いんだ……あの女は商売を一生懸命やって、亭主を忘れりゃええ。儂はここで酒をくらって、家を忘れりゃ良い。儂はここで、お前と酒をくらうのが商売じゃ。なあガリガリ頭《クロップ》よ」

「そうだとも、柘榴鼻《ダロッグ》。お前えは、ひがな一日、家にくすぶって、孫いじりをしたり船で石炭を掻き廻させとく親爺じゃ無えよ。まったくだとも……そうさせとくにあ、お前えの顔は、あんまり豪勢過ぎらあ……見ねえそこのピカピカしたコーヒ濾器《パーコレーター》を。ええ……お前えの柘榴鼻《ダロッグ》は、やっぱり、このコーヒ濾器《パーコレーター》と一緒に、カウンターの上に並べとく代物じゃよ」

二老友は、コップを上げると、カチリと合せて哄笑した。

この時、ホールの横手の扉が明いて、黒っぽい雨外套の襟に頬を埋めて、灰白色のソフトを被った男が入って来た。芭蕉の葉の蔭になっている垂幕を持ち上げて、家族席《プライベート》の中へ姿を消した。すると、すぐ後から顔を伏せた若い女が、男の後につづいて、垂幕の蔭へ入った。緋色の縁取りをした、派手なカーキ色のコートの胴を、ギユッと締めつけたベルト、形の良い腰の、印象がバーテンの別所の心の奥に残った。ふと我に返ると、彼は、前の老人に訊いた。

「大町さん、野尻さんは近頃ちっとも家《うち》へは来ないよ。まさか、毎晩、お宿の海猫館におこもりっていう訳じゃ無いだろう?」

「うんにゃ、あの人にゃ、まったく珍らしい。もっとも儂ゃ、夜はあんまり家に居らんで、よお判らんが、ここ半月ほど、野尻の旦那あ、浮気にゃあ出掛けんようだ。それに、儂の遅出の時、台所で一緒に飯を食うが、なんだかこう、いらいらしとるようだ。いやもっともこれは年寄りの、気の故かも知れんがの……」

「おいよ、大町爺……」

横から田澤老人が割込んだ。

「お前えんとこじゃあ、大事なお客かも知れねえが、野尻さんはいまに殺されるぜ」

「なんでじゃ?」

「ほうぼうの女の子の気を病ませてな」

「面白え旦那だし、男っ振りだって、悪い方じゃ無えからの……いまどきの娘は、生っ白い若僧よりも、野尻さんみてえな旦那に……思召しがあるんだよ。金だって有るし、骨っぽいし、口説はうめえし、女房は田舎に置きっぱなしだし……あの人にかかっちゃ、たいがいの女はいちころだよ」

「そうじゃ、あちこちで罪を作りなさる」

「惚れる女子《おなご》が悪いんじゃ」

「そうだとも……」

と、バーテンが割込んだ。

「あいで、野尻さんは、女にゃあ冷いよ。口説くときも金だ。十六七の娘ならとにかくあのひとに惚れたら百年目だよ。あべこべに、女の方から金を絞るんだ。野尻さんに惚れ込んで、あのひとの体を自由にするにゃあ女は絞られるだけ絞られるんだ……もっとも、あの人だって、女をものにする時にゃあ、相当張込む。喰逃げはしない。面白え旦那だ……」

と、別所は、顔を上げて、ホールの隅をチラリと眺めると、

「とにかく、野尻さんは、凄え腕だぜ。いまも向うに、野崎組の世話役の三宅さんとエヤハンマーの鉄っつぁんが来ているが、野尻さんは、相当、野崎組を絞っているらしい。だけど。お前え、何だぜ、野崎組だって、あの会社の電気炉の工事や、岸壁の修理でかなりの金を儲けさせてもらってるって言うからな。とにかく、えれえ人だよ。加里岬《ここ》の帝国化学工業《アイ・シー・アイ》じゃあ、重役連中、がん首を揃えても、野尻の旦那にゃあ、てんから歯が立たないらしい。なんでも、あそこじゃ剃刀って言われるんだ。あと、十年経ってみな。あの人あ、この加里岬の町で殿様になるぜ。……ときに大町老……」

と、言葉の調子を変えると、バーテンは、

「妹の方の朝子さんは? ……」

「なにがよ……娘か?」

意味あり気な笑を浮べると、

「家に居るんだろ、野尻さんにゃ、気を付けた方が良いぜ」

「うん……伜の道男あ、餓鬼を二人置いて戦争で生死

も不明。妹の朝子は、あのとおり、てんから頼り無え。まるで、折紙のお姫様だ」

「なんとか、おっしゃる、重役様のタイピストじゃ。あの娘にゃ、持って来いさ。日がな一日、誰とも口を利かないで済むらしい」

「でも、親爺さんよ……お前えの居ねえ時に、野尻さんと、口を利くかも知れねえぜ」

「ううむ、あれが、人見知りし無えで、誰とでも口を利いて、男でも作るような娘なら、この親爺も心配え要らねえよ」


この時、ちょっと前に入って来た、例の雨外套の男と、連れの女の二人は、家族席《プライベート》から姿を現すと、急ぎ足に植木の蔭を抜けて、横手の扉から外へ出て行った。素早く明いた部屋へ入った。ボーイが、銀盆に二個のコップをのせ、その側に載せた数枚の紙幣を指先で押えながら姿を現した。

バンドの演奏の曲目が変って、ゆるやかなテンポのフォックストロットになる。古めかしい、ダーダネラの曲だ。

別所は、何をしてやがるんだ、というように眉をしかめて、バンドの方を見て舌打ちした。銀盆を持ったボーイが、カウンターに近付いた。

「おい、鱒江さん帰ったかい?」

「ええ、もうちょっと前に帰りました」

「いまの客は野尻さんだろ?」

眼を細めて訊いた。

「ええ。でも、なんだか、妙に黙り込んでいました」

「連れの女は、誰だったい?」

「顔を寄せ合っていたので、ちっとも気が付きませんでした」

ボーイは、右手をポケットの中に突込んで、もじもじ手を動かすと、おどおどした眼をバーテンに向けた。カウンター越しに別所はそれを見とめると、

「馬鹿やろ……何んのため、チップを貰うんだ。ボヤボヤしてると、お払い箱だぞっ!」

二人の老友は、すでに酔って、カウンターの隅で、ボソボソ話をしながら、パイプをふかしている。二人は、いったいお互に何をしゃべり、何の話を聞かされているのかも判るまい。恐らく彼等は、自分達が過ぎて来た、長かった人生の総てを無条件で肯定し、明日からの人生

をも、両手を拡げて受け入れようとしているのだ。

やがて彼等は、ホールの隅の卓に凭れ、バンド・マンが引揚げ、女達が待つアパートへ帰る頃には、睡って眼をさまし、最後の一杯に炭酸水を割って咽喉をうるおすと町の角まで若い娘達に送られて行くのだろう。


二階の十五号室では、壁掛時計の長針が丁度、九時を指し、硝子蓋の奥で青銅の線が物憂げに鳴った。

男は立ち上ると、暗い廊下へ出て、外套の襟を立てた。階段へ足を踏み降しかけて、思い出したように、とっつきの窓硝子に額をくっつけて、執念深く外の闇を見た。

遠くの方に、下宿屋、海猫館の橙色の燈がぼっとにじんでいる。

木の階段をきしませながら、男は、ゆっくりと一段ずつ降ると、出入口の扉を押した。踏みならされて凸凹となり、一つひとつの角が磨滅して丸くなった甃路は、酒場・赤い燕の前だけが色電気に映えて、闇に消えている。この道のずっと下は、軒をくっつけあっている加里岬の町中へつづき、その反対の方を行くと、背後の山の切通しを抜けて、加里岬の心臓部、帝国化学工業《アイ・シイ・アイ》の工業地帯へつづいている。切通しの手前、左手は山の裾で、その反対側、右手は、すこし行くと道路からいきなり急傾斜な崖となって、真暗な海が沖まで拡がっている。

切通しは、すぐ手前のカーヴの所から、二本の細い道が岐れている。より細い方の一本は、後で問題となった小道で、これは急な断崖の棚を通って、漁具小屋の前から波打際へ下っている。

もう一本の、やや幅の広い方の道は、真暗な砕石の溝となって、岬の突端の望楼へつづき、望楼のすぐ真下、断崖に向った平地に漁具小屋が見下せる。

硫化礦や、大陸の石炭を積んで来た、ぶかっこうな貨物船の姿は、きょうの昼間、荷役を終って、沖の方へ姿を消していた。

いまはちょうど干潮、この次の船が岸壁に横着けになるのは、暁方の二時過ぎだろう。

遅い月はまだ出ない。沖の闇に突出した栈橋により添うように、幾隻かの艀が、肩を寄せ合い、幾つかの燈が瞬いている。海の上に、この一夜を仮睡している機械たちを取囲んで、加里岬の海を遊弋する微生物《プランクトン》が、青白く光を放っている。


男は甃路へ出て、ちょっと、よろけたが酒場から左の下、海岸よりの加里岬の町の灯へ、痩せて尖った背を、かたくなに向けると、岬の鼻へ向って、コツコツと歩き出した。

空気が冷えてきた。睫毛がぬれる。暁方はまた、ひどい濃霧《ガス》だろう。

赤い燕の灯から、二百米ばかり来て、下宿屋、海猫館の前まで来ると、男は二階の灯を見上げて、ちょっと、ためらった。

寒々とした男の姿だ。しかし、世の中から追われる者の、それでは無い。彼はおそらく、背後に曳く自分の黒い影を見ても、肩をすくめて、足を早めはしないだろう。執念深く、石だたみの角に、まとわりつくような影だ。が、やがて彼は、思い切ったように、歩調を早めると、海際の断崖の縁に沿って歩き出した。

2　怖ろしき嫦曳

——午後九時二十分——

アパート、新港荘。青木鱒江は、白い両腕を背中に廻して、汗で貼りついている石竹色のシュミーズを、ずるっと脱いで、まるめると鼻孔にあてて匂を嗅いだが、顔をしかめて、ベッドの上に投出した。しぼったタオルで体を拭くと、新しい真白な木綿のシュミーズを、頭から通しながら、両手を腋の下に当て鏡の前に顔を突き出した。唇をゆがめて、泣き顔をつくって見る。

「ことし、二十六。まだ、衰えちゃいないわ。……でも……」

鏡の中の、醜い泣き顔が、彼女を見ている。そのうえに、苅込んだ形の良い口髭の蔭に薄い唇を引き結んだ男の顔が重なってぼやける。

「でも……負い目になっちゃ、どうしようも無い……だけど、妾、誰にも負けられないわ……」

オーヴァに腕を通すと、ハンドバッグを明けて札を摑み出し、一枚いちまい、丁寧に数えて重ねた。数枚を抜き取ると、残りはベッドの裾を持ち上げてはさんだ。本能的に室内を、ぐるっと見廻してから、もう一度、後を振返って、扉へ近付いた。

もし誰かが、彼女の顔を見ていたら、きっと怖ろしい相になっていたろう。

いつもの職場、酒場《バー》・赤い燕《レッド・スウォロウ》の前は、なぜか顔をそむけて通った。白い歯を出して笑う、バーテンの別所の顔が思い浮んだ。

入口の扉のところには、誰も立っていない。急ぎ足に、海猫館の前の、真暗い道を過ぎ、切通しの分れ道から、岬の突端の望楼へ、たどり着き、腕時計の夜光文字を、すかして見ると、ちょうど、十時。

悲しみに満ちた焦燥の底から、妙なおかしさがこみあげて来て、鱒江は暗闇の中でひとり笑った。湿っぽい匂のする望楼の中へ、足さぐりで入り、ぬれて冷い、コンクリートの胸壁に手をかけると、彼女は銃眼から首をのばして下をのぞいた。

三十米ほど下は、ちょっと展けた平地になっていて、細い電柱が一本、四十ワットぐらいの常夜燈が瞬いている。電燈の弱い光の中に、半分、顔を出して、八坪ほどの小屋が見える。漁具小屋だ。斜にこちらを向いて、幅一米ぐらいの扉が閉っている。

小屋のむこうは、真暗に落ちこんだ、深い夜の闇の海だ。

鱒江は、ハンドバッグを明けると、折れ曲ったバットを一本、抜き出して、火を点けた。アパートへ帰ってから、下着を取替えて、ここへ来るまで、まったく、何かに馳り立てられているような一時間だった。

ようやく、さっき、野尻から掛って来た不可解な媾曳の電話を思い出した。

(こんばん、顔を借してくれ……いや、お前と逢いたいんだ。急に逢いたくなったんだ。十時キッチリに、岬の望楼まで来てくれ。……だが鱒江……どんな事が有ったって、俺がお前に合図するまでは、出て来ちゃいけないぞ。良いか……判ったか?)

奇妙な媾曳の約束だった。しかし……。

(こんばん、十時キッチリ、岬の望楼へ来るんだ。望楼……知ってるね? ……岬の鼻にある、海軍が戦争中、機関砲を据えていた所だ。……ほら……知っているだろう? ……お前とも、幾度か逢ったことのある、あの場所だ……)

たしかに、あのひとの声だった。心を絞る甘い感傷に混って、不吉な予感が鱒江の胸の中に、とどろき始めた。

この時、漁具小屋の、むこうの暗闇から微に底ひびく足音が、こちらに近着いて来た。砕石を踏む足音が入乱れて急に大きくなると、鱒江が顔を出している、望楼のすぐ下に、ぼんやり黄色く輝いている、電燈の光の輪の中に、二人の人物の姿が現れた。

彼女は、無意識に煙草の火をもみ消すと慌てて顔を胸壁から引っ込めたが、すぐ、そっと、銃眼から顔を半分出して、下の光景を眺めた。

灰白色のソフトの前を下げ、黒っぽい雨外套の襟に頬を埋めた、見憶えのある、あのひとの姿だ。

（ああっ……野尻さん……）

はっ、として思わず息をのみ込んだが、つぎの瞬間、鱒江は、鉄槌で胸を一撃されたように、よろめいた。右の頬を、はげしく銃眼の角にぶっつけた。かあっ、と熱くなった頬、彼女は眼尻の裂けるほど、両眼を見開いて、下の光景を見つめた。

おとこの連れの女、すらりと伸びた体にかたち良くまとった、カーキ色のコート。

ベルトでくびれた胴……。全身を、わななかせて、鱒江が胸壁に両手をかけた時、男は、くるり、と体を振り向けると、顔を上げて彼女の顔がある銃眼を、射すくめるように見た。

舌が、こわばって、咽喉が鳴った。彼女の方を正視すると、男は、烈しく首を左右に振った。胸壁を押えている鱒江の両手から力が抜けて、ぐったり両腕を垂して、放心したように見おろす彼女に、くるりと背を向けると、男は連れの女の肩を抱いて、漁具小屋に近着いた。銹びた金具のきしむ音がして、二人は、扉口の中に姿を消した。

（鱒江……俺の姿を見ても、お前に合図をするまでは、どんな事が有っても、出て来ちゃ、いけないぞ。良いか、判ったか？　……）

男との約束……。鱒江は暗闇の中で、唇を噛んだ。

（野尻さん……妾は、やきもちを焼くほど貴男を甘やかしちゃおりませんわ……）

さっき、銃眼の角にぶっつけた時、切れたらしい、眼尻の傷から流れる血が、彼女の眼にしみて、頬を流れた。

惚れた男と、よその女の嬬曳を、かいま見て、壁に顔をぶっつけて、血を流した。

口惜しさと、男への怨みが、堰を切ったように、胸の中で渦を巻いた。鱒江は、真暗な自分の足元を向いて両の瞼を引きしぼった。眼尻から流れ込んだ血と、湯のような涙が、ポトポト落ちた。

やがて、金具のきしむ音が、きこえたかと思うと、ふたたび漁具小屋の扉が開いた。

それが、十分間だったか、三十分間であったか、鱒江には判らなかった。

はっとして、銃眼から見おろすと、ふたたび小屋の扉が閉って、連れの女の方が立っていた。女は急いで、あたりを見廻すところげるようにして、もと来た道を、闇の中へ消えて行った。


女の姿が見えなくなってしまうと、鱒江は望楼を出て、漁具小屋を見おろす、崖のふちに立った。

（ふたりは、あの小屋の中で、いったい何をしたのかしら……それに、だいいち、あのひとの気持が判らない。夜遅く、こんな所まで妾を呼出して、まるで妾に見せつけるように、よその、おかしな女を引っ張り込んで、妙な事をして見せる。

あの、得態の知れない女は、帰ってしまったけれど、あのひとは、まだ漁具小屋の中に居るはずだわ……）

言い知れぬ怒りと、嫉妬が、鱒江の体をうち震わせた。

「だけど、あのひととの約束がある。いまここで、妾が、かあっとなって飛出したら妾の負けだわ」

唇を噛んで、彼女がこらえた時、小屋の扉が、すこし動いたように思った。細い隙間から男の片腕が出た。

ギョッ、として見つめると、その手は鱒江を招いた。妙にこころが冴えてきて、いったい何をするのかと、じっと見つめていると、男の手は烈しく上下に動いて彼女を招いた。

もう、こらえ切れなくなった。小山の裾を廻り道して、下の小道を行けば、暗くても足もとの良いのは判っている。しかし、扉から、ヒラヒラ招く妙な手が気にかかるので、彼女は崖の縁へ手を掛けると、急な斜面を、そろそろ降り始めた。ひょい、と眼を上げると、招いている妙な手は、もう見えなくなっていた。

下の平地へ降り立つのに、十分もかかったろう。ふらつく足を踏みしめて立って、オーヴァの裾をはたいて、土に汚れた手を見た。

さっき、傷ついた眼尻をこすったとき、着いた血が、爪の間に、土と混って、黒く残っていた。

男に対する、はげしい怒が爆発した。ハンドバッグを持ち直すと、すたすた漁具小屋の扉に近着いた。ぐるり、と、あたりを見廻したが、人っ子ひとりの影も見えなかった。扉は、手の引っ込んだ後、細く、うす暗い三十糎強の隙間をのぞかせている。

しんしん、として気味が悪かった。ことによったら、しばらく顔を見せなかった、野尻が照れ隠しにする、悪戯じゃないか、とも思ったが、鱒江は心の中で、自分に言いきかせた。（あのひとは、けっして、そんな弱味を見せるひとじゃ無いわ。……ことによったら、何か間違でもあったのじゃないかしら？……）

小屋の中からは、なんの物音も聞えない。ひっそりとしている。靴の下の細い砕石がギシギシ鳴る。いい知れぬ不安が、鱒江の胸をおそった。

スタスタ、と扉に歩み寄って、思い切って重い扉を引き明けた。

小屋の真中の梁から吊り下げられて、ぼんやりうす赤い光を投げている、五ワットぐらいの電燈の光に、あたりを見廻したが、誰も居らなかった。

不吉な予感に胸がおののく。

電燈の弱い光と、小屋の隅の闇との境に微に動く、異様な物の形が、ようやく眼にとまった。

長々と伸びた人間の姿、ようすが変だ。拡げて伸した二本の足が、突っぱって、ピクピク、動いている。咽喉が微に、コロコロと鳴った。血に染った顔の下端の口髭の下の口が、パクパク明いたり、しまったりした。

「あなたっ……」

胸に手を突込むと、指先に何か固い物体が触れて、彼女の指から両手首へかけて、ぐっしょりぬれた。

「ひ、ひとっ……ひと殺し……ひとっ……ひと殺しっ……」

無我夢中で鱒江は駈けた。咽喉の奥で、なにやら叫びながら、砕石に幾分か足を取られ、ようやくのことで、赤い燕《レッド・スウォロウ》へたどり着いたが、扉を押すと、気を失って倒れてしまった。

恐怖に満ちた岬の漁具小屋から、駈け戻って来る途中、青木鱒江が、もうすこし冷静であったら、異様な一人物とすれ違ったのに気が付いたはずだ。怪人物は、道の端に体を寄せると、取り乱して駈けて行く、鱒江の後姿を、じっと見送っていたが、やがて、黙々と、岬の突端へ向う道を歩いて行った。

この人物と、すれ違ったとき、もしも鱒江が、漁具小屋の恐怖を告げ、救いを求めたなら、すでに行われてしまった加里岬の悲劇の、とり返しはつかないが、少くともこの事件に、あれほどの怪異な形相を与えはしなかったであろう。

事件があった、この日の宵のくちに、鱒江が、いつもの職場である、酒場《バー》・赤い燕《レッド・スウォロウ》で、男から掛って来た、奇妙な媾曳の約束の電話を聞いてから、十一時過ぎて、ふたたび、赤い燕へ駈け戻って来て、ホールの真中に失神して倒れるまでの、約三時間にわたる奇怪で怖ろしい経験は、いまここで述べたが、後日、鱒江が加里岬の殺人事件について、重要な証人として取調を受けたときに、陳述の椅子に座った彼女の、熾烈な個性が、捜査当局の係官達に不愉快な印象を与え、自身の立場を甚だ不利にしたことは、当然の事実であろう。

この奇怪な事件は、初めから終りまで、一人物によって構成された、密室内の出来事であって、当時、たまたま、帝国化学工業《アイ・シー・アイ》の顧問をしている祖父を訪ねた、秋水魚太郎の興味を惹いた。しかも、秋水にとって、僥倖とでも言えるのは、殺害される十二時間前の、被害者、野尻清人に逢って、彼の性格の一端に触れていたことだ。

臨港線の柵に沿って、走らせて来た旧型セダンの速力をゆるめると、秋水は大きく左にカーヴを切って踏切を越えた。帝国化学工業《アイ・シー・アイ》の構内の正面道路を一粁ほど走らせると、氷砂糖のように、白くて無格構な形をした大きな建物の前に車を停めた。

正面階段を昇り、右側の一地奥、鞴《ふいご》のように重い扉を明けると、窓際に大きな机があり、そのむこうに、骨組の大きい、鷲のような顔をした老人が、日向ぼっこをしながら椅子にどっかり腰を降して、本を読んでいた。

手にした書物を、側の小卓の上に伏せると、老眼鏡を額に押し上げ、不意の来客に気難しそうな視線を向けた。

「なんじゃ、魚太郎か……」

黒い大きなパイプの首を、節高の長い指でつまんで、灰皿の縁を、コツコツと、たたいて灰を落した。

「お祖父様、御勉強ですか?」

「見たとおりじゃ」

魚太郎は祖父の側へ座ると、

「おお……チェスタートンですか」

帝国化学工業《アイ・シー・アイ》の最高技術顧問、秋水礼老博士は、けさから御気嫌が悪かったらしい。黙って、キャビネットを指差して、魚太郎にスコッチの角瓶を取らせると、自分で勝手に一杯注いで、静にグラスを呷った。

「お前も、勝手にやれ」

と、言って、足を組み直すと、

「いま、ここに、石炭と硫化礦が有ると仮定する。この物質をじゃな、一キロ・カロリーの熱量も、一キロ・ワットの電力も使用しないで、しかも、少しの手数もかけないで、直ちに、無機の酸と変える方法を知っとるかな、え、魚太郎？……」

父の無い彼にとっては、この高齢の祖父は、もっとも親愛する人物であるが、しかし、いちばんに苦手であった。

「判るまい……ええ？」

「ううむ……」

「そうじゃろう、魚太郎……。これ以上お前に時間を与えて考えさせるほど、儂は不幸ではない。しからば、解説してやろう……つまり、この二種類の物質を、欲しい人物に直ちに売って、その代償として、無機酸を買って来させれば良いのじゃ。判ったかな……」

爆笑して魚太郎は、

「それは、お祖父様……」

「それはじゃ無い。馬鹿め……これが、アングロサクソンの哲学で、チェスタートンの論理じゃ。判ったか。実は、お前に頼みたい事件が有って、わざわざ呼び寄せたのじゃが、その頭脳では、とても委せられん」

ノックの音がして、後の扉が明き、誰かが部屋へ入って来たような気配がした。この時、出し抜けに、霰のような、欧文タイプの音が始った。

気が付いて、そっちを見ると、タイプライターを前に、美しい娘が顔を上げて、いま入って来た人物の方を、燃えるような眸で、じっと見ている。美しくカールした、ふさふさと柔らかそうな髪、青い睫毛の蔭の、深く渋んだ眼、細く形の良い鼻。娘は顔を上げて魚太郎の背後のほうを、じっと見つめながら、ゆっくり、タイプライターから指を離すと、唇をむすんで、つい、と座を立って、急ぎ足に隣の部屋へ姿を消した。

「魚太郎、こちらが当工場の工場長、野尻君じゃ……。君、これが、儂の孫、魚太郎じゃ、よろしく頼む」

入って来た野尻は、秋水の手を握って彼の顔を見上げ、軽くえしゃくをした。背はあまり高くないが、小肥りのした、精悍な浅黒い顔に、短く刈り込んだ口髭。明るく丸い眼が良く動く。二人の間に、すすめられた椅子に座ると、手にたたんで持っていた細長い図面を、ピシピシ音をさせて展べた。

「秋水博士、いままでは貴男が、それから会社の技術主脳が持っておられた、指導方針に僕は首肯出来ません。これは単なる抽象論や頭脳の楽しい遊戯じゃありませんか。いいですかな、良くお聞きになって下さい。あの巨大な十数基の反応筒の中に充塡された、接触剤《カタライザー》の上を、何万トンという量の原料瓦斯が通過して、二十パーセントという素晴しい反応率で高分子のアルコールが出来る。なるほど一見、これには素晴しい効率が予見されます。よくお聞きになって下さい、効率が予見されるのですぞ。しかしこの事実には、一見まことしやかな虚飾があります。この一見素晴しい見せかけには重大な、時間のファクターが掛けて無い。怖ろしい罠です。誰でも一度はこれに引っかかります。博士、失礼ながら、貴男、御自身もです。これに対して、僕のプランは反応率が十五パーセント。いまの方法に較べますと、効率が四分の三です。しかし、反応速度が、極めて迅速です。所要時間が僅に半分です。ですから、この比較的に低い反応率十五パーセントも、時間のファクターを乗ずるとその二倍の三十パーセントになるのです。貴男達は、御自身で手品をやられて、しかも、その見せ掛けを信じてしまうという、悲しむべき錯覚に陥込んでおられるのです」

彼の明るい眼は、ある時は楽天的に輝きある時は懐疑的に、そして、ある言葉の終りには、抜け目無く、嘲笑的に瞬いた。

間もなく事務的に、二言三言、打合せをすると、野尻は立上った。

「魚太郎さん、あとで研究所を御案内いたしましょう。お帰りに寄って下さい」

野尻が、えしゃくをして出て行くと、老博士は言った。

「魚太郎、あの野尻は面白い型の人間だろ。一見して独立不羈に見えるが、必要のときは見事、妥協する。野放図のようで細心なのだ。鋭い学問上の議論のあとで、愚にもつかぬことを言う。そして、着々と、足元を固めてゆくのだ。あの男は天才だよ。しかし、帝国化学工業《アイ・シー・アイ》、役員以下、一万の人々の誰からも恨まれていないんだ。何故なら、野尻は天才は天才でも、山の上から転げ落ちた天才なのだ。はっはっはっは……」

気嫌良く、老博士は哄笑した。偶然の機会の、まったく偶然の祖父の言葉だったがこの話のある部分が、二十四時間後に、秋水にとって、非常に役に立った。なぜならこの時の話題の人物、野尻は、半日後に屍体となったからだ。

老博士と魚太郎に話題を置いて、野尻が出て行ってしまった。妙に気になって、彼の後姿を、ちら、ちら、と見送って、こちらを向いた、秋水の眼に、さっきの美しい娘が、隣室から戻って来て、境の扉に立って、野尻を眼で追っていたのが見えた。

「魚太郎、ここに滞在中は、会社のホテルがあるから、あとで、そっちの方へ連絡させて、お前の部屋をとっておこう」

「いいや、お祖父様、僕は面倒くさいホテルよりも、市民的な加里岬の町の下宿屋の方が良いんです」

「そうか、それは致し方がない。無理にとは言わん。じゃが、儂はホテルに居っての、こんばんだけは、一緒に飯を食って、泊ってゆけ」

「ええ、有難うございます。それでは、今晩は、お邪魔します」

「ううむ……そうせい。嫁の話も、せにゃならん」

「僕の生涯の伴侶は人生です。お祖父様」

立上った魚太郎から眼をそらした老人の房々と垂れた眉の、蔭の鷲のような眼は、苦渋の影に、みるみる覆われていった。

この翌朝トランクを預けに、ひとまず、下宿屋、海猫館を訪れた秋水を、待ちかまえていたように、加里岬の怪奇な殺人事件が発生していた。前夜、地元警察からの急報によって、早朝、東京から馳せつけた、秋水の親友、本庁捜査課の猛警部、熊座退介と、部下の腕利きの刑事連は、地元署加里岬警察を捜査本部として、すでに、疾風迅雷の捜査活動に入っていた。

この事件が、なぜ、世人を瞠目させ、加里岬の町の人々の心を、恐怖のどん底に、たたき込んでしまったかは、ひとつには、怪奇な完全密室の殺人という、事件の特異な形にもよる事ではあったが、(これは、あるいは事件の本質とは関係無いことかも知れないが)事件の起きた加里岬の町の生態が、一種、独特のものであった事にもよる。

だから、ここでちょっと、この町の生態について述べておいた方が良いだろう。何故なら、この町に暮している人達の人世観が、我々が日常、新聞紙上で見る、デモクラシー国家、日本の、それとは、ちょっと異っている。そして、この事が、この事件の主要人物の人生観を、すこし大げさな言い方かも知れないが、ある程度、支配していたからだ。

殺人が有った加里岬、ほんとうは、K岬と呼ぶのが正しいのだが、この町の知名な人々の間や、地方新聞では、敢えて、加里岬と言っている。その訳はこうだ。


人口、約三万の加里岬の町の人々の生活は、少数の漁師、仲仕、あるいは商人を除いては、殆んどが、帝国化学工業《アイ・シー・アイ》会社の従業員と言っても良いだろう。

I・C・I会社の先代社長は、地元、加里岬の網元の伜で、一代で、この加里岬王国を築き上げた人物だが、第一次世界戦争のちょっと前、岬の周辺一帯で豊富に採れる海草に着目して、これを集めて焼き、加里を製造した。これが、帝国化学工業《アイ・シー・アイ》の前身、帝国加里工業《アイ・ピー・アイ》だ。

先代の社長は、土地の人々から、少くとも、頭のひらけたお方、と、言われた人だけあって、つとめて、進歩的な人物になろうと、心を使った。実に良く、若い者の言う事に、耳を傾けた。どんな人々の言う事でも聞き、どんな事でも取り上げて、納得のゆくまで勉強した。網元と漁師の町。封建的な、K岬の名前だけは、先祖の墓前に返上して、自ら加里岬と言った。

以来、二分の一世紀、加里岬の発展は素晴しかった。第二次世界戦争中、爆薬の原料、硝酸を製造し、硝安から更に余力をかって、メタノール、ブタノールまで発展をして、文字通り、日本の心臓と言われた。

いまの二代目が、また、親以上の出来ぶつで、独逸のI・Gと並び称せられる、加里岬王国を作り上げた。


しかし皮肉にも、この二分の一世紀にわたる、長ったらしい加里岬の歴史は、のちに、秋水が、海猫館の老人、大町信吾から聞いた、次の数語に尽きる。

「はっはっはっははは……秋水先生、儂達が、まだ餓鬼だった頃のこの町も、五十年経った今も、ちっとも変っちゃおりませんや。先代の社長の、おとつぁんが網元、でこの町の連中が漁師だった頃でも、不漁《しけ》のときにゃあ、儂等漁師共に、まあ、米の飯だけは、腹のくちくなるほど、たんと食わせてくれましたよ。……もっとも、大漁の時あ、儂あ、さっぱり知りませんがね……。

昔の網元の旦那が、洋服を着なすって、いまじゃあ、えらくでけえ会社の社長さん……。儂等、漁師共が藁で伜の頭をしばる替りに……いや……もう、やめましょう。

加里岬は良いところでございますよ。秋水の旦那……。

ここで生れた人間は、死ぬまで、この土地を離れる事あ出来ません。かりに、いっとき、この町を離れても、きっと、この町へ舞い戻って参えりますよ。だから……」

と、老人はウインクをすると、

「加里岬の町の女《あま》っ子たちは、他所の男にゃ、けっして惚れません。ほれ、あの……小屋の中で、妙な殺されかたした、野尻の旦那あ、学もあり、才も、有んなすった。あの旦那が、妙なことにならねえで、あと十年も生きていなさりゃあ、この町の殿様でさあ。だから、先生……加里岬の女共が血道を上げるなあ、当りめえですよ。お判りなすったでしょう……先生……」

加里岬の町の封建性は、この町の若い娘達にも、多少の責任があるが、指導的位置にあると、自ら任ずる男達に、その大半の責任があろう。なぜなら、先代が、進歩的にと思って取上げた、加里岬という言葉はいま、この町の知名の人物や、世論の代表機関を以て、自他共にゆるす、土地の地方新聞によって、金科玉条とも考えられる、封建的な彼等の相言葉となっているからだ。

エンジンの手入れを頼んで、自動車を工場へ持って行かせると、秋水はトランクを提げて、下宿屋、海猫館の前に立った。

下宿屋、海猫館の背後は、切通しへつづく山になっていて、そのむこうが、I・C・Iの工業地帯だ。海猫館は、その山を背にして、道路をへだてて、加里岬の美しい海に面している。そこから二百米ほど下った、ちょっと展けた所に、海を背にして、酒場《バー》・赤い燕《レッド・スウォロウ》があり、この家が町のとっつきになっていて、その向うに、加里岬の町の、低いが整然と建ち並んだ、真白い家並が見える。町も外れ。ここまで来ると、三方は真蒼な海だ。

道路に近く、船板にコールタールを塗った、小さな物置小屋があり、屋根のトタンの上には小供の頭ぐらいの石が、いくつも並んで載っている。ちょっと引込んでめぐらされた低い石垣の上に、四角な低目の木造二階建、これでも昔は、なかなか、ハイカラだったのだろう。羽目板に塗られた、エメラルド・グリーンのペイントも、殆んど潮風にさらされて、剝げて落ちている。低い木柵へ持っていって、横にぶっつけられた、船板のコール・タールの上に、白いペイントで、稚拙だが、いかにも楽しそうな文字が書かれてある。

踏みならされて、丸くなった大谷石の、階段を昇りかかると、家の奥の方から、表へ出て来た若い娘とぶつかった。

「あら……ごめん下さいませ」

「こんにちわ……僕、お部屋を……」

「ええ、昨日、会社からお電話をいただきましたわ。秋水様……」

秋水は眼を見張った。昨日の昼間、祖父の部屋にいた、あの、タイピストの美しい娘だった。

「妾、すこし気分が悪いので、今日から二三日、会社のほうは休暇をとりましたの……」

娘は秋水のトランクを受取ると、先に立って階段を昇って行った。厚手の地質に、ピンクとコバルトのチェッカのスカーツに白い毛編のセーター。両方の肩に大きく清潔な継ぎが当っている。

部屋に、トランクを持込み終ると娘は、

「父の信吾も工場でお世話になっております。あのひとは、岸壁で荷役の仕事をさせていただいております。裏の田澤小父さん達と一緒ですわ。妾……いもうとの、大町朝子と申します」

昨日、会社で見た時よりも、美しい清純な感じの娘だ。

「海が見える……良い部屋ですね」

壁に、複製だが、モヂリアニの裸婦の素描が掛っている。

「君が掛けたの？……」

「いいえ、姉が……」

「姉さんって……？」

「ええ、そうです。義姉《あね》の木崎民子です。うちの、マダムですわ」

階下の広い台所で、コーヒーがいれられた。ほかの下宿人達は、ほとんど外へ出た後らしく、建物の中はひっそりしている。

隅の流し場のタイルの上には、汚れた幾つかの食器が重ねられてある、その上に、水道の口から水が、トロリ、と音も無く垂れている。壁に近く、鋳物製の大きなストーブがあり、黒煙をすっかり吐き尽してしまった後の石炭が、大きな赤い塊となって部屋の空気をゆらめかし、かげろうを、たちのぼらせている。

白いクロースを張った、大きな卓のまわりには、数脚の椅子が置かれてある。腰掛けと背の当る部分は白い塗料が磨滅して生地の木目が出ている。

朝子は秋水の対い側に座ってコーヒーをすすめながら、

「いま、じきに義姉も参りますわ……お蔭さまで、ストーブの石炭は、工場から原価で、安く分けていただけますの、ああ……冷くなりませんうちに、コーヒーを召し上って下さいませ。珍らしいでしょう、モカですわ。この間、ホンゲー炭を運んで来た船のかたから、別けていただいたコーヒーですわ」

部屋の外で、静な足音がした。すこし明いた扉のむこうの、階段を、ゆっくり降りて来る、サンダルを穿いた形の良い、白い脚が見えた。扉が明いた。

「秋水様、義姉《あね》の木崎民子でございます」

「いらっしゃいませ。民子と申します。いつも義妹の朝子が、御祖父様にお世話になっておりまして、有難うございます。きょうは、お迎えもいたしませんで、ほんとに失礼いたしました。ことし、七つになります末の娘の容態がすこし悪うございまして……お医者さまは、ここ二日三日が峠、とおっしゃっておられました。中耳炎から、腹膜炎へ進まなければ良いがと思っております」

子供の看病で、睡れなかったのであろう。疲れた眼をした、三十がらみの女だ。肉付きの良い体に、男物の黒い毛シャツを着ていた。

コーヒーを飲み終ると、秋水は、卓の端に置かれた新聞を手に取って、眼を通した。

第二面の上段に太い活字で、

――加里岬の怪奇な殺人事件――

昨夜、被害者は、帝国化学工業《アイ・シー・アイ》会社の工場長、野尻清人氏（三十八才）

「お読みになりましたか……けさ、ホテルの方へも警察から連絡がありましたが、怖ろしい事件ですね？……」

問いかける秋水の言葉に、妹のほうの朝子は美しい顔を、両手で覆ってしまった。

「まったく、忌わしい事件ですね」

別のほうから、しわがれた男の声で返事があった。手にした新聞紙の上を、人影がよぎって、若い男が民子の隣の椅子に腰かけた。この時間に、まだ、パジャマの上に洒落た紺のガウンというでたち、赤い燕《レッド・スウォロウ》の楽師、蓼科修吉だ。紹介されると、

「でも、秋水さん。平和な岬の町に不幸な事件、しか

し殺された野尻は、借りの抵当の生命を持って行かれただけですよ」

自分の洒落た言葉の反応を求めようと、青年の充血した眼は、二人の女の間を忙しく行ったり来たりした。

3　漁具小屋の秘密

事件の現場、漁具小屋は、海猫館の前の六米道路を、北へ二粁ほど行った地点、道路が、I・C・I工場のほうへ、大きく迂回するところから、幅一米ほどの砕石の道が岬の鼻へ向って、爪先のぼりにつづいている。この細い道を五十米ほど登ると、雨や潮風に洗われて、巨獣の化石のような姿をした、コンクリートの望楼がある。この台地のすぐ眼の下が、おおよそ百坪ほどの平地になっていて、眼の下に真蒼な加里岬の海が望める。問題の漁具小屋はこの平地のうえ、背後の崖寄りに建てられてある木造の建物だ。望楼から、この漁具小屋へ降りるには、後で鱒江が陳述したように、望楼から真っすぐ、急傾斜な崖を伝って降りられるが、ふだんは男でさえも、殆んどこの近道は通らない。本道からの岐れ道の、すぐ右の端を、幅一米にも足りない、もう一本の小道が、断崖の鉢を巻いて、くねくねとつづき、二百米ばかりで、問題の漁具小屋の前に出られるようになっている。この道は、右手が切立った崖で、真蒼な海に臨んでいる。真っ昼間男が歩いてさえも、あまり気持の良く無い場所だ。

この道の行き止りが漁具小屋で、崖の上に望楼が見える。そこから、ずっと下の波打際まで、岩壁を刻んだ段がつづいている。

事件のあった時刻、月も未だ出ない闇では、女の足ではとても怖くてこの迂回路を歩けるものではない。裸足の漁師の妻か、なにかなら、星の光にすかして小屋まで歩いて来られるかも知れないが、この日は午前中の晴天にひきかえて、雨もよいの空であった。加里岬の女である鱒江だから、闇夜の迂回路の方がより危険なのは知っているはずだが、それにしても、いくら気が立っていたとは言え、望楼の下のあの急な断崖を、よくも降りられたものだ。

取調べに当った係官が、この疑わしい点を追求したとき、当の鱒江は平然として答えた。

「殺されました野尻とは、昨年の夏から秋にかけて、時折、あそこへ遊びに行きまして二人でふざけながら、よくあの断崖を小屋の前まで降りたり、また望楼の下まで登ったりして、遊びました」

偶然にも思いがけない土地で、親友熊座警部と、めぐり逢った秋水は、加里岬署長の案内で、現場を見た。鑑識係や警察医の一行は別の車で一足先に現場へ到着して、待っていた。

一同は、鱒江の証言に従って、望楼の前から、崖の急斜面を降った。

「あの女、いいかげんな出たら目ばかし言っとる。この通り、男の儂でも降りられたもんじゃない。ましてや、足元も真暗な昨夜、しかも、たった一人して。おっ、とっと……危いっ……」

小柄で太った署長の体は、途中の岩へ貼り付いて動きもならず、彼の官帽が、主人より一足先に、コロコロ転げて、下へ落ちた。

なかば降ったところで、上を見上げた熊座が、

「秋水君……ほれここにこの通り最近誰かが降りた跡がある。石の割れ目から伸びた草が、ひとつかみむしり取られてる。急な斜面は登るときよりも降りるときの方が、二倍も三倍も危険性がある……ことに鱒江のように踵の高い靴では、なおさら危険だ。しかし秋水君、こういう事も考えられるぜ……つまり、火事なんかの場合、ふだんは植木鉢ひとつ動かせない婦人が、無我夢中のうちに、ふだんはとても持てないようなトランクや衣裳箱を、かつぎ出してしまった例は、いくらでも有る。あの女が、昨夜、この崖を降ったと言っていたが、あるいはその通りかも知れないぜ」

二人が地上に降り立って、手に着いた土を払い落してなおも崖の下を調べていると、すこし離れたところに長さ二糎ぐらいの、千切れた草が数本落ちていた。先がすこし枯れかかっていて、明らかに前夜、むしり取られて上から落ちたものに違いなかった。

小屋が建っている平地は細い石英質で、四月の光にキラキラ輝いて、眩しい。

注意して小屋に近付いたが、軟質の赤土と異って、前夜、ここへ来て行動した人物の足跡は判らなかった。

「現場の小屋の中を、ごらんに入れましょう。屍体は、まだ昨夜のままにしてあります。なにしろ不便な土地なので、まだ正式の検屍も済んでおりません」

ようやく、崖を降りて来た署長は、熊座が拾ってくれた官帽の砂を払って頭にのせた。署長の案内で秋水と熊

座が小屋に近着くと、入口に立番をしていた、制服の警官が黙って扉を明けた。

「この小屋の出入口は、ここ一個所ですよ」

ヴァラエティに富んだ、身ごなしに反して、署長の言葉は、何かと思いつめているようだ。

漁具小屋は、太い赤松の丸太を組んで、古い船板をぶっつけ、曲りくねった黒い梁の上に、セメントで固めた屋根材《ルーフィング》の生子板が見え、ところどころの破れ目から、外光が幅の広いフィルムのように流れ込んでいる。窓は、扉の反対、つき当りに、小さな明取りが二個所、一方の窓硝子は破れて無くなっている。この窓枠に積った塵が一部分、こすられた跡があり細い条痕が縦に残っていて、明かに繊維質の摺った跡だ。

不吉な形をした帆桁の折れ、破損した古い焼玉エンヂン、防腐剤の入った石油缶、魚油の樽、捲上機《ウインチ》、等が、だらしなく四隅に積まれ、羽目の釘には破れた曳網が掛っている。つき当り、硝子の無い明取窓の下には、集魚燈が一個落ちて、硝子の破片が散っている。

床は、小屋の外と同じように、石英質の砕石で、真黒く泌み込んでいる魚油や、タールが、プンプン匂う。

屍体は、扉口の方へ両足を突っ張り、窓際のロープの束の間に、頭をなかば突込んでいて、柘榴のように裂けた顔が、半分のぞいている。頭部に近く、小型の錨があり血糊に混って、被害者のらしい、数本の切れた毛髪が附着している。

警察医は、手にした万年筆で指して、

「この錨は、質量七、八瓩の小型の物で、被害者の顔を一撃しておりますが、致命傷にはなっていません。おそらく、この血と切れた毛髪は、犯人に襲われた被害者が、逃げながら、何かに足をとられて転倒したとき、ぶつかって附着したものに違いありません」

被害者の野尻が被っていた、灰白色のソフトは、頭から脱げて、遠くへ落ちている。左右の腕は胸の前に伸して、右肩を下に死んでいた。ダーク・グリーンの雨外套のボタンは全部はずれて、その下の背広の胸がはだけていた。屍体の胸には船大工が使う古い錐が根元まで突刺り、柄の付け根のところで、くの字に折れ曲っている。

それよりも、いやなのは、雨外套の背中から、肩胛骨の下を貫いて、心臓の真中まで、並んだ三つの孔を明けて突立っている赤く銹びた銛《もり》だ。この銛は岬の漁師達が、水に潜って、蛸や黒鯛を刺すのに使う、鉾先十吋ばかりの三つ股の鋭いもので、比較的細い樫の柄は、根元からポキリと折れている。

「非道い事をしたもんですな。あれが折れてはね飛んだ兇器の銛の柄です」

警察医の説明を聞き終ると。加里岬署長は、窓のすぐ下、つまり屍体の頭部に近い羽目板に、まるで立てかけて置かれたようにある、真黒な、長さ一米半ばかりの細い捧を指差した。

「胸に突刺った錐の尖端は、右肺の下葉を貫いていましょうが、これが致命傷とはなっていません。被害者は、この背後から一突された銛で絶命しています。折れた、あの銛の柄は、何かのはずみで、一度はね飛んで、いったん、その窓の下の羽目にぶつかり、それから、折れ口の尖った方が地面に突刺ったのでしょう」

窓のすぐ下に、柄の先が、ぶつかったらしい凹みが出来ている。明取窓の高さは、かなり高く、五尺二三寸しか無い加里岬署長の眼は届かない。太い釘と、カスガイで赤松の丸太に打ちつけられた、船板の板目は、ところどころ隙間が明いていたが、どこも指の入るように大きな隙間は無い。

たった一個所、入口扉のすぐそばの羽目に、やや大きな三角形の隙間が出来ていたが、これも人間の握り拳を通せる大きさではなかった。長身の背中を丸くして、その隙間から外を覗いた秋水は、ポツリと言った。

「この穴からは、望楼が良く見える」

一同は、ぞろぞろと漁具小屋から出た。小屋の周囲には、何も落ちていなかった。土地が、乾いた石英質では、犯人の足跡は無理だ。

「青木鱒江という酒場の踊子の証言を、そのまま受取れば、この殺人は完全な密室の殺人ですね」

小屋の後へ廻りながら署長が言う。黙って足元を見ながら後をついて来た秋水が、思い出したように顔を上げた。

「鱒江という踊子は、いま、どこに居ます?」

「昨夜、家へ帰さずに、そのまま署へ泊めておきましたが、現場検証の参考人としてもうじき、ここへ連れて来るはずです」

と、答えて、熊座を振返ると、

「あの女の情況には、いまさら連れて来る必要もありません……熊座さん、僕は、この年になっても、若い頃の病気が直らないで、いまだに探偵小説を愛読していますがこの事件も探偵小説なら面白いですな」

官帽を脱いで持ち上げた右手の小指で、照れ臭そうに、輪型に禿げた頭を掻いた。

「鱒江の証言をそのまま丸呑みにしてしまえば、どうしても完全密室にならざるを得ませんな。しかも、あの女が崖を降りて扉を明けるまでの十分か十五分間の間の、まったく際どい芸当です。もし鱒江が崖の上から、扉の隙間から伸して招く男の手を見たのが、ほんとうだとしますと、犯人は、その僅な時間に小屋へ入って野尻さんを斃し、小屋を脱け出したことになります。昨夜は、扉のすぐ前には、電燈が一個点いていた。ですから、犯人が、無色透明な人間でなければ出来ない仕事です。ところが、もう一つの問題は、その明取窓です」

と、硝子の無い方の窓を指差した。二十五六糎角の四角な穴だ。

「もし、犯人がそこから出入りしたとしますと、彼は瘦せた子供でなかったら、アスパラガスのように柔くて細い人間でなければ、とてもその窓を通れません。そんな男には、とうてい、あの蛸突の銛を振って、あの男の背中から心臓の真中を突き刺すような力は無いでしょう。それから、この窓の高さですが、ディクソン・カーの探偵小説で読んだと思いますが、弓を射込んで、密室内の人物を殺すトリックが有ったように憶えておりますが、この窓から蛸突の銛を射込むのは、ちょっと無理だと思うんです。だいたい弓は、いっぱいに引き絞ったとき、矢の位置は射手の胸の前で水平に保たれるものですが、そうすると、あの明取窓はあまり高すぎます。高さ一米以上の踏台の上へ立って銛を射込むか、それでなかったら、射手の身長が七尺以上も無ければ出来ない芸当です。だいいち、あの胸に刺った錐が、この仮定をくつがえします。まず、吹矢の筒のような物で室内の人物の胸を錐で射てから、被害者が百八十度、体の向きを変えた時、今度は、大弓を引絞って銛を射込まなければなりません。しかし、こう犯人の注文通りに被害者が体の向きを変えてくれれば、良いのですが、そうはいかないと思います。被害者の体に突刺った兇器と、この窓は、とうてい結び付けて考えられませんな」

と、言って腰を曲げて明取窓の下を見た署長は、妙な声を上げて飛び上った。彼の官帽がふたたび脱げて足元に落ちた。輪形の禿が光る。

「く、熊座さん……やっぱり犯人は、この窓の下へ来て、ここから中をのぞきましたぞ！」

拾い上げた官帽の下に、二つ並んで、妙な形の凹みが出来ていた。羽目板から、いくらも離れていない。北向のために、年中、日が当らない故か、湿気を帯びた地面に、先の深い半円形の穴が二つ並んで出来ている。ちょっと見ると、足跡とは思えないが先の太い靴を穿いて爪立ちすれば、ちょうど、こんな形の穴が出来る。これがもし、誰かの靴跡とすれば、彼は入口扉のわきの大きな隙間を知らないで、小屋を一廻りすると、ここまで来て爪立ちをして中を覗いたことになる。

「署長さん、やっぱり貴男がおっしゃった通り、誰かがこの窓から覗いて、何かをしました」

良く肥って背の低い署長には見えなかったが、秋水が首をつっ込んだ眼の下の窓枠には隅の方に薄く積った砂の上を縦に摺った跡が縞のように残っていて、

「明らかに、この跡は、なにか繊維質で摺れた跡です。ああ……ここに、ちょっと離れて、木綿手袋の指の跡も残っています」

このとき、現場から離れた所を調べ歩いていた私服が、向うの方で大きな声を上げた。

「警部殿、ここに、煙草の吸いがらが、たくさん落ちております」

熊座の片腕でルコックと呼ばれている及川刑事だ。そこは、望楼の下の崖の凹んだ場所で、国内産の紙巻煙草の吸いがらが三本落ちていた。秋水は、その場所に立って、周囲を見廻していたが、漁具小屋の方を見ると、

「ここからは、小屋の扉口も見えない」

と、言って、側に立っている及川刑事の手にした物体を見ると、

「それは、どこに有ったのですか？」

「硝子の無い方の明取窓の外、ちょっと羽目から離れた所に落ちていました。これはこの辺の漁師や、釣師達が使う鯵切《あじきり》です」

片刃で、肉の薄い十五糎ぐらいの、真赤に錆びた小刀で、切っ先きが、少し折れている。

「この鯵切は、かなり使い込んだ物ですが最近ほとんど使っておりませんな……しかし、あそこへ落したのは、極く最近ですぞ。握りの柄が雨にさらされておりません。それに……これ、この切っ先の折れ口が、まだ光っています。署長さん……」

ちょっと顔を輝かせた及川刑事は、

「こちらは、いつ頃、雨が降りましたか？」

「ええと……たしか、いや、一昨夜、大雨が降りましたが、その後は、ずっと降りません。事件があった昨夜は、だいぶ怪しい空模様でしたが、どうやら持ちこたえ

て、今朝はこのとおり良い天気です」

「そうすると、この鰺切は、昨日の朝から今朝までの間に、誰かがあそこへ落したものですな」

一同が小屋の前に戻った時、一名の制服警官に連られて変った身なりの男が向うから歩いて来た。

生臭い黒いコール天の服に、深いゴム靴を穿いた五十男。キョロキョロ、あたりのいかめしい人々を見廻して、首をすくめるとピョコリと頭を下げた。

「須山、この道具に見憶があるかい?」

署長の足元の新聞紙の上へ並べられたのは、血の着いた兇器の銛と錐、それから及川刑事が窓の外で見付けた赤銹の鰺切、これには血が着いていない。

「へえ……その小屋は、儂等の仲間が共同で使ってはおりますが、儂の家が近くなもんですから、つい、儂が管理するような訳になっております。そうですな……この銛と錐は儂の物で、あそこの壁際に長い間、置きっぱなしになっていたもんです。つい二三日前に見廻りに参えりました時も、ちゃあんとロップの上へ載ってました。ええ……どちらも柄は、こんなになっちゃおりませんでした。さあ……この鰺切は、小屋には無かったもんでござぇますよ。へえ……長い間、使わなかったものでござんしょう。この通り、すっかり赤っ銹で、ほれこの柄の根っこに、くっついている魚のコケラも、すっかり固ってますぜ。ほれ……この通り、コリコリに……」

「よけいな事を言うな……もう帰ってもよろしい。ごくろうさん」

署長に言われると、両手に挿んだ帽子をもみながら、ピョコリと頭を下げると、いそがしく瞬きをした。

「へえ……どうも、用が足んなくって、すいません。旦那ご用がおありんときゃ、いつでも呼んで下せえ。……」

首を伸して、小屋の中を怖ろしそうに覗くと、ゴム長の音をさせながら帰って行った。

「署長殿、連れて来ました。例の女を」

一名の私服に連れられて赤い燕《レッド・スウォロウ》の踊子青木鱒江が姿を見せた。オーヴァは着ていない。ウール地の地味なグレーのスーツに形の良い胸と腰。署長の顔を見ると、ヴィニル樹脂製のハンド・バッグを持ち直した。

秋水はパイプをふかしながら、彼女のこの防禦的な手の表情を見ている。

「青木鱒江さんですね。酒場《バー》・赤い燕《レッド・スウォロウ》の踊子、二十六歳……」

熊座の言葉に、女は黙ってうなずく。

「アパート、新港荘を出たのは、昨夜、幾時頃だったね？」

「キッチリ、九時二十分でした」

「ほう……良く正確に記憶していなさる」

「野尻との約束でしたわ。あのひとも、わたしもいままで約束を破った事はございませんでしたわ」

「のじり……との、野尻さんとのお約束ですな？　判りました。しかし、貴女はまたどうして、妙な約束をなさったのですか？　昨夜、あの時刻、それに御婦人にとってはあまり気分の良くない場所じゃな。どうせお逢いになるなら、もっと気の利いた場所も有るのに。鱒江さん、貴女は赤い燕《レッド・スウォロウ》で野尻さんからの電話をお聞きになったとき、不審には思われなかったかな？」

「それは、警部さん……妾もさいしょ野尻の電話を聞きましたとき、ちょっと変には思いましたわ……でも、あのひとは、よくひとりぎめで、ああいう事をするひとでした。それに警部さん……」

鱒江はハンド・バッグを持ち換えると、顔を上げて熊座の顔を見た。

「妾達の、その日その日のことは、理解に苦しむことのつづきですわ。今日のいま、どうしても判らない事でも、色々なことに追われて、そのまんま一日過ぎてしまいますと、それが当りまえになってしまいますわ。妾……自分が思っております事を疑ったりしたことは、ございません。その替りひとの考えだって、決して疑問を持ったことは一度もございませんの。警部さん……妾は、あのひとが約束したとおりの時間に約束の場所へ行ってあげたのです」

いまいまし気に口髭を噛むと警部は、

「マダム……その眼尻の傷は？」

警部の微笑が、晴天の霹靂のように、鱒江の全身を打った。女は肩を震わせると、手を顔に当てた。右の眼尻の傷の上に、うっすりなすった軟膏《パスタ》が体温で溶けて光り、体液を思わせる。唇を噛んで憎々し気に警部を見つめた。

秋水は興味深そうに鱒江を眺めている。鼻筋は短いが、形の良い稜線。力強い澄んだ瞳と、すこし厚い唇。粘っこい癖のある女だ。

「望楼の銃眼から下を覗いたとき、石の角で切りましたの……」唇をゆがめて女は答える。

「鱒江さん、その電話は誰から掛って来たのですか？」

「野尻からですわ」

女は顔に当てた指を震わせた。

「どうして、電話の相手が野尻さんだと、お判りになったのじゃな?」

「警部さん、貴男、奥さまから電話をお受けになったこと、お有りになりますか?」

クスッ、と失笑した秋水が横合から、

「警部、それで判ったよ。それよりも鱒江さん……貴女がアパートを出たときの時間と、その事実を誰かに証明してもらえますか?」

「ええ、新港荘を出ましたのが、ちょうど九時半でございます。階段の途中で、管理人に逢いましたから、お調べになって下さいませ」

「それでは、望楼へ行く途中、誰かとお逢いになりましたか?」

「いいえ、どなたにも逢いませんでしたわ」

「道の途中で、誰かと、すれ違ったり……」

「いいえ」

「誰かを追越しましたか?」

「いいえ」

「それでは、望楼のある崖の上から、どうして下の漁具小屋をごらんになったのですか? ……野尻さんが来るのは崖の下の漁具小屋ではなくて、貴女がいらっしゃった望楼ではありませんか?」

「夜、あそこで明るいのは、この小屋の前だけですわ。妾は暗いなかで待たされ、煙草を喫いましたとき、無意識のうちに、明るい電燈の方を眺めておりましたのでしょう」

「判りました。鱒江さん……それでは、貴女がごらんになったと言う二人の人物はどなたでしたか?」

「さきほども、刑事さんに重ねて申上げましたのですが、一人はたしかに野尻でした」

「もう一人のほうの、女の人は誰だか見憶えがありませんか? ご迷惑にはなりません。だいたいの想像で良いのです」

「常夜燈の電気が薄暗くて、はっきり判りませんでしたが、形の良い体をした、若い女のひとです」

「貴女の、お心当りで、想像がつきませんか?」

「いいえ」

「大切なところです」秋水は鱒江の顔を見ながら、ゆっくりと、

「その婦人が、野尻さんを殺した犯人かも知れません……では、失礼ですが、野尻さんは最近、誰か他の婦人

と交渉がありませんでしたか?」

「下宿屋、海猫館のマダムですわ」

鱒江は、なにか汚らわしいものでも見た時のような表情をした。

「野尻さんと一緒にここへ来た、連れの婦人と似ておりませんでしたか?」

「いいえ、その女のひとは、マダムよりもずっと体の細い……それに、マダムは二人も子供を産んだひと、体の形ですぐに判りますわ。その若い女のひとと言いますのはカーキ色の襟の広い、ベルトで胴をしめる形の良いコートを着ておりましたわ」

いらいらして、署長が割込んだ。

「もう良い。青木鱒江さん、貴女の情況は最悪だ。儂は、ものの本質を実証的に見極めなければならない。儂は手品師や、詭弁家でもない。密室の殺人なんて、有ってたまるものか……」

と、秋水を見て、

「秋水さん、探偵小説じゃあ、ありませんよ。謎の女なんて居たら、連れて来てもらいましょう」

女は、ハンド・バッグの留金を、パチンと鳴らすと、

「ああ……妾、それで貴男のお考えが良く判りましたわ。署長さん……電話を聞いたとき、妾のすぐ側に、バーテンの別所さんが居りましたわ。あのひとにお聞きになって下さい。そうして、妾をつかまえる前に電話の主を探して下さいませんか。いつでも、赤い燕《レッド・スウォロウ》に居りますわ。署長さん……妾、稼がなければなりませんの」

鱒江は署長に微笑を返した。この女に、敵意は無いのだ。

「午後八時、電話の主……?」

熊座は、煙草をポトリ、と落すと、靴で踏みにじった。

「バーテンの別所を調べよう」

「ちょっと熊座君……」歩き出した警部を、秋水は呼び戻した。

「扉の隙間から出て、この婦人を招いた謎の手を調べなければならない。それに、もうひとつ大事なことがある」

陽に焼けて、鋼鉄のような光沢の、彼の頬に烈しい緊張の影が動いた。鱒江を連れると、踵を返して小屋へ入った。兇器は体から抜かれて無かったが、屍体は元のままの位置にあった。

「鱒江さん、昨夜、貴女がごらんになった恰好と変っておりませんか?」

「ええ、屍体の位置も、投出した手や足の恰好も同じです」

「頭の位置はどうですか?」

「ええ、やはり昨夜、妾が見た時のままですわ。頭を半分、そのロープの束の間に入れて……」

絶命後、半日では、あまり顔の表情に変化が無い。この生々しい印象がかえって、怖ろしい印象を与えた。情人の屍体の前に彼女は自分のハンカチで顔を覆ってしまった。

秋水は屍体の顔に、自分のハンカチを掛けると、鱒江の肩をかかえて、小屋の扉口のところまで来た。

「さて、苦しいかも知れませんが、もう少し我慢をして下さい。崖の上にいらっしゃった、貴女を招いた野尻さんの手を、もう一度、実験してみなければなりません」

と、言って、呆然としている鱒江を小屋の中へ残すと、自分は扉の外へ出た。

「鱒江さん、貴女が昨夜ごらんになったように、この扉を閉めて下さい」

鱒江は、素直に扉をきしませて、三十糎ばかりの隙間を作った。

「昨夜、貴女を招いた手は、どの辺から出ましたか?おおよそ、このくらいの位置と思われる高さの所から、手をお出しになって、昨夜と同じように、招いて下さい」

扉の隙間から、彼女の白い腕が出た。秋水は、扉から十米ばかり離れた、扉と崖の上の望楼を結ぶ線上に立つと小屋を振向いて、

「鱒江さん、それでよろしい。昨夜、貴女がごらんになった事を、良く思い出して、手を動かして下さい。手の振り方、上下に動かす問合い……」

地上から一米半ばかりの上のところから出た、女の白い手……

ゆっくり、上下に六七回動いた……しばらく止った。白蠟のようにじっと動かない……五秒、七秒、十秒、烈しく上下に七八回動いたかと思うと、ふっと白い腕は消えた。

「あっ、ちょっと待って、鱒江さん……」

咳き込んで秋水が叫んだ。

「もう一度、腕を出して、そのままの姿勢で、そばの羽目の隙間から、望楼を覗いて下さい。楽に、崖の上の望楼が良く見えますね。……判りました。鱒江さん。もう良い」

頬を輝かして、扉の所へ駈けて行った秋水は、扉をきしませて荒々しく引明けると真蒼な顔に、脂汗を垂している女を抱えるようにして小屋の外へ連れ出した。

「判った、鱒江さん。貴女は、それで良いんだ。つらかったでしょう。ゆるして下さい」

唇の色を白くして失神した鱒江を、両腕にのせると、秋水は、くるりと後を振向いた。

小屋の入口、五米ばかり離れて、固唾を飲んで凝然として立ちすくんでいる、熊座警部をはじめ、捜査係官達の前に歩いて行った。

「署長さん、この婦人を、医務室へ送り返して上げて下さい。気の毒に、失神している。芹田博士、なにか、強心剤の注射をして葡萄酒でも咽喉を通して上げなければいけません。そうそう、貴方の持薬、蝮酒でも良い」

加里岬署長は、片手で官帽を脱ぐと、帽子の前の日除皮で、頭の頂を掻いた。

「な、なにか判りましたかな？……秋水さん」

秋水は、女の体を、加里岬署員達に、そっと預けると、微笑した。

「昨夜、その婦人が崖の上から見た謎の手は野尻さんの手じゃない」

「ええっ……そ、それじゃ秋水さん。この殺人事件は……やはり密室内の事件だ、とおっしゃるかな？」

「しかたがありませんな。しかし、あの婦人は逃げやしませんから、あとでアパートへ帰しておやりなさい。もっとも、だれか一人、私服をつけておいた方が、良いでしょう。その方が安全かも知れません」

「逃げたり、自殺されたりしたんじゃ、こまりますからの……」

「そうじゃありませんよ。殺されるかも知れない」

と、声を低めて言うと、ぼんやりしている熊座に、向って、

「おい、警部、赤い燕《レッド・スウォロウ》へ行ってみよう」

「うん……」

好漢、熊座はむっつり黙り込んで、胸の前に腕を組むと、秋水と並んで歩き出した。

「おい、秋水君、あの鱒江という踊子、僕もやっぱり白だと思っているんだよ」

ポツリ、熊座が言う。

「あの女の白だと判るのは、酒場の何とかいうバーテンを調べてみれば、もっと、はっきりする」

「と、すると、やはり共犯の男が居るな」

「どっちにしても、密室の殺人だが、もしそうだとすると、犯人の論理に、どうしても判らない重大な点がある」

「謎の女の存在だろう?」

「そうだ。謎の女だけ余分な存在だ。その女が無くても、密室は出来る。いや、かえって居ない方が犯人自身にとっては安全だ」

「大胆で、頭脳の緻密な犯人にも、論理のどっか一個所に乱れが有ったかも知れないな」

「そうは考えたくないな」

「また始まったな。秋水君、君の悪い病気が……」

細い砕石の溝が終ると、道は県道のカーヴに出た。美しい、真青な海が眼に沁みるようだ。歩みを留めると、秋水は、車止の切石に片足をのせると、沖を眺めた。彼の顔から紫煙が上り、パイプの底のタールがジリジリ焦げる音がする。

「この事件で、ちょっと考えると、よけいな存在とも考えられる、謎の女の存在は、計画した犯人の、頭脳の混乱ではないような気がする」

海を見たまま秋水が言った。(彼はいま、何か考えているんだな)眼をしばたいて、ゆっくり歩き出した熊座の後から、秋水の声が聞えた。

「赤い燕《レッド・スウォロウ》の調査が済んでからで良いから、あとで、一緒にこの事件を検討して、あの署長に報せてやろう。あの小父さん、見掛けは、漂々孤々として、師父ブラウンそっくりだが、中味まで看板に偽り無しらしい」

警部は歩きながら、背中で答えた。

「ああ、良いよ……」

4　赤い花

広間《ホール》には、昼の陽差しが、いっぱい流れ込んでいる。肩の細い悪い顔色をした小娘がひとり、卓を磨いている。昼間の酒場は俳優の居ない舞台のようだ。踊子も、給仕も、まだ姿を見せない。ひっそりしている。

バンドのボックスは、ドラムや、コントラバス・ケース等が隅の方に片寄せられ、場末の劇場の奈落を思わせる。

カウンターの向うでは、バーテンの別所が、ぼんやり新聞を読んで煙草を吸っている。ワイシャツをまくり上げた両肘の下には、拡げられた地方新聞、加里岬日報の第二版。

——加里岬の怪奇な殺人事件——

帝国化学工業《アイ・シー・アイ》の工場長、野尻清人氏（三十八歳）を殺害した犯人の逮捕について、加里岬署長以下の捜査陣、確信を有す。

狡智、惨虐きわまる真犯人の被疑者として、踊子、某女（二十六歳）を昨夜以来取調中。彼女は、愛人、野尻氏の心が自分を離れたものと邪推して、昨夜十時、野尻氏を岬の漁具小屋に誘い出して刺殺？

なお、被害者、野尻氏の名をかたって、彼女を望楼まで呼び出した怪電話の男は、この事件の主犯、もしくは共犯として、全国に捜査中……被疑者、踊子某女は、自己の目撃せる事実をあくまで真実として主張するも、これが仮に真実とすれば、野尻氏の殺害は、とうてい吾人の常識として信じ得ざる完全密室の殺人となる。なお、被疑者、踊子某女のアパートからは、読み古した外国探偵小説が、数冊発見された。

「よせよっ……加里岬署長の親爺、手前えの事は棚に上げて、探偵小説を鱒江のせいにしてやがる……」

唇の端に着いた煙草の葉を、プッ、と吹くと、別所は新聞紙から眼を放して、むこうの家族席《プライベート》の入口に眼をやった。

昨夜、殺された野尻から、鱒江に、妙な電話が掛って来てから、約一時間後の午後九時、野尻らしい雨外套の男と、連れの女が入った部屋だ。

「可哀そうに、鱒江のやつ、あの利かねえ気の女の事だ……いま時分、一体え、なにをしてやがるかな……あの電話あ、そばで俺がちゃんと聞いてたんだからな……」

ポケットからダイスを出すと、カウンターの上へ投げた。扉を明ける音がして、入って来る人影が映った。

「いらっしゃいまし、何か御用で？　旦那」

「ここの踊子、鱒江のことで、ちょっと聞きたいんだが……」

カウンターに両肘をつくと警部。

「貴男がバーテンの別所さんだね？」

「ええ、別所です。なにか召上りますか」

「いや……」と手を振って熊座は、

「何もいりません。実は昨夜、鱒江に……」

「昨夜の電話のことでしょう？　警部さん」

煙草を唇から離して、バーテンは笑った。白い歯が光る。

「そうです。あの時、君が電話のそばに居たという話だが？」

「ええ……、私が確にそばに居ました。あの女の話も、受話器から洩れる男の声も、すっかり聞いておりました」

「時間は……？」

「八時キッチリです。電話が終った後で、ぼんやり考え込んでいた鱒江をからかった時に、なんの気なしに腕時計を見ました」

「電話の相手は誰だったか、気が付きませんでしたかな？　バーテン……」

微笑を、警部に返すと、

「別所と申します、警部さん……。十年ほど前に船から上って、この店をやらせていただいております。失礼ですが、旦那は、東京からお出になったのでしょう。うまい物は出来ませんが、まあ飲物だけは、本場にひけは取りません……」と、肩をのり出すと、

「長い間の商売で、うちに掛って来た電話の相手は誰だかぐらいは、いくら、そら使ったって判ります。昨夜の電話あ、たしかに野尻さんでした。間違ありませんよ。警部さん」

ウイスキーを注いだグラスを二人の前にすべらせた。

「殺された野尻さんが、最近ここへ顔を見せたのは、いつ頃だね？　バーテン……」

「そうですね……以前は、ちょくちょく顔を見せて下さいました。まあ、三日にあげずと言っても良いでしょう。鱒江がこの店に勤めはじめた時分ですから、もう二年も前からの、御定連でした。でも、旦那……この半月、ちょっとばかり、ちっともお顔をお見せになりませんでした。お宿が海猫館……うちの、じっき近くに来てから、てんから、うちの店もお見限りで……どっか町に良いお方でも出来たんでしょう」

と、言って眼を瞬いたが、思い出したように肩を起すと、言葉をひくめて、

「ああ、そうそう……昨夜、誰か女の人を連れてむこうの部屋へいらっしゃったのがたしか野尻さんのようでした」

早出のボーイが横の扉から入って来た。

「おい三郎、ゆんべ、あの部屋へ女を連れて来たの、野尻さんだろ？」

ドキリ、としたようすで、ボーイは唇をぬらした。この子は今朝の新聞を読んで、昨夜の加里岬の殺人を知っているのだ。そして、自分の言葉の重大さが、この場の空気で、それと察しられた。しかし、少年にとっては、警部達よりも、バーテンの眼が怖いのだ。

「た、たしかに、野尻さんだったと思います」

「顔を、はっきり見たのかね？」

熊座が咥えた煙草に、別所が火を持っていった。

「いいえ、お顔は、良く見ませんでした」

「おどおどしねえで、はっきり旦那に言うんだ！」

「はい、たしかに、ま、間違いありません。昨夜、あの人が着ていらっしゃった、黒っぽい雨外套も、灰色のソフトも見憶のある野尻さんの物です」

「相手の女は？」

「ホールの方が忙しかったので、つい見損ってしまいました」

ボーイはおどおどした視線で、バーテンの顔を眺めた。

「君、間違いないね？」

警部は、紙巻をはさんだ重い手を、少年の肩にかけると、やさしく顔を覗き込んだ。

「ええ……ま、間違いありません」

「二人が来たのは、幾時頃だったい？」

「ちょうど、九時頃だったと思います」

「どうして、そんなにはっきりと時間を憶えているの？」

「その、ちょっと前、蓼科さんが帰りがけに私をつかまえて時間を聞きました」

「蓼科って？……」

「うちのバンドの、コントラバスの蓼科修吉さんです。むこうの海猫館の下宿人です」

「コントラバス？……その時間じゃ、演奏を始めたばかりじゃないか」

「ええ、でも、蓼科さんは、お帰りになるとき、体のぐあいが悪いと言って、顔色も真蒼でした」

「やあ、有難う……また後で聞くかも知れないよ」

と、言う警部に、秋水は、

「昨夜、二人が入ったのは、どんな部屋だか、ちょっと見てゆこう」

バーテンの別所は、カウンターをくぐって先に立つと、昨夜、野尻と、連れの怪しい女が入ったという、家族席へ二人を導いた。

「まだ、昨夜のまんまで、掃除は済ませてありません」

灰皿の中には、外国製のらしい紙巻煙草の吸いがらが五、六本ある。床の上にも、すこし散っている煙草の灰に混って一本、同じ煙草の吸いがらが落ちている。

半分ほど引かれてあるカーテンの隙間から射込む陽の光は、斜に室内に光の帯となって、壁際の小卓のコップに投込まれた一輪の赤い花が、なかば花弁を落し、黄色い蕊が頭をむき出している。日光の直射で温められた、コップの水は、硝子の内壁に沿って、無数の小さな気泡をつくっている。

だが、妙なことに、コップの底から細かい泡が、スイスイと上っている。

コップの縁に顔をくっつけていた秋水が顔を上げた。

「別所さん、あのボーイを、もう一度、ここへ呼んで下さい」

バーテンの声で、少年が白っちゃけた顔をして入って来る。可哀そうに、唇もカサカサに乾いている。

「君、この一輪挿しの花は？……」

「昨日の夕方、鱒江さんが出勤して来た時花を抱えておりました。きっと、あのひとが生けたのです。旦那様、むこうのカウンターのところの、コーヒー濾器《パーコレーター》のわきのバラも、あのひとが生けたんです」

おどおどした眼をバーテンに向る。彼は唇にはさんだ紙巻をころがしながら、煙に片眼を細めると、チョッと舌うちをしてうなずいた。

「警部さん。こいつの言う通りあの女が生けたもんです」

もう一度、コップに鼻をくっつけると、秋水は顔を上げた。

「熊座君、この一輪挿しの水の中には、清涼飲料《サイダー》が入っているぜ」

と、ボーイの顔を見ると、

「この席へ来た二人が帰ったのは幾時頃だったか憶えているかい？」

「ええ、憶えています。お二人がいらっしゃったのは、ちょうど九時、サイダーを召し上った切りですから、十五分ぐらいしか、いらっしゃらなかったでしょう」

「と、言うと？」

「おおよそ、九時十五分には、お帰りになったと思います」

「その二人が帰ってから、誰かこの部屋へ入りましたか？」

「いいえ、お客様は混みましたが、その後この部屋は使いませんでした。お二人がお帰りになった後で、御飲物のコップと、サイダーの空ビンを下げに、私が入った切りです」

「その時に下げた、汚れ物は？」

「ほかの食器類と、みんな一緒にして、流しの方へ持って行きました。もう、どれがそうだか判りません」

「その二人の前に、この部屋へ誰か入った？」

「ええ、一時間ほど前に、船のお方がお二人、三十分ほどいらっしゃいました」

「その時、この灰皿は取替えましたか？」

「いいえ、そのままでした」

「有難う君……」

パイプを咥え直して、別所を見た秋水の顔は嬉しそうだ。

「別所さん。鱒江さんには、ほかに関係のある男でも居りますか？」

「いいえ、無いとは思いますが、仲間の珠子というのが、姉妹のようにしておりますから、その方でもお調べになれば、もっと良くお判りになります」

「ああ、その珠子というひとに、鱒江さんは自分の番を預けて、ここを早退したのでしたね。それでは、最近、鱒江さんは、金に困っているようすでも有りませんでしたか？」

「いいや、あの女は、この店だけで、かなりの収入がありました。しかし東京に年老った親が居るそうで、月々、相当の金を送っていたようです。それでも、他の女達と違って、客が残した食物を、新聞紙に包んで持ち帰るような事はしませんでした」

「有難う。バーテン……」

秋水と熊座が、赤い燕《レッド・スウォロウ》を出ようとすると、送って来た別所が声をかけた。

「あの女が、まさか……。気の良い女ですよ。あっしは、どうも……野尻さんを殺したのは、鱒江じゃないような気がしますがね……」

二人を見送ってしまうと、別所は肩を落して、カウンターのところへ戻って来た。何かを考えながら、指を熱くした煙草にも気が付かなかった。吸いがらを床へ落すと思い出したように顔を上げ、秋水達が手を付けなかった二個のグラスのウイスキーをつづけさまに、グイグイと呷った。


秋水と熊座が加里岬署へ戻って来た頃は午後二時に近

かった。署長以下、芹田医師、鑑識係達は一足先に帰って来て、調査結果の検討を始めたところだ。夕刊の記事に間に合わせようと、廊下の外には、東京から飛んで来たらしい各紙の記者、参考人として呼ばれた被害者野尻の勤めていた帝国化学工業の幹部達が緊張した顔附で慌しそうに行ったり来たりしている。それ等の人々の間を、地元加里岬日報の記者らしいのが物識り顔に行ったり来たりしている。

被害者の社会的地位、この加里岬の町に限られているが、土地が土地柄だけに、署長の社会的責任は大きい。署長室の扉は、ピッタリ閉されて、見張の制服警官が一人立っている。緊張した顔付きの芹田博士が部屋へ入って行った。

「判りましたか……博士？」

疲労にややたるんだ顔を上げると、加里岬署長は医師の顔を仰いだ。

「ええ、判りました。屍体の傷は前額部の打撲傷と、胸部及背中の刺創、都合三個所ありまして、一見、甚だ複雑のようですが解剖の結果、至極簡単明りょうな結論が出ました」

鼻眼鏡を直すと、芹田博士は、一語一語ゆっくり、

「まず、被害者は、背中から刺された銛のために絶命しております。前額部の打撲傷は倒れた際に、そばに置かれてあった錨で打ったもので、これは、被害者が致命傷を負ってからの、偶然事に過ぎません。胸の錐も倒れたときに突刺ったものです」

「ごくろうさまでした。芹田博士……」

芹田医師と入れちがいに、秋水と、熊座警部が入って来た。新聞紙にくるんだ小型の物体を署長の前に、コトリと置くと、秋水は、

「いま、警部と、酒場へ立寄って来ました。殺人が有った時刻の一時間ほど前に、赤い燕《レッド・スウォロウ》へ姿を見せた怪しい男女の手懸りが得られるかも知れません。指紋を採って下さい」

包の中は、例の部屋の卓にあった、サイダー入りの一輪挿しのコップだ。呼ばれた鑑識係が、コップを持ち去ると、秋水は、

「署長さん……この事件は、発端から妙に情事めいていたので、気が付きませんでしたが被害者の身の廻り品で、何か無くなっていた品物でもありませんでしたか？」

「上衣のポケットの大型紙入の中に新しい紙幣で十万

円、そっくりそのまま屍体の身に付いてました。それから、これが眼鏡、こちらが、煙草で国産のピース三箱。ズボンのポケットに一箱、雨外套のポケットに二箱」

署長の側卓の上には、被害者が身につけていた細い品物が置かれてある。紙入の札束を抜出して、テープに押されてある銀行の封印と日附を調べ、煙草の箱を手にとった。

「被害者は、かなり愛煙家ですな。行く先々で煙草屋を見つけると、一箱買うといったように」

「そうですな、儂も煙草が好きで、憶えがありますよ」

しばらくすると、鑑識係が、例のコップを持って入って来た。

「女のらしい指紋は、こすれて消えてしまったが、はっきり、男の左手の指紋が取れました。しかも……」と、若い技師は眼を輝かした。

「その男の指紋は被害者、野尻のものです」

報告を聞き終ると、加里岬署長は、自分の考えをまとめるように落付いた口調で、

「二人が赤い燕《レッド・スウォロウ》を出たのが、九時十五分。それから、岬の漁具小屋まで三十分。おそくも十時ちょっと前までには行けるはずだ。ところが、青木鱒江の証言によれば、二人があの小屋に来たのは、十時ちょっと過ぎていた。二人はかなりゆっくり歩いて行ったわけだ。酒場から小屋まで約五十分近くもかかっている。酒場へ寄ってサイダーを飲んで行ったのも、単に時間をつぶすために違いない」

脂肪がのった署長ののどかな顔には、困惑の色が、ありありと浮んでいる。この署長を見舞うべき、第二弾が、さらに彼の部下によってもたらされた。刑事の手から一通の封書を受取った。差出人の名前は無い。ごく有りきたりの便箋に、故意に筆跡をかくした左書きの鉛筆文字で書かれてある。

加里岬署長殿――
青木鱒江は断じて犯人ではない。
犯人より――

謎の手紙を熊座に手渡すと、署長は椅子の凭れに体を落し込んでしまった。

「これは、けさ投函された手紙です。しかし鱒江は留置してあって、その暇は無い。熊座さん……いったい、どうすれば良いんです」

声が、かすれた。灰皿に置かれた彼の紙巻からは、紫煙が細く昇っている。膝の上は灰だらけだ。

「いや、署長……。儂には別の考えがある」

煙草の火を、もみ消して熊座が体を乗り出した時、制服警官が入って来た。

「署長殿、もうひとつ、こんな手紙が来ておりました」

署長の手から、ひったくるようにして第二の手紙を受取った警部は、急いで封を切った。怖ろしい顔つきで読む彼の手が、烈しく震えた。

「だ、駄目だっ、秋水君……ま、これを読んでみ給え……」

——親愛なる加里岬署長殿——

あの女達は犯人ではない。貴官のお出でをお待ちしています。

犯人より——

前の手紙とは異っているが、やはり安っぽい便箋に、新聞の活字を切抜いた文字がていねいに並んで貼り付けられてある。

熊座の手から受取って、じっと手紙の文字を見つめている秋水の眼が輝いた。

「判った……捜査の手懸りが摑めたぞ……」

次の瞬間、彼の顔を、苦渋の影が、みるみる覆っていった。

「しかし……手懸りは付いたが、複雑な事件だ……」

「なにっ……判ったって……。犯人は、だ、誰だ?」

「まだ、指名は出来ない。熊座君、僕はすこし疲れた。下宿へ帰って、ゆっくり休みたい。夕食は、僕と一緒に食べないか? これから僕は、ちょっと廻り道をして、二、三調べて行きたいことがある。夕食前には海猫館の部屋へ戻るから、その時分に、遊びに来てくれ給え」

秋水は立上ると、卓の上に置かれた鯵切を手に取った。

「署長さん、この刃物を借りて行きますよ。別に兇器でもなし……」

「ええ、どうぞお持ち下さい。儂も後で、お知恵を借りに行くかも知れません」

秋水は、鯵切を、ていねいに新聞紙に包んで、ポケットに入れると加里岬警察を出て賑やかな通りに向った。

Ｃ銀行加里岬支店。狭い商店街のはずれ。むこうに、真白で清潔そうな、社宅街の軒が見える。重い間口に狭い銀行の扉を押して入った。地方の町の銀行の店員は、人懐こくって物見高い。白い顔が、いっせいにこちらを向き、よその町の人の顔を見る。

「出納係の主任の方に、ちょっとお眼にかかりたいのです」

この時、表通りから自転車を引っ張って入って来た中年の男が近付いた。

「いらっしゃいまし」

臆病そうな素早い眼が、秋水の全身を走って改まった笑い顔になる。

「ちょっと、調べたいことがありまして」

秋水が手帳を出して、野尻の屍体についていた十万円の札束の番号を並べると、

「一昨日、野崎組の三宅さんにお渡ししました五十万円のくちです」

「判りました。どうも有難う」

降り注ぐ視線に苦笑しながら、秋水は外へ出た。

土建業、株式会社野崎組はすぐ近くだ。秋水が名刺を通じると、入口に居た男が立上って、彼を奥へ導く。この種の会社によくある、学士だが、算盤のあまりうまくなさそうな眼付きの鋭い男、三宅は秋水を応接間に残すと、無愛想に出て行った。品の良い中老の紳士が、もみ手をしながら入って来た。

「支配人、辰巳です」ひととおり、秋水から用件を聞き終ると、笑顔につくろいながら言い難そうに口を切った。

「いま申上ますことは、なるべく御内聞に願いたいのです。実は、一昨日、野尻さんの御申出で、三十万円あの方に御用立いたした金です。しかし、これは、野崎個人として、野尻さんにお貸しをしました」

「いままで、野尻さんに、ちょいちょいお貸ししたことがありますか」

「いいや、これは、ほんとうの個人と個人の貸し借りで、野尻さんも、はっきりしたお方で、昨年の暮も一度ありましたが、その時もはっきり、野尻清人、借用証を書くよ、とおっしゃってお笑いになりました。もちろん私共だって、かりに野尻さんが借用証をお書きになったって、じきどこかへ無くしてしまいますが、あの方は、仲々、物事のけじめのはっきりなさったお方です」

と、言って哄笑すると、

「もちろん、儂等も、会社の仕事で儲けさせていただきますが……」

秋水は、野崎組事務所を去ると、郵便局の電話を借り

て、捜査本部の熊座に連絡した。
「被害者の野尻は、三十万円持っていたはずだ。ところが屍体が持っていた紙入には十万円。あとの二十万円は、国許の妻子に送金したか、海猫館の自室にあるはずだ。ちっぽけな町のことだから、すぐと判るかも知れない。及川君にでも調べさせといてくれ給え」

午後四時。熊座警部は、捜査本部にあてられた、加里岬署の応接間に、ひとり引きこもった。重い体を椅子に凭せると、ノートを開き、メモのペンを取った。窓から差込む斜の陽射に、彼の小鬢の毛が、かすかに震える。

——加里岬殺人事件の覚え書——

——被害者、**野尻清人**（三十八歳）
帝国化学工業会社《アイ・シー・アイ》、工場長。妻子は数年以来郷里に在りて、生活費は、月々、被害者が送金。被害者は、一ケ月以来、下宿屋海猫館（主、大町信吾、I・C・I工場の荷役係）に下宿、同館二階に二室を借り、生活は、現収入以上に派手なること。婦人関係は相当放埒なるも、自己の行動に一種の責任あり。二ケ年以来、酒場《バー》・赤い燕《レッド・スウォロウ》の踊子、青木鱒江（二十六歳）と情交関係ありたるも、最近一ケ月、赤い燕《レッド・スウォロウ》へ姿を見せず。なお、被害者は、最近、海猫館の姉妹に関心を有す。
姉、**木崎民子**（三十歳）
二子ありて、夫、大町道男は、戦争にて生死不明。
義妹、**大町朝子**（信吾長女、道男妹、二十二歳）は、I・C・I会社、欧文タイピストにして未婚。海猫館に起居。

——午後八時〇〇分——
野尻より酒場《バー》・赤い燕《レッド・スウォロウ》の鱒江に電話あり。同夜十時に岬の望楼へ来るよう。媾曳の打合せ。右の電話は、鱒江の陳述通り、そばで聞いていた、バーテンの別所充一（三十九歳）が証明す。

——午後八時五十分——
この時刻、踊子鱒江が、赤い燕《レッド・スウォロウ》を退勤して、ひとまず、アパート新港荘に帰る。踊子珠子の証言。なお、この時刻、コントラバスの楽士、蓼科修吉（二十八歳、海猫館止宿）が酒場を退勤して、下宿先、海猫館へ帰る（ボーイ証言）

——午後九時〇〇分——
野尻らしき雨外套の男、赤い燕《レッド・スウォロウ》へ身元不詳の若い女を連れて現る。

——午後九時十五分——

被害者野尻らしき雨外套の男と、連れの若い女赤い燕《レッド・スウォロウ》を去る。この間、酒場に居たる時間、約十五分(ボーイ証言)。

——午後九時三十分——

青木鱒江、アパート新港荘の自室を出て岬の望楼へ向う(鱒江の陳述及、アパート管理人、某女の証言)。

——午後十時〇〇分——

鱒江、岬の望楼へ到着(場所及時間は、被害者野尻の電話の申込通りにして、バーテン別所これを証言)。

——午後十時〇五分——

赤い燕《レッド・スウォロウ》へ現われたと思われる、被害者野尻と、連れの女の二名、漁具小屋へ現る(小屋は望楼の三十米ほど下方)(鱒江の証言)

——午後十時十五分—二十分——

連れの女だけ、漁具小屋を去る。

——午後十時二十分—二十五分——

謎の手(野尻の?)小屋より現れて、崖上の鱒江を招く。

——午後十時四十分——

青木鱒江、漁具小屋の中に、野尻の屍体(当時、虫の息)を発見す。

——午後十一時十分——

酒場《バー》・赤い燕《レッド・スウォロウ》へ駈け戻りたる青木鱒江、目撃せる殺人を報せて、失神す。

備考

なお、殺人前後の時間に、岬の往復途中鱒江とすれ違いたる人物は一人も無し。

予の観察によれば青木鱒江は狷介不覊なる女なるも、本殺人と無関係と思わる。同女の寄宿せるアパート新港荘を探索の結果金品の始末、極めて良く、支出は甚だ細心なり(手帳記載しあり)。この他、当座の小使を、特定の場所に納めず、ベッドの裾に隠せる事実)

警部はペンを投出すと、煙草袋にパイプを突込んで、いら立たしく、拇指を動かして煙草に火を点けた。煙草の葉が一かたまり手帳の上に落ちた。パイプを咥えると、立上って、室内をあちこち歩き始めた。

熊座は物憂かった。立留ると、じっと窓外の町を眺めた。歪んだ窓硝子と、下に拡がる家並の中間に、ボーッと白い女の顔が浮んだ。踊子青木鱒江の粘り着くような視線、頻りに唇を動かして何か言っている。眼尻の傷に塗ったパスタが光っている。

（あの女は嘘は言うまい。鱒江は白だ……）

後の扉にノックが聞えた。

「入れ……」

窓を向いたまま答える。

「警部殿、郵便局の為替係と、野尻の預金口座を調べましたが、失った二十万円は送ったようすがありません」

熊座の片腕、及川刑事だ。

「それから、被害者、野尻の止宿先、海猫館の部屋を調べましたが、二十万円の金は出て来ません。海猫館には、まだ秋水さんは、お帰りになっていません。あの家の電話でお報せしようと思いましたが……」

「海猫館に電話あるのか？……」

「ええ……一本あります」

「あとで、また電話して、秋水君が帰ってきたら呼出してくれ給え」

充血した熊座の耳の鼓膜の奥に、廊下を歩き廻る署員の足音が、いらだたしく入って来る。彼は、もう火の消えてしまったパイプをガリガリ噛んだ。

5　少年と空気銃

秋水は、賑やかな銀行前の道路を抜けると、加里岬の町の人口の過半数を占める、帝国化学工業《アイ・シー・アイ》会社の社宅街に入った。碁盤目のような、アスファルトの十米道路、耐火モルタル塗りに、軽やかな薄色のセメント瓦をのせた平屋建、おおよそ五十坪ばかりの、小ぢんまりした庭園にめぐらせた、丈の低いペイント塗りの木柵。どの家の庭にも、もったい振った松や、百日紅などの植木の無い、同じように市民的な、赤や黄に輝やく花壇だ。

岬の海猫館へ向って歩いてゆく、秋水の前を一人の女が無遠慮に横切った。むこうの家の庭に入りかけ、扉のところで、ちょっとためらうと、戻って来て、柵に釘付けられた、郵便箱を覗いた。若々しい、細君らしい婦人の腰の前に垂した、ポプリンの前掛の、美しい色彩は、彼女達の生活の華やかさの象徴ではない。彼女と彼女の家庭だけでなく、この町全体の簡素な日常生活の悲しい象徴なのだ。秋水のうしろの方から、何やら、わめき合う少年達の叫び声と烈しい足音が近付いて来た。一人の敏捷そうな少年が、秋水を追抜くと、道端のアスファルトの空樽を、ヒラリと飛越えて、垣根のところで、クルリと振向いて立留った。彼の手には、一挺の空気銃が握られている。後から、ようやく追い着いた子供達はガヤガヤと彼を取巻いた。

「もんくが有るんなら、一人ずつ前へ出て言ってみろ！」

陽に焼け、眼のクリクリして可愛い少年だ。なりは大きいが、十二三歳ぐらい。

「空気銃を返せ！　おい民男……」

同年ぐらいの、色の白い腕白小僧が、仲間の肩を押しのけて前へ出た。

「返せるもんかい。取れるなら取ってみろっ！」

民男と言われた少年は、銃を持なおして身構えると叫んだ。

「なにをっ……泥棒おっ……」

「なにっ……もう一度、言ってみろ！」

「泥棒おっ！　……」

取巻いた少年達は、ワイワイと叫ぶ。彼は銃身を握ると、一振して前へ出た。子供達は、いっせいに、逃腰になり、一人が転り、その上に、もう一人の子が重って倒れた。

「空気銃が欲しかったら、うちへ来い。お前達は、この空気銃を見せびらかしに、うちの近所へ来るんだ。そんなに人に見せたい物なら僕があずかっといてやるよ。だけど、須山の辰っちゃんや、務《トム》こうは、こんな空気銃なんか無くたって、パチンコがあれば、海猫なんか一発だぞ……」

肩を張って、一二歩まえに出ると、

「欲しきゃ、手を出してみろ！」

「どろぼおっ！　……」

「なにっ、も一度言ってみろ、ぶん撲るぞっ！　空気銃が欲しきゃ、うちへ、取りに来い。いつでも貸してやらあ。辰っちゃんや務《トム》に、空気銃を見せびらかしたかったら、僕から借りて行って見せて歩けっ。そのかわり……帰りにゃ、また、僕んちへ置いてくんだぞ！」

「なにをっ、泥棒おっ！　……」

少年は、近着いた一人の肩を、空気銃で一撃すると、サッ、と身をひるがえして逃げて行った。撲られた少年は、地面に引っくり返ると、ワアワア、大声で泣出した。それにつれて、ほかの幼い二三人も泣出す。しかし、空気銃を持ち去った少年を追う者は、一人もいなかった。

ほんの、アッと言う間の出来ごとだ。秋水は近寄って地上に倒れて泣いている子供を抱き起してやった。

「いまの、悪い子供は、どこの子なの?」

「下宿屋の大町んちの民男だよ……」

鼻先の真っ黒けな、ませた顔のチビは、

「きょう、僕達の遊び場に攻めて来たんだよ。フテエやつ……」

「この坊や、おうちは、どこだい?」

「そこのポストんとこの細野だい……」

いましがた、秋水の眼の前を横切って、花壇の中へ入って行った、細野が出て来た。

「まあ、済みません、子供が……何か悪戯でもいたしたのでしょうか……?」

母親の顔を見て、ワアーッ、と大声を張りあげて泣出した少年の頭で撫でながら秋水は、

「このお子さんを撲って逃げた子は、海猫館の息子ですが、あの宿に、僕は泊っています。あの子が持って行った空気銃は、すぐ取戻して、お届けするように、致しましょう」

細君は、子供達の倫理を知らない。泣いている子を抱き取ると、

「どうも済みません。よろしくお願いいたします」

手に着いた塵を払うと、秋水は歩き出した。胸の中の柔い肉を細いしなやかな手でギュッ、と摑まれたようだった。

単調で平凡で、どこもここも同じような形をした社宅街を通り抜け、診療所の四角な建物の前を過ぎ、赤いポストを曲ると、もう、街外れだ。

トタン屋根に黒いタールを塗り、よしずを張った魚屋。スリッパや、ブラッシを軒先から並べて吊り下げた小店、赤いランタンを提げた飲屋もある。平べったい、白い顔の女が、割いた小魚を干す手を休めて、こちらを見る。このあたりは、岬の漁師の細君や、娘達の内職稼ぎの、大切な橋頭堡だ。

酒場《バー》・赤い燕《レッド・スウォロウ》の赤いネオンが、ポッ、と点いた。誰か女が一人、横手の扉の蔭へ姿を消す。踊子だろう。酒場の背後の海の色は、不気味なほど真蒼で、空だけが夕陽に赤い。

ふと、海の風に混って、鋭い子供の叫声が秋水の耳をつん裂いてふくみ声の女の声がきこえた。

御下宿、海猫館

低い木柵をまたいで、急ぎ足に庭に入って行くと、子

供の叫声はなおもつづいて、押殺すような女の声に混って、ピシッピシッ、と生皮をたたくような音がつづく。

物置裏手の木柵の横木に、両手を縛られて身をもがき、叫ぶ男の子。そのそばで、何かを握って振廻す女の白い手が見えた。

「民男、あんたは、なんて怖ろしい事をなさったの……」

女の手には、皮製のスリッパが握られ、スリッパは振降される度に、縛られた少年の手の甲の皮を裂く。流れた血が垂れて、木柵ににじむ。

「お母さん、僕は悪い事をしないよっ……」

「貴男のお父さんは、いらっしゃらない。妾が頼りにするのは、民男さん……貴男だけよっ……。その貴男が、怖ろしい……お友達の物を盗るなんて……」

スリッパは、ふたたび、少年の手の甲に炸裂した。

「だってお母さん、僕は須山の辰っちゃんや崖下の務《トム》が可哀そうだったのだよっ！」

民男の両眼からは、涙が流れる、この子は母親の叱責が怖くはない。手の甲を裂くスリッパも痛くないのだ。ただ彼には、自分が良いと思ってした事に対する、愛する母親の誤解と叱責が口惜しいのだ。

「マダム、ゆるして上げて下さい」

暗くなった小屋のうしろから、男の声がして、背の高い影が現れた。

「蓼科さん、あんたなんか、黙って見ててちょうだいっ！」

一瞬、女の手がひるがえると、スリッパはピシッ、と、男の頬に炸裂した。

「ああっ？　……マダム、何をするのっ！」

打たれた頬を押えて、蓼科の体がよろめく。

「意気地無しっ！　そばへ寄らないでっ。この子が悪いのよ……その上、妾、あんたの世話なんか焼けないわよっ！　……」

ふたたび、スリッパが音をたて、秋水が飛出そうとしたとき、きゃしゃな女の影が入口の階段のところへ現れたが、さっと駈けよった。義妹の朝子だ。

「姉さん、しっかりして。落付いてよっ」

民子の手から、スリッパが地上に落ちた。

「妾、怖ろしい……この子が、お友達の空気銃を盗ったの……」

「そうじゃないよ、お母さん。僕は、あんな空気銃なんかちっとも欲しくないの……」

「民男、お前は、ご自分がした事の悪いのに気が付かないの？」

「良い事じゃないの……だけどお母さん、僕はちっとも……」

「民男、貴男の手の血を見てごらんなさい。お母さんに打たれた痛さと、流れた血が、貴男のなさった罪を洗い流してくれるのよ。民男さん……貴男は、ご自分の悪い事を流した血で買わなければならないのよ」

民子は泣いているようだ。柵の横木に縛りつけた、子供の手から縄を解くと、地上に倒れかかる少年の体を、両腕で抱き上げた。涙にぬれた民男の顔に、自分の頰を押つけると、黙って家の中に入って行った。

あとを見送ると、蓼科は、民子にスリッパで打たれた頰を押え、そばにぼんやり立っている朝子の肩を抱いて、家へ入って行った。


二階の自分の部屋に帰って、秋水は椅子に凭れると、ぼんやりパイプを咥えていた。ノックの音がすると、朝子の美しい姿が見えた。顔を上げると秋水は、白い毛編みのセーターを着た彼女の肩の、清潔な継ぎを眺めた。

「階下に、お食事の仕度が出来ましたわ」

娘は、そばの椅子に座ると、

「秋水さま、さきほどは済みませんでした。嫌なところをお見せして、さぞ不愉快にお思いになったでしょう」

秋水は、それに応えないで、ふつりと、

「朝子さん、野尻さんは、昨日の午前中、どこにいらっしゃいましたか？」

彼女の顔に、素早い影が動いた。

「午前中は、家のお部屋にいらっしゃったはずです。きっと、ご本を読んでおられたはずですわ。野尻さんは、お部屋にいらっしゃるときは、いつも読書をなさいますわ。かなりお酒を召上った後でも……」

「午後は？……」

「会社です。秋水さま、昨日、お祖父さまのお部屋で、あの方にお逢いになったじゃありませんか」

「朝子さん……昨日の貴女は？」

電撃をうけたように、娘は立ち上った。唇が烈しく震える。

「妾……一日中、会社に居りましたわ」

「野尻さんから、電話があったのは、幾時頃でしたか、朝子さん……」

「ええ？……妾、妾、どうしてそんな事をお聞きになるの?」

「殺された野尻さんの、もう一人の恋人を探さなければなりません」

「妾……知りませんわ。秋水さま、貴男はなにしに妾達の家へいらっしゃったの?」

秋水の眼の中から、なにかを読み取ろうとするように、娘は彼を見つめた。急に態度が白々しくなり、両腕を下げて立った。

「この町が、気に入ったのですよ。加里岬の人情も、風俗も……」

「秋水さま、もう、そんなに妾を苦しめないで下さいまし……、あの方と妾、昨日の夜、下で一緒に食事をしましたの。それが、あの方との、お別れとなってしまいましたの」

朝子の白い咽喉が、ひくひく動き、両手で顔を覆ってしまった。嗚咽が洩れる。

「妾、妾……あの方を愛しておりました。野尻さんに、奥さまがお在りになるのも、鱒江さんのことも、妾、良く知っておりました。またあの方は、そのことを、お隠しになりませんでしたわ。でも、妾、どうする事も出来なかったの」

「判っておりましたよ朝子さん……昨日、祖父の部屋で、始めて貴女にお逢いした時に、貴女のことは判りました……」

秋水は、椅子から立上ると、パイプを口から離して、両手を肩にのせると、彼女の眼を覗き込んだ。

「それから、野尻さんからの電話の事も」

朝子の肩は、烈しく震えた。

「昨日の朝十時頃、野尻さんから、電話をいただきましたの……」

「野尻さんは、そのときどこから貴女に電話をかけられたのです? お判りになりませんか?」

「うちの電話ですわ、もちろん……。秋水さま、義姉さんにお聞きになって下さい」

「どうしてですか?」

「だって、電話口に、野尻さんのそばに、姉さんが居りましたわ」

「どうして、そんな事がお判りになるのですか?」

「でも、さいしょ、姉さんの電話で、姪の公子の看護に使う、注射針が折れたから、会社の診療所の注射針の1/4というのを譲ってもらって来てくださいって、話が有ったの。その電話を横から奪うように野尻さんが取りました。何か言って、そばで笑う姉さんの声も入混って聞えて来ましたわ」

「それじゃあ……」

秋水は溜息を洩らした。パイプの火は消えてしまっている。

「朝子さん、貴男と野尻さんが、お逢いになるのを、そばで聞いて姉さんは知っておられた訳ですね？」

「ええ……、義姉と、妾とは、いつでも仲が良うございました。大事なことも、人には言えない事も、お互に隠したことは有りませんの」

「判りました……」秋水は、パイプに火を近着けながら、眉をしかめて、

「それで、昨夜、野尻さんと、どこでお逢いになりました か？」

「赤い燕《レッド・スウォロウ》のうしろの、崖の鼻で逢いました。妾の後から、すぐ、いらっしゃいました」

「それからどこへいらっしゃいました」

「表の酒場の扉を入りました」

「幾時頃でした、その時？……」

「ちょうど、九時……」

秋水の表情には、絶望の影が濃かった。

朝子の額は脂汗が浮んで蒼白い。彼女の肩を押えて、椅子に座らせると、自分も、その隣に腰かけた。

「赤い燕で、野尻さんは、どんな話を、貴女になさいましたか？」

「ひと言も、口をお利きにならないで、黙り込んでいらっしゃいました」

「貴女達、お二人が、酒場をお出になったのは、幾時頃でしたか？」

「九時を十分か二十分廻っておりました」

「それからまっすぐ、漁具小屋へお出でになった訳ですね」

「ええ……」

「途中で誰かとお逢いになりましたか？」

「いいえ」

秋水は、朝子から眼を放すと、壁のモヂリアニの素猫を眺めた。

「朝子さん、漁具小屋へ行く途中、あの人は鱒江さんの事を、何か言っておられましたか？」

「いいえ、あの方は、一言もおっしゃいませんでした」

「それでは、貴女は、鱒江さんが、崖の上の望楼にいらっしゃった事は、ちっともご存じなかった訳です

ね？」

「ええ、そうです」

朝子は、ゴクッと唾をのみ込んだ。

「朝子さん、貴女が一足先に小屋から、お帰りになる時、小屋の中に、野尻さんの他、誰か居りましたか？」

「いいえ……誰も居りませんでした。薄暗かったけれど、電燈も点いておりましたわ」

「その時、野尻さんは、後に残って、どんなようすをなさっておられましたか？」

「……」朝子は口籠った。

「貴女の近くに居りましたか」

彼女の肩が、烈しく打震え、喘ぐ呼吸が洩れる。

「あの方は、小屋の扉の、すぐ内側で、妾の肩を抱いて、接吻して下さいました」

壁の素描を眺めている秋水の口辺には、硬ばった微笑が浮んでいる。

「朝子さん、きょう、ある人物から、加里岬警察の署長のところへ、この署長は僕の友人で好人物ですがね、手紙が来ましてね、その手紙には『あの女達は犯人じゃない』って……お判りになりますか？」

朝子は美しい眼を向けると瞬いた。無表情だ。昨日見たときよりも、けさこの家で見たときよりもこの娘は美しかった。伏せた睫毛の蔭にも、成人したように、ある陰影さえ出ていた。

「秋水さま、お食事をどうぞ……」

すっ、と立って、先に立って階段を降りて行った。

海猫館の食堂、一隅に気持の良い流し場と冷蔵庫があり、真中に大きな食卓。その上に展べられた、真白い小ざっぱりした、テーブル・クロース、片隅によった鋳鉄製の大きなストーブの中には、真黒に熔融してすでに大きな塊となった粘結炭が、黒い油煙をぶすぶす吐き出し、ストーブの上蓋のあたりは、そろそろ淡紅色となって、真黒な煙が火炎の圧力で隙間から噴出している。卓の上の大きい白皿には、厚く切られた白パン、油で炊いた一山の米、マダムが自慢の冷肉、鼻粘膜をくすぐる玉葱の匂、それは、流しの下のタイルに積んである山から匂ってくるのだ。客は勝手にナイフとフォークを差伸せば良い。彼等の腹の前の深い皿に、青豆と玉葱のスープ。

家の台所は、主婦の胸だ。ここは、清潔で温く、甘い匂がして、こころ良い。誰でも、ここへ入って来ると、腕を伸して卓の廻りを二三回はね廻らずにはいられないだろう。

　その、心地良い乳房の持主、マダム民子。しっかりした骨組、高い胸、長い睫毛の下の美しい眼、形の良い鼻。青い陰影を曳いた唇は、こん夜は、くっきりとルージュで描かれている。なぜなら、新しい客人、秋水が始めて夕餐の食卓に向うからだ。

「民子、公子の容態は、どうじゃな?」

　彼女の椅子の一つおいた端に、この家の主人、大町信吾。老父と嫁の間は空いている。この席の主、孫の公子は、いま病室で睡っている。

　老人の右隣は民男少年、その隣、民子と対き合って、朝子。彼女の隣には、ピッタリ、くっつくようにして、蓼科修吉。彼の深い眼は、時々おずおずと、反対側の民子を盗見る。老人と対い合って秋水が座った。

「お爺ちゃまが、公子の容態をお聞きになるのは、あの子が寝ついて始めてだわ。こん夜で五日目ね」

　と、朝子の皮肉な言葉を引取ると、民子は、

「そう……でも容態をお聞きになる代りに暇さえあれば、こっそりあの子の部屋へ入っては、大きな太い指で、公子の細い鼻や赤い頬に触って、またそっと戻っていらっしゃるわ」

「そうじゃ、いかにも民子、その通りじゃ、わっはっはっははは……」

　と笑うと、手にしたフォークの先で、髭の先に付いた、玉葱の切れ端を払い、

「でも民子、ダイアヂンは、きまりが早くて良いの……しかし医学というのは怖ろしいものじゃ。のう……秋水先生……」

　と、新しい客人に、重た気に垂れた瞼を向けた。

「しかし、先生、医学の恩恵は有難いものですが、生じっか、それが有るために、子供の親の苦労が絶えませんわい」

　老人は哄笑した。しようがなしに、秋水も笑った。民男少年の手の、白い包帯が彼の眼に、いたいたしく映った。

「おお、民男。またどっかで悪戯をしたな。バイキンが入ると、お手々が無くなるぞ」

　老人には、寝しなに呷る一杯の酒しか心配が無いのだ。あるいは彼の心は、ここを放れて、いま頃、赤い燕《レッド・スウォロウ》のカウンターに両肘を突いて、震える手にグロッグのコップを持つ、親友、田澤老人のところへ行っているかも知れない。子供は母の乳房の中で、空想の翼を拡げる。信

吾老人は嫁の民子の容量《ヴォリュウム》ある乳房、温くこころ良いこの食堂に身をゆだねているからこそ、翼を拡げてどこへでも、出掛けられるのだ。

「秋水先生、あれをごらんなさい。壁の棚の上の木馬……この嫁のつれあいの道男がアカシヤの木を切って、ここにござらっしゃる悪戯小僧に作って与えた木馬です。木馬はもう真っ黒くなりました。この腕白はこんなに大きくなって、あの木馬を忘れています。この子の父親は戦争へ出たっきり帰って来ません」

民男は、白パンを千切り、スープに浮べては、スプーンですくって口へ運んでいる。一言も口を利かない。ついさっき、母親によって微塵に砕かれた、自分の名誉を悲しく噛みしめているのに違いない。

「しかし、民子」老人は重く垂れ下った瞼の蔭の両眼をしばたいた。

「道男との七年間は、楽しい夢だと思っておれば良いのじゃ。ゆんべ殺されていた野尻さんじゃって……」

思い出して、ギクンと肩を起すと、

「死んでくもんは、何も知らん。どっか田舎に奥さんや、小供しゅが居るそうじゃが後に残された人達だって二三年経てば、けろりと忘れてしまう。いや……思い出しても、それよりもっと大きい自分自身の悲しみや、喜びがたんと出来てくる。秋水先生……」

と、顔を上げて、もう一度、フォークで髭を払うと、

「うちの嫁はの……この夏には、この家の前に建て増をして、船の人や、工場の連中を相手に、ビヤホールを出すそうじゃ。そうそう……テレース・海猫とか、洒落た名の店を張るそうじゃ。儂ゃ、貰った金をその日に飲んでしまいますが、この嫁は仲々感心な女じゃ」

「もうよしてよ、お父さん」

民子が顔を上げた。

「道男が忘れられんのか？」

「もう、あのひとの事、とっくに忘れてしまったわ」

蓼科が立上って部屋から出て行った。秋水は、ナイフとフォークを置くと、上衣のポケットから何やら取出して、卓の真中に置いた。野尻が殺された漁具小屋の裏手明取窓の下に落ちていた、赤く錆びた、鰺切だ。

いぶかし気に眉をひそめて、鰺切を手に取って眺めた老人が、ほう、と声を上げた。

「これは、儂のじゃぞ……」

「大町さん、見憶がありますか？」と秋水。

「ええ……おおありですとも。これは、仲間の者が、

昔三条の鉋丁鍛治で、いまじゃ飲んだくれで人足しておりますが、仲々、刃物を打たせたら良い腕を持っております。いつでしたか、昨年だったと思いますが、タガネの焼入をするついでに、この鯵切を一挺打って儂にくれたもんです。ほれ……この隅に、兼次郎って、あいつの銘が入っております。おやおや、先が折れたな……」

「どこに置いてあった物ですか?」

「物置きの中に突込んであった物です」

「最近、物置きで、ごらんになりましたか?」

「うむ、昨日の夕刻、六時頃の物置きに、コールタールの缶を取りに行きました時、眼の前の棚にのっておりました」

「その時、この刃先は折れておりましたか?」

「折れていたら気が付くはずじゃ。あの時もこの鯵切を、ちょっと取って、タールの鍵の縄を切りましたからの。改まられて、この刃物がどうかしましたかの?」

「野尻さんが殺された、小屋の外に落ちていたのです」

老人は眉を、ちょっとひそめると、

「ほほう、それはまた妙なことじゃ。秋水先生、野尻さんは、面白え旦那でしたな。儂は昼間、岸壁に居ても、日に一度は、あの人のことを思い出しました。しかし、亡られようがどうあっても、死んでしまってから思い出しても、どうにもならん事。儂はなるべく、あの方の事を思い出さないようにしております。しかし先生、どうして、こんな物をお持ちかの?……これは多分、近くの子供が庭で遊んで物置きから持出したもんでございましょう。これを持ち出したどっかの子供が、小屋の辺で遊んで落したのでしょう。それにしても、秋水先生、あんたも、仲々ご奇特なお方ですの……。どうしてこんな物を持ち廻られるのじゃ」

「これを預けた、僕の友人が、今夜、来ることになっております」

「ほう、探偵さんですな? ご奇特な商売もあるもんじゃ。よほど、お暇がお有りとみえる。しかし先生、あんたは良いお方じゃ。それに、御爺様には、うちの朝子が、たいへんお世話になっておりましての……ま、ごゆっくり御滞在になって下さい。お客様がお見えになると、うちの娘達の顔も、生々とします」

そばでは、嫁の民子が黙って膝の上に編物を拡げている。朝子は、顔の前に拡げた新聞紙の間から、時々、二人の男の顔を盗見た。老人は、終りのコーヒーをすすっている。(……ご奇特なことじゃ……)老人は、自分の体のヴォリュウムで人を測る。そして、測り切れない相手は、この含蓄ある言葉で片付けて、それ以上は考えないようだ。彼の隣では、満腹になった民男が、コクリコクリ居睡をはじめていた。ストーブの石炭は燃え上って真赤な塊となっている。部屋の中の水蒸気は窓硝子に凝結して滴が時々流れる。

この時まで、硝子に顔を押付けて室内をじっと覗いていた、男があった。誰も戸外に立って中を覗う男の姿には気が付かなかった。やがて、影のような男は、老人の横顔を眺め、もう一度、少年の寝顔を見ると足早に窓から放れて、闇に消えて行った。

柱の下に置かれた、電話のベルが鳴った。素早く立上った朝子が、受話器を当てた顔をこちらに向けると、

「秋水さま、お電話ですわ」

「……もしもし、秋水です。ああ熊座君、待っています……」

ガチャリ、と電話器を置いた秋水の眼が突然一個所に釘付けになった。柱の横の羽目に掛けられてある、黒っぽい雨外套。その上に軽そうな明るい色のソフト。手早く外套の裏を返す彼の指が震える。内側に縫付けの、ポケットの底が、何か小刀で突かれたように、小さな切れ目が明いて、ちょっと動かすと、魚の細い鱗が二三片、キラキラ光って、床に落ちて行った。胸の裏に赤いネームの刺繍。S・TADESHINA……

ちらりと秋水が振返ると、老人は、こちらを見ている。民子は編針をセッセと動かしている。民男は……この子は、痛々しい包帯の手を顔の前に投出して、ぐっすり睡っている。秋水は何か言おうとしたがふと口をつぐむと、扉を明けて外へ出た。後の背を、顔を上げた朝子の視線が追っていた。

二階への階段を昇り切ると、廊下の暗闇に蓼科が立っているのにぶつかった。

「蓼科さん、ちょっとお聞きしたいんですが、貴男は、酒場を早退すると、どこかへ出掛けましたね?」

「秋水さん、貴男はいったい何の権利があって、失敬な事を聞くんですか?」

「僕は、殺された貴男の親友、野尻さんの仇を打ってあげたいと思っているのです。お答えになりたくなかったら、何もおっしゃらなくって良いのです。その代り、

もうじき、友達の熊座警部が来ますから、彼にお話をしていただいても構いません」

ポーッ、と赤くなった煙草の火に、秋水の顔が微笑している。いまいましそうに舌を鳴らすと蓼科は、

「帰ってすぐ寝ましたよ」

「赤い燕《レッド・スウォロウ》とこの家の途中で、野尻さんと朝子さんにお逢いになったはずですね」

「ごじょうだんでしょう……」

「そんなはずはない訳ですよ。夜八時を過ぎると、この家は、表の扉も裏の扉も閉めてしまって、さっき一緒に食事をした食堂の横の扉から出入りすることになっているのですよ。酒場と、この家の間は一本道、食堂の扉は一個所しかありまん」

「誰にも逢いませんよ、秋水さん。もし僕の部屋まで来る途中、誰かの顔を見たとしたら、食堂のストーブの前で本を読んでいた朝子さんだけですよ。ここの親父はあの時刻に酒場で飲んでいたし、マダムは下の部屋で、寝ている子の看護で、氷を割っておりました」

「その時、野尻さんの部屋の電燈は？」

「前を通ったとき、消えておりました」

「この刃物は？」

二人は、蓼科の部屋の前まで来ていた。

「知りませんね……」

「食堂に掛けてあった、ソフトと雨外套はいつもあそこへ置いとくのですか？」

「二日ほど前に雨に当ったので、昨日の朝マダムに乾してもらったのです」

「昨日あれを着ましたか？」

「ちょっと空模様が怪しかったけれども、雨外套無しで酒場へ行きました。つい、眼と鼻の先ですから。秋水さん……僕が何かしたと思っておられるのですか？　嘘だと思ったら、酒場のボーイに聞いてごらんなさい。下のマダムにお聞きになっても良いですよ」

彼は後手に、扉の把手を握って扉を明けた。

6　踊子・青木鱒江

午後八時、事件があってから二十二時間経つ。約束の時間に、秋水の部屋の扉が明いて、熊座が姿を現わした。黙って入って来ると椅子に体を落し込んで、むっつり黙り込んだ。好物の煙草も忘れている。難事件で困惑した

ときの、彼のいつもの癖、頤を引いて口髭の端をかんでいる。
「秋水君、さっき君は、謎の手紙を読んで手懸を摑めたと言っていたが、あれは、どういう意味なのだい？」
「あの手紙を書いて加里岬署へ送った人物の人種が判ったよ」
「ええっ……犯人が判ったのかっ！」
熊座は椅子から体を起すと、眼を輝かした。
「犯人はまだ判らないが、二通の手紙の主の外貌がつかめた。この事件の一番大事な点を言うと、漁具小屋の密室殺人を見ていたある人物が居る。しかも、彼は、あくまで第三者として客観的に見ていた。だから彼はこの密室には、少しも手を触れてない。ちょうど昆虫研究家のように、木の枝と枝との間に、狡滑な蜘蛛が、六本の脚を動かせて、眼に見えぬ網を張るのを興味深気に眺めていただけだ。どんな優れた手品のトリックだって、裏から見れば良く判る。この人物が腕を組んで眺めていた興味深い謎を、これから我々が解かなければならない。熊座君、僕は君と同じように、青木鱒江という踊子は、犯人じゃないと思っている。彼女は華やかな舞台上の手品を真正面から眺めさせられた悲劇のヒロインで、この謎の人物は、それを裏から喜劇として眺めたのに過ぎない」
「ううむ。そうすると、その謎の人物というのが、あの妙な二通の手紙の主だな。そう言えば、あの手紙の文字の書き方が、一通は左文字で、もう一通の方は、新聞活字を切抜いた組合せ文で、いかにもこれは、探偵小説好みの男のやりそうな事だ」
「あれはね、熊座君、二通の手紙は別々の人物が書いたのだ。いまここで手紙の文句を繰返してみると、
第一の手紙（鉛筆書き左文字）
青木鱒江は断じて犯人ではない。（犯人より）
第二の手紙（切抜活字組合文字）
あの女達は犯人ではない。貴官のお出でをお待ちしています。（犯人より）
……ということになるがまず第一に、青木鱒江と謎の女、つまり漁具小屋へ入った連れの女とはこの事件についてお互に利害が相反する。鱒江としては、是が非でも謎の女を探し出して、身の潔白を証拠立てなければならないし、反対に謎の女としてはあくまで、鱒江から身を隠さなければならない。結局、第二の手紙の主は、二人の女の立場から離れて客観的の立場にある。なぜなら二

人の女を同時に救おうとしているからだ。貴官のお出でをお待ちしています。犯人より。と自ら言っているのは、本音かも知れないが、ある意味においては、捜査当局を愚弄している。ところが、第一の手紙の主だが、この人物は、事件の本質にもう一歩近付いている。したがって、これは明らかに、この事件と関係がある人物の手紙だ。しかも、この二つの手紙は投函時刻から察すると、新聞紙上に発表されない時間に、ポストへ投込まれたものに違いない。これから考えると、第二の手紙の主は事件を裏から見ていて殺人の始終を知っていたことになる」

「そうすると秋水君、つまりこの第二の手紙の人物が例の明取窓の穴から、小屋内を見ていた事になるね。あの窓は、小屋の後だから、鱒江からも見えなかった訳だ。秋水君、なるほど、君の言う通り、あの四角い穴は小さいし、中へ入れない。やっぱり、舞台の後から手品を見ていた、単なる第三者だね」

「その通りだ。ところが、熊座君。あの殺人は成年の男女が出たり入ったりしているから、すぐと情痴問題を連想して犯人は大人だとしたり、窓が小さいから、中へ入れないと考えるから、誤謬があるんだ。例えばあの窓は身の軽い、たとえば子供なら、ちょっと飛付いて反動を利用して肘を曲れば、肩が細いから、するりと小屋へ入れる。しかしいまあの署長さんの言葉を引用すれば、アスパラガスのような人物が窓から入った、とする仮定は、成り立たない。なぜなら、あの明取窓の框の埃の上に残った繊維の摺れた痕は、数本の指の跡と、細長く、摺れた痕があるだけだ。人間が入ったとすれば、仮に彼が、アスパラガスのように体が細くて柔軟だったとしても、窓の框には、もっと幅広い痕が残るだろうし、靴をかけた痕ぐらい残っているはずだ。だから、この仮定は残念ながら放棄するより他、仕方がない。そんなら、犯行の前後に男や女が、小屋の附近を出入したからと言って、すぐ直感的に痴情の殺人だと、即断するのは誤りだ。いかんながら、いままで僕達はそれをしていたのだ。熊座君、ここに、さっき僕が、加里岬銀行と、野崎組を調べた結果がある。君……あの夜、被害者の懐中から二十万円の札束が無くなっているんだぜ。事件のあった前の日に、野崎組の者が加里岬銀行から現金で五十万円を引出している。このうち三十万円が、野尻の手に渡っていたのだ。この金は、野尻の申入によって、野崎組の支配人の手から、直接、被害者に手渡されている。紳士協約だよ、例の……。殺された野尻も、なかなか、さむらいだ。この三十万円の現金が、被害者の紙入に納り、そのうちの二十万円が、漁具小屋で紛失しているんだ」

「ところが、物盗りならば、どうせ人を一人殺したんだ。三十万円全部持って行きそうなものだ。それを、三分の一だけ残して行ったのだよ。これがその反対に、紙入の中の十万円が盗られて、服のポケットかなにかに入っていた残りの二十万円が手つかずになっていれば、半分盗られても、物盗りとは言えるが、僕の推定では、被害者が紙入から出して犯人の手に二十万円を渡した。と考えるのが妥当だね」

「それじゃ、秋水君。昨夜被害者と、犯人が取引きした後、あの小屋の中で、殺人があったという訳だね」

「間違いない。それから熊座君、謎の女の正体が判ったよ」

「え、ええっ……」

警部は椅子の腕木をつかんで肩を乗出した。

「海猫館の娘、大町朝子、帝国化学工業《アイ・シー・アイ》の欧文タイピストで、野尻を愛していた女だ」

秋水は、きょう加里岬署で熊座警部と別れてからの出来ごとを、彼に話した。漁具小屋の窓の下で、及川刑事が拾った、赤銹の鯵切の出所も。蓼科の雨外套のポケットの切れ目からこぼれた魚の鱗も。

「おお判った。窓から小屋を覗いた人物というのは、男とは限らない、海猫館の嫁、民子とかいう女も、蓼科も、親爺の信吾も、一応、疑ってみる必要がある。だいいち、あの時刻には、この三人とも、家に居た。謎の手紙を出す暇がある」

と、警部は眼をかがやかすと、

「この四人とも、殺人があった時刻には、海猫館に居て、めいめいが別の行動をとっていた。アリバイが、はっきりしていない。漁具小屋までの往復一時間は、他の誰にも気付かれないで出来る。特に、朝子以外の人物、つまり、民子と菱科、それからあの老人……この爺さんだって赤い燕《レッド・スウォロウ》で相棒が酔つぶれている間に、こっそり、漁具小屋と、酒場の間を往復出来る。あの時間は、酒場も混んでいるはずだ。それから嫁の民子だって、こっそり子供の看病をしている風をして、こっそり海猫館を脱け出せる。蓼科という生っ白い男も、寝ているように見せかけて部屋を脱け出せる。だいいち、この男が赤い燕《レッド・スウォロウ》を早退きしたということが、怪しい。いま、僕が言った、この四人は、いずれも被害者が寝起きしている海猫館の住人だし、男も女も、慾か色気のどっちかぐらいある。そして野尻はあの通り、金廻りは良いし、女の注意を惹く種類の男だ。しかも、被害者は前日、大金が入った。あらゆるプロバビリティは、海猫館に渦を巻いている」

ようやく元気を取戻した警部は、パイプに火を付けた。大きな鼻孔から紫煙を吐出すと、思い出したように、ふっ、と声を落した。

「しかし、これらの前には、鱒江が目撃した密室の扉が立ちふさがっている」

「そうだよ、しかも、あの漁具小屋の明取窓の下に立った人物と、崖の上に立った、鱒江との間を、小屋の羽目が阻んでいる。全く、見通しがきかない。この大事な見通しさえきけば、ある仮定も成立して密室の構成も説明つくんだが……」

パイプの口で頬をたたきながら、秋水は苦しそうな声を出した。

「たったひとつ、こういう新しいもうひとつの仮定を置けば、密室の秘密に説明が付く。例えばだね、被害者を刺したのは、海猫館の妹の方の朝子だ、と仮定する。被害者が倒れるのを見て、朝子が逃げ出す。これは崖の上から、鱒江が見た通りだ。さて一度倒れた野尻は起上って、扉口まで行って、隙間から手を出して、待たせておいた鱒江を手招きで呼ぶ……そうして、ふたたびロープの束のところへ行って、身を横えて絶命する……」

「手招きするくらいなら、何故、扉の隙間から体を乗り出して、鱒江を呼ばないんだ。あの踊子の証言によると、肩を出すくらいの隙間があるのに、わざわざ体をかくして、手だけ出して招いたんだ。それに、あれだけ重傷を受けている人間が、立ち上って招いたというのも、甚だおかしいことだ」

「良く気が付いた、熊座君。けさ当の鱒江を使って、現場の小屋で実演したとき、あの女は、たしかに、招く手を地上から一米半ぐらいの所から出した。あの高さは、被害者が地面から立ち上らなければ手が届かない。もし、必死の力を振り絞って、立上ったとすれば、扉や柱に、手に付いた血痕が印刷される。また当然、扉から顔を出すはずだ。しかも、鱒江の実演によると、その手は、一定の振幅と早さをもって、一定の時間の間合をおいて、振られた。明らかに、崖の上に居る鱒江を意識して、めいりょうな意志を持って振られている。仮りに甦された野尻の肩から脱け出した手が、扉から出て動いたとしたら、これは、機械的に、無意識的な運動をしても、しかたが無い。確に、あの手は、指先に鱒江を見る眼と、考える心を持つ胸のある手に違いない。僕はこう考える……熊座君……」

声を落して、言葉を切ると、秋水はパイプに火を移しながら、しばらく考えていた。

「あの手が、被害者自身の手だとしたら野尻と朝子の間にある重大な秘密がある。それからもう一つ別の考えは……朝子及び被害者以外の人物によって、ある意図をもって扉から振られた手だ」

「朝子を調べてみようか、秋水君」

「まだ、手を触れない方が良い」

「どうして、手を触れないで、そっとしといた方が良いと言うんだ?」秋水のジョークに熊座は苦笑した。

「熊座君、君の、その考えを推し進めてゆくと、真犯人は、他にいる訳だ。そうして朝子の存在は共犯あるいは、偽装に過ぎない。しかし、真犯人は一人で殺人を完全に行っている。だから、朝子の存在は、さっきも言った通り、余計な存在になる。いやむしろ、朝子が有るために、犯罪発覚の危険さえ生じてくる。真犯人が必要とする証人は、野尻の声が呼び出した鱒江ただ一人で良いのだ。この殺人を解決へ導く道をはばむものは、朝子を操った、真犯人の眼に見えぬ怖ろしい意図だよ」

「朝子を調べよう」

「うん、調べるのも結構だ。しかし、さっき僕が言ったこと以上は判らないだろう。それよりも、裏手に落ちていた鯵切の秘密だ」

「裏から覗いた人物、あるいは、真犯人が落したものだろう」

「どうして?」

「野尻に殺意を抱いたある人物が、殺人に用いるあの鯵切を落したので、手近にあった、銛を使って被害者の野尻を刺したことになる。しかし君、鯵切の落ちていた場所から推定すると、犯人は一度、小屋のうしろへ廻ったことになる」

青木鱒江は、この日、夕刻近くまで留めおかれたが、一応、釈放された。係りの刑事から呼出されて、署長の前に立った。

「もう、帰って良いんでしょう、署長さん」

「うん、また後で来てもらうかも知れませんよ。でも鱒江さん、これから、どこへ行くのかね」

「仕方ありませんわ、一度アパートへ帰ってから、赤い燕《レッド・スウォロウ》へ顔出ししようと思っていますの……」

ハンド・バッグから手袋を出して、片手を通しながら、鱒江はもう一度、扉のところで、この人の良い署長を振返った。

警察署を出て、彼女は始めてひとりになった。言いしれない、真黒な怖ろしい思いが、彼女を押しつつんだ。昨夜以来、二十時間、色々な取調や訊問が彼女を追廻してひとりにはさせなかった。漁具小屋の、あの怖ろしい出来ごとさえ、ゆっくり考える余裕が無かった。事実、昨夜の出来ごとは怖ろしい、とうてい信じられない事件には違いなかったが、普通の常識では想像出来ない、測り知れない出来ごとであるため、彼女には、本当に有った事のように思えなかった、長いながい、怖しい夢のように思えた。

銀行前の賑やかな通りを歩いても、鱒江に気がついて、振返ってくれる人は、誰も居らなかった。

（加里岬の怖ろしい殺人事件のヒロインの妾が、まるで夢魔の所業としか思えない惨劇の目撃者の妾が、いま、こうして町を歩いているんだわ。でも、誰も、妾が町を歩いているのさえ、気が付かない。いいや……知っていて、わざと知らん顔をして、顔をそむけているのかしら？）

町の賑やかさに較べて、鱒江の気持は、むしょうに淋しかった。彼女に誰も気が付かないのが……。向うから誰か歩いて来る。彼女は、その人の顔を、じっと喰入るように見つめた。その人はスタスタと、通り過ぎて行ってしまった。（ああ、駄目だ。そっぽを向いて行ってしまった）

（……誰かが妾を憎んでくれるといいのだけれど。誰かが妾を、ののしってくれれば、棒を持って追ってくれれば妾の気持が晴れるかも知れないわ。もし、そうだとしたら妾は奮然と、人々に立ちむかってゆくのだけど……）、鱒江は、そうした時の、いろいろの楽しい空想にふけりながら歩いて行った。

鱒江は、いままで幾人かの男を知っていた。金持の男も、街の芸術家も、与太者も、それから、金は無かったが、優しい良い男も。（……でも、その十年間、楽しい事も悲しいことも有ったわ……。でも妾は、一度も恋というものをした事が無かったかしら？）よく映画や、芝居で見る、いかにも楽しそうな、男と女の交渉、甘美さに満ちた恋の場面。

（いままでの妾は、どうだったかしら……。いろいろな魅力の有る青年、幸福そうな男。妾は、あのひと達に、一度は心を惹かれた。妾のほうから求める手を差伸した。相手の男は妾の手を握り返してくれた。でも、それっ限りだったわ。妾は、すぐ失望を感じた。飽きてしまったのだわ。たいがいの男は二度目の手を、さも当りまえのような態度をして、妾の前に出した。昨日と同じような顔で、昨日と同じような本を抱えて……ああ……妾には、それが耐えられなかったの。今日のような日を、明日も明後日もつづけるなんて、とても妾には、そんな真似が出来なかった。我慢が出来なかったわ。この妾は、世の中の誰よりも、妾自身がいちばんに可愛いかったんだわ。妾は、あの人達から逃げたけど、昨日までの妾自身から逃げ出したんだわ）

（でも、この町へ来て、野尻を知ってからの一年。どうして、あのひとと一年もつき合ったのかしら？……どうして、ああも、あのひとを、放そうとしなかったのかしら……）

鱒江は町を歩きながら、ポツリ、と呟いた。

「妾は女、あのひとは男だったけど、妾にとってあのひとは、ぜいたくな、もうひとつの妾自身だったんだわ」

鱒江は、またふっと血にまみれて殺されていた野尻のことを思い出した。真暗闇のあるところが、何かの明りで、ボーッと黄色く見える。……彼女は、おそるおそる近付いて行った。雨外套を着た野尻が手足を伸して倒れている。血に染まった顔の口髭の蔭の口が、まんまるく開いて、パクパク動いて、何か言おうとしている。突然、手足を、グーッと突張らかすと、顔を持ち上げて彼女を見た。彼の顔の血は跡形も無くなっている。彼はニヤリと笑った。

（貴男……どうなさったの？……）

（殺されちまったよ、鱒江……）

羞しそうな顔をして、また笑った。

（誰が貴男を殺したの？……）

彼は、片肘を地面について上半身を起すと、彼女の後を指差した。

（犯人は、お前の後に立っているよ。見てごらん……）

ハッ、として振返ると、彼女の背にのしかかるように、真黒な頭の円い大入道が立っていた。厚い毛布を頭から覆ったように裾を曳いて腕組をして彼女を見ている。

（噂に聞いていた、加里岬の海坊主じゃないかしら？）

「あんたは誰なの？」

歩きながら、鱒江は口に出して言った。海坊主は、ぼわあーんぼわあーん、と声を出して闇の中に笑った。

（俺を忘れたの、鱒江……。俺は野尻だよ……）

ううう っ……、道端の石を踏んだのでくるぶしをひねってよろめいた。

社宅街の淋しいアスファルト道路へ入った時、向うから誰かが歩いて来た。鱒江はぼんやり、あれは若い女らしいな……と思って、すれ違ったとき、その女は右手に黒くて長い物体を提げているのに気が付いた。（空気銃らしいわ……）すれちがって、五六歩歩いてから、鱒江は思わず息をのんで立留ると振返った。夜目にも、クッキリと浮き出た白っぽい、見憶のあるコート。キッチリ胴をベルトで締めつけた、形の良い腰。良く伸びた足。

（あの顔に見憶えがある……）

「海猫館のマダムの義妹、大町朝子！……」

鱒江はいったんアパート新港荘の階段に片足をかけたが、思い直して、自分の職場赤い燕《レッド・スウォロウ》へ向った。生暖い霧が流れて来た。長い間、見慣れたネオンの光も、今夜に限ってなぜか眼にしみて懐かしかった。

扉を押してホールへ入ると、多くの眼がいっせいにこちらを見た。白っちゃけた顔のボーイが彼女を見つけると近付いて黙って見上げた。

「あんた、妾のオーヴァをあそこへやっといて。警察で虱を拾って来たかも知れないわ。あの署長さん、人が良さそうだったけど、とってもくどくって……」

鱒江はオーヴァを脱ぐと、ボーイに渡して、カウンターに近付いた。バーテンの別所が笑いながら眼で迎えた。

「鱒江さん、どうだった？　警察の住み心地は……」

彼の白い歯が光り、陽に焼けた頰の傷痕が印象的に引きつれる。

「やっぱり、店が良いわ……」

深く息を吸込みながら紙巻を咥えた。別所がライターの火を近付ける。バンドが何かやっている。二三人の楽師がこちらを眺め、一人が彼女に手を上げた。

「コントラバスの蓼科先生は？」

「まだ来ない。風邪でも引いたんだろ」

煙草の煙、油の匂、炭酸やソースや玉葱の匂。ガチャガチャいう食器の音、紙のように白っぽいボーイの顔色。……いつもはこれらのものが、汗ばんだシュミーズのように物憂かったが、今夜は、妙に懐しく心にしみた。

「珠子さんはまだ？……」

「うん……もう来るだろ」

踊子の一人が来て何か言うと、また、客の方へ帰って行った。別所はカウンターに肘を突いて、鱒江の胸をのぞいている。女の眼と、上げた別所の眼がぶつかった。別所は、ちょっと瞬くと、

「鱒江さん、まさかお前さんが、野尻の旦那を殺《や》ったんじゃないだろう?」

「その次にゃ、妾が、やったかも知れないわ」

「うふっ……ちげえ無え……」

「別所さん、貴男は良い人だわ」

「そうかね……」

「ご自分のこと悪いことでも隠さないで」

「そうかね……」

「そうして、隠さないけど、人に見せびらかさないで……」

「よしなっ……ほめたって、おごらないぜ」

「一杯のましてよ、別所さん」

グラスにウイスキーを注いで、前へすべらすと、

「お前さんも、損な性分だね」

「でも、後悔したこと無いわ」

「それで良いんだよ……」

「妾、気晴しに、こんばん飲むわ……」

「うん、たまに良いだろ。俺の部屋へ泊ってゆきなよ。豚箱より良いぜ」

女は、黙ってグラスを呷る。バンドの音が急にやかましくなった。鱒江の手の上に別所の手が重る。男の右手の指環の石が、キラリ、と光った。別所はボソリと言った。

「ふた月振りかな……あれから……」

珠子がホールへ入って来た。鱒江を見ると眼を丸くして近付いた。髪の赤い、乳房の垂れた可愛いい女だ。肥っているこの踊子は脚の細いのが自慢だ。襞のたくさんあるドレスを着ている。このギプシーめいた服装が好しい。鱒江の肩に手を掛けると珠子の眼に、もう涙が溜っている。

「鱒江さん、しっかりしてね」

「ええ、有難う。でも殺された野尻のこと直ぐ忘れられるわ……」

「まあっ……あんた、いまからそんなこと言って。でも野尻さん殺したひと、誰だか判って?」

「海坊主かも知れないわ」

一瞬、鱒江の胸裡に、朝子の白い顔が浮んで、ぼんや

り、輪画がこちらを向いている。

(ああ、そうだ……)

彼女は受話器を外すと、ダイヤルを廻した。

「海猫館ですか? 朝子さん? ……妾あの、妾、貴女が良くごぞんじの女ですわ。妾、実は、貴女にお話があるの……あの昨夜の場所……知らなくって? ……あの場所よ、まあ良いわ……岬の漁具小屋よ。今夜十時あそこで待っているわ。来て下さらない」

ガチャリ……受話器を置いた。そばで聞耳を立てていた若い客の手の甲に、別所は煙草の灰をそっと落した。ビクッ、と客の手が動くと、カウンターから体を離して、向うの椅子の方へ行った。

「ああっ、ごめんなさい旦那……」

客の後姿を見送って笑うと、別所は、

「鱒江さん、いまの間抜けた野郎、私服だぜ」

背の高い二人の男が入って来た。鱒江の横顔を、ちらと見たが一隅の卓に座った。客を見つけると、鱒江はカウンターを離れて近付いて行った。

いましがた入って来た二人の客と反対側の隅の椅子に一人の男が座っている。乱れた髪、襟を立てた古ぼけた黒いオーヴァ。十五号室の男だ。彼の前には、二杯目のグロッグのコップが半分空になっている。珠子は近付いて、そばの椅子に、ペタッと座った。

「いやに、ふさぎ込んでいるのね」

男は顔を上げると、皮肉な微笑を浮べた。老けているようだが、四十には、まだだろう。

「君……ナンシー・キャロルみたいだな」

しょうことなしに、女に声をかけた。彼はなにか他の事を考えている。

「ナンシー・キャロルって綺麗なひと?」

「うん、猫そっくりだよ」

「まあひどいっ……貴男、奥さんあるの?」

肥って可愛いい顔をした珠子は、この男の身についたある影と匂いに、妙に恋めいた好意を抱いているのだ。

「奥さんあるかって……初会の女郎みたいな事を言うんだな」

「まああっ……」

「それよりか、あの鱒江っていう女、もう帰されて来たのかい?」

「ええ……ちょっと前に」

「ああ、そうそう……さっき、むこうの海猫館の前を通って来たけど、あそこのマダム、なかなか綺麗だね？」

「ええ……綺麗なひとよ。鱒江さんの彼氏、ほら……昨夜、殺された野尻さんね、あの方もだいぶマダムに夢中だったらしいわ」

「何、その……それじゃあ、その殺された野尻さんとやらが、情婦《いろ》の鱒江を見限って海猫館のマダムに乗り換えたっていう訳だね」

「ううん……まだそこまで行ってないわ。あのマダムは貞操堅固って言うから」

「マダムの旦那さん、その事を知ってるのかい？」

「知ってる訳ないわ、七年も前に、戦争へ行って、まだ帰って来ないの。戦死だっていう噂だわ」

男は、いらいらして来たようだった。細長い指にはさんだ紙巻の灰が、ポタッ、と卓の上へ落ちた。

「昨夜の事件で、君達も調べられたろ？」

「ええ、この店へも、何度も何度も聞きに来るの。それが、調べに来る刑事さんが、後から後から、同じような事を聞きに来るんで、いやんなっちゃったわ。妾のアパートへも、きょう三度来たわ。昼寝もおちおち出来なかったの……ほら、あんた、いまバーテンから聞いたけど、いま向うの隅にいる頤髯を生やした、お洒落の太った人が居るでしょ。あの人が、東京で有名な警部さんですって。それからもうひとりの、背の高い、インディヤンみたいな男の人ね、あの方はやっぱり有名な探偵なんですって」

鱒江は、秋水と、熊座の前に座った。

「先生、きょうの昼間、あの小屋で妾とてもつらかったわ。どうして、あんな芝居を妾にやらせたの？」

「鱒江さん、野尻さんは貴女に向って、海猫館の姉妹のことを、話したことありますか？」

「ええ……、あの方、私の他に愛人をつくっても、妾に隠したことなかったわ。ついこの間も、マダムに恋をしたけど、何か知恵を貸してくれって、笑っておりましたわ」

「コントラバスの蓼科さんていう人は、どんな人ですか？」

「面白い人よ。いやに芸術家みたいなタイプだけど、あれで仲々、ユーモリストよ。いつかね、妾に向って、海猫館のマダムに恋したことを言いましたわ。あの人の事だから、マダムのスリッパにも接吻し兼ねないわ。そしてね……いつか野尻さんが、ここへ見えた時、バンドはしきりにジャズをやってましたの。ところが、あの人だけはコントラバスを抱えて、一心不乱に葬送行進曲を弾いてたらしいのよ。バンドは一生懸命に、タンゴの〝小さな喫茶店〟をやっているし、蓼科さんが、夢中になって、弾いていた曲が、また曲ですからね。この事はね、先生……蓼科さんが後で妾に告白しましたわ。『僕は、恋敵野尻のために、葬送行進曲を弾いた』って」

と言って、鱒江は唇をとがらせると、煙草の煙をはいた。熊座は困惑した表情で秋水の顔を見たが、彼は、警部の存在を忘れているようだった。この踊子との一刻を、いかにして楽しく過すかを考えているようだった。

鱒江は熊座の手に自分の手を重ねると、

「警部さん、妾、今夜、岬の漁具小屋で海猫館の朝子さんと逢うのよ。さっき、妾が電話をかけて呼び出したの」

「どうして、朝子さんと、お逢いになるのですな？」

「野尻さんと、一緒に漁具小屋へ入ったのは、海猫館の朝子さんだと思ったから、さっき電話で呼出したの。警部さん、妾、あのひときっと来ると思うわ」

「あんな淋しい場所へ呼出して、何をなさるのですかな？」

「妾、そこまで考えていないの……」

鱒江は、長いまつ毛を伏せると、ポツリと言った。眼をしばたたくと、熊座は、この孤独な女の顔を見た。

「鱒江さん、儂達は野尻さんを殺した犯人を、必ず挙げて見せたいと思っているのじゃ。きっと真犯人を逮捕して見せますぞ。頼りになる方が亡くなってお淋しかろう。しかし、貴女もお若い……」

鱒江は顔を上げた。

「警部さん、有難う。でも、妾、誰からもまだ同情されたり、慰められたりしたくないの……ね……それ以上、おっしゃらないで下さいまし」

鱒江は卓の上のグラスを取ると、ぐうっと呷って、カウンターの側の壁の時計を見た。九時二十五分。

「先生、妾、失礼いたしますわ。いま、ちょうど九時半に五分まえ。だけど、先生……毎日毎日、時計を見なければ暮せない人って、ほんとに可哀そうな人達だと思いますわ」

鱒江は立上ると、腰を振って、クロークの方へ行った。カウンターの向うから、別所が黙って見ていた。鱒江の後姿を見るといきなりポケットに手をやって、奥へ声をかけた。

「おい……富井……俺、ちょっと一時間ばかし用があるけど、留守を、ちょっと頼んだよ」

オーヴァを背に引っ掛けると、別所は、右手を机の抽出へ突込んだ。なにやらを取出して、ズボンのポケットに、すべり込ませた。掌中に入るくらい小型の、鋼鉄製の物体が鈍く光った。

7 海猫館の姉妹

受話器を掛けて、ぼんやりしている朝子の肩を、うしろから誰かが、そっと押えた。義姉の民子が、笑って立っている。振向いた朝子の顔は泣いているようだ。必死になにかを訴えている眼の色。

「朝子さん、どうしたの？　悲しい顔をして」

「赤い燕《レッド・スウォロウ》の青木鱒江さんから、いま電話が有ったの……」朝子の唇は震えている。

「どうかしたの……あのひとと？　……」いつも、おおらかな義姉だ。

「ええ……変な電話なの」

「なによ？　……」

「漁具小屋へ今晩十時に来て下さいって、言ってるのよ……」

「なんの用なの？　……」民子の眼は、やさしく笑みかけている。

「妾、判らないの。姉さん……どうしたら良いの？　……」

「朝子さん、貴女、鱒江さんと、何か約束でもなさったことが有るの？」

「いいえ、何んにも無いわ……」唇から血の気が引いて、乾いた白い歯が二枚のぞいた。

「朝子さん、貴女、どうなさるおつもりですの？　……」

「判らない……姉さん、教えて……」

「岬の漁具小屋、昨夜野尻さんが殺されたあんな怖ろしい場所へ、娘の貴女を呼び出すなんて、あんまり考えが無さ過ぎるわ。しかも、夜遅く十時だなんて……」

「ええ、でも……」朝子の眼は、必死に、訴えるように悲しく光った。

「約束しちゃったのだから、仕方が無いけど、でも、放っておきなさい。ね、朝子さん。何んにも用が無い貴女が、あんな暗くて、怖ろしい所へ、ひとりで行くことないわ」

「でも、姉さん、いま九時よ……」

「鱒江さんも、よっぽどの用があるのかも知れないわ……それに貴女が約束しちゃったのでは、仕方がないわ……もう、一時間もしたら、朝子さんの替りに姉さんが行って上げるわ」

「だけど、姉さん、貴女をやっては申訳ない……」

「なに、かまやしないわ。その替り朝子さん。公子が起きたら見てやってね」

「ええ、有難う。姉さん……それじゃ、妾これから、子供部屋へ行って、公子ちゃんの氷のうの氷を取替えて上げて、そのままお部屋にずっと居てあげるわ」

「ね、そうなさいよ朝子さん。だけど……近所の人達の噂では、鱒江さん、昨夜の事件で警察へあげられていらっしゃったと言ってたけど、釈放になったのね……」

「ええ……妾も、さっき聞いたわ。鱒江さん？　どんなかたかしら？　妾、一度、バザーでお逢いしたことが有ったけど、町で逢っても、口を利いたこと無かったわ」

「ええ、妾もそうよ。それでも、野尻さんのお話のようすでは、良いかたらしいわ」


朝子が、冷蔵庫から氷塊を出して、洗面器に入れて、それを抱えて扉を出ようとすると、民子が声をかけた。

「お父さまは？」

「明日の朝、早く船が入るので、会社の方は早出なの。だから、きょうは早くおやすみになる、と、おっしゃって、お部屋へお帰りになったわ」

「朝子さん、貴女、明日も会社おやすみ？」

「ええ……なんだか妾、体のぐあいが良くないから、あと、二三日、休もうかと思っているのよ」

「そうお、あんまり無理しない方が良いわ。……朝子さん、貴女、顔色が悪いわ。どうなさったの？」民子は、扉口に近付くと、朝子の肩を抱いて、顔をのぞき込んだ。

「朝子さん……貴女、野尻さんのこと、忘れられないの？」

「……」

民子は朝子の手から、持っている物を取り上げて、そばの卓の上に置いて、義妹の両手を、外がわから握った。

「朝子さん……姉さん、非道いことを言うと思うかも知れないけど、殺された野尻さん、貴女には荷が勝ち過ぎたわ。あのひとを愛した貴女は、もっともっと不幸になったかも知れなかったわ……」と、強いて笑顔をつく

って、義妹をはげますように、

「ほら、さっき二階の秋水さまのお部屋に見えた警部さん、良く肥って、大きな体をして、細い鼻に、鼻眼鏡、仏蘭西型の恰好の良い頤髯。まるで、大学のプロフェッサーね。ほら、いつか映画で見たでしょう？ ……ああいう男前の方が、貴女に似合うわ。ああいうお方と結婚すれば、貴女、きっと幸福になるわ。大きな手で、貴女の腰を巻いて、ワルツを踊って下さるわ……ホッホホホホ……元気を出しなさいよ、朝子さん。それとも貴女、秋水さまみたいな男の人が良いの？ 色の黒い、痩せて、のっぽで、鷲みたいな眼……頭から大きな鳥の羽根を被って、キラキラ光る槍を振って、貴女をどっかへさらって行ってしまうの……ね、朝子さん、元気を出しなさいよ。貴女が、沈んでいると、妾までなんだか淋しくなるわ……」

民子は、義妹の首に腕を巻いて、髪の中に顔を突込んで、耳に接吻すると、先に食堂を出て行った。子供部屋をのぞくと、幼い民男と公子が、すやすやと睡っていた。ベッドの上に投出した民男の手の繃帯が白く光った。

民子は手を伸すと、民男の手をとって、上を撫ぜた。そっと腰をかがめて自分の頰を、子供の手に押しつけた。そっと、手を元へ戻してやると、隣のベッドに睡る公子の氷のうに手を触れた。耳から首すじを巻いている、氷のうの氷は、病む公子の熱を吸取って、溶けて水になっている。洗面器に氷をのせて、朝子が入って来た。

「氷、すっかり溶けてるわ……それじゃ、朝子さん、お願いするわ……」

民子は子供部屋を出ると、自分の部屋へ入った。手探りで壁のスイッチを押した。パッ、と明るくなった部屋に白く冷いダブルベッド。そこで若かった頃の民子を抱いてくれた、夫の道男は、いまは居ないのだ。

長椅子のところに誰かがいた。

「マダム……」ガウン姿の蓼科修吉が立って民子のそばへ寄って来た。肩を抱こうとした。烈しく振払うと民子は、

「よしてよっ……妾、あんたの世話まで見切れないの……」冷たく男を見つめながら「昨日の貴男だったら……でも、もう遅いわ。意気地無しっ……」

男に体を向けながら、背中に手を廻してぐっ、と、セーターを脱ぐ。盛り上る胸が露れる。白い素足にスリッパを引掛けるとベッドの裾の靴下に手を伸した。手早くスーツを着ると、両足を一度に靴へ通した。

「どこへ行くの、奥さん？ ……」

男の顔を見ないで、後手に扉を閉めると民子の姿は海猫館を出た。立上って民子の後姿を見送る蓼科の眼が光った。

「昨夜、鱒江もここへ入ったんだな」

熊座警部は秋水の先に立って、望楼へ入って行った。パイプが、ジリジリ音をたてる度に、秋水の顔が赤く浮び上る。

午後十時十五分。ちょうど、二十四時間前に、崖の下の漁具小屋で野尻が殺されたのだ。遠くの方から、コツコツと足音が近付いて来て、急に間近くなったかと思うと眼の下の小屋の前の明るみに女の姿が現れた。コートに両手を突込んだまま、グルリと四囲を見廻した。

「青木鱒江だ、秋水君」

「おや、また誰か来たぞ。あの足音は、海猫館の娘、大町朝子だな」

「ああ、来た来た。鱒江のやつ、いきなり突っかかって行ったぞ」

漁具小屋の前の電燈の下で、二人の女が向き合って立った。

「青木鱒江さん？ ……」

「おやっ……貴女は誰なの？」

「朝子の義姉の木崎民子ですわ」

「まあ……貴女はマダム……朝子さんは、どうなさったの？」

「家に居りますわ。妾が御用件をお聞きしようと思って来たの」

民子は、コートのポケットから煙草を出して、鱒江にすすめ、自分も一本咥えると火を点けた。

「ええ、有難う、マダム……」

「あの娘《こ》、熱が有って会社を休んでいるので、無理に寝かせて、替りに妾が来たのよ、悪くって？ 鱒江さん……」

「ええ……あの方に是非、お聞きしたい事が有ったのよ」

「何用なの？ あの娘、たいていの事は、みんな妾に打明けるわ。朝子に判ることなら妾にも判ると思うわ」

「朝子さん、野尻を殺した人を知っていらっしゃるはずよ」

「そんな事はないわ。野尻さんは、うちの大事なお客様だったけど……」

「知ってるわ。でも、その事と、このことは、べつに関係が無いわ。マダム、妾、どうしても、朝子さんから大事な話を聞きたいの」

「鱒江さん、貴女が、朝子の口から、じかにお聞きになると良いわ。でも、今晩は、あのこ可哀そうよ、熱もあるし」

「マダム、出し抜けに、こんな事を言ってどうかと思うけど、昨夜、野尻と一緒に、この小屋へ入った女のひとって、朝子さんだと思うわ。いいえ、それに違いないわ」

「ええ、聞いたわ。妾、けさ朝子から聞いたの……。でも、まだ嫁入前の体だし、警察の方から訊かれるまでは、黙っていらっしゃい、と、妾、言っといたわ」

「判ったわ、マダム。お姉さんの貴女の気持、妾、良く判るわ。でも、妾、朝子さんはきっと、野尻を殺した犯人の顔を見たと思っていたのよ。だから、今夜、急に思い出して、この小屋まで来てもらったの」

「どうして、朝子が犯人の顔を知っているって、おっしゃるの？」

「なぜって、妾がこの小屋へ入って見たのは、虫の息になった野尻よ。だけど、朝子さんが、ごらんになったのは、すくなくても、ピンピン生きていた時から、刺された時までの野尻を見ていたはずだわ。朝子さんは、昨夜、小屋の中で何かを見たはずよ。野尻が不思議な殺されかたをした、その秘密をきっと朝子さんはごらんになっているはずだわ。マダム、強盗殺人でなかったら、殺された人にも、きっと殺される理由があるし、殺す人にも、せっぱつまった事情があると思っているの。だから、妾、野尻にもまた、殺されなければならない責任が有ったのじゃないかと思うわ。妾、もしあのひとを殺した犯人が眼の前に現れても、いきなり憎んだりは出来ないと思うわ。ね、マダム……妾の気持、判って下さる？……野尻を殺した犯人が、妾の眼をくらましたと思うと、口惜しいの。朝子さんは、昨夜、きっと何かの秘密を見ているはずよ。妾の眼の前を通って、小屋を出入りした透明な人間って、有る訳は無いわ。この妾を、さんざこけにして、男は殺される。人には疑われたり、嗤われたり……マダム、これじゃ、踏んだり、蹴ったりじゃないかしら？」

「判たわ、鱒江さん……」あきらめたように、民子は溜息を吐くと、

「朝子は、小屋の中に、野尻さんの他に、人の姿は、

一人も見なかった事だけは、誓って事実だ、と言っていたわ。その替り鱒江さん、朝子は薄気味悪い妙な物を見たって、言ってたわ」

「何を見たの？　マダム……」鱒江は咳込むと、民子の腕に両手を掛けた。民子は鱒江の肩を抱いて、下り路の方へ歩き出しながら、

「小屋の中の、明取窓の所から、紐で下った白い人間の手なの。それが、揺れて、ブラブブしているのが見えて、とても、嫌な予感がしたって言っておりましたわ」

民子と鱒江の姿が、闇の中に消えると、小屋の蔭に黒い人影が動いた。明取窓の下だ。と、もう一人の人物の黒い影が、素早く近付いた。

「お前さん誰だい？　……」

「あっ……バーテン！」

「蓼科だなっ！」

蓼科修吉の手に、白い物がキラッと光って、別所に躍りかかった。一瞬、別所の体が、素早く動いて、左拳《レフト》が風を切ると、腰、胸、肩の全重量が、ナックルに集って、カッ……と、蓼科の体は白い咽喉をむき出して、五米先へ吹っ飛んだ。地面が、いやな音を立てた。

「意気地の無え奴」倒れた男の上に、かがみ込んで、手を伸すと、頭をつかんで、二三回ぐらぐら動かしたが、別所は立上った。

「おおい……鱒江さん……ああ、もう、行っちまいやがったな。野尻の旦那誰が殺したんだか、こっちの知ったこっちゃ無えや。世話やかせやがる」

煙草に火を点けると、別所は足早に、道を降って行った。

「秋水君、幕が下りた。降りて行ってみよう。蓼科の奴、伸びたっきり動かない。放ってもおけまい」

二人は、前夜、鱒江が降った崖を這うようにして降った。及川刑事が近付いて来た。

「凄い奴だね、あのバーテン。前身を洗ってみると面白いぜ」秋水は蓼科の顔に、懐中電燈を当てると、瞼を返して見た。

「完全に眠っているよ。顚が砕けている。いきなり、あれを喰ったんじゃ、僕だってちょっと面くらうぜ」

熊座達や秋水が引揚げて行く後姿を見送って、もう一人の男の影が、電燈の光の中に浮き出た。立てた外套の襟に、頰を埋めると、黙って歩き出した。靴の下に砕石がギシギシ鳴る。男の曳く黒く長い影が、砕石のでこぼこに、まとわり付きながら地面をよろばって行く。まる

で、影だけのような男、十五号室の遠眼鏡の男だった。

翌朝、怪奇な加里岬の殺人事件があって三十四時間目、秋水は、加里岬警察の捜査本部に熊座警部を訪れた。

「昨夜の先生はどうしたい。熊座君」

「いいあんばいに舌を嚙まなかったが、頤の骨が、だいぶひどくやられている。ところが、先生、まだ、うとうと、してやがるんだ。倒れたときに、頭もだいぶ打っているんだ」

「あの男の靴型は取ったかい？」

熊座は瞳を輝かすと、掌を合せてもんだ。

「秋水君、いつも君のために、思わせぶりをさせられて、間際へ来て背負投を食うけど、こん度は、こっちの番だぞ！」

「判ったかい、熊座君……何かが？」

「何かがじゃないよ。犯人だ、それから密室のトリックも判ったし、野尻を刺した情況も推定出来たよ」

「それじゃ、蓼科が犯人だと言うのかい？」

「そうだ。明取窓の下の靴型と、蓼科の靴型が、ピッタリ一致した。それから野尻を刺した情況だが、これが説明つけば、自然密室のトリックが解ける」


嬉しそうに煙草に火を点けているところへ、加里岬警察署長の肥った姿が、まろび出た。署長の手には、大事そうに兇器に使われた銛の柄と、一組の手袋が握られている。

「秋水君、この柄を見給え。木目に食込んでいる繊維が、まだ一本残っているが、まだ同じ長さの繊維をこの他に三本、発見した。この繊維と、蓼科の外套のポケットに入っていた、手袋の糸の繊維と、ピッタリ一致した。一見、安物の手袋のように見えるが、あにはからん、この手袋は国産品じゃない。五十番手以上の繊維で、これは、明らかに外国製品で、そこらに有る品物じゃない。これによって、蓼科が銛の柄を握った事実が判った訳だ。次に野尻を斃した方法だが、繊維が木目に喰込んだ状態を注意して見ると、石突きの方から鉾先の方向に向って喰込んでいる。これをもし、大弓で射込んだとすると、手袋の左手の食指と、母指の部分の繊維が弓として用いた銛の柄の木目に鉾先から石突の方向に向って喰込んでいる訳だ。ところが、事実はその反対。この意味は、手袋で、銛の柄を握って差出したとき、鉾先に人間の重い体がぶつかったために、柄を握った手がすべったことになる。つまり、石突に近い方から、鉾先の方へ木目をしごいたために、手袋の繊維が喰込んだのだ。これで加里岬署長の一つの仮定大弓説も完全にくつがえった。蓼科は、この証拠によって、被害直前の野尻から、一米以内の至近距離に居たことになる」

頤髯を撫でた熊座警部は、人の良さそうなこの一地方署長の前に堂々たる貫禄と、鋭い科学的頭脳を示した。両肩の前に手を拡げた加里岬署長の眼に、畏敬と感嘆の光が浮び、無言のうちに、深い感動の吐息が洩れた。

「見事だ、警部。そして殺害の情況は?」

「朝子が帰ってから、野尻が、明取窓のロープの山に登ったときに、窓の外から手を伸して野尻の首に巻いて、手にした銛を刺し、つづいて、手を被害者の胸に廻して、錐で一突き。この兇器は、予め昼間のうちに小屋へ入って用意しておいたものだ。もっともこの錐の方は野尻が倒れたとき、地面にあったものが偶然刺ったかも知れんがね」

「そうすると、刺された被害者はいったん扉まで行って手を出して、おいでおいでをして、それから、また小屋の中へ引返してロープの束に首を突込んで絶命したという訳だね」

「ううむ……そういう事になる……」

熊座警部、熱汗淋漓の論理だ。

「そうすると、野尻の電話で、鱒江を呼出したことの理由の説明は、どうするの?」

「被害者は、自分の身に振りかかる、ある不幸なことを、虫が知らせた、とでも言うか、急に鱒江に会いたくなったのだ。よく有るだろう、死を予知した病人が、何んの用も無いのに、自分の枕頭に人を呼ぶことの理由が」

「それでは、野尻の懐中から紛失した二十万円の現金の行方はどうなる」

「明取窓の内と外で取引したんだ」

「よし、それじゃあ、警部、二十万円の行方を調べさせなければいけないね」

「秋水君、もうとっくに、及川刑事を海猫館にやって、蓼科の部屋を調べさせている」

「熊座君……」秋水は親し気に友人の顔を見た。警部の行動はいつも正攻法で素直だ。すこしの掛引きも無いのだ。

「海猫館の美しい姉妹も関係があると思うんだ。蓼科のことを理由に、海猫館全体を捜査して、二十万円の行方を調べさせておいてくれ給え」

「うん、良いよ、早速、及川刑事に電話を掛けよう」

「熊座君、これから、もう一度、漁具小屋へ行こうと思うんだ。一緒に行かないか」

「なにしに行くんだい？」

「探し物をしに行くんだ」

「ああ、行っても良いよ」

警部は秋水の後から扉の外へ出た。


――午前十時――事件の夜は一昨夜になる。

桟橋に貨物船が入ったのは、暁方の二時だ。起重機はガラガラ叫びつづけ、捲上機《ウインチ》は引っきり無しに唸る。忙しそうに引きつづいて入って来る、貨車の上には、スコップを抱えた男達が、罪の無いジョークを飛ばし、町の娘達の噂をし、ある者は貨車の隅で、ひとり眼をつむっている。線路沿いに、ぞろぞろ帰って来るのは交替を終った人達だ。貨車の上と下では陽気な無駄口が飛び、木材をかついで、枕木の上を渡ってゆくのは、昼番の連中だろう。横たわる真青な加里岬の海は、快よく眼にしみて、爽やかな風を人々の胸に送ってくる。加里岬の労働者は、たとえ労銀が少くとも、一日の仕事が忙しければ忙しいほど、楽しいのだ。まだ午前十時、お昼までには、あと二時間ある。だがもう、腹が空いて、キリキリ鳴る。

「おい、崖下の婆さまが売りに来た鰯を三十両買った。針金で目玉を通して、炉のそばにぶら下げりゃあ、ポッポッ、と焼けて脂を流す。きょうのお昼にゃあ、俺が旦那だぜ」

「ほおお、そりゃ凄えや、こちとら、息継ぎに、ちょっと薬を持って来た。お昼にゃあ仲良くしよう。うちの娘は、近頃ハイカラになって、カロリーだのビタミンだのと能書をぬかして、お前え、弁当のおかずはまるで幼稚園みてえだ。なあ、おい海猫館の爺さまよ、これがほんとのデモクラシーって言うのかな……」

蒼い空の下を、飛び交う真黒な顔、明けた口、光る歯並。コンベヤーが、ガラガラ喚いて、黒いダイヤが雪崩れてきらめく。みるみるうちに石炭の山脈が築かれてゆく。

捲上機《ウインチ》の把手を、交替の若者に委すと、大野老人はパイプを啣えて、仲間に近付いた。友達のそばに腰かけると、黙ってパイプの煙を吹き上げた。

「田沢爺よ、ゆんべ、うちの蓼科さんが、あげられたよ」

「なんでよ？……」

「判んねえ、きょうの新聞に出てたか？」

「うんにゃ、出て無えよ……」

二人の眼の下の石炭置場に、ガラガラ唸るコンベヤー。真黒な石灰の山の円錐の頂から落ちて、稜線から下へすべって落ちて行った妙な形をした物体があった。長さ三十糎ばかりの、玩具の犬のような形をしている。石炭の山の斜面を転り落ちると、四本の細い脚を空に向けて止った。なにかの木の枝の折れで、石炭と一緒にまぎれ込んで船に積み込まれて来たのだろう。ぼんやりパイプをふかして眺めていた大町老人の眉がよせられ、重く垂れた瞼の蔭の眼が急に輝いた。

「おい、ガリガリ頭《クロップ》よ、いま、あの山の下に落ちた変な形の物は、いったい何に見えるかの？……」

「うん、あれか……なんだかこう……玩具の木馬みてえな形じゃ無えかよ」

「そうじゃ、ありゃ、たしかに木馬にちげえ無え……。戦地へ行ったきり、いまだに帰えって来ねえ、伜の道男が、昔、アカシヤの枝を切って民男に作ってやったのも、あんな形をしとる。なあ、ガリガリ頭《クロップ》よ、儂ゃあ、道男がどっかでまだ生きとるような気になって来たぞ。捕虜になって、どっかの外地の炭礦で苦役をしながら、内地にのこした伜を思い出して、木の枝で作った木馬にちげえ無え。そいつを道男は手紙の代りに石炭の中へ、ほうり込んだのかな……」

老人は、大きな体を起すと、石炭の山の方へ、フラフラ、と降りて行った。

「ことによったら……道男も生きて帰って来るかも知れんぞ……」

秋水と熊座が立っている、岬の鼻の漁具小屋のある平地はうららかな春の光を浴びていた。これが一昨夜、怖ろしい惨劇のあった小屋とは、とうてい思えなかった。

「何か、有ったのかい？……」

くたびれた顔をして熊座は声をかけた。

「熊座君、あるいは僕の思い違いかも知れない」漁具小屋の内外を、ひと廻りも、二廻りも歩き、秋水が答えた。熊座が彼の顔を見たとき、陽に焼けた秋水の顔は引きしまり、血の気が引いていた。

「やっぱり無い。有るべきはずなんだが」

秋水は唇を噛んだ。崖の下の方から、遊んでいる子供達の叫がきこえて来る。賑やかな喚き声が、だんだん近付いて来た。ついに広場の真ん中へ一人の真黒な顔をした腕白小僧が現れて、キョロキョロとあたりを見廻した。右の手に妙な物体をブラブラさせて、なおも向うへ行こうとした。ちらりと、子供を見た秋水は、いきなり近付いた。子供の手には、等身大の人形の片手が握られている。

「坊や、務《トム》ちゃんかい?」

「トムはいま来るよッ……俺あ、辰っちゃんだよ……」

「そうそう、辰っちゃんだっけな。民男ちゃんの友達の……」

「よく知ってるな、おじさん……」

辰っちゃん、と呼ばれた子供は、背の高いおじさんの鷲のように鋭い眼を見上げた。

「坊や、その人形さんの手、どこで見つけたのだい?」

「トムが見つけたのだよ。すぐそこの小屋の真下の崖の途中で」

「紐が付いてたろ……?」

「よく知ってるね、おじさん……」

「ああ、知ってるとも、その手はおじさんが、二三日前に落したんだもの」

ガヤガヤ、と二三人の少年が後から集って来て、秋水を、ぐるりと取巻いた。

「みんなで、幾人、居るんだい。三、四、五人。さあ、一人に十円ずつ、ごほうびを上げよう。おじさんの、なくし物を探し出してくれたんだからね……」

と、秋水が、ポケットから一摑みの札を出して数えているところへ、もう一人の真黒けな顔をしたチビが、首から大きなパチンコを下げてやって来た。手には束にした細紐を持っている。

「おじさん、僕も居るんだよ。十円ちょうだいよ」

秋水は苦笑しながら、

「さあ、上げよう。だけど、この紐を、おじさんにおくれ。この人形の腕に巻付いてたんだろ?」

後ずさりをしながら、いちばん後から来た黒チビは秋水の顔を見た。

「この紐、辰っちゃんの家で買うと、二十円とられるよ……」

「そうかい。それじゃ、もう十円あげようトムちゃん……、パチンコの名手だろ?」

黒チビは、パチッ、と瞬くと、嬉しそうに手にした紐を差出した。

「よく知ってるな。おじさん……あとの十円はいらないよ。なあ、おい、みんないいだろ、おじさんだから、このへんでおまけして、手を打とうよ」

少年達は、ガヤガヤと賛成して、なおも秋水のまわりを取巻いた。

「この人形の手と、紐は、どこに落ちてたんだい？」

「そこの小屋の崖の下の棚になったとこに落ちてたのを、さっき辰っちゃんが見つけたのだよ」

「どうも有難う。坊やたち……」

潮の引いたように、少年達の姿は散って行った。秋水は、いまの子が指差した崖を降りて行ったが、やがて、人間の指のような形の物体を一個拾って来た。少年達から買求めた、人形の手に合せると、折れた指に、ピッタリ合った。

「秋水君……」警部の顔色は、物凄く変っていた。「その手と紐は、小屋の中にあったもんだね……？」

「朝子が義姉の民子に、こっそり語った、ということは、ほんとうになる」

「そうすると、秋水君、野尻が殺された直後に、扉の隙間から出て、崖の上の鱒江をヒラヒラ招いた手というのは、この手だな？」

二人は、漁具小屋に近付いた。

「鱒江が目撃した、密室というのは、この人形の手の秘密だということとなる。ね、秋水君……。この手を、あらかじめ小屋に用意しておいて、腕のところに縛った紐を伸ばして、明取窓の外へ出し、そこで誰かが紐をあやつって、崖の上の鱒江を招いたんだ。鱒江は、それを見て、朝子が小屋から出たときには、まだ野尻が生きていたと思った訳だな。そうすると秋水君、野尻を殺した犯人が朝子という娘で、共犯は、コントラバスの蓼科修吉……」

「熊座君、まだそれじゃ不充分だ。もし、朝子が真犯人なら、なぜ、トリックに用いた人形の手が、明取窓のところにぶら下っていたのを、義姉の民子に打明けたんだ」

熊座の先に立って、小屋のうしろに廻った秋水は、握りしめた右の拳で烈しく小屋の羽目をたたいた。

「人形の手を使った密室は、この小屋の位置と、崖との方角から言って、とても成り立つものじゃない。朝子は、真犯人が偽装に置いた人形の手を見せられただけだ。警部、もし君がそう言うなら、この手と紐を使って、崖の上の人物を招いて見給え。絶対に招けるものじゃないよ。いいかね……崖の上の鱒江から姿を見られないで、この人形の手を、あやつるのには、どうしても鱒江と彼との間に小屋の羽目、向う側と、こちら側の羽目が二枚、たちふさがるんだ。仮りにこの明取窓の所に立ったとしても、とても崖の上の鱒江の顔を直線に見られない。しかも、昨日の昼間、鱒江が実演した謎の手の舞踊は、はっきり意志があった。まだ憶えているだろう熊座君……はじめは、ゆっくり四五回上下に動いて、幾秒かの間合を置いて、次に烈しく上下に招いた。謎の手の眼は、あの夜、崖の上に立って息を飲んでいた鱒江の、一挙手一投足をすっかり見ていたのだ」

　人形の手と、細紐を地上に投出すと、秋水は、怖ろしい眼をして警部を見た。

「なんという、怖ろしい犯人の挑戦じゃないか……」

　戻りの道でも、熊座は息をのんで、押し黙り、じっと考え込んだ切りだった。

8　不幸な人々

　午後一時、加里岬の美しい海は、四月の太陽の光を吸収して、真蒼に、波ひとつ無く、しんとしている。あの漁具小屋に発生した、怖ろしくも怪奇な殺人事件の夜からもう二日経った。岸壁のはるか沖合で、けさから満潮を待っていた貨物船の煙突から真黒な煙が出はじめた。油のように、トロン、と滑らかな海の上を、沖の方から機械の音が響いて来る。船のディーゼル機関《エンヂン》が動き始めたのだ。

　埠頭に働く男達も、町の人々も、正午の憩いを終って尻を上げた。オアシスの木蔭から体を起して、はるか行く手の砂漠を望む隊商のように、これから日没までの労苦を思い浮べ、めいめいの働き場所へ戻って行くのだ。逞しい若者達も、幅広い肩が老いのために地に垂れかけた老人達も、それから、張り切った乳房を与えるにふさわしい男を鋭い眼で探し求めている加里岬の娘達も……。

　彼等の故郷は、働く場所の外には無いのだ。汗だらけの掌にうけて、顔にかける冷い水は、彼等にとってオアシスの井戸の水だ。人々は、もう、一昨夜、岬の漁具小屋に発生した怖ろしい殺人事件のことを、忘れかけようとしている。なぜなら、彼等にとって、睫毛から垂れる汗を拭う僅かな時間でさえも、働くことを考えなくてはならない……、いや、考えることによって生き甲斐を感じるのだ。きょう流す鹹い汗も、明日の朝になってしまえば、こころ良い思い出となるのだ。

加里岬の町に生きる人々は、現実から、けっして顔をそむけない。現実を在りのままに肯定してしまう。この幸福な人々に混って、極めて少数だが、不幸な人達がいる。

加里岬警察二階の捜査本部。この一室に集っている人達は、眼の前の現実さえも、そのままには肯定出来ない不幸な人達なのだ。怪奇を怪奇と信じられない。滑稽な岬の海坊主の物語さえ、笑って受け入れようとはしない、不幸な宿命の星を背負っている人々だ。

漁具小屋の二度目の検証を終えて、秋水と熊座が疲れた顔をして戻って来ると、彼等を待ちあぐんでいたように、加里岬署長が部屋に入って来た。椅子の凭れに、肥満した小柄の体を落し込んだ署長の童顔も気のせいか、しなびて見えた。肩章の金だけが、妙に粉っぽく眼を射る。

「熊座さん、何か新しい手懸りでも発見されましたかな？……」

ポツリ、と言った署長の脂肪の環に囲まれた丸い眼は、ぼんやり何か他の、空虚なことでも考えているようだ。

「いいや、迷宮だ。密室どころか、我々自身が密室の中に追込まれてしまったのですよ」

苦笑して、警部は咥えた煙草に、ライターを近付けたが、仲々、火が点かない。

「熊座さん、さっき妙な男を一人、捕まえましたよ。……鱒江が勤めている赤い燕《レッド・スウォロウ》の二階、十五号室を借りている男です。がんとして口をつぐんで、一言も、名前も、言いません。まことに、妙な人物で、実は密行の刑事が連れて来たんです。一昨夜の事件について、あちこち虱つぶしに聞込みをやっていた刑事の耳に、たまたま、この男の事が聞えたのです。ホテル代の仕払いが悪いのは、まま良いとしても、実に妙な男で、口をつぐんで、あれじゃ唖ですよ。それに、ボーイの話によると、一昨夜の事件当時のアリバイも、行動も、はっきりしていないんです。この男の持物と言えば、大型の古いトランクに入った、着換えのシャツに靴下と、双眼鏡一個です。これじゃまるで謎々づくしです」

さして興味無さそうに熊座は聞いていたが思い出したように、はっ、と顔を上げた。

「その男の靴型はとりましたか？」

「ええ、念のために、靴型を取りましたが例の明取窓の下の形とは違います。もっとも、明取窓の下の靴型は、踵が残ってはいないし、足の大きさも判ってはいませんがいまのところ、明取窓から、爪先で立って小屋の中を覗いたのは、やはり蓼科と考えても、差しつかえありません。ただ、残念なのは、本人の蓼科が、まだ意識が不明瞭で、訊問が出来ないので、詳しいことが判らないのです」

「漁具小屋の第二の事件。つまり、昨夜の我々が目撃した、鱒江とマダムの民子との出会い、それから、バーテン別所と蓼科との一件……これだけでは、我々にとって、まるで黙劇《パントマイム》のように、何がなんだか判りません。もう一度、あの、バーテンの別所を調べてみましょうか？　……」

と、言いかけて、警部は、別所の不敵な顔と、昨夜、漁具小屋の外の闇に展開した彼と蓼科との決闘を思い浮べた。

秋水は、だまって、パイプを啣えて考えていたが、熊座等の話が終るのを待つと、顔を上げた。

「熊座君、僕は面白い事実を発見したよ……実は、昨日、酒場で発見したコップに残っていた、被害者、野尻の指紋と、あれから男女が、漁具小屋まで歩いて行った時間との関係を計算してみて、僕は面白い事実を摑んだ」秋水は汗ばんだ額を、ハンカチで拭うと、パイプに新しい葉を詰めて、火を点けた。

「熊座君、いま僕が出し抜けにこんな事を言い出したのは、たんなる思い付きじゃないんだ。これは、犯人の意志によって、この事を考えさせられたのだ。このことを言い替えると、犯人があらかじめ我々に考えさせようとした計画の一部に過ぎない。そして僕は彼の計画どおり考えたが、ここに犯人の大きな誤算があった」

と、秋水は警部と署長の顔を、かわるがわる眺めると、そっと唇をぬらした。

「殺された野尻は一昨夜、赤い燕《レッド・スウォロウ》へは姿を見せなかった」

「ええっ……あの男は野尻じゃないって？　……」

「そうだよ、雨外套の男は、野尻じゃなかった。あるいは、野尻を殺した犯人自身の姿かも知れない、被害者が、ふだん被っていた、洒落た灰白色のソフトを被り、黒っぽい雨外套を着て、野尻らしく変装した、誰か他の人物だったのだ」

「しかし秋水君、コップに残した被害者の指紋があるぜ」

「それは、あらかじめ、殺人を計画した犯人が、用意したコップに野尻の指紋を取っておいて、それを一昨夜、酒場に持って来て置いて帰ったのだ。だから、犯人としては、あの野尻の指紋が残っているコップは是非とも我々の眼に示して見せたかったのだ。いずれ野尻らしい男が若い女を連れて事件一時間前に姿を見せたとなれば、あの酒場は、いちおう調べられるに決っている。このことを、前もって計算に入れた犯人は、一輪挿しの硝子容器を、野尻の指紋つきのコップとすり替えて、その中に、わざわざサイダーを入れて我々の注意を惹くようにしたのだ。昨日、君と一緒に、赤い燕へ行ったとき、窓から射し込む陽のぬくもりで、サイダーは盛んに炭酸瓦斯の気泡を上げていた。我々は見事に、この罠に引っかかって、野尻の指紋を持ち帰って来てしまったのだ」

「どうして、酒場へ現れた男が、野尻じゃないと判るね?」

「もちろん、昔の警察だったら、朝子を不愉快な訊問方法で、相手の男の名を言わせたかも知れないが、いま、我々の生きている社会は昔の時代と違う。犯人の知慧を暴力で破ってはいけない。犯人の頭脳に対して、我々はあくまで、科学と、論理で立ちむかわなければならない。ああ……これは失敬、署長さん、貴男のお株をとってしまいましたね……」

と、失笑して「被害者の屍体から発見された三箱の煙草と、もうひとつの空箱。それから屍体の手の指が煙草の脂で淡褐色に染っていた事実から、僕は野尻が、相当な愛煙家であるのを知った。ところが、男女が喫った、酒場の卓の上にあった灰皿の中の吸いがらは、外国煙草の吸いがらで、野尻が吸ったものじゃない。彼の屍体が持っていたのは、国産煙草だった。あの部屋は男女より前に来た一組の客が帰った後、掃除をしなかった、と、ボーイが証言したがあの部屋には、国産煙草の吸いがらは、一本も落ちていなかった。野尻ほどの愛煙家だったら、十五分も座っていたら、必ず二本の紙巻を吸うはずだ。これが事件当夜、被害者が、赤い燕へ来なかった事の証明だ。……次に、何故、犯人は、わざわざ人眼につき易い場所へ姿を現わしてまで、危険な芸当をしなければならなかったか？……これには、二つの目的がある。その一つは、派手な服装をした、若くて魅惑的な体をした、第三の女が居た、という偽装が一つの目的である。もう一つの目的は、午後九時から十五分頃まで、被害者が第三の女と一緒に赤い燕に居た、という第二の偽装で、この第二の偽装は、あとで説明する時に、しっかり言うが、この偽装の蔭には、さらに大きな目的がある。

さて、この謎の男の正体だが、これは海猫館の娘朝子を調べれば、言うかと思うが、恐らくあの娘は、殺されても言うまい。僕は昨夜あの娘としばらく話をしたが、ちょっと優しい感じのもろそうな娘だが、しんに確りしたものを持っている。中年男の野尻に、妻子があり、情人の鱒江がいるのも承知であの男を深く愛していた。それを、僕の前ではっきり言った。美しい顔と、きゃしゃな胸の奥には、火のような情熱を秘めている。連れの男は誰か？　と、我々が訊いてもそれは言うだけ無駄だ。恐らく言うまい。言えないのだ」

そばから、熊座警部が溜息と共に、かすれた声を出した。

「いま、君の言った言葉の、大事な点を言うと、やっぱり朝子は犯人じゃないと言うんだね？」

「そうだ」

「言い換えると、朝子は犯人じゃないけれど、殺人に関係がある。つまり、犯人と関係があるという訳だね？」

「うん、その通りだ」

「もしそうだとすると……」熊座は皮肉な微笑を浮べながら、

「秋水君、君もずいぶん強情だなあ……。さっきも話したじゃないか」と、警部はなおも言葉をつづけようとすると、秋水は、

「判ってるよ、そんなこと……」と、立上って、いらいらしながら、部屋の敷物の上をあちこち歩き始めた。下向きに咥えたパイプから白い灰が、パラパラ落ちる。

「だから、いまその壁にぶつかっているんだ。野尻の殺害は、綿密な計画による事件だ。この周到、水も洩らさぬ性格の犯人が何故、自分一人で出来る殺人を、朝子という娘まで引っぱり出して、損な行動を取ったか？しかも、野尻から鱒江に掛って来た電話が、さらに犯人の意志から出た事だったら、この犯人の頭は狂っている。手際良く仕上る仕事を、この犯人は、わざわざ、自分の手で、ぶち壊しているんだ」

この朝、及川刑事と一緒に海猫館の家宅捜査に出掛けて行っていた子供のような顔の私服が一人で帰って来た。秋水をみとめると、

「いますこし前、帝国化学工業《アイ・シー・アイ》の御祖父様から、貴男に電話がありまして、私が御用件をうかがっておきました」

「どうも有難う。君……」

「貴男に御用があるそうで、明日午後に会社へ来るように、とおっしゃっておりました」

「ああそうですか。どうも有難う……その他に、まだ何か言ってたでしょう」

「ええ……」と薄笑いをしながら言い難そうに「では申上げます。御祖父様はつぎのように申されました。『漁具小屋の殺人犯人を、まる二日も砂っぽこりを上げて追い廻していて、まだ捕えられんようなら、坊主になれ』……終り……」

申訳無さそうな顔をして、扉を出て行く刑事を見送って、ぼんやり立っていた秋水の頭の中に、ある記憶がよみがえって来た。一昨日、祖父が彼に言った言葉だ。

――（いま、ここに、石炭と硫化礦が有ると仮定する。この物質をじゃな、一キロ・カロリーの熱量も、一キロ・ワットの電力も使用しないで、しかも、少しの手数もかけないで、直ちに無機の酸と変える方法を知っとるかな、ええ、魚太郎？　……）

（判るまい、ええ魚太郎。これ以上、お前に時間を与えて考えさせるほど、儂は不幸ではない。しからば解説してやろう。つまり……この二種類の物質を、欲しい人物に直ちに売って、その代償として、無機酸を買って来させるのじゃ……）

「ああ、判った……」

椅子に戻って、ぼんやり座った秋水はつぶやいた。

「なにっ、判ったって？」

熊座は思わず意気込んで巨体を乗出した。

「判ったよ。さっきの僕の疑問が……」

「さ、さっそく、けいちょうしよう、秋水君」

「何がけいちょうだ。言うもんか。僕はねえ……熊座君、君の言う通りいかにも強情だ。断じて、けいちょうさせてやらない。おい、警部、芹田博士はまだ、蓼科に付いているかい？」この秋水の思念に応えるように、芹田博士が扉から入って来た。熊座と一緒に東京からやって来た、神秘的な容貌の老人だ。

「熊座さん、蓼科修吉の経過は、だいぶ良いようです。倒れたとき打った頭も、さいわい、ちょっとした脳震盪で済みました。これから臨床訊問やりますか？　熊座さん。もし、おやりになるなら、一緒に居て、附添っていてやりますが……」

秋水は、すっ、と立上ると、

「行ってみよう、熊座君。ああ……、それから蓼科の雨外套は、ここへ持って来てあるね？」

医務室へ行きながら、早口に言った。

「うん、持って来てるよ」

「それじゃ、全体にわたって、ルミノール液反応をやっといてくれ給え。とくに、胸部と袖口の部分を気をつけて、やってくれ給え」

赤い燕《レッド・スウォロウ》のコントラバスの蓼科修吉は顔中を繃帯で巻かれてベッドに横たわっていた。室内に入って来た人々の顔を見ると、観念したように、繃帯の蔭の両眼をとじた。

「蓼科君、昨夜は、なっちゃいないね……相手が、ちょっと悪かったよ」と秋水。

横目で秋水を憎々し気に睨んだ蓼科は、頑強に口をつぐんだ。秋水は、ベッドの袖に片手をのせると、昨夜の海猫館における蓼科の挑戦的な態度を思い浮べて、苦っぽろい微笑を洩した。

「蓼科さん、一昨夜、貴男はご自分の雨外套を着ましたか。あの……食堂の電話のそばに掛けてあった物です」

「秋水さん、昨夜も、貴男にお話ししたでしょう。あの雨外套は前の日の雨に逢って、ぬれたので、乾しておいてくれるように、マダムに預けておいた物ですよ。一昨夜は、九時ちょっと過ぎに部屋へ帰って来て、すぐに寝てしまいました」

「だけど、蓼科さん。貴男の靴と手袋だけが、こっそり海猫館を抜け出して、漁具小屋に置いてあった銛を握ったり、小屋の明取窓の下へ立ったりしたのは、ちょっと変ですね」

「ええっ……」

腫れた唇を、ポッカリ明け、繃帯の蔭の眼が、恐愕と絶望の光を浮べた。

「そうだ、蓼科君。被害者の心臓を貫いていた銛の柄から、君の手袋の繊維と寸分、違わぬ物を発見した。それから、君の靴跡が、小屋の明取窓の下に残っていた。君はあの窓から小屋の中を覗いたのだ。どういう風にして野尻を殺したか、言ってみ給え」

蓼科は烈しく喘いだ。

「ああ、だめだ……言いましょう……。野尻は僕が刺したのです。まちがいなく僕があの手袋をはめて銛を握って、あの男の背中から刺透したのです」

「それじゃ、錐は……？」

「ええ、錐っ？……」

「野尻を刺した錐だ」

そばで聞いていた秋水が、ちょっと舌うちをして、顔をしかめたが熊座はかまわず訊問をすすめた。

「夢中でした。なにを僕がしたか、いちいち憶えちゃいません。だけど、警部さん、僕が野尻さんを刺したのは事実です。しかし、もう、これ以上、僕に言わせて苦しめないで下さい……」蓼科は両手で顔を覆ってしまった。いまいましそうに彼を眺めていた警部は、「二十万円の現金は、どうしたね？　野尻から受取ったはずの……」

「ええっ、二十万円ですって？」……蓼科は顔から手を放すと、パッチリ、警部を見た。

「お金のことは、知りません。絶対にお金を取ったことはありません。嘘だと思ったら、僕の部屋や、銀行を調べてみて下さい」

秋水は、そばに居て、熊座と蓼科の敵意に満ちたやりとりは、聞いていないようだったが、蓼科の言葉の切れを待って、ポツリ、と、

「蓼科さん、貴男は煙草を吸いますか？」

「いいえ、吸いません。煙草も、酒も嫌いです」

「ほお……それは、貴男のような職業の方にしては珍らしい。でも、夜なぞ、たった一人で寒い所に長い間、立っていれば、煙草ぐらい吸いたくなるでしょう？」

「いいえ……」蓼科は淋しく笑った。

元の部屋へ戻って来ると、熊座警部は、

「秋水君、こん度こそ、僕の勝利だ。蓼科修吉は野尻を殺した事を自供した。兇器に残した証拠もあり、窓から覗いた靴型もある。これで全部、材料が揃った、あとは起訴の手続だけだ」

「鱒江が崖の上から見た密室は、どう説明するんだい？」

諷するような秋水の眼を見返した、警部の眼には、苛責無い冷いものが光った。

「さっき、僕が説明した通り、明取窓の外に立った蓼科が、小屋の中の野尻を呼んで被害者がロープの山の上に足をかけて、窓に近寄ったとき、手を伸して首を巻いて、用意した銛で刺したんだ。胸の錐は、倒れた野尻の胸に、偶然そばに有った錐が突き刺ったのだ。銛の柄は、その反動で折れて跳ね飛んだに違いない。扉の隙間から出て鱒江を招いた謎の手については、僕は前に絶命前の野尻の手だと、かなり苦しい解釈をつけたが、これはいさぎ良く撤回する。そうして、この証明には、明取窓の外から操った人形の手で説明する。秋水君、これで物的

証拠の多くと、犯人の自供が全部揃った訳だ。僕で無くて、ほかの誰かでも、これだけの客観的の事実があれば、起訴手続をせざるを得まい」

烈しく言い切ると、熊座は卓の上を、大きな握り拳で、ガン、とたたいた。片肘を付いて体を起しながら、急に優しい光を両眼に浮べると、

「被害者の体から紛失した二十万円の現金は、ゆっくり調べれば、きっと出て来るよ……。秋水君、まだ何か一言、言いたそうだね。あの扉から出て鱒江を招いた手だろ。君の言う人形の手の舞踊……。君は、あの扉から出た手には物を見る眼があり、考える心と、意志があると言っていたが、この問題は、君にも、すぐなっとく出来ると思う。秋水君、ほれ……君の十八番の逆説でゆけば、あの手は、鱒江が意志ある手のように見ただけだ。しかも、あの夜、野尻からの電話で、鱒江は自己暗示にかかっていたのだ……。さて、この手だが、朝子が小屋へ入ったときは明取窓の下にぶら下って揺れていたと言った。つぎに、鱒江が崖の上から見たときには、窓の反対側の入口扉の所へ来ていた。この説明は、ヴァン・ダインではないが、細紐を張り廻して、人形の手を往復させる事は出来る。もし、御所望とあれば、鑑識課に探偵小説に夢中になっている助手が居るよ。この男を引っ張って来て、実演させても良いよ」

扉が烈しく明くと、朝から海猫館へ行っていた及川刑事の俊敏そうな顔が現れた。忙しそうに室内に入って来ると、熊座の顔を見て、がっかりしたような声を出した。

「課長、海猫館はだめでしたよ。二十万円の現金は、どこにも有りません。あの家の中には、無いのですよ。蓼科修吉の部屋などは、時計の中から、ヴァイオリンのケース、アッコーディオンの中まで調べたけれど、塵っ端ひとつ出て来ません。ずいぶん骨を折りました。あの家の美人の姉妹が出て来ました、鍵束を私に渡して、さあどうぞ、と言って両手を拡げました。……蓼科の部屋から、マダムの部屋、娘の朝子の部屋、親爺の部屋、食堂も子供部屋も、外の物置の床の上まで、隅から隅まで、探しましたが、札束は出て来ません」

熊座は、こめかみを、ピリピリ動かしたが、落付いた態度で、うなずいた。

「ごくろうさん、及川君。ゆっくり探しても良いのだ」

及川刑事は、熊座の言葉の切れるのを、もどかしそうに聞いていたが、ちらり、と署長の方を横眼で眺めると、ニヤリと笑って、

「十五号室の遠眼鏡の男を、帰しちゃ、いけませんぜ」

「ど、どうしてじゃな?」びっくりした顔を上げると、加里岬署長が眼を丸くした。

「あの男の靴型を取った切りでしょう……。奴の靴の踵の皮から何が発見されたと思いますか署長さん……」と、得意そうに笑うと、「私が昨日、漁具小屋の窓の外で拾った鰺切の折れて亡なっていた切先が発見されました。一糎ほどの鋭三角型の切先の折れが、踵の皮に、半分ほど頭をつっ込んで刺さっていました。課長、あの男は、野尻が殺された晩に、漁具小屋の明取窓から内部を覗いたのですよ」

「そうか、及川君、それは大手柄だ」

と、警部は立上りながら「二十万円の札束も、そいつの部屋から出るかも知れん。その男の部屋は、鱒江の勤めている、赤い燕の二階だったね」

「待ち給え警部、もっと大事なことが、その男にあるかも知れない」呼び止めた秋水は、署長に言った。

「署長さん。貴男の部下は、素晴らしい人物を捕えているかも知れませんよ」

「ええっ……じゃ、十五号室の、その浮浪者のことですか?」と眼をパチクリさせながら、椅子から腰をあげて「よ、呼んで来させましょう。おい、君っ……」

扉口に立っていた制服警官が飛出して行ったが、間も無く、一人の男を連れて来た。

痩せて肩の張った背の高い男。人間の世界のあらゆる労苦に晒されて、黄色くたるんだ皮膚、油っ気の無い乱れた髪、両眼だけが落ちくぼんで眼窩の底から、ギラギラ不思議な情熱に輝いている。四十には、ちょっと間があろう。署長から熊座警部、秋水へと見廻して、ふらりと前へ出た。なにかにぶつかったら、ポキリ、と折れそうだ。

赤い燕の二階十五号室の窓硝子に遠眼鏡を押しつけていた、あの執拗さは、いまこの男のどこにも見られない。こういう男は熊座には苦手だ。いまいましそうに秋水の顔を見たが、彼はしきりにパイプを吹かしていた。熊座が置いた煙草が、コロコロと卓の上を転って、端の所でピタリと留った。受けようと前に伸した手で、つまみ上げると秋水は黙って熊座に渡した。警部はしきりに咳ばらいをした。

「あの妙な手紙……」と秋水が言った。「昨日、貴男が警察宛に出した手紙。(あの女達は犯人ではない。貴官のお出でをお待ちしています――犯人より)……この女達というのは、海猫館のマダム民子さんと、娘の朝子さんのことでしょう?」

男の態度に異様な変化が起きた。細長い指を烈しく震わせ、いらいらし出し、やがてほっと溜息をついた。

「そうです……私は大町道男です」

「ええっ……」警部は椅子の腕木を摑んで肩を起こし、署長の口から煙草が落ちた。

「そうです。海猫館の民子の夫、道男です。先月、密航船で新潟港へ着きました。戦争が楽しい家庭から私を連れ去ってしまったのです。長かった七年間、私にとっては、それが一世紀にも思えました。美しかった民子、貞淑だった妻……民子にも、私の知らない七年間の生活が有るでしょう。私は、いきなりあの女の顔を見るのが、怖ろしかったのです」

上衣のポケットへ突込んで、なにかを探る手が烈しく震えた。

「私は自分の生れた土地、妻や子の生きている加里岬の町へ帰って来て、いきなり自分の家へ入るのが怖ろしかったのです。私の居なかった七年間、私にとっても長うございましたが、民子にも長く、苦しい歳月だったと思います。民子は若く美しい。そして誰よりも人を愛する気持の強い女でした。しょっちゅう誰かを愛し、何かを求めていなければ、生きてゆけない女でした。戦争で殺されてしまったかも知れない、私の他の男を愛しているかも知れませんでした。私は怖ろしい結果を幾度も考え、予期しておりました。そして、この怖しい場合の民子をゆるす気持を持っていました。この心が私を苦しめ、怖ろしい夜を過させました。この町へ帰って来た私は、赤い燕の二階の一室を、そっと借りました。そして双眼鏡を窓硝子に当てて、妻の居る海猫館の燈を眺めて居りました。夜は、そっと父親や、我子の居る窓の下を歩いたのです」

「貴男、煙草は?……」秋水は、自分の煙草をすすめながら聞いた。

「ええ、有難う。私の煙草は刑事さんに預けてあります」

泣き出しそうな顔に、硬ばった皮肉な微笑を浮べると、扉口に立っている刑事を見た。いやな顔をして、刑事は出て行ったがやがて、この男の持物である、双眼鏡と、靴と一しょに、包装がつぶれて、くしゃくしゃになった紙巻煙草を持って戻って来た。秋水は、つと手を伸すと、バラバラになった紙巻を二三本つまみ上げて見た。

「ウォルドルフ……」臭い煙草だ。「内地へ帰って来られて以来、ずっと、この煙草を吸っておりましたか?」

「ええ、ずっと、吸っております。この煙草は、だいぶ持ち帰って来て、人に売りました。もうあと、これだけしか残っておりません。お金も無くなりました」と淋しそうに苦笑した。

卓上の新聞紙の上に置かれた男の靴を、ちらりと眺めると、熊座警部は、

「漁具小屋の窓から、中を覗いた時、何を見ましたか?」

「一人は私の妹、朝子でした。もう一人は私の見知らぬ男でした。二人は立ったまましばらく話をしておりましたが、やがて、朝子だけ、先に小屋を出ました。私は朝子の後をつけて、もと来た道を帰ろうとしました時、崖の上から、あの女が降りて来て小屋の中に入ったのです」

「その時の、小屋の中の情景は?」

「もう、その見知らぬ男は倒れておりました」

男の額は、ピッシリ脂汗が浮き出ている。もう、これ以上、警部の質問に耐えられそうもないのだ。

(この男は、嘘をついているな)秋水は、黙って彼の顔を見つめていたが、熊座は、ひた押しに訊問をすすめた。

「貴男はその時の情景を、明取窓のところから見たのでしょう?」

「ええ、一度、朝子の姿を追って、崖とは反対側の羽目に沿って、扉口の方へ行きかけたのですが、後から駆込んで来た婦人の足音を聞いて、ふたたび明取窓の下へ引返したのです」

「貴男の他に、もう一人、誰かが、窓の外に居たはずだが、見ませんでしたかな?」

「絶対に見ません。私の他には、誰も窓の下には居りませんでした」

大町道男は、ふつり、と言って警部の顔を正視した。緊張した力が、彼の骨ばった肩から脱けてゆくのが見えた。

男を刑事に連れ去らせると、熊座は立上った。忙しくソフトを被ると、

「秋水君、海猫館へ行こう。犯人は判った」

秋水もつづいて立上ると、妙な微笑を熊座に返した。

「熊座君。海猫館へ行こう。密室の主、毒蜘蛛《タランチュラ》を捕えに……」

熊座は秋水と眼を見合せると、ちょっとちぐはぐなものを感じたが、ぐっと唇を噛むと、先に扉を出た。

（実に複雑な事件だった。しかし、この事件のように、偶然な暗合が、二つも三つも重なることが、まれにはあるものだ）彼の意気はあがっていた。この二日間、事件の核心を追って、彼は圧倒的に秋水を押しまくって来たのだ。そして、解決はもう眼の前だ。

9　死なない女

岸壁を離れた貨物船が一隻、赤い腹を出して静かに沖へ動いてゆく。錨を捲上る音だろう。ガラガラと、かん高い音が聞えて来る。吃水線を水に没した真黒い船がすれちがった。午後四時、満潮のはなだ。肩幅の広い、背の高い老人とすれちがった。

「違っている……」つぶやいた秋水は、ふと眼の前の海猫館の老人を思い浮べた。

民男少年が家から出て来た。手には、長いパチンコをぶら下げている。

「秋水先生、お帰りなさい」

「ただいま、坊や……」

入口の階段で、ふと振返った秋水は、遊びに出かけて行く、少年の後姿を見送った。二階への階段のところまで来ると、民子の後姿が見えた。コーヒー濾器《パーコレーター》を磨いているのだ。白い襟首に断髪がゆれている。戸を明けた冷蔵庫の前に腰をかがめて朝子が何かをしている。ちらり、と、こちらを見た。

「うっっ……」唸って食堂へ入ろうとする熊座の右手首を、ぎゅっと摑むと、秋水は階段を昇って行った。コーヒーの匂が立昇って来る。自室の扉を明けると、熊座を引き入れて扉をしめた。秋水は一言も口を利かなかった。

「どうしたんだ、秋水君……」

「どうかしているのは君だ。君の言う犯人は逃げやしない」

口から離したパイプで警部の胸を指した。鷲のように鋭い眼、深い頰の皺、固く引き結ばれた唇。秋水の相貌はすっかり変っていた。なにか、まだ言おうとする熊座を押えつけるようにして、椅子に座らせると、自分もそのそばに腰かけて、壁にかかっている素描の裸婦を眺めたが、いら立たしそうに眼を離した。

「熊座君。君の言うだけの事を、僕はみんな聞いた。もう、言うことは無いかね?」

「無い。あとは犯人逮捕あるのみだ」

「それは駄目だよ熊座君。この事件の真犯人は、地上から消えているんだ」ゆっくり足を組み直すと言葉をつづけた。

「真犯人が地上から消えている。妙な言い方だが、ほんとうにそうなのだ。つまり、言い替えれば、野尻を殺そうとして密室を計画して、証人となる目撃者まで準備した犯人は、犯行直前、野尻と共に密室の中へ入ってから、計画の総てを放棄しているんだ。兇器として持ち込んだ鯵切を明取窓から小屋の外へ投棄ててしまった。結局、この事件は、殺人寸前で怖ろしい、犯人の意志が、ふっつりと中断している。それからの凄惨な殺人事件は、偶発した事件で、それが偶々、準備されていた密室内で起きたのに過ぎない」

呆然とした警部は二の句がつげない。

「背に刺っていた銛は、殺人計画者以外の第三者つまり窓外の人物によって突刺されたものだ」

「いきなり、飛躍されても困る。ゆっくり順を追って説明してくれ給え」

「それでは、怪奇にとざされた加里岬の密室殺人事件を、順を追って説明しよう。

まずある人物が、野尻を殺そうとした。その理由は、家庭内の不幸を未然に防ぐために野尻を殺そうとした。ただ、二十万円の現金が、被害者の体から無くなっているから、金の問題も無いとは言えない」

「次に、野尻が、このある人物に恋をしていた。もっと具体的に言えば、野尻が食指を動かしていた。結果から考えてみると、野尻はかなり、しつっこくこの人物に(もう、この女と言おう)つきまとった。被害者は、女にかけては、かなり悪辣だったが自分の思い込んだ女に対しては、目的を遂げるまでは、相当に張込む男だった。物質的にも、精神的にも、貸し借りの、はっきりした性格で、人間的には、非難されるところもあったろうが、良い事でも、悪い事でも、およそ、為すことは、フェヤ・プレーで押し通してきた男だ。これは、君にも話をしたが、野尻と、野崎組の金銭問題でも良く判る。弱い尻のある相手から金を借りる時でも、必ず後日に残すべき借用書を書いた。そうして、この金は返さない場合でも、相手には、何等かの形で二倍も三倍もの額で儲けさせてやるとか何とかした。この家の老人の言葉を借りれば、被害者は決して食い逃げをする男じゃなかった。野尻のこの気性を、ある女は見事にキャッチした。同時に、密室の証人とする、踊子、青木鱒江の純な性格も、この女は見抜いて見事にこれを、利用して密室を構成した。

さて、この女は、野尻を殺そうと思ってあらかじめ、事件の日の午前十時に、野尻自身から、朝子に媾曳の電話をかけさせた」

熊座は飛上った。彼の指から煙草が落ちて卓の上を転って行った。秋水は手を出して、それを受けると、彼に渡した。

「そ、それじゃ、朝子が犯人じゃないと言うのかい？……」

「朝子は決して犯人ではない。彼女こそ、この好色な被害者の生態を英雄視して、ひそかに想いを燃やしていたのだ。そうかも知れないよ。野尻は、旺盛な生活力で、大きな会社を切って廻していたし、男っ振りも悪くない。町の娘達は血道をあげていたからね。ところがこの女は……もう判ったろ、民子夫人だよ」秋水は、ニヤニヤ笑うと、

「民子は、義妹が野尻に恋していることは将来、朝子自身にとって不幸なことを良く知っていた。と同時に、朝子が野尻に対する、思慕の情を利用して、野尻から朝子に媾曳の電話を掛けさせたのだ。約束の時間は、午後九時。場所は、赤い燕《レッド・スウォロウ》の裏手の崖際に指定した。さて、民子は自分が野尻と始めて媾曳する場所を、人っ気の無い岬の漁具小屋に指定した。野尻の事だ。奇抜で猟奇的なこの提案を、恐らく喜んだに違いない。バーの女や、娘に食い飽きていた彼は、教養もあり、魅惑的な民子を抱けるのかと思うと、民子の提案を受け入れたのだ。次に、民子は、野尻に向って、九時半頃に漁具小屋の外の崖の窪みで待っているように約束した。ちょうど、望楼の真下で、漁具小屋の扉からは見えない所だ。あそこで及川刑事が発見した、国産煙草の吸いがら三本は、野尻が吸った物に違いない。時間的に言って、愛煙家の野尻にすれば、三十分の時間だろう。蓼科は煙草を吸わないし民子の夫、道男は、ウォルドルフを吸っていた。次に民子は野尻に向って、自分が呼ぶまでは出て来ないように約束した。と同時に、野尻に電話を掛けさせて、鱒江に、望楼へ来るように約束させた。こうして、野尻と鱒江に、それぞれ、目的通りの位置を与えた。民子は、自分を愛する野尻の気持と、野尻を愛する鱒江の心を利用したのだ」

「さて、民子の義妹の朝子は、ひそかに愛していた野尻からの電話を聞いて、小さい胸を躍らせながら、約束の場所で、野尻を待っていたのだ。そこへ、蓼科の雨外套を着て、ソフトを被り、野尻に似た口髭を付けた民子が朝子の前に姿を現した。朝子は恐らく、酒場へ入るまでは、民子の変装に気が付かなかったかも知れない。酒場の電燈の下で、民子だと気が付いても、優しい朝子の気性ぐらいは、押し黙ったまま、民子は引きずって行ったと思う。朝子は義姉を信じ、深く愛し、母親のように思っていたからだ。さて、そこで民子は、用意しておいた、野尻の指紋の付いたコップを置き花と生け替えて、後で我々の眼につくように、泡の出るサイダーを入れといた」

「二人は、赤い燕を出ると、ゆっくり暗い道を歩いて、漁具小屋へ行った。一度、小屋の中へ入り、しばらくして、朝子を先へ帰した。民子は、用意した絵具か何かで、血糊を顔に着け、扉の隙間から手を出して崖の上の鱒江を呼んで、時間を見はからうと、ロープの上に倒れた。野尻から呼ばれたか、と思って、はやる胸を押えて小屋へ入った鱒江は、血に染って、まだピクピク動いている被害者の姿を見ると、驚いて小屋を飛出して、赤い燕まで駈けて行って、失神してしまったのだ。これが、青木鱒江の見た密室の殺人だ。小屋の天井から吊られている電燈は薄暗い。ロープの束の中に頭を半分つっ込んだ民子の顔は半分血に染って見憶えのある野尻の口髭、突っ張ってピクピク震える足、パクパク動く柘榴のような口。これで完全に鱒江はトリックに引っ掛ってしまって、密室の殺人を目撃したと証言したのだ。本当の殺人が行われたのは、この作られた密室の仮装殺人以後だ。

この仮装殺人を僕が見破ったのは、最初に野尻の屍体を目撃したときだ。どうして僕が仮装の殺人じゃないか？　あるいは、作られた屍体じゃないか？　と、まず第一に疑念を抱いたのは、屍体の頭部の位置だ。熊座君も見たろうけれど、野尻の屍体の頭部はロープの束の間へ半分つっ込んでいた。この事実が歴然とした作られた屍体だ。なぜなら、ロープという物は、手に取ってみると、極めて柔軟な物だが、これを束にした時その中へは、絶対に握り拳だの、人間の頭部を差し込む事は出来ない。もし、頭を半分、突込む場合には手を使ってロープの束に口を明けて、その間に頭を押し込んでから手を放さなければ出来ない仕事だ。もし、手を使わないで無理に頭や、握り拳を押しつけたとしたら、骨の砕けるほど力を入れて押しつけて、ようやくロープの束に凹みが出来るだけだ。これが、作られた屍体だと僕が知った理由だ。次に、鱒江の証言だが、昨日の朝、あの女に屍体を見せたとき、前夜見たときの、虫の息になっていた野尻の最後の姿と、殆んど違わない、と証言した。この証言を聞いた瞬間、僕は、鱒江が発見した瀕死の野尻の姿も、偽装の殺人に違いないと看破った訳だ」

「そうかも知れないね。瀕死の人間が、わざわざ二本の腕を使って、ロープの束に隙間を明けて、その間に頭を差し込む事は、絶対に無いだろう」

「これで、あの殺人は完全に密室の外へ出たわけだ。次に僕は真犯人、すなわち密室を作った人物を探した。もちろん、野尻の生存を抹殺しようとした人物だ。まず第一番に、野尻の社会生活を検討した。被害者は帝国化学工業《アイ・シー・アイ》において、剃刀と言われたほどの辣腕家だったが、彼を殺そうとする人物は絶対に無い。被害者の烈しい社会活動や、生活状態に、眉をひそめる人々も有ったが、しかし彼等はいずれも、野尻の生存を心要としていた。そして、心に怖れを抱きながらも、野尻との接触を望んだ。なぜなら彼等はそうすることによって、野尻からなにがしかの恩恵を受けていたのだ。あるいは莫大な利益を得ていた者もあった。この事件の被害者、野尻清人という男は、まことに興味のある人物だった」

「次に、犯人の捜査範囲をぐっと縮めた。最初の被疑者で被害者野尻の情人、青木鱒江をはじめ、民子、朝子を含む、海猫館の人々だ。まず、民子の父親の信吾老人だ。この老人は、根深い生活力を持っているが加里岬の町特有の、良く言えば現実をあくまで肯定する、悪く聞えるかも知れないが宿命主義者だ。そして当夜は赤い燕《レッド・スウォロウ》で酔いつぶれていた。だから僕はまず、この老人と、孫の民男少年（数のうちには入らないが）を除外した。次に、娘の朝子だが密室殺人の性質上、この娘も除外した。しかし、犯人とは、ある関係があるな、と確信していた。こうして最後に残ったのは、コントラバスの蓼科修吉青年と、マダムの民子だ」

扉が静に明いた。民子だった。グレーのスカーツに、小ざっぱりした男物の毛編のセーターを着て、素足に木靴を穿いている。秋水は卓の上にのせた手の指の表情ではやり立つ熊座を制した。

「いらっしゃいませ、警部さま」

民子は二人の前にコーヒーを置いて、微笑を投げた。

「どうも有難う、マダム……」

「警部さま、モカですわ……どうぞ」

熊座のこめかみの血管は、押えつけた怒りでふくれ上り、フウフウ鼻息が洩れた。扉のところで振り返って秋水を見た民子の顔は、白蠟のように冷く光った。

「ど、どうも、図太い女だ……畜生……」

「まあいいよ、警部。いまの話のつづきだ。さて、被害者に変装した人物は、黒っぽい雨外套を着ていた、と鱒江も、酒場のボーイも証言した。ところが、これに似た雨外套を、階下の食堂の電話器のそばで発見した。蓼科が前日マダムに預けた品物だ。このポケットを調べた時、最近刃物の切先でつけられた穴と、魚の鱗の数片を発見した。これから僕は鰺切を連想した。及川刑事が漁具小屋の外の、窓のすぐ下で拾った物だが、蓼科という男は、三度の食事は民子達と一緒に摂って、自炊はしていないからまず自分が食うために、魚を買ってポケットへ押込んで来ることは、絶対にない。雨外套のポケットの底の切傷と魚の鱗は、鰺切をポケットに入れたときに、残ったものと考えて良い。及川君が発見した鰺切の柄元に附着していた鱗とポケットの中の鱗の比較研究が済めば、いっそうはっきりすると思うんだ。次にこの鰺切の出所と置いた場所から亡った時間だが、この刃物は、事件の当時、老人が夕方、庭の物置に入った時には、まだちゃんと置いてあった。物置小屋から見えなくなったのは、暗くなってからである。これを持出した者の中には、民男が悪戯で持出したんじゃないかという仮定も立つけれども、子供は、夜になって漁具小屋へは行かない。これはどうしても、蓼科か、民子が、何かに使う目的で、物置小屋から漁具小屋まで持って行った物である。あの黒っぽい雨外套を着た人物が、ポケットに忍ばせて漁具小屋まで持出したに違いない。この雨外套を着て変装した者は、蓼科か民子のどっちかだが、承知の通り、蓼科は痩せてノッポだ。被害者の野尻は小柄だ。そして民子は女としては大柄だし、肉付きも良い。野尻に変装して朝子と共に、密室を出入りしたのは民子ただ一人であると僕は信じて疑わない。そしてこの僕の推理を裏づける論拠は、いま言った通りだ」

「いやあ、秋水君、こん度も君にやられたね。いまの君の説明で良く判ったよ……」

煙草を持つ手の指を器用に使って、コーヒー・カップを取ると、熊座はうまそうにモカをすすったが、ふと、不愉快そうに眉をしかめた。マダム民子を思出したのだろう。

「しかし、秋水君、ちょっと変なところが有るぜ」

「どうして?」

「だって、雨外套を着て、被害者に変装した民子は、漁具小屋の後へは廻らなかったはずじゃないか。それが、どうして、小屋の後の窓の下に、蓼切が落ちていたんだ?」

秋水は嬉しそうに両眼を輝かした。

「それだ。それを僕は、事件の進行中に犯人の犯罪意志の中断があった、と主張しているんだ。密室を計画し、これを構成して怖ろしい犯罪を行おうとした犯人が、殺人直前に、なにかの動機で殺意を放棄したんだ。あの蓼切は、小屋の中から窓の外へ投棄てたもんだよ」

「それじゃ、誰がいったい野尻を殺したんだ?」

「被害者と、民子が小屋の中で、何かをしているのを、明取窓の外から見つけた蓼科が、カーッ、となって扉口から飛込むと、そばに有った銛を取って野尻の背中を一突きしたんだ。これは、もちろん、望楼の崖上から鱒江が目撃した密室以後の出来ごとだ」

「それでは、民子の夫、道男は」

「ある程度のことは、中を覗いて知っていたはずだ。しかし、愛する妻への怖れと、七年間の惨めな戦争が彼の心をみじめにも怯懦にしていたのだ。そして、殺人が終ってしまってから、微塵に砕かれた心を抱いて、こっそり、ホテルへ戻ったのだ。彼が加里岬へ密告した、あの、(あの女達は犯人ではない。貴官のお出でをお待ちしております)という手紙の文意で良く判るとおり大町道男は世間の噂にのぼる妻の醜聞《スキャンダル》を怖れる気持よりも、妻を愛してこれをゆるす心の方が強かったのだ」

「秋水君、戦争って、ほんとうに悲惨なものだね」

大きな手で、美しい頤髯を撫でると、熊座は憮然とした。

「そうすると秋水君。これは、一番大切な問題だが、どういう訳で、民子は密室を作って、野尻を殺そうとしたのだろうね。あまりにも計画が周到すぎる。念を入れ過ぎる。だいいち、目撃者に鱒江を利用したのは、うなずけるが、人形の手まで用意して仮想の第二密室まで準備したのだから、殺人動機には、よくよくの原因と、大きな秘密があると思う」

「そうだ、殺人の動機——ここでは殺人は放棄したのだから、密室を構成した動機だが——にはだいたい二つのことが考えられる。第一の動機は、愛する義妹の朝子を、好色な男の野尻の牙にかけさせたくなかったのだ。

野尻が、やがて朝子に手を出すことを予想して、民子は怖れていたに違いない。さて、第二の動機だが、金の問題がある……そうしてこれから僕が追求したいのは、民子の殺人意志の放棄だ。犯人の意志の中断には、なにか隠れた秘密がある。……まず、第二の殺人動機の金の問題から説明しよう。熊座君……」

と、言って立上ると、警部に鋭い眼を向けた。

「及川君は、きょう一日がかりで、この海猫館の隅から隅まで探したけれど、二十万円の現金は、どこからも出て来ない、と言ってたね」

「ああ、本庁切っての俊敏と言われている及川刑事だ。手ぬかりは絶対にない」

パイプを啣えたまま、秋水は両腕を胸の前に組んで、部屋の中を、あちこち歩いていた。しばらくして……ふと足を留めると急いで壁に近着いて手を伸した。

モヂリアニの裸婦の素描だ。ハタリ、と額を外すと、手早く裏蓋を外した。

「おおお……秋水君！」

バサッ、バサッ、バラバラバラ……と散り落ちた二百枚の千円紙幣。

「秋水さま、ごめん下さいませ……」

扉が明いて、民子が入って来た。いつの間にか着換を済ませて、豊な髪も梳られて、両肩の上に波うっている。唇もくっきり描かれ、真っすぐ立って、こちらを見た。秋水は始めて、美しい、と思った。

「マダム、この金はどうなさったのじゃな？」

熊座警部は一歩、前へ進んだ。散らばった紙幣の中から、札冊をしばってあったらしいテープを手早く取上ると、秋水は印刷された銀行の封印と番号を読んだ。

「マダム、どうぞ、おかけ下さい」

「秋水さま、お部屋にお断り無しで失礼いたしました。まとまったお金ですから、手箱の中や、化粧棚の抽出では、つい便利にして小出しに使ってしまいますので、その額の後へ蔵っておきましたの……」

そばの椅子に静かに腰をかけると民子は言った。秋水は手にした封印紙を見ながら、

「失礼ですが、これは野尻さんから、一昨日お受取りになった紙幣ですね」

「秋水さま、もうお調べになったのですわね」

「そうです。野尻氏殺害について、ぜひお答えしていただかなければなりません」

「そうですか、良く判りましたわ、貴男のお訊きになりたいこと……」

民子は静に眼をとじた。長い睫毛の蔭の型の良い唇が烈しく震えている。

「申し上げましょう、秋水さま。何もかも、申し上げますわ……そのお金、妾、自分の体と取り替えで、野尻さんからお借りしましたの……」

「一昨夜、漁具小屋の中でですね?」

「ええ……。妾、あそこで取引きいたしましたの……」

「マダム、何にお使いになる目的ですな?」

と言う警部の質問に、民子は肩を美しくゆがめた。

「この夏から家の前を少し張り出しまして船の方達をお相手に店を出そうと思っておりましたの。父にも、この間、ちょっと相談いたしましたが、テレース・海猫とでも店の名をつけようかと思っておりました。亡った野尻さんは、テレース・赤い煙突が良いのじゃないか、と、おっしゃっておりました。二十万円じゃ、あまり良い店も出来ませんが、一夏越せば、改築も出来ると思っておりました」

可哀そうに、この女は、つい眼と鼻の先の加里岬警察に、七年間、夢にも忘れなかった、愛する夫が留置されているのも知らないのだ。しかし熊座は強引だ。

「テレース・赤い煙突か。たいした婦人じゃな、あんたは。男との媾曳に、わざわざ綺麗な顔の真ん中に、つけ髭なぞをくっつけて出掛ける。マダム、あんたに是非とも一昨夜の冒険談《アドヴァンチュア》を聞かせてもらわにゃなりません。酒場へ置いてきた、サイダー入りのコップの事も、雨外套も鰺切の事も、すっかり儂等の方で調べが終りましたので、こん度は、貴女から説明していただくだけです」

言うだけの事を、全部言ってしまうと、熊座は気持良さそうに、パイプの煙をしきりに吹き上げた。

民子は顔を上げた。静かに瞬きをすると熊座の顔を見、それから秋水を見た。

「もう、すっかりお調べがお済みになっていると思っておりましたわ」

民子の顔には、敵意も無かった、怖れも悔いも。

「ごしょうちのように、妾の夫は戦争に出掛けて七年間、いまでは生死も判りません。妾は父親の信吾を、子供の民男と公子を、それから義妹の朝子も愛しておりました。二三日前、公子の容態が悪うございましたとき、妾の生命をちぢめても助かってくれるようにと思いました。熱で苦しんでおりました、幼い公子に、子供の頃の妾を思い浮べました。それでも妾はなお、子供達の他の誰かを愛し、何かの仕事に打込まなければ、とても生きてゆけないような気がいたしておりました。家の前に建増をして、店を出すのを考えたのもそのためです。二十万のお金が必要でございました。そこへ、野尻さんが現れ、妾に迫ったのです。窮余の一策、女の妾には、こうするより他に道がありませんでした。妾はあの人に身を委せて、お金を得ようと思いました。でも、いざとなりますと、大切にいたして参りましたこの身を売る……。妾を愛し、信じている、親や子供達、そして忘れられない夫の道男。あのひとも、もし生きていらっしゃったら、きっとどこかで妾の事を考えていらっしゃるに違いありません。そうした中に、たった妾一人が破倫の行いをいたさなければなりません。ずいぶん考え、思い悩みましたが、妾自身の慾望をどうすることも出来ませんでした。妾はお金と交換に野尻さんに体を売る決心をいたしました。そうして、ああ……何んという怖ろしい事でございましょう。その後で野尻さんが、地上から姿を消してしまえば、妾の体に印せられたものも消えてしまうと思ったのです。そうして、とうとう、あの漁具小屋へ野尻さんを呼び出したのです……」

秋水は自分の推理が、正しかったのを知った。鱒江のことも、密室の秘密も。

「家を出るとき、物置から、震える手で、鯵切を特出しましたが、いざという時に、妾は、もし自分が捕りましたときを考え、後に残る、罪の無い子供達の事を考えました。そうして、窓から外へ鯵切を投げ棄てました。妾は、ほんとうに、自分自身のため子供達のために、自分の体を裸で投出してしまったのです。外から蓼科さんが飛込んで来て、あの人を刺しましたのは、その後のことでございます」

ちょっと言葉を切ると、民子はしっかりした口調で、

「秋水さま、誤解なさらないで下さいませ。妾はあの夜、野尻さんから、お金を受取りましたのは、妾にとりまして、真面目な取引でした。妾は、受取ったお金をポケットに蔵いましてから、約束どおり、こん度は妾が仕払いをいたしました。野尻さんに見えないように鯵切を明取窓から、そっと投げ棄てましたのは、その後からでございました」

「どうして、貴女は、朝子さんを一緒に連れていらっしゃったのですか。朝子さんなんか、一緒に連れて行かなかった方が、妙な言い方ですが、密室の計画には、完

全だった訳ですね」

「朝子を偽ることは出来ませんでした。また、あのこは、野尻さんを愛しておったのです。それを知っているだけ、妾は朝子の眼をかくれて、事をする気持にはなりませんでした。妾は、朝子の眼の前で行動してそれとなく、あのこに判るようにしておいたのです」

「判りました、マダム……それでは、警察宛の左書きのあの手紙、貴女がお書きになったのですね？」

「ええ……妾が書きました。そっと民男にポストへ入れさせたのです。鱒江さんは犯人では無い、犯人より……。あのかたの事を思いますと、そうしなければ居られませんでした」

民子の美しい眼に、真珠のような涙があふれて落ちた。

熊座は秋水の眼にうなずくと、しきりに両眼をしばたいた。秋水の胸底には昨日以来、見てきた、色々な情景が浮んだ。社宅街で大勢の子供達を相手に争い、空気銃を奪って走り去った少年民男の可愛いい姿。夕闇の中で、民男の手を打って泣いていた民子の姿……

（民男さん、貴男のなさった罪は、この手の痛さと、流れる血が洗い流してくれるのよ……貴男はご自分のなさった罪をご自分が流した血で買わなければならないの……）

秋水は、あの可愛らしい民男少年の面輪が、民子によく似ているのに気が付いた。

ある秋の日の晴れた午後、ニコライの聖堂のドームを遠く窓外にのぞむ秋水魚太郎の研究室に、一人の美しい女の客があった。

「良く来て下さいましたね。また、時々遊びに来て下さい」

「ええ、有難う先生……。それから、これはあのひとが、記念に先生に差上げて下さいと、妾にお預けになりましたの。いつか先生がこれをごらんになった時、欲しいなとおっしゃったのを、あのかたは憶えていらっしゃったのよ。あの町を去って東京へ行く妾に、先生へのお言伝といっしょに、お預けになりましたの」

美しい客が帰ったあとで、秋水は紙包を解いて、その贈物を壁に掛けた。海猫館の彼の部屋の壁に、民子が掛けた、モヂリアニの素描だ。

隣の部屋の扉が、そっと明いた。彼の助手、真木のり子が入って来た。

「先生、あのかた、ずいぶん綺麗なひとね。どういうおかたなの?」

のり子の美しい眼に、かすかな嫉妬の影が動いた。

「いつか、君にも話をしたことがあった、加里岬殺人事件のヒロイン、青木鱒江という踊子だよ」

「あのかたがそうなの、でも不幸なひとね」

「ちがうよ。あの婦人にとっては、人生に幸も不幸も無いのだよ。ただ、生きることが有るだけだ」

彼の前の机の上には封の切られた手紙があった。のり子は手紙を取り上げて読んだ。

宛名は、秋水魚太郎様。裏を返すと木崎民子とあった。

「民子の夫、道男はその後、日本海に臨んだ雄物川というところの油田に行ったよ。そうして、民子という女は、あの可愛い顔をした民男と、公子という二人の子供を連れて、夫の後を追って行ったのだ」

「朝子という娘さんは、どうなさったの?」

「その後、間も無く帝国化学工業《アイ・シー・アイ》の若い技師と結婚したのさ。……あの、老人かね、彼はやっぱり、自分が生れた加里岬の町から離れることが出来ないんだ。ガリガリ頭《クロップ》と綽名される痩せた老友と、毎晩、赤い燕《レッド・スウォロウ》へ姿を現して、好きなお酒を飲んでいるそうだ。老人や民子達の楽しい家だった海猫館という下宿屋は、別所という酒場のバーテンが買取って、なかなか賑わっているらしいよ。名前は、テレース・海猫というんだ」

民子の手紙の、いちばん終りのところに鉛筆書きの幼い文字で次のように書かれてあった。

――秋水おじさま、お母さんも、お父さんも、僕も、公子も、みんな元気です。僕は空気銃をお父さんから買ってもらいました。三発うてば、雀を一羽射落せるようになりました。家から、すこし行くと、荒い海も見えます。みんな楽しいです。はやく、お爺さまが来れば良いと思っております。

民男より――

便箋の間から一葉の記念写真が落ちた。拾い上げると、秋水は長い間、見つめていた。

解題

横井司

1

第二次世界大戦前の日本の探偵小説文壇を代表する雑誌が『新青年』だったとすれば、戦後のそれは、一九四六（昭和二一）年四月一日に発行された『宝石』ということになる。創刊号には横溝正史「本陣殺人事件」の連載第一回の他、丘丘十郎（海野十三）の「密林荘事件」、水谷準の「ウィルソン夫人の化粧室」、城昌幸の「うら表」、大下宇陀児の「鬘」といった戦前作家の書下し短編、そして江戸川乱歩の随筆「アメリカ探偵小説の二人の新人」などが掲載されていたが、その創刊号でさっそく「探偵小説募集」を謳い、新人作家の投稿が募られている。結果は同年の十二月号に発表されたが、この時の当選作は実に七編に及んだ。そのうちには香山滋、山田風太郎、島田一男といった、戦後の探偵文壇のみならず、以後それぞれの分野で長く活躍し、大成していった人材が含まれていた。

「第二回探偵小説募集」は翌年の五月号誌上で告知された。枚数は、五十枚までのA級と、百枚までのB級とに分かれ、第一回の三十枚までに比べると倍近く増えたことになる。その枚数を持て余したのかどうか、こちらの方は第一回に比べると不調で、当選作なしという結果に終わった。

「第三回探偵小説募集」は四八年四月号誌上で告知された。A級・B級という区別はなくなり、百枚までという枚数規定になっている。この時の結果は四九年二月号誌上で発表され、当選作はなく選外佳作として六編が選ばれている。江戸川乱歩は第三回の選評文「依然低調」を次のように書き出している。

昨年の第二回応募作に比して、今度はやや賑かな感じを受けたが、結局これはといふ秀作を発見し得なかつた。数年間の探偵小説空白時代に蓄積されたものが、一昨年の第一回募集で一応出つくした感じである。しかし、現在の「宝石」には応募する気になれぬけれども、広義の探偵小説に於て優れたものを書き得るといふやうな人が、まだあるに違ひないと思ふ。さういふ作家を誘ひ出すためには、「宝石」の編輯そのものをもつと向上させなければならぬのではないか。賞金の如きも今回の規定は問題にならぬほど低きに失した。次回はこの点も大いに改めるべきであらう。

乱歩とともに最終選考を務めた水谷準は、その選評文を「猟人空しく帰る」と題し、「予選を通過して来た十六篇を通読して見て」「ややまとまりを見せたものが六七篇、あとは水準以下と云つてもよかつた」と述べた後で、次のように記している。

これは一体どういふことなのだらう。第一回募集の大成功で、新人が出つくしてしまつたのだと見られても仕方がない。別な原因としては、探偵小説界の現状が、戦後再出発当時の華々しさに較べて沈滞単調気味であり、そのため新人が刺戟されず、また野の遺賢も乃公出でずんばの気を起さなかつたからであらう。刺戟の方法の一つに、思ひ切つた巨額の懸賞金を用意するのも面白いのだが、「宝石」に果してその稚気ありや否や。

乱歩、水谷共に、賞金のアップについて述べているのが興味深い。まさか水谷の挑発に乗ったわけでもないだろうが、続いての募集は「『百万円懸賞』探偵小説募集」と銘打って、三百枚以上の長編部門をA級、百枚前後の中編部門をB級、五十枚前後の短編部門をC級とし、総額百万円の大募集を行なった。その結果、短編の部では土屋隆夫、日影丈吉、川島郁夫（藤村正太）、宮原龍雄、長編の部では中川透（鮎川哲也）、遠藤桂子（藤雪夫）、島久平といった、今に至るも名前を知られる作家たちが入選した。ところが『宝石』の版元である岩谷書店が、経営難から賞金が全額払えないという事態に立ち至ってしまうのだが、それはまた別の話。

先の第三回に中編「紅鱒館の惨劇」を投じ、右の通称・百万円コンクールの時に長編「加里岬の踊子」を投じていたのが、ここに初めて作品集がまとめられることになる岡村雄輔であった。

2

岡村雄輔は本名を吉太郎《きちたろう》といい、一九一三（大正二）年八月二十日、東京に生まれた。早稲田大学理工学部卒業後、技師として就職。『日本ミステリー事典』（新潮社、二〇〇〇）の岡村の項目（山前譲執筆）によれば、「戦争中、石油合成の研究で大分滞在時に探偵小説の面白さを知」ったという。岡村自身のエッセイ「ことしの抱負」（『宝石』五〇・一）では「探偵小説や文学に直面したのは大戦後である」と書いている。もっとも、戦前（おそらくは仕事で）中国を訪れた際に、雲岡鎮の石窟群を見て、横光利一の『旅愁』を思い出したことを回想しているので（「探偵小説と雲岡石窟」『探偵作家クラブ会報』五〇・四）、まったく文学にふれていなかったわけではないことが分かる。仮に戦時中に探偵小説の面白さを知ったのだとしても、北京にいた当時は「推理小説を書こうとも思わなかった」ようだが（「推理小説二十五年の思い出」『幻影城』七八・四）、にも関わらず探偵小説の執筆を志したきっかけは、本人の弁によれば次の通りであった。

終戦三年目、某工場に勤めていて古本で買つた黒表紙の随筆探偵小説（乱歩先生著60円）を読んで刺激され。《ママ》次いで新人の華やかな輩出で書く気になり宝石に投稿。（「アンケート／『探偵作家になるまで、なつてから』／寸感をお書き下さい。」『宝石』五七・一〇）

エッセイ「推理小説二十五年の思い出」でも「本屋の露店がまだ歩道にビタにひろげたゴザだったころ」「私はそこで高木彬光さんの『刺青殺人事件』や、十七歳の少年だった山村正夫さんの『二重密室の殺人』を買い求めた記憶がある」と記しており、「新人の華やかな輩出」として記憶されている一端をうかがうことができる。

高木彬光の『刺青殺人事件』が、宝石選書の一冊として岩谷書店から刊行されたのが一九四八年六月。山村正夫の「二重密室の殺人」というのは「二重密室の謎」のことで、こちらは四九年二月に『宝石』の別冊付録として刊行された。先にも述べたように、岡村の「紅鱒館の惨劇」は『宝石』の「第三回探偵小説募集」に投じたものであり、この締切りが四八年八月であったから、山村の「二重密室の謎」に刺激されて書く気になったとは思えない。やはり第一回の「探偵小説募集」において、飛鳥高、岩田賛、島田一男、山田風太郎といった新人が本格探偵小説を書いてデビューしたことが直接のきっかけだったのだろう。

新人として他に、江戸川乱歩への持ち込み原稿だった「不思議の国の殺人」が『宝石』四七年三月号に掲載されて、天城一がデビュー。また、香山滋、島田一男、山田風太郎、高木彬光とともに、乱歩によって後に「戦後五人男」として名づけられる内の一人である大坪砂男は、「赤痣の女」が『別冊宝石』の四八年七月発行号に、「天狗」が『宝石』四八年八月号に、佐藤春夫の推薦で掲載されてのデビューだった。

大坪の登場も「第三回探偵小説募集」の締切りに近いので、岡村の執筆の直接的な刺激になったとは思えないが、右にあげた戦後第一波とでもいうべき作家たちの名前を見渡すと、当時の探偵小説界の活気がうかがえる。岡村がデビューしたのはそうした時期であった。

だが、「探偵小説募集」に限ってみれば、新人の輩出が「華やか」（前掲「『探偵作家になるまで、なつたあと」）だったのは第一回だけで、第二回が受賞作なし、第三回も「結局これはという秀作を発見し得なかつた」と乱歩が選評で書いている状況だったのは、先に紹介した通りである。この第三回の予選通過作品の中に、秋水魚太郎の「エムパイヤ・シルバー事件」と「紅鱒館の惨劇」という二作品が残っているが、この秋水こそ後の岡村雄輔である。このうち「紅鱒館の惨劇」が選外佳作七編のうちに選ばれ、同作品は、筆名を改めた上で、他の六編とともに『別冊宝石』第四号（一九四九年四月五日発行）の「新鋭中篇探偵小説傑作号」に掲載された。探偵作家・岡村雄輔の誕生である。

「新鋭中篇探偵小説傑作号」に選外佳作六編が掲載されるにあたって、「六万円懸賞新人コンクール」なるものが行なわれている。掲載された六編に対し「一般読者諸氏から投票を仰ぎ、その投票数により順位を決定し、各作者に別項通りの賞金を贈るとともに、その投票者各位にも、薄謝をお贈りしたい」という試みである。第三回の選評で「探偵小説界の現状が、戦後再出発当時の華々しさに較べて沈滞単調気味」だという水谷準の認識を受けてのものなのかどうかは分からないが、斯界を活気づけるための試みのひとつでもあったのだろう。一般読者による投票によって優秀作を決めるというのは、いかにも戦後民主主義の勃興期にふさわしい企画といえるかもしれない。後に『宝石』では、懸賞募集の最終予選通過作を一挙掲載して「新人××人集」と題する特集号を読者に提供するという試みを別冊で行なうことになるが、その源流ともいえそうな企画であった。

この「六万円懸賞新人コンクール」の結果は、本誌の四九年八月号で発表され、一等に岡田鯱彦の「妖鬼の呪言」が選ばれる。岡村の「紅鱒館の惨劇」は二等だったが、得票数が千票を超えたのは岡田と岡村の二人だけであり、読者の支持の強さがうかがえる。この支持に応え、岡村は以降、ほぼ毎月新作を発表していった。本誌四九年七月増刊号に「盲目《めくら》が来りて笛を吹く」、別冊の五号（八月発行）に「うるつぷ草の秘密」、本誌一〇月号に「ミデアンの井戸の七人の娘」、同一一月号に「廻廊を歩く女」、同一二月号に「夜毎に父と逢ふ女」といった具合で、まさに堰を切ったごとくという印象である。

続いて翌五〇年の本誌四月号に「王座よさらば」が掲載されるまで、少し間があいたのは、前年の五月号誌上で告知された「『百万円懸賞』探偵小説募集」に投じる長編「加里岬の踊子」を書いていたからのように思われそうだ。しかし、同募集の長編部門の締切りは四九年十二月末日だから、実際は「盲目が来りて笛を吹く」以下の作品を執筆するのと並行して書いていたものと思われる。後年、岡村は「推理小説を読んだり考えたり、書いたりすることは実に楽しかった」と回想しているが（前掲「推理小説二十五年の思い出」）、まだ本業が多忙ではなかった時期かもしれないにせよ、年間の執筆量は瞠目に値するといえよう。

「加里岬の踊子」は『別冊宝石』九号（五〇年六月二〇日発行）に一挙掲載され、その結果は同年の本誌十二月号において発表された。一等入選が遠藤桂子「渦潮」、二等入選が中川透「ペトロフ事件」、三等入選が島久平「硝子の家」という結果だった（後に「ペトロフ事件」が一等、「渦潮」が二等という訂正記事が載った）。先にも記した通り、中川透は後の鮎川哲也であり、遠藤桂子は後の藤雪夫である。

　この「加里岬の踊子」までは、すべての作品に名探偵・秋水魚太郎が登場し、熊座退介警部が脇を固めるというスタイルであったが、続く「逢いびきの部屋」（五〇）は初のノンシリーズ短編であり、翌五一年、やはりノンシリーズの短編「暗い海白い花」を発表して後は、熊座退介警部補が単独で登場する作品が主流となっていった。この「暗い海白い花」は、岡村の作風の転換点となった作品として知られており、前掲のアンケート「探偵作家になるまで、なつてから」への回答でも「『紅鱒館の惨劇』『盲目が来りて笛を吹く』（昭25）当時の作法はトリックはともかくお手本通り。（略）小説勉強はそれから。（略）『暗い海・《ママ》白い花』（短）、『青鷺はなぜ羽搏くか』（長）あたり（昭27）からどうやら自分のスタイルを作れた」と書いている。ちなみに、「暗い海白い花」は先に述べた通り一九五一（昭和二六）年の発表で、第二長編「青鷺はなぜ羽搏くか」は翌五二年の発表だった。要するに五一、二年が作風の転換期だということなのだろうが、五三年には創作を一編も発表していない。アンケート「探偵作家になるまで、なつてから」で「途中イキが切れて腰を抜かし、重ねて職業と家族の不幸続出し長い間の虚脱状態だつた」というのは、この一年間の空白時期を指したものだろうか（「職業と家族の不幸」についてはエッセイ「推理小説二十五年の思い出」に詳しい）。

　五四年には中編「盲魚荘事件」、長編「幻女殺人事件」と、再び執筆意欲を見せた。同年には横溝正史の中絶作品「病院横町の首縊りの家」の解決編を岡田鯱彦とともに競作する企画に応えている。翌五五年は四月に短編「鎌鼬」を発表した後、講談社の「書下し長篇探偵小説全集」（五五〜五六）が公募していた最終巻（いわゆる「十三番目の椅子」）に応募する長編を執筆していたようで、「ああでもいけない斯うでも気に食わぬで、いじつたり、別のものに手をつけたりしているうちに、日月が経つてしま」い、結局は完成しなかったようである（引用は『探偵作家クラブ会報』五五年九月号の「百号記念アンケート」回答から）。蛇足ながら、この「十三番目の椅子」を射止めたのは、鮎川哲也の『黒いトランク』だった。

　五六年は秀作「通り魔」の発表に始まり、最後の秋水ものとなった「ビーバーを捕えろ」の他、『探偵倶楽部』や、同誌と同じ共栄社発行の雑誌『オール読切』にも短編を発表。さらに五八年には『裏窓』増刊号『耽奇小説』に書いているが、ここで再び執筆が途絶える。そして二年のブランクの後、六一年になって「加里岬の踊り子」の改稿版が『別冊宝石』に掲載されたものの、翌六二年の「樹上の海女」以降は創作の筆を執っていない。「仕事が多忙になった」ことが原因のひとつであるという（前掲『日本ミステリー事典』の記述による）。

七八年には雑誌『幻影城』に「青鷺はなぜ羽搏くか」が再録され、エッセイ「推理小説二十五年の思い出」が書き下ろされたが、その後、新作を発表することなく、一九九四（平成六）年一一月二二日に歿した。

3

岡村雄輔はデビュー二年目のエッセイ「ことしの抱負」（前掲）において次のように記している。

いまこゝに、ことしの抱負を書かなければならないが、先輩達の優れた業績を思ふと、心が氷のやうになる。ジヤマイカ氏の実験オオソレミオの虚無にまで高められたロマン、文学少女の熾烈な自我。僕はあれを読んでぞつとした。本陣を読んで二年を経たが、いまだに水車の音と琴糸のうなりが聞える。とても抱負など書けるものぢやない。たゞ斯ういふ作品が書き度いと考へてゐるだけである。

「ジヤマイカ氏の実験」は城昌幸の同名の作品で（ただしオリジナルの表記は「ヂャマイカ」）、「オオソレミオ」というのは水谷準の「お・それ・みを」だろう。「文学少女」は木々高太郎の、「本陣」は本解題の冒頭でもふれた横溝正史の「本陣殺人事件」である。ここであげている作品の傾向が、すでに岡村の作風を象徴しているようにも思えるのが興味深い。つまり女性キャラクターの「熾烈な自我」を描いた「虚無にまで高められたロマン」を、本格的なトリックを絡めて描くといったスタイルである。そうしたスタイルは、すでに「紅鱒館の惨劇」に見られたものであり、それは続く「盲目が来りて笛を吹く」にも引き継がれている。津井手郁輝は岡村を論じた「鎮静を誘う叙情と詩藻」（『幻影城』七八・四）において、「氏の佳作は比較的初期に集中しているが、それらは仔細に見ると、そのリリシズムが高揚し、また探偵小説独自の骨法が比較的切れよく効果的に扱われているものばかり」であり、「独自の叙情がたゆたい推理的骨格をつつみこんだ時、そこに氏の佳作ができ上がる」と論じ、

「戦後いち早く探偵小説に詩情をとり入れた」という意味で価値があると結論づけているのも、妥当な評価であろう。

ただ、こうした作風は「暗い海白い花」あたりから転換を見せる。大きな変化は文体だが、隠岐弘の言葉を借りれば「平素のはつたり的ポーズを捨て丶」書くようになった（「探偵小説月評」『宝石』五一・三）。さらに、それまでの作品では強調されてこなかった「社会生活」への注目と、それに付随して、リアルな生活における謎の構築という方向に軸足を移していった。

『宝石』一九五二年一月号掲載の「今年のお仕事の上では、どんなことをお遣りになりたいとお考えですか又何か御計画がおありでしようか？」というアンケートの回答では次のように答えている。

誰が読んでも心楽しくなる本格探偵小説を書き度いと思つていますが、戦争に負ける事もある国に生れた人間として私は、社会生活から眼をそむけたり逃げ出す事は出来ません。だから探偵小説と云つても当然、現実《リアル》（架空でも）の中に謎を組み建て、楽しさもスリルも其処から発見しなければなりません。もしこれを離れて成功した作家があるとすれば、私は彼の素質をうらやみましよう。（略）戦時を探偵小説の素材にとつても、ドンキホーテを描いても芭蕉の句を採りあげても、それが単なる小道具や書割に終つたなら、田舎芝居にすぎません。歌舞伎「助六」の花魁、揚巻が持つ煙管《きせる》は小道具の絶品です。もつとも田舎芝居をふくめた田舎の景色はひとつの風景でしようが。現実社会は切実で、ラマンチャの騎士は世界でいちばん悲しく、芭蕉の句は骨を削られるほど怖ろしく、しかも楽しさも美しさも其処に在るのですから。

それまでにも「社会生活」への関心が作品に描かれていなかったわけではなく、例えば「加里岬の踊子」では戦争未亡人の生活が作品のプロットと密接に結びついていた。ただしその「社会生活」と、密室などのトリックとが、必ずしも整合的に結びついているとはいえず、「社会生活」を描いた風俗小説にトリックを接ぎ木したような印象が拭えないこともなかった。右のアンケート回答の物言いを借りるなら「社会生活」を描出していても「単なる小道具や書割に終つ」ていたということになるだろうか。そうした反省が「暗い海白い花」を生み、

「青鷺はなぜ羽搏くか」へとつながっていったともいえよう。

これは作家論的な視点からの把握になるが、この作風転換の時期、岡村が失業中だったことも、創作態度の変化に与っていたかもしれない。『探偵作家クラブ会報』五〇年一〇月の消息欄に「勤務会社倒産のため目下失業中にて創作に専念の由」と書かれており、翌五一年五月の通信欄で「小生は一年ぶりで職にありつき、どうやら当分の間、胃袋の事ばかりを考える日々もなさそうで、ホームズの功績を読み返したり、老母の晩酌の相手をする時間も出来そうです」と自らしたためている。「胃袋の事ばかりを考える日々」であってみれば、「楽しい玩具」（前掲「推理小説二十五年の思い出」）としての探偵小説に浸りきれず、それが創作にも影響を及ぼしたであろうことは容易に想像がつく。

「社会生活」の重視という点で、もうひとつ考えられるのは、木々高太郎の影響である。木々は戦後、雑誌『ロック』に連載した「新泉録」（四七・一〜五。隔月三回）において、戦前からの探偵小説芸術論を新たに展開した。編集部の要請もあって、江戸川乱歩がそれに論争的に絡むこととなり、その際に乱歩が書いた「一人の芭蕉の問題」（四七・二）は、土屋隆夫に創作をうながすなどの影響を与えた文章として、つとに知られている。その連載第一回で木々は探偵小説のトリックについて「私は、トリックについての新らしい創造が、探偵小説には是非に必要であると信ずる。然し、それはトリックだけについて、新らしい創造があったにしても、それで、満足ではない——探偵小説が芸術たるためには、トリックの新らしい創造とは少しも重要な意味をもたないとすら言える」と述べた上で、次のように書いている。

探偵小説の中心である或る犯罪、或るかくされたる行動、或る解決を要する主題があるとする。そのような中心的主題が、その主題を背負う人物——それが探偵小説の犯人である——にとって、必然的のものでなければならぬと言う点である。

もっと別に言えば、犯人がそのようなトリックを用いたと言うことが、唯そのトリックが新らしいとか、ユニークであるとか言うのであっては、少しも意味がない。そのトリックがその人物——（犯人）の生活、思想、心理、意図より完全に割り出されて来たものでなくてはならぬ——と言うことである。

或る人物が、その主題たる行動をなすに当って、その人物からの必然的の主題でなくてはならぬ。言いかえれば、その人物を内容とすると、トリックたる形式は、その内容より出て来たものでなければならぬと言うことである。（『ロック』四七・一。引用は『甦る推理雑誌①／「ロック」傑作選』光文社文庫、二〇〇二から）

そしてさらに、右の観点に基づく方法論のひとつとして「トリックが生活より出なくてはならぬとする手法」を唱え、次のように説明している。

凡ての犯罪が生活から来ている。一般的に言えば、ハムマアを用いる生活からはハムマアがトリックとなる。薬品を用いる生活の人からは、薬品がトリックになる。生活のそのようなトリックになり易いものを持たぬ普通人からは何が生れるか。
　それはその人の今までの生涯、今までの生活によって規定されるトリックが出来る。そのトリックは、その生活に没入して始《ママ》めて到達する。作者に、その生活に没入する力を持とうとする意欲ありや否やが先決問題で、その犯罪とその心理とのうちに没入することによって、はじめてトリックに到達するであろう。
　小説のうちの人物の生活に没入することは文学の大道であり、それより必然的に現出し来るトリックが真の探偵小説の構成に欠くを得ないトリックである。
（『ロック』四七・三。引用は前掲書から）

この木々説に影響を受けたのではないかと考えるのは、岡村もまた似たような創作態度を後に唱えているからである。一九五三年は、身辺の事情からか、一編の創作も発表しなかった岡村だが、同人誌『探偵趣味』に「創作余滴」というエッセイを寄せており、そこで次のように書いている。

犯人がいる。かれは自己の人生観にもとづいて、自己の信念に忠実に、考え、行動しようとした。しかし、まかりまちがえば、自分の首を賭けなければならない。我捕えられて、縛り首にされたりしてはたまらない。我が身を大事に守つていれば、もつと、もつともつと人生を楽しんだり悲しんだりして生き永らえる事が出来る。そこで、かれ又はかの女はトリックを考える。私の作品は、だんだん犯人や熊座らが、生きるのに考えたり楽しんだり苦しんだりするようになつてしまつた。しかし、かれやかの女達が、自己を愛し人生観に忠実であればあるほど、トリックだつて一生懸命に考えるようになる。だから、私の作を読んで下さる人は、安心していても大丈夫だと思つている。（『探偵趣味』五三・一二）

「創作余滴」では「作家として前衛的な（いな、むしろそれが当然だ、とおつしやるだろうが）木々さんが歩んでいる道と、私が試みていることは本質的にちがつていると思う」とは書いているものの、先に引いた『宝石』五二年一月号のアンケート回答と、右の「創作余滴」の一節とを併せ読めば、木々が「新泉録」で展開した創作論に近しいところまで岡村が来ていたことは明らかなように思われる。

　このころ、松本清張が「或る『小倉日記』伝」（五二）で芥川賞を受賞し、翌年には「火の記憶」を発表。さらに五五年からは、後に『顔』（五六）にまとめられる短編を書き始めている。時代はまさに木々や岡村（特に後期の岡村）のような発想で探偵小説を書く方向へと向かっていたといえなくもない。仮に岡村が筆を断っていなければ、いわゆる社会派推理小説の隆盛を横目にどのような作品を発表したのか。鮎川哲也や土屋隆夫らと並んで本格推理の孤塁を守ったという作家になったかどうか、興味深いところである。

4

　これまで岡村雄輔の著書が刊行される機会が一度だけあった。『宝石』の版元である岩谷書店が出していた岩谷選書の第29巻として『盲目が来りて笛を吹く』の刊行が予告されていたのである。どのような事情からか、この出版は実現しなかった。したがって今回、論創ミステリ叢書から二分冊で刊行される『岡村雄輔探偵小説選』が、岡村雄輔の初めての著書となる。

　以下、本書に収録した各編について解題を付しておく。作品によっては内容に踏み込んでおり、特に幽鬼太郎（白石潔）による同時代評ではトリックや趣向、犯人などが明かされている場合もあるので、未読の方はご注意されたい。

「紅鱒館の惨劇」は、『別冊宝石』四号（二巻一号、一九四九年四月五日発行）に掲載された。後に、鮎川哲也編『幻の名探偵小説集／紅鱒館の惨劇』（双葉社、八二）に採録された。

後の作品でもレギュラーとなる如月検事と熊座刑事がすでに登場しているが、如月は地方検事、熊座は〇署の司法主任という役職で登場している。作品の舞台となる「北アルプスの東の麓にある幽邃な木崎湖」とは長野県大町市に実在する湖であり、したがって如月は長野地方検事、熊座は大町署司法主任ということになる。このことから、もともと如月と熊座をレギュラー・キャラクターにするつもりはなかったのかもしれないと考えられる。ただし、熊座は後の作品（「暗い海白い花」以降の作品）では階級が警部から警部補となっており、あまりそうしたことにはこだわらない書き手だったのかもしれない可能性もある。

本作品をアンソロジーに採録した鮎川哲也は「解説」で次のように述べている。


氏はヴァン・ダインを志向したようにみえるが、ほどなく作風が変って、小栗虫太郎の法水物を連想させるようになった。江戸川乱歩氏は小栗作品を評して「仮空の論理」と表現されたが、第二作以降の岡村作品にも似たことが言えるのではないかと思う。私は氏にそれを質したことはなかったが、小栗作品に登場する法水麟太郎、熊城捜査課長と、岡村作品に活躍する秋水魚太郎、熊座警部のネーミングの相似を、見れば、この作者の小栗氏に対する傾倒のほどがうかがえるだろう。


「盲目が来りて笛を吹く」は、『宝石』一九四九年七月臨時増刊号（巻号数なし）に掲載された。単行本に収められるのは今回が初めてである。

中島河太郎は『探偵小説辞典』の岡村の項目で本作品について「豊かな情趣と謎とが適度に融合した氏の代表作」と述べている（引用は講談社文庫・江戸川乱歩賞全集1、九八から）。本作品は探偵作家クラブ賞の候補として推薦されたが、受賞には至らなかった。当時の長編の受賞作は高木彬光の『能面殺人事件』、短編の受賞作は大坪砂男の「私刑」で、今日からすればいかにも分が悪かったとしかいいようがない組み合わせであった。

当時、『宝石』で「探偵小説月評」を担当していた幽鬼太郎は、本作品について以下のように評している。

この作者は神経のナイーブな人らしく、作中「読書人は本箱や机の方へ足を向けて寝ることはない」と探偵に言わせるあたりから、銀次少年の心情などひどく叙情的であり、文章も一貫してそんなところである。がここでいいたいことは、こんな弱々しい気持の持主らしいのに、その構成が見事に組立てられている点である。実に用意周到で、盲目の老人が序章で語る「カーテンが内側から下された窓も、私は知っており、それが風にゆられていた」と発端から盲人にこういわせて息づまる挑戦を読者に提供する。そしてこのことが終章で立派に解明されている。よく終章に来て、実は廿年前にさかのぼる物語などとやり出す探偵小説が非常に多くて実に不愉快極まるが（チエスタトンも極力これを排げきする論文を書いている）この作者のプロットは大変に弱々しそうで丈夫であつた。これがほめる点の一つ。それからもう一つはトリックである。犯人が一人二役をやる殺人現場で盲目の老人をだますところの、手をひいてやるのに最初外側から握り、あとで内側の指をにぎらせる錯覚によるトリックは、一寸たいしたことではないようなトリックであるが、これが全篇のヤマであつても少しも不服を感じさせないほどの力を持つている。少し「Yの悲劇」に似たところもないではないが百枚程度の作品としては構成、トリック、論理ともにまとまつており、詩的な雰囲気もあり、本格を愛する人にも好かれるといつた力作である。但し作者に、知性の青白い皮膚を感じ、その知性のもとで技術的（よい意味の）にまとめられた様な気がするが次作には少し神経を太くして出場して貰いたい。（『宝石』四九・九＝一〇）

本作品のタイトル「盲目が来りて笛を吹く」というのは、木下杢太郎の詩集『食後の唄』（一九一九）に収録された「玻璃問屋」の一節から取られている。本作品の最後で秋水が事件の覚え書きに「杢詩幻想殺人事件」と名づけるのはそのためである。したがってまた、タイトルは「来たりて」ではなく「来りて」と表記するのが正じい。ついでながら横溝正史の『悪魔が来りて笛を吹く』（五一年から五三年まで『宝石』に連載）もまた、杢太郎の詩の一節をもじったものであることを付け加えておく。

元の詩で盲目が吹いているのは「長笛《おおぼえ》」と表記されて

いて、なるほどそれで岡村の作品中でも「竪笛」になっているわけだろうか。ただし、岡村の作品中では「竪笛」に「フリユート」と振仮名が振られている。もともとフルートというのは、古くは笛一般を指しており、バロック時代においては単にフルートという場合には現在のリコーダーに相当する縦笛を指していた。今でいうフルートと同じ楽器は「フラウト・トラヴェルソ」「トラヴェルソ・フルート」と呼ばれており、これは「横向きのフルート」という意味であった。したがって「竪笛」に「フリユート」と振仮名を付けても一概に作者の勘違いとはいえないことを補足しておく。

なお、本作品の初出誌の印刷状態は非常に悪く、例えば、印刷機に異物が挟まっていたためか、第Ⅲ章「少年と蝶々」中の左の伏字部分がまったくの空白になってしまっている。

部屋に入つて来た少年××××××××
屋の人々の心は暗澹とした気×××××××
た。紅い棒縞の袖無しシヤツに、フラノのシ

本作品が単行本として刊行されていれば、こうした部分も修正されていたのだろうが、今となっては残念ながら復元し難い。そこで作者には失礼ながら当方の判断で該当字数に当てはまるような文を補塡しておいた。今後、作者の書いた通りの文章が判明すれば差し替えられるべきだが、ここでは仮の処置として了解いただければ幸いである。

「うるつぷ草の秘密」は、『別冊宝石』五号（二巻二号、一九四九年八月五日発行）に掲載された。単行本に収められるのは今回が初めてである。

本作品が掲載された『宝石』では岡田鯱彦「四月馬鹿の悲劇」が同時に掲載されている。「編集後記」では武田武彦が「巻頭にならぶ二篇、岡田、岡村の両氏は、六万円コンクールで第一席を争つた好敵手、再びこの号で覇を争ふわけ。岡田氏は怪奇派であり、岡村氏はろまん派であるが、どちらも探偵小説への熱情は凄まじきものである。読者諸兄の御批判を熱望したい」と書いており、当時の探偵文壇における、編集者から見た両者のスタンスをうかがわせる。

冒頭に書かれている、秋水の助手である真木のり子の第一の冒険譚「ユダの娘事件」とは、次に収録した「ミ

デアンの井戸の七人の娘」のことである。この点について芦辺拓は「こうした趣向は、宮原龍雄氏の三原検事・満城警部補シリーズにも見られますが、個々の作家が自分の作品世界を一つにまとめようという意欲に由来するものと思われ、同時代の先輩作家たちよりはむしろ現代のわれわれに近いものを感じさせます」と述べている（引用は後出『絢爛たる殺人』光文社文庫、二〇〇〇の解説「絢爛たる殺人のあとに」から）。

「ミデアンの井戸の七人の娘」は、『宝石』一九四九年九・一〇月合併号（四巻九号）に掲載された。後に、鮎川哲也監修・芦辺拓編『絢爛たる殺人　本格推理マガジン』（光文社文庫、二〇〇〇）に採録された。

本作品が発表された『宝石』の編集後記「編輯部だより」において、武田武彦が「本格にして、美しきろまんながれ、小栗虫太郎の『黒死館殺人事件』の再来を感ずる力作である。この熱意のある文章と構成は、ある意味では、『黒死館』以上であらう。好漢尚自重し、機械的なトリックを廃し、『盲目が来りて笛を吹く』の道を歩むべし」と記している。一見すると絶賛しているかのようだが、最後の一文は書き手に反省をうながしているようにも読めなくはない。後年の岡村の回想によれば、武田が『宝石』編集部を去る際に「『盲目が来たり《ママ》て笛を吹く』に帰りなさい。機械的なトリックは避けて、横溝先生のように、読みやすい文章で書くのです」とアドバイスを受けたという（前掲「推理小説二十五年の思い出」）。このことを踏まえるなら「好漢尚自重し、機械的なトリックを廃し、『盲目が来りて笛を吹く』の道を歩むべし」という言葉が含意するところも明らかであろう。

本作品をアンソロジーに採録した芦辺拓は「岡村作品には絵画的というか鮮やかな視覚イメージがあり、それが奇抜なトリックと結びついて独特の風合いを生んでいます」と、その特徴を簡単に述べた上で、本作品でも「その持ち味が生かされ、西洋の古い版画を思わせるタッチで怪建築を夜闇に浮かびあがらせています」と評している。そして『黒死館殺人事件』との類似点を指摘する同時代の感想を紹介した上で、次のように述べている。

　しかし、黒死館と東方の星会館では明らかな違いがあります。前者は本格推理小説のスタイルを有し、それを求める読者をも十分に眩惑しながら、実は壮大な幻想怪奇小説であったのに対し、「ミデアン」はあくまで本格推理だということです。トリックは『黒死館殺人事件』のほとんど奇跡的なそれに比べると現実的です（あくまで比較の問題です、念のため）。にもかかわらず、物語の架空性はいっそう強まり、ゲーム的な異空間の様相を濃くします。

これは戦前派である横溝氏、角田氏の戦後本格長篇との比較でも明らかです。たとえば『本陣殺人事件』『獄門島』の舞台がいかに都会人の目から異様に見え、あるいは周囲から隔絶していようとも、あくまで現実空間の地続きにありましたし、『高木家の惨劇』の邸宅には奇怪で凶悪な〝仕掛け〟がされていたとしても、それは「ミデアン」におけるような〝仕掛けのための仕掛け〟というほど遊戯的なものではありませんでした。

（略）「ミデアン」にはみごとさと危うさとが共存しているようです。非現実というより反現実を描こうという意志があり、だからこそ今読んでも古びていないのですが、あまりにも人工的な空中楼閣は脆弱性を覆いきれません。ここでは〈館〉という舞台そのものが、すでにマニエリスムに陥っているといえるでしょう。

強調しておきたいことは、本格ミステリは一九四九年の段階で、すでにここまで行き着いてしまっていたということです。そして、やがて訪れるリアリズムの洗礼と経済効率至上主義の風潮の中、こうした遊戯的な作品は地を払ってゆくわけです。（前掲「絢爛たる殺人のあとに」）

芦辺は本作品に、後のいわゆる新本格ミステリとの類似点を見出し、シンパシーを表明しているわけだが、芦辺が読み取った「遊戯性」という要素は、書き手の意識としては中心的な主題ではなかったようである。それは本作品の評価をめぐる幽鬼太郎とのやりとりからもうかがえる。

当時、幽鬼太郎は「探偵小説月評」においてこの作品を取り上げ、以下のような長文の書評を書いている。

のり子という女主人公の、非生活的なアパートの描写、彼女を幸福の馬車に誘う妖婆等、初めつから寓話である。そして展開される舞台は「超高温圧下に於ける物質の結晶」を研究する科学者の家庭であり、殺人手段は青化瓦斯という科学物である。

小栗虫太郎の「黒死館」とは真面目になつて比較し

ようなどとは思わないが、同じペダントリーなものでも「黒死館」の寓話には、生活の基調というものが描かれており、そのことが科学的な構想とよくマッチしていた。だから探偵小説であり得たわけだ。この作家のソフイケイトな感情は、こうした作品の構成には耐えられるものでない。野心はほめられてよいが、こうした作品の構成に立向うことの出来るような腰がきまつてから勉強すべきだ。

　女主人公のり子を冒頭に出したのは作者のロマン性であり、最後までこのお噺話《ママ》のアリスはどこへ坐つてよいかわからず、うろうろしている。母親である珠子の殺される「殺人風俗画」にしても、のり子の登場は操り人形のような存在で、いつも父親の傍にうずくまつていて（これは作者の言葉）この作品のガイドとしては、てんで落第物である。

　この「ミデアンの井戸」は、思いきつて「ソヱルの歌」と題名を変え（題名がどんなに抽象的なものであつてよいといつても、この作品が題名と的はずれに近いものであることは作者も知つていよう）更に思い切つて、この女主人公の登場を抹殺して「東方の星会館」の現場から出発するよう書き直したらよい。つまり寓話的な作者のロマンを未練なく捨て去るか、さもなくば、余り得意でなさそうな、科学的な要素を捨てさるべきである。

　幻想的でない限り、探偵小説は人物生活のデッサンなくして成り立つものでなく、如何に秋水魚太郎汗を流しての論理も、それが論理であればあるほど、ノレンに腕おしの醜態を演じる。

　トリックも、昇降機のような部屋にしろ、シャム兄弟の救助される青化瓦斯の場面にしろ、大体の読者は外国物で既に知つており、目新しいものではない。ただシャム兄弟の秘密と悲劇には、編輯者がこ憎らしいほど鮮かに紹介している「シャム兄弟は海蟹の鋏を光らせる」という名説明の如く、読者もそうした寓話的なロマンの意味で、同感すると思う。

　力作あまりない探偵小説界にともかくこれだけの野心を持つたことに私は作者に敬意を表する。と同時に作者はすでに、この作が自分の意に満たないことを知つているだろうと思う。（『宝石』五九・一二）

　この幽鬼の評に対して岡村は私信をもって反論したようで、翌年四月号の「探偵小説月評」欄でそれが紹介されているので、以下に引いておく。

私は岡村氏作「ミデアンの井戸」について「宝石」誌上で「科学と寓話の悲惨なる不合性」という意味で批評したが最近同氏は私に対し次のような私信を寄せた。

「ミデアンの井戸は当時新聞等で取り上げられていたM・R・A運動から着想し、不幸な人々(民族的、人種的、門閥的、学閥的)がどうしたら精神的に幸福な生活を得られるか? と考えて書かれました。多数の強力民族の圧力下にある少数民族の生成形態という考え方も理論化学における〝圧力下における結晶の生成形態〟として寓話的に対比して書きました。私は科学も寓話として採り上げてよいといまも信じています。」

更に氏は書いている。

「哀れなシヤム兄弟を救うためとうとう旧約聖書まで持ち出しました。エジプトを脱出するイスラエルの指導者もモーゼ《ママ》とミデアンの野の井戸で待ちもうける祭司の七人の娘を思い出させてつけた私としては一番正直で本音を吐いた題名でした。」

月評子はこの書信を決して抗議とみていない。岡村氏の真剣な執筆態度とその熱意にかえつて限りない好感が持てるわけである。私は今もあの批評は誤つていないと思つている。探偵小説である「ミデアンの井戸」の批評としてではあるが。けれども私は作者が語つている〝高圧力における結晶〟というものを〝民族の圧力下〟として見破つたかどうか、私自身虚を突かれてハッとした次第である。

批評というものは作品と並んで文学を価値づけ進歩さすものである。私もこの僅かな頁数を割いて作家のいい分を聞くことは大変によいことだと思い、岡村氏の感想をのせたわけだ。月評子は心から同氏の真剣な態度に敬意を表する次第だ。(『宝石』五〇・四)

岡村が私信内でいっている「M・R・A」というのはMoral Re-Armament の頭文字で、「道徳再武装」と訳され、キリスト教の精神を基調に、宗教・国籍・人種・階級の別なく精神的道義の再建を通じて人類の和合を説くものといわれる。敗戦後、日本と世界各国との和合を目的として、例えば一九四九年には片山哲元首相夫妻がMRA運動団体の本部であるスイスのコーを訪ねており、それを報じた新聞記事においてＭＲＡ運動についての解説がなされ、岡村はそれを見たものと思われる。

タイトルの「ミデアンの井戸の七人の娘」とは、旧約聖書の出エジプト記・第2章16節から22節にかけて描かれるエピソードに由来する。人を殺した咎によって裁かれることを恐れ、ミデアンの地に移住したモーゼが、ある日、井戸のそばに座っていると、ミデアンの祭司の七人の娘が父親の飼っている羊に水を与えるために井戸の水を汲みにきた。ある程度、汲み上げたところで羊飼いの男たちがやってきて、自分たちの羊のために、娘たちが苦労して汲み上げた水を奪おうとした。それをモーゼが助けたことが縁で、娘の一人と結婚し、子を生すという内容である。解釈はさまざまあるであろうが、このエピソードから岡村がイメージしたのは、虐げられるもの、岡村の私信中の表現を使えば「不幸な人々」ということになるだろうか。特に作中に登場する誰かを指したものではなく、あえていえばシャム兄弟の存在に象徴的に重ね合わされているといえるかもしれない。

「廻廊を歩く女」は、『宝石』一九四九年一一月号（四巻一〇号）に掲載された。後に、日本推理作家協会編『探偵くらぶ㊥　本格編』（光文社カッパ・ノベルス、九七）に採録された。

戦前の北京を舞台に秋水魚太郎の活躍を描いた短編。語り手を務めるのは中国人の李という青年で、ワトスン役にあたる警察官も「北京警察で猪武者をもつて聞えた金警部」ということになっている。この金警部は後に、やはり戦前の北京を舞台とする「黄薔薇殺人事件」（五二）にも登場するが、同作品では領事館警察の熊座警部補が指揮をとり、金刑事は「密雲の田舎から北京に出て来て立身した、温厚で有能な捜査官」という設定になっている。

なお、本作品については、後に岡村自身が次のように回想している。

> エドガー・アラン・ポーの百年祭だかが読売新聞社で行われた年に「廻廊を歩く女」百枚《ママ》が『宝石』誌にのった。そのすぐ後、評論家の黒部龍二さんから「アレどうしたの……」と訊かれた。「廻廊」は処女作「紅鱒館……」の前に書いたもので、お蔵になっていた小説だが、次を書くためのひと休みのつもりで、武田さんがホコリをはらって出して下さったのだろうと

おもう。小学一年生の作文のようにたどたどしく、背景となる幾人かの大事な人物が五十枚に書き込めなかったのを憶えている。それをまた武田さんが「廻廊を歩く女」なんて、艶っぽくて思わせぶりでスマートな題名に変えて下さった。いかにも詩人らしい。私はあのときの黒部さんのバリトンの笑い声を忘れない。

（前掲「推理小説二十五年の思い出」）


「**夜毎に父と逢ふ女**」は、『宝石』一九四九年一二月号（四巻一一号）に掲載された。単行本に収められるのは今回が初めてである。

「ミデアンの井戸の七人の娘」に登場した燧山教授が被害者の旧友として再登場する。そこでは「数旬の後に世人を瞠目せしめた『自殺倶楽部事件』の渦中の人となつた」と書かれ、「筆者はいづれ筆を改めて、この奇異な劇《ドラマ》の真相を発表し度いと思ふ」と述べられているが、結局、語られざる事件のひとつとなったようだ。


「**加里岬の踊子**」は、『別冊宝石』九号（三巻三号、一九五〇年六月二〇日発行）に掲載された。その後、「加里岬の踊り子」と改題した加筆改訂版が『別冊宝石』一〇六号（一四巻三号、六二年五月一五日発行）に掲載されたが、単行本に収められるのは今回が初めてである。本書では五〇年に発表された第一稿を収録した。

再録の際に付けられた「特別解説」で中島河太郎は「作者は敗戦後の世相と人心の動向を捉えながら、物証と心理の分析から、事件の解明を進めて行く。／それが成功しているかどうかは読者の判断を待たねばならぬが、（略）難解な謎解き小説を好む者を刺戟するには充分であろう」と評している。

加筆改訂版はストーリーやプロット自体に変更はないものの、第一章での二老人による軽妙なやりとりに見られた語呂合わせがすべて削除されるといった具合で、印象としては全体的に落ち着いた文章に直されているようだ。また、踊り子の名前から、単なる青木鱒江から「青木奈美（本名青木鱒江）」と変更されている他、「赤い燕《レッド・スウォロウ》」は邦語表記を省いて「レッド・スワロウ」に、「帝国化学工業《アイ・シー・アイ》」は「東方化学工業（E・C・I）」になっているといった変更が確認できる。そして熊座警部は、例によって警部補に降格されている。

［解題］**横井 司**（よこい つかさ）
1962年、石川県金沢市に生まれる。大東文化大学文学部日本文学科卒業。専修大学大学院文学研究科博士後期課程修了。95年、戦前の探偵小説に関する論考で、博士（文学）学位取得。共著に『本格ミステリ・ベスト100』（東京創元社、1997年）、『日本ミステリー事典』（新潮社、2000年）、『本格ミステリ・フラッシュバック』（東京創元社、2008）、『本格ミステリ・ディケイド300』（原書房、2012）など。現在、専修大学人文科学研究所特別研究員。日本推理作家協会・本格ミステリ作家クラブ会員。

岡村雄輔氏の著作権継承者と連絡がとれませんでした。ご存じの方はお知らせ下さい。

岡村雄輔探偵小説選《おかむらゆうすけたんていしょうせつせん》Ⅰ　〔論創ミステリ叢書61〕

2013年3月15日　初版第1刷印刷
2013年3月20日　初版第1刷発行

著　者　岡村雄輔
監　修　横井　司
装　訂　栗原裕孝
発行人　森下紀夫
発行所　論 創 社
〒101-0051 東京都千代田区神田神保町2-23 北井ビル
電話 03-3264-5254　振替口座 00160-1-155266
http://www.ronso.co.jp/

印刷・製本　中央精版印刷

Printed in Japan　ISBN978-4-8460-1226-7

論創ミステリ叢書

①平林初之輔 I
②平林初之輔 II
③甲賀三郎
④松本泰 I
⑤松本泰 II
⑥浜尾四郎
⑦松本恵子
⑧小酒井不木
⑨久山秀子 I
⑩久山秀子 II
⑪橋本五郎 I
⑫橋本五郎 II
⑬徳冨蘆花
⑭山本禾太郎 I
⑮山本禾太郎 II
⑯久山秀子 III
⑰久山秀子 IV
⑱黒岩涙香 I
⑲黒岩涙香 II
⑳中村美与子
㉑大庭武年 I
㉒大庭武年 II
㉓西尾正 I
㉔西尾正 II
㉕戸田巽 I
㉖戸田巽 II
㉗山下利三郎 I
㉘山下利三郎 II
㉙林不忘
㉚牧逸馬
㉛風間光枝探偵日記
㉜延原謙
㉝森下雨村
㉞酒井嘉七
㉟横溝正史 I
㊱横溝正史 II
㊲横溝正史 III
㊳宮野村子 I
㊴宮野村子 II
㊵三遊亭円朝
㊶角田喜久雄
㊷瀬下耽
㊸高木彬光
㊹狩久
㊺大阪圭吉
㊻木々高太郎
㊼水谷準
㊽宮原龍雄
㊾大倉燁子
㊿戦前探偵小説四人集
(別)怪盗対名探偵初期翻案集
(51)守友恒
(52)大下宇陀児 I
(53)大下宇陀児 II
(54)蒼井雄
(55)妹尾アキ夫
(56)正木不如丘 I
(57)正木不如丘 II
(58)葛山二郎
(59)蘭郁二郎 I
(60)蘭郁二郎 II
(61)岡村雄輔 I

論創社